W0238345

Sur l'auteure

Jeanine Cummins vit à New York avec son mari et leurs trois enfants. Elle est l'auteure de trois romans, dont *American Dirt* est le premier traduit en français.

JEANINE CUMMINS

AMERICAN DIRT

Traduit de l'anglais (États-Unis)
par Françoise Adelstain et Christine Auché

10
18

PHILIPPE REY

Titre original :
American Dirt

ISBN 978-2-264-07471-3
Dépôt légal : janvier 2022

Pour Joe

Era la sed y el hambre, y tú fuiste la fruta.
Era el duelo y las ruinas, y tú fuiste el milagro.

« C'était la soif, la faim, et toi tu fus le fruit.
C'était le deuil, les ruines et tu fus le miracle. »

Pablo Neruda, « Une chanson désespérée »[1]

1. *Vingt Poèmes d'amour et une chanson désespérée* suivi de *Les Vers du capitaine*, traduction de Claude Couffon et Christian Rinderknecht, Gallimard, 1998.

1

L'une des premières balles surgit par la fenêtre ouverte, au-dessus de la cuvette des toilettes devant laquelle se tient Luca. Il ne comprend pas tout de suite qu'il s'agit d'une balle – par chance elle ne le frappe pas entre les deux yeux, c'est à peine si son cerveau enregistre le bruit qu'elle fait en allant se loger dans le mur carrelé derrière lui. Mais les autres suivent en rafales, un grondement, un rugissement, *clac-clac-clac*, à la vitesse d'un hélicoptère. Il y a des hurlements aussi, sauf que ce bruit-là ne dure pas, vite anéanti par les tirs. Avant que Luca ait le temps de remonter la fermeture Éclair de son pantalon, d'abaisser le couvercle de la cuvette, de monter dessus pour regarder dehors, avant qu'il ait le temps de chercher la source de cette terrible clameur, la porte de la salle de bains s'ouvre à la volée, Mami[1] est là.

— *Mijo*, *ven*, dit-elle, si doucement qu'il ne l'entend pas.

Ses mains ne sont pas tendres ; elle le propulse vers la douche. Luca trébuche sur la marche carrelée surélevée et tombe, mains en avant. Mami atterrit sur lui et, dans

1. En espagnol *mami* signifie « maman », *papi* « papa » et *abuela* « grand-mère ». *(Toutes les notes sont des traductrices.)*

sa chute, il s'ouvre la lèvre avec ses dents. Il a le goût du sang. Une goutte opaque forme un tout petit rond rouge sur le carrelage vert brillant de la douche. Mami pousse Luca dans l'angle. Cette douche n'a pas de porte, pas de rideau. C'est juste un recoin dans la salle de bains de son *abuela*, séparé par un troisième mur carrelé construit pour suggérer une cabine. Un mètre soixante de haut, quatre-vingt-dix centimètres de long, juste assez grand pour, avec un peu de chance, abriter Luca et sa mère des regards. Il a le dos calé, ses petites épaules touchent les deux murs, ses genoux sont remontés sous le menton. Mami s'enroule autour de lui comme une carapace de tortue. La porte de la salle de bains est restée ouverte, ce qui inquiète Luca, même s'il ne voit rien au-delà du bouclier que constitue le corps de sa mère, derrière la demi-barricade formée par le mur de la douche de son *abuela*. Il aimerait ramper hors de la cabine et tapoter la porte. Il aimerait la pousser jusqu'à ce qu'elle se ferme. Il ignore que sa mère l'a laissée volontairement ouverte. Il ne sait pas qu'une porte fermée ne fait qu'attirer encore plus les curieux.

Dehors, le fracas des tirs continue, auquel s'ajoute une odeur de charbon de bois et de viande brûlée. Papi est en train de faire griller de la *carne asada* et les cuisses de poulet que Luca préfère. Il les aime un peu noircies, il aime la saveur piquante de la peau croustillante. Sa mère relève la tête, juste assez pour pouvoir le regarder dans les yeux. Elle place ses mains des deux côtés de son visage et tâche de lui couvrir les oreilles. Dehors, les tirs s'espacent. Ils s'arrêtent puis reprennent, des coups brefs qui ressemblent, pense Luca, aux battements sauvages et désordonnés de son cœur. Malgré le raffut, il entend toujours la radio, une voix de femme qui annonce *La Mejor 100.1 FM Acapulco !* et puis le groupe Banda

MS qui chante comme ils sont heureux d'être amoureux. Quelqu'un tire sur la radio, des gens rient, des voix d'hommes. Deux ou trois, difficile à dire. Des pieds bottés frappent le sol du patio d'Abuela.

— Est-ce qu'il est là ? demande l'une des voix, juste devant la fenêtre.

— Il est là.

— Et le gosse ?

— *Mira*, il y a un garçon ici. C'est lui ?

Adrián, le cousin de Luca. Il porte des chaussures à crampons et un maillot floqué du nom Hernández. Adrián est capable de faire rebondir un ballon de football quarante-sept fois de suite sur ses genoux.

— Je n'sais pas. Il a l'air du même âge. Prends une photo.

— Hé ! du poulet ! dit une autre voix. Ça a l'air bon. Tu veux un peu de poulet ?

La tête de Luca frôle le menton de Mami, enroulée étroitement autour de lui.

— Oublie le poulet, *pendejo*[1]. Fouille la maison.

Accroupie, Mami se balance sur ses talons et pousse Luca encore plus fort contre le mur. Elle se presse contre lui, ils entendent grincer et claquer la porte de derrière. Bruits de pas dans la cuisine. Rafales de balles intermittentes dans la maison. Mami tourne la tête et remarque, solitaire et brillante sur le carrelage, la tache de sang de Luca, illuminée par le jour qui filtre à travers la fenêtre. Luca entend le souffle qui déchire la poitrine de Mami. La maison est silencieuse maintenant. Le couloir qui mène à la porte de cette salle de bains est moquetté. Mami tire la manche de sa chemise sur sa main et Luca horrifié la voit s'écarter de lui, se pencher vers

1. *Pendejo* : « abruti ».

l'éclaboussure de sang révélatrice. Elle la frotte avec sa manche, ne laissant qu'une faible trace, puis se jette de nouveau sur Luca, tandis que l'homme dans le couloir ouvre la porte en grand avec la crosse de son AK-47.

Ils doivent être trois, parce que Luca entend toujours deux voix dans la cour. De l'autre côté du mur de la douche, celui qui vient d'entrer déboutonne son pantalon et vide sa vessie dans les toilettes. Luca ne respire pas. Mami ne respire pas. Ils ferment les yeux, leur corps ne bouge pas, même l'adrénaline ne circule pas, bloquée par leur immobilité calcifiée. L'homme a un hoquet, tire la chasse, se lave les mains. Il les essuie à la belle serviette de toilette jaune d'Abuela, celle qu'elle ne sort que pour les réceptions.

Ils ne bougent pas après le départ de l'homme. Même après qu'ils entendent de nouveau grincer et claquer la porte de la cuisine. Ils restent là, figés, un entrelacement de bras, de jambes, de genoux et de mentons, paupières serrées, doigts enchevêtrés, même après qu'ils entendent l'homme rejoindre ses compagnons dehors, après qu'ils l'entendent annoncer que la maison est vide et qu'il va manger un peu de poulet, parce qu'il n'y a pas de raison de laisser perdre un si bon barbecue alors que les enfants meurent de faim en Afrique. L'homme se tient encore assez près de la fenêtre pour que Luca entende les bruits aqueux et caoutchouteux que fait sa bouche en mastiquant le poulet. Luca se concentre sur sa respiration ; inspirer et expirer en silence. Il se raconte que tout ça n'est qu'un mauvais rêve, un rêve terrible, certes, mais un de ceux qu'il a déjà souvent faits. Et dont il se réveille immanquablement, le cœur qui cogne, inondé de soulagement. *C'était juste un rêve.* Parce que ces hommes sont les croque-mitaines modernes des villes mexicaines. Parce que même les parents qui évitent de parler de la violence en présence de leurs enfants, qui prennent soin de changer de station de radio quand on annonce de nouveaux massacres et de dissimuler leurs pires frayeurs, même ces parents ne peuvent empêcher les enfants de discuter entre eux. Sur les balançoires, sur le terrain de football, dans les toilettes de l'école, les horribles histoires enflent et se répandent. Ces gamins, riches, pauvres, ou de classe moyenne, ont tous vu des cadavres dans les rues. Meurtres ordinaires. Et à discuter ainsi entre eux ils apprennent qu'il existe une hiérarchie du danger, que certaines familles courent plus de risques que d'autres. Alors, bien que ses parents n'aient jamais laissé paraître le moindre indice qu'ils courent un tel risque, bien qu'ils aient fait montre d'un courage impeccable devant leur fils, Luca savait – il savait que ça arriverait un jour. Mais la vérité n'adoucit pas le choc. Passe un long, long moment avant que sa mère desserre son étreinte sur la nuque de Luca, avant qu'elle ne se penche suffisamment pour remarquer que la lumière qui filtre à travers la fenêtre de la salle de bains a changé d'angle.

Après la terreur et avant la confirmation de la réalité, il y a toujours un moment de grâce. Quand, finalement, Luca bouge, il éprouve la brève, l'étourdissante euphorie du simple fait d'être vivant. Un court instant, le pénible passage du souffle dans sa poitrine le réjouit. Il pose les mains à plat sur le carrelage pour en sentir la fraîcheur sous sa peau. Mami s'effondre contre le mur en face de lui, remue la mâchoire, ce qui révèle la fossette sur sa joue gauche. Ça fait tout drôle de voir ses belles chaussures de ville dans la douche. Luca touche la coupure de sa lèvre. Le sang a séché, mais il la gratte avec ses dents et elle se rouvre. Il comprend que, si c'était un rêve, il n'aurait pas le goût du sang.

Finalement, Mami se lève.

— Reste ici, ordonne-t-elle dans un murmure. Ne bouge pas jusqu'à ce que je revienne te chercher. Ne fais pas un bruit, tu comprends ?

Luca se jette sur elle, la retient par la main.

— Mami, ne pars pas.

— *Mijo*, je vais revenir bientôt, d'accord ? Tu restes ici. (Mami lui desserre les doigts.) Ne bouge pas, répète-t-elle. Sois un bon garçon.

Luca ne trouve pas difficile d'obéir aux consignes de sa mère, non seulement parce qu'il est un garçon obéissant, mais parce qu'il ne veut pas voir. Toute sa famille, ici, dans la cour d'Abuela. Aujourd'hui, samedi 7 avril, c'est la fête pour la *quinceañera*, le quinzième anniversaire, de sa cousine Yénifer. Elle porte une longue robe blanche. Son père et sa mère sont là, *tío* Alex et *tía*[1] Yemi, et aussi son petit frère Adrián qui, parce qu'il vient d'avoir neuf ans, prétend qu'il a un an de plus que Luca alors qu'ils n'ont en fait que quatre mois de différence.

Avant que Luca ait besoin d'aller uriner, Adrián et lui s'envoyaient du pied le ballon avec les autres *primos*[2]. Les mères, assises autour de la table dans le patio, laissaient goutter leurs *palomas*[3] glacées sur leurs petites serviettes. La dernière fois qu'ils s'étaient tous réunis chez Abuela, Yénifer était entrée par hasard dans la salle de bains où se trouvait Luca, qui en avait été si mortifié qu'aujourd'hui il a demandé à Mami de l'accompagner et de monter la garde devant la porte. Ce qui n'a pas plu à Abuela ; elle a dit à Mami qu'elle le dorlotait, qu'un

1. *Tío* : « oncle » ; *tía* : « tante ».
2. *Primos* : « cousins ».
3. Les *palomas* sont des cocktails à base de tequila et de jus de pamplemousse.

garçon de son âge devait se rendre aux toilettes sans adulte. Mais Luca est un enfant unique, alors il peut se permettre de faire des choses que ne font pas les autres.

Quoi qu'il en soit, Luca est seul maintenant dans la salle de bains et, bien qu'il essaie de ne pas y penser, l'idée l'envahit : ces mots d'énervement entre Mami et Abuela sont peut-être les tout derniers qu'elles auront échangés. Luca s'était approché de la table en se tortillant, avait chuchoté à l'oreille de Mami, et Abuela, assistant à la scène, avait secoué la tête, agité un doigt accusateur, et fait ses remarques. Avec cette façon qu'elle a de sourire quand elle critique. Mais Mami prend toujours le parti de Luca. Elle avait roulé les yeux et repoussé malgré tout sa chaise, sans tenir compte de la réprobation de sa mère. C'était quand ? Il y a dix minutes ? Deux heures ? Luca a l'impression d'être à la dérive, d'avoir perdu les limites du temps qu'il a toujours connu.

De l'extérieur lui parvient le son des pas hésitants de Mami, ses pieds qui butent doucement contre les débris épars d'objets brisés. Un unique halètement, trop ronflant pour être un sanglot. Et puis un enchaînement précipité de sons tandis qu'elle traverse le patio dans un but bien précis, enfonce les touches de son téléphone, parle d'une voix traînante que Luca ne lui connaît pas, aiguë et comme coincée dans l'arrière-gorge.

— Au secours.

2

Quand Mami arrive pour faire sortir Luca de la douche, il est recroquevillé sur lui-même, une boule qui se balance. Elle lui demande de se lever, mais il secoue la tête, et s'enroule encore plus étroitement, son corps vibre et renâcle sous l'effet de la panique. Tant qu'il reste ici, dans cette douche, le visage enfoui dans les creux sombres de ses coudes, tant qu'il ne regarde pas Mami en face, il peut retarder le moment de savoir ce qu'il sait déjà. Il peut prolonger l'espoir irrationnel que, peut-être, un fragment du monde d'hier surnage encore.

Sans doute vaudrait-il mieux qu'il aille voir, qu'il contemple les éclaboussures étincelantes et colorées sur la robe blanche de Yénifer, Adrián allongé par terre les yeux ouverts sur le ciel, les cheveux gris d'Abuela, mêlés d'une substance qui ne devrait jamais exister hors de la boîte crânienne. Sans doute vaudrait-il mieux, vraiment, que Luca voie les débris encore tièdes de son père, la spatule tordue sous son poids, son sang qui continue de s'écouler sur le ciment du patio. Parce que rien de tout cela, si horrible que ce soit, n'est pire que les images qui naîtront à vif de son imagination.

Mami réussit enfin à le faire lever et l'entraîne à l'extérieur, devant la porte d'entrée, ce qui n'est peut-être pas la meilleure idée, car si les *sicarios* revenaient, qu'est-ce qui serait pire – être pleinement visible dans la rue, ou caché à l'intérieur où personne ne pourrait témoigner de l'irruption des tueurs ? Question sans réponse. Rien n'est meilleur ou pire maintenant. Ils traversent la cour proprette d'Abuela et Mami ouvre le portail. Ils s'assoient sur le rebord du trottoir peint en jaune, les pieds sur la chaussée. L'autre côté de la rue est dans l'ombre, mais ici le soleil brille et chauffe le front de Luca. Au bout de quelques longues minutes, ils entendent les sirènes. Mami, qui s'appelle aussi Lydia, prend conscience qu'elle claque des dents. Elle n'a pas froid. Ses aisselles sont mouillées et les poils de ses bras hérissés de chair de poule. Luca se penche en avant, il a un premier haut-le-cœur et vomit un morceau de pomme de terre en salade taché du rose du punch aux fruits. Qui s'écrase sur l'asphalte entre ses pieds, mais ni Luca ni Mami ne s'en écartent, ils ne semblent pas même s'en apercevoir. Pas plus qu'ils ne remarquent les mouvements furtifs des rideaux et des persiennes tout autour, derrière lesquels les voisins élaborent des démentis crédibles.

Luca remarque néanmoins les murs qui bordent la rue d'Abuela. Il les a déjà vus d'innombrables fois mais aujourd'hui il perçoit une différence : ici, chaque maison est précédée d'une petite cour semblable à celle d'Abuela, cachée de la rue par un mur semblable au sien, surmonté de lames de rasoir, d'un treillis métallique ou de piquets comme chez Abuela, et dans laquelle on entre uniquement par un portail verrouillé comme le sien. Acapulco est une ville dangereuse. Ici, les gens prennent des précautions, même dans des quartiers aussi agréables que celui-ci, spécialement dans ces quartiers-là. Mais à quoi ça sert, ces protections, quand les hommes arrivent ? Luca pose la tête sur l'épaule de sa mère, qui l'entoure de son bras. Elle ne lui demande pas si ça va, parce que désormais la question semblera aussi pénible qu'absurde. Lydia s'efforce de chasser de son esprit les nombreux mots qui ne sortiront plus jamais de sa bouche – le soudain et monstrueux néant de mots qu'elle ne pourra plus jamais dire.

La police arrive et ceinture le pâté de maisons de cordons jaunes *escena del crimen* afin de bloquer la circulation et faire place au macabre cortège de véhicules d'urgence. Des tas de policiers, une véritable armée, dansent un ballet respectueux autour de Lydia et de Luca. Quand l'inspecteur en chef commence à lui poser des questions, Lydia hésite un instant, se demande si elle ne devrait pas envoyer Luca ailleurs. Il est trop jeune pour entendre tout ce qu'elle doit dire. Elle devrait l'envoyer auprès de quelqu'un d'autre pendant dix minutes, afin qu'elle réponde franchement à ces horribles questions. Elle devrait l'envoyer auprès de son père, de sa grand-mère, de sa tante Yemi. Mais ils sont tous morts, dans la cour, tombés les uns à côté des autres comme des dominos. De toute façon, c'est insensé. La police n'est pas là pour aider. Lydia éclate en sanglots. Luca se lève et entoure d'une main froide la nuque de sa mère.

— Donnez-lui une minute, dit-il, comme un adulte.

L'inspecteur revient accompagné d'une femme, le médecin légiste, qui s'adresse directement à Luca. Elle pose une main sur son épaule et lui demande s'il veut bien s'asseoir avec elle dans son fourgon. SEMEFO[1], est-il écrit sur le flanc. Les portes arrière sont ouvertes. Mami fait signe à Luca d'accepter, alors il suit la dame et prend place à l'intérieur, les pieds ballants par-dessus

1. Servicio Médico Forense, l'équivalent de notre médecine légale.

le pare-chocs. Elle lui offre un soda frais en canette, un *refresco*.

Le cerveau de Lydia, qui s'était arrêté de fonctionner sous l'effet du choc, se remet en marche, mais comme s'écoule un filet de boue. Elle est toujours assise sur le bord du trottoir, et l'inspecteur se tient entre elle et son fils.

— Avez-vous vu le tireur ? demande-t-il.

— Les tireurs, au pluriel. Je crois qu'ils étaient trois.

Elle voudrait que le policier s'écarte afin qu'elle puisse garder un œil sur Luca, qui n'est qu'à une douzaine de pas de là.

— Vous les avez vus ?

— Non, nous les avons entendus. Nous étions cachés dans la douche. Il y en a un qui est venu se soulager, à quelques centimètres de nous. Vous trouverez peut-être des empreintes sur le robinet. Il s'est lavé les mains. Incroyable, non ?

Lydia tape fort dans ses mains, comme pour effrayer le souvenir.

— Il y avait au moins deux autres voix dehors.

— Ont-ils dit ou fait quelque chose qui aiderait à les identifier ?

Elle secoue la tête.

— L'un d'eux a mangé le poulet.

Le détective note *pollo* sur son calepin.

— Un autre a demandé s'*il* était là.

— Une cible spécifique ? Ils ont dit qui *il* était ? Ont donné un nom ?

— Pas la peine. C'était mon mari.

L'inspecteur s'arrête d'écrire et la regarde, attendant la suite.

— Qui est votre mari ?

— Sebastián Pérez Delgado.

— Le journaliste ?

Lydia fait signe que oui, l'homme siffle entre ses dents.

— Il est ici ?

De nouveau, Lydia acquiesce.

— Dans le patio. Avec la spatule. Avec la pancarte.

— Je suis désolé, *señora*. Votre mari recevait beaucoup de menaces, n'est-ce pas ?

— Oui, mais pas récemment.

— Et quelle était la nature exacte de ces menaces ?

— On lui disait d'arrêter d'écrire sur les cartels.

— Sinon ?

— Sinon, ils tueraient toute sa famille.

Elle parle d'une voix sans timbre. L'inspecteur inspire à fond et jette sur Lydia un regard qu'on pourrait qualifier de compatissant.

— À quand remonte la dernière menace ?

Lydia secoue la tête.

— Je ne sais pas. Il y a longtemps. Ça ne devait pas arriver. Ce n'était pas censé arriver.

Le policier serre les lèvres, un mince ruban, et ne répond pas.

— Ils vont me tuer aussi, ajoute-t-elle, comprenant seulement au moment où ces mots surgissent que cela pourrait être vrai.

L'inspecteur ne tente pas de la contredire. Il n'émarge pas au registre du cartel, mais nombre de ses collègues, oui. Il ne connaît pas leur nom, peu importe en vérité. Il n'a confiance en personne. De fait, sur les deux douzaines d'individus, forces de l'ordre et personnel médical, qui circulent actuellement dans la maison et autour du patio, marquant l'emplacement des douilles, examinant les empreintes, analysant les giclures de sang, prenant des photos, vérifiant les pouls, faisant le signe de croix sur les cadavres des membres de la famille de Lydia, sept sont des salariés réguliers du cartel local. Pour un traitement trois fois plus élevé que celui qu'ils reçoivent du gouvernement. En fait, l'un d'eux a déjà envoyé un texto au *jefe* signalant que Lydia et Luca ont survécu. Les autres ne font rien, parce que c'est justement pour ça que le cartel les paie, pour augmenter le nombre des uniformes et donner l'apparence d'un gouvernement actif. Certains sont tiraillés moralement, d'autres non. Comme de toute façon ils n'ont pas le choix, ces conflits restent purement symboliques. Le taux d'affaires criminelles non résolues au Mexique dépasse les quatre-vingt-dix pour cent. L'existence d'une *policía* en tenue constitue un contrepoids illusoire à l'impunité réelle du cartel. Lydia le sait. Tout le monde le sait. Elle décide à ce moment-là qu'elle doit partir d'ici. Elle se redresse et quitte le trottoir, surprise de sentir la force de ses jambes. Le policier recule afin de lui laisser de l'espace.

— Quand il comprendra que je suis vivante, ils reviendront.

C'est alors que le souvenir jaillit, brutalement : l'une des voix dans la cour demandant *et le gosse, est-ce qu'il est là ?*. Lydia a l'impression de perdre l'équilibre.

— Il va tuer mon fils.

— *Il* ? Vous savez précisément qui a fait ça ?

— Vous plaisantez, j'imagine ?

Il n'y a qu'une seule personne susceptible d'ordonner un tel bain de sang à Acapulco, et tout le monde connaît son identité. Javier Crespo Fuentes. L'ami de Lydia. Pourquoi devrait-elle prononcer son nom ? Soit la question de l'inspecteur n'est qu'une réplique de théâtre, soit c'est un test. Il écrit autre chose dans son calepin.

Il écrit : *La Lechuza ?* Il écrit : *Los Jardineros ?* Et montre son carnet à Lydia.

— Je ne peux pas faire ça maintenant, dit-elle en le repoussant.

— S'il vous plaît, encore quelques questions.

— Non. Plus de questions. Fini, zéro question.

Il y a seize cadavres dans la cour, à peu près tous les êtres que Lydia a aimés au monde, mais elle reste habitée par la sensation de se tenir au bord du gouffre qu'est cette information – les faits sont exacts, elle le sait parce qu'elle les a entendus mourir, elle a vu les corps. Elle a touché la main encore tiède de sa mère, soulevé le poignet de son mari et senti que le pouls ne battait plus. Pourtant, son esprit essaie toujours de rembobiner l'histoire, de la déconstruire. Parce que ça ne peut pas être vrai. C'est trop horrible pour être effectivement vrai. La panique va surgir, mais elle reste en suspens.

— Luca, viens.

Elle tend la main à Luca qui saute du fourgon du médecin légiste. Il laisse le *refresco* inentamé sur le pare-chocs.

Lydia l'entraîne, ils longent tous les deux la rue où Sebastián a garé leur voiture, à l'extrémité du pâté de maisons. L'inspecteur leur emboîte le pas, essayant toujours de la faire parler. Il refuse d'admettre qu'elle ait mis fin à la conversation. N'avait-elle pas été assez claire ? Elle s'arrête de marcher si brusquement qu'il manque trébucher et lui rentrer dedans. Il se dresse sur la pointe des pieds pour éviter la collision. Elle fait volte-face.

— J'ai besoin de ses clés, dit-elle.

— Les clés ?

— Celles de la voiture de mon mari.

Tandis que l'inspecteur continue de l'interroger, elle

le bouscule et le dépasse, tirant Luca derrière elle. Elle emprunte le portail pour rejoindre la cour d'Abuela et dit à Luca de l'attendre. Avant de se reprendre et de l'emmener à l'intérieur de la maison. Elle l'installe sur le divan de velours jaune d'or avec instruction de ne pas bouger.

— Pouvez-vous rester avec lui, s'il vous plaît ?

L'inspecteur accepte d'un hochement de tête.

Lydia s'immobilise un instant devant la porte du fond, puis redresse les épaules, l'ouvre et fait un pas à l'extérieur. Dans la cour ombragée flotte l'odeur suave de la sauce au citron vert, épaisse et carbonisée. Lydia sait qu'elle ne mangera plus jamais de viande au barbecue. Certains corps sont recouverts maintenant, et la cour est parsemée de petites pancartes jaune vif, sur lesquelles figurent des lettres noires et des numéros. Les pancartes indiquent des emplacements, des preuves qui ne seront jamais utilisées comme pièces à conviction. Elles aggravent les choses. Elles soulignent la réalité des faits. Pour la toute première fois, Lydia sent la présence de ses poumons dans son corps – l'impression de lambeaux à l'état brut. Elle s'avance vers Sebastián, toujours allongé, le bras gauche plié bizarrement dans son dos, la spatule pointant dessous la hanche. La façon dont il est étendu lui rappelle la forme que prend son corps lorsque, plein d'animation, il s'amuse à lutter avec Luca dans le salon après dîner. Ils crient. Ils rugissent. Ils se cognent contre les meubles. Lydia fait couler de l'eau savonneuse dans l'évier de la cuisine et leur jette des regards faussement furieux. Mais toute cette excitation a disparu. Sous la peau de Sebastián, il n'y a que de l'immobilité. Elle veut lui parler avant que toute couleur ne le quitte. Elle veut, désespérément, immédiatement, lui raconter ce qu'il s'est passé. Une part hystérique d'elle-même croit que, si elle raconte suffisamment bien l'histoire, elle peut le convaincre qu'il n'est pas mort. Le convaincre du besoin qu'elle a de lui, du besoin immense que leur fils a de lui. Mais une sorte de paralysie démente lui bloque la gorge.

Quelqu'un a enlevé le bout de carton que les tueurs avaient posé sur la poitrine de Sebastián, maintenu par une simple pierre. Et sur lequel on avait écrit au marqueur vert : TODA MI FAMILIA ESTÁ MUERTA POR MI CULPA. Toute ma famille est morte à cause de moi.

Lydia s'accroupit aux pieds de son mari, mais ne veut pas toucher sa peau froide et blafarde. La preuve. Elle agrippe la pointe d'une chaussure et ferme les yeux. Sebastián est à peu près intact, elle leur est en reconnaissante. Elle sait qu'ils auraient pu transpercer sa poitrine avec la lame d'une machette et fixer le carton sur le cœur. Elle sait que la propreté toute relative de sa mort est un mode détourné de gentillesse. Elle a vu d'autres scènes de crimes, des scènes cauchemardesques – des corps qui ne sont plus des corps, juste des morceaux, *mutilados*. Quand le cartel tue, c'est à titre d'exemple, grotesque, exagéré. Un matin, alors qu'elle ouvrait sa librairie, Lydia a remarqué dans la rue un garçon qu'elle connaissait, agenouillé pour déverrouiller la grille du magasin de chaussures de son père, dont la clé pendait à un lacet noué autour de son cou. Il avait seize ans. Quand la voiture a stoppé, le gosse n'a pas pu s'enfuir parce que la clé était coincée dans la serrure : elle le retenait par le cou. Alors les *sicarios* ont remonté la grille et pendu le garçon par son lacet, puis ils l'ont roué de coups, jusqu'à ce qu'il ne bouge plus que par saccades. Lydia s'était réfugiée dans sa boutique, avait fermé la porte à double tour derrière elle si bien qu'elle ne les avait pas vus baisser le pantalon du garçon et agrémenter le membre d'une décoration, mais elle l'avait appris plus tard. Ils l'ont tous appris plus tard. Tous les commerçants du quartier savaient que le père du garçon avait refusé de payer au cartel les pots-de-vin, les *mordidas*.

Alors, oui, Lydia leur est reconnaissante d'avoir tué seize de ses êtres les plus chers rapidement et proprement par une rafale de balles. Les policiers dans la cour évitent de la regarder, ce dont elle leur est également reconnaissante. Le photographe de la scène de crime pose son appareil sur la table à côté du verre dont les bords portent encore la trace du rouge à lèvres couleur prune de Lydia. Les glaçons ont fondu à l'intérieur, la condensation a formé une petite flaque sur la serviette de table, toujours humide. Il semble impossible, se dit Lydia, que sa vie ait été complètement saccagée en moins de temps qu'il n'en faut à un anneau de condensation pour s'évaporer. Elle se rend compte qu'un silence respectueux règne dans le patio. Elle se déplace le long du corps de Sebastián sans se lever. Elle avance sur les genoux, s'arrête, le regard fixé sur sa main étendue, les bosses et les stries de ses jointures, les lunules parfaites de ses ongles. Ses doigts ne remuent pas. L'alliance est inerte. Ses yeux sont fermés. Lydia se demande, stupidement, s'il les a fermés volontairement, comme un ultime acte de tendresse envers elle, afin qu'elle n'ait pas à en constater le vide lorsqu'elle trouverait son corps. Elle se couvre la bouche de la main, parce qu'il lui semble qu'une part essentielle d'elle-même risquerait de s'en échapper. Elle surmonte cette impression, glisse ses doigts dans le pli de cette main insensible, se laisse aller doucement contre la poitrine. Il est déjà froid. Il est froid. Sebastián est parti, et ce qu'il reste de lui n'est que sa forme familière et bien-aimée que tout souffle a désertée.

Elle lui pose une main sur la mâchoire, le menton. La bouche serrée, elle pose une paume sur son front glacé. La première fois qu'elle a vu Sebastián, il était penché sur un carnet à spirale dans une bibliothèque de Mexico, un stylo à la main. L'inclinaison de ses épaules, la plénitude de ses lèvres. Il portait un T-shirt violet à l'effigie d'un groupe qu'elle ne connaissait pas. Elle comprend maintenant que ce n'était pas ce corps, mais la façon dont il le bougeait qui l'avait fascinée. Ses genoux pressés contre le ciment, elle le couvre de prières. Elle pleure spasmodiquement. La spatule tordue repose dans une flaque de sang figé, la partie plate porte encore une trace de viande crue. Luttant contre un haut-le-cœur, Lydia glisse la main dans une poche de son mari à la recherche des clés. Combien de fois depuis qu'ils sont mariés a-t-elle glissé sa main dans cette poche ? *N'y pense pas, n'y pense pas, ne pense pas.* Ôter l'alliance du doigt s'avère difficile. La peau lâche de l'articulation se fripe, si bien qu'elle doit faire tourner l'anneau. D'une main elle déplie le doigt, de l'autre elle fait pivoter l'anneau, et c'est ainsi qu'elle finit par récupérer l'alliance, qu'elle lui a glissée au doigt dans la cathédrale Nuestra Señora de la Soledad, il y a plus de dix ans. Elle la passe à son pouce, pose ses deux mains sur la poitrine de Sebastián, et se redresse. Elle vacille, s'attendant à ce que quelqu'un conteste cette appropriation. Elle souhaiterait presque qu'on lui dise qu'elle n'en a pas le droit, qu'elle ne peut altérer une preuve ou quelque connerie de ce genre. Quelle consolation ce doit être d'avoir quelqu'un sur qui se déchaîner, sur qui crier momentanément sa rage. Mais personne n'ose.

Lydia est debout, les épaules basses. Sa mère. Elle se dirige vers l'un des corps à présent vaguement recouvert d'un plastique noir, celui d'Abuela. Un policier s'avance et s'interpose.

— *Señora*, s'il vous plaît, dit-il simplement.

Elle lui jette un regard éperdu.

— J'ai besoin d'un dernier instant auprès de ma mère.

Il secoue la tête, juste une fois, très légèrement, et parle d'une voix douce.

— Je vous assure que ce n'est pas votre mère.

Lydia cligne des yeux, immobile, les doigts fermement repliés sur les clés de la voiture de son mari. Il a raison. Elle pourrait rester encore un peu sur ce lieu de carnage, mais à quoi bon ? Ils ne sont plus là. Ce n'est pas le souvenir qu'elle veut garder d'eux tous. Elle s'éloigne des seize formes horizontales de la cour et, dans un grincement, pousse la porte de la cuisine. Dehors, les policiers reprennent leurs activités.

Dans la chambre, Lydia ouvre un placard et en retire l'unique bagage d'Abuela : un petit sac rouge de voyage à bandoulière. Elle défait la fermeture Éclair, découvre qu'il est plein d'autres sacs encore plus petits. Un sac de sacs. Elle les décharge sur le lit, ouvre le tiroir de la table de nuit de sa mère d'où elle sort un chapelet et un livre de prières, les met dans le sac de voyage avec les clés de Sebastián. Puis elle se penche et passe le bras sous le matelas jusqu'à ce que ses doigts accrochent un paquet dans une feuille de papier pliée. Lydia en sort une liasse : quasiment quinze mille pesos. Elle les fourre dans le bagage rouge et lance la pile de petits sacs dans le placard, avant de se rendre dans la salle de bains. De l'armoire à pharmacie elle extirpe tout ce qu'elle peut – une brosse à cheveux, une brosse à dents, du dentifrice, un tube de crème hydratante et un baume pour les lèvres, une pince à épiler. Elle met tout dans le sac de voyage. Elle fait cela sans réfléchir, sans décider ce qui pourrait réellement être utile. Elle fait cela parce qu'elle ne sait pas ce qu'elle pourrait faire d'autre. Sa mère et elle ont la même pointure. Une maigre bénédiction. Du placard, Lydia sort la seule paire de chaussures confortables – des baskets matelassées jaune doré, avec une fermeture Éclair sur le côté, qu'Abuela portait pour jardiner. Dans la cuisine, le raid continue : des biscuits, une boîte de cacahuètes, deux paquets de chips, lancés à la hâte dans le bagage. Le sac à main de sa mère pend à un crochet derrière la porte de la cuisine, tout comme, à deux autres, son tablier et son pull bleu sarcelle favori. Elle entreprend d'examiner ce que contient le sac – elle a l'impression de plonger le regard au fond de la gorge de sa mère. C'est bien trop intime. Lydia aplatit le cuir marron souple, l'enferme dans la poche arrière du sac de voyage.

Elle retrouve l'inspecteur assis sur le canapé, au côté de Luca, il ne pose pas de question. Son calepin et son stylo sont abandonnés sur la table basse.

— Nous devons partir, dit-elle.

Luca se lève sans que sa mère ait besoin de le lui demander, bientôt imité par le détective.

— Je dois vous prévenir du risque que vous courrez en retournant chez vous maintenant, *señora*. L'endroit peut être dangereux. Si vous attendez ici, l'un de mes hommes pourra peut-être vous emmener en voiture, nous vous trouverions un lieu sûr pour vous et votre fils ?

Lydia sourit, stupéfaite un instant que son visage sache encore prendre cette forme. Elle part d'un bref rire haletant.

— Je préfère tenter notre chance sans votre aide.

Le policier désapprouve, mais acquiesce.

— Vous avez un endroit sûr où aller ?

— S'il vous plaît, ne vous préoccupez pas de notre bien-être. Servez plutôt la justice. C'est ce dont vous devez vous inquiéter.

Elle est consciente que les mots qui s'échappent de sa bouche sont des flèches minuscules et inoffensives, ils sont aussi futiles qu'enragés. Elle refuse de se censurer.

L'inspecteur se tient debout, mains dans les poches, il fixe le sol, sourcils froncés.

— Je suis profondément désolé pour vous. Vraiment. Je sais ce que vous pensez, tous ces meurtres jamais résolus, mais il y a encore des gens qui s'en préoccupent, que cette violence horrifie. Je vous en prie, sachez que je vais faire mon possible.

Lui aussi connaît l'inutilité de ces paroles, mais se sent néanmoins obligé de les proférer. De sa poche de poitrine, il sort une carte avec son nom et son numéro de téléphone.

— Nous aurons besoin d'une déclaration officielle quand vous vous en sentirez capable. Avant, prenez quelques jours de repos, s'il le faut.

Il tend la carte, Lydia ne fait aucun geste pour la prendre, alors Luca se met sur la pointe des pieds et s'en saisit. Il s'est glissé près de sa mère, l'a enlacée en passant un bras à travers la bandoulière du sac de voyage rouge.

Cette fois-ci, le policier ne les suit pas. Leurs ombres progressent, telle une bête bossue, le long du trottoir. Sous l'essuie-glace de leur voiture, une Coccinelle Volkswagen orange de 1974 d'emblée reconnaissable, il y a un petit bout de papier, si petit qu'il ne s'agite même pas sous la brise chaude qui balaie la rue.

— *Carajo*[1] ! jure Lydia, qui pousse automatiquement Luca derrière elle.

1. *Carajo* : « merde ».

— Qu'est-ce qu'il y a, Mami ?

— Reste où tu es. Ou plutôt, non, va là-bas.

Elle indique la direction d'où ils viennent et, pour une fois, Luca ne discute pas. Il file, à une douzaine de mètres ou plus. Lydia laisse tomber le sac de voyage à ses pieds, sur le trottoir, recule d'un pas, inspecte la rue du regard. Son cœur ne s'accélère pas, il pèse comme du plomb dans sa poitrine.

Le ticket de stationnement de son mari est collé à l'essuie-glace, on discerne des traces de rouille sur le pare-chocs arrière. S'avançant sur la chaussée, elle se penche pour essayer de lire ce qui est inscrit sur le papier, sans le toucher. Une voiture de reportage d'une station de télé est garée juste en lisière de la zone de crime délimitée, mais journaliste et cameraman sont trop occupés pour avoir remarqué sa présence. Leur tournant le dos, elle tire sur le papier et le décolle de l'essuie-glace. Un mot au stylo-feutre vert : *Bouh !* Elle inspire, l'impression qu'une lame lui tranche le corps. Elle jette un œil à Luca, froisse le papier dans sa main et le fourre dans sa poche.

Ils doivent disparaître. Ils doivent partir d'Acapulco, partir si loin que Javier Crespo Fuentes ne les retrouvera jamais. Ils ne peuvent pas prendre la voiture.

3

Lydia fait le tour de la Coccinelle, deux fois, regarde à travers les vitres, examine les pneus, inspecte le réservoir, s'accroupit pour essayer de voir sous le châssis sans toucher à rien. Apparemment l'état de la voiture est celui dans lequel ils l'ont laissée, même si elle n'y prêtait pas beaucoup d'attention alors. Elle prend un peu de recul et croise les bras sur sa poitrine. Elle ne va pas courir le risque de la conduire, mais elle doit au moins l'ouvrir et prendre certaines affaires qui s'y trouvent. Il faut qu'elle l'ouvre, de toute urgence. Comme elle est incapable de se projeter au-delà du présent immédiat, le mot *souvenirs* ne lui vient pas à l'esprit.

À travers la vitre, elle aperçoit le sac à dos de Sebastián sur le plancher du côté passager, ses lunettes de soleil qui scintillent sur le tableau de bord, le chandail jaune et bleu de Luca étalé sur le siège arrière. Il apparaît trop risqué à présent de rentrer chez eux, là où ils ont vécu tous ensemble. Elle doit faire vite, éloigner Luca d'ici. Brièvement, elle pense que, s'il y a une bombe dans la voiture, ce serait peut-être mieux d'appeler Luca, qu'il soit près d'elle avant qu'elle ouvre la portière, mais son instinct maternel l'emporte sur cette macabre considération.

Alors elle s'approche, la clé dans sa main tremblante, qu'elle stabilise de l'autre. Elle regarde Luca, qui l'encourage, pouce levé. *Il n'y a pas de bombe*, se dit-elle. *Une bombe serait inutile, exagérée, après toutes ces balles*. Elle introduit la clé dans la serrure. Inspire, une fois, deux fois. Tourne la clé. *Clic*. Le bruit de déverrouillage suffirait presque à la faire défaillir. Puis le silence. Ni tic-tac, ni bip, ni souffle d'air meurtrier. Elle ferme les yeux, se retourne, lève à son tour le pouce à l'intention de Luca. Ouvre brutalement la vieille portière, commence à farfouiller. De quoi a-t-elle besoin ? Elle s'interrompt, s'immobilise. *Tout ça ne peut pas être vrai*. Son esprit tendu à l'extrême, comme gauchi, une confusion paralysante. Elle se rappelle sa mère tournant en rond pendant des semaines après la mort de son père, de l'évier au frigo, du frigo à l'évier. La main posée sur le robinet et oubliant de l'ouvrir. Lydia ne peut se permettre de rester ainsi suspendue dans le temps. Le danger est imminent. Ils doivent partir.

Le sac à dos de Sebastián est là. Elle doit l'attraper. Elle doit accomplir dès maintenant tout ce qui peut être fait, plus tard il sera temps d'essayer de comprendre comment cela est arrivé, pourquoi c'est arrivé. Elle ouvre le sac à dos de son mari, en retire une Thermos cabossée, ses lunettes, les clés de son bureau, ses écouteurs, trois petits carnets, une poignée de stylos bon marché, un magnétophone de poche, et sa carte de presse. Elle abandonne tout sur le siège passager, sauf la tablette Samsung Galaxy, qu'elle prend soin d'éteindre avant de la fourrer avec le chargeur dans le sac à dos désormais vide. Elle ne sait pas comment le GPS fonctionne sur ces appareils, et ne veut pas qu'on puisse la suivre à la trace. Elle récupère ses lunettes de soleil sur le tableau de bord, les chausse, manque de se blesser l'œil avec une branche. Elle avance le siège pour voir ce qui se trouve derrière : au sol, les chaussures de ville de Luca, qu'il a échangées contre ses baskets afin de jouer au football avec Adrián. *Oh, mon Dieu, Adrián*, pense Lydia, et la fissure dans sa poitrine s'agrandit comme si une hache entaillait son sternum. Elle ferme les yeux un court instant et s'oblige à reprendre une respiration normale, inspirer, expirer. Elle s'empare des chaussures de Luca, qu'elle dépose dans le sac. La casquette rouge de Sebastián, celle des New York Yankees, est abandonnée sur le siège arrière. Elle l'attrape et s'extirpe de la voiture pour la tendre à Luca, qui la pose sur sa tête. Dans le coffre, elle trouve le beau pull marron de Sebastián qu'elle balance dans le sac. Il y a aussi un ballon de basket (qu'elle délaisse) et un T-shirt sale, qu'elle garde. Elle referme le coffre, retourne vers le siège avant afin de choisir un des carnets de notes, refusant de réfléchir à la raison de son geste – conserver une trace de l'écriture de Sebastián à jamais disparue. Elle en prend un au hasard, le met dans le sac à dos, puis referme la portière à clé derrière elle.

Luca est à son côté, avant même qu'elle l'appelle. *Mon fils a fondamentalement changé*, se dit-elle. La façon dont il l'observe et interprète ses souhaits, sans qu'elle les manifeste.

— Où va-t-on aller, Mami ?

Lydia lui jette un regard oblique. Cet enfant de huit ans. De cet anéantissement, il faut qu'elle émerge, trouve l'énergie de sauver ce qui peut encore l'être. Elle embrasse Luca sur le haut du crâne et l'entraîne, loin des journalistes, de la voiture orange, de la maison d'Abuela, de ce qui fut leur vie.

— Je ne sais pas, *mijo*. Nous verrons. Ce sera une aventure.

— Comme dans les films ?

— Oui, *mijo*. Juste comme dans les films.

Elle cale le sac à dos sur ses deux épaules et en resserre les bretelles avant de soulever le sac de voyage. Ils marchent vers le nord, tournent à gauche en direction de la plage, puis du sud, Lydia est incapable de décider s'ils doivent aller vers un endroit peuplé de touristes, ou s'il vaut mieux rester le plus possible hors de vue. Elle regarde fréquemment derrière elle, examine les conducteurs des voitures, agrippe la main de Luca. Derrière une grille ouverte, un chien aboie, hurle et leur montre les dents. Une femme en robe de coton à fleurs sort de la maison pour corriger le chien mais, avant qu'elle l'atteigne, Lydia balance un coup de pied féroce au corniaud, sans même se sentir coupable. La femme lui crie après, Lydia continue de marcher, la main de Luca serrée dans la sienne.

Luca tente d'ajuster la casquette Yankees de son père, trop grande pour lui. La sueur de Papi a imprégné le ruban, si bien que son odeur se dégage chaque fois qu'il remue la tête, ce qu'il fait à intervalles réguliers afin de humer Papi. Puis l'idée lui vient que la senteur ne dure peut-être pas éternellement, et il a peur de tout consommer, alors il arrête de tripoter le couvre-chef. Finalement, ils aperçoivent un bus et décident de monter dedans.

En ce samedi après-midi, le bus n'est pas plein. Luca est heureux de s'asseoir, jusqu'à ce qu'il se rende compte que le mouvement de ses jambes, qui a propulsé son petit corps à travers les rues de sa ville, est ce qui lui a permis de ne pas succomber sous le poids de l'horreur, qui maintenant menace de l'accabler. À peine est-il assis à côté de Mami sur le siège de plastique bleu, balançant ses jambes fatiguées, qu'il se met à penser.

Se met à trembler. Mami l'entoure de son bras et le serre très fort contre elle.

— Il ne faut pas pleurer, *mijito*, pas ici. Pas encore.

Luca hoche la tête et, d'un seul coup, il arrête de trembler, et le risque de larmes s'évapore. Il appuie la tête contre la vitre chaude du bus, regarde à l'extérieur. Il s'attarde sur les couleurs de bande dessinée qui caractérisent sa ville, le vert des feuilles de palmier, les troncs d'arbres peints en blanc pour décourager les scarabées, les enseignes criardes des boutiques, des hôtels, des cordonniers. Il aperçoit les jeunes qui font la queue aux guichets d'El Rollo, portant des tongs et une serviette autour du cou. Derrière eux, les toboggans aquatiques rouges et jaunes forment des montagnes russes. Luca pose un doigt sur la vitre et dézingue les enfants, un par un. Le bus freine dans un couinement au bord du trottoir, trois adolescents aux cheveux trempés grimpent, passent devant Lydia et Luca sans un regard et vont s'asseoir au fond, coudes sur les genoux, où ils discutent à voix basse.

— Papi va m'y emmener cet été, dit Luca.

— Quoi ?

— À El Rollo. Il a dit qu'on ira cet été. Qu'il prendra un jour de congé et qu'il m'y emmènera, quand je n'aurai pas école.

Lydia inspire un bon coup et serre les dents. Un réflexe renégat : elle en veut à son mari. Le chauffeur ferme les portes et le bus redémarre. Lydia ouvre le sac de voyage à ses pieds, enlève ses chaussures à talons, qu'elle remplace par les baskets molletonnées dorées de sa mère. Elle n'a pas de plan, ce qui ne lui ressemble pas, empêchée d'en élaborer un parce que son esprit lui semble peu familier, à la fois frénétique et embourbé. Elle est néanmoins capable de se rappeler que toutes les quinze ou vingt minutes ils doivent descendre et prendre un autre bus, ce qu'ils font. Parfois pour aller dans la même direction, parfois pour en changer. L'un de ces arrêts se situe devant une église, alors ils y entrent rapidement, mais la disponibilité de Lydia pour la prière a disparu. Elle a déjà vécu cela quelques fois – à dix-sept ans, quand son père est mort du cancer, quand elle a fait une fausse couche tardive, deux ans après la naissance de Luca, quand les médecins lui ont dit qu'elle ne pourrait plus avoir d'enfant – donc elle ne croit pas que sa foi soit en question. Elle prend plutôt cette impuissance comme une marque de bonté divine. À la manière d'un gouvernement en congé, Dieu a mis en chômage technique ses facultés non indispensables. Dehors, Luca vomit de nouveau, tandis qu'ils attendent le bus suivant.

Autour du cou, Lydia porte une fine chaîne d'or agrémentée de trois petits anneaux emboîtés. Un travail de joaillier discret, son seul bijou outre l'alliance d'or filigrané à l'annulaire de la main gauche. Sebastián lui a offert la chaîne pour le Noël qui a suivi la naissance de Luca, et elle l'a adorée immédiatement – un tel symbole. Depuis, elle la porte tous les jours, c'est devenu une partie intégrante d'elle-même, reflet de ses manies. Quand elle s'ennuie, elle la fait défiler contre le coussinet du pouce. Quand elle est stressée, elle fait tourner les trois anneaux du bout de ses ongles roses, ce qui produit un léger tintement. Maintenant, elle se retient de jouer avec. Sa main se dirige machinalement vers son cou, mais elle est consciente de son geste – elle s'entraîne déjà à camoufler ses habitudes. Rien ne doit pouvoir l'identifier si elle veut survivre. Elle ouvre le fermoir de la chaîne dans sa nuque, retire de son pouce l'alliance de Sebastián et la glisse sur le fil d'or, referme, laisse tomber le tout dans l'encolure de son chemisier.

Il faut éviter d'attirer l'attention des conducteurs de bus, connus pour être des *halcones*, des repéreurs aux ordres du cartel. Lydia sait que son apparence – femme d'âge indéterminé, plutôt séduisante mais pas belle, qui voyage avec un garçonnet plutôt banal – peut lui servir de camouflage naturel, l'image d'une mère et de son enfant qui se baladent pour faire du shopping ou aller voir des amis à l'autre bout de la ville. Effectivement Luca et elle pourraient aisément passer pour bon nombre d'autres voyageurs – ce qui est totalement absurde si on y réfléchit : l'idée que ces gens ne puissent voir l'horreur à laquelle Luca et elle viennent d'échapper ? Ce qui lui semble pourtant aussi évident que si elle portait une enseigne clignotante. Elle lutte à chaque instant pour retenir le hurlement qui palpite en elle, comme un être vivant, qui s'étire et cogne dans son ventre comme Luca lorsqu'il s'y trouvait. Avec une extraordinaire volonté, elle réussit à le maîtriser, à le supprimer.

Quand un plan émerge finalement du brouillard chaotique et violent qui noie son cerveau, Lydia n'est pas sûre que ce soit le bon, mais elle décide de l'appliquer, car elle n'en a pas d'autre. À 4 heures moins le quart, Lydia et Luca descendent du bus à Playa Caletilla, et entrent dans une annexe de leur banque. Il reste un quart d'heure avant la fermeture. Lydia profite de la queue pour allumer son portable et y vérifier l'état de son compte, avant de l'éteindre et de remplir un formulaire de retrait pour la presque totalité du montant : 219 803 pesos, soit environ 12 500 dollars américains, héritage du parrain de Sebastián qui possédait une entreprise d'embouteillage, et n'avait jamais eu d'enfants. Elle demande l'argent en grosses coupures.

Quelques minutes plus tard, Luca et Lydia sont de nouveau dans un bus, toutes leurs économies en argent liquide rangées dans trois enveloppes, au fond du sac d'Abuela. Trois autobus et environ une heure plus tard, ils descendent devant le Walmart de Playa Diamante. Ils achètent un sac à dos pour Luca, deux lots de sous-vêtements, deux jeans, deux lots de trois T-shirts blancs, un sweat-shirt à capuche et une veste d'hiver pour chacun, deux brosses à dents, des lingettes jetables, une boîte de pansements, un tube de crème solaire, un stick pour les lèvres, une trousse de première urgence, deux gamelles, deux lampes torches, des piles, une carte du Mexique. Au rayon des articles ménagers, elle consacre un long moment au choix d'une machette, se décide pour une petite à lame rétractable et son étui noir qu'elle peut attacher à sa jambe. Ce n'est pas une arme à feu, mais c'est mieux que rien. Après avoir réglé en liquide, ils se dirigent vers les hôtels de la plage, en empruntant le tunnel qui passe sous la route. Luca porte la casquette de base-ball de Papi, Lydia ne touche pas son collier d'or. Elle observe tout le monde, les autres piétons, les conducteurs des voitures, même les gamins sur leurs skateboards : elle sait que les *halcones* sont partout. Ils accélèrent le pas. Elle opte pour l'hôtel Duquesa Imperial, en raison de sa taille. Assez grand pour préserver un certain anonymat, et pas suffisamment pour séduire les branchés de la société. Elle demande une chambre donnant sur la rue et paie de nouveau en liquide.

— J'ai juste besoin d'enregistrer votre carte de crédit, en cas d'imprévus, dit l'employé de la réception, qui insère deux cartes clés dans une pochette en papier.

Lydia regarde la pochette, envisage de la saisir et de bondir vers l'ascenseur. Puis elle ouvre son sac à main, fait semblant de fourrager à la recherche de sa carte de crédit.

— Zut, j'ai dû la laisser dans la voiture. Quel est le montant de la garantie ?

— Quatre mille pesos. (Sourire froid de l'employé.) Intégralement remboursables, bien entendu.

— Bien entendu.

Lydia cale le sac de voyage sur son genou, tâte l'une des enveloppes au fond. Elle en retire quatre mille pesos sans même sortir l'enveloppe du sac.

— Du liquide, ça va ?

— Oh !

L'air inquiet, l'homme interroge du regard son patron, occupé avec un autre client.

— Le liquide, ça marche, dit le patron, sans lever les yeux.

L'employé fait un signe de tête à Lydia, qui lui fourre dans les mains les quatre coupures roses. Il les met dans une enveloppe qu'il cachette.

— À quel nom, s'il vous plaît ? demande-t-il, stylo noir suspendu au-dessus de l'enveloppe.

Lydia hésite un instant. « Fermina Daza. » Le premier nom qui lui vient à l'esprit.

Il lui tend la clé de la chambre.

— Je vous souhaite un bon séjour parmi nous, Ms. Daza.

La montée en ascenseur jusqu'au dixième étage semble à Luca la plus longue minute qu'il ait jamais vécue. Ses pieds lui font mal, son dos lui fait mal, sa nuque lui fait mal, et il n'a toujours pas pleuré. Une famille entre dans l'ascenseur au quatrième étage, se rend compte que l'appareil monte, en sort aussitôt. Les parents rient et se tiennent par la main, tandis que leurs enfants se chamaillent. Le garçon regarde Luca et lui tire la langue alors que les portes de l'ascenseur se referment.

D'instinct, et suivant les indications subtiles de Mami, Luca sait qu'il doit se comporter comme si tout était normal – jusqu'à présent, il a rempli cette tâche monstrueuse. Mais il y a une élégante dame âgée dans la cabine, et elle admire les chaussures dorées de Mami, celles d'Abuela. Luca cligne des yeux nerveusement.

— Vos chaussures sont très belles, dit la dame, pressant légèrement le bras de Lydia. Si peu communes. Où les avez-vous achetées ?

Lydia baisse les yeux au lieu de les tourner vers la dame pour lui répondre.

— Je ne m'en souviens plus. Elles sont si vieilles.

Puis elle pianote frénétiquement sur la touche dix de l'appareil, ce qui n'accélère pas la montée, mais produit l'effet attendu d'annuler toute tentative de conversation. La dame sort au sixième étage, après quoi Mami appuie sur les boutons quatorze, dix-huit et dix-neuf. Ils sortent au dixième étage et redescendent trois étages à pied, jusqu'au septième.

Une chose étonnante arrive à Luca quand Mami ouvre enfin la porte de leur chambre d'hôtel avec la carte, balaie rapidement du regard l'enfilade du couloir moquetté, le pousse dans la chambre, tourne deux fois le verrou et met la chaîne, traîne la chaise du bureau sur le sol dallé et la cale sous la poignée de la porte. La chose surprenante, c'est qu'il ne lui arrive rien. La trombe d'angoisse contre laquelle il lutte ne se déverse pas. Elle ne disparaît pas non plus. Elle reste simplement là, contenue, comme lorsqu'on s'empêche de respirer, une boule rôdant à la périphérie de son cerveau. Il a l'impression que, s'il tournait la tête, s'il tapotait du doigt la boule cauchemardesque, ça déchaînerait un torrent colossal qui l'emporterait pour toujours. Luca prend soin de ne pas bouger. Puis il envoie valser ses chaussures et s'assoit sur le bord du lit surélevé. Une serviette de toilette y repose, pliée en forme de cygne, que Luca saisit par le col et jette par terre. Il attrape la télécommande, comme si c'était une bouée de sauvetage, et allume la télévision.

Mami pose tous les sacs sur la petite table, les renverse et les vide. Elle entreprend de décoller les étiquettes des articles qu'elle dresse en pile, soudain se laisse tomber sur une chaise et reste immobile une dizaine de minutes. Luca ne lui prête pas attention. Il garde les yeux fixés sur la télé – un épisode de *Henry Danger* est diffusé sur Nickelodeon – et monte le son. Finalement, Mami se reprend, se lève, s'approche et l'embrasse sauvagement sur le front. Elle traverse la pièce et ouvre la porte coulissante du balcon. Elle doute que de l'air frais réussisse à lui éclaircir les idées, mais elle doit essayer. Elle sort sur le balcon, laissant la porte ouverte derrière elle.

L'un des bienfaits de la terreur, si l'on peut dire, comparée au chagrin, c'est qu'elle est instantanée. Lydia sait qu'elle devra bientôt affronter la réalité de ce qui vient de se passer, mais, pour le moment, l'éventualité de ce qui pourrait arriver lui sert d'anesthésiant contre le paroxysme de l'angoisse. Penchée par-dessus la rambarde du balcon, elle inspecte la rue. Se dit qu'il n'y a personne. Se dit qu'ils sont en sécurité.

Dans le hall, l'employé de la réception, avec un mot d'excuse, se dirige vers la salle de repos du personnel. Dans la deuxième cabine des toilettes, il sort son téléphone jetable de la poche intérieure de sa veste et envoie le texto suivant : « Deux clients spéciaux viennent de s'enregistrer à l'hôtel Duquesa Imperial. »

4

Javier Crespo Fuentes et Lydia se rencontrèrent pour la première fois un mardi matin, alors qu'elle sortait de sa librairie pour installer son tableau d'affichage sur le trottoir. Elle avait sélectionné dix livres de provenances lointaines qu'elle voulait promouvoir cette semaine-là, et avait inscrit à la craie : LES LIVRES : C'EST MOINS CHER QUE DES BILLETS D'AVION. Elle maintenait d'une jambe la porte ouverte afin de transporter le chevalet, lorsqu'il était apparu et avait couru l'aider. Le tintement de la cloche au-dessus d'eux semblait annonciateur d'une déclaration.

— Merci, avait dit Lydia.

Il avait incliné la tête :

— Mais beaucoup plus dangereux.

Elle avait froncé les sourcils et entrouvert le chevalet.

— Je vous demande pardon ?

— Le texte. (Il l'avait désigné du geste, et Lydia avait reculé afin de jauger son écriture.) Les livres sont effectivement moins chers que des voyages, mais ils sont plus dangereux.

Lydia avait souri :

— Je suppose que ça dépend de l'endroit où vous allez.

Ils étaient entrés dans le magasin et Lydia l'avait laissé se débrouiller, feuilleter tranquillement les livres. Elle avait été néanmoins stupéfaite de découvrir ceux qu'il avait choisis quand il les avait déposés sur le comptoir, à côté de la caisse.

Lydia possédait cette librairie depuis près de dix ans, le fonds de livres comprenait les ouvrages qu'elle aimait et d'autres qu'elle n'aimait pas mais qui étaient promis à une bonne vente. Elle détenait également un large stock de carnets, stylos, agendas, jouets et jeux divers, lunettes de lecture, magnets, porte-clés, toutes sortes d'articles, outre les best-sellers, qui rendaient la boutique rentable. Aussi son plaisir secret était-il d'allouer une place à quelques-uns de ses trésors, cachés parmi une sélection bien plus grand public – des joyaux qui lui avaient ouvert l'esprit et changé la vie, des livres parfois jamais traduits en espagnol, probablement invendables, qu'elle gardait pour le simple bonheur de savoir qu'ils étaient là. Probablement une douzaine, planqués, inamovibles sur leurs étagères, immuables à côté de voisins volatils. De temps à autre, quand un livre l'émouvait, quand un livre ouvrait dans son âme un champ encore inexploré et changeait irrémédiablement sa perception du monde, elle l'ajoutait à ses rayons. Parfois, elle se permettait d'en recommander un à un client. Seulement lorsqu'il s'agissait d'une personne qu'elle connaissait et estimait, qu'elle pensait capable d'apprécier la valeur du trésor qu'on lui offrait – et qui presque toujours la décevait. En dix ans de cette pratique, elle n'avait eu que deux fois le plaisir de voir un client déposer sur le comptoir l'un de ces livres, choisi de son propre chef. Deux fois en dix ans la clochette au-dessus de la porte avait tinté, un instant d'émerveillement – quelque chose de magique, peut-être.

Aussi quand Javier s'approcha de Lydia, occupée derrière le comptoir à feuilleter des catalogues, fut-elle stupéfaite, en se préparant à calculer le montant des achats, de découvrir dans la pile non pas un, mais deux de ses trésors secrets : *Heart, You Bully, You Punk*, de Leah Hager Cohen, et *The Whereabouts of Eneas McNulty*, de Sebastian Barry[1].

— Oh, Seigneur, murmura-t-elle.

— Quelque chose ne va pas ?

Elle leva les yeux sur lui, se rendant compte qu'elle ne l'avait pas encore vraiment regardé, malgré leur plaisant badinage. Il était vêtu élégamment pour un mardi matin, pantalon bleu marine et chemise *guayabera* blanche, vêtements convenant plutôt à la messe du dimanche matin qu'à un jour de travail ordinaire, ses cheveux noirs et épais nettement séparés par une raie sur le côté, à l'ancienne mode. Tout comme était démodée la lourde monture de ses lunettes en plastique noir, si rétro qu'elle en redevenait presque chic. Derrière les verres épais, ses yeux étaient humides, et sous le regard de Lydia, sa moustache frémissait.

— Ces livres, dit-elle, ce sont deux de mes ouvrages favoris.

Une explication insuffisante, mais elle n'avait pas trouvé mieux.

— À moi aussi.

Le sourire hésitant de l'homme en face d'elle fit remonter légèrement sa moustache.

— Vous les avez déjà lus ?

— Seulement celui-ci, dit-il en indiquant le volume

1. *Heart, You Bully, you Punk* : non traduit en français. *The Whereabouts of Eneas McNulty* est paru en français sous le titre *Les Tribulations d'Eneas McNulty*, traduit par Robert Davreu, Plon, 1999.

qu'elle tenait sous sa paume, *Heart, You Bully, You Punk*.

Elle baissa le regard vers la couverture.

— Vous les lisez en anglais ?

— Je fais de mon mieux, oui. Mon anglais n'est pas parfait, mais suffisant. Et cette histoire est si subtile. Je suis sûr d'avoir manqué des choses à ma première lecture. Je voulais m'y remettre.

— Oui.

Elle lui rendit son sourire, se jugeant un peu fofolle. Pourtant, elle ignora ce sentiment et poursuivit, imprudente :

— Quand vous l'aurez fini, vous pourriez revenir, nous en discuterions.

Javier hocha la tête, enthousiaste.

— Oh ! Vous abritez un club de lecture ?

Lydia entrouvrit les lèvres, avant de lancer en riant :

— Non. Juste moi !

— Ce n'en est que mieux.

Il sourit et Lydia se renfrogna, soucieuse de préserver le caractère sacré de ce moment. L'homme voulait-il flirter ? En cas de comportement peu clair, la réponse est généralement oui. Elle posa le livre sur le comptoir, la main à plat sur la couverture.

Il comprit l'avertissement induit par le geste et tenta de se corriger :

— Je voulais simplement dire que parfois trop d'opinions gâchent la lecture.

Il regarda le volume sous sa main :

— Un livre remarquable, dit-il, remarquable.

Elle se dérida et pointa son scanner sur le code-barres.

Quand il revint le lundi suivant, il se rendit directement au comptoir, quand bien même Lydia était occupée avec un client. Il attendit un peu à l'écart, mains jointes devant lui, et lorsque le client fut parti ils échangèrent un grand sourire.

— Alors ? demanda-elle.

— Encore plus étonnant la deuxième fois.

— N'est-ce pas !

Lydia frappa dans ses mains. L'un des principaux personnages du livre, une femme au psychisme fragile, ne peut s'empêcher de sauter d'une hauteur, quelle qu'elle soit. Elle ne veut pas mourir, mais se blesse constamment à cause de ces pulsions dangereuses.

— J'ai la même pathologie, confessa Javier.

— Quoi ? Non !

Ce n'était que de la fiction.

Et pourtant, Lydia avait le même penchant. Chaque fois qu'elle se trouvait trop près du garde-corps en fer forgé du balcon, chez elle, elle devait s'y accrocher des deux mains et planter les talons dans le sol. Elle avait peur. Un jour, elle sauterait par-dessus, sans y penser, sans raison. Elle s'écraserait sur la chaussée et les voitures, hurlant, klaxonnant, essaieraient en vain de l'éviter. L'ambulance arriverait trop tard. Luca serait orphelin, et tout le monde se méprendrait, y verrait un suicide. Elle avait répété mentalement le scénario des milliers de fois, au titre d'antidote. *Je ne dois pas sauter.*

— Je croyais être le seul au monde à éprouver ça, dit Javier. J'étais persuadé que c'était une fabrication de mon esprit dérangé. Et puis j'ai trouvé la même chose dans ce livre.

Lydia ne se rendit compte qu'elle gardait la bouche ouverte qu'en la refermant. Elle se rassit lourdement sur son tabouret.

— Moi aussi je croyais être la seule au monde.

Javier se redressa, éloignant son corps du comptoir.

— Vous aussi ?

Lydia opina.

— *Well, my God !* s'exclama-t-il en riant. Nous allons constituer un groupe de soutien.

Et puis il resta là, continuant de parler pendant si longtemps qu'elle lui proposa une tasse de café, qu'il accepta. Elle installa un tabouret à l'autre extrémité du comptoir de façon qu'il puisse boire tranquillement. Il veillait à ne pas laisser de mousse sur sa moustache. Ils parlèrent de littérature et de poésie, d'économie et de politique, et de la musique qu'ils aimaient. Au bout de deux heures, elle lui demanda si on ne l'attendait pas quelque part, il fit un geste de dénégation.

— Rien ne m'attend de plus important que ce que je fais ici.

C'était exactement ce que Lydia avait toujours espéré voir se passer dans sa librairie. Que, à part la corvée de diriger un commerce, elle pourrait s'entretenir avec des clients aussi vivants et attachants que les livres qui les entouraient.

— Si j'avais trois autres clients comme vous, ma vie serait comblée, avoua-t-elle, avalant une dernière gorgée de café.

Il s'inclina légèrement, une main sur la poitrine.

— J'essaierai de suffire.

Puis, doucement, avec désinvolture, il ajouta :

— Si je vous avais rencontrée dans une autre vie, je vous aurais demandé de m'épouser.

Lydia se leva brusquement, secoua la tête.

— Je suis désolé, dit Javier, je ne voulais pas vous mettre mal à l'aise.

Elle ramassa les tasses en silence. La traîtrise ne résidait pas dans le fait de recevoir sa confession, mais dans la réponse informulée : dans une autre vie, elle aurait pu dire oui.

Au lieu de quoi, elle répliqua :

— Il faut que je me remette au travail. Je dois passer une commande avant la fin de journée. J'ai des colis à poster.

Ce jour-là, il repartit avec sept nouveaux livres, dont trois sur la recommandation de Lydia.

Le vendredi matin suivant, une averse d'été lessiva la rue, et deux hommes costauds, l'allure inquiétante, s'abritèrent sous l'auvent de la librairie. Quelques instants plus tard, Javier apparut, une immense bouffée de plaisir envahit Lydia. Ils allaient discuter de nouveaux livres ! Elle s'efforçait de se comporter avec naturel, mais elle surveillait les deux hommes, le souffle court.

— Ils vous rendent nerveuse, observa Javier.

— Je ne sais pas ce qu'ils veulent.

Abandonnant son occupation habituelle, Lydia s'extirpa de derrière le comptoir. Comme tous les autres commerçants de la rue, elle payait déjà les *mordidas* exigées mensuellement par le cartel. Elle ne pouvait leur verser davantage.

— Je vais les chasser, dit Javier.

Lydia protesta, lui saisit le bras, haussant le ton alors que le chuchotement de Javier se voulait rassurant. Elle essaya de lui bloquer le passage, il la contourna.

— Ils vont vous tabasser, lâcha-t-elle dans un murmure, évitant d'éveiller tout soupçon.

Il lui sourit, ce qui fit trembler sa moustache.

— Ils n'oseront pas, assura-t-il.

Tandis que Javier ouvrait la porte, elle plongea derrière le comptoir, tête baissée. À la stupeur de Lydia, il se mit à parler aux deux brutes sous l'auvent. Les voyous gesticulaient en montrant la pluie, mais Javier pointa le doigt sur eux, ouste, et ils déguerpirent sous les trombes d'eau.

Lydia refusait de comprendre. Même si les visites de Javier se poursuivaient, se prolongeaient, leurs conversations touchant maintenant des sujets plus personnels, même si en deux ou trois autres occasions elle aperçut brièvement les hommes de main, elle remisait volontairement la scène de ce matin pluvieux qui dénonçait le pouvoir de Javier. Et lorsque, un jour, il parla avec adoration de sa femme, *la reina de mi corazón*, la reine de mon cœur, Lydia se détendit. Ses défenses s'affaiblirent encore quand il lui révéla l'existence d'une jeune maîtresse, qu'il qualifia de *reina de mis pantalones*. La reine de mon pantalon.

— Dégoûtant, protesta-t-elle, se surprenant à rire avec lui.

Qu'un homme ait des aventures n'avait rien d'inhabituel, mais qu'il en parle si ouvertement à une autre femme, c'était différent. La confession servit à guérir Lydia de tout risque de fixation et aussi, au fur et à mesure que Javier révélait des choses sur son moi intime, à rendre leur amitié plus forte. Ils devinrent confidents, partageant plaisanteries, observations, déceptions. Ils se racontaient même parfois les comportements irritants de leurs conjoints.

— Si tu étais ma femme, je ne ferais pas ça, dit Javier quand elle se plaignit que Sebastián laissait ses chaussettes sales sur le plan de travail de la cuisine.

— Bien sûr que non, rigola-t-elle. Tu serais un mari idéal.

— Je laverais toutes les chaussettes de la maison.

— J'en suis certaine.

— Je les brûlerais et en achèterais des neuves chaque semaine.

— Bien sûr !

— Je me ficherais complètement des chaussettes, si ça te rendait heureuse.

Lydia s'esclaffa malgré elle. Elle s'amusait de ces proclamations parce que, dans le ciel de leur amitié, ces flirts n'étaient que des nuages passagers. Il y avait des moments beaucoup plus tempétueux. Ainsi lorsqu'ils découvrirent qu'ils avaient, étant jeunes, perdu leur père respectif, mort d'un cancer, un fait qui aurait suffi en soi à les rapprocher. Ils avaient eu tous les deux de bons pères, et ils les avaient perdus.

— C'est comme être membre du club le plus merdique du monde, dit Javier.

Pour Lydia, il y avait presque quinze ans de cela, et si elle n'y pensait pas constamment, son chagrin n'en était pas moins vif.

— Je sais, affirma Javier, alors qu'elle ne s'était pas exprimée à voix haute.

Donc, elle supportait ses flatteries exagérées, et lui acceptait, peut-être même appréciait, le fait qu'elle rejette en bloc ses tentatives de flirt. Elle finit par y voir une partie de son charme.

— Mais, Lydia, ajouta-t-il avec révérence, les mains sur le cœur, en dépit de mes autres amours, tu es vraiment *la reina de mi alma.*

La reine de mon âme.

— Et qu'en dirait ta pauvre femme ? répliqua-t-elle.

— Ma merveilleuse femme ne veut que mon bonheur.

— C'est une sainte !

Il parlait fréquemment de sa fille de seize ans, enfant unique, interne dans un établissement scolaire de Barcelone. Tout changeait en lui quand il la mentionnait – sa voix, son expression, ses manières. Son amour pour elle était si intense qu'il n'évoquait ce qui la concernait qu'avec d'extrêmes précautions. Son nom semblait aussi fragile que le verre précieux d'une babiole qu'on craint de laisser tomber.

— Je plaisante sur mes amours, en réalité, je n'en ai qu'un, sourit-il. Marta. *Es mi cielo, mi luna y todas mis estrellas*[1].

— Je suis mère, approuva Lydia. Je connais.

Il lui faisait face, assis sur le tabouret qu'elle avait fini par considérer comme sien.

— Cet amour est si grand que, parfois, il me fait peur. Je désespère de le mériter, alors j'ai peur qu'il disparaisse, qu'il me dévore. En même temps, c'est la seule bonne chose que j'ai accomplie dans ma vie.

— Oh, Javier, ce n'est sûrement pas vrai, protesta Lydia.

Il perdit sa bonne humeur. Il secoua la tête, se frotta brusquement les yeux sous ses lunettes.

— C'est juste que ma vie n'a pas pris le tournant que je souhaitais. Tu sais ce que c'est.

Sauf qu'elle ne savait pas. Des semaines qu'ils apprenaient à se connaître, mais leur langue commune vacillait là. Hormis le fait qu'elle n'avait elle aussi qu'un enfant, Lydia menait la vie qu'elle avait toujours souhaitée. Abandonnant l'espoir d'une fille qu'elle ne pouvait plus concevoir, elle s'était employée à vivre avec ce manque. Elle était satisfaite de ses choix, plus que satisfaite. Lydia était heureuse. Le regard implorant de Javier, distordu sous les verres, appelait à l'aide. Elle pinça les lèvres.

— Dis-moi.

Il ôta ses lunettes, en plia les branches. Il les rangea dans sa poche de poitrine, et cligna des yeux qui semblaient petits et durs sans la protection habituelle. Il eut un léger rire.

1. « Elle est mon ciel, ma lune et toutes mes étoiles. »

— Je pensais devenir poète ! Ridicule, n'est-ce pas ? De nos jours.

Elle posa sa main sur la sienne.

— Je pensais devenir un intellectuel. Une vie paisible. Je crois que je pourrais très bien vivre sans argent.

Elle fit une moue, toucha la montre élégante qu'il portait au poignet.

— J'ai des doutes !

— Je reconnais. J'aime les chaussures, concéda-t-il, haussant les épaules.

— Et les steaks, ajouta-t-elle.

Il rit.

— Oui, mais qui n'aime pas manger un steak ?

— Rien que ta manie des livres en ruinerait plus d'un.

— *Dios mío*, Lydia, tu as raison. Je serais un affreux pauvre.

— Le pire.

Après un bref silence, elle reprit :

— Écoute, Javier, il n'est jamais trop tard. Si tu es vraiment malheureux. Tu es encore jeune.

— J'ai cinquante et un ans !

Plus jeune même qu'elle ne le pensait.

— Quasiment un bébé. Et d'ailleurs, pourquoi es-tu si malheureux ?

Il détourna le regard vers le comptoir et Lydia constata avec surprise le tourment qui déformait ses traits. Elle baissa la voix et se pencha vers lui.

— Tu peux changer de voie, Javier. Je t'assure. Tu es si doué, si capable. Qu'est-ce qui te bloque ?

Il hocha la tête, remit ses lunettes, et elle vit son visage reprendre sa forme habituelle.

— Bah ! Ce n'est plus qu'un rêve romantique. C'est

terminé. J'ai fait mes choix il y a longtemps, et voilà où ils m'ont mené.

Elle pressa sa main.

— Ce n'est pas si terrible que ça, non ?

C'est quelque chose qu'elle devait dire à Luca, pour le guider vers l'optimisme.

Javier cligna lentement des yeux, inclina la tête, un geste ambigu.

— Il faudra faire avec.

Elle se redressa derrière le comptoir et but une gorgée de café tiède.

— Tes choix ont produit Marta.

Son visage s'illumina.

— Oui, Marta. Et toi.

La fois suivante, il arriva avec une boîte de *conchas* et s'installa à sa place habituelle. Il y avait plusieurs clients dans le magasin, alors il ouvrit la boîte, posa deux beignets sur deux petites serviettes pendant que Lydia parcourait les rayonnages, distillant ses conseils. Quand les clients s'approchèrent du comptoir pour payer leurs achats, il les accueillit comme s'il était un employé de la maison. Il leur offrit des beignets. Lorsqu'ils se retrouvèrent enfin seuls, Lydia et lui, il sortit de la poche intérieure de sa veste un petit carnet de moleskine, qu'il posa également sur le comptoir.

— C'est quoi ? demanda Lydia.

Javier déglutit nerveusement.

— Mes poèmes.

Les yeux de Lydia s'arrondirent de plaisir.

— Je ne les ai montrés à personne, excepté Marta. Elle étudie la poésie au lycée. Et le français, et les maths. Elle est beaucoup plus douée que son vieux *papá*.

— Oh, Javier.

Il toucha fébrilement son carnet.

— J'ai écrit des poèmes toute ma vie. Depuis très jeune. J'ai pensé que tu aimerais en entendre quelques-uns.

Lydia rapprocha son tabouret du comptoir et se pencha vers lui, le menton reposant entre ses paumes. Entre eux, les *conchas* tachaient les serviettes de graisse. Javier ouvrit le carnet aux pages assouplies par l'usure. Il les feuilleta soigneusement jusqu'à ce qu'il tombe sur celle qu'il voulait. Il s'éclaircit la voix et lut.

Oh ! le poème était affreux. À la fois grave et frivole, si mauvais que Lydia en aima Javier bien davantage, et aussi parce qu'il se révélait si vulnérable en partageant ses écrits avec elle. Quand il eut fini de lire, il guetta sa réaction, la bouche tordue d'inquiétude. Mais les yeux de Lydia brillaient, rassurants, et ce qu'elle lui dit à ce moment-là, elle le pensait sincèrement.

— Comme c'est beau. C'est très beau.

L'amitié entre elle et Javier s'était développée avec une rapidité et une intensité surprenantes. Le flirt avait quasiment disparu, remplacé par une intimité qu'elle avait peu connue en dehors de sa famille. L'idylle n'entrait pas en ligne de compte pour Lydia, mais cet attachement était revigorant. La présence de Javier lui rappelait, en ces années si occupées par les soins maternels, que la vie était excitante, qu'elle recelait toujours des possibilités de découvrir quelque chose ou quelqu'un.

Le jour de son anniversaire, dont elle ne pensait pas avoir révélé la date à Javier, il débarqua avec un paquet argenté de la taille d'un livre. Sur le ruban on lisait : *Jacques Genin*.

— Le principal chocolatier de Paris, expliqua Javier.

Lydia protesta, sans excès. (Elle adorait le chocolat.) Et, comme par inadvertance, elle mangea jusqu'au dernier les petits carrés, le temps que Sebastián et Luca viennent la chercher pour son dîner d'anniversaire au restaurant.

En raison d'une flambée de violence entre les cartels rivaux d'Acapulco, Lydia et sa famille, en fait presque toutes les familles de la ville, ne fréquentaient plus leurs cafés de quartier favoris. Le challenger était un nouveau cartel qui se baptisait Los Jardineros, un nom qui, au début, ne suscita pas dans la population la peur appropriée. La méprise fut de courte durée. Peu après l'apparition des « jardiniers », tout le monde sut qu'ils n'utilisaient des armes à feu que lorsqu'ils n'avaient pas le temps de satisfaire leur créativité. Leurs outils préférés étaient plus familiers : bêche, hache, faucille, crochet, machette. Tous les instruments qui servent à tailler et à trancher. Grâce auxquels les Jardineros remuaient la terre ; grâce auxquels ils délogeaient et enterraient leurs rivaux. Des survivants détrônés, quelques-uns s'arrangèrent pour rejoindre les rangs de leurs conquérants, la plupart fuirent la ville. Le résultat fut la récente diminution des bains de sang, tandis que les vainqueurs, gagnant en force, jetaient sur Acapulco un voile de silence angoissé. Il s'ensuivit quatre mois de tranquillité relative, pendant lesquels les gens recommencèrent prudemment à sortir, à fréquenter les bars et les boutiques. Ils avaient hâte de restaurer leur économie. Étaient prêts à faire la fête. C'est ainsi que dans le quartier le moins dangereux, où l'argent des touristes avait toujours suscité une certaine modération, dans un restaurant renommé pour sa sécurité plus que pour ses menus, Lydia, entourée des visages radieux de sa famille, souffla la bougie du gâteau de son trente-deuxième anniversaire.

Plus tard cette nuit-là, une fois Luca couché, Sebastián ouvrit une bouteille de vin, et la conversation s'orienta inévitablement sur les conditions de vie à Acapulco.

— C'était bien d'avoir pu aller dîner dehors, dit Lydia, affalée contre le plan de travail de la cuisine, ouverte sur le salon, un verre à portée de main.

— La vie semblait presque normale, hein ?

Assis sur le canapé, dans le salon, Sebastián allongeait les jambes sur la table basse, chevilles croisées.

— Il y avait plein de monde dans les rues.

Leur dernière sortie au restaurant avec Luca remontait à l'été précédent.

— La prochaine étape sera de faire revenir les touristes, remarqua Sebastián.

Lydia inspira bruyamment. Le tourisme, élément vital d'Acapulco depuis toujours, avait considérablement baissé en raison du taux de criminalité. Elle n'était pas sûre de pouvoir longtemps continuer à faire tourner le magasin si les touristes ne revenaient pas. On se prenait à espérer que la paix récente signifiait un changement radical.

— Tu crois que les choses pourraient réellement s'améliorer ?

Cette question, Lydia la posait à Sebastián en raison de la connaissance approfondie qu'il avait des cartels, ce qui à la fois l'impressionnait et la déconcertait. Il savait plein de choses. La plupart des gens, à l'instar de Lydia, ne voulaient pas savoir. Ils s'efforçaient de s'abstraire de la violence hideuse des *narcos* parce qu'ils n'avaient aucun moyen de la contrôler. Sebastián, lui, la pistait avec hargne. Une presse libre constituait la dernière ligne de défense, disait-il, la seule chose qui se dressait entre la population mexicaine et son annihilation totale. C'était sa vocation, affirmait-il, et naguère Lydia avait admiré cet idéalisme. Elle imaginait que tout enfant engendré par Sebastián sortirait de son ventre doté d'une moralité entièrement constituée et irréprochable. Qu'elle n'aurait même pas à lui enseigner la différence entre le bien et le mal. Mais, à présent, les cartels assassinaient un journaliste mexicain presque chaque semaine, et Lydia jugeait plus sévèrement l'intégrité de son mari. Elle lui trouvait un côté moralisateur, égoïste. Sebastián vivant lui importait plus que ses solides principes. Elle souhaitait qu'il change de profession, qu'il fasse autre chose, de plus simple et de moins dangereux. Tout en essayant de le soutenir, elle enrageait parfois de le voir affronter un tel danger. Quand cette colère enflait et devenait envahissante, ils la contournaient comme on tourne autour d'un meuble trop massif pour la pièce dans laquelle il est placé.

— Les choses vont déjà mieux, dit-il avec précaution, derrière son verre de vin.

— C'est plus calme, mais vont-elles vraiment *mieux* ?

— Tout dépend de tes critères, je suppose.

Il leva les yeux vers elle.

— Si ce que tu aimes, c'est aller dîner en ville, alors elles vont mieux.

Lydia fit la moue. Elle aimait vraiment dîner en ville. Était-ce si frivole ?

— Le nouveau *jefe* est intelligent, reprit Sebastián. Il sait que la stabilité, c'est le principal, et il veut la paix. Donc nous verrons, peut-être qu'avec les Jardineros les choses iront mieux qu'avant.

— Mieux comment ? Tu crois qu'il peut rétablir l'économie ? Faire revenir les touristes ?

— Je ne sais pas, peut-être, dit-il en haussant les épaules. S'il réussit à contenir la violence sur le long terme. Pour le moment au moins elle se déchaîne entre *narcos*. Les nouveaux ne courent pas après des innocents juste pour le plaisir de les tuer.

— Et le gamin, l'autre jour, sur la plage ?

— Dommage collatéral.

Lydia tressaillit et avala une gorgée de vin. Son mari n'était pas un homme cruel. Elle détestait cette façon qu'il avait parfois de s'exprimer. Sebastián vit sa réaction, se leva et se rapprocha du plan de travail. Il lui saisit les mains qu'il serra très fort dans les siennes.

— Je sais que c'est horrible. Mais ce garçon l'autre jour sur la plage, c'était un accident. Il a été pris dans un tir croisé. C'est ce que je voulais dire : ils ne l'ont pas visé délibérément.

Il l'attira légèrement vers lui.

— Tu viens t'asseoir à côté de moi ?

Lydia fit le tour et le rejoignit sur le canapé.

— Je sais que cette idée te répugne, dit-il. Mais ces types sont des businessmen, et le chef en question est plus intelligent que la plupart d'entre eux.

Il l'entoura d'un bras avant de reprendre :

— Ce n'est pas le *narco* classique. Dans une autre vie, il aurait pu être Bill Gates ou quelqu'un du même genre. Un entrepreneur.

— Génial.

À son tour, elle passa un bras autour de sa taille et posa la tête sur sa poitrine.

— Peut-être qu'il devrait se présenter aux élections municipales ? Comme maire ?

— À mon avis, c'est plus le genre chambre de commerce.

Sebastián émit un petit rire, mais celui de Lydia resta coincé dans sa gorge. Au bout d'un moment, Sebastián dit :

— La Lechuza.

— Quoi ?

— C'est son nom. La Chouette.

Pour le coup, elle rit.

— Tu es sérieux ?

Elle se redressa et le regarda dans les yeux : est-ce qu'il blaguait ? Parfois il lui sortait des absurdités juste pour tester sa crédulité. Aujourd'hui, son expression était innocente.

— La Chouette ? C'est complètement aberrant ! (Elle rit encore.) Les chouettes ne sont pas des oiseaux effrayants.

— Mais bien sûr que si. C'est terrifiant, une chouette.

Lydia refusait d'y croire.

— Houu…

— Oh, Seigneur, arrête.

Il lui passa les doigts dans les cheveux. La tête sur sa poitrine, elle était comblée, humant la douce odeur du vin dans son haleine.

— Je t'aime, Sebastián.

— Houu…

Ils rirent tous les deux. S'embrassèrent. Laissèrent leurs verres de vin sur la table.

Bien plus tard dans la nuit, alors que Lydia s'asseyait pour tenter de lire à la lumière de sa lampe de chevet, alors que Sebastián dormait depuis longtemps, la tête sur son bras nu, son ronflement se propageant comme une onde familière, une pensée, une inquiétude, lui traversa l'esprit. Quelque chose que Sebastián avait dit. *Dans une autre vie, il aurait pu être Bill Gates.* Elle ferma le livre et le reposa sur la table de nuit.

Dans une autre vie. Les mots résonnaient douloureusement dans sa tête.

Elle rejeta les couvertures, balança les jambes par-dessus le rebord du lit. Sebastián bougea, mais ne se réveilla pas. Le T-shirt informe de Lydia lui couvrait à peine les fesses, ses pieds ressentaient le froid du carrelage, dans le couloir éclairé par la lune. Elle gagna la cuisine ; sur la table, autour de laquelle ils avaient partagé tous les trois nombre de repas, se trouvait le sac à dos de Sebastián, pas complètement fermé. Elle en sortit son ordinateur portable et entreprit d'allumer la veilleuse au-dessus du four. Le sac contenait aussi des carnets et plusieurs dossiers pleins de photos et de documents.

Elle espérait se tromper, mais elle sut, avant même de le trouver, ce qu'elle allait découvrir. Une photo, sous une pile dans le deuxième dossier : là, assis autour d'une table dans une véranda avec d'autres hommes, celui dont le visage lui était devenu si familier. L'épaisse moustache, les lunettes si reconnaissables. Aucun doute n'était possible : La Lechuza. Sous le goût du vin et du gâteau du dîner, persistait encore la saveur des chocolats qu'il lui avait offerts.

5

Chez lui, dans sa petite chambre, Luca a une veilleuse en forme d'Arche de Noé. Elle n'éclaire pas beaucoup, mais assez pour que, s'il fait un cauchemar et sorte de son lit en courant retrouver Papi, il soit capable de voir où se posent ses pieds nus sur le sol carrelé. Aussi est-il désorienté lorsqu'il se réveille dans la chambre sombre de l'hôtel Duquesa Imperial. Dans le noir, il ne discerne aucune forme. Il s'assoit dans le lit inconnu, passe ses jambes par-dessus le bord.

— Papi ?

C'est toujours Papi qu'il appelle en premier. De son côté du lit qu'il s'approche, sur l'épaule de qui il tape, Papi qui le blottit contre lui et ne le renvoie pas dans sa propre chambre. L'oreiller de Papi sent un peu le liquide ambré qu'il boit avant de se coucher. Mami est géniale pour les choses de la journée, mais Papi est bien mieux, infiniment mieux la nuit parce qu'il tolère qu'on le dérange dans son sommeil.

— Papi ? répète Luca, et sa voix résonne bizarrement dans l'espace ouvert, sans murs proches.

Il agrippe les bords de l'épaisse couverture.

— Mami ? questionne-t-il.

Quelqu'un respire auprès de lui, la respiration s'interrompt, puis change.

— Je suis là, *mi amor*. Viens.

Mami. Luca rentre les jambes sous les couvertures et s'appuie aux oreillers derrière lui, et tout lui revient, subitement. Le souvenir de ce qu'il s'est passé. L'endroit où ils se trouvent vraiment. Le souffle s'échappe mal du petit corps de Luca, ses genoux se pressent contre son visage. Il se couvre la tête de ses bras et hurle malgré lui – le son lui échappe. Mami se redresse à toute vitesse sur ses genoux et trouve à tâtons l'interrupteur de la lampe. Soudain la chambre est illuminée, mais Luca ne peut que le sentir à travers ses paupières obstinément fermées. Mami l'attire contre elle, en boule, et passe ses jambes sous son corps – l'enserre dans un nœud. Ils restent dans cette position un long moment. Elle n'essaie pas de l'empêcher de crier ou de pleurer, se contente de s'enrouler autour de lui du mieux qu'elle peut. L'impression de traverser un ouragan. Quand le pire est passé, peut-être au bout d'un quart d'heure, Luca croit avoir du papier de verre dans les yeux tellement ils lui font mal, il n'arrive pas à dénouer ses articulations, mais au moins il respire de nouveau. Inspire, expire. Son visage est gonflé.

Lydia sort du lit et Luca se tord – une douleur physique produite par cette minime séparation. Mami porte l'un des longs T-shirts qu'elle a achetés chez Walmart. Elle saisit une bouteille d'eau sur la commode avant de retourner très vite à Luca.

— Je suis juste là, dit-elle. Je ne vais nulle part.

Luca est roulé en boule sur le côté. Elle débouche la bouteille, en boit une gorgée, puis la lui tend. Ses cheveux noirs dégringolent, hirsutes. Il secoue la tête mais elle insiste.

— Allez, assieds-toi et bois.

Il se redresse péniblement, elle porte la bouteille à ses lèvres, introduit le goulot dans sa bouche, comme lorsqu'il était bébé.

— Quelqu'un m'a dit un jour que le seul remède au chagrin, c'est de rester hydraté. Tout le reste, ce n'est que des *chingaderas*[1].

Mami a recommencé à jurer ! C'est la deuxième fois depuis hier. Luca ferme la bouche, rejetant la bouteille, mais elle insiste.

— Bois encore, dit-elle.

Elle a des plaques sur le visage, la peau sèche et des cercles noirs sous les yeux. Une expression que Luca ne lui a jamais vue, il craint qu'elle ne devienne permanente. Comme si sept pêcheurs avaient planté leurs hameçons en elle depuis différentes directions et les tiraient tous ensemble. L'un du sourcil, l'un de la lèvre, un autre du nez, un autre de la joue. Mami est déformée. Elle tourne le réveil de façon à voir l'heure. Quand elle se penche par-dessus la table de nuit, l'alliance de Papi pèse sur la chaîne d'or qu'elle a autour du cou, faisant paraître plus petits les anneaux qui s'y sont toujours trouvés. Elle renfonce la chaîne dans l'encolure de son T-shirt.

— 4 h 48. On ne dort plus, d'accord ?

Luca ne répond pas. Il boit à la bouteille d'eau. Lydia rassemble sa chevelure folle en queue-de-cheval, se relève et allume la télévision. Elle finit par trouver un dessin animé en anglais.

— Tiens. Pratique ton anglais.

Même s'il n'en a pas besoin. Son anglais est excellent.

Elle commande le petit déjeuner : des œufs, des toasts et des fruits. À l'idée de manger, Luca a envie de vomir.

1. *Chingaderas* : « conneries ».

Il décide de ne pas y penser, fixe les yeux sur l'écran, son corps s'amollit. Sa tête est en béton, son nez est un tuyau bouché. Il écarte les lèvres pour respirer doucement, mais quand Mami entre dans la salle de bains et fait couler la douche, il quitte le lit et traverse la chambre pour la rejoindre. Elle est assise sur les toilettes, alors il se perche sur le rebord de la baignoire en attendant qu'elle ait fini. Ensuite, c'est son tour. Non qu'il ait besoin lui aussi, mais parce qu'il ne veut pas rester seul dans la chambre. Il s'installe sur la lunette, son slip autour des chevilles, jusqu'à ce qu'il entende le robinet grincer et que l'eau arrête de couler. Alors il se lève et tire la chasse, juste au moment où Mami ouvre le rideau de douche.

— Tu devrais te doucher toi aussi, dit-elle en émergeant, drapée dans une serviette. Il pourrait se passer quelques jours avant que tu en aies de nouveau l'occasion.

Luca la regarde à travers le miroir et secoue la tête une seule fois. Impossible de se doucher. Se retrouver coincé entre des murs carrelés, avec le bruit de la fusillade qui balaie le patio d'Abuela. Luca secoue la tête de nouveau, ferme étroitement les paupières, mais ça ne sert à rien. Il revit la scène, le corps convulsé, la respiration saccadée de panique. Le son qu'il émet maintenant est à mi-chemin entre le geignement et le cri strident. Il s'efforce de couvrir le bruit de la fusillade dans sa tête.

— Tout va bien, tout va bien, dit Mami en le soutenant.

Luca sait que ce n'est pas strictement vrai, mais il se raccroche quand même à ces mots.

Mami fait couler de l'eau savonneuse dans le lavabo et le frotte avec un gant de toilette, comme lorsqu'il était bébé. Cou, oreilles, aisselles, ventre, dos, fesses, entrejambe, jambes et pieds. Elle nettoie la crasse, les taches de sang séché, les éclaboussures de vomi restantes. Elle le lave, et le sèche. Le tapote de haut en bas avec une serviette blanche, duveteuse et chaude sur sa peau.

Bien qu'ils attendent qu'on leur monte le petit déjeuner, ils sursautent quand on frappe finalement à la porte. Le chagrin a mis leurs nerfs à vif, et une sorte de légèreté de l'air amplifie tous les sons. Luca ne peut pas s'en empêcher : il se réfugie dans la salle de bains, porte verrouillée, pendant que sa mère accueille le garçon d'étage. Dès qu'il se retrouve seul, Luca chantonne doucement pour lui-même, mais ce n'est pas de la musique. Il n'y a aucune mélodie. Lydia hésite entre les deux portes fermées. Derrière celle de la salle de bains, elle entend le fredonnement discordant. Derrière l'autre, une voix d'homme répète que le petit déjeuner est arrivé. Elle est nu-pieds sur le tapis et ses mains tremblent quand elle traîne la chaise du bureau qui bloque la poignée pour dégager le passage. Elle veut se dresser sur la pointe de ses pieds nus et regarder par le judas pour vérifier, mais comment peut-elle le faire ? Comment peut-elle le faire alors que tout ce qu'elle imagine voir de l'autre côté, c'est la gueule noire d'un pistolet, et puis tout de suite après, plus rien. Ne plus rien voir jamais. Mais si tel est le destin qui l'attend, elle se dit que non, elle ne déverrouillera pas la porte et ne l'invitera pas à entrer. Elle retient son souffle, s'approche sans bruit et plante ses mains de chaque côté du judas. Le jeune homme dans le couloir pousse un chariot chargé de plateaux d'argent. Il porte un uniforme. Son visage est grêlé d'acné. Son badge indique son nom : « Ikal ». Tout cela ne signifie rien quant à leur sécurité. Lydia repose les pieds à plat par terre, se dirige à pas de loup vers la commode et s'empare de sa machette dans le tiroir du haut.

— J'arrive, une seconde ! crie-t-elle.

Elle a revêtu le peignoir de bain épais trouvé dans la penderie. Elle glisse la machette dans la vaste poche et y enfouit sa main, agrippant le manche fermement.

— Bien, se dit-elle à haute voix.

Puis elle ouvre la porte.

C'est tout de suite évident : Ikal n'est pas un *sicario*, un tueur à gages. Ce n'est même pas un véritable garçon d'étage. Il baisse la tête et s'éclaircit la gorge, l'air embarrassé de se trouver dans une chambre avec une femme en peignoir de bain. Il passe devant elle en évitant son regard et dépose presque en s'excusant le plateau sur le bureau. Puis il retourne à son chariot et tend le portefeuille contenant la note à Lydia pour signature. Elle se sent suffisamment en sécurité pour laisser brièvement la machette dans sa poche et signer. Elle le remercie, lui rend la fiche signée, mais juste au moment où la porte va se refermer sur lui, il dit :

— Attendez, j'ai failli oublier.

Lydia replonge vivement la main dans la poche du peignoir, sur quoi il lui tend des couverts enroulés dans deux serviettes de table en tissu.

— Et puis aussi ça (il sort une grosse enveloppe matelassée de la dernière étagère du chariot), c'est la réception qui m'a dit de vous la monter.

Lydia fait un petit pas en arrière.

— Qu'est-ce que c'est ?

— Du courrier qui est arrivé pour vous la nuit dernière.

Lydia secoue la tête. *Personne ne sait que nous sommes ici, personne ne sait que nous sommes ici.* Un refrain paniqué.

Elle ne fait pas un geste pour prendre le paquet qu'il lui tend. Elle garde les yeux braqués sur l'enveloppe marron. Il n'y a rien d'écrit, pas même son nom.

— Est-ce que je la mets sur le bureau avec le petit déjeuner ? demande-t-il.

Il désigne l'intérieur mais semble réticent à retraverser la chambre sans qu'on l'y invite.

— Non ! s'écrie Lydia.

Elle sait qu'il la prend pour une folle, mais ça lui est égal.

— Je n'en veux pas.

— *Señora ?*

— Je n'en veux pas, répète-t-elle en secouant de nouveau la tête. Débarrassez-moi de ça.

Ikal s'efforce de ne laisser rien paraître de son étonnement et acquiesce énergiquement. Il repose le paquet sur son chariot, s'éloigne, mais ce n'est qu'en entendant le bruit de ses pas décroître en direction de l'ascenseur que Lydia change d'avis. Elle ouvre la porte et se lance à sa poursuite.

— Attendez !

Quand elle rentre dans la chambre, Luca est déjà sorti de la salle de bains, planté devant le plateau du petit déjeuner, soulevant les couvercles des plats. Lydia tient le petit paquet à bout de bras, l'emporte dans la salle de bains et le dépose avec précaution sur une serviette au fond de la baignoire. Elle ressort et ferme la porte, y abandonnant le colis. Elle se sert une tasse de café, l'engloutit en une seule longue gorgée, puis s'habille à la va-vite, enfilant son jean neuf et rêche sous le peignoir de bain.

Luca mange debout, vêtu seulement de son caleçon. Il est affamé et, ce faisant, il a l'impression d'être un traître. Comment son corps peut-il réclamer de la nourriture ? Il enfourne un toast dans sa bouche. Comment le beurre peut-il avoir si bon goût ? Il mastique bien avant d'avaler. Du coin de l'œil, sans détourner la tête de la télévision, il observe Mami, la façon qu'elle a de mâchonner ses lèvres seulement d'un côté, et il se jure de prendre soin d'elle désormais. De ne plus être un bébé. Il se décide en un instant, tout naturellement, et il sait que cela va se vérifier immédiatement.

— Nous devrions aller vers *el norte*, dit-il, parce qu'il suppose que c'est le plan de sa mère, qu'il veut lui confirmer que c'est un bon plan, le seul possible, pour atteindre une planète où personne ne pourra les rattraper.

— Oui.

Mami se tient à côté du lit, en jean sous son peignoir de bain. Elle semble avoir perdu la notion de ce qu'elle faisait pendant qu'elle s'habillait. Elle paraît à la fois pressée et incapable de bouger.

— Nous irons à Denver, déclare-t-elle enfin.

Un de ses oncles vit là-bas. Elle enfile un T-shirt blanc ordinaire, enjambe le tas que forme le peignoir à ses pieds. Elle est si à vif, si irritable que le glissement du T-shirt en coton sur la peau de ses bras suffit à lui donner la chair de poule. Tout en se frictionnant les bras elle demande à Luca de se dépêcher de s'habiller quand il aura fini de manger.

De retour dans la salle de bains, elle regarde l'enveloppe marron matelassée au fond de la baignoire. A-t-elle eu raison de l'emporter dans la chambre ? Peut-être que ça n'a pas d'importance. Quelqu'un sait qu'ils sont ici. Ils doivent donc partir immédiatement, quel que soit le contenu de l'enveloppe. Ce n'est pas la curiosité qui l'a fait courir après le garçon d'étage. Elle n'est pas curieuse. Elle ne veut pas savoir ce que contient cette enveloppe. Mais ce désintérêt est un luxe qu'elle ne peut pas se permettre désormais, elle le sait. Si elle veut que Luca et elle survivent à cette épreuve, elle doit faire attention au moindre détail. Elle doit saisir la moindre bribe d'information. Avec précaution, elle attrape l'enveloppe par un coin, examine le cachet au dos. Rien de particulier. Elle va devoir l'ouvrir. Ici, dans la salle de bains ? Ou sur le balcon, pour le cas où elle exploserait ?

— *Carajo !* s'écrie-t-elle.

— Tu me parles, Mami ? demande Luca derrière la porte.

— Non, *mijo*. Habille-toi !

Elle porte le paquet à l'oreille, n'entend rien. Ni tic-tac. Ni bip. Le porte à son nez et renifle, ne discerne aucune odeur. Introduit prudemment un doigt sous le rebord cacheté, ferme les yeux et fait doucement glisser son doigt le long du rabat qui se décolle. Dans sa tête, le martèlement de sa propre peur domine le bruit du papier qui se déchire. Voilà : elle est ouverte, au creux de ses mains. Une enveloppe de papier kraft ordinaire. Aucune affreuse poudre toxique ne s'en échappe. Aucun nuage empoisonné de malheur ne s'élève.

À l'intérieur, entouré d'un ruban bleu pâle, un exemplaire en anglais de *L'Amour aux temps du choléra*. Un livre dont elle a discuté avec Javier, l'un de leurs nombreux ouvrages favoris à tous les deux. Quelque chose a été glissé entre ses pages. Elle tire sur le ruban, qui se dénoue et tombe à côté de ses pieds nus. Son corps lui fait l'effet d'une flèche qui vient d'être lancée mais n'a pas encore atteint sa cible. Elle est en suspens, un arc, soumis aux lois de la gravitation. Elle ouvre la page où, coincée dans la reliure, est insérée une enveloppe non cachetée. Bien sûr, elle sait, elle l'a su depuis les premiers bruits chaotiques dans la cour, que Javier est responsable du massacre de sa famille. Si invraisemblable que ça paraisse, c'est la réalité. Mais jusqu'à maintenant, elle s'est protégée en refusant d'admettre pleinement ce fait. Parce que, en acceptant la vérité irréfutable, elle doit aussi reconnaître sa propre culpabilité. Elle connaissait cet homme. Elle le *connaissait*. Et pourtant elle n'a pas su apprécier le danger qu'il représentait. Elle n'a pas su protéger sa famille. Pour l'heure, elle ne peut pas réfléchir à ces deux questions. Elle n'est pas prête. Il lui faut trouver un moyen de différer l'explosion de son désespoir. Luca. C'est la seule chose qui compte actuellement. Il est toujours en danger.

— Habille-toi ! crie-t-elle de nouveau, d'une voix perchée inhabituelle.

Elle reporte son attention sur le livre qu'elle a en main. Un passage est surligné, celui où l'héroïne, la veuve Fermina Daza, toujours sous le contrecoup de la mort de son mari, rencontre l'homme, Florentino Ariza, qu'elle a repoussé cinquante ans auparavant.

« Fermina, lui dit-il, j'ai attendu cette occasion pendant plus d'un demi-siècle pour vous réitérer une fois encore mon serment de fidélité éternelle et mon amour à jamais[1]. »

Lydia jette le livre loin d'elle, il rebondit dans la baignoire. Seule l'épaisse enveloppe lui reste entre les mains. Elle envisage de l'y jeter aussi et de l'abandonner là, mais elle a besoin de savoir ce qu'elle contient. Elle a l'estomac noué. Elle en retire une carte illustrée de lis blancs sur une face, et cette inscription : *Mi más sentido pésame*. Avec mes plus sincères condoléances. L'écriture lui est immédiatement familière :

Lydia,

Hay sangre en tus manos también. Lo siento por tu

1. *L'Amour aux temps du choléra* de Gabriel García Márquez, traduit par Annie Morvan, Grasset, 1985.

dolor y el mío. Ahora estamos destinados a permanecer eternamente unidos por este pesar. Jamás imaginé este capítulo para nosotros. Pero no te preocupes, mi reina del alma – tu sufrimiento será breve.
Javier[1]

Lydia laisse tomber la carte qui atterrit dans la cuvette des toilettes, où elle noircit aussitôt. Lydia ne pourrait dire ce qu'elle s'imaginait y lire. Rien de ce qu'il aurait écrit n'aurait pu changer quoi que ce soit. Aucune discrète balafre d'encre sur le papier ne peut ressusciter sa défunte mère, son mari. Aucune excuse ou explication ne peut réanimer le cerveau de Yénifer, restituer son âme à son corps. Yénifer, c'était une senteur de pamplemousse et de sucre, qui aujourd'hui n'existe plus. Lydia refoule un sanglot en utilisant ce mot anglais qu'elle n'a jamais aimé : *Fuck !* Ça marche, alors elle le répète, encore et encore. Peut-être espérait-elle que la carte éluciderait quelque chose. Elle la relit encore une fois, elle flotte à la surface de l'eau. L'encre commence à dégorger ; cette écriture familière la hante. À quel moment les choses lui ont-elles échappé ? Comment cela peut-il être réel ? Elle essaie de comprendre, sans parvenir à y trouver du sens, et l'effort lui donne le vertige.

Une seule chose est claire : Javier sait où ils sont. Elle n'a pas le temps de paniquer ni de réfléchir. Elle doit sortir Luca d'ici. Ils doivent fuir, maintenant. Elle ouvre brutalement la porte de la salle de bains, intime encore une fois à Luca de s'habiller d'une voix sifflante. Il ne répond pas et, quand elle lève les yeux, elle le découvre

1. « Lydia, il y a du sang sur tes mains aussi. Je pleure ta douleur et la mienne. Nous sommes liés pour toujours par ce chagrin. Je n'avais jamais imaginé ce chapitre dans notre histoire. Mais ne t'inquiète pas, reine de mon âme – ta souffrance sera brève. Javier. »

déjà vêtu, en jean propre et casquette rouge de son père – assis sur la chaise proche du bureau, il se tortille pour enfiler une de ses chaussettes neuves.

— Oh, *ándale*[1], dit-elle. C'est bien.

Sur quoi, il tend la main vers l'assiette pour enfourner une bouchée supplémentaire avant de s'attaquer à l'autre chaussette. Lydia bondit et lui arrache le toast, qui tombe par terre.

— Mami !

Luca est choqué.

Lydia se contente de secouer la tête.

— Ne mange pas ça. N'en mange plus. Je me demande si ce n'est pas dangereux.

Luca reste silencieux. Elle l'entraînerait bien dans les toilettes pour lui mettre un doigt dans la gorge et le faire recracher, mais ils n'ont pas le temps. Elle fourre toutes leurs affaires dans le sac de voyage de sa mère et les deux sacs à dos. Elle n'a même pas encore enfilé son soutien-gorge. Pas le temps. Ses cheveux sont mouillés – ils laissent un cercle humide sur les épaules de son T-shirt. Elle coince ses pieds nus dans les baskets de sa mère, attache son sac à dos et attrape le sac de voyage.

— Tu es prêt ?

Luca hoche la tête, prend l'autre sac à dos, celui qu'ils ont acheté chez Walmart.

— Silence, ordonne-t-elle. Pas un bruit.

Les lèvres de Luca sont scellées.

Lydia marque une pause pour coller l'oreille contre le bois de la porte avant de se risquer à l'ouvrir. Elle plaque Luca contre le mur derrière elle, entrouvre le battant. Le couloir est vide, le seul son provient d'une télévision dans une chambre à l'autre extrémité. Prenant

1. *Ándale* : « on y va ».

Luca par la main, elle le tire hors de la pièce et coince une serviette dans la porte afin qu'elle n'émette pas le moindre clic en se refermant. Ils courent en silence vers l'escalier de service, et lorsqu'elle entend le *ding* de l'ascenseur à l'autre bout du couloir, elle pousse Luca dans l'escalier. Sept étages, que Luca dévale en tête. Derrière lui, Lydia saute trois ou quatre marches à la fois tout au long de la descente.

6

Ils émergent de la cage d'escalier sur une petite aire de parking derrière les cuisines, dans la puanteur chaude des poubelles. Tout va bien se passer, affirme Lydia, seulement ils doivent rester calmes et faire vite. Ils ne doivent pas perdre leur sang-froid. Un mur de haies dissimule le personnel de l'hôtel aux yeux des touristes. Ils s'y faufilent tous les deux, débouchent sur un chemin impeccable qui serpente parmi les piscines étincelantes avant d'atteindre la plage. Lydia guette le moindre bruit de poursuite derrière eux, et jusqu'à présent n'entend que la voix étouffée de l'océan saluant le rivage. La cabane où l'on distribue les serviettes de bain n'est pas encore ouverte, mais sur le pourtour d'une piscine, un homme pousse une voiturette qui en est remplie ; il en offre une à Lydia qui l'accepte en souriant et se la jette autour du cou.

— Merci.

Elle en prend une autre pour Luca.

Sur le sable, ils enlèvent leurs chaussures, s'efforcent de ressembler à de banals ramasseurs d'épaves matinaux. En quelques minutes, ils atteignent l'hôtel adjacent où ils entrent par l'arrière. Ils se rechaussent, traversent le hall au pas de course, se débarrassent de leurs serviettes sur une chaise longue en chemin. Ils passent devant des palmiers en pots et des serveurs chargés de plateaux de jus de fruits et de café frais, Lydia pique deux muffins sur un plateau de nourriture déposé sans surveillance, et lorsqu'ils parviennent à la grande porte de l'hôtel, une navette est là, qui attend. Ils y grimpent, bientôt ils longent l'entrée de l'hôtel Duquesa Imperial et son parking où, remarque Lydia, sont embusqués trois SUV noirs. Elle agrippe l'alliance de Sebastián accrochée à la chaîne d'or autour de son cou et caresse les trois cercles étroitement emboîtés.

Comment Javier a-t-il réussi à les retrouver, et pourquoi l'a-t-il fait ? Elle l'ignore. Voulait-il simplement la faire crever de peur ? Épicer son chagrin de terreur ? Ou l'avertir, souiller la pureté de son angoisse de son étrange, révoltante compassion ? Ses mobiles sont tellement embrouillés, Lydia renonce à chercher un début de compréhension. Le passage du texte souligné qu'il a choisi – la mort du mari, la vulgaire proclamation d'amour. Javier ne se rappelle-t-il pas ce qui se passe ensuite ? Que Fermina Daza, révoltée par cette déclaration, le maudit et le jette à la rue, souhaite le voir mourir et lui ordonne de ne plus jamais revenir ? Lydia n'y comprend rien.

Un instant, juste un instant, elle envisage de demander au conducteur de la navette de s'arrêter. S'imagine marcher vers ces SUV et frapper à la vitre de l'un des chauffeurs. Elle songe à aller trouver Javier, où qu'il soit, le rencontrer pour la première fois hors du périmètre de la librairie. Elle pourrait l'étreindre, en appeler à sa compassion, exiger une explication. Le supplier d'en finir une fois pour toutes. Ou lui donner des coups de poing, des coups de pied, saisir la machette sous son pantalon et lui taillader le visage, lui taillader la gorge.

Mais soudain, elle regarde Luca, et tout s'évapore. Elle se retrouve dans ce petit bus étouffant, et il y a un truc collant sur le siège. Les restes du bonbon fondu d'un enfant. Elle est là avec Luca, et le protégera coûte que coûte. Devant eux, un SUV noir traverse lentement le carrefour.

— Pouvez-vous nous emmener au dépôt de bus ? demande Lydia au chauffeur.

— Je ne suis pas censé changer d'itinéraire.

— Mais il n'y a pas d'autres passagers, et ça ferait à peine deux cents mètres de plus. Qui le saurait ?

— Le GPS. (Le chauffeur montre un écran sur son tableau de bord.) Il y a une autre navette qui va au terminal des bus. La mienne, c'est juste pour le quartier commerçant. Vous voulez que je vous ramène à l'hôtel pour prendre l'autre navette ?

— Non, s'il vous plaît. Je vous paierai, dit Lydia.

Pour toute réponse, l'homme s'arrête et ouvre la portière. Lydia lui jette un regard haineux, mais rassemble ses affaires et pousse Luca dehors, devant elle. Il est trop tôt pour le shopping, et les rues sont désertes. Le chauffeur referme la porte sur eux et repart. Le boulevard est large, exposé. D'ici au dépôt de bus, il n'y a même pas un kilomètre à pied, mais il semble impossible de parcourir cette distance, ce serait comme traverser un champ de bataille sans cuirasse ni arme. Elle dissimule bien sa peur, que pourtant Luca ressent quand elle le prend par la main – une main froide et moite.

Se rendre à la gare des bus donne l'impression de jouer à *Crossy Road*, mais une version détraquée du jeu où, au lieu de naviguer entre des taxis, des camions et des trains, Mami et Luca doivent esquiver des SUV et tituber entre les véhicules aux vitres teintées, transportant d'éventuels narcotrafiquants cachés. Dans la tête de

Luca subsistent les bruits de la fusillade, aussi perçants que ceux d'un train surgissant d'on ne sait où.

— Ne t'inquiète pas, dit-il à Mami. Si des gens nous cherchaient, ils iraient direct au terminal du centre-ville, non ? Ils imagineraient pas qu'on ait fait un détour pareil jusqu'à Diamante.

Luca ignore tout du paquet, mais sa logique réussit à faire momentanément sourire Lydia.

— C'est aussi ce que j'ai pensé. Petit futé.

Elle rabaisse sur le front de Luca la visière de la casquette de base-ball de Papi. Il marche trop vite.

— Nous devons marcher normalement, ajoute-t-elle. Ralentis.

— Les gens normaux sont parfois en retard pour prendre leur bus, objecte Luca, qui a l'impression que ses membres sont agités de tics.

— Il y a toujours un autre bus.

Comme il est 6 h 07 du matin quand Mami achète leurs billets aller simple pour Mexico, ils ont donc treize minutes à tuer avant le départ. Le terminal est une construction moderne, en grande partie vitrée, et bien que le soleil ne soit pas encore levé, le ciel a commencé à s'éclaircir, permettant à Luca de voir les formes des voitures dans le parking. Il ne remarque qu'un seul SUV, apparemment vide et phares éteints. Mais quelqu'un pourrait les y attendre, endormi sur son siège incliné. Luca observe le véhicule pendant que Mami rassemble la monnaie que lui rend la dame derrière le guichet. On est dimanche, donc les bus pour Mexico seront bourrés de familles retournant chez elles après leurs minivacances. Luca et Mami peuvent passer pour une de ces familles. Une poignée de gosses pleins d'énergie sont déjà là, ils jacassent et courent autour de leurs parents aux yeux bouffis, qui sirotent un café.

Mami pousse Luca dans la cabine pour handicapés des toilettes femmes, le fait se mettre debout sur le siège. En temps normal, elle ne tolérerait pas ce genre de comportement. Luca ne croit pas que quelqu'un les ait remarqués, il en est presque sûr parce qu'il a examiné les visages, mais si quelqu'un les cherche ici, qu'il les a pistés jusqu'au terminal, puis jusqu'aux toilettes des femmes et finalement jusqu'à la cabine pour handicapés, eh bien se tenir sur le siège des toilettes le dos au mur ne semble pas être un moyen très efficace de survivre. Luca pose les mains sur ses genoux et s'efforce de ne pas trembler. Il regarde Mami enlever son sac à dos et le poser dans un coin avant de pendre le sac à bandoulière au crochet derrière la porte. Elle est obligée de fouiller tout au fond pour trouver une paire de chaussettes. Mami arrache l'attache en plastique qui les retient encore pour pouvoir les mettre. Luca se demande comment elle y arrive. Lui, il a toujours besoin de ciseaux. Mami n'a pas l'air si costaud, mais il sait qu'elle est vraiment forte, parce qu'elle est toujours capable de casser ces trucs comme si c'était tout naturel. Ensuite elle sort un soutien-gorge, se tortille pour l'enfiler sous son chemisier puis remonte la fermeture Éclair des baskets dorées d'Abuela, tournant le dos à Luca de façon que ses pieds pointent dans la bonne direction, au cas où quelqu'un essaierait de regarder par en dessous de la cabine. Ils sont seuls dans les toilettes, mais il parle très bas, comme ça, si la porte s'ouvrait et que quelqu'un entre, ils l'entendraient.

— Alors, on va au Colorado ?

Lydia acquiesce, et Luca noue ses bras autour du cou de sa mère, appuie le menton sur son épaule.

— C'est un bon plan.

— Personne n'imaginera ça, dit Lydia.

Elle fixe le sac suspendu au crochet devant eux, tâchant de se rappeler si elle a mentionné un jour Denver à Javier. Pourquoi l'aurait-elle fait ? Elle n'y est jamais allée et n'a pas revu son oncle depuis qu'elle était enfant.

— En plus, c'est loin, ajoute Luca.

— Oui, approuve Mami. Très loin d'ici.

En fait, Luca connaît presque exactement la distance entre Acapulco et Denver (environ 3 800 kilomètres en voiture). Il le sait grâce à son sens parfait de l'orientation, comme certains prodiges ont l'oreille absolue. Il est né avec – une sorte de GPS humain, avec le sens inné de sa position dans le monde, qui bipe à mesure qu'il taille sa route dans l'univers. Quand il voit un point sur une carte, le point se loge à jamais dans sa mémoire.

— Je vais rater le concours de géo, dit-il.

Il s'y prépare depuis des mois. En septembre, son école a payé six cents pesos pour qu'il puisse passer l'examen international de qualification parce que son professeur était convaincu qu'il rapporterait au pays le premier prix de dix mille dollars.

— Je suis désolée, *mijo*, dit Lydia en lui posant un baiser sur le bras.

Il hausse les épaules.

— C'est pas grave.

Il y a deux jours, le concours international de géo leur semblait à tous terriblement important ; maintenant ça paraît aussi totalement insignifiant que par exemple la liste de toutes ces choses à faire au jour le jour que Lydia rangeait derrière sa caisse dans la librairie : remplir les papiers pour la communion de Luca. Payer la facture d'eau. Emmener Abuela à son rendez-vous chez le cardiologue. Acheter un cadeau pour la *quinceañera* de Yénifer. Quel temps perdu ça avait été. Dire que sa nièce ne verra pas la boîte à musique qu'elle lui avait trouvée. Et payée si cher ! Lydia se rend compte de la bizarrerie, de l'horreur d'une telle pensée, mais elle ne peut pas s'empêcher de s'imposer à elle. Et ne se le reproche pas : elle se fait la petite faveur de se pardonner son manque de logique.

— Avec une population d'environ sept cent mille habitants, lui chuchote Luca à l'oreille, Denver est surnommée la *Mile-High City* à cause de son altitude – 1 600 mètres – et se situe un peu à l'est des contreforts des montagnes Rocheuses. C'est la capitale de l'État du Colorado, un quart de ses habitants revendique une origine mexicaine.

Lydia lui presse affectueusement le bras, puis lève la main pour la passer dans ses cheveux noirs. L'été de l'année précédente, quand l'intérêt persistant de Luca pour les cartes de géographie commençait à passer de la fascination à l'obsession, elle l'avait occupé à la librairie, au rayon guides et atlas. Difficile de croire qu'à cette époque, si proche, Acapulco regorgeait encore de touristes, de musique et de magasins. La mer scintillait et les pigeons bisets se pavanaient sur le sable. De gros bateaux de croisière dégorgeaient dans les rues leurs passagers étrangers chaussés de baskets, aux poches gonflées de dollars, la peau luisante de crème solaire embaumant la noix de coco. Les dollars envahissaient les bars et les restaurants, la caisse enregistreuse de la boutique de Lydia. Ces touristes achetaient les guides et les atlas, et aussi des romans, sérieux ou frivoles, des porte-clés souvenir, de minuscules flacons de sable dont Lydia entreposait les bouchons dans un gros bocal à poissons près de la caisse. Et, *ay, Dios mío*, ces touristes raffolaient de Luca. Lydia le juchait sur un tabouret, telle une marionnette ; de son perchoir, il leur parlait en un anglais précis des lieux d'où ils venaient. Il avait six ans. Un enfant prodige.

— Avec ses six cent quarante mille habitants, Portland, située au confluent des rivières Columbia et Willamette, est la plus grande ville de l'État d'Oregon. Elle a été intégrée aux États-Unis en 1851, soixante-cinq ans après son homonyme de la côte du Maine, à l'Est.

Henry de Portland, Oregon, écoutait Luca, bouche bée.

— Marge, viens vite, il faut que tu voies ça ! Refais-le, mon garçon.

Marge avait rejoint son mari et Luca répéta son laïus.

— Incroyable. Gamin, tu es incroyable. Marge, donne-lui un petit quelque chose.

— C'est toi qui as inventé tout ça ? interrogea Marge dubitative, fouillant néanmoins dans son sac à la recherche d'un peu d'argent.

— Non, s'indigna Henry. Il connaît le nom des rivières, il ne les a pas inventés.

— Tout est vrai, répondit Luca. C'est juste que je me souviens de plein de choses. Surtout quand ce sont des cartes et des endroits.

— Henry a raison, reconnut Marge, qui donna un dollar à Luca. Et dans un anglais parfait ! Où as-tu si bien appris notre langue ?

— À Acapulco. Et sur YouTube.

Lydia observait la scène en silence et se sentait ridiculement fière. Jusqu'à l'arrogance. Son fils était parfait – si doué et intelligent, beau et heureux. Elle lui enseignait l'anglais autant que l'espagnol quasiment depuis qu'il savait parler. Un savoir presque indispensable quand on grandit dans une ville touristique, elle le savait. Mais il l'avait vite devancée dans la connaissance de cette langue, et ils avaient continué d'apprendre tous les deux, surtout sur le téléphone de Lydia ou l'ordinateur. En regardant des tutos sur YouTube, Rosetta

Stone, des séries. Ils se parlaient souvent en anglais quand Sebastián était là, ou qu'ils faisaient semblant d'avoir des secrets qui ne le concernaient pas. Parfois, ils s'essayaient à l'argot, elle l'appelait *mec* et lui l'appelait *rase-mottes*. Amusés par le pragmatique numéro de charme de Luca, Marge et Henry allèrent chercher leurs amis de croisière et tous revinrent l'écouter. Ils lui offrirent un dollar par ville citée et décrite – il se fit trente-sept dollars et aurait même pu continuer si les touristes n'avaient pas dû regagner leur bateau.

Donc oui, cet entraînement pour le concours de géographie a duré près de deux ans, mais les détails échappent soudain à Lydia. Son cerveau n'appréhende plus la logistique de sa vie. Même les données les plus fondamentales semblent impossibles à saisir. De l'autre côté de la paroi de la cabine, la porte des toilettes s'ouvre d'un coup. En silence, mais ils savent que quelqu'un est entré parce que les sons de l'extérieur augmentent brusquement pour diminuer presque aussitôt. La porte s'est refermée. Ils retiennent tous les deux leur souffle. Luca est encore plaqué contre le dos de Mami, les bras autour de son cou, et elle les agrippe. Il enfonce si fort ses doigts dans le poignet de Mami que la pulpe jaunit. Elle ne bouge pas. Il serre les paupières. Mais bientôt, ils entendent la porte de la cabine contiguë se refermer. Une personne âgée se racle bruyamment la gorge. Luca sent Mami laisser échapper de l'air comme d'un ballon qu'on dégonfle. Il appuie ses lèvres sur le cou de sa mère. Après que la dame d'à côté a fini, s'est lavé les mains et a commenté à voix haute en termes appréciateurs l'image que lui renvoie la glace, il est temps pour Luca et Mami de s'aventurer dehors. Luca a beau savoir qu'ils ne peuvent pas éternellement rester enfermés dans ces toilettes, son cœur bat la chamade quand Mami ouvre la porte. Il est temps d'aller prendre leur bus. Tandis qu'ils retraversent le hall du terminal, il enregistre mentalement le visage des gens qui s'y trouvent encore : la dame impeccable derrière son guichet, aux lèvres soulignées d'un trait plus foncé que les lèvres elles-mêmes, l'homme au chapeau de papier qui vend du café, le couple avec un bébé pleurnichard, qui attend la dernière minute pour monter. Sur l'écran de télé fixé au mur, un présentateur guindé parle et, soudain, apparaît nettement la petite maison d'Abuela. Le cordon jaune de la scène de crime voltige et pendouille. La caméra se fixe sur le portail ouvert de la cour, sorti de ses gonds, puis sur le patio, les formes des gens de la famille abritées sous les bâches en plastique semblables à des tentes, les visages sinistres des *policías* qui marchent, se penchent, se relèvent, grattent, respirent, ce que font les gens vivants quand ils se déplacent au milieu de cadavres. Luca presse la main de sa mère, non pour attirer son attention, mais pour s'empêcher de crier. Elle ne lève pas les yeux. Elle le traîne derrière elle sur le sol lisse et carrelé, mais il a l'impression d'avancer dans du sable traître à marée haute. Luca guette le claquement d'une balle frappant la façade du terminal. Il attend la douche de débris de verre. Mais maintenant ses pieds foulent le pavé dehors, qui prend une teinte pourpre sous le jour levant. Ses baskets sont bleues sous cette lumière. Deux personnes seulement les précèdent pour monter dans le bus. Plus qu'une. Mami le pousse, il grimpe en premier, puis elle, qui se colle à son sac à dos et le propulse le long de l'allée centrale en évitant les genoux et les coudes qui dépassent. Et quand il s'effondre sur le siège, contre le doux tissu des coussins, que Mami s'affaisse à côté de lui, il éprouve le plus grand sentiment de soulagement et de gratitude de toute sa vie.

— On y est arrivé, dit-il à voix basse.

Mami ouvre les lèvres sans bouger les dents. Elle n'a pas l'air soulagée.

— Oui, *mijo*.

Elle pose sa tête sur ses genoux, lui caresse les cheveux jusqu'à ce que, après la traversée du *viaducto* Diamante et alors que le bus prend de la vitesse, il s'endorme.

7

Être sortis d'Acapulco vivants, c'est déjà une victoire. Lydia le sait. Ils ont franchi le premier obstacle significatif. Elle aimerait ressentir le même sursaut d'optimisme que le soulagement procure à son fils, mais elle ne connaît que trop l'étendue du pouvoir et la détermination des Jardineros et de leur *jefe* pour accorder à sa peur un réel répit. Elle garde la tête baissée et observe le paysage qui défile.

Dans les premiers temps de leur mariage, Sebastián et elle se rendaient souvent à Mexico pour les week-ends, en sens inverse des touristes. Tous les deux y avaient fait leurs études universitaires. C'est là qu'ils s'étaient connus et, bien que n'ayant ni l'un ni l'autre aucun désir de vivre dans la capitale, ils étaient contents d'en être suffisamment proches pour y faire des incursions. À cette époque, l'État de Guerrero semblait tranquille, à l'écart du danger. Le Mexique avait son lot de *narcotraficantes*, mais pour les habitants d'Acapulco, ils étaient aussi lointains qu'une autre planète, Hollywood ou al-Qaida. La violence éclatait par à-coups éloignés, à Juárez, puis Sinaloa, puis Michoacán. Acapulco, cerné par les montagnes et la mer, continuait à baigner dans la bulle ensoleillée du tourisme protecteur. L'air océanique salé, les cris des mouettes qui tournoyaient, les énormes lunettes de soleil, le vent qui balayait le boulevard en soulevant les cheveux des dames au visage toujours bronzé, tout concourait à augmenter cette illusion boursouflée d'immunité.

En général, Lydia et Sebastián ne mettaient pas beaucoup plus de quatre heures pour atteindre Mexico dans leur Coccinelle orange parce que Sebastián roulait comme un fou le long des tournants montagneux et dans les descentes de l'autoroute panoramique. Une façon de conduire discutable, mais la route était large et régulière. Lydia regardait le paysage, le soleil adossé aux sommets lointains, les strates de nuages s'abaissant vers la terre vallonnée, les toits et les clochers des villages fugitifs, et elle se sentait en sécurité à côté de son mari de fraîche date, dans leur petite voiture orange. Ils s'arrêtaient souvent à Chilpancingo pour prendre un café ou un sandwich. Parfois ils y retrouvaient des amis – le copain de chambre de Sebastián à l'université vivait là avec sa femme et leur bébé, qui était devenu le filleul de Sebastián. Deux heures plus tard, ils atteignaient Mexico, se trouvaient un hôtel pas cher, et se baladaient en ville à n'en plus finir. Musées, spectacles, restaurants, boîtes de nuit, lèche-vitrines, le parc du *bosque* de Chapultepec. Mais parfois, ils ne quittaient pas leur chambre, et Sebastián en sueur, riant, emberlificoté dans les draps, chuchotait dans la chevelure de sa femme qu'ils auraient pu rester à Acapulco et économiser de l'argent.

Lydia renverse la tête contre le dossier de son siège. Il est inconcevable que ces souvenirs datent de dix ans, inconcevable que Sebastián soit réellement parti. Son cœur se serre atrocement, alors elle tend la main et touche la courbe douce de l'oreille de Luca endormi. La situation avait évolué si rapidement ces dernières années. Acapulco avait toujours eu un faible pour l'extravagance, aussi, lorsque la ville tomba finalement en disgrâce, ce fut avec la pompe spectaculaire que le monde attendait d'elle. Les cartels firent la fête.

Le bus longe les bas-côtés aux arbres tordus et les parois rocheuses désolées aux allures de cicatrice là où la route fend le paysage, et Lydia se rend compte qu'ils ont déjà atteint Ocotico. Elle prie pour qu'il n'y ait pas de barrage entre ici et Mexico, mais elle sait que c'est impossible. Avant même la chute d'Acapulco, les barrages routiers dans le Guerrero, comme dans la majeure partie du pays, étaient devenus une menace. Montés par des gangs, des *narcotraficantes* ou des policiers (qui peuvent aussi être des *narcos*) ou des soldats (également peut-être des *narcos*), ou, récemment, par des *autodefensas*, qui sont des milices organisées par les habitants de certaines villes pour se protéger des cartels. Lesquelles *autodefensas* peuvent être aussi, bien entendu, des *narcos*.

De simples inconvénients, les barrages routiers atteignent le stade de danger mortel. C'est à cause de l'existence des plus sérieux que Lydia et Sebastián ont cessé leurs voyages réguliers vers la capitale peu après la naissance de Luca ; c'est pour cette raison que Luca n'est allé qu'une seule fois à Mexico, et il était trop jeune pour se le rappeler, mais aussi que Lydia n'a pas renouvelé son permis de conduire venu à expiration il y a deux ans. Désormais ils ne quittent presque jamais Acapulco, et Lydia, comme la plupart des femmes vivant dans les États les plus dangereux du Mexique, ne voyage jamais seule en voiture. Cette situation, qui a été pour Lydia un sujet d'irritation croissante bien que théorique, une atteinte insupportable à son autonomie de femme du XXIe siècle, se révèle aujourd'hui une véritable corde au cou. Elle a peut-être réussi à les faire fuir Acapulco pour l'instant, mais elle sait qu'ils sont toujours piégés dans l'État de Guerrero, et dans un coin de sa tête elle sent les barrages qui se rapprochent d'eux.

Sans réveiller Luca, Lydia déploie la carte, qu'elle fixe d'une main sur le dossier du siège de devant. Elle suit du doigt les veines tentaculaires du réseau routier, consciente de la futilité de son geste. Si seulement leurs corps pouvaient passer le long de ces routes aussi vite et aussi librement que ses doigts traçant le trajet sur la carte. S'ils étaient représentés dessus, les barrages pourraient être signalés par une icône en forme de minuscule AK-47. Mais c'est de toute façon irréalisable : ils bougent continuellement pour maintenir l'élément de surprise. Lydia sait que sur chaque route menant d'ici à Mexico, les Jardineros tiennent au moins un barrage. Et que les gamins en charge de ces barrages les recherchent tout particulièrement, Luca et elle. Elle imagine que certains d'entre eux sont ambitieux et violents, avides de la coincer, et se demande quelle serait leur récompense pour la livrer, entière ou en morceaux, à son ami, leur patron.

Lydia tâche de replier la carte correctement, mais, trop énervée, la fourre telle quelle dans la poche du siège de devant. Elle s'efforce de penser clairement, d'évaluer leurs options. La plupart des gens qui, en temps normal, viendraient à leur secours sont morts et, même si ce n'était pas le cas, les appeler à l'aide équivaudrait à entrer dans la cuisine d'un ami en portant une ceinture explosive. La seule pensée de faire courir des risques à qui que ce soit par sa présence semble trop égoïste. Elle sait que Chilpancingo grouille de Jardineros, mais elle sait aussi que, s'ils espèrent échapper aux barrages, ils vont devoir descendre ici. Ce qui lui paraissait une formidable victoire quelques minutes auparavant – avoir réussi à monter dans le bus – se révélera peut-être une erreur. Peut-être foncent-ils droit dans un piège. Elle contemple Luca, dont la poitrine se soulève et s'abaisse régulièrement dans son sommeil, et tente d'accorder sa respiration à la sienne.

Dans son enfance, Lydia adorait les livres-jeux de la collection *Choose Your Own Adventure* : à la fin de chaque chapitre, il fallait décider de l'étape suivante. Prends ton vélo et va au parc – voir page vingt-trois. Suis le mystérieux étranger – voir page quarante-deux. Quand le résultat de son action ne lui plaisait pas, ou parfois même quand il lui plaisait, elle faisait machine arrière et choisissait une autre voie. Quel bonheur de pouvoir revenir sur ses décisions, de savoir que rien n'est définitif, qu'il y a toujours un moyen de recommencer à zéro. Il est vrai aussi que parfois ça n'avait pas d'importance, que le labyrinthe du livre la conduisait au même résultat, quelle qu'ait été sa décision. Ce matin, Luca et elle ont opté pour le bus de 6 h 20 en partance de Diamante, et maintenant, il file vers le nord sans avoir pris de retard. Elle ferme les yeux et prie pour que son choix ait été le bon.

Luca se réveille à l'approche de Chilpancingo. De là où ils sont assis, au milieu du bus, Lydia ne voit pas grand-chose du paysage, mais elle essaie. Elle se penche dans l'allée centrale, scrutant la route à la recherche d'un barrage. Luca pose son front contre la fenêtre, appuie son doigt sur la vitre sale.

— Mami, regarde ! s'exclame-t-il avec un bâillement. C'est quoi ?

Il montre du doigt une crête, des rangées de maisons qui s'étagent au flanc de la colline, des bouquets aux couleurs assorties : rouge, bleu, vert, pourpre.

— Juste des maisons, *amorcito*.

— Juste des maisons ?

Depuis deux heures qu'ils roulent, le jour se déploie en un matin radieux.

— Pourquoi sont-elles si colorées ?

— Pour la décoration, je suppose.

— On dirait des maisons de Lego.

Lydia retient son souffle chaque fois que le bus fait un écart, tourne ou change de vitesse, mais rien ne les arrête. Il n'y a pas d'hommes armés sur la route. Et bientôt ils longent des immeubles alignés de chaque côté de la rue étroite. Ils ont réussi. Ils sont à Chilpancingo. Elle se signe et trace un plus petit signe de croix sur le front de Luca. Ils pilent devant un bâtiment familier, version réduite de celui d'Acapulco où ils ont embarqué ce matin. Le chauffeur se dresse et annonce par-dessous sa moustache : « Cinq minutes d'arrêt. »

Deux ou trois passagers se lèvent et s'étirent, à l'avant quelqu'un descend fumer une cigarette, mais Lydia et Luca sont les seuls à rassembler leurs affaires pour quitter le bus. Tous les autres vont à la capitale.

— Mami, on descend ?

— Oui, *mi amor*.

Mais lorsqu'elle se met debout à côté de son siège dans l'allée étroite, son sac à dos sur les épaules, et regarde son fils ensommeillé, le sommet de son crâne aux cheveux noirs emmêlés, elle se prend à rêver de tenter le coup : qu'ils puissent rester tous les deux accroupis, camouflés au milieu des voyageurs, retenant leur souffle jusqu'à l'arrivée à Mexico. Peut-être qu'ils y arriveraient. Peut-être que le barrage entre ici et là-bas serrait inoffensif. Un bref arrêt, une poignée de billets, un geste alangui pour faire signe au bus de passer, deux tapes sur la carrosserie, *bam bam*, le bus qui redémarre, faites un heureux voyage. Lydia imagine tout cela, tremblante d'espoir.

Le chauffeur ressort du terminal et remonte à bord, suivi de nouveaux passagers qui lui présentent leurs billets, un par un.

— Mami ?

— Viens.

Tandis que l'ombre du bus s'éloigne du trottoir, Lydia et Luca émergent à la lumière du jour éblouissante de Chilpancingo. Elle se sent à la fois soulagée et découragée d'avoir débarqué. Prend néanmoins le temps de se remémorer qu'elle a réussi à les emmener jusque-là : ils sont maintenant à dix-neuf heures et soixante-quinze kilomètres de l'épicentre de la calamité. Chaque minute, chaque kilomètre supplémentaire augmentent leurs chances de survie, elle le sait. Elle doit s'encourager comme elle le peut, et ne pas désespérer à l'idée de la tâche énorme qui reste à accomplir. Pour l'instant, il faut qu'elle se concentre sur la prochaine étape : trouver l'ancien copain de fac de Sebastián.

Sur le trottoir, elle serre les bretelles du sac à dos de Luca, qui bâillent sur ses petites épaules. Il ressemble à une tortue dont la carapace serait mal ajustée, pourtant il a réussi à y loger les parts les plus vulnérables de son être, bien à l'abri. Quels peuvent être les effets durables d'une telle rétraction ? se demande-t-elle.

— Et maintenant, Mami ? interroge Luca de cette voix sans timbre qu'il a désormais adoptée.

— Nous devons trouver un café Internet.

— Mais tu as la tablette de Papi, non ?

Oui, mais elle l'a éteinte, et il n'est pas question qu'elle la rallume. De même qu'elle a jeté la carte Sim de son portable dans une poubelle devant la banque, à Playa Caletilla. Se sentant paranoïaque, limite folle, alors qu'elle la retirait du téléphone avec son ongle, refusant d'être un point bleu scintillant sur quelque écran hostile.

— Allons-y, dit-elle.

Dès l'ouverture d'El Cascabelito, Lydia paie un café et quinze minutes d'utilisation d'Internet, afin d'examiner plus précisément les cartes géographiques. Elle achète un paquet de *platanitos* à Luca, mais l'emballage vert des petites bananes demeure intact. Lydia choisit un bureau pourvu de deux chaises dans un coin au fond, qu'une cloison abrite des regards. Luca remonte ses jambes sur le siège, le menton appuyé sur les genoux, mais son regard vague ne quitte pas les *platanitos* tandis que sa mère scrute l'écran. Il n'existe que deux routes carrossables de Chilpancingo à Mexico, avec forte probabilité de barrages sur chacune. Lydia se mordille l'intérieur de la joue, ses genoux sautillent nerveusement sous le bureau. Marcher jusqu'à Mexico est évidemment exclu. Elle n'a jamais été claustrophobe, mais aujourd'hui elle se sent si piégée que Luca le remarque au besoin paniqué qu'elle a d'étirer ses membres. Elle ne voit pas d'issue. *Céder au désespoir ne te sera d'aucune aide.*

Elle va sur Facebook, y trouve l'ami de Sebastián. Il est avocat, son profil fournit le nom de son cabinet. Mais c'est dimanche, et il sera fermé. Elle clique sur l'onglet « préférences » et parcourt la liste des pages qu'il a likées : un journal local, deux organisations caritatives, son université, une fanpage de baskets Adidas, plein de football. Et puis, bingo : une église pentecôtiste ici à Chilpancingo. Il y a un office à 9 heures. Elle déniche l'adresse : à environ trois kilomètres d'ici. Un bus longe l'artère principale, et dix minutes plus tard Luca et Lydia sont à bord.

Lydia craint d'avoir mal noté l'adresse parce que la rue où les dépose le bus est bordée de boutiques, toutes fermées en ce dimanche matin. Ils trouvent le numéro qu'ils cherchent coincé entre un magasin d'électronique et un bijoutier. Juste au moment où elle revérifie l'adresse qu'elle a notée sur un bout de papier, un homme poussant un landau s'approche et ouvre la porte pour laisser entrer sa femme enceinte. Lydia jette un coup d'œil dans la pièce avant que la porte se referme et remarque les rangées de chaises pliantes face à une estrade. Luca la tire par la manche, il lui montre une affiche apposée à la fenêtre : *Iglesia Pentecostal Tabernáculo de la Victoria.* Il n'y a ni clocher ni vitraux, mais c'est bien ça.

L'intérieur est plus grand qu'elle ne l'imaginait, avec un plafond bas et des ventilateurs sur les murs. Une batterie, un ampli, et deux énormes micros derrière la chaire. Il n'y a ni croix ni bénitier à l'entrée, mais, par habitude, Lydia se signe, imitée par Luca. Elle attend un afflux bouillonnant d'émotions – quelque chuchotement de sa légion d'angelots ou au contraire un cri de rage contre Dieu. Mais rien ne vient. Un vide spirituel. *Un desierto del alma* parce que celle-ci ne peut héberger que la peur.

Ils s'assoient au dernier rang, près du mur, et Lydia range leurs sacs à dos sous les chaises pliantes. Elle se couvre le visage de ses mains, demande à Luca de faire la même chose, mais il ne s'agit pas de dévotion. Juste de la dissimulation pour le cas où des Jardineros seraient pentecôtistes, trafiquants de drogue le lundi, assassins le jeudi, et quêteurs de pardon le dimanche. Cela ne semble pas plus extravagant que tout ce qui est arrivé.

À travers l'écran de ses doigts croisés, Lydia surveille le rectangle de lumière éclatante du soleil sur le sol carrelé, qui s'accentue chaque fois que quelqu'un entre. Quelques fidèles les remarquent, elle et Luca, et les saluent en souriant, mais la plupart passent sans les voir pour gagner leurs places habituelles.

L'église est à demi pleine quand Carlos arrive, derrière sa femme et ses enfants. Sa femme étreint tout le monde, leur parle, d'une voix de *gabacha*[1] à l'accent américain qui surmonte le bourdonnement respectueux des conversations. Lydia se lève à moitié de son siège, agite la main en direction de Carlos, qui ne la voit pas. Son plus jeune fils l'alerte, pointe du doigt Lydia au coin de la pièce, et Carlos se retourne.

— Lydia, Seigneur Dieu, que fais-tu ici ?

Sa voix le précède, mais il ne tarde pas à manœuvrer entre les sièges, la rejoint et l'embrasse.

— Quelle heureuse surprise !

Luca observe cet homme, Carlos, qui embrasse Mami sur les deux joues et tient ses mains dans les siennes.

— Et toi, tu dois être Luca, lance-t-il en se penchant vers l'enfant, encore assis sur son siège pliant. C'est fou ce que tu ressembles à ton Papi. Où est Sebastián ? Il ne vous accompagne pas ?

— Tu n'as pas appris la nouvelle ?

On dirait que Mami parle de très loin. Luca sait sans avoir besoin de le regarder que le visage de Carlos a brusquement changé, pris une teinte grise maladive, qu'il est déjà en train de se blinder afin de supporter l'horrible histoire que Mami va lui raconter.

— Venez, dit Carlos, nous parlerons en haut.

Là-haut, il y a un bureau, et il serait inexact de dire que Luca décroche pendant que Carlos et sa mère discutent, parce que cela indiquerait une forme de participation ou une volonté d'abstention de sa part. Alors que sa conscience, tel un ballon d'hélium attaché à sa personne par un fragile fil tendu, flotte momentanément

1. *Gabacha* : terme péjoratif désignant en argot mexicain les Américains ou les Mexicains vivant aux USA qui se comportent comme des *gringos*.

au loin. Son corps est assis à une table, le sac à dos à ses pieds, ses jambes font tourner la chaise, ses mains jouent avec une boîte de trombones qu'il attache les uns aux autres en une longue chaîne, mais ses repères internes sont absents. Les adultes le regardent de temps en temps, derrière les barricades de leurs voix déformées et de leurs visages terreux, et son corps répond à leurs questions avec les hochements de tête ou les haussements d'épaules appropriés. Carlos pose sur la table devant lui un gobelet en carton rempli d'eau, dont Luca boit consciencieusement une gorgée. En bas, quelqu'un joue de la batterie. De la guitare électrique. Luca sent les vibrations des cuivres monter à travers le sol. Puis ils se retrouvent dans la voiture de Carlos, traversent les rues de la ville en direction de la maison de Carlos. Luca est assis à l'arrière avec Mami, qui essaie de lui prendre la main. Il a beau voir ce geste, voir la main de Mami qui recouvre la sienne, c'est la pression chaude de ses doigts qui le ramène à la réalité.

Une fois la zone centrale dépassée, Luca constate que Chilpancingo n'est pas très différent d'Acapulco. Il n'y a ni mouettes ni touristes, les rues ne sont pas aussi larges, mais on voit plein de magasins et de taxis colorés, les gens dans leurs vêtements du dimanche et le soleil qui brille. Des dames se promènent avec leur sac en bandoulière, et des garçons exhibent leurs tatouages grossiers. Il y a des tas de graffitis exubérants et criards. Les maisons sont toutes peintes de couleurs vives. Luca les regarde défiler et culbuter l'une sur l'autre comme des cartes dans un paquet. Au bout de trois chansons et demie diffusées par la radio, Carlos bifurque dans une rue légèrement plus large que les autres. La cime des grands arbres forme une voûte, on a l'impression d'entrer dans un endroit secret, une cachette silencieuse.

Parmi les immeubles se cache une jolie église blanche à deux modestes clochers jumeaux. L'église à quoi Luca est habitué. *Católica*. Les autres bâtiments de cette rue par ailleurs encombrée sont en retrait de cette petite église, comme pour lui laisser de la place. Carlos se gare sur un parking.

Sa maison est couleur turquoise – exactement la couleur de la bande du milieu de l'océan qui borde Acapulco, entre le ruban couleur sable près du rivage et le bleu foncé de l'horizon, qu'on aperçoit du haut des marches, Plaza España, par une journée ensoleillée. La maison a l'air grande et moderne, bien qu'elle soit attachée à deux habitations identiques, celle de droite couleur pourpre, celle de gauche couleur pêche. Carlos transporte leurs bagages à l'intérieur.

La femme de Carlos s'appelle Meredith, elle est blanche et vient des Estados Unidos, des choses que Luca aurait pu deviner tout seul, pendant le bref instant où il l'avait vue dans l'église, avant que Carlos les fasse monter à l'étage. Sa voix. Ses vêtements. Sa façon de tenir les gens par les épaules et de les secouer légèrement tout en leur parlant. Luca examine la maison vide, les photos de famille, accorde une attention particulière aux trois garçons, qui ont le teint rose de Meredith et les fossettes de Carlos. Celui du milieu doit avoir le même âge que Luca. Meredith finit par arriver (sans les garçons restés encore à l'église), fournissant à Luca l'occasion de découvrir pour la première fois ce que signifie un chagrin de propriétaire.

Propriétaire est un mot que Luca connaît, en espagnol, pas en anglais, parce qu'il connaît de nombreux mots que les autres enfants de huit ans ignorent, comme *vicieux* ou *grandiloquent* ou *sérendipité*. Mais il n'a jamais vraiment compris le sens du mot *propriétaire* jusqu'à maintenant. Il n'a jamais ressenti ce sentiment avant, comme si un rouleau compresseur lui broyait la poitrine.

Car qui est cette femme, qui pleure sur Papi ? Qui est cette femme aux joues qui frémissent, aux yeux qui coulent, aux mains qui tremblent, et qui demande qu'on la console ? Luca s'étonne du manque de générosité de sa réaction face à une émotion aussi brute. Après tout, Meredith a un jour été l'amie de Papi. En tout cas, elle a épousé l'ami de Papi. Et elle a aimé assez Papi pour en faire le parrain de son fils aîné. Donc, pourquoi ne serait-elle pas attristée, traumatisée même, par l'annonce de sa mort violente et inattendue ? Pourquoi ne devrait-elle pas pleurer, se lamenter et montrer son visage ravagé ? Luca ne peut pas s'expliquer pourquoi tout ça l'irrite tellement. Quand Meredith veut le serrer dans ses bras, il la repousse, et Mami ne dit rien. Elle l'intercepte pour l'emmener dans la salle de bains, lui passe de l'eau sur la figure, et quand ils reviennent, Meredith a repris contenance. Elle invite Mami à s'asseoir pendant qu'elle-même va faire du thé pour tout le monde. Le thé reste dans les tasses, mais la conversation se prolonge longtemps, Luca en occulte une grande partie, enfermé dans sa bulle.

Meredith a connu Carlos alors qu'elle était une jeune étudiante missionnaire, originaire de l'Indiana, et elle garde toujours des liens avec cette lointaine église du Midwest. Dès le premier été qu'elle a passé au Mexique, elle est tombée amoureuse de Carlos et de son pays. Elle a aimé l'aisance avec laquelle les Mexicains pratiquaient leur foi, goûté le bonheur d'être dans un pays où l'on pouvait parler de Dieu sans que cela prête à controverse ou paraisse bizarre. À l'époque, la prière était une chose normale, publique. Attendue. Pour Meredith, ces pratiques culturelles tenaient du miracle. Carlos et elle se sont donc mariés jeunes, et elle a œuvré pour préserver les liens entre les communautés religieuses de Chilpancingo et de l'Indiana, pour faire partager à d'autres son expérience.

En ce moment, par exemple, quatorze missionnaires de cette communauté américaine sont ici, en vacances de printemps. Logés par l'église évangélique que fréquentent Carlos et Meredith. Elle est la principale organisatrice de ce séjour annuel, et des deux autres chaque été, pendant lesquels de jeunes missionnaires blondes de l'Indiana sillonnent le Guerrero. Le groupe actuel doit rentrer aux Estados Unidos mercredi soir, si bien que les trois camionnettes de l'église sont prêtes pour les conduire à Mexico, départ à 7 heures le mercredi matin même. C'est là que la conversation prend un caractère plus urgent. Luca se redresse sur sa chaise et tripote l'anse de la tasse de Mami.

— Ils peuvent prendre la navette, bien sûr, dit Carlos. C'est parfait.

Meredith ne dit rien avec sa bouche, mais ses yeux parlent et ce qu'ils expriment n'est pas très aimable.

— C'est vrai, renchérit Mami. On serait en sécurité dans la navette, on passerait facilement les barrages sur la route.

— Ils ne t'imagineraient pas en compagnie de missionnaires, ajoute Carlos.

Mami opine.

— Ils ne regarderaient même pas.

Alors Meredith parle avec sa bouche.

— En sécurité ? Vous peut-être, mais je suis désolée, je ne peux pas mettre tous ces jeunes en danger.

Elle secoue la tête, et Luca trouve qu'elle ne ressemble

absolument pas à la femme qui pleurait la mort de Papi il y a quelques minutes. Elle a totalement changé de couleur et ses traits mous se sont transformés, durcis.

Mami ouvre la bouche à son tour, mais se débrouille pour la refermer sans avoir parlé. Elle fait courir son pouce sur les anneaux d'or à son cou.

Carlos tape la table du doigt. Ils regardent tous cet index.

— Meredith, ils n'ont pas d'autre solution. Je comprends ton souci, mais c'est la seule façon de les faire sortir du Guerrero sains et saufs. Si nous ne les aidons pas, ils risquent de mourir.

— *Risquer*, c'est le moins qu'on puisse dire, ajoute Mami.

Mais Meredith croise les bras, et secoue de nouveau la tête. Ses cheveux, d'une couleur intermédiaire entre le brun et l'or, sont retenus par un bandeau noir. Elle a le nez rouge, les joues rouges, les yeux d'un bleu dur. Mami porte sa tasse à ses lèvres, mais, quand elle la repose, Luca voit bien qu'elle n'a rien bu.

— Je suis désolée, c'est trop risqué, répète Meredith. Ce n'est pas juste de faire ça à ces jeunes, à leurs parents en Indiana. C'est exactement ce que craignent ces familles en envoyant leurs enfants au Mexique. Savez-vous les efforts qu'il faut faire pour apaiser ces craintes ? Nous leur garantissons que leurs enfants seront en sécurité. Je le leur garantis personnellement. Je leur affirme que ce genre de chose n'arrivera jamais.

Mami s'éclaircit la gorge, son visage ressemble à une bombe prête à éclater, mais elle se force à respirer.

— *Ce genre de chose ?*

Meredith presse ses mains sur ses paupières.

— Pardon, s'excuse-t-elle. Je ne sais pas ce que je dis, je ne sais pas quoi dire.

— Sebastián est mort, Meredith, reprend Carlos. Mon ami, ton ami, il a disparu. Et quinze autres avec lui. Ce *genre de chose*-là n'arrive jamais. Pas même ici. Tu connais quelqu'un d'autre qui a perdu seize membres de sa famille le même jour ?

Meredith le foudroie du regard, mais il continue courageusement.

— Nous devons les aider. Si la souffrance de nos amis ne signifie rien, si ces jeunes n'ont pas le droit de nous voir, de voir le Mexique tel qu'il est réellement, alors que font-ils ici ? Sont-ils juste des Samaritains de passage ?

— Carlos, arrête, proteste Meredith, et Luca a le sentiment que cette discussion entre eux n'est pas nouvelle.

— Ils veulent juste faire des crêpes et prendre des selfies avec des enfants maigres à la peau brune ?

Meredith frappe du poing sur la table, et le thé clapote dans les tasses. Mais Mami intervient pour calmer la colère qui monte entre eux. Elle parle d'un ton mécanique, comme si elle avait quitté la conversation et qu'il ne reste plus que sa voix. Elle récite sans aucune expression. Sebastián, Yemi, Alex, Yénifer, Adrián, Paula, Arturo, Estéfani, Nico, Joaquín, Diana, Vicente, Rafael, Lucía et Rafaelito. Mamá. Ils sont partis. Tous partis.

Dans sa gorge, Luca sent une boule grossir avec chaque nom qui sort de la bouche de Mami. Il guette la réaction de Meredith, et ne voit sur son visage qu'une sorte de barbouillage illisible rouge et bleu. C'est Carlos qui répond à sa place dans un murmure, les mains posées à plat sur la table :

— Nous t'aiderons. Bien sûr que nous t'aiderons.

Meredith se lève et fait les cent pas derrière sa chaise, bras croisés sur la poitrine.

— Lydia, je ne prétends pas être capable d'appréhender ce que tu traverses. C'est inimaginable. Bien sûr, nous ferons tout ce qui est en notre pouvoir pour t'aider. Mais, s'il te plaît, essaie de comprendre. Je dois faire la part de ma responsabilité morale. Parfois, il n'y a pas de réponses faciles.

Mami joint ses paumes contre son front.

— Je ne veux causer d'ennuis à personne. Je veux juste sortir Luca d'ici. C'est mon devoir.

Pour la première fois depuis que tout ça a commencé, Luca pense qu'elle va s'effondrer. Craquer.

— S'il vous plaît. Nous sommes désespérés.

Carlos regarde sa femme.

— Chérie, écoute. Je comprends ta résistance, vraiment. Mais parfois, il y a des réponses faciles. En voici une : si nous ne les aidons pas, s'ils montent dans un bus et s'ils sont arrêtés et tués à un barrage routier parce que nous n'avons pas eu le courage de les sauver, est-ce que tu pourrais vivre avec ça ? Est-ce qu'on pourrait vivre avec ça tous les deux ?

Meredith se penche par-dessus le dossier de sa chaise avec un soupir.

— Je ne sais pas. Je ne sais pas.

— Alors prie. Laisse Dieu en décider, lui enjoint Carlos.

Elle rallume la bouilloire électrique, bien que personne n'ait vidé sa première tasse de thé. Dos à la table, elle hasarde :

— Es-tu sûre qu'ils te cherchent encore ?

Elle se retourne alors face à eux, s'accoude au plan de travail.

— N'avaient-ils pas l'intention de faire un exemple avec Sebastián ? Ils ont eu ce qu'ils voulaient, alors peut-être que c'est fini.

Luca fixe tour à tour Meredith et Mami, et le regard de Mami croise le sien comme si elle pesait ce qu'elle peut dire devant Luca. Elle se rappelle peut-être que la peur est salutaire pour lui maintenant. Qu'il doit avoir peur.

— Non, lâche-t-elle doucement. Ils ne s'arrêteront que quand ils nous auront trouvés.

8

Au lit, la nuit où Lydia découvrit que Javier et La Lechuza étaient une seule et même personne, elle éteignit la lampe mais ne ferma pas les yeux. Elle et Sebastián convenaient depuis le début que les gens mariés ont droit à un certain niveau de vie privée, qu'ils ne sont pas tenus de tout se raconter. C'était une des raisons pour lesquelles elle l'avait aimé : il respectait les questions d'ordre personnel, était rarement jaloux, et ne cherchait pas à annexer ou à contrôler les amitiés qu'elle nouait avec d'autres hommes.

— Tu es une personne adulte, lui avait-il dit avant leurs fiançailles, et je suis ton amoureux. Si tu m'épouses, c'est que tu m'as choisi. J'espère que tu continueras toujours à me choisir.

Lydia avait ri de l'emploi de ce mot désuet : « amoureux », mais cette sentimentalité l'enchantait. Avant Sebastián, elle avait toujours supposé qu'en se mariant on sacrifiait un peu de sa liberté. Que ce ne fût pas le cas la ravissait. Chacun d'eux était digne de confiance et ils se considéraient comme des personnes plutôt modernes. Ils ne se cachaient rien d'important, mais Lydia conservait en elle un compartiment secret auquel elle était seule à accéder.

Le fait qu'elle n'avait pas, jusqu'à présent, mentionné le nom de Javier à son mari n'avait donc rien de fâcheux en soi. Cependant, cette nuit-là, il était évident que tout avait changé. Au matin, quand Sebastián se réveilla et l'embrassa sur le front avant d'aller dans la salle de bains, elle n'avait pas dormi. Elle s'assit dans leur lit, ce qui eut l'effet de lui soulever le cœur.

— Sebastián, commença-t-elle.

Elle envisagea de ne rien lui raconter, et de poser plutôt des questions. Elle savait qu'une fois les mots sortis de sa bouche, son amitié avec Javier serait terminée, et que cette perte imminente était source de chagrin. Elle aurait tant voulu que cette découverte fût erronée, juste une méprise.

Son mari se tourna vers elle dans la lumière grise de leur chambre à coucher.

— Qu'y a-t-il ?

Il avait tout de suite deviné, rien qu'au ton aigu de sa voix, que quelque chose clochait. Il traversa l'espace qui les séparait pour aller s'asseoir à côté d'elle sur le lit.

— C'est mon ami, confessa-t-elle.

Sebastián n'alla pas travailler ce matin-là. Il appela son journal, laissa un message disant qu'il suivait une piste et viendrait plus tard. Assis sur le lit défait, ils se parlèrent, Lydia et lui, pendant des heures, tandis que dehors la lumière virait du gris au rose puis au jaune solaire éclatant. Quand le moment arriva de réveiller Luca et de le conduire à l'école, ils exécutèrent cette tâche routinière dans une sorte de brouillard distrait.

— C'est moi qui l'emmène aujourd'hui, insista Sebastián. Tu restes ici.

Lydia pleura sous la douche.

À son retour, ils poursuivirent leur conversation, assis

à la table de la cuisine. Lydia avait noué ses cheveux mouillés en chignon haut, son visage était couvert de marbrures.

— Est-il possible que tu te sois trompé ? questionna-t-elle, les bras croisés sur la poitrine.

Elle connaissait la réponse, mais ne lui trouvait aucun sens. Elle pataugeait.

Sebastián planta son regard dans le sien et prit un ton le plus posé possible.

— Non.

Elle acquiesça.

— Dans l'article auquel tu travailles sur les Jardineros – est-ce que tu donnes son nom ?

— Oui, c'est entièrement centré sur lui, ses débuts tonitruants. La totale sur le thème *Salut à tous, je suis le baron de la drogue.*

Lydia inclina la tête de côté, une paume pressée sur le front.

— Je ne sais pas quoi faire, murmura-t-elle. Ça semble impossible.

— Il n'y a rien à *faire*, Lydia.

— Mais je ne comprends toujours pas. Je le *connais*.

— Je sais, Lydia, je sais. Son charme, son érudition. Mais il est aussi incroyablement dangereux.

Elle revoyait les yeux de Javier, comme ils paraissaient vulnérables quand il enlevait ses lunettes. Le mot *dangereux* semblait si incompatible avec lui.

— Je sais combien c'est difficile pour toi, compatit Sebastián, je sais que tu luttes contre toi-même, et j'en suis désolé. Mais c'est un meurtrier, Lydia. Ce type, c'est une machine sanguinaire.

Ce type. Elle secoua la tête. Sebastián se leva, posa ses mains sur le dossier de la chaise, qu'il poussa sous la table.

— Ce n'est pas l'homme que tu croyais.

— Mais tu as dit, juste la nuit dernière, que les Jardineros ne sont pas aussi violents que les autres cartels.

Il l'avait bien dit, bon sang. Lydia ouvrit la fenêtre de la cuisine et entendit le bruit de la circulation dans la rue.

— Lydia, je t'aime. J'aime ta loyauté et ta bonté. Mais nous parlons de degrés de *meurtriers*. Plus ou moins violent, ce n'en est pas moins un *narco* majeur. Et quand tu as tué autant de gens, tuer devient normal. C'est si important qu'il ait assassiné *moins* d'enfants que d'autres ? Cette modération n'est pas un signe de vertu. C'est une *pinche*[1] de décision de business. Ce type tuerait *n'importe qui* s'il pensait que c'était la chose intelligente à faire.

— Pas n'importe qui, plaida-t-elle d'une voix de moins en moins convaincue. Il a une fille.

Sebastián posa de nouveau ses mains sur le dossier de sa chaise et enfouit sa tête au milieu.

— Écoute, dit-elle. Je sais que tout ça semble absurde, mais je ne suis pas si naïve. Je ne suis pas une idiote, hein ?

— Tu es la femme la plus intelligente que je connaisse.

— Donc, j'essaie juste… de digérer tout ce que tu me racontes et de le concilier avec le Javier que je connais.

— Je sais, je sais.

— C'est difficile.

— J'imagine.

— Parce que c'est vrai, Sebastián, je le connais. Et tu l'as admis toi-même, il est *intelligent*, *dans une vie différente*, il aurait pu être quelqu'un de bien…

1. *Pinche* : « putain ».

— Mais ce n'est pas une vie différente, Lydia, et ce n'est pas quelqu'un de bien.

— Peut-être qu'il pourrait l'être encore. C'est ce que je suis en train de te dire. Parce que les gens sont complexes et, quoi que tu en penses, il est aussi cette autre personne. Cet esprit torturé, poétique, plein de remords. Il est drôle. Il est gentil. Beaucoup de choses pourraient encore être différentes.

— Une minute.

Sebastián observait sa femme, qui s'appuyait maintenant au rebord de la fenêtre. Dehors, quelqu'un klaxonna, un souffle de vent souleva une mèche de ses cheveux presque sèche.

— Une minute, Lydia. Es-tu amoureuse de lui ?

— Quoi ?

— Est-ce que tu l'aimes ?

— Sebastián, ne sois pas ridicule. Ce n'est pas le moment de tomber dans le mélodrame.

— Mais as-tu des sentiments pour lui ?

— Non, pas de ce genre. Je l'aime bien…

— Tu l'aimes ?

— C'est mon ami ! Un véritable ami, quelqu'un qui est devenu très important pour moi.

Elle posa ses mains sur ses genoux, leva les yeux sur lui. La cafetière gargouilla et soupira.

— Son père est mort du cancer, lui aussi.

Son mari tira de nouveau la chaise pour se rasseoir.

— Oh, Lydia.

Sebastián n'avait pas connu le père de Lydia, mais sa mort avait représenté une perte si déterminante dans la vie de sa femme, et de fait exercé une telle influence sur les débuts de leur relation amoureuse qu'il se sentait malgré tout de profondes affinités avec ce beau-père décédé. Il connaissait toutes les histoires. Comment, alors que Lydia avait douze ans (légèrement trop âgée pour avoir des ours en peluche), le nez de son ours favori depuis qu'elle était bébé s'était déchiré. Le cœur brisé, elle était aussi très embarrassée. L'ours perdait son rembourrage dans toute la maison. Le père de Lydia s'était rendu discrètement à la pharmacie et en avait rapporté un sac qu'il avait déposé sur la table de la cuisine, sous une lampe à bras articulé. Il lui avait demandé d'aller chercher l'ours dans sa chambre. Elle l'avait transporté avec beaucoup de précaution dans la cuisine, transformée en salle d'opération à son retour. Un drap en plastique couvrait la table. Son père portait un masque et des gants de protection en caoutchouc. Il avait étalé ses outils chirurgicaux sous la lampe : aiguille, fil, échantillon de cuir neuf et brillant. Avec lequel il avait fabriqué à l'ours un nez tout neuf. Sebastián savait également que, en matière de légumes, son beau-père ne mangeait que des fèves de Lima, qu'il avait une cicatrice de cinq centimètres de long sur une jambe, conséquence d'un accident de bateau dans son enfance, qu'il chantait tout haut à des concerts et parfois en harmonie avec les interprètes, quels qu'ils soient, ce qui était particulièrement gênant. Sebastián savait que la seule fois où Lydia avait vu pleurer son père, c'était lorsque le boxeur Oscar de la Hoya avait gagné la médaille d'or aux jeux Olympiques de Barcelone, en 1992. Sebastián éprouvait une telle affection pour son beau-père qu'il se demandait s'il ne le connaissait pas mieux mort qu'il ne l'eût connu vivant. Lydia et lui sortaient ensemble depuis deux mois et assistaient à un match de football à l'Estadio Azul de Mexico quand Lydia avait reçu le terrible appel téléphonique. Autant l'évolution du cancer avait été lente, autant la fin avait été rapide, inattendue. C'était le 24 octobre 2003, une semaine exactement avant le *Día de los Muertos*. « Il va y avoir une fête. Je dois me préparer », avaient apparemment été ses derniers mots.

Lydia et Sebastián avaient immédiatement quitté le stade, il l'avait conduite d'abord à son appartement, puis, dans la nuit, à Acapulco. Ses vêtements formaient un tas sur la banquette arrière. Incapable de penser à la manière dont elle était censée s'habiller, elle les avait tous rassemblés dans un panier à linge. Sebastián lui tenait la main dans le noir et s'était garé sur le bas-côté de la route, près de Cuernavaca, quand elle avait senti qu'elle allait vomir. Il avait fait trois fois l'aller-retour Mexico-Acapulco cette semaine-là. Le lendemain pour aller chercher ses propres vêtements, deux jours plus tard pour informer les professeurs de Lydia et les siens des raisons de leur absence à tous deux, finalement pour amener certaines amies de Lydia aux funérailles et la convaincre, conjointement avec sa mère, de retourner à l'université.

Sebastián avait toujours crédité cette tragédie du mérite d'avoir été en quelque sorte l'élément consolidateur de leur relation. Ils savaient déjà qu'ils étaient en train de tomber amoureux l'un de l'autre, mais l'intensité de son chagrin avait servi à Lydia d'échelle de mesure du caractère de Sebastián. La mort avait suscité en lui une stabilité qu'il ne se connaissait pas et il s'était senti grandir en tentant de combler les trous dans la vie de Lydia. Aussi comprit-il, lorsqu'elle énonça ce simple fait à propos de Javier – qu'il avait lui aussi perdu son père d'un cancer –, la portée réelle dans sa vie de cette expérience partagée.

— Quel âge avait-il à la mort de son père ? demanda-t-il.

— Onze ans.

Sebastián grimaça.

— C'est terrible.

Dans le placard, Lydia prit deux mugs, qu'elle remplit de café. Elle en posa une devant son mari et se rassit à côté de lui. Elle replia ses genoux vers elle, entourant ses jambes de ses bras.

— Sebastián, je crois qu'il est amoureux de moi.

Sebastián gonfla les joues et en expulsa tout l'air emmagasiné dans la pièce.

— *Maldita sea*[1]. Bien sûr qu'il l'est.

Dans l'immédiat, le seul véritable changement dans leur situation fut que Sebastián lui téléphona et vint la voir au magasin plus fréquemment qu'avant. Quatre ou cinq fois par jour, il lui envoyait un texto, et même si elle était occupée, elle mettait un point d'honneur à lui répondre afin de le rassurer. Tout va bien. La semaine suivante, quand Javier réapparut, elle fut saisie d'une intense nervosité. Les mains sous le comptoir, elle tapa un texto pour Sebastián. *Il est là. T'appelle plus tard.*

Javier portait un petit paquet et ses yeux brillaient plus que de coutume. Il semblait impatient de voir les autres clients partir, mais Lydia prenait son temps, redoutant de rester seule avec lui. Alors que le dernier couple s'apprêtait à sortir sans avoir rien acheté, elle les héla :

— Le magasin vous a plu ?

Ils ne répondirent pas. L'homme hocha simplement la tête, le couple sortit, la clochette au-dessus de la porte fit tressaillir Lydia. Ses mains tremblaient en versant du sucre dans la tasse de Javier.

Assis sur son tabouret, il lui adressa un grand sourire.

1. *Maldita sea* : « bon sang ».

— Je t'ai apporté un cadeau.

Il poussa vers elle le paquet dans son emballage en papier.

Du papier kraft banal, scotché, sans ruban, mais l'austérité du paquet ne diminuait pas l'aspect intime d'un cadeau injustifié un mercredi matin. Lydia l'ouvrit néanmoins. Pour découvrir une poupée gigogne en bois, en forme de cacahuète, de la longueur approximative de son avant-bras, avec une démarcation à peine visible autour de la taille. Peinte de couleurs gaies : cheveux noirs, joues roses, tablier jaune, roses rouges. Lydia l'ouvrit au niveau de la démarcation, retira de l'intérieur une poupée identique, une petite sœur. Et ainsi de suite – découvrant une série de coquilles miniatures de la poupée posée devant elle.

— Des poupées russes, dit-elle.

— Oui, confirma Javier tout en observant le visage de Lydia. Mais en réalité, elles sont moi. Continue.

De la dernière des figurines, pas plus haute que son pouce, Lydia sortit la plus minuscule des sœurs. Celle-ci couleur turquoise vif, plus belle, plus exquise, d'une facture plus minutieuse que toutes les autres. Lydia la pinça entre pouce et index, observant l'entrelacs des fils argentés de la peinture.

— Et ça, c'est toi. *Muy dentro de mi*[1].

Il se tapa la poitrine du poing.

Lydia cligna des yeux, trop tard néanmoins pour cacher les larmes qui s'accumulaient dans les coins. Javier se méprit sur leur signification, il sourit de plus belle.

— Elles te plaisent ?

Elle renifla.

1. *Muy dentro de mi* : « profondément en moi ».

— Beaucoup, merci.

Elle se hâta de réemboîter les poupées les unes dans les autres.

Il remarqua le peu de soin qu'elle mettait à les ranger convenablement, tête-bêche. Premier indice que quelque chose clochait.

— Qu'est-ce qui ne va pas, *mi reina* ?

Une fois la série reconstituée, Lydia réemballa les poupées dans leur papier kraft et les plaça sous le comptoir, à côté de son téléphone. Elle ne connaissait pas de moyen facile de le lui dire. Autant valait le plus direct.

— J'ai reçu de mauvaises nouvelles la semaine dernière. (Il se pencha vers elle, sourcils froncés.) Sur toi.

Il se recula, la mine encore plus sévère. Un très long silence s'installa entre eux, puis une cliente entra, faisant tinter la cloche au-dessus de la porte. Elle acheta trois carnets, trois stylos fantaisie, une carte d'anniversaire, et Lydia encaissa sans pouvoir esquisser le moindre sourire. L'anxiété de Javier semblait peser comme une malédiction, elle la sentait crépiter dans sa propre poitrine. Il courbait les épaules et pressait ses mains entre ses cuisses. La cliente sortie, Lydia alla verrouiller la porte et retourna la pancarte du côté : *CERRADO*.

Ils s'observèrent de part et d'autre du comptoir ; elle le fixait intensément, et aucun des deux ne dévia son regard.

Finalement, ce fut lui qui reprit la parole, d'une voix tendue, râpeuse.

— Je supposais que tu savais.

— Comment l'aurais-je su ? Pourquoi l'aurais-je su ?

Derrière les verres de ses lunettes, les yeux de Javier

étaient encore plus humides et immenses que de coutume. Sa bouche tremblait quand il parlait.

— J'ai l'impression que tout le monde est au courant. Je pensais… j'espérais que ça ne comptait pas pour toi. Parce que tu me connaissais, que tu étais capable de voir qui je suis réellement.

— Je le suis, je le suis encore, Javier. Mais l'autre part de toi, la part que je ne connais pas… C'est irréconciliable. Cette personne-là est réelle aussi ?

Il détacha enfin son regard du sien. Il clignait des yeux sans arrêt, il ôta ses lunettes, les essuya au pan de sa chemise.

— Je t'aime, dit-il.

— Je sais.

— Non, tu ne sais pas.

Lydia serra les lèvres.

— Je suis amoureux de toi. *Amoureux* de toi.

Elle secoua la tête.

— Lydia, tu es ma seule véritable amie. La seule personne dans ma vie qui ne réclame rien d'autre de moi que la joie d'être ensemble.

— Ce n'est pas vrai.

— Si c'est vrai ! Et quand je ne suis pas avec toi, je me languis de toi. Tu n'imagines pas la lumière que tu répands. Toi et Marta êtes tout ce que je possède. Rien d'autre n'a d'importance. Je quitterais tout si je le pouvais.

— Alors, fais-le.

Elle frappa le comptoir avec sa paume.

— Laisse tomber.

Il lui sourit tristement.

— Ça ne marche pas comme ça.

— Ça marche comme tu dis que ça doit marcher ! Tu es le *jefe*, non ?

— Oui et, si je quitte tout, que va-t-il se passer ? Que deviendra Acapulco ? Combien de personnes mourront pendant qu'ils s'entretueront pour mettre quelqu'un à ma place ?

Il avait posé ses coudes sur le comptoir. Bouleversé, il s'arrachait presque les cheveux.

— Tu sais bien que je n'ai jamais voulu prendre cette place. C'est un accident du destin qui m'a mis là.

Dans une partie toute proche de son esprit, Lydia était consciente que cette version ne pouvait pas être complètement vraie. S'il s'agissait d'un ticket de loterie, alors il l'avait choisi et payé de son propre argent. Elle savait qu'il devait avoir commis des actes particulièrement affreux pour avoir atteint le rang qu'il occupait. Combien ? De quelle nature ? Un mélange de crainte et de tristesse l'empêchait de lui poser la question. Elle n'osait pas contredire ses arguments.

— Sauf que c'est comme ça, Lydia, j'en suis là, poursuivit-il en la suppliant du regard. Et il n'est pas question que j'en sorte. Mais ça ne définit pas qui je suis.

Lydia sentait cette dissonance palpiter dans sa tête comme un pouls affolé. *Bien sûr que ça définit qui tu es*, pensa-t-elle sans le dire. Elle ferma les yeux et s'aperçut qu'il lui prenait la main.

— Je t'en prie, essaie de comprendre.

Quand Lydia avait trouvé la photo de Javier dans le classeur de Sebastián la semaine précédente, elle avait ressenti une terrible angoisse. Rarement dans sa vie avait-elle connu une amitié si profonde et authentique. La perspective de perdre cet attachement l'accablait. Mais maintenant que Javier se tenait devant elle, serrant ses mains dans les siennes, maintenant que la chose avait été dite ouvertement, sa réalité confirmée, il ne restait plus à Lydia qu'à pratiquer une autopsie. De quel amour s'agissait-il, qui s'évanouissait déjà ? Elle le sentait encore rôder dans le magasin, tel un fantôme, vague et inanimé, mais elle ne l'éprouvait plus. Son affection avait disparu, suintant hors d'elle comme le sang suinte d'un cadavre. Et quand il planta son regard triste dans le sien, elle vit les verres de ses lunettes éclaboussés de sang.

9

Dans la maison de Carlos et de Meredith à Chilpancingo, de nouveaux fantômes surgissent, qu'il faut combattre. Les traumatismes attendent le calme pour se manifester. Lydia se fait l'effet d'un œuf fêlé et ne sait pas si elle est la coquille, le jaune ou le blanc. Un œuf brouillé. Trois jours s'écoulent, elle et Luca se trouvent souvent seuls dans la maison – les garçons sont à l'école, Carlos au travail, et Meredith organise le retour des missionnaires chez eux, dans l'Indiana. La vie ne s'interrompt pas, comme c'est en général le cas avec la mort, parce qu'une pause annoncée publiquement susciterait les soupçons. Lydia et Luca doivent rester cachés. La famille doit continuer à vivre selon son habitude. Dans la chambre des garçons il y a des étagères bien garnies de livres, *gracias a Dios*, ce qui permet à Luca de lire, jusqu'à deux ou trois volumes par jour pendant qu'ils sont dehors, à suivre leur routine. Lydia essaie d'en faire autant, mais les mots ne s'impriment pas dans son esprit. Elle n'a plus de place libre pour quoi que ce soit d'autre. Alors, elle s'efforce de garder son corps occupé. Elle cuisine des plats que ni elle ni Luca n'ont envie de manger. Elle nettoie des lavabos, lave du linge et des carpettes qui ne sont pas sales. Elle observe Luca s'enfermer dans le silence.

Les après-midi semblent durer des milliers d'heures. Et c'est tout juste si Luca change de position sur le canapé pendant qu'il lit. Quand il a fini un livre, il se lève pour aller en chercher un autre sur l'étagère. Lydia essaie de le persuader de manger. Autrement, elle passe le maximum de temps sur le vieil ordinateur IBM qui trône sur un petit chariot dans un coin du living. Elle consulte les journaux d'Acapulco, les titres à la une. Les collègues de Sebastián lui ont rendu de très beaux hommages. Mais les articles d'analyse la mettent en fureur. Notamment l'emploi du mot *héroe* comme s'il avait choisi courageusement sa mort, comme si elle signifiait quelque chose. Bon sang, il est mort avec une spatule en bois dans la main. Elle parcourt les informations sur d'éventuels faits nouveaux émergeant de l'enquête. Et, comme attendu, il n'y a rien. Parce que la peur et la corruption vont de pair pour imposer leur censure à ceux qui pourraient autrement découvrir des indices intéressant la justice. Il n'y aura ni preuves, ni procédure officielle, ni vengeance. Alors elle recherche d'autres histoires, de nouvelles violences, indicatrices de ce qui se passe chez les Jardineros. Un touriste a été tué accidentellement à l'occasion d'une fusillade hier après-midi près des cabanes de la Playa Hornos. On a trouvé ce matin une voiture incendiée avec deux corps calcinés à l'intérieur, un grand et un petit, dans les faubourgs de Loma Larga.

Le pointeur de la souris tremble sur l'écran, mais elle réussit à cliquer et à sortir du site. Carlos va les amener jusqu'à Mexico, mais ensuite ? Il faut qu'elle avance. Elle doit essayer d'élaborer des plans. Elle recherche « trafic des bus » et, oui, des rapports signalent une augmentation des barrages routiers dans la région, une hausse des disparitions. Circuler à l'intérieur des villes ne présente pas de graves dangers ; en revanche, voyager de ville à ville est vivement déconseillé. Les autorités recommandent de différer les voyages non indispensables sur les autoroutes régionales, entre les États de Guerrero, Colima et Michoacán. Une nouvelle vague de désespoir menace d'engloutir Lydia, mais elle n'a pas le temps de se laisser dépasser. Les routes sont hors de question, même si son permis de conduire était valide, elle ne se risquerait pas à prendre une voiture avec Luca en ce moment, et les bus ne valent pas mieux. Les barrages sont trop dangereux. Que reste-t-il ? Elle envisage l'avion, même si l'idée de voir son nom inscrit sur un manifeste de vol lui déplaît. Tout est numérisé maintenant, et à quoi bon fuir à des milliers de kilomètres si son nom déclenche un signal d'alarme dans une base de données ? En gros, Tijuana est la destination la plus lointaine qu'on puisse atteindre sans passeport, et le vol dure trois heures quarante minutes. Amplement le temps pour Javier de dépêcher un *sicario* pour les cueillir à leur descente d'avion. Lydia imagine un carnage devant le carrousel des bagages. Elle voit d'ici les grands titres des journaux. Il n'existe pas de trains de voyageurs longue distance à l'intérieur du Mexique. En dernier ressort elle étudie les parcours des trains de marchandises que les émigrants d'Amérique centrale empruntent pour traverser tout le pays du sud au nord. Du Chiapas au Chihuahua, ils se cramponnent aux toits des wagons. Le train a gagné le surnom de la *Bestia* parce que ce voyage est une mission de terreur qui dépasse l'imagination à tous points de vue. Violence et kidnapping sont endémiques le long des voies, et, outre ces dangers criminels, les migrants se retrouvent estropiés ou se tuent chaque jour en tombant du haut des trains. Seuls les gens les plus pauvres et démunis tentent de voyager ainsi. Lydia frissonne au souvenir des histoires rapportées sur YouTube, des photos, des mises en garde sinistres proférées par de récents amputés. Elle reprend ses recherches à zéro. Bus, avions, trains. Il y a sûrement quelque chose qu'elle n'a pas envisagé. Un moyen d'en sortir. Elle clique, navigue sur l'écran, et les heures s'écoulent épaisses comme de la boue, tandis que Luca tourne page après page.

À la table du dîner avec les trois garçons de Carlos et Meredith, Luca porte la casquette de son père, et Lydia n'exige pas qu'il l'enlève, même lorsque Meredith dit sèchement à son fils cadet : « Pas de chapeau à table. » L'aîné des fils essuie sa moustache de lait et sourit gaiement à Luca, qui a gardé sa casquette des Yankees.

— Tu aimes le base-ball ? demande-t-il.

Luca se contente de hausser les épaules.

Il a toujours été un enfant calme. Tout petit, il ne babillait jamais. En fait, il n'a pas parlé du tout avant l'âge de quatre ans, si bien que Lydia avait passé deux ans à paniquer. Elle avait pris l'habitude de lui lire des histoires bien avant de soupçonner un problème, juste parce que, amoureuse des livres, elle adorait lire à haute voix à son bébé. L'idée lui plaisait que, même avant de comprendre les mots, il engrangerait les plus beaux, qu'il se construirait un langage fondé sur la littérature et la poésie. Ainsi, elle commença avec Márquez, Tolstoï et les Brontë, et au fur et à mesure que son inquiétude croissait, elle ne les lisait plus à la manière typique que les parents adoptent avec les contes de fées, mais sur un rythme frénétique, désespéré, afin de le sauver. Quand ses craintes s'intensifièrent et que sa stratégie prit un tour plus cohérent, elle eut recours à Paz et Fuentes, Twain et

Castellanos. Parlant et lisant couramment l'anglais, elle convoqua parfois Yeats, toute la luxuriance verdoyante de l'Irlande passait dans son accent mexicain.

Elle emmenait Luca tout petit à la librairie, dans une écharpe porte-bébé nouée autour de sa poitrine, et ils lisaient ensemble, entre commandes, clients, nettoyage et remplissage des rayonnages. Parfois un long moment s'écoulait entre deux clients, alors ils pouvaient s'immerger tous les deux dans leurs histoires. Et lorsqu'il commença à grandir, elle l'installa dans un transat ou sur un petit tapis de jeu qu'elle dépliait derrière le comptoir. Ensuite il eut la liberté de faire ses premiers pas dans la boutique, mais quand venait le moment de la lecture, il s'asseyait toujours, sans qu'on l'y incite, jambes croisées et silencieux, la tête inclinée sur le côté comme pour créer un entonnoir dans l'oreille où tomberaient les mots qu'elle lui prodiguerait. Elle essaya des livres avec et sans illustrations. Des livres colorés, des livres tactiles, des livres de poésie, de photographies, d'art. Des livres pour enfants, des livres de cuisine, la Bible. Son fils faisait glisser ses mains très soigneusement le long des pages en papier glacé ou fin, mais il ne parlait toujours pas. Parfois elle lisait jusqu'à se casser la voix, d'autres jours n'entendre qu'elle-même s'exprimer la déprimait rapidement mais, chaque fois qu'elle voulait s'arrêter, Luca poussait le livre dans sa direction avec insistance, puis l'ouvrait et le reposait sur les genoux de sa mère.

La semaine qui précéda son quatrième anniversaire, un jour qu'ils mangeaient du *pozole*[1] dans la cuisine et que, pour la énième fois, Lydia se lamentait sur le silence de son fils, Sebastián posa sa cuiller en équilibre

1. *Pozole* : potée mexicaine à base de choux.

sur le bord de son bol et scruta le visage de Luca. Luca lui renvoya son regard.

— Peut-être que tu ne parles pas espagnol, dit Sebastián dans leur langue.

Luca, imitant son père, posa également sa cuiller en équilibre.

— C'est ça, n'est-ce pas ? Quelle langue parles-tu, *mijo* ? Anglais ? Es-tu un *gabacho* ? Attends, je sais !

Sebastián claqua des doigts.

— Tu es Haïtien. Non… Arabe ! Un Tagalog ?

Lydia rétrécit les yeux en signe de reproche vis-à-vis de son mari, mais Luca sourit et tenta de claquer des doigts lui aussi. Sebastián lui montra comment procéder. *Clac-clac-clac.* Lydia se retrouva seule avec son désespoir. Elle supposait que Sebastián s'inquiétait lui aussi, mais que son optimisme acharné l'empêchait de le révéler. Les médecins ne trouvaient rien d'anormal. Lydia avait envie de hurler.

Au lieu de quoi, elle poursuivit patiemment ses efforts. Allende, Borges, Cervantes. Elle lisait de façon que les mots qu'elle chérissait puissent percer la solitude de son fils. Et puis un jour, alors qu'elle tournait la dernière page décevante du court roman d'un jeune écrivain prétentieux, Luca se redressa et secoua la tête. Il se frotta les genoux. Lydia referma le livre et le posa sur la table à côté du fauteuil à bascule dans lequel ils étaient assis tous les deux. Luca le prit et l'ouvrit à la première page.

— Relisons-le, s'il te plaît, Mami. Pour que cette fois la fin soit meilleure.

Tel quel : comme s'il poursuivait juste une conversation commencée entre eux depuis des lustres. Lydia sursauta si violemment qu'elle faillit l'envoyer valser à travers la pièce. Elle le fit descendre de ses genoux, le mit debout, le retourna et le fixa.

— Quoi ?

Luca pressa ses lèvres l'une contre l'autre.

— Qu'est-ce que tu as dit ?

Elle lui agrippa les deux bras trop fort peut-être, dans sa crainte de perdre les pédales.

— Tu as parlé, Luca ! Tu as parlé ?

Après un bref silence terrifiant, il approuva de la tête.

— Qu'est-ce que tu as dit ? chuchota-t-elle.

— Je voudrais le relire.

Elle plaqua ses mains sur les joues de l'enfant, riant et pleurant à la fois.

— *Ay*, Seigneur ! Luca !

— Avec une meilleure fin.

Elle l'écrasa contre sa poitrine et le garda pressé là, puis se leva d'un bond, lui prit les mains et le fit tournoyer.

— Répète. Dis autre chose.

— Qu'est-ce que je dois dire ?

— Exactement ça. Mon fils ! Il parle !

Ce jour-là Lydia ferma le magasin plus tôt que d'habitude et ramena Luca à la maison afin qu'il montre à son père ce qu'il savait faire. Elle en garde un souvenir si précis, sauf qu'elle n'a désormais plus confiance en sa mémoire, parce que plus les choses s'éloignent, plus elles semblent fantasques. Comment est-il possible que Luca se soit tu pendant tant d'années ? Et comment est-il possible qu'il se soit mis soudain à parler ainsi, tel un présentateur de télé, un professeur de lycée, avec des phrases à la fois si bien formées et si complexes ? Non, c'est impossible. Un miracle de la syntaxe.

Mais maintenant, dans la maison turquoise de Carlos, après plus de quatre années pendant lesquelles il s'est si bien exprimé dans les deux langues, Luca a presque perdu sa voix, il semble retomber dans le silence d'autrefois.

Lydia voit ce qui arrive, et ni l'un ni l'autre ne peuvent rien faire pour l'empêcher. Ce silence plane sur lui, léger d'abord, puis il durcit comme une laque. Dès le mercredi matin, son mutisme est fortement marqué. Il ne répond aux questions directes qu'avec des mimiques, qu'avec son corps. Il perfectionne, de nouveau, l'art du regard vide, et Lydia a l'impression que les derniers restes de sa propre santé mentale achèvent de s'effriter.

Durant ces jours de silence paralysant, l'esprit de Lydia tourne à vide, une affreuse roue qui ne ralentit jamais, quelle que soit la manière dont elle tente de l'arrêter. Elle reste calme devant Luca, mais, parfois, elle doit s'excuser, courir vers la salle de bains, ouvrir un robinet de façon que le bruit de l'eau couvre le bruit étouffé et déchirant de son chagrin. Son corps contracté est si douloureux, la sensation physique si élémentaire, qu'elle se prend pour une bête sauvage, une femelle isolée de sa horde. La nuit, allongée à côté de Luca dans le lit étroit du filleul de Sebastián, elle s'efforce de se vider de toute pensée. Un exercice effectué avec autorité, auquel son esprit obéit. Elle se répète à l'infini : *Ne pense pas, ne pense pas, ne pense pas*. Moyennant quoi elle glisse dans un sommeil miséricordieux. Comme ses veines sont inondées d'adrénaline à cause des flashbacks cent fois par jour, son corps éprouve un épuisement bienvenu. Ses paupières se ferment toutes seules. Mais ensuite vient le moment après qu'elle a lâché prise, où elle dérive brièvement loin du rivage avant d'être emportée par le courant, et dans cet intervalle elle dégringole. Ses membres s'agitent par saccades, son cœur bat la chamade, et son cerveau lui restitue encore une fois le souvenir du crépitement des armes, de l'odeur de viande grillée, des seize beaux visages dont toute émotion a été effacée, tournés vers le ciel, vides. Elle se dresse dans leur lit, calme sa respiration affolée, essayant de ne pas réveiller Luca qui dort à côté d'elle. Chaque nuit, cet obstacle entre veille et sommeil. Le seul qu'elle ne peut pas franchir. Quel genre de personne n'enterre pas sa famille ? Comment a-t-elle pu les laisser dans la cour, yeux et bouches ouverts, le sang pas encore figé dans leurs veines ? Lydia a vu des veuves aux langues déliées, rendues courageuses par leur angoisse même, parler devant les caméras, refusant d'être réduites au silence, accusant les responsables, méprisant la violence de ces hommes lâches. Donnant des noms. Ces femmes ont été assassinées pendant les funérailles. *Ne pense pas, ne pense pas, ne pense pas.*

Le mercredi, Carlos se met en congé afin de conduire la troisième fourgonnette de l'église jusqu'à Mexico. Lydia abandonne le sac de voyage rouge de sa mère sur le lit où ils ont passé les trois dernières nuits. Avec, à l'intérieur, ses chaussures à talons et les chaussures de ville de Luca. Elle a fourré tout le reste dans les deux sacs à dos, ils n'auront plus d'autre bagage. Elle a décidé qu'ils prendraient un avion vers le nord depuis Mexico. C'est la seule option possible. Ils ne prendront que ces deux sacs à dos pour rester mobiles et ne pas être obligés de scruter le carrousel en attendant des bagages dont ils n'auront de toute façon pas besoin. Lydia ignore ce que Carlos et Meredith ont raconté aux missionnaires de l'Indiana sur leurs deux passagers supplémentaires, si toutefois ils leur ont raconté quelque chose, mais personne ne leur pose de questions quand ils montent dans le véhicule. Les adolescentes arborent leur sourire mièvre et essaient de parler de leur Sauveur, mais Lydia fait semblant de ne pas connaître l'anglais. Sur la banquette arrière, un bras passé autour des épaules de Luca, elle s'efforce d'agir comme une personne normale. Elle a beaucoup de mal à se rappeler en quoi cela consiste. Les jeunes filles ont des sacs de marin et des sacs à dos très chic, et toutes coiffent leurs cheveux (bouclés ou raides, rugueux ou soyeux) en deux tresses. Lydia comprend que c'est une règle missionnaire, et tapote sa propre queue-de-cheval. La fille assise à côté d'elle s'en aperçoit, s'adresse à elle avec un sourire.

— Vous voulez que je vous tresse les cheveux ? Nous le faisons toujours les unes pour les autres.

Lydia hésite parce que aucune tresse au monde, pas même la plus impeccable, n'inciterait quiconque à la prendre pour une missionnaire adolescente de l'Indiana. Mais mieux vaut une armure incongrue que rien. La jeune fille prend la réticence de Lydia pour un problème de langue et pointe du doigt sa tresse, celles des deux filles assises sur la banquette de devant, puis les cheveux de Lydia.

— Vous aimez ? Tresses françaises ?

Lydia approuve de la tête, défait sa queue-de-cheval, offre ses épais cheveux noirs aux doigts de la jeune fille qui commencent à s'activer sur son crâne. Il fait chaud dans la fourgonnette. Quand le travail est achevé, son auteure demande si quelqu'un a un miroir de poche. Elles sont cinq adolescentes dans le véhicule, mais aucune n'est assez frivole pour transporter un tel objet. Finalement, l'une d'elles ouvre l'application appareil photo de son iPhone, le règle en mode selfie et le tend à Lydia.

— C'est si joli sur vous ! commente-t-elle d'une voix sonore en désignant les tresses.

Me gusta !

Lydia se regarde sur l'écran, tordant légèrement le cou pour inspecter sa coiffure. Elle a l'impression qu'elle paraît un peu plus jeune. Elle sourit, puis rend le téléphone à sa propriétaire. Et quand les passagers se mettent à chanter, elle se sent soulagée parce que la clameur emplit l'habitacle et ne laisse pas de place à la réflexion. Toutes les filles chantent, et Carlos aussi, fort et gaiement.

— Tu devrais dormir un peu, chuchote-t-elle à l'oreille de Luca alors qu'ils approchent d'Axaxacualco. (Il la regarde sans broncher.) Je vois un embouteillage devant. Allonge-toi sur le sol, ici. Tu seras bien.

Lydia fourrage sous la banquette et aménage un espace entre deux des plus gros sacs de marin. Luca s'y glisse et se recroqueville sur lui-même. Un sac à dos plein à craquer lui sert d'oreiller. Il ferme les yeux tandis que la circulation commence à se bloquer et, avec elle, la respiration de Lydia. Les filles chantent encore plus fort, *Jésus, prends le volant !* Carlos capte le regard de Lydia dans le rétroviseur. Il lui fait un clin d'œil parce que c'est le seul réconfort qu'il peut lui offrir. La file des véhicules qui les précèdent s'arrête. Lydia et Luca sont à bord de la seconde des trois camionnettes. Meredith conduit celle de devant.

Sur la route devant eux, deux jeunes hommes, des adolescents en réalité, brandissent des AR-15. Une arme moins répandue et moins sexy que les universels AK-47, raison pour laquelle Lydia trouve sans doute la situation particulièrement terrifiante. Ridicule, elle le sait. Une arme vous tuera aussi bien qu'une autre. Mais l'AR-15, lisse et noir, a quelque chose d'utilitaire qui incite à penser que cet engin n'est pas destiné à la parade.

Parfois le canon d'une de ces armes entre par la vitre baissée d'une voiture en stationnement, mais en général, elles restent dehors, pointées vers le ciel. Les garçons les tiennent des deux mains. Dans l'ensemble, les conducteurs ne bronchent pas. Ils capitulent devant l'ego exagéré des garçons, s'arrangent de leur air fanfaron, parce que, même si personne n'attend d'eux qu'ils ouvrent le feu, tout le monde sait que pour faire montre d'une véritable audace, il faut commencer par la feindre. Ce n'est qu'une question de temps, et personne n'a envie de découvrir si c'est aujourd'hui que ces garçons vont finalement en user. Prudemment, les chauffeurs ouvrent un par un leur portefeuille, leur sacoche ou leur boîte à gants afin d'en sortir les pots-de vin, ils tendent l'argent sans protester, avec même leurs sincères bénédictions, parce que ces garçons peuvent être n'importe qui, leurs frères, leurs neveux, ou leurs petits-enfants. En tout cas forcément ceux de quelqu'un.

Carlos avance et freine, avance et freine. Luca garde les yeux fermés, les missionnaires chantent. Lydia prie pour que le barrage soit le fait d'un authentique groupe d'*autodefensas*, mais c'est peu probable.

Les adolescentes missionnaires expriment leur propre forme de bravoure en chantant parce que, si l'existence de barrages a quelque chose d'excitant, si leur pasteur, passager du van qui les suit, leur a expliqué que de tels barrages sont chose courante et n'ont rien d'alarmant, que ça revient à se présenter à un péage, les filles savent que dans l'Indiana les employés de péage ne portent pas d'armes automatiques. Secrètement, dans un recoin caché de leur cœur de pécheresses, la plupart d'entre elles avaient espéré faire une telle expérience – le frisson exotique, la décharge d'adrénaline, les histoires qu'elles raconteront en rentrant chez elles ! Mais pour venir de Mexico, rien ni personne ne les avait arrêtées. Sentiment de déception coupable. Or, maintenant que le moment est arrivé, maintenant qu'elles voient les garçons là-bas devant, de leur âge semble-t-il, qui brandissent des armes extravagantes, maintenant que leur flux sanguin d'adolescentes inexpérimentées charrie des hormones en pagaille, chacune de ces filles coiffées de tresses se sent malade de peur. Certaines espèrent avoir le courage d'aider ces garçons, de les sauver en leur parlant de Jésus. La plupart cependant souhaitent juste rentrer chez elles. La fille assise à l'avant, celle qui possède un iPhone, tente de relancer les chants, mais s'arrête au bout de quelques mesures faute de suiveurs. Carlos abaisse sa vitre.

Les garçons se sont postés de part et d'autre de la fourgonnette de devant. Lydia distingue la silhouette de Meredith derrière son volant, l'un d'entre eux lui parle par la fenêtre. C'est sûrement lui le chef. Meredith gesticule, indique du doigt les deux véhicules suivants, et les deux garçons regardent dans cette direction. Lydia se fige sur sa banquette, pourtant il est impossible de la remarquer, telle qu'elle se tient à l'intérieur sombre du van. Celui des garçons qui semble être le *jefe* porte une casquette de base-ball bleue sans insigne. Il est du côté conducteur de la camionnette. Il ordonne à son collègue d'examiner les deux autres vans. Le garçon navigue entre les pare-chocs et s'approche de la vitre de Carlos, la gueule de son AR-15 raclant les traits pointillés blancs de la route. Lydia regarde Luca recroquevillé par terre et constate qu'il a les yeux grands ouverts, aussi ronds que des cuillers à soupe. Elle change légèrement de position afin de le couvrir partiellement de ses jambes.

— Où allez-vous aujourd'hui ?

Le garçon veut vérifier que Carlos raconte la même histoire que Meredith.

— Seulement jusqu'à l'aéroport de Mexico. Nos visiteurs s'envolent ce soir.

— *De dónde eres ?*

La question s'adresse à la jeune fille derrière Carlos.

— Elles ne parlent pas beaucoup notre langue, dit Carlos en espagnol. Elles viennent de l'Indiana.

Le garçon passe la tête par la vitre baissée, examine les adolescentes, silencieuses et souriantes. Pour peu qu'il soit sensible à leurs phéromones, il en reçoit un paquet. Ses yeux se posent sur Lydia, ses lèvres se plissent.

— Qui est la femme ?

— Une de nos conseillères.

— *Estadounidense también ?*

Le garçon a un beau visage et l'air sceptique.

— Non. Elle est d'ici. C'est une des nôtres.

— Pourquoi est-elle assise à l'arrière ?

Lydia sait qu'elle ne doit pas risquer le moindre coup d'œil vers Luca, mais il est tout ce qui l'ancre encore dans ce monde, et ses yeux brûlent de se poser sur lui. Elle se force à garder le regard rivé à l'arrière du siège de Carlos.

— L'une de nos missionnaires est malade en voiture, précise Carlos. Elle s'est assise à côté d'elle pour l'aider.

Lydia lève la main et la pose maternellement, mécaniquement, entre les omoplates de la fille, celle qui lui a tressé les cheveux. Elle lui frotte le haut du dos en une caresse circulaire, et la fille se demande comment Lydia a deviné sa peur. Reconnaissante de ce petit geste de réconfort, elle lui adresse un sourire larmoyant. Le garçon agrippe le rebord de la portière d'une main et s'adresse directement à Lydia.

— *Cómo se llama, Doña ?*

— Mariana, répond Lydia.

— Elle est toujours malade ?

Il pointe le menton en direction de la jeune fille.

— Elle se sent un peu mieux, je crois, dit Lydia, qui frotte toujours le dos de sa protégée. Mais ce n'est pas génial.

La jeune fille en question, complice involontaire, corrobore cette version en affichant une pâleur inquiétante. Elle se penche légèrement en avant et Lydia redoute qu'elle ne se mette réellement à vomir.

Le garçon prend son temps ; promenant son AR-15 de l'autre côté de la portière, il examine avec insistance les rides sur le visage de Lydia. Il se penche de nouveau à moitié par la fenêtre pour inspecter l'intérieur du véhicule.

— Il n'y a que des filles là-dedans ? Pas de garçons ?

Aux pieds de Mami, Luca, yeux écarquillés, bouche fermée, se retient même de respirer. Il est devenu expert dans l'art du camouflage, même l'intérieur de son corps est d'un calme absolu.

— Les garçons sont dans le van de derrière, dit Carlos.

Le garçon tape sur le rebord de la vitre du plat de la main. Carlos lui tend une poignée de billets de banque pliés en deux.

— *Ten cuidado, y que Dios te bendiga.* Fais attention, et que Dieu te bénisse, conclut-il.

Le garçon hoche la tête, fourre les billets dans la poche arrière de son jean, trottine vers le véhicule suivant. Au moment où il passe devant elle, Lydia remarque le tatouage rudimentaire d'une machette sur le haut de sa nuque, juste derrière l'oreille gauche. Confirmation : il s'agit bien d'un membre de la bande des Jardineros, qui travaille pour Javier.

Les occupants de la fourgonnette poussent un soupir collectif, Lydia exceptée. Elle laisse son regard se poser brièvement sur le petit visage de Luca, levé vers elle. Il a les yeux fermés à présent, et elle presse sa main sur les siens pour les fermer à son tour, s'autorisant un court moment de soulagement. Elle sent son pouls battre sous ses paupières.

— Tout le monde va bien ? s'inquiète en anglais Carlos, qui se retourne pour examiner chacune des filles.

Elles lui répondent en gloussant. Lydia hoche affirmativement la tête, repose sa main sur ses genoux.

Au bout d'un temps qui semble infini, le jeune *narco* repasse devant leurs vitres – il a terminé son interrogatoire des passagers du troisième van – et les salue de la main au passage, avant d'aller rejoindre son comparse au début de la file. Les deux garçons balancent leurs carabines sur le dos de façon à avoir les mains libres et pouvoir tirer les bûches formant leur barrage de fortune un peu à l'écart de la route. Ils libèrent juste assez d'espace pour que la procession des vans missionnaires puisse passer.

Une demi-heure plus tard, quand ils traversent le Puente Mezcala Solidaridad surplombant le Río Balsas, les filles poussent des cris admiratifs et mitraillent de leurs appareils photo le canyon vert et luxuriant. Luca sort alors de son nid pour se blottir sous le bras de sa mère, et Lydia peut enfin commencer à respirer.

10

Ils ont survécu suffisamment longtemps pour voir les rues de Mexico inondées de soleil et de couleurs agressives. Ce n'est pas rien. Quatre jours et trois cent quatre-vingts kilomètres qui leur ont permis d'échapper à leur destin. Mais ce n'est pas tout, se dit Lydia. Car l'anonymat de la capitale leur fournit une transition fragile vers le futur. Ici, elle reprend un peu espoir ; peut-être leur sera-t-il possible de disparaître. Lydia a décidé que l'option la moins angoissante pour eux, c'est l'avion. Une sorte de superstition l'a empêchée jusqu'à présent de choisir une destination, mais elle a néanmoins passé en revue les villes de la frontière nord pour établir une liste des meilleurs points de chute éventuels. D'ouest en est : Tijuana, Mexicali, Nogales, Ciudad Juárez, Nuevo Laredo. N'importe lequel de ces aéroports conviendra, telle une porte moustiquaire de véranda, étroite et cachée. De n'importe laquelle de ces villes, on peut humer l'odeur d'une tarte encore chaude sur le rebord des fenêtres *del norte*.

Carlos ouvre la porte arrière du van de l'église évangéliste, les filles aux cheveux tressés et aux sacs à dos bourrés s'égaillent sur le macadam brillant, suivies de Lydia et de Luca.

Derrière la porte arrière grande ouverte du van, Carlos agrippe la main de Lydia et lui chuchote avec intensité à l'oreille :

— Il est toujours avec toi. Je le sens. Il veillera sur toi et sur ton fils. Tout ira bien.

Lydia lui envie sa certitude. Ils s'enlacent sans pleurs, tandis que les filles et leurs homologues masculins sortis des deux autres vans détournent leur visage scandalisé. Debout à côté de Luca, Meredith s'efforce maladroitement d'ajuster le sac sur le dos du petit garçon, qui, subtilement, se dérobe. Quand Carlos s'écarte de Lydia, Meredith avance afin de l'étreindre elle aussi, mais l'affection qui a pu exister entre les deux femmes, surtout à cause du lien qui unissait leurs époux, a disparu. Pourtant, la gratitude de Lydia est authentique. Elle plante son regard dans celui de Meredith.

— Je suis consciente, dit Lydia, du problème que cette décision t'a posé. D'avoir accepté de prendre ce risque pour Luca et moi.

Meredith secoue la tête, mais ce geste de protestation est plutôt faible.

— Je t'en suis très reconnaissante, Meredith. Tu nous as probablement sauvé la vie. Merci.

— Dieu soit avec vous, conclut celle-ci.

Le jacassement bruyant des adolescentes comparant leurs réactions au moment du barrage submerge toutes les autres conversations, et les deux femmes sont soulagées de se séparer. Les portes automatiques du terminal s'ouvrent grandes avec un grondement, laissant passer les premiers missionnaires adolescents. Tandis que Carlos et Meredith disent adieu à l'équipe formée par le pasteur de l'Indiana et sa femme, Lydia et Luca s'abritent de la lumière sous un auvent, puis se dirigent vers le tramway qui les déposera au terminal des vols intérieurs.

Luca n'a encore jamais pris de tram. Il affiche un air détaché, mais trouve stupéfiante la façon dont cet élégant véhicule transparent glisse et arrive sans bruit pour dégorger ses passagers sur la plateforme. Il saisit la main de sa mère, fait un pas de côté et esquive le flot de voyageurs chargés de bagages qui jouent des coudes. Il fixe ses pieds pour franchir avec elle le petit espace entre le sol ferme et le véhicule. Mami l'attire à l'intérieur sans qu'il résiste, ils sont dans la voiture de tête, alors comment Luca peut-il faire autrement que de presser ses mains et son front contre la vitre courbe ? N'importe quel enfant éprouverait un petit frisson dans le ventre à observer la vitesse croissante avec laquelle les rails s'évanouissent sous lui. On se croirait sur une montagne russe, on glisse silencieusement au-dessus de l'enchevêtrement des voitures et des bus, des taxis et des réverbères, des aires de stationnement parsemées d'avions en attente, des camions avec des escaliers insensés à l'arrière. Un avion descend en piqué juste devant eux, monstrueux à travers la vitre, et Luca recule brusquement, le souffle coupé.

— Mami ! s'écrie-t-il.

C'est le premier mot qu'il prononce en trois jours, et il en regrette immédiatement le son, le bonheur simple et traître qu'il lui procure. Mami lui sourit, mais ce n'est pas son sourire habituel, impossible de prendre cette misérable tentative pour une marque de joie véritable. Alors pourquoi lui, Luca, n'est-il pas ravagé ? Qu'est-ce qui fait qu'il peut se comporter aussi normalement ? Mami lui caresse des doigts le haut du crâne et il s'appuie de nouveau à la vitre. Il observe le tram avaler les rails sous lui.

À l'intérieur du terminal, le ronflement mécanique de la climatisation sous-tend tous les autres bruits : une petite fille tient la main de sa mère et traîne par la laisse sa valise à roulettes en forme de chien, un homme hurle dans son portable dans une langue inconnue et gutturale, une femme court en faisant claquer avec fureur ses hauts talons. Ça sent le citron et le Fréon. Luca suit Mami jusqu'à une borne avec un écran, et tandis qu'il la regarde cliquer dessus pendant quelques minutes, il se dit qu'il ferait mieux de surveiller les alentours pour voir si on les observe. Il se retourne : personne ne les a remarqués à l'exception de la petite fille à la valise en forme de chien. Assise sur le dos de sa valise, elle fait la queue avec sa mère. Quand sa mère avance, elle pousse avec ses pieds pour rester à son niveau. Luca aimerait bien une valise comme ça.

— On ne peut pas réserver à partir de cette machine un billet pour aujourd'hui.

La voix de Mami trouble ses pensées.

— Nous devons faire la queue.

Mami saisit son sac à dos qu'elle avait déposé par terre et Luca la suit. Content de pouvoir examiner la valise-chien de plus près, il constate qu'elle a aussi des oreilles et une queue poilues.

La fillette le voit admirer son bagage et lui sourit. Elle doit avoir son âge, peut-être un an de moins.

— Tu peux le caresser si tu veux, dit-elle, il ne mord pas.

Luca recule d'un pas, se cache la figure derrière Mami, mais une seconde plus tard, il réapparaît et effleure du bout des doigts la queue du chien. La fillette rit. « Allons-y, Naya », lui dit sa mère. Et Naya fait un petit signe à Luca, poussant toujours avec ses baskets pour avancer jusqu'au comptoir de billetterie.

Luca et Mami les suivent, et bientôt ils se tiennent devant la dame au tailleur bleu et au foulard de soie rouge. Son visage rond est répliqué en miniature sur le badge en plastique portant son nom, qui lui pend au cou. Elle sourit à Luca.

— Bonjour, petit jet-setter ! C'est la première fois que tu vas voler ?

Il interroge Mami du regard, elle hoche la tête, alors il en fait autant. Voler ! Ils vont voler, il n'arrive pas à y croire. Il n'est pas sûr de le vouloir, mais peut-être qu'il en a vraiment envie. Difficile à dire.

— Nous prenons quelques jours de vacances impromptues, explique Mami à la préposée.

— Très bien, dit celle-ci, les mains en suspens au-dessus de son clavier. Pour aller où ?

— Je pensais à Nuevo Laredo ?

La dame tapote sur son clavier à une vitesse presque comique. Impossible qu'elle tape si vite, pense Luca, elle fait semblant. Elle fronce les sourcils.

— Pas de vol avant vendredi. Vous espériez partir aujourd'hui ?

Mami appuie ses coudes sur le comptoir.

— Oui. Et Ciudad Juárez ?

Clac-clac-clac.

— Oui, ça pourrait marcher, il y a un vol à 3 heures cet après-midi avec escale à Guadalajara. Arrivée à Juárez à 7 h 04.

Mami se mord les lèvres.

— Rien de direct ?

Clac, clac, clac.

— Il y a un vol direct à 11 h 10 demain matin.

Mami secoue la tête.

— Bon, essayons Tijuana.

Cette fois-ci, le bavardage de la dame masque le bruit de ses doigts qui continuent à taper ; elle ne se donne pas la peine de regarder son écran ni ses mains, qui bougent devant elle comme deux animaux indépendants de son corps. Elle tourne son visage rond vers Mami.

— C'est une chouette ville. Vous y êtes déjà allée ?

Mami fait signe que non.

— J'ai beaucoup voyagé en avion autrefois. J'étais hôtesse de l'air avant d'avoir mes enfants. Sur la ligne de Tijuana, alors de temps en temps on y passait la nuit. (Elle fait un clin d'œil à Luca.) J'espère que vous aimez faire la fête !

Luca enfonce ses ongles dans la paume de sa main pour arrêter de penser à des fêtes, et la femme tourne de nouveau son visage rond et ses yeux ronds vers l'écran.

— Il y a un vol direct pour Tijuana à 3 h 27. Arrivée à 5 h 13. Il y a deux heures de décalage horaire.

— Parfait, dit Mami. Deux places ?

— Sûr. Et le retour pour quand ?

Mami contemple ses baskets dorées qui se détachent sur le sol en terrazzo. Luca ne comprend pas son hésitation, ni qu'elle essaie de résoudre une équation angoissante. Lydia sait qu'il leur reste exactement 226 243 pesos parce qu'elle les a comptés chez Carlos, un matin, par terre dans la salle de bains. Ils ont déjà dépensé plus de huit mille pesos entre l'hôtel, les frais divers et les tickets de bus. Elle a aussi en sa possession la carte de crédit de sa mère qu'elle a peur d'utiliser. Abuela était titulaire d'un compte d'épargne et, quel que soit son solde, la somme leur sera utile. Ils devront payer un *coyote* quand ils atteindront la frontière et, avec un peu de chance, ils disposeront encore d'une petite somme pour subvenir à leurs besoins avant qu'elle trouve une solution pour la suite. Ils ne peuvent pas se permettre d'acheter des billets de retour qui ne serviront à rien. Mais ne peuvent pas non plus avouer à cette gentille femme, cette étrangère, ce *halcón* potentiel, qu'ils entreprennent un voyage à sens unique.

Luca serre la main de Mami.

— Retour la semaine prochaine, même jour, dit-elle.

— Très bien, sourit la dame, mais Luca, inquiet, trouve son sourire un peu froid. Je peux vous proposer un vol de retour disons vers 12 h 55. Arrivée ici à 18 h 28. Sans escale.

Mami acquiesce.

— Parfait, parfait. Et le prix ?

La dame ajuste son foulard rouge, et ses doigts carrés aux ongles peints de la couleur du béton font *clic-clic-clic* quand elle tapote, sur son écran, à l'endroit de la somme.

— 3 610 pesos par personne.

Mami acquiesce de nouveau, fait pivoter son sac à dos et le pose sur ses genoux. Elle sort son portefeuille de la poche latérale pendant que la femme continue à frapper avec frénésie sur son clavier.

— Je peux payer en liquide ? demande-t-elle.

— Oui, bien sûr, j'ai juste besoin d'une pièce d'identité avec photo.

Mami a réparti leur argent dans différents endroits, gardant environ dix mille pesos dans le portefeuille. Luca la regarde compter les billets : sept roses, deux orange, un bleu. Elle les dépose sur le comptoir, la dame les ramasse et commence à les compter. Puis Mami retire du soufflet de son portefeuille sa carte d'électrice, qu'elle pose avec un petit claquement sur le comptoir. La préposée saisit la carte de Mami d'une main, elle tape sur son clavier de l'autre.

— Merci.

Elle rend la carte à Mami et regarde Luca.

— Et toi ? Est-ce que tu as apporté ta carte d'électrice ? lui demande-t-elle avec un sourire.

Luca fait signe que non. Il n'a évidemment pas l'âge de voter.

La dame reporte son attention sur Mami.

— J'ai juste besoin d'un acte de naissance ou d'un document permettant de vérifier que vous êtes sa tutrice légale.

— La tutrice de mon fils ?

— Oui.

Mami secoue la tête, et la peau autour de ses yeux devient rose. *On dirait qu'elle va pleurer*, pense Luca.

— Je n'en ai pas. Je n'ai pas ça.

— Oh ! s'écrie la femme, qui joint les mains et s'écarte de son clavier. Je crains qu'il ne puisse pas voyager sans ça.

— Vous pouvez sûrement faire une exception ? Il est évident que c'est mon fils.

Luca opine.

— Je suis désolée. Ce n'est pas notre règlement – c'est la loi. Toutes les compagnies aériennes ont la même.

Elle range les billets de banque colorés en une pile bien nette, et tend la pile à Mami. Mais comme Mami refuse de la prendre, elle la laisse sur le comptoir entre elles deux.

— Je vous en prie, dit Mami en baissant la voix, penchée vers la préposée. Je vous en prie. Nous sommes désespérés. Nous devons quitter la ville. C'est le seul moyen. Je vous en prie.

— Désolée, *senõra*. J'aimerais pouvoir vous aider. Il va falloir que vous alliez au bureau de l'état civil demander une copie du certificat de naissance. Sinon, vous ne pourrez pas prendre l'avion. Je ne peux rien faire. Même si je vous donnais les billets, vous ne passeriez pas le contrôle de police.

Mami attrape brusquement l'argent, le fourre dans la poche arrière de son jean avec la carte d'électrice. Son visage change de nouveau de couleur, il est désormais blême, délavé.

— Je suis désolée, répète la femme, mais Mami lui a déjà tourné le dos.

Luca la suit, sans demander où ils vont, et bientôt ils sont dans le métro. Lorsqu'ils émergent à la station Isabel la Católica, les sentiments contradictoires de Luca s'intensifient encore, parce que marcher dans Mexico, c'est une véritable aventure. Ici, tout est différent d'Acapulco, et il s'efforce d'absorber toutes les couleurs ; les drapeaux qui flottent, les fruits aux étalages, les bâtiments de style colonial baroque accolés aux blocs modernes voisins. La musique s'échappe de balcons en fer forgé, des marchands braillent pour vendre leurs *refrescos* fluorescents, et l'art est partout, partout, partout. Fresques, peintures, sculptures, graffitis. À un coin de rue, une statue colorée d'un grand Jésus – c'est ce qu'en conclut Luca parce que c'est petit pour une statue mais très grand pour un adulte humain – se dresse avec un pan de sa longue tunique verte jeté lestement sur un bras. Soumis à ce véritable matraquage de stimulations sensorielles, Luca réussit à enfouir temporairement son sentiment de culpabilité. Il marche à côté de Mami, la bouche entrouverte, buvant des yeux le décor.

À un étal, Mami achète des *tamales* et un sachet de tranches de concombre. Il est presque 2 heures de l'après-midi, et Luca a faim, alors ils s'assoient sous un parasol pour manger. C'est bizarre, réfléchit Luca, que certaines choses aient si peu changé. Les concombres salés ont exactement le même goût qu'avant, avant que toute la famille soit morte. Même chose pour ses doigts, ses ongles, la largeur des épaules de Mami : ils n'ont pas changé. Il mâche sans parler. Leur déjeuner fini, Mami l'emmène dans un bâtiment carré en béton avec, sur le devant, une statue de danseurs nus, où un employé leur dit que pour obtenir une copie du certificat de naissance de Luca, ils doivent se rendre au bureau d'enregistrement de l'État où Luca est né.

— Est-il né à Mexico ?

— Non.

— Dans l'État de Mexico ?

— Non. Dans le Guerrero.

— Peux pas vous aider.

Un sandwich est posé de son côté du comptoir, et il semble pressé de recommencer à mordre dedans.

Une fois dehors, Mami et Luca font une petite pause et s'accroupissent à l'ombre du bâtiment carré, le dos au mur, elle a besoin de réfléchir. Au bout de quelques minutes, elle se lève.

— Bon, dit-elle. (Son visage a repris ses couleurs normales, elle a les bras le long du corps, poings serrés.) Bon.

Ils marchent cinq cents mètres jusqu'à un énorme immeuble de brique à la maçonnerie jadis blanche décolorée par le temps et la pollution. On y entre par une colossale porte voûtée en bois, cloutée de massifs boutons dorés, que Luca contemple, presque effrayé par sa taille, qui est dix fois la sienne. Mais Mami le tient par la main et ils passent sous les fleurs pourpre vif des jacarandas. Une plus petite porte encastrée dans la grande leur donne accès à l'intérieur silencieux et frais.

C'est la Biblioteca Miguel Lerdo de Tejada et, bien qu'elle soit spécialisée en ouvrages d'économie, elle est si absurdement belle que Lydia en avait fait son lieu favori quand elle étudiait la littérature et l'anglais à l'université. C'est aussi l'endroit où Sebastián et elle se sont rencontrés, se prenant l'un et l'autre pour des étudiants en économie. Plus tard, l'une de leurs plaisanteries favorites était que chacun était en quête d'un partenaire plus économiquement fiable que celui sur lequel il était tombé.

À l'exception des nouveaux ordinateurs sur les tables le long du mur du fond, la *sala principal* ressemble en tout point à celle dont Lydia se souvient. Plafonds d'une hauteur de cathédrale, espace caverneux saturé de la lumière naturelle qui tombe du toit, murs couverts des fresques à la détrempe de Vlady. Sebastián avait un jour prévenu Lydia qu'elle allait échouer à ses examens si elle continuait de vouloir étudier ici : elle gaspillait la plupart de son temps à contempler ces peintures. Elle rêvait depuis longtemps d'emmener Luca voir cet endroit fabuleux, mais elle n'aurait jamais imaginé que la visite se passerait dans de telles circonstances. Elle s'était toujours dit qu'elle lui raconterait les histoires liées à ce lieu, mais maintenant, assommée par leur séparation brutale de la vie réelle, elle se découvre incapable d'évoquer verbalement ces souvenirs : Sebastián lui glissant en douce des en-cas tandis qu'elle préparait ses examens finaux. Sebastián la faisant rire si fort qu'une fois la bibliothécaire leur avait demandé de sortir. Sebastián écroulé dans le box même où ils se trouvaient, essayant de lire Octavio Paz, *Le Labyrinthe de la solitude*, uniquement parce qu'il savait que c'était le livre préféré du père de Lydia, et qu'il voulait apprendre certaines choses que savait son père, afin de mieux le connaître.

Quelle immense douleur pour Lydia que la mort de son père ! Mais aussi, et c'est terrifiant à admettre, quel pouvoir formatif ce deuil seul a eu sur ses jeunes années. Et maintenant, il y a seize morts de plus. Rien que d'y penser, elle a l'impression d'être un morceau de dentelle défraîchie, définie non tant par ce dont elle est faite, mais par les contours du matériau manquant. Elle n'ose même pas imaginer les effets de cette perte sur la personnalité de Luca. Il faudra organiser une cérémonie funéraire dès qu'ils seront en sécurité. Luca aura besoin de ce rituel, une méthode pour modeler son chagrin en quelque chose sur quoi il pourra exercer une certaine maîtrise. Elle contemple l'étendue de cette tâche, mais pour le moment, elle doit s'en tenir à son mantra : *n'y pense pas, n'y pense pas, n'y pense pas*. Elle observe son fils qui jauge l'ampleur de cet endroit, balaie tous les recoins du regard, s'efforce de chasser de son visage le sourire qui surgit inopinément.

— C'est bien, *mijo*, va inspecter. (Mais Luca lui agrippe encore plus la main.) Bon, asseyons-nous, alors.

Ils se dirigent vers une table à ordinateur libre, et ils s'assoient.

L'idée du camouflage lui est venue, pendant qu'ils se reposaient dehors, à l'ombre de l'Oficina Central del Registro Civil : ils pourraient se déguiser en migrants. Maintenant, dans le calme de cette bibliothèque où elle est installée avec son fils, Lydia comprend brutalement qu'il ne s'agit pas le moins du monde d'un déguisement. Avec leurs sacs à dos bourrés : ils sont bel et bien des migrants. Et ce simple constat, plus que toutes les nouvelles réalités pénibles de son quotidien, lui coupe le souffle. Toute sa vie elle a plaint ces pauvres gens. Elle a donné de l'argent. Elle s'est interrogée, avec cette sorte de fascination de l'élite douillettement installée, sur l'extrême dureté de leur vie qui les obligeait à considérer, d'où qu'ils viennent, qu'ils n'avaient pas de meilleure solution. Comment ils en arrivaient à quitter leurs maisons, leur culture, leurs familles, leur langue même, et à risquer les pires dangers, leur existence, pour éventuellement réaliser leur rêve de pays lointains qui ne veulent même pas d'eux.

Bien calée dans sa chaise, Lydia observe son fils, perdu dans la contemplation d'une silhouette rose pourpre allongée qui plane sur le mur au-dessus d'eux. Migrant. Comment lui appliquer ce mot ? Pourtant c'est ce qu'ils sont, c'est ainsi que cela arrive. Ils ne sont pas les premiers à partir. Acapulco se vide de ses habitants. Combien de leurs voisins se sont enfuis l'année dernière ? Combien ont disparu ? Toutes ces années qu'ils ont passées à voir le phénomène se produire ailleurs, à se satisfaire de leur apitoiement distant, à secouer la tête quand le flot des migrants les dépassait de loin, du sud au nord. Elle se rend compte que les gens d'Acapulco ont rejoint la procession. Personne ne peut demeurer dans un lieu brutal et ensanglanté.

Détachant son regard de Luca, Lydia se concentre sur l'écran de l'ordinateur. Ce n'est plus seulement la panique qui guide sa recherche, mais un véritable désespoir. Ils n'ont plus aucune autre option. Elle clique, navigue et trouve le trajet de la *Bestia* qui passe le plus près de Mexico. Prend les écouteurs accrochés derrière l'ordinateur et les branche, choisit d'abord YouTube. Ce qu'elle découvre est horrible, encore plus horrible que ce qu'elle avait imaginé. Mais mieux vaut savoir et se préparer. Elle s'oblige à regarder, sans prêter attention à sa respiration qui s'accélère ni à son rythme cardiaque effréné pendant qu'elle absorbe toutes ces histoires.

Les différentes façons de mourir à bord de la *Bestia* sont plus épouvantables les unes que les autres : vous pouvez être écrasé entre deux wagons quand le train emprunte une courbe. Vous pouvez vous endormir, tomber du toit, être aspiré sous les roues, avoir les jambes sectionnées. (Dans ce dernier cas, si le migrant n'est pas tué sur le coup, généralement il se vide de son sang et meurt dans un coin reculé du champ de quelque fermier, avant qu'on ne le découvre.) Pour finir, il y a la violence humaine ordinaire omniprésente : on peut mourir battu, poignardé, à moins qu'on vous tire dessus. Le vol est évidemment à prévoir. Les enlèvements en vue de rançon sont monnaie courante. Les kidnappeurs torturent souvent leurs victimes pour mieux persuader la famille de payer. Dans les trains, les uniformes représentent rarement ce qu'ils sont censés représenter. La moitié des gens qui se prétendent migrants, *coyotes*, ingénieurs des chemins de fer, policiers, ou membres de la *migra*[1] travaille pour le cartel. Tout le monde touche des pots-de-vin. Prenez cet homme, un Guatémaltèque de vingt-deux ans : il avait perdu ses deux jambes trois jours avant d'être interviewé. Il lui manque aussi une dent de devant.

— Quelqu'un m'a dit, avant qu'on monte dans le train : si tu tombes, si tu vois que ton bras ou ta jambe va être aspiré dessous, tu as un quart de seconde pour décider si tu veux aussi y mettre ta tête. J'ai fait le mauvais choix, commente-t-il en clignant des yeux devant la caméra.

Quand elle a suffisamment entendu d'horreurs, Lydia s'écarte un moment de l'écran pour tenter de se prononcer. Parce que en dépit de tout ce qu'elle vient de voir, elle sait aussi que, comme toutes les entreprises criminelles du Mexique, la *Bestia* est sous le contrôle des cartels. Ou plutôt un certain cartel, la mère de tous les cartels, une organisation si cauchemardesque que les gens n'osent pas prononcer son nom, mais, et c'est le facteur principal pour Lydia, il ne s'agit pas des Jardineros. Les recherches

1. *Migra* : nom populaire donné par les Latino-Américains à la police migratoire.

de Sebastián ont révélé que l'influence de Javier s'étend maintenant bien au-delà des frontières du Guerrero, qu'il a conclu des alliances avec d'autres organisations couvrant tout le pays. Qu'il étend son contrôle jusqu'à des *plazas* tels que Coahuila, le long de la frontière avec le Texas. Mais si son influence atteint la *Bestia*, Lydia sait qu'elle est limitée. Qu'il n'est pas le *jefe* à bord des trains. Donc elle doit décider si elle tente d'échapper à un monstre au risque de tomber dans la gueule d'un autre.

Un demi-million de personnes survivent à ce voyage chaque année, ce qui rend l'anonymat plus facile, songe-t-elle. Personne n'ira les chercher sur la *Bestia*. Javier n'imaginerait jamais qu'elle choisisse de voyager ainsi : elle-même a du mal à le faire. Luca et elles auront peut-être comme n'importe qui d'autre la chance de survivre à la bête. Voire une meilleure chance, parce qu'ils ont les moyens de préparer leur voyage, qu'ils ont déjà prouvé leur capacité à survivre. Donc les choses se résument à ceci : sa peur de la *Bestia*, de la violence, des kidnappings, de la mort, est une peur théorique. Elle ne se mesure pas dans les mêmes termes que la terreur à glacer le sang que lui inspire Javier, le souvenir de la douche au carrelage vert de sa mère, du *sicario* mangeant les cuisses de poulet tout en marchant au milieu des cadavres de sa famille.

Lydia en conclut que son plan, si terrifiant soit-il, est valable. Elle ouvre une nouvelle fenêtre de navigation afin d'étudier le trajet de plus près. Il semble que les migrants se rassemblent dans la gare de Lechería, faubourg au nord de Mexico. De là, la ligne continue sur cent cinquante kilomètres avant de se séparer en trois branches. Une navette ferroviaire existe entre Lechería et Buenavista, non loin de leur position actuelle.

— C'est de la folie, dit-elle tout haut.

Luca cligne des paupières mais ne répond pas. Elle remet les écouteurs sur leur crochet derrière l'ordinateur et se lève pour rassembler leurs affaires.

— Non.

Elle attrape son sac à dos, et fait signe à Luca de la suivre.

— Non, répète-t-elle.

Parce que la Lydia d'il y a une semaine, mère-et-épouse dévouée, raisonnable propriétaire d'une librairie, se bat contre la nouvelle Lydia, cette folle qui pense que hisser son fils de huit ans sur le toit d'un train de marchandises en mouvement est une bonne idée. Sauf qu'elle n'en a pas de meilleure.

— Non, dit-elle une dernière fois.

Avant de retrouver dehors la sauvagerie du soleil, où il ne leur reste plus rien à faire.

Au marché de La Ciudadela, Lydia achète une couverture et quatre ceintures en toile. Ils se mettent en marche afin de trouver la navette pour Lechería.

11

La gare d'où part la navette se situe à l'extrémité d'une grande galerie commerciale dotée d'un Sephora, d'un Panda Express et même d'une patinoire. Dehors, la rue grouille de taxis roses et de bus rouges. Vendeurs et acheteurs portent des vêtements plus chics que ceux d'Acapulco. Tous ont des baskets propres. Lydia s'arrête brièvement devant la vitrine d'une librairie et contemple l'arc-en-ciel des couvertures : les nouveautés de la saison, dont certaines s'étalent dans sa propre vitrine. Elle pense au chauffeur qui assure ses livraisons, planté devant son magasin, s'abritant les yeux de la main pour voir à travers la grille et la vitre teintée. Elle pense à ses deux employées à mi-temps, Kiki avec ses lunettes, qu'on ne peut charger de remplir les rayonnages parce qu'elle s'interrompt pour lire chaque livre qui lui passe entre les mains, et Gloria la bosseuse, qui n'a jamais lu un livre d'adulte, mais dont les goûts en matière de littérature enfantine sont irréprochables. Comment vont-elles s'en sortir sans le salaire que leur verse la librairie et sur lequel compte leur famille ? Lydia imagine la réserve, où vont s'accumuler la poussière et les colis non expédiés. Quand elle s'écarte de la vitrine, sa main laisse une empreinte fantôme sur le verre.

Lydia et Luca doivent faire la queue devant la Banque nationale du Mexique, au troisième étage. Une fille à côté d'eux vend à la sauvette des cartes postales empilées dans un grand sac de toile. Le Zócalo au crépuscule, le Palacio de Bellas Artes illuminé comme à Noël. Lydia envisage un instant d'acheter une carte et de l'adresser à Javier. Qu'écrirait-elle dans ce rectangle vacant ? En appellerait-elle à son humanité oubliée, accuserait-elle réception de ses étranges condoléances, le supplierait-elle de les épargner ? Ferait-elle une tentative futile pour exprimer à la fois sa haine et sa douleur ? Les mots, quel que soit l'amour qu'on leur porte, sont parfois totalement insuffisants.

Au fond de son sac à dos, rangé dans une poche à glissière qu'elle n'a pas ouverte depuis leur départ d'Acapulco, il y a le sac à main de sa mère. Et dans le sac, le portefeuille qui contient sa carte bancaire, bien à l'abri. Lydia en connaît le code parce que c'est elle qui a aidé sa mère à le choisir, et lui a appris à s'en servir. Ce petit sac à main marron, Lydia a vu sa mère le porter d'aussi loin qu'elle s'en souvienne. Le cuir épais, qui était rigide dans la jeunesse de Lydia, s'est assoupli avec les années. Le fermoir s'est cassé il y a longtemps, et seul le rabat empêche le contenu de se répandre. Lydia ne prend pas le temps de se remémorer ces moments-là. Elle pose son sac à dos contre la paroi en verre derrière elle, puis ouvre le sac d'Abuela. Luca ne regarde pas. Debout à côté d'elle, il gratte une affichette collée à la vitre de la banque, vantant le faible taux d'intérêt qu'elle pratique. Il n'y a pas si longtemps, elle aurait reproché à Luca son comportement, lui aurait expliqué que quelqu'un a mis le prix pour cette affichette, et que ce n'est pas à lui de l'enlever. Plus maintenant. Elle inspecte l'intérieur du sac de sa mère.

Une odeur particulière, ou plutôt un assemblage hétéroclite d'odeurs s'en échappe. Qui l'assaille, même ici, entre le McDonald's et la Crepe Factory, et suscite aussitôt une vague de souvenirs qu'elle tente de refouler. Odeur de vieux cuir et de Kleenex (usés et intacts), du chewing-gum à la cannelle que sa mère a coutume d'acheter, de perles noires à la réglisse contenues dans un petit sachet de papier blanc, du minuscule tube de lotion pour les mains à l'extrait d'abricot, et de poudre à joues compacte d'une fraîcheur de talc pour bébé – toutes les senteurs combinées, inoubliables qui ont marqué son enfance. *Mamá*.

Luca la sent, lui aussi. Il prononce silencieusement son nom, sans détourner son visage de la vitre où il continue de gratter l'affichette avec une vigueur nouvelle : *Abuela*.

Lydia respire par la bouche. Les rebuts de sa vie qui s'échappent du sac à dos étalés à ses pieds, elle se campe une fois leur tour venu devant le distributeur de billets. La jeune femme qui utilise la machine adjacente prend soin de ne pas les regarder, Luca et elle. La circonspection de cette femme embarrasse Lydia. Non seulement elle refoule ses souvenirs, mais elle a peur. Peur que cette simple transaction électronique ne déclenche une sorte de signal permettant de les repérer. La main tremblante, elle fourre la carte de sa mère dans le distributeur et tape le code. La machine bipe bruyamment et recrache la carte.

— *Me lleva la chingada*[1], jure-t-elle.

Luca se tourne vers elle pour l'interroger du regard, et elle le rassure d'un mensonge.

— Tout va bien.

1. « Je suis dans la merde. »

Elle réinsère la carte, retape le code, observant la façon dont ses doigts tremblent : elle le connaît, c'est la date anniversaire de Luca. Il faut que ça marche.

Ça marche. *Gracias a Dios.*

Il est inhabituel dans une société où les enfants adultes s'occupent de leurs parents âgés que ceux-ci, telle la mère de Lydia, possèdent un compte d'épargne. Alors posséder une carte bancaire faisait d'Abuela une sorte d'anomalie par rapport à ses pairs, même dans une ville économiquement robuste comme Acapulco, même parmi la solide classe moyenne en expansion du Mexique. Il est vrai que la mère de Lydia avait toujours été une anomalie, un peu déphasée par rapport à sa génération. Ainsi avait-elle refusé les deux premiers garçons qui avaient voulu l'épouser. Et, à la consternation de sa propre mère, lorsqu'elle avait enfin daigné se marier, passé la fleur de l'âge, à vingt-quatre ans, non seulement elle n'avait pas immédiatement quitté son emploi de comptable à l'hôpital local, mais elle était retournée à l'université parfaire son éducation. Cela faisait trois ans qu'on l'appelait Madame, quand elle avait obtenu son diplôme d'experte-comptable et avait été embauchée par la municipalité. Les choix d'Abuela faisaient sourciller sa famille et son entourage, mais le père de Lydia se réjouissait d'avoir une femme pionnière, même après la naissance de leurs deux filles, et d'avoir dû changer les couches plus souvent que leur contrat de mariage ne l'y contraignait ! Lydia avait donc grandi avec une mère qui lui avait appris la valeur de l'indépendance et de l'épargne, qui lui avait prêté l'argent pour ouvrir sa librairie. Bien que reconnaissante, elle n'avait cependant jamais imaginé que l'excentricité d'Abuela lui sauverait peut-être la vie un jour. Le chiffre jaillit sur l'écran, beaucoup plus élevé que Lydia n'avait osé l'espérer.

212 871 pesos mexicains, soit plus de 10 000 dollars américains. Le soupir qu'elle pousse exprime le soulagement, certes, mais aussi presque de la joie. Ça fait beaucoup d'argent. Les dames du club de jardinage de sa mère en seraient scandalisées. Lydia retire la carte, la range avec déférence dans le sac d'Abuela, sans faire de retrait. Mieux vaut que cet argent reste en banque jusqu'à ce qu'ils en aient besoin. Si l'argent pouvait résoudre tous leurs problèmes, ils seraient sauvés. Et pourtant, ils n'ont toujours aucun moyen d'acheter leur départ de Mexico, sans compter que maintenant, avec cette unique transaction électronique, elle sait qu'elle a peut-être marqué d'une épingle la carte géographique de Javier. Elle savait que l'étendue de la mégapole était sa seule chance de vérifier le solde de sa mère sans attirer immédiatement l'attention sur eux, mais à présent qu'elle l'a fait, ils doivent bouger. Au stand de restauration ils commandent des tacos, et Luca demande un supplément de crème fraîche, ce que Lydia trouve remarquablement réconfortant. Ils les mangent dans la navette de 18 h 32 pour Lechería.

Il fait encore jour, en dépit des ombres qui s'allongent sur les trottoirs, lorsque Luca et Mami arrivent à la Casa del Migrante dont Mami a trouvé l'adresse à la bibliothèque, mais les portes sont fermées et les fenêtres obscurcies. Mami tente de voir quelque chose à travers la vitre, Luca l'imite. Rien. Une femme passe à côté d'eux, poussant un Caddie plein de produits d'alimentation.

— *Está cerrado*, dit-elle.

Mami se retourne pour la regarder.

— Fermé ? Pour la nuit ?

— Non. Pour de bon. Depuis quelques mois. Les

voisins se plaignaient. Ça posait trop de problèmes à la communauté. Venez voir.

La dame lâche son Caddie, ouvre la boîte à lettres métallique pendue à côté de la porte. Elle en tire une notice qu'elle tend à Lydia. Qui lit à voix haute : « *Amigo migrante*. Les voisins de Lechería t'invitent à continuer ton voyage jusqu'au nouvel emplacement de la Casa del Migrante à Huehuetoca. »

— Trop aimable ! ricane Lydia.

— Ce n'est pas la faute de ces pauvres gens, proteste la femme en levant les bras au ciel, mais là où vous allez, vous les migrants, les problèmes suivent.

Elle retourne à son Caddie, qu'elle incline sur ses roues.

— Une seconde, s'il vous plaît. Où se trouve Huehuetoca ?

La femme commence à s'éloigner, mais pointe la direction de la main par-dessus son épaule.

— Au nord.

Lydia regarde Luca, qui hausse simplement les épaules. Il pourrait lui dire que Huehuetoca se trouve à une trentaine de kilomètres d'ici parce qu'il l'a vu sur la carte quand Mami cherchait Lechería sur l'ordinateur de la bibliothèque, mais il n'arrive pas à formuler les mots : « C'est trop loin pour qu'on y arrive à pied ce soir, Mami », alors il suit sa mère dans le mauvais sens, sur cinq cents mètres, puis de nouveau vers la gare et le soleil couchant, jusqu'à ce qu'elle remarque un groupe d'hommes portant des sacs à dos et des casquettes de base-ball. Luca voit bien que l'anxiété de Mami croît aussi vite que leurs ombres démesurées. Bientôt il fera noir.

Les hommes se retournent à leur approche et la saluent tout de suite.

— *Saludos, señora. Cómo va ?*

— Bien, merci. Pouvez-vous nous indiquer comment aller à Huehuetoca ? Nous venons de trouver ce message – le refuge des migrants est fermé.

— Oui, c'est bien fermé, souffle le plus jeune des hommes, l'haleine aigre. Ça fait une trotte pour arriver là-bas, *señora*.

— Combien ?

— Une sacrée trotte. Vingt à trente kilomètres.

— Mince.

Les autres approuvent. L'un d'eux, un cure-dent dans la bouche, s'appuie à un muret.

— Il y a un bus ?

— Non, pas de bus. Mais vous pouvez prendre le train jusqu'au bout de la ligne à Cuautitlán. Ça vous rapprocherait. De là, il y a quatre à cinq heures de marche environ.

Seul le jeune parle, les autres observent la conversation comme on observe un match de tennis. Luca les observe à son tour.

— C'est trop loin pour ce soir, dit Mami.

— Vous pouvez camper avec nous, et partir le matin, *señora*, propose l'homme avec un sourire.

L'homme oscille, le corps aussi mou qu'une nouille trop cuite, et cette offre abrupte n'inspire pas confiance. Luca se place entre sa mère et les hommes, non par réel esprit de sacrifice, mais parce qu'il a remarqué que, parfois, la présence d'enfants empêche les gens de mal se conduire. Il tire Mami par la main, et ils s'éloignent tous les deux.

Retour à la gare de Lechería, d'où ils prennent le premier train en partance vers le nord, jusqu'à Cuautitlán, au bout de la ligne, où Mami leur offre une chambre dans un motel bon marché. C'est la dernière fois avant longtemps, annonce-t-elle à Luca, qu'ils dorment dans un hôtel.

Le matin, à l'aurore, elle réveille Luca et ils prennent la direction de Huehuetoca, non qu'ils aient vraiment besoin de trouver l'abri des migrants, mais plutôt parce qu'ils doivent trouver les migrants eux-mêmes.

Cuautitlán est l'ultime arrêt de la navette. Les voies continuent vers le nord, mais pour le moment seuls des trains de marchandises les parcourent. Une clôture flambant neuve, qui a bien dû coûter un million de dollars, se dresse entre la rue et les voies : cela fait partie du *Programa Frontera Sur* du gouvernement mexicain, financé en grande partie par les États-Unis, destiné à empêcher les migrants de sauter dans les trains. Or, à un kilomètre et demi environ au nord, la clôture s'interrompt brusquement. Lydia et Luca progressent donc sur le bas-côté herbeux en restant près des rails.

Luca ne comprend pas pourquoi ils doivent marcher. Il sait qu'ils ont assez d'argent pour acheter un billet. Il voudrait interroger Mami, mais sa voix reste scellée à l'intérieur. Il avance en sautillant de traverse en traverse, et Mami surveille qu'aucun train n'arrive dans leur dos. Il a conservé son ticket, celui qu'ils ont acheté hier pour aller de Lechería à Cuautitlán. Mami l'a laissé gérer le sien, même s'il fallait le composter deux fois – une en montant dans le train, l'autre en descendant. Il fouille dans sa poche à sa recherche. Puis il tire Mami par la manche, elle se retourne, il agite le ticket, et elle comprend ce qu'il veut savoir, parce qu'elle comprend tout.

— On ne peut pas acheter de billet pour ces trains-là, explique-t-elle. C'était le dernier arrêt.

Luca fronce les sourcils, un petit sillon se forme sur son front. Il relève la tête, plisse les yeux, se représentant mentalement les rails. De ses doigts il dessine une ligne imaginaire, l'une des voies qu'il se rappelle avoir vues sur la carte.

— Ces voies que tu as sous les pieds continuent tout droit vers *el norte*, confirme Mami.

Luca fixe encore plus intensément l'horizon, il sent presque les rails sous ses pieds, qui s'allongent sous les ciels clairs et nocturnes jusqu'au Texas. Alors pourquoi ne peuvent-ils pas acheter de billet ?

— Ces trains qui vont vers le nord ne sont que pour les marchandises, explique Mami, pas pour les voyageurs.

Péniblement, Luca prononce un unique mot : pourquoi ?

— Je l'ignore, *amorcito*.

Cela paraît si simple quand il pose la question. *Pourquoi*, effectivement ? N'y avait-il pas des trains de voyageurs au Mexique autrefois ? Lydia a de vagues souvenirs d'enfance de trains traversant le paysage, chargés d'autre chose que de marchandises. Elle évoque les gens sur les quais avec leurs bagages, entend le sifflement joyeux de la vapeur qui s'échappe. Cependant il y a une éternité que la compagnie des chemins de fer a cessé de transporter des voyageurs, et Lydia fouille dans ses souvenirs nébuleux, en vain. Elle est incapable de se rappeler pourquoi, et de toute façon, ça n'a pas d'importance.

À côté d'elle, Luca continue d'avancer en sautillant sur les traverses. Il observe la pointe de ses baskets bleues posée sur le bois. S'il demande *pourquoi*, parfois, c'est uniquement parce qu'il est programmé pour cela, réalise Lydia. Peu importe qu'elle ne lui donne pas de réponse, du moment qu'elle lui donne quelque chose.

— Mais il y a des gens qui prennent quand même ces trains, lui dit-elle avec un regard en coulisse. Même sans billet, sans place réservée.

Luca relève les yeux de ses baskets. Il ne dit rien, mais interroge le visage de Mami de ses mirettes rondes.

— Ils grimpent sur le toit. Tu peux imaginer ça ?

Non, Luca ne peut pas.

Avancer ainsi rassure Lydia. Augmenter la distance entre Javier et eux est un atout, mais il y a aussi quelque chose d'inquiétant à quitter l'immense agglomération de Mexico pour les modestes faubourgs où elle sent le brouillard urbain qui leur procure l'invisibilité commencer à se dissiper. Difficile pour un étranger à ce genre d'endroit de croire qu'il passe inaperçu. Lydia avance donc tête baissée, l'œil aux aguets, d'un pas rapide. Bien qu'ils marchent vite, Luca suit sans se plaindre, même lorsqu'ils longent une petite boutique de réparation de vélos et qu'il meurt d'envie de saisir le guidon de celui qui est appuyé au mur extérieur. Un vélo vert avec une clochette dorée, que Luca imagine à sa taille. Ils continuent pourtant leur chemin, et moins d'une heure plus tard, ils tombent sur un groupe de migrants au bord de la voie. Tous des hommes, une douzaine environ, assemblés dans une clairière derrière un entrepôt, juste à l'endroit où la ville tentaculaire recule, où des îlots de verdure surgissent. Un espace entre-deux.

La plupart de ces hommes portent un sac à dos et ont une mine sinistre. Ils ont déjà parcouru des milliers de kilomètres – des semaines qu'ils ont quitté Tegucigalpa ou San Salvador ou les montagnes du Guatemala. Leurs villes, leurs villages ou leurs *campos*. Ils parlent le k'iché, l'ixil, le mam ou le nahuatl. Luca aime entendre les sons étrangers de ces mots accentués qui roulent dans la bouche, et qu'il ne comprend pas. Il aime que toutes les voix, de n'importe quelle langue, sonnent pareil et que, si on entraîne son oreille à n'écouter que les inflexions variables, on peut donner aux sons le sens qu'il vous plaît. La plupart de ces migrants parlent également l'anglais. Mais, ici et maintenant, alors qu'ils attendent le train en direction du nord en périphérie de Mexico, ils parlent tous espagnol. En général, ils sont catholiques, ont placé leur vie entre les mains de Dieu : ils L'invoquent fréquemment et avec conviction. En appellent à la bénédiction de Son fils et de tous les saints. Cela fait deux jours que le dernier train est passé, ils sont épuisés par l'attente.

Non loin de là, une femme vend de la nourriture qu'elle transporte dans une carriole. Elle puise des tortillas dans un seau et les remplit de haricots contenus dans un autre seau. Le tout sans sourires ni paroles. Luca et Mami en achètent pour leur petit déjeuner et s'installent à l'ombre d'un arbre dans un coin sans herbe. Mami étale la couverture qu'ils ont achetée à la Ciudadela en sortant de la bibliothèque, sur laquelle ils s'asseyent. Deux jeunes hommes, tout près, sont allongés, la tête posée sur leur sac à dos.

L'un d'eux se redresse sur un coude pour leur faire face et les salue, d'abord en espagnol : *Buen día, hermana, y que Dios la bendiga en su camino.*

— Merci, répond Lydia. Et que Dieu bénisse aussi votre voyage.

Il repose sa tête sur son sac pendant que Mami et Luca mangent.

— Vous ne semblez pas fatigués. Vous avez de l'énergie. Mon frère et moi, ça fait quinze jours qu'on voyage.

— D'où êtes-vous partis ?

— Du Honduras. Je m'appelle Nando.

— Bonjour, Nando, dit-elle sans se présenter.

Il ne lui demande pas son nom.

— Nando, je peux te poser une question ? (Il se redresse de nouveau sur ses coudes.) Où sont-ils tous ?

— Quoi ?

— Où sont tous les migrants ? Je pensais trouver beaucoup de monde ici, attendant un train ?

— Maintenant qu'il n'y a plus le refuge de Lechería et à cause des nouvelles clôtures, plein de migrants ne s'arrêtent plus ici. C'est pour ça que vous voyez seulement des jeunes, *hermana*. Les athlètes.

— *Los olímpicos*, renchérit son frère, sans même lever la tête ni ouvrir les yeux.

Le garçon est maigre, avec un ventre gonflé. Luca ne trouve pas le moins du monde qu'il ressemble à un athlète. Il a couvert son visage de son chapeau, contre le soleil.

— Vraiment ? La clôture empêche les gens de s'arrêter ? s'étonne Lydia. Ça semble si peu dissuasif.

— Pas seulement celle-là. Toutes les clôtures, dans toutes les gares.

— Il y en a partout ?

L'homme hausse les épaules.

— Presque partout, au moins dans le sud.

— Et toutes ces clôtures superchères, elles sont là juste pour empêcher les gens de monter dans les trains ?

— Ouais. Ils prétendent que c'est pour la sécurité des gens. Mais ils n'en mettent qu'aux endroits où les trains s'arrêtent, tu vois.

Il gesticule en direction des voies, là d'où viennent Luca et Lydia, et celle-ci se rappelle l'endroit où la clôture métallique s'était effondrée, permettant l'accès aux rails. La *migra* y avait garé ses fourgons et surveillait le défilé des migrants pédestres.

— Quand le train arrive ici, poursuit-il, il a gagné de la vitesse. Donc il faut sauter dedans pendant qu'il roule.

Luca pousse un cri étouffé qui conduit Nando et Lydia à regarder dans sa direction, alors il se concentre de nouveau sur sa tortilla fourrée de haricots.

— Tu n'as pas vu les panneaux que le gouvernement a fixés aux clôtures ? *La sécurité d'abord !* ricane Nando. Tu vas sauter dans un train en marche, *hermana* ?

Sa question s'adresse à Lydia, qui élude :

— Peut-être que oui, peut-être que non.

Alors Nando replie ses jambes et les croise en regardant vers Luca.

— Et toi, *chiquito* ? Tu vas sauter sur la *Bestia* ? Comme un cow-boy sur son taureau dans un rodéo ?

Luca n'a jamais vu de rodéo, et n'est même pas sûr d'avoir vu un cow-boy pour de vrai. Il hausse les épaules.

— Donc, c'est comme ça ? Ils construisent des clôtures et, tout d'un coup, les gens ne viennent plus ?

— Qui dit qu'ils ne viennent plus ? De mon pays, ils sont de plus en plus nombreux, plus nombreux que jamais.

— Mais s'ils ne sont pas dans les trains, où sont-ils ?

Nando hausse à son tour les épaules.

— Beaucoup suivent des *coyotes* maintenant, depuis mon pays. D'abri en abri, de planque en planque. Tout un réseau jusqu'à *el norte*. Mais ça coûte cher, et parfois ces *coyotes* ne valent pas mieux que des criminels. Alors, les gens qui ne peuvent pas payer le passage ou ne font pas confiance aux *coyotes* – ils veulent prendre la *Bestia*.

— Et quand ils arrivent ici et qu'ils découvrent la clôture ? Que font-ils s'ils ne peuvent pas sauter ?

Nando cueille un brin d'herbe sèche qu'il plante au coin de sa bouche.

— Bah, désolé de te le dire, *hermanita mía*, ils marchent.

Incrédule, Lydia insiste : ils vont à pied du Honduras aux Estados Unidos ?

Luca calcule dans sa tête. Même si ces *hondureños* ne vont que jusqu'à la pointe sud de la frontière du nord, ils ont marché près de deux mille six cents kilomètres. Est-ce qu'un être humain peut marcher autant ?

— À moins que la *migra* les arrête avant et les renvoie chez eux, dit Nando. On les met dans un bus climatisé qui va dans la mauvaise direction, ils se reposent. Et puis ils repartent de zéro.

Lydia avale la dernière bouchée de son petit déjeuner.

— Mais, la *migra*, ça ne les inquiète pas ? insiste-t-elle en essuyant les miettes au coin de sa bouche.

L'homme sourit.

— Bof. C'est pas utile de semer la *migra*. Il faut simplement courir plus vite que les autres. J'ai une solution.

— Dans tes rêves, *gordo*[1], dit le frère.

— Et toi, *hermana* ? Et ton fils ? Qu'est-ce que vous ferez si la *migra* rapplique ?

Maintenant, c'est au tour de Lydia de se laisser aller sur son sac à dos. Techniquement, la *migra* ne peut les renvoyer nulle part, parce qu'ils sont mexicains, et que, à la différence de Nando et de beaucoup d'autres migrants, ils voyagent dans leur propre pays ; on ne peut pas les déporter. Cependant, Lydia sait que ce détail ne les aidera pas si la *migra* travaille pour les Jardineros. Elle frissonne.

— On se débrouillera.

— Bien sûr, dit Nando, qui acquiesce et adresse à Luca un sourire encourageant.

Le temps passe, finalement les migrants assis ou allongés sur les rails se lèvent et avertissent les autres – ils sentent les vibrations sur la voie. Le train arrive. Luca pose la main dessus : il ne sent rien.

1. *Gordo* : « mon gros ».

— Le train est arrêté quelque part, mais il ne va pas tarder, *chiquito*, dit Nando.

Au bout de quelques minutes, un autre homme appelle Luca pour qu'il vienne voir.

— Pose ta main là maintenant, conseille-t-il, et Luca obéit, place sa main sur le métal chaud.

Luca a l'impression que l'énergie du train se transmet à l'acier immobile. Il retire instinctivement sa main, recule et retourne auprès de Mami. Dans la clairière, il y a un soudain débordement d'activité parmi les migrants, qui vont à présent tenter de grimper à bord. Chacun rassemble ses affaires avant de s'éparpiller dans le secteur, chacun revendique son carré de sol. S'éloignant des autres afin de leur laisser assez d'espace pour leur permettre de courir le long du train. Surveillant aussi l'irruption possible de la *migra*, qui a tendance à faire coïncider ses raids avec l'arrivée de la *Bestia*. Après les deux jours qu'ils ont passés à couvert, davantage de migrants deviennent brusquement visibles, émergeant de leurs cachettes pour tenter ce périlleux début de fuite.

Lydia se dépêche d'enrouler la couverture et l'attache au bas de son sac à dos. Puis elle règle les sangles du sac de Luca sur ses épaules, aussi serré que possible. Les extrémités lui tombent sur les jambes. Mami en fait un nœud qu'elle enfouit dans sa ceinture. Elle déplace nerveusement son poids d'un pied sur l'autre.

— Tu veux le faire, *mijo* ?

Elle espère que Luca va dire non. Qu'il lui dira : « Mami, c'est de la folie, je ne veux pas mourir, j'ai peur. » Mais Luca ne répond pas, il se contente de la regarder.

— Alors, on va peut-être essayer. D'abord, on observe. On voit comment ça se passe.

Elle est malade d'appréhension.

Quand le train aborde la courbe au loin et qu'il apparaît, quand Lydia fixe la voie alors que le bruit se rapproche, elle a l'impression qu'il avance lentement. *Nous pouvons le faire*, pense-t-elle. Il ne va pas si vite que ça. Quand le convoi aborde la clairière, le halètement sonore de la locomotive se répercute dans ses os, dans son sternum. Un grand nombre d'hommes commencent à trotter le long des voitures. Ils rivalisent de trouvailles, des détails d'une égale importance, Lydia subjuguée s'efforce d'apprendre leur technique en les regardant. Il faut accorder sa vitesse à celle du train, la moduler au fur et à mesure, déceler le point d'accès idéal, une saillie, une échelle, l'endroit où l'on peut s'agripper et grimper le plus vite possible sur le toit du wagon ; il faut absolument se tenir à l'emplacement qu'on a choisi, et le défendre fermement contre les autres migrants. En aucun cas ne dévier de sa trajectoire une fois lancé, mais faire attention aux branches d'arbre et autres obstacles fixes qui menacent votre progression ; prêter une attention particulière au sol devant vous, ne pas mettre le pied dans un trou ou trébucher sur une pierre en courant, au risque de basculer sous les roues de la bête et de se faire écraser. Ne jamais, jamais oublier la puissance de ces roues, qui tournent en grondant et dont le bruit de ferraille ressemble à un cri d'avertissement.

— *Qué Dios los bendiga !* crie leur nouvel ami, quand il les quitte et se met à courir le long du train.

Un petit trot plutôt qu'un sprint.

Son frère le suit. Tout en courant, Nando tourne la tête, devant-derrière, afin de surveiller où il va et de repérer le meilleur point d'accès. Il voit arriver une échelle, deux wagons derrière. Il ralentit. Encore un wagon, il accélère, jette un bref regard devant lui, esquive la gifle de la branche d'un arbrisseau, attrape l'échelle, agrippe le troisième barreau de sa main droite. Deux, trois, quatre enjambées, et soudain, prenant appui sur cette seule main pendue aux côtes de la *Bestia*, il projette tout son poids. Le bras gauche maintenant entre en jeu, la main affolée finit par trouver la cible et s'y accroche. Son corps se balance, suspendu. C'est là. L'instant décisif, le risque maximum. Les bras qui s'agrippent, tirent de toutes leurs forces. Le corps, un drapeau qui claque, les jambes qui pendent toujours à la hauteur des roues.

— Monte ! hurle le frère bedonnant, qui court. Lève tes pieds !

Or l'instinct pousse à tâtonner avec les pieds, à sentir ce qu'il y a en dessous, à chercher un appui pour propulser son poids. Mais non. Il faut se courber, hisser ses pieds en l'air. Vers le haut, encore plus haut ! Les pieds de Nando trouvent le barreau du bas. Il étire ses bras jusqu'au suivant, et maintenant, il grimpe. Fort. Solide. Quelques secondes plus tard – *crac !* – une branche d'arbre égarée menace sa prise, l'écorche sur le côté, mais il est sauvé, il passe par-dessus le rebord, s'aplatit sur le toit, et tend une main à son frère, qui se met à accélérer.

Les yeux écarquillés, Lydia voit disparaître les deux frères et diminuer le nombre des autres migrants, qui montent à l'abordage, un par un, deux par deux. Elle broie la main de Luca, sans remarquer à quel point elle serre fort, mais il ne proteste pas. Enracinés sur place, ils attendent que le dernier écho du train se soit dissipé, pétrifiés.

Ils marchent.

Ils éprouvent un respect nouveau à l'avoir vu de leurs propres yeux, ces roues qui tournent impitoyablement, écrasant les rails, ces hommes accrochés à l'exosquelette du train, pareils à des scarabées sur une vitre.

Sur le siège arrière de la Volkswagen orange de Papi à Acapulco, Luca disposait de son propre harnachement de sécurité. Un coussin bleu vif décoré de singes que Papi avait aplati et réussi on ne sait trop comment à fixer sur le siège en permanence. Quand il était petit, Luca aimait ces singes, les sangles rembourrées qui passaient au-dessus de sa tête, puis autour de sa taille. C'était douillet et rassurant. Mais l'été dernier, il a commencé à supplier qu'on l'en débarrasse. Disant que c'était bon pour les bébés. Qu'il était assez grand maintenant pour attacher une ceinture de sécurité normale. Luca regarde le dernier wagon du train désormais silencieux disparaître dans une courbe lointaine, et ne comprend plus rien. Plus rien n'a de sens.

12

Même si elle savait dans combien de temps arrivera le prochain train, Lydia s'imagine mal monter à bord de la *Bestia* maintenant qu'elle a vu ce qu'il faut faire. Elle réfléchit tout en marchant – douze kilomètres jusqu'à Huehuetoca. Pousser d'abord Luca sur l'échelle ? Bien sûr : comment pourrait-elle sauter et le laisser sur le sol à côté du train sans elle ? Réussirait-elle à courir et à grimper avec Luca arrimé à son cou, ses jambes fermement nouées autour de sa taille ? Ça semble physiquement impossible. Chaque fois qu'elle essaie de se représenter la scène, le fantasme se termine de la même façon. Une boucherie.

Luca s'efforce d'oublier la fatigue de ses jambes en observant des choses inhabituelles. Ils longent un endroit plein de toutes sortes de statues : des ours, des lions, des cow-boys, des dauphins, des anges, des crocodiles. Ils passent devant des hommes qui construisent un mur avec des briques. Devant une femme qui utilise un aspirateur à la place d'un balai pour nettoyer le perron de sa maison, et Luca presse la main de Mami pour qu'elle voie ça elle aussi. Quand ils passent devant une cour d'école où des enfants jouent au foot, Luca prend conscience qu'on est jeudi, qu'il devrait être à l'école à

Acapulco, que Papi devrait venir le chercher à la sortie, parce que le jeudi c'est le jour où Papi vient le chercher, parfois Papi achète des *galletas* et ils les mangent en revenant à la maison à condition que Luca promette de ne pas le dire à Mami. Du coup, Luca cesse de regarder les choses autour de lui, il baisse la tête et se concentre sur ses pieds, même si le soleil lui chauffe la nuque. Ils mettent presque trois heures pour atteindre Huehuetoca.

Une fois arrivés, ils n'ont pas de mal à trouver l'endroit qu'ils cherchent – tout proche de la voie, derrière une clôture verte battue par le vent. La Casa del Migrante, un assemblage de tentes et de constructions simples sur une vaste parcelle de terrain plat, que seul leur caractère utilitaire empêche d'être belles. Une large route les sépare de la voie de chemin de fer, constituée de terre et de gravats, et déserte, semble-t-il à Luca. Ici, tout est plat pendant un bon moment, mais dans le lointain, quand il force ses yeux à suivre les rails jusqu'à l'horizon, le paysage surgit de chaque côté, frôlé par des nuages cotonneux et lumineux. Des champs nus s'étendent tout autour, derrière la Casa et plus loin, du côté des rails, mais Luca remarque que la terre n'est pas à l'abandon, elle est rayée de bandes plus sombres où les fermiers sèmeront leurs futures récoltes à la bonne saison. Le vent charrie une riche odeur minérale.

Lydia et Luca traversent la route brûlée par le soleil main dans la main et s'approchent de la clôture, un grillage entrelacé de bandes de plastique vert, si bien qu'il n'est plus transparent. Il est couronné par trois rouleaux de fil de fer barbelé, et deux pancartes y sont accrochées. Sur la première, d'un bleu trouble et délavé, une peinture représente Jésus et Marie, donc Luca suppose que c'est une bénédiction, mais le texte dit : *Frère migrant, nous veillerons sur toi et te protégerons des* polleros[1], *des guides et des* coyotes *de façon que notre hospitalité te procure un heureux séjour parmi nous. Quiconque transgresserait ces prescriptions par sa conduite serait remis aux autorités appropriées. Que Dieu te protège pendant ton voyage !*

La seconde pancarte est écrite dans un style beaucoup moins fleuri. C'est une liste de règlements en caractères noirs tout simples, si longue que sa seule décoration, tout en bas, un bandeau rouge qui proclame : *Bienvenue, frères et sœurs voyageurs !* touche le sol.

Luca lit quelques règlements au hasard.

« *Les personnes demandant l'admission dans la Casa doivent être des migrants. De ce pays ou d'autres pays, ou expulsés des États-Unis.* »

« *Drogues et alcool sont interdits. Quiconque présente des signes de leur usage se verra refuser l'accès.* »

« *Rappelez-vous que ce lieu est un sanctuaire. Ici vous pouvez vous reposer pendant que Dieu vous redonne des forces pour le voyage qui vous attend. Votre séjour, en conséquence, doit être provisoire, limité à trois nuits maximum.* »

Avant que Luca ait fini de lire cette liste, deux hommes les saluent de loin, derrière la clôture. Seules leurs têtes sont visibles par-dessus le plastique vert qui recouvre le grillage. Celui qui parle est plutôt âgé, avec des lunettes noires et des cheveux gris.

— *Bienvenida, hermana !*

Il se rapproche de la clôture, si bien que Luca peut voir aussi ses épaules entre les rouleaux de fil de fer barbelé. Il porte un cardigan bleu foncé et il leur sourit.

— Vous avez besoin d'un abri ?

1. *Polleros* : « passeurs ».

Luca hoche la tête.

— Vous êtes des migrants ?

Lydia accepte le mot de mauvaise grâce et acquiesce.

— Venez, dit l'homme gentiment, faisant signe à son jeune compagnon râblé d'ouvrir un portail à quelques pas de là. Entrez.

Sur le terrain, se dresse un bâtiment en parpaings bruts aux fenêtres sans vitres aveuglées par des bâches noires. C'est laid, son ombre glaciale sape le moral de Luca et annihile tout le soulagement qu'il ressentait.

L'homme joint les mains et prend doucement la parole.

— Êtes-vous en danger immédiat ?

Lydia réfléchit vite avant de répondre.

— Non, je ne crois pas. Pas pour l'instant.

— Avez-vous un besoin urgent de médicaments ?

— Non, nous sommes en bonne santé.

— *Gracias a Dios.*

— Dieu soit loué, approuve Lydia.

— Avez-vous soif ?

L'homme fait demi-tour et les invite à le suivre.

— Oui, un peu.

Ils tournent le coin de l'affreux bâtiment gris et soudain l'espace s'ouvre devant eux, Luca emplit ses poumons de cet air dont il avait tant besoin. La clôture grillagée qui encercle le site n'est opaque que sur le devant, et maintenant il aperçoit de l'autre côté, à l'arrière, au-delà des champs de maïs dénudés, la ville de Huehuetoca toute proche, ses grappes de maisons posées gaiement à flanc de colline. Des figuiers de Barbarie poussent en bosquets à l'extérieur de la clôture, leurs larges palettes d'un vert caricatural à la lumière dorée de l'après-midi. Le complexe est beaucoup plus vaste qu'il ne semblait vu de la route. Il comprend une petite maison, une chapelle, une rangée de toilettes mobiles, deux gigantesques entrepôts. Plus une camionnette blanche.

— Bienvenue à la Casa del Migrante, San Marco d'Aviano. Je suis le Padre Rey. Et voici l'un de mes assistants : Nestor.

Nestor les salue de la main, mais garde les yeux fixés sur les sandales noires du Padre.

— Nous allons vous donner quelque chose à boire, et vous pourrez vous rafraîchir pendant quelques minutes.

Luca coince nerveusement ses pouces sous les sangles de son sac à dos.

— Hermana Cecilia s'occupera de votre inscription une fois que vous vous serez un peu reposés.

— Merci, Padre, dit Lydia. Dieu vous bénisse pour votre gentillesse.

Ils entrent dans le premier des deux entrepôts, il est bien éclairé, mais les yeux de Luca mettent quelques minutes à accommoder correctement : c'est la première fois de la journée qu'il n'est plus soumis à la lumière éclatante du soleil. À une table, un garçon et une fille, tous deux plus jeunes que Luca, font du coloriage. La petite fille tourne la tête de gauche à droite, admirant son travail. Assis à une autre table, un groupe d'hommes et de femmes nettoie et trie des haricots ou épluche des carottes. Les lambeaux orange vif s'empilent sur la table. Dans un coin, au fond de la grande salle, d'autres hommes regardent un match de football. Lydia et Luca repèrent une table libre et s'assoient sur des chaises en plastique vert citron. Une dame en blouse rouge leur apporte deux verres de limonade fraîche. Teintée de marron. Reconnaissant néanmoins, Luca l'engloutit à toute vitesse.

— Le dîner est à 7 heures, explique la femme sur un

ton d'excuse. Nous ne pouvons faire aucune exception sauf en cas d'urgence médicale.

Il est plus de 3 heures de l'après-midi, et ils n'ont rien mangé depuis les tortillas du matin au bord de la voie ferrée.

— Pas de problème, dit malgré tout Lydia. Tout va bien, merci.

Tandis que la femme retourne dans la cuisine, l'émotion l'étreint ; elle tente de la noyer dans son verre de limonade. Elle examine les visages des gens qui l'entourent, mais eux ne la regardent pas. Hermana Cecilia réapparaît bientôt et les emmène dans son bureau exigu, tapissé de dessins d'enfants. C'est une petite femme soignée. Sur sa table de travail, il y a un pot contenant une fleur en plastique rose. Et, dans la pièce, des chaises vertes comme dans la grande salle. Le son de la voix de Hermana Cecilia est le plus apaisant que Luca ait jamais entendu, un bourdonnement uniforme et éminemment protecteur, de sorte que Luca n'écoute pas les mots qu'elle emploie, il n'entend que : « Vous êtes en sécurité ici, en sécurité, en sécurité. » Sur une étagère derrière son bureau, elle saisit un pot contenant des crayons, et un petit tas de feuilles de papier blanc.

— Veux-tu rester ici et dessiner, bourdonne-t-elle à l'adresse de Luca, ou préfères-tu aller dans la grande salle avec les autres enfants ?

La main de Luca se tend subitement pour accrocher celle de sa mère.

— D'accord, concède Hermana Cecilia. Tu peux rester avec ta *mami*.

Lydia se lève pour le débarrasser de son sac à dos, et lui conseille de s'asseoir à l'autre bureau près de la porte.

— Comme ça, tu pourras dessiner sans avoir à tenir le papier sur tes genoux.

Une fois Luca assis, Lydia revient s'installer face à Hermana Cecilia, qui a ouvert un classeur et étale de la paperasse devant elle.

— Avant de commencer, je tiens à vous informer que vous n'êtes pas obligée de répondre à des questions que vous trouverez gênantes. Je vous demande d'essayer, parce que vos réponses nous permettront peut-être d'aider plus de gens à l'avenir, de préparer de nouveaux modes d'accueil. Toutes les informations que nous recueillons restent anonymes. Vous n'êtes pas obligée de donner votre véritable nom si vous ne le souhaitez pas.

Lydia fait signe qu'elle est d'accord. La sœur décapuchonne son stylo, la séance commence.

— Noms et âges ?

Lydia tord légèrement le cou avant de répondre.

— J'ai trente-deux ans et mon fils huit ans.

Hermana Cecilia écrit : *María, 32 ans – José, 8 ans*.

— D'où venez-vous ?

Lydia hésite, puis questionne à son tour :

— Personne n'a accès à ces dossiers ?

La sœur se penche légèrement en avant, mains croisées.

— Je vous assure, *hermana*, que la personne que vous craignez, qui qu'elle soit, ne verra jamais ces papiers. L'unique copie reste enfermée dans le classeur que vous voyez ici dans ce bureau qui est fermé à clé quand je ne suis pas là. (Ses yeux bleus pétillent quand elle sourit.) Et je suis toujours là.

Lydia hoche la tête.

— Nous venons d'Acapulco.

La sœur se remet à écrire.

— Pour aller où ?

— Aux Estados Unidos.

— Quelle ville ?
— Denver.
— Une ville sympathique. Très jolie. Voyagez-vous afin de retrouver quelqu'un de très proche ?
— Non.
— Avez-vous des parents qui vivent actuellement aux États-Unis ?
— Oui, un oncle et deux cousins.
Elle n'a plus vu cet oncle, le plus jeune frère d'Abuela, depuis sa petite enfance. Elle ne connaît pas ses fils.
— Ils vivent à Denver ? s'enquiert Hermana Cecilia.
— Oui.
— Ils vous attendent ?
— Non.
— Avez-vous préparé votre émigration, ou avez-vous pris votre décision soudainement ?
— Soudainement.
— Pour des raisons avant tout financières ?
— Non.
— Médicales ?
— Non.
— Suite à des violences conjugales ?
— Non.
— La principale raison de votre voyage est-elle la conséquence des violences d'un gang ou de tentatives de recrutement ?
— Non.
— La principale raison de votre voyage est-elle liée à la violence d'un cartel ou de narcotrafiquants dans votre ville d'origine ?
Lydia se racle la gorge.
— Oui, répond-elle doucement.
Elle entend le bruit soyeux des coups de crayon rapides de Luca sur sa feuille de papier.

— Craignez-vous pour votre vie en ce moment ? Du fait d'un individu ou de plusieurs individus précisément ?

— Oui.

— Avez-vous reçu des menaces ?

— Oui.

— Des menaces directes concernant votre sécurité ?

Lydia opine de nouveau.

— Oui.

— S'agissait-il de menaces violentes ?

— Oui.

— Pouvez-vous les décrire ?

Lydia rapproche sa chaise et pose ses coudes au bord du bureau. Elle croise les doigts, baisse la tête et reprend à voix basse.

— Le cartel a tué seize membres de ma famille, dit-elle, le regard rivé sur le stylo. (La sœur ne bronche pas.) Ils sont venus pendant une fête et ont tué tout le monde. Mon mari, ma mère, ma sœur et ses enfants. Tout le monde. Mon fils et moi nous nous sommes sauvés.

Hermana Cecilia lève un instant sa plume, qui reste en suspens au-dessus de la feuille pendant quelques secondes, embarrassée, avant de pouvoir se remettre à écrire. Elle note tout à la hâte, puis raffermit également sa voix.

— Votre fuite a-t-elle mis fin aux menaces qui pesaient sur votre bien-être et votre sécurité ?

Lydia hésite, parce que tout ce qu'elle avait jamais imaginé concernant la protection de Luca ne tient plus. Elle ne veut pas qu'il ait peur. Pourtant, il faut qu'il ait très peur. De toute façon, comment ce qu'elle fait ou ne fait pas peut-il avoir un impact sur lui après ce qui s'est passé ?

Elle secoue la tête.

— Non, admet-elle. Nous sommes toujours en danger.

— Avez-vous l'impression que la personne qui vous menace vous a suivis ?

Lydia fait un signe imperceptible du menton.

— Oui. Enfin, il ne sait pas où nous sommes maintenant. Mais celui qui a fait tout ça était un homme très puissant. Son influence s'étend jusqu'à *el norte*. Et il continuera de nous chercher jusqu'à ce qu'il nous trouve.

— Savez-vous quels territoires lui appartiennent, ou qui sont ses alliés dans d'autres organisations ? Et quelles routes vous pouvez emprunter sans tomber sur ses *halcones* ?

Lydia accorde à cette petite pièce le caractère sacré d'un confessionnal.

— Non, chuchote-t-elle, je ne sais pas. Je ne sais pas.

— Vous êtes très loin de chez vous. Il ne peut pas vous trouver ici. Vous êtes en sécurité.

Derrière elle, les crayons de Luca ne font plus aucun bruit. Hermana Cecilia fourre son stylo dans la tasse à côté de son téléphone, range les feuilles de papier dans le classeur. Puis elle tend les mains vers Lydia qui les prend dans les siennes de l'autre côté du bureau et courbe la tête. Quand Lydia ferme les yeux, elle s'aperçoit qu'elles tremblent. Les doigts de Hermana Cecilia sont froids.

— *Padre nuestro*, bénissez ces enfants de Votre amour et de Votre grâce. Protégez-les du mal, Seigneur, et accordez-leur le réconfort en ce temps de douleur indescriptible. Puisse Jésus faire route avec eux et régénérer leurs cœurs brisés. Puisse Marie chasser tout danger du chemin qu'ils empruntent et les mener à bon port. *Padre nuestro*, ces deux fidèles serviteurs ont déjà endossé plus que leur part du fardeau de la vie. Nous vous supplions, Seigneur, de trouver bon de les soulager de tout nouveau tourment, non selon nos souhaits mais selon Votre volonté. Au nom de Jésus, amen.

— Amen, dit Lydia.

Derrière elle, à son petit bureau, Luca, les yeux fermés et crayon en main, bouge les lèvres.

Hermana Cecilia se penche une dernière fois vers Lydia.

— Faites attention à qui vous parlez, ajoute-t-elle.

Cette nuit-là, Lydia se réveille au bruit de voix animées dans le couloir. Assise dans la pénombre du dortoir, elle remarque d'autres femmes qui se lèvent de leur couchette et s'approchent en silence de leurs enfants, endormis malgré l'agitation ambiante. Pour se lever, Lydia doit se dégager de la sangle du sac à dos de son fils qu'elle a enroulée autour de sa jambe avant de sombrer dans le sommeil. Nu-pieds sur le sol carrelé, elle veut mettre de l'ordre dans les couvertures de Luca, qui occupe la couchette au-dessus de la sienne. Il n'est pas là.

— Luca ! crie-t-elle, la gorge serrée de panique.

Sans réfléchir, elle vérifie son propre lit, puis ceux qui l'entourent, comme si son enfant était un objet qu'elle aurait distraitement égaré : un téléphone portable, un livre, une paire de lunettes. Un rai de lumière filtre par la lucarne ménagée dans la porte qui donne sur le couloir. Sans chaussures ni soutien-gorge, elle fonce sur ce rectangle lumineux.

C'est le troisième voyage de Luca aux toilettes depuis qu'il s'est couché, quelques heures plus tôt. La limonade trouble demande à sortir. Descendre de la couchette du haut s'est révélé très périlleux, mais Mami est si fatiguée qu'elle ne se réveille pas, même lorsqu'il manque de lui marcher sur l'épaule au passage, même lorsqu'il atterrit indélicatement avec un bruit sourd à quelques centimètres de sa tête, même lorsqu'il court – avec la démarche instable du malheureux diarrhéique – pour faire l'aller-retour de sa couchette aux toilettes.

Après s'être lavé les mains, dans la lumière fluorescente du couloir, il voit Padre Rey et Nestor en conversation avec un jeune homme à la porte du dortoir des hommes. Luca reconnaît l'un des migrants arrivés la veille au soir. Il est vêtu d'un long short rouge et d'un T-shirt blanc, de chaussettes mais pas de chaussures, et il porte son sac à dos sur le devant, ouvert. Par terre, à côté de lui, il y a une paire de baskets blanches propres, d'une marque chic.

— Laissez-moi m'habiller d'abord, proteste-t-il. Vous déconnez, ou quoi, vous êtes censé aider les gens.

Nestor se glisse derrière lui dans le dortoir assombri, entre le garçon et les gens endormis.

— Nous pouvons parler, mais pas ici, dit Padre Rey. Vous dérangez tout le monde. Suivez-nous jusqu'à la grande salle, où nous ne réveillerons personne.

— C'est des conneries, Padre, cette *puta* ment ! s'écrie le garçon. Des conneries.

À l'intérieur du dortoir, plusieurs hommes se lèvent et forment une sorte de mur à côté de Nestor. Bras croisés, jambes écartées. Luca reste pétrifié près de la porte des toilettes. Il devrait partir à l'opposé, courir dans le couloir pour retourner vers la chambre des femmes et des enfants, grimper dans sa couchette en évitant la tête de Mami, se lover sous les couvertures, et laisser son corps temporairement exempt de crampes intestinales se reposer, mais il est paralysé, hypnotisé. Inconscient des battements de son pouls, de ses halètements, les doigts grattant les joints lisses des parpaings enduits de peinture dans son dos.

— *Chingue su madre*[1] *!* crie le jeune homme.

— Suis-nous, *hermano*, dit Nestor. (C'est la première fois que Luca entend sa voix. Aussi charpentée que son corps.) Ne rends pas les choses encore plus difficiles qu'elles le sont.

Le garçon se penche pour attraper ses baskets d'une main tandis que Nestor et les autres se rapprochent de lui, l'encourageant à avancer sans le toucher. Quand il se redresse pour suivre le Padre Rey dans le couloir, Luca remarque un tatouage en forme de lame de faucille surmontée de trois gouttelettes rouge vif qui dépasse de sa chaussette, gravé sur le muscle de son mollet droit. Luca ne sait pas exactement ce que le tatouage signifie, mais il n'a pas besoin de comprendre pour sentir sa peur augmenter. Cette faucille ensanglantée l'incite à se détacher du mur et à cavaler dans le couloir. Alors qu'il s'engouffre dans la porte du dortoir des femmes, il se cogne dans Mami.

— Luca, oh, mon Dieu, où étais-tu ?

Sans attendre de réponse, elle pose ses mains sur les épaules de son fils et le pousse plus loin à l'intérieur, avant de sortir la tête pour comprendre ce qui a provoqué tout ce raffut. Mais elle ne voit rien d'autre que Nestor et quelques hommes qui suivent Padre Rey en direction de l'entrée du bâtiment. Elle retourne dans le dortoir, laissant la porte se refermer avec un clic. Luca tremble.

— Que s'est-il passé ? demande-t-elle tout bas.

Il ne répond pas.

— Pourquoi tous ces cris ?

Il ne répond toujours pas, le visage creusé par l'angoisse.

— C'est bon. C'est bon. Ne dis rien.

1. « Nique ta mère ! »

Elle l'étreint, écrase sa tête contre sa poitrine ; il tend ses petits bras vers elle et la serre fort, ils restent ainsi jusqu'à ce qu'elle le soulève par les aisselles. Il est trop lourd, son poids l'écrase, mais il noue ses jambes autour de sa taille et elle le porte ainsi jusqu'à la couchette. Où elle s'enroule autour de lui, faisant de son corps un bouclier, se force à respirer lentement et profondément, de façon qu'il modèle son souffle sur le sien et qu'il finisse par s'endormir et se reposer un peu. Lydia, elle, veillera jusqu'au matin.

13

La première fois qu'une tête fit son apparition dans une rue d'Acapulco, le choc fut immense. C'était la tête d'un garçon de vingt-deux ans, aux cheveux noirs frisés rasés sur les côtés et longs sur le dessus. Avec un petit anneau d'or à l'oreille droite. Les paupières enflées, la langue jaillissant de la bouche. On l'avait déposée sur le toit d'une cabine téléphonique publique située devant un Pizza Hut, juste à côté de la fontaine Diana Cazadora. Sur un bout de papier roulé en boule et coincé au coin des lèvres comme une cigarette on pouvait lire : *Me gusta hablar*. J'aime parler.

La femme qui avait découvert la chose, une infirmière rentrant de son service de nuit à l'Hospital del Pacífico, n'était pas une personne que la vue du sang terrorisait. Mais ce matin-là, alors que l'aube pointait sur les trottoirs d'Acapulco, projetant l'ombre étrange de cette tête dépourvue de corps à ses pieds, l'infirmière fatiguée poussa un hurlement, laissa tomber son sac et courut pendant au moins cinq cents mètres avant de sortir son téléphone portable de sa poche et d'appeler la police. Les agents arrivèrent, les médias déferlèrent. Les gens qui passaient en se rendant au travail ou à l'école étaient frappés d'horreur. Ils prenaient le temps de tomber à genoux et se signaient, offrant leurs prières pour le salut de l'âme anonyme qui avait appartenu à cette tête. L'histoire fut célèbre.

Jusqu'à l'apparition de la deuxième tête.

Quand on atteignit la douzaine, une apathie honteuse et autoprotectrice gagna les entrailles de la ville, si bien que les matins où arrivait l'information qu'une nouvelle tête venait d'être trouvée sur la plage, au Zócalo, la place principale, ou sur le green, au neuvième trou du club de golf, la personne qui répondait au téléphone s'autorisait parfois une plaisanterie.

— Utilisez votre putter. Vous allez faire un carton sur ce trou-là.

À l'époque, Sebastián avait reconnu le premier ce dont il s'agissait : la chute brutale et inexorable de la ville dans la gueule de la guerre des cartels. Alors que d'autres journalistes renâclaient à admettre que leur réalité était bel et bien en train de s'effondrer, Sebastián le criait à la une de son journal :

Les cartels déchaînent une brutale vague de violence.

Terreur et impunité. Les cartels peuvent tout se permettre.

Plus spectaculaire encore, après un week-end particulièrement affreux, qui vit le meurtre de deux journalistes, une conseillère municipale, trois commerçants, deux chauffeurs de bus, un prêtre, un comptable et un enfant sur la plage tenant à la main un épi de maïs beurré, ses pieds sablonneux encore tout mouillés, ce simple titre en énormes capitales :

ACAPULCO TOMBE

Ce lundi matin, assise derrière la caisse de sa librairie, Lydia lisait le récit implacable fait par son mari des meurtres du week-end pendant que son thé refroidissait dans sa tasse et devenait amer. Elle avait trouvé particulièrement difficile de laisser Luca à la porte de l'école ce jour-là. Durant le trajet, elle avait tenu férocement serrée sa main dans la sienne, caressant les jointures de ses doigts avec son pouce. Luca avait fait mine de ne pas s'en apercevoir, mais il avait balancé sa boîte à repas à bout de bras avec plus de vigueur que d'habitude. Au moment de l'embrasser pour lui dire au revoir, à la porte, elle avait remarqué une tache de dentifrice sur la lèvre inférieure, avait léché son pouce et l'avait étalée. *Asqueroso !* avait-il protesté. Dégueulasse. Peut-être avec raison. Mais il lui avait tout de même rendu son baiser, de ses lèvres humides et mouchetées, et pour une fois Lydia n'avait pas essuyé discrètement la trace sur sa joue. Pour une fois, elle n'avait pas tourné les talons à la hâte dès qu'il s'était engouffré dans l'école en passant en trombe devant le directeur. Elle avait attendu, adossée au mur de parpaings en le suivant du regard. Elle n'était pas partie avant que son petit uniforme vert et blanc se dilue dans la marée des autres.

Pour Lydia, le changement avait été brutal, bouleversant. Quand elle s'était couchée la veille, la ville était toujours celle qui l'avait vue naître, où elle avait toujours vécu à l'exception du bref interlude de ses folles années d'université à Mexico. Ses rêves étaient toujours peuplés du même courant vivifiant d'air océanique, ils continuaient de vibrer des pulsations et des arômes de son enfance, des mêmes couleurs limpides et brillantes, des balancements de hanches langoureux qui avaient toujours marqué le rythme de la vie dans ce lieu qu'elle connaissait si bien. Certes une violence inconnue avait surgi, des tressauts d'angoisse inhabituels. Certes, la criminalité augmentait. Mais jusqu'à ce matin le film illusoire de l'ancienne immunité d'Acapulco avait dissimulé la vérité. Et Sebastián, avec son gros titre, avait déchiré cette enveloppe protectrice. Soudain, les gens étaient forcés de voir et de regarder. Ils ne pouvaient plus faire semblant. ACAPULCO TOMBE. Brièvement, Lydia détesta son mari pour cette manchette. Elle détesta aussi son rédacteur en chef.

— C'est un peu mélodramatique, tu ne crois pas ? lui dit-elle d'un ton provocateur quand il vint la chercher à la librairie pour le déjeuner.

D'une pichenette, elle retourna l'affichette côté *cerrado* et ferma à clé derrière elle.

Sebastián lui jeta un regard sévère.

— En réalité, je ne crois pas que ce soit jamais assez mélodramatique. Je ne crois pas qu'il existe des mots capables de rendre l'atrocité de ce qui se passe ici.

Il enfonça ses mains dans ses poches, scrutant le visage de Lydia pendant qu'ils marchaient. Il s'exprimait prudemment, s'efforçant de supprimer la note accusatrice qu'avait prise sa voix, mais elle était bien là. Elle l'entendait néanmoins. Une légère trace de supériorité réprimée.

— Tu n'es pas d'accord ? Tu ne penses pas que cette horreur est indicible ?

— Bien sûr que si, Sebastián. C'est de la folie. (Elle laissa tomber ses clés dans son sac et évita de croiser son regard.) Mais enfin, *Acapulco tombe* ? Comme *Rome brûle* ? Regarde autour de toi. C'est un jour normal, le soleil brille. Il y a des touristes.

Elle indiqua du menton la terrasse d'un café au coin de la rue, à l'ombre d'un auvent, peuplée d'*Estadounidenses* bruyants, et les quelques carafes de vin presque vides posées sur leur table.

— Nous devrions en commander une, dit Sebastián.

Et, bien qu'il ne fût pas encore midi, Lydia accepta, et ce jour-là ils burent leur déjeuner plus qu'ils ne le mangèrent. Elle lui jeta des coups d'œil furtifs de l'autre côté de la table sans lui dire ce qu'elle pensait, que c'était stupide d'écrire ce genre de chose, qu'il se transformait en cible, qu'elle ne voulait pas être mêlée à sa quête vertueuse de la vérité, qu'elle espérait que signer ouvertement un tel papier valait la peine de mettre sa vie en danger. Elle ne lui dit pas : *Tu es un père. Tu es un mari.* Mais il le comprit à ses regards obliques et ne rétorqua pas en blâmant son manque de courage. Il ne lui reprocha pas sa rancœur et ne remua pas le couteau dans la plaie. Il savait que sa vigilance ne cachait pas une faiblesse. Il lui tendit la main et étudia le menu en silence.

— Je crois que je vais prendre la soupe, dit-il.

La scène se passait dix-huit mois avant qu'elle fasse la connaissance de Javier. Mais en y réfléchissant maintenant, sur sa couchette du dortoir des femmes de la Casa del Migrante à Huehuetoca, où Luca dort à poings fermés, recroquevillé sur son bras, elle se demande si Javier avait vraiment joué un rôle dans ces premières décapitations, s'il était au courant ou les avait approuvées, s'il avait actionné l'arme qui avait arraché l'une d'elles à son corps. *Bien sûr que oui*, songe-t-elle. *Il devait l'avoir fait.* Ce qui fut à l'époque inconcevable semble aujourd'hui tout bêtement évident. *Por Dios*, que serait sa vie en cet instant si elle avait reconnu la vérité plus tôt ?

Environ un an auparavant, un client était entré un jour dans la librairie, les cheveux en bataille, les joues rougies par le vent, les épaules secouées de frissons. Agité, il parlait à toute allure. Il y avait eu un meurtre à quelques centaines de mètres. Des hommes étaient arrivés à moto et avaient tiré sur un journaliste local, douze coups dans la tête. Le corps était toujours sur place.

— Qui était-il ? Qui était-ce ?

Le client avait secoué la tête.

— Je ne sais pas. Un reporter.

Lydia avait bondi dehors, saisissant son téléphone portable, laissant l'homme en plan devant le comptoir sans encaisser ses achats. Appelé Sebastián tout en courant, pour tomber directement sur sa boîte vocale. Paniquée, criant, pour se rendre compte arrivée au coin de la rue qu'elle ne savait pas quelle direction prendre. Où cette fusillade avait-elle eu lieu ? Dans quelle rue ? Elle tournait, retournait, rappelait Sebastián, toujours sur répondeur. Les commerçants étaient sortis sur le seuil de leur boutique.

— Où ça s'est passé ? demanda-t-elle à l'un d'eux en composant pour la troisième fois le numéro de Sebastián.

Toujours sur répondeur. Le vendeur de chaussures pointa du doigt une direction. Elle courut, un tournant, puis un autre, tout en continuant d'appuyer sur la touche BIS, interrogeant sur le chemin à prendre les gens qui gesticulaient, par ici, par-là, courant toujours en appuyant sur la touche BIS, et soudain débouchant dans la rue où la *policía* arrivait tout juste, où la foule de badauds s'était agglutinée autour du corps. Elle s'arrêta net, elle ne voulait pas se rapprocher, ne voulait pas voir. Son mari, allongé là dans une mare de sang, sa vie fichue. Elle avait encore rappelé Sebastián, trois fois de suite, appuyant encore sur la touche BIS de son pouce froid. Répondeur. Elle pleurait déjà en arrivant, le vent lui plaquait au visage ses cheveux humides de larmes.

Elle avait suivi la double ligne jaune – l'impression d'aller vers le supplice de la planche sur un bateau pirate, les jambes qui se dérobaient sous elle.

Et ce n'était pas lui. Il y avait tant de sang que, au premier coup d'œil, il était difficile de l'affirmer, mais au bout de quelques instants elle le vit clairement, non, ce n'étaient pas ses chaussures. Non, les cheveux de Sebastián n'étaient pas si longs, ses jambes si fortes. Oh, Seigneur, quel soulagement. Ce n'était pas lui. Lydia sanglotait, sanglotait. Ce n'était pas lui. Une femme l'avait prise dans ses bras épais et empâtés, une femme énorme qui sentait le talc, et Lydia n'avait pas résisté à cette vigoureuse étreinte, ni cherché à corriger l'hypothèse de la femme que son chagrin était dû d'une façon quelconque à ses liens avec le journaliste abattu. Après tout, on n'était pas si loin de la réalité. Alors, elle avait accepté le réconfort des mots apaisants murmurés par cette inconnue, du mouchoir en papier qu'elle avait gentiment tiré de la poche de sa veste pour sécher ses larmes, et en quelques minutes tout avait été terminé. Pour Lydia. Ce jour-là, une autre veuve avait pris la place. Et quand elle s'était finalement extraite des bras de la femme, Lydia, le corps vibrant du déferlement de l'adrénaline, avait reparcouru les centaines de mètres vers sa librairie, pour y trouver l'argent que le client avait laissé à côté de la caisse, avec un petit quelque chose en plus.

Elle a toujours eu peur que le tour de Sebastián arrive un jour. Une peur qui a duré si longtemps qu'elle ne peut pas admettre le fait : ça s'est effectivement produit, pour lui et le reste de sa famille. Toutes ces années d'angoisse ne l'ont pas empêché. Pas seulement Sebastián – Mamá, Yemi et ses merveilleux enfants –, aucune d'entre elles n'avait choisi d'épouser Sebastián, ou d'assumer le risque de sa profession comme si c'était la sienne. Elle seule avait fait ce choix, et sa famille en avait payé le prix. Les terreurs du passé et l'horreur du présent sont si étroitement imbriquées qu'elle a l'impression de vouloir assembler des pièces de puzzle qui n'ont jamais été conçues pour ça.

Peut-être n'est-elle tout simplement pas prête. Des différents stades du deuil, elle sait qu'elle en est à celui du déni. Plutôt que d'accepter, elle veut se rappeler le visage de Sebastián, leur déjeuner ce jour-là, dans ce café, la façon enfantine dont il se penchait sur la petite table après leur premier verre de vin. Ils avaient ri, et Sebastián avait surjoué le galant en jetant des regards discrets dans son encolure, en lui caressant la cuisse sous la table, en lui demandant si elle voulait retourner vite à la librairie afin qu'il puisse l'aider « à faire l'inventaire ». Mais dans la marée brûlante de souvenirs qui afflue, elle ne parvient pas à faire apparaître le visage de Sebastián. Son absence définitive signifie l'absolutisme de la terreur.

Quand elle se réveille, Lydia s'étonne de l'heure tardive, pendant un instant, elle ne sait plus où elle est. À ses côtés, Luca, déjà alerte, la regarde, ses yeux noirs attentifs à travers le rideau des cils englués par le sommeil. Elle sent une odeur de cuisine, et entend le cliquètement lointain de couverts sur des assiettes. « Viens, allons manger. » Elle s'assoit, mais se rallonge aussitôt, appuie ses lèvres contre la joue tiède de Luca. C'est un tel réconfort d'être là qu'elle reste ainsi une minute, les mains posées sur sa peau si douce.

Luca se redresse brusquement, levant les bras vers sa tête pour y chercher ce qu'il sait déjà ne plus y être.

La casquette de Papi ! Il la porte même lorsqu'il dort, et quand il doit l'enlever pour se laver, il oblige Lydia à la tenir jusqu'à ce qu'il sorte de la douche. Il lui interdit de la poser, lui interdit de la porter, parce qu'elle doit conserver l'odeur exacte de Papi qui se mélange avec la sienne, une odeur qui, depuis le temps, non seulement n'a pas diminué mais s'est accentuée, comme il l'a constaté avec plaisir. Peut-être que l'odeur de Papi est la même que la sienne, et que Luca peut continuer à la renforcer en s'en coiffant chaque jour. Ils ne doivent pas, même accidentellement, y ajouter un élément étranger et, ainsi, en gâcher la pureté. La casquette a dû tomber pendant qu'il dormait, ou durant l'un de ses nombreux allers-retours aux toilettes depuis la couchette supérieure.

— Ne t'inquiète pas, *mijo*, dit Lydia pour le rassurer.

Elle se rassoit juste après lui, parce qu'elle comprend immédiatement ce qu'il cherche. Mais il a déjà quitté la couchette inférieure pour grimper sur celle du dessus et fourrager sous les couvertures en faisant grincer le cadre du lit superposé. Bientôt il laisse échapper un petit cri de soulagement et la casquette apparaît, triomphalement brandie au bout de son bras tendu par-dessus le rebord.

Il y a beaucoup de jeunes, des adolescents, au refuge, et seulement quelques enfants, qui prennent le petit déjeuner assis tous ensemble à une table ronde au milieu de la pièce. Une petite fille se lève en voyant entrer Luca et le tire par le coude vers un siège libre. Lydia lui remplit une assiette, puis la sienne, et s'installe à une autre table à côté avec deux femmes d'une vingtaine d'années, Neli et Julia, toutes les deux originaires du Guatemala. Neli est grassouillette, avec des cheveux frisés. Julia est mince, la peau foncée et les yeux en amande. Lydia leur sourit quand elles se présentent, mais elle se tait, effrayée par sa propre voix, craignant de se trahir d'une façon ou d'une autre sans réfléchir. Son accent, une tournure de phrase, une manière de se comporter qui pourrait permettre de l'identifier. Surtout ne pas toucher la chaîne à son cou. Neli et Julia ne lui posent pas de questions. Elles admettent et comprennent la méfiance. Lydia fixe son assiette, ferme brièvement les yeux, se signe. Elles reprennent leur conversation.

— Elle ne voulait le dire à personne ? demande Neli. Dieu la bénisse.

— Elle a dit qu'elle ne voulait pas faire d'histoires. Le hasard a voulu que j'entre dans la pièce juste à ce moment, dit Julia. Et je l'ai vu de mes propres yeux ! J'ai vu ce qu'il lui a fait. J'ai chassé le type et je suis allée trouver immédiatement le Padre.

— Et qu'est-ce qu'il a fait, le Padre ?

Neli exige tous les détails. Elle prend son temps pour manger, découpe sa tortilla en morceaux de la taille d'une hostie, qu'elle porte à sa bouche un à la fois.

— Le Padre a été génial, il est entré et a tiré ce *cholo*[1] de sa couchette. L'a fichu à la porte.

— Et moi qui dormais pendant ce temps, regrette Neli. Il paraît qu'il a pas mal résisté aussi.

À l'autre bout de la salle, le personnage central de ce scandale, une fille de seize ans originaire de San Salvador, garde les yeux baissés sur son assiette. Les épaules tellement repliées que son corps semble vouloir s'engloutir lui-même. Lydia mâche consciencieusement, même si avec les œufs brouillés, c'est inutile. Il faut qu'elle occupe sa bouche. Une autre femme s'approche

1. *Cholo* : « membre d'un gang », en argot d'Amérique latine.

de la table et pointe la chaise vide à côté de Lydia. Neli lui fait signe qu'elle est libre. La femme porte une jupe rose et des tongs, un ruban multicolore s'entrelace à ses deux longues tresses qui lui pendent dans le dos. Si ses vêtements ne signalaient pas son origine indigène, sa lourde prononciation de l'espagnol la trahirait. Neli et Julia s'échangent des regards pendant qu'elle s'assoit. Et tandis que la femme leur sourit et se présente : Ixchel, elles se détournent imperceptiblement et continuent leur conversation. C'est une grossièreté à laquelle Lydia aurait réagi dans son ancienne vie, avec un sourire et un mot gentil, ou peut-être même en rembarrant les coupables. Car Lydia comprend que les deux Guatémaltèques snobent la nouvelle arrivante par bigoterie, parce que c'est une *India*. Et bien que Lydia se sente comme il se doit offensée pour Ixchel, aujourd'hui un tel acte de bienséance risque de la mettre en danger, alors elle baisse le nez sur son assiette et fourre d'autres œufs brouillés dans une tortilla.

— Je les ai vus ensemble la nuit dernière après le dîner, dit Julia. J'ai vu comment il la regardait, alors j'ai supposé qu'ils étaient ensemble. Mais après, j'ai compris que c'était évidemment à sens unique.

— Elle a essayé de le repousser ? s'enquiert Neli, qui enfourne un carré blanc tacheté de nourriture dans sa bouche.

— Bien plus, elle se bagarrait, et puis elle a semblé se résigner. Comme si elle savait que ça ne servait à rien.

Julia secoue tristement la tête, mais sa voix est teintée d'une pointe de colère.

— Comme si elle savait qu'elle ne pouvait rien faire du moment qu'il était décidé. *Qué chingadera.*

— On devrait les castrer, tous ces salopards, s'énerve Neli, secouant à son tour sa masse de boucles noires.

Julia considère la jeune fille.
— Elle est si jolie. Elle va avoir un voyage difficile.
— Le *cuerpomático*, elle y échappera pas, renchérit Neli.
— Le quoi ? demande Ixchel.
— Le *cuerpomático*, répète Neli.
Ixchel fait signe qu'elle ne comprend pas. Elle a peut-être un fort accent, mais son espagnol est excellent, et elle n'a encore jamais entendu ce mot. C'est de l'argot ? Ou ça vient d'être inventé ? Lydia n'en sait pas plus qu'elle.
— Tu ne connais pas ce mot ? insiste Julia.
Ixchel fait un nouveau signe de dénégation. Lydia surveille Luca assis à la table ronde tout en écoutant les femmes discuter.
— Je croyais que toutes les *Guatemaltecas* le connaissaient, dit Neli en laissant le reste de sa tortilla se dessécher. *Las Guanacas también, y las Catrachas*[1].
Julia se penche en avant, appuyée sur les coudes, et repousse son assiette.
— Ça veut dire que ton corps est un distributeur automatique.
Lydia s'efforce d'avaler, mais les œufs et la tortilla forment une pâte dans sa bouche. Sa fourchette est pleine de riz, un disque craquant de *plátano frito* par-dessus. Elle reste en suspens.
— C'est le prix à payer pour aller jusqu'à *el norte*, dit Neli.
Au bout de quelques cruelles secondes, Ixchel retrouve sa voix, et le mot qui lui est familier en espagnol : *la violación*.
— Le viol ? C'est ça le prix ?

1. « Et les Salvadoriennes, et les Honduriennes. »

Les deux femmes la fixent, incrédules. Comment a-t-elle fait pour ne pas le savoir ? Où vivait-elle, dans une caverne ?

— Comment es-tu arrivée jusqu'ici, *mamita* ? veut savoir Neli, subitement concentrée sur sa nourriture.

Ixchel ne répond pas.

— Moi, j'ai déjà payé le prix deux fois, lâche Julia à voix basse, penchée vers elles.

Cette révélation, faite en présence d'une femme qu'elle semblait snober si peu de temps auparavant, exprime une telle familiarité que Lydia avale de travers, produit une sorte de gargouillis involontaire. Un son blessé. Les trois autres la dévisagent alors qu'elle prend une gorgée de punch aux fruits avant de reposer sa fourchette encore pleine au bord de son assiette.

Julia se tourne vers Neli.

— Et toi ? Tu as payé ?

— Pas encore, annonce sombrement Neli.

— Et toi ?

Leurs regards se portent sur Lydia, attendant une réponse. Elle secoue la tête.

Une souriante jeune femme s'approche de la table où sont assis Luca et les autres enfants.

— Qui veut voir un spectacle de marionnettes ?

La petite fille à côté de Luca quitte sa chaise d'un bond en levant la main.

— Moi, moi ! crie-t-elle.

— Bon ! J'ai besoin de beaucoup d'aide.

— J'ai entendu dire que le type était un *sicario*.

L'information ramène l'attention de Lydia à sa propre table.

— Quoi ? interroge-t-elle, l'air de rien.

— Bah, c'est juste une rumeur, dit Julia. Ils sont pas assez bêtes pour laisser entrer ces *narcos*.

— Mais il a dit au Padre qu'il se tirait, intervient Neli. Qu'il avait été recruté par le cartel quand il était gamin et qu'il n'avait pas eu le choix. On connaît l'histoire. Qu'il en avait marre de cette vie et qu'il voulait aller vers *el norte*.

— Quel cartel ? interroge Ixchel parce que, comme la plupart des gens, à cause de sa propre expérience, elle redoute plus tel cartel que tel autre.

— Qu'est-ce que ça peut faire ? ricane Neli. Ils sont tous les mêmes. Des animaux.

— Non, insiste Julia. Certains sont pires que les autres.

Neli fait mine d'être sceptique, mais ne discute pas.

— Les Jardineros, par exemple, reprend Julia. On raconte qu'ils ont donné de l'argent pour construire un hôpital qui soigne le cancer à Acapulco.

Lydia a un haut-le-cœur, mais Neli balaie l'argument du geste.

— C'est juste pour essayer d'acheter la loyauté des gens. C'est de la propagande.

— Peut-être que c'est pas la raison qui compte, mais les faits, rétorque Julia.

Elle baisse la voix, se penche de nouveau vers les autres, rétrécissant l'espace autour de la table à un petit cercle. Prononce le nom innommable.

— Les Zetas. Ils font manger aux gens des morceaux de leur propre corps. Ils suspendent les bébés à des ponts.

Lydia se couvre la bouche de ses mains. Ses doigts sont froids et raides. À côté d'elle, Ixchel se signe. Maintenant, Lydia doit poser une question. Voix neutre, sans timbre.

— Alors le type de la nuit dernière, celui qu'on a fichu dehors – de quel cartel était-il ?

— J'en sais rien, dit Julia avec un haussement d'épaules. Mais s'il veut réellement en sortir, il a intérêt à courir vite, hein ? Vite et loin. Ils laissent pas partir leurs gars.

Lydia repousse son assiette. *Vite et loin*, se répète-t-elle. Certaines choses sont si simples.

14

Six jours et quatre cent cinquante kilomètres après la calamité innommable, Lydia et Luca quittent Huehuetoca et reprennent la direction du nord, en suivant le trajet de la *Bestia*. Qu'ils aient réussi à survivre à la semaine précédente et à s'éloigner autant d'Acapulco est en soi sidérant. Parce que Lydia sait qu'elle a pris à la fois de bonnes et de mauvaises décisions durant ces six jours, et qu'en fin de compte seule la grâce de Dieu a fait que ni les bonnes ni les mauvaises n'ont débouché par malchance sur une catastrophe. Et cette lucidité la paralyse. L'empêche de concevoir un plan permettant de monter dans ce train, ce qu'ils doivent évidemment faire. Il faut qu'ils montent dans ce train. En attendant, marcher lui donne le temps de penser. Ils ont rempli leurs gourdes avant de quitter le centre d'accueil, mais ils s'arrêtent à une échoppe au bout de la rue et Lydia bourre son sac à dos de nourriture. Habituée à la clientèle des migrants, l'échoppe propose le genre de produits qu'ils peuvent transporter et manger : noix, pommes, bonbons, granola, chips, viande séchée. Lydia en achète autant que son sac à dos peut contenir, à quoi elle ajoute un chapeau mou à large bord, rose à fleurs blanches, pour protéger sa nuque du soleil. Il lui rappelle la chose hideuse que Mamá portait pour jardiner, qui les faisait glousser, Yemi et elle, et la taquiner chaque fois qu'elles surprenaient leur mère à la porter.

— Vous vous moquez, mais c'est grâce à ça que j'ai la peau d'une fille de vingt-cinq ans ! rétorquait-elle.

Ils repartent, la ligne de fret s'étire à travers le paysage mexicain, tel un haricot géant sur lequel les migrants seraient obligés de grimper, et Luca et Mami avancent pas à pas, traverse par traverse, feuille après feuille. Le soleil brille, mais il n'est pas encore trop chaud en ce début de matinée. Mami et Luca se tiennent par la main, brièvement, car bien vite ils transpirent et doivent se séparer, et le cycle se répète. Ils suivent la route le plus à l'ouest parce que le cerveau géographique de Luca l'a convaincu que, bien que ce chemin soit plus long que tous les autres, sa topographie le rendrait plus accueillant s'ils devaient effectuer la majorité du trajet à pied, ce qui sera probablement le cas. Luca est content que Mami ne l'ait pas contraint d'expliquer cet instinct ; elle a simplement obéi à la légère pression de sa main quand ils sont partis.

Lydia est consciente également que son projet d'aller à Denver est inadapté, qu'elle aura peut-être du mal à retrouver son *tío* Gustavo. Abuela se plaignait tout le temps de son frère, disait qu'il était devenu un *gringo* après être parti pour *el norte* encore jeune homme, tant d'années auparavant, et n'avoir plus donné de ses nouvelles. Lydia sait seulement que son *tío* a épousé une femme blanche, a pris un nouveau prénom, Gus, et fondé sa propre société, quelque chose dans la construction. Plomberie, électricité ? Et si en plus il a changé de nom de famille ? Elle n'a jamais vu ses enfants, ses *primos yanquis*, ne sait même pas comment ils s'appellent. Quand elle s'appesantit sur ces faits, elle est prise de panique, aussi les remise-t-elle au fond de sa tête, pour s'accrocher à quelques impératifs gérables et immédiats : *Aller vers le nord. Atteindre la frontière. Trouver un* coyote. *Traverser. Prendre un car pour Denver.* Mettre Luca à l'abri du danger.

Deux heures qu'ils ont quitté le centre d'accueil et qu'ils marchent vers le nord-ouest. Luca et Mami tombent sur deux adolescentes, deux sœurs, portant à leur mince poignet gauche le même bracelet arc-en-ciel, assises sur un pont surplombant les voies de chemin de fer, les pieds dans le vide. Elles sont très belles toutes les deux, mais la beauté de l'aînée a quelque chose de presque dangereux. Vêtements trop amples, mine renfrognée, elle semble vouloir faire oublier cette beauté calamiteuse. La plus jeune est affalée contre son sac à dos, mais elles se redressent toutes les deux d'un seul coup à la vue de Luca, et la dureté étudiée de leur expression fond.

— *Mira, qué guapo !* s'exclame la cadette, avec un accent inconnu.

— Il est tellement adorable, confirme sa sœur.

Elles ont une abondante chevelure noire, des sourcils nettement dessinés, des yeux sombres au regard perçant. Dents parfaitement alignées, lèvres pleines, joues rondes. Avec un petit quelque chose en plus chez l'aînée, quelque chose d'indéfinissable qui la rend totalement saisissante. Luca pose les yeux sur elle par accident et semble ne plus pouvoir s'en détacher. Même chose pour Mami. La jeune fille resplendit de beauté, on dirait qu'elle illumine le paysage qui l'entoure. Le béton gris miteux du pont, le brun pierreux des voies et de la terre, le bleu passé de son jean informe, le blanc sale de son T-shirt trop grand, la voûte décolorée du ciel, tout s'évanouit devant elle. En sa présence, les couleurs palpitent, et tout ce qui l'entoure semble amoindri. Un accident biologique. Une splendeur miraculeuse. Un réel problème.

— *Oye, dónde van, amigos ?* s'inquiète la plus jeune une fois qu'ils sont juste au-dessous de ses pieds.

— Là où tout le monde va, répond Lydia en se protégeant les yeux afin de pouvoir regarder les deux filles au-dessus d'eux. Vers *el norte*.

Elle enlève son vilain chapeau et s'en sert pour s'éventer ; ses cheveux mouillés de sueur lui collent au front.

La cadette répond en balançant ses pieds :

— Nous aussi ! Votre fils est si mignon !

En contrebas, Lydia jette un coup d'œil à Luca, qui sourit aux deux filles, le sourire le plus franc qu'il ait émis depuis le matin de la *quinceañera* de Yénifer.

— Je m'appelle Rebeca, et elle c'est ma sœur Soledad, dit la plus jeune en s'adressant directement à Luca. *Cómo te llamas, chiquito ?*

Lydia, qui a pris l'habitude de répondre à la place de son fils muet comme une carpe, ouvre la bouche, mais s'arrête net.

— Luca, dit-il, d'une voix qui sonne comme une cloche, débarrassée de la rouille accumulée depuis tous ces jours où il ne s'en est pas servi.

Lydia serre les lèvres, médusée.

— Et quel âge as-tu, Luca ? interroge Rebeca.

— J'ai huit ans.

Les deux sœurs se regardent, excitées, la plus jeune frappe dans ses mains :

— Je le savais ! Exactement le même âge que notre petit cousin, chez nous. Il s'appelle Juanito. Il te ressemble ! Tu ne trouves pas, Sole, qu'il ressemble tout à fait à Juanito ?

Soledad, la beauté, sourit avec une certaine réticence.

— C'est vrai, admet-elle. On dirait des jumeaux.

— Tu veux voir sa photo ? demande Rebeca.

Luca se tourne vers Mami, qui s'est gardée prudemment de s'arrêter pour parler aux gens jusque-là. Mais ces filles ont rendu sa voix à son fils. Elle lui fait signe qu'il peut accepter.

— Monte ! dit Rebeca.

Elle sort un paquet de photos mal emballées de la poche du sac à dos de sa sœur et les trie avec précaution. Luca grimpe tant bien que mal pour rejoindre les filles sur le pont. Mami les observe d'en bas, elle tente de mieux identifier l'endroit où elles se tiennent, mais la configuration du terrain, entaillé par les voies de chemin de fer, rend la chose difficile, alors elle grimpe derrière Luca la petite pente raide et sablonneuse. En réalité, les filles ne sont pas du tout assises sur le pont mais sur une grille métallique qui émerge de la route d'un côté de celui-ci comme une passerelle précaire. Lydia la teste du pied avant de s'engager dessus ; Luca, pour sa part, s'accroupit au bord de la route, les coudes posés sur la glissière de sécurité. Rebeca s'y adosse, et lui montre les photos.

— Tu vois ? *Guapo como tú.*

Luca acquiesce avec un nouveau sourire :

— C'est vrai, Mami, il me ressemble. Regarde. Sauf qu'il a pas de dents.

Rebeca tend la photo afin que Lydia puisse mieux voir.

— Il a perdu les deux du devant le même jour, et après on aurait dit un vampire. Et toi ? demande-t-elle à Luca, tu as déjà perdu les tiennes ?

Le souvenir, puissant, jaillit spontanément : Papi tirant sur sa dent – celle du bas, au milieu. Elle remuait depuis des semaines et puis, un soir au dîner, Luca a mordu dans son morceau de viande *tampiqueña*, et la douleur a irradié dans sa gencive. Il a lâché sa fourchette, fait passer le morceau au fond de sa bouche, l'a avalé sans le mâcher, puis a examiné les dégâts. La dent était de travers, inclinée comme une vieille pierre tombale sur un sol mou. Il l'a touchée du doigt, délicatement, horrifié de ne sentir aucune résistance. Mami et Papi ont posé leur fourchette à leur tour, pour l'observer. Mais Luca avait si peur d'avoir mal qu'il n'osait rien faire. Alors Mami a essayé pendant un temps fou de le convaincre d'ouvrir la bouche juste un petit peu afin qu'elle puisse regarder, mais Luca restait muet et gardait obstinément les lèvres scellées. Mami a fini par perdre patience, et Papi s'est glissé à côté de Luca. Il faisait des grimaces destinées à montrer ce qui arrive aux enfants qui refusent qu'on leur enlève la dent qui ne tient plus qu'à un fil au moment opportun. Luca riait, malgré sa peur, et, à la faveur de ce rire momentané, il a finalement accepté d'ouvrir plus grande sa petite bouche pendant que Mami observait la scène, de l'autre côté de la table. Papi s'y est introduit si doucement que Luca n'a même pas senti la pression des doigts contre sa dent. Mais il se rappelle très bien les mains de Papi sur son visage, l'une soutenant le menton, l'autre pénétrant à l'intérieur. Il se rappelle la saveur salée des doigts de Papi, et son sourire triomphant quand il les a retirés tenant son trophée, la petite dent. Luca est resté les yeux écarquillés, il a poussé un léger cri ; il n'arrivait pas à croire que ça s'était fait tout simplement, et qu'il n'avait absolument pas eu mal. Papi avait simplement introduit ses doigts dans sa bouche pour en ressortir cette petite chose. Ensuite ils ont tous ri, hurlé de rire, et Luca a brusquement sauté sur ses pieds, n'en croyant pas sa chance, et ses parents l'ont embrassé et serré dans leurs bras. Pendant qu'il mangeait le reste de sa *tampiqueña*, les petits morceaux de nourriture s'accumulaient dans le nouveau trou, alors il l'a rincé avec du lait. Cette nuit-là, la dent est restée sous son oreiller, et le Ratoncito Pérez est venue la prendre, laissant en échange à Luca un poème et une brosse à dents neuve.

Maintenant, Luca porte une main à sa bouche et lèche la jointure d'un doigt, mais ce n'est pas la même chose. Il faut qu'il chasse ce souvenir comme un sale insecte. Un taon. Le goût disparu des mains de son père. Mami devine, et presse gentiment un orteil à travers la chaussure, une pression qui le ramène en douceur au présent, à cet endroit poussiéreux. Il inspire profondément.

— Vous n'avez pas pu monter dans le train, hein ?

Entre autres choses, Soledad a le don de savoir changer de sujet exactement au bon moment. Elle est plus réservée que sa sœur, mais c'est difficile de rester distant face à Luca, ses battements de cils et ses fossettes irrésistibles.

Lydia se dégage d'une secousse de son sac à dos, dont elle sort une bouteille d'eau.

— Pas encore.

— C'est devenu bien plus dur. La sécurité d'abord !

Rebeca libère une bouffée d'air, ce qui, dans un autre contexte, pourrait passer pour un petit rire.

— Oui, renchérit Mami en secouant la tête. Sécurité.

— Vous avez pris le train ? questionne Luca.

Soledad se contorsionne, le menton reposant sur l'épaule, afin de le regarder.

— Tout le temps, ou presque, depuis Tapachula.

Luca se rappelle les hommes courant le long du train dans la clairière, près de Lechería, qui grimpaient, l'un après l'autre, et disparaissaient, pendant que Mami et lui les observaient, incapables de bouger. Il entend le grondement assourdissant de la *Bestia*, semant l'alarme au plus profond d'eux-mêmes, et se sent plein d'admiration pour ces deux filles si fortes.

— Comment vous avez fait ?

Soledad hausse les épaules.

— On a appris des trucs.

Mami tend une gamelle d'eau à Luca, qui se désaltère.

— Quel genre ? demande Mami. Nous avons besoin de trucs.

Soledad replie ses jambes pendantes sous elle, redressant ses épaules et sa colonne vertébrale, et Lydia découvre, rien qu'à ce léger mouvement du corps de la jeune fille, qu'elle est constamment soumise à la pression du danger. Les deux sœurs ne se sont liées avec personne depuis qu'elles ont quitté leur pays ; elles aussi se sont préservées le plus possible des contacts. Mais, durant leur voyage, elles n'avaient pas encore rencontré quelqu'un d'aussi jeune que Luca, ni d'aussi maternel et attentif que Lydia. C'est un tel plaisir pour elles de se sentir normales pendant quelques minutes, de goûter la douceur d'une conversation amicale. Elles ne courent sûrement aucun risque à partager leurs astuces avec ces compagnons de voyage.

— Comme ça. (Soledad gesticule en direction des voies en contrebas.) On a remarqué qu'ils ont dépensé tout cet argent pour des clôtures autour des gares, mais que personne a encore pensé à clôturer les ponts.

Luca guette la réaction de Mami, qui analyse leur position à partir de cette nouvelle information. Elle se penche légèrement et évalue la distance qui les sépare du sol. Elle n'est pas très grande. Mais ensuite elle essaie d'imaginer comment leur apparaîtrait l'espace avec le bruit, la puissance de la *Bestia*, qui foncerait à travers.

— Vous sautez d'ici ? demande-t-elle, incrédule.

— Pas d'ici, corrige Soledad. Parce qu'on se fracturerait le crâne aussitôt. À cause du pont, on perdrait tout de suite l'équilibre. D'ici, on surveille l'arrivée du train, et on va sauter de là-bas.

Luca regarde dans la direction qu'elle indique, de l'autre côté de la route, et il voit, fixée à la glissière de sécurité, une croix blanchâtre avec, au centre, un bouquet de fleurs orange fanées. Une sorte de mémorial, comprend-il, pour quelqu'un qui a tenté de monter à bord du train à cet endroit, et n'a pas réussi. Il se mord la lèvre.

— Et tu sautes juste sur le toit ?

— Pas toujours, dit Soledad. Mais si les conditions sont bonnes, alors, oui, tu sautes.

— Et c'est quoi de bonnes – ou de mauvaises – conditions ? demande Lydia.

— Bon. D'abord, il faut bien choisir d'où sauter. Cette place est bonne parce que, tu vois… (Soledad se lève et montre les rails en contrebas.) Tu vois la courbe, là-bas ?

Lydia se lève elle aussi pour voir l'endroit qu'indique la fille.

— Le train ralentit toujours quand il y a un virage. Quand c'est un gros virage, il ralentit beaucoup. Donc on sait qu'il va ralentir au moment où il passera. Ensuite il faut être sûr qu'il n'y a pas d'autres dangers devant. C'est pourquoi on préfère ce pont au précédent.

Lydia observe le chemin qu'ils ont suivi le long des rails, au sud. Elle n'avait même pas remarqué qu'ils passaient sous ce premier pont. Elle avait simplement savouré une ombre bienfaisante qui lui avait offert un peu de répit, à l'abri de la lumière du soleil.

Rebeca poursuit l'explication à la place de sa sœur.

— Parce que si tu sautes du premier, tu as juste une

minute pour retrouver l'équilibre avant d'arriver sous celui-ci. Et de te cogner la tête. Risqué.

Lydia cligne des yeux, accablée. Elle n'ose même pas l'imaginer.

— Alors, reprend Soledad, on s'installe ici, et on surveille. On attend le train. Et quand on en voit un qui nous plaît, on traverse la route à toute allure, on évalue sa vitesse, on décide de sauter, et on se laisse tomber.

— Comme si c'était un plongeoir ? demande Luca, qui se rappelle le parc aquatique El Rollo.

— Pas tout à fait. D'abord tu enlèves ton sac à dos parce que ça te rend superlourd et bancal. Alors tu le jettes en premier. Ensuite tu t'accroupis très très bas. Tu ne te balances pas, parce que si tu fais ça, tes pieds partiront avec le train et le haut de ton corps ne suivra pas. Tu restes tendu comme un lance-pierre. Tu roules ton corps en boule et tu sautes en l'air comme une grenouille. Un petit bond bien ramassé. Et tu t'assures que tes doigts vont accrocher quelque chose immédiatement.

Rien que d'y penser, le cœur de Luca bat très fort. Il s'oblige à respirer. Puis il regarde Mami, et réfléchit, évaluant les chances qu'ils ont de survivre. Tout son corps est traversé d'une décharge d'énergie folle, qui lui donne envie de se dresser et de bondir pour l'expulser à l'extérieur.

— Si on a vraiment de la chance, parfois le train peut même s'arrêter, reprend Rebeca. Alors, il n'y a plus qu'à descendre. Tout simple.

— Mais il y a aussi plein de fois où on ne fait rien, intervient Soledad. S'il roule trop vite, on n'essaie même pas. On a vu deux personnes essayer, et qui n'ont pas réussi.

Lydia guette la réaction de Luca à cette information, mais il ne laisse rien paraître.

— Ces gens sautaient comme vous, d'un endroit semblable ?

— Non. Nous sommes les seules. Je n'ai jamais vu personne d'autre le faire.

On entend la fierté dans la voix de Rebeca. Lydia tord la bouche. *Ces filles*, pense-t-elle, *sont géniales ou folles*.

— Combien de fois l'avez-vous fait ?

Les deux sœurs se regardent, et c'est Soledad qui répond :

— Cinq, peut-être six ?

Lydia avale sa salive.

— D'accord.

— Vous voulez venir avec nous ? enchaîne Rebeca.

C'est seulement après que les mots sont sortis de sa bouche qu'elle se tourne vers sa sœur et se rappelle qu'elles ne doivent rien faire sans s'être mises d'accord. Soledad lui touche le sommet du crâne, ce geste rassurant qui, dans leur langage personnel, signifie depuis toujours que tout va bien.

— Peut-être, répond Lydia dans la foulée, ignorant la sensation oppressante qui enserre ses poumons lorsqu'elle prononce ce mot.

Ensuite, en attendant, ils se parlent. Lydia apprend que les filles ont quinze et quatorze ans, qu'elles ont déjà parcouru mille cinq cents kilomètres, que leurs parents leur manquent beaucoup et que c'est la première fois qu'elles se retrouvent seules. Elles ne disent pas pourquoi elles sont parties de chez elles, et Lydia ne pose pas de questions. Elles lui rappellent Yénifer, peut-être uniquement à cause de l'âge. Elles sont plus grandes et plus minces que sa nièce, avec le teint plus foncé. Vives et drôles, quand Yénifer était appliquée et solennelle. Même bébé, elle montrait une certaine gravité.

L'année de la mort de leur père, Yemi avait choisi Lydia, sa sœur de dix-sept ans, pour être la marraine de Yénifer. Lydia se revoit tenir le bébé sur les fonts baptismaux, en pleurant. Elle avait évité de se mettre du mascara ce jour-là pour ne pas tacher la robe de baptême. Elle savait qu'elle allait pleurer, non de joie ou de la fierté d'être marraine, ni sous le coup de l'émotion, mais parce que son père n'était pas là pour la voir. Alors les larmes de Lydia s'étaient mêlées sur le front du bébé à l'eau lustrale et, la vision brouillée, elle s'était étonnée de ne pas voir pleurer aussi l'enfant qu'elle tenait dans ses bras. Yénifer clignait des yeux grands ouverts, et sa bouche plissée formait un parfait arc rose. Lydia avait tant aimé ce bébé qu'elle avait douté pouvoir un jour aimer davantage son propre enfant. Bien sûr, à la naissance de Luca, des années plus tard, elle avait appris ce que cet amour avait d'incomparable. Mais c'était Yénifer, cette petite fille taciturne et intelligente, qui avait soulagé sa peine lorsqu'elle avait perdu son second bébé. La sage petite fille de neuf ans, qui pleurait avec elle et lui caressait le front, et lui chuchotait : « Mais tu as une fille, *tía*. Tu m'as moi. »

Qui peut comprendre l'énormité de sa perte ? Tant de douleurs inextricables. Elle ne les sent pas. À côté d'elle, les sœurs parlent d'un ton léger avec Luca, qui leur répond avec un regain d'animation. L'effervescence qui règne entre eux est extraordinaire, le son de la voix de Luca, un élixir.

Le soleil semble plus chaud quand on ne bouge pas. Lydia remarque le bronzage de ses bras, qui rappelle celui de son enfance. Luca lui aussi est plus foncé que d'habitude, et des gouttes de transpiration suivent la raie des cheveux sous la casquette de Sebastián. Mais l'attente sous ce soleil épuisant est presque trop courte, songe Lydia. Elle aurait besoin de davantage de temps pour se persuader de faire ce qu'ils vont faire. Pourtant il s'en faut encore de deux heures avant que le grondement lointain du train pénètre leur conscience, qu'ils se lèvent tous les quatre en silence et se préparent. En vérité, Lydia n'est absolument pas convaincue qu'ils vont vraiment passer à l'acte. Elle espère que oui, parce qu'ils doivent prendre ce train. Elle espère que non, parce qu'elle ne veut pas mourir. Elle ne veut pas que Luca meure. C'est une étrangère qui habite son propre corps, qui écoute le train approcher, qui transporte son sac à dos de l'autre côté de la route, pousse Luca devant elle. Elle range leur gamelle dans la poche avant de son sac à dos, remonte la fermeture Éclair. À supposer qu'elle se croie capable de sauter dans un train en marche, comment peut-elle exiger de son fils qu'il fasse une telle folie ? Épaules lâches, jambes incontrôlables, elle sent l'adrénaline diffuser dans tous ses organes affolés.

Luca avance, il s'applique à suivre une fissure dans l'asphalte sous ses baskets, yeux et esprit concentrés sur la chose. Il laisse à Mami la charge d'absorber l'énormité de ce qui les attend : les herbes brunes et les arbres rabougris qui encombrent le remblai, le dôme bleu au-dessus de leur tête, l'intersection des rails et du pont, pareille à une croix. Le vent fait bouffer les cheveux de Luca tandis que le grondement du train se rapproche, le fracas répercuté par les rails des roues monstrueuses qui se propulsent sur le métal – dont l'intensité sonore est comme un avertissement qui semble destiné à pénétrer dans vos oreilles mais se cale dans votre sternum : *n'y va pas, n'y va pas, n'y va pas*. *Ne sois pas fou, ne sois pas fou, ne sois pas fou*. Luca tient son sac à dos par sa poignée supérieure à deux mains, bas devant lui. Il y a une fille à l'école qui est une véritable casse-cou. Elle s'appelle Pilar, et elle fait toujours des acrobaties dingues. Elle saute du sommet du mur d'escalade. Elle s'envole avec la balançoire le plus haut possible. Une fois, elle a grimpé à l'arbre qui est à côté du portail de l'école et de là a réussi en se tortillant à glisser sur le toit. Et là-haut, elle a fait la roue, jusqu'à ce que la directrice appelle son *abuela* pour qu'elle la fasse descendre. Mais même Pilar ne sauterait pas d'un pont de chemin de fer sur un train qui roule, se dit Luca. Jamais, au grand jamais, Pilar ne croirait le placide, l'obéissant Luca capable de prendre part à une telle folie. Il surveille le nez de la locomotive, qui approche et disparaît à l'extrémité sud de la route. À ce moment-là, il se retourne et le voit émerger sous ses pieds. Mami jette un coup d'œil par-dessus la glissière de sécurité, juste au moment où le train est en vue.

Rebeca leur sourit.

— C'est bon. Bien lent.

— Prête ? demande Soledad.

Sa petite sœur hoche la tête. L'air sinistre, Lydia observe les filles. Luca distingue, au bout du train, sur le toit du cinquième ou du sixième wagon, un petit groupe de migrants, dont l'un, une silhouette en forme de X, leur fait de grands gestes. Luca le salue en retour.

— Allons-y, dit Soledad.

Elle et sa sœur s'alignent l'une à côté de l'autre, pile au-dessus du milieu de la voie. Elles s'accroupissent, tenant leur sac à dos bas devant elles, et attendent le bon wagon. Elles en cherchent un qui ait un toit plat. Qui soit surmonté d'un genre de grille sur laquelle on peut marcher, s'asseoir, à laquelle on peut s'agripper. La première moitié du train est constituée uniquement de wagons-citernes arrondis, alors elles attendent. Et puis, finalement, très lentement, Soledad lance son sac et saute après lui. En une embardée gracieuse, folle, suicidaire, elle fait passer son corps de l'immobilité au mouvement, et tombe – de quelle hauteur se demande Lydia, deux mètres ? Trois mètres ? – pour à l'instant s'amenuiser, sa silhouette rapetissant au fur et à mesure que le train s'éloigne.

— Saute ! hurle-t-elle à sa sœur. Maintenant !

Et voilà que Rebeca, elle aussi, est partie, et tout ça doit se faire si vite, comprend Lydia, qu'il n'est plus temps de peser le pour et le contre, d'envisager de meilleure méthode. Elle refuse de reconnaître que, toute sa vie, elle a eu peur de sauter par accident, comme cette fille dans son roman préféré, du haut d'une falaise, d'un balcon, d'un pont. Mais à présent, elle est sûre à cent pour cent qu'elle n'aurait jamais sauté, que cette peur a toujours été une ruse compliquée élaborée par son cerveau. Ses talons sont collés à la route. Il y a encore une semaine, elle aurait hurlé à Luca de reculer. Elle lui aurait dit de ne pas rester si près du bord. Elle aurait tendu la main et lui aurait attrapé le bras pour se convaincre qu'il était en sécurité, qu'il ne bougerait pas. Et maintenant, elle va devoir pousser son enfant dans ce train qui défile sous eux. Le petit groupe de migrants agglutinés sur les derniers wagons se rapproche. Ils se baissent pour passer sous le pont et, quand ils émergent de l'autre côté, ils sont face à Lydia, leurs bras grands ouverts, ils lui font signe de jeter les sacs. Elle les jette, agrippe Luca par ses deux épaules, se poste derrière lui.

— Enjambe la balustrade, lui intime-t-elle.

Luca l'enjambe, sans hésitation ni objection. Ses talons sont sur le tablier du pont, le bout de ses baskets bleues suspendu en l'air à l'instant où le train défile au-dessous. Luca fredonne pour couvrir le terrible bruit du train.

— Accroupis-toi très bas, lui dit-elle, comme ont fait les filles.

Il s'accroupit. S'il saute d'ici et qu'il meure, c'est parce qu'il aura fait exactement ce que Lydia lui a ordonné. Elle a l'impression de se voir elle-même dans un cauchemar en train de faire une chose monstrueuse qui l'emplit de panique. Une chose, merci mon Dieu, qu'elle ne ferait jamais dans la vie réelle. Et, à l'instant précis où elle va le tirer vers elle, lui écraser la tête contre sa poitrine, l'envelopper de ses bras et pleurer de soulagement de s'être réveillée à temps, elle l'entend. La voix de Sebastián, pleine de conviction, qui transperce tous les bruits, internes et externes.

Et ensuite, quand elle ouvre la bouche et crie dans l'oreille de son fils : « Vas-y, Luca ! Saute ! », elle reconnaît à peine sa propre voix.

Luca saute. Et chaque molécule dans le corps de Lydia saute avec lui. Cette chose, cette si petite chose ramassée, ses muscles et ses os, sa peau et ses cheveux, ses pensées, ses mots et ses idées, l'immensité de son âme même, c'est tout cela qu'elle voit au moment où son corps échappe à la sécurité du pont et s'envole, juste quelques secondes, d'abord vers le haut, si grand est l'effort, jusqu'à ce que la pesanteur s'en saisisse et le projette vers le toit de la *Bestia*. Lydia le suit des yeux, des yeux si agrandis par la peur qu'ils lui sont presque sortis de la tête. Ensuite il atterrit à quatre pattes comme un chat, la vélocité de son saut affronte la vélocité du train, et il roule sur lui-même, une jambe s'échappe vers le rebord du toit, l'entraînant avec elle, et Lydia essaie de hurler son nom, mais sa voix s'est cassée et s'éteint et puis l'un des migrants l'attrape. Une grande main rugueuse sur le bras de Luca, l'autre qui l'empoigne par le fond du pantalon. Et Luca, en sécurité dans les bras robustes de cet étranger au sommet du train, lève la tête et cherche sa mère. Capte les yeux de sa mère. Hurle :

— Je l'ai fait, Mami ! Mami ! Saute !

Désertée de toute pensée, si ce n'est que Luca est là, Lydia saute.

15

Un an avant le meurtre de Sebastián, le Mexique était devenu le pays le plus mortel pour les journalistes, autant qu'une zone de guerre. Autant que la Syrie ou l'Irak. On assassinait des journalistes partout dans le pays dans des villes telles que Tijuana, Ciudad Juárez, ou Chihuahua. Pourtant, étant donné que les Jardineros ne visaient pas spécifiquement les reporters à la façon de la plupart des cartels, Sebastián n'avait pas reçu de menace de mort officielle depuis près de deux ans. Il ne serait pas tout à fait exact de dire que Lydia et lui éprouvaient une impression trompeuse de sécurité : personne à Acapulco ne se sentait en sécurité. La presse libre était une espèce sérieusement en voie de disparition au Mexique. Mais, passé le choc de découvrir en l'ami de Lydia celui qui se faisait appeler La Lechuza, l'absence d'avertissement spécifique de la part de Javier, outre l'attachement périlleux mais réel qu'elle ressentait pour lui, agit comme une sorte d'anesthésique et calma momentanément leurs pires craintes personnelles.

Sebastián continua de prendre les précautions habituelles : éviter autant que possible les comportements routiniers au quotidien, limiter l'usage de sa Coccinelle orange trop reconnaissable pour se rendre sur les scènes de crime, ne pas signer de son nom les articles particulièrement dangereux, mais recourir juste à l'anonyme *la rédaction* pour dissimuler son identité. Et dans ce cas, le journal se fendait également d'une chambre d'hôtel dans le quartier touristique, où Sebastián emmenait Lydia et Luca pour qu'ils s'y terrent pendant quelques jours, hors de la vue des cartels. Quand le risque de représailles semblait écarté, ils émergeaient et reprenaient le cours de leur vie normale. Toutefois, Sebastián savait qu'il s'agissait d'une protection illusoire, que chaque recherche qu'il effectuait, chaque crime sur lequel il enquêtait, chaque source qu'il contactait recelait une mine prête à exploser. Il se montrait aussi prudent que peut l'être un journaliste mexicain épris de vérité.

Pour sa part, Lydia manifestait une hypervigilance, sensible au moindre indice de danger. Javier continuait de venir la voir à la librairie presque chaque semaine, et la terrible angoisse qu'elle avait éprouvée la nuit où elle avait découvert la vérité sur lui s'était lentement transformée en quelque chose d'autre. Elle recevait Javier, lui servait du café, ils discutaient toujours de multiples sujets. Elle l'écoutait encore plus attentivement lui lire ses poèmes inscrits dans le petit carnet de moleskine. Elle lui souriait même sincèrement et, malgré un affreux sentiment de culpabilité, qu'elle refusait d'ailleurs d'admettre, était toujours sensible à son charme. Son intelligence, son côté chaleureux, sa vulnérabilité et son sens de l'humour – rien de tout cela n'avait changé. Néanmoins, lorsque lui parvenait la nouvelle d'un autre meurtre, ce qui arrivait moins fréquemment qu'avant mais encore trop fréquemment, la violence émotionnelle exagérée de sa propre réaction lui prouvait que l'éloignement était devenu non seulement nécessaire, mais inévitable, et qu'elle devait procéder avec précaution.

Il fallait simplement que son comportement s'accorde à ce que son cœur avait déjà accepté.

— Et si on lui disait tout ? demanda-t-elle à Sebastián une semaine avant la *quinceañera* de Yénifer.

Ils avaient laissé Luca chez Yemi, la sœur de Lydia, pour qu'il passe la nuit chez Adrián.

— Dire quoi à qui ?

— À Javier, sur l'article. Avant sa parution.

Sebastián referma le menu à couverture en cuir du restaurant et le posa dans son assiette.

— Tu es folle ?

Elle beurrait attentivement un petit pain chaud pris dans la panière couverte, et ne leva pas les yeux.

— Oui. Mais je crois que je suis sérieuse aussi.

Elle enfonça le beurre dans le pain, attendant qu'il ramollisse.

Sebastián détourna le regard pour admirer l'océan, au loin. Le restaurant, situé au sommet d'une colline, surplombait la baie – c'était le crépuscule, on voyait le clignotement des lumières dans la vallée et leur reflet fantomatique qui scintillait dans l'eau. Sebastián refusait d'envisager cette idée. Il désirait contempler le spectacle, sa jolie femme, et s'intéresser au menu. Des années de *narco*-journalisme lui avaient appris à cloisonner, à tenir momentanément la laideur à l'écart. Il savait jouir de la vie. Mais il respectait Lydia et ne voulait pas la prendre de haut.

— Si nous parlons de ça deux minutes, tu me promets que nous n'en parlerons plus le reste de la soirée ?

— Oui.

Avec un sourire, elle mordit dans son pain.

— Bon. Pourquoi devrions-nous le lui dire ? Ça nous rapporterait quoi ?

Lydia but une gorgée d'eau.

— Ça permettrait de mesurer sa réaction à l'avance, de savoir à quoi nous attendre. (Sebastián écoutait, complètement immobile.) Peut-être même voudrait-il te rencontrer. Tu pourrais le persuader d'être enregistré.

— Tu crois qu'il accepterait ?

— Je l'ignore. Possible. Enfin, nous savons à quel point il est intelligent. Il pourrait y voir l'occasion d'essayer de contrôler le message. D'avoir une bonne presse. De reprendre le dessus.

— Chaque *narco* a un complexe de Robin des bois.

— C'est vrai. Alors tu t'en sers. Si ça se trouve, il aimerait ça.

— Mais c'est exactement ce qui me fait peur. Je ne peux pas lui être redevable de quoi que ce soit.

— Oui, je sais.

— Mais *lui* ne le sait sans doute pas. Il me verrait peut-être comme son chargé de relations avec la presse. Et après, je figurerais sur sa liste du personnel ?

— *Ay*, grimaça Lydia.

— Décidément, c'est trop risqué, conclut Sebastián en ouvrant son menu. Que veux-tu manger ?

Lydia lut l'article le lundi soir, la veille de sa parution. Ils devaient, Sebastián et elle, évaluer le niveau de risque, afin de décider des mesures de sécurité les plus appropriées pour les jours à venir. Le journal proposait de les loger de nouveau dans un hôtel, à l'abri des regards. L'article ne serait pas signé du nom de Sebastián, mais il ne serait pas difficile de deviner qui l'avait écrit. Javier ne manquait pas de sources pour le lui révéler. Il le savait peut-être déjà.

Sebastián arpentait la pièce pendant que Lydia découvrait le texte sur l'ordinateur de son mari, assise à la table de la cuisine. *La Lechuza identifiée : portrait d'un baron de la drogue.* L'article était illustré de plusieurs photos. Sebastián et son rédacteur en chef avaient notamment choisi un cliché flatteur qui montrait Javier élégamment assis sur un canapé de velours, jambes croisées à hauteur de genou, un bras allongé sur le dossier. Vêtu d'un jean noir et d'une veste de tweed, il était l'image même du professeur lettré, regard chaleureux derrière les verres épais, visage souriant sans rien de suffisant. Une fois encore, Lydia pensa à ce premier matin où il était entré dans la librairie, à quel point son amitié, sa vulnérabilité l'avaient touchée durant tous ces mois jusqu'à ce qu'elle découvre qui il était. Elle répugnait encore à apprendre davantage de choses désagréables à son sujet. Déconcertée par le souvenir de l'attachement qu'elle lui avait porté. Elle appuya les mains sur ses paupières et inspira un bon coup avant de commencer à lire.

Sebastián avait une approche intime de son sujet qui la stupéfia – celle d'un Javier manifestement très différent de celui qu'elle connaissait, et pourtant le récit était à la fois objectif et compatissant. Les mots de son mari traduisaient bien la ferveur du personnage, mais lui révélaient aussi pour la première fois, par de multiples détails, l'épouvantable cruauté dont Javier était capable. Les décapitations ne constituaient qu'une première étape. Les Jardineros étaient connus pour leur façon de démembrer leurs victimes et de disposer les différentes parties du corps en tableaux dignes d'un film d'horreur. D'après l'article de Sebastián, la rumeur courait que, durant la guerre qui les avait opposés au cartel précédent, Javier avait tué le fils de son rival, âgé de deux ans, sous les yeux de son père. Et barbouillé le visage de l'homme du sang du fils assassiné. L'histoire prenait la dimension d'un mythe bien entendu, il n'existait aucune preuve de cette brutalité, mais après l'avoir lue, Lydia resta trois bonnes minutes les yeux fermés avant de pouvoir poursuivre. L'article exposait aussi les statistiques macabres de l'ascension de Javier : durant la période de transition, le taux des meurtres à Acapulco avait été le plus élevé du Mexique, l'un des plus élevés du monde. La ville avait souffert d'une hémorragie de touristes, de jeunes et d'investissements, une perte difficile à étancher même après la régression de la violence. En vérité, même si les bains de sang étaient devenus moins visibles aux citoyens moyens ces derniers mois, une bonne dizaine de meurtres endeuillaient encore la ville chaque semaine. Sans compter le nombre beaucoup plus important de personnes qui disparaissaient silencieusement. L'essence même d'Acapulco avait changé ; la modification touchait les habitants de façon durable. Des quartiers entiers étaient abandonnés par les gens qui fuyaient les décombres de leur vie pour gagner le Nord. Pour ceux qui partaient, *el norte* était la seule destination possible. Si une Mecque touristique comme Acapulco pouvait se désagréger, alors plus aucun endroit sûr n'existait au Mexique.

Du portrait ressortait la liaison évidente entre l'ascension de Javier et l'état catastrophique de la ville. Un nouveau cosmopolitisme brutal, dont la laideur était accentuée par le souvenir du glorieux passé d'Acapulco. Le récit de Sebastián était déchirant, sans fard, totalement convaincant. Il créditait aussi Javier de la paix naissante, vantait le contrôle qu'il exerçait sur ses hommes et l'exhortait à continuer à pratiquer la modération. Et se terminait par un profil psychologique de l'homme lui-même dont Lydia reconnaissait l'exactitude au fil de sa lecture. Contrairement à ses contemporains et ses prédécesseurs, La Lechuza n'était pas vantard, grégaire ni même particulièrement charismatique. Il semblait instruit. Mais, à l'égal de tout baron de la drogue qui soit jamais parvenu à un tel rang, il était aussi habile, sans pitié et, pour finir, délirant. C'était un affreux boucher qui se prenait pour un gentleman. Un bandit qui s'imaginait poète. L'article se terminait avec la reproduction d'un poème effectivement écrit par Javier. Lydia resta bouche bée de le voir imprimé. C'était le premier que Javier avait partagé avec elle.

— Comment, au nom de Dieu, t'es-tu procuré ça ? murmura-t-elle à Sebastián, qui cessa de faire les cent pas le temps de se pencher par-dessus son épaule.

Lydia relut le poème. Fixé là, sur l'écran, il était encore plus mauvais que lorsque Javier le lui avait livré pour la première fois.

— Oui, je sais. C'est dingue. Tu sais, ce concours annuel de poésie que nous patronnons ? Sa fille, la fille de Javier, a envoyé le poème en son nom. Je suppose qu'elle voulait lui faire une surprise.

— Oh, Marta.

L'inclusion du poème à la fin de l'article était humiliante pour Javier. Cet ajout, amalgamé à tous les autres faits, corroborait, d'une certaine façon, la justesse du portrait tracé par Sebastián. Lydia ferma le navigateur et se renversa contre le dossier de sa chaise : elle venait de découvrir qu'on pouvait se sentir horrifié de multiples façons.

— Alors ?

Les mains enfoncées dans les poches de son jean, Sebastián s'appuyait au plan de travail de la cuisine. Il était nu-pieds, sur le comptoir derrière lui ses chaussettes formaient un petit tas, que Lydia regardait fixement.

— Qu'est-ce que tu en penses ?

Elle referma l'écran du portable, puis l'écarta et appuya son menton sur ses mains en secouant la tête.

— Je crois que c'est bien.
— Bien, pas *bon* ?
— Non, ce n'est pas ce que je veux dire. C'est un *bon* article, Sebastián. Je crois qu'il conviendra à Javier.
— D'accord, acquiesça-t-il.
Ils restèrent silencieux tandis qu'elle continuait à réfléchir.
— En fait, c'est mieux que ça : je crois qu'il lui plaira. C'est honnête. Plus qu'honnête, flatteur.
Sebastián acquiesça de nouveau.
— Tu en es convaincue ?
Elle hésita une seconde pour être sûre d'elle avant de répondre.
— Oui.
Sebastián ouvrit la porte du frigo, en sortit deux bières, fit sauter les capsules, en posa une devant sa femme.
— Je ne vais pas te mentir, je suis un peu nerveux, avoua-t-il en vidant presque entièrement la sienne au goulot. Je suis soulagé que tu le sentes bien, en tout cas. Que tu sois sûre que ça passe.
Il observa Lydia, qui traçait sur la table des cercles avec sa bouteille marron.
— Tu ne penses pas qu'il faut qu'on disparaisse quelques jours, juste par précaution ?
Elle savait à quel point il était important qu'elle soit sûre de sa réponse. Elle ne répliqua pas sans réfléchir ; elle pesa ses mots d'abord. Finalement, elle lança :
— Non, je crois qu'on ne craint rien.
— À cent pour cent ?
— Oui, à cent pour cent.
Sebastián était appuyé au comptoir. Il ne s'était pas rasé ce matin-là, et son menton était ombré de barbe.

— Tu es surprise ? Tu trouves que c'est trop bienveillant ? demanda-t-il.

— Non. C'est quand même atterrant (elle avala une gorgée) mais juste. Tu montres que c'est un être humain. Donc, pour ce qui est de l'aspect véridique, je crois qu'il sera content.

Cela s'était passé un lundi soir, moins de deux semaines plus tôt. Lydia se souvient que c'était un lundi parce qu'elle venait de ramener Luca de son entraînement de football : il avait faim, elle lui avait donné un toast et une banane, bien qu'il soit en retard pour aller se coucher. Il avait sali l'entrée parce qu'il avait oublié de laisser ses chaussures cloutées à la porte, et elle s'était énervée parce qu'elle venait juste de balayer. Il y avait encore quinze jours, une chose aussi minime que de la terre sur le sol de l'entrée pouvait l'énerver ! C'est inimaginable. La réalité de ce qui est advenu dépasse de si loin le pire de ce qu'elle avait jamais pu craindre et imaginer.

Et le pire pourrait encore arriver.

Parce que Luca est encore là.

Sur le toit du train, Lydia sort deux sangles de son sac, en glisse une dans le passant arrière de la ceinture du jean de Luca, puis l'enfile dans un anneau de la grille métallique sur laquelle ils sont assis. Ensuite elle s'arrime de la même façon. Est-ce que cette petite lanière de toile pourrait vraiment retenir Luca s'il tombait ? Elle en doute, mais il ne faut rien négliger. D'ailleurs, elle suppose que la plupart des accidents se produisent au moment où les migrants tentent de sauter sur le toit des trains ou d'en descendre.

Ses pieds la brûlent comme jamais depuis qu'elle était petite fille et qu'elle s'éjectait des balançoires, alors qu'elle était au plus haut, pour atterrir avec un bruit sourd et sentir la douleur se réverbérer en écho dans ses jambes. Ils sont meurtris, mais ce n'est pas trop grave. Ils lui rappellent juste qu'elle est en vie, qu'elle peut se servir de ses jambes comme de pistons ou de ressorts, que ses pieds peuvent encore faire du boucan quand elle court. Elle fléchit une jambe, puis l'autre, tape des pieds contre la grille métallique pour atténuer la douleur. Rebeca et Soledad, qui ont sauté les premières, sont à quelques wagons devant, mais Lydia les voit bientôt revenir vers elle, longeant le bord des toits, bondissant d'une voiture à l'autre, s'aplatissant quand le train passe sous un pont. Lydia est secouée d'une série de violents tressaillements en les regardant avancer.

Bientôt ils sont tous réunis, y compris les quatre garçons qui se trouvaient déjà là, dont celui qui avait attrapé Luca en plein vol. Lydia observe leur réaction à l'arrivée des deux sœurs, leur expression quand un à un ils prennent conscience de l'étonnante beauté des adolescentes, la façon qu'ils ont de s'écarter d'elles, juste un peu. Pour exprimer leur respect. Ils savent ce qui attend ces jeunes filles durant leur voyage, compatissent à leurs épreuves. Puis, très vite, on passe à autre chose. Les garçons sourient à Luca. Ils lui tapent sur l'épaule et lui montrent les détails intéressants qui s'offrent à la vue : une vache et son veau, des arbres enchevêtrés comme des joueurs de rugby en mêlée, une croix d'une blancheur austère au sommet d'une petite colline. Les hommes se signent quand ils passent devant un clocher ou une tombe en bordure de route. Ils prient.

Ils vivent ces premières heures à bord de la *Bestia* dans l'euphorie. Le train progresse tranquillement, direction ouest, ouest puis nord, et Luca, comme saisi de vertige, comprend qu'ils sont *réellement* partis maintenant. C'est tellement bon d'être un passager, de progresser tandis que la puissance de la machine fait le boulot. Ils boivent l'eau de leurs gourdes et grignotent des barres de céréales. Lydia en donne une aux deux sœurs qui se la partagent. Elles sont assises dos à dos, genoux pointant comme des piquets de tente. Soledad engloutit sa moitié en une bouchée, Rebeca savoure la sienne, capturant les miettes au coin des lèvres et les laissant fondre dans la bouche avant de les avaler.

Un paysage aux couleurs changeantes défile au-dessous d'eux. Parfois les arbres se pressent contre la voie, trapus et rabougris. Parfois ils se dressent en retrait, perçant le ciel. Parfois des obstacles se présentent au sommet du train, menaçant de faire basculer les passagers : des feuillages envahissants, l'étroit tablier d'un pont enjambant un ravin et, plus inquiétants, les tunnels exigus dont la voûte semble raser les têtes, où l'écho assourdissant de la machine amplifie la peur de tomber. Les migrants sont à l'affût de ces dangers : ils s'accroupissent, s'aplatissent, se courbent, rentrent bras et jambes, retiennent leur souffle.

Périodiquement, le train s'arrête et, au bout d'un certain temps, Luca commence à deviner ces arrêts. D'abord, il y a un brusque changement de direction – ce qui signifie qu'on approche d'une ville, suffisamment importante pour que celui qui a posé les rails décide que le train doit s'y diriger. Le convoi tangue, ralentit d'abord pour bifurquer, puis de plus en plus en se rapprochant de la gare. Les migrants changent de position, soudain sur le qui-vive. Lydia et Luca imitent leurs compagnons : ils s'aplatissent. Ils guettent les fourgons noirs à étoiles blanches de la *policía federal*, venue débusquer les migrants des trains.

— Qu'est-ce qu'on fait si on voit la *policía* ? demande Luca.

Il est allongé à plat ventre entre Mami et Soledad, qui fait face au petit garçon, l'oreille appuyée au creux de son coude.

— Tu cours aussi vite que tu peux, *chiquito*, lui dit-elle.

Les arrêts sont parfois brefs, quelques minutes seulement, parfois ils durent plus d'une heure. Muscles tendus, tous les sens aux aguets, tous ensemble les migrants retiennent leur respiration et balaient des yeux les alentours, au-delà des hommes qui, au sol, chargent et déchargent les wagons en contrebas. Il arrive que ces ouvriers lancent des vivres aux passagers du toit avant le départ du train, ou remplissent leurs bidons d'eau à un tuyau proche. Mais aussi, parfois, ils se comportent comme s'il leur était interdit de venir en aide aux migrants, comme si ces derniers étaient invisibles, et tous alors se livrent à une sorte de chorégraphie prudente, les uns faisant semblant de ne pas voir les autres, de ne pas être vus. Finalement, un coup de sifflet, une secousse, et le soulagement s'accélère peu à peu au fur et à mesure que le train reprend son parcours jusqu'à la ville suivante. Quand le jour tombe, que la lumière prend cette teinte d'or flamboyant et effleure la peau de Soledad comme un projecteur inattendu, les sœurs rapprochent leurs têtes l'une de l'autre et chuchotent quelques minutes.

— On ne reste pas sur le train la nuit, explique Soledad à Lydia.

— On va descendre à la prochaine gare, ajoute Rebeca. Au prochain arrêt.

Lydia ne bronche pas, ne pose pas de question.

— On descendra nous aussi, hein, Mami ? demande Luca.

C'est comme si les deux sœurs les avaient indirectement invités à les accompagner. Rebeca consulte Lydia du regard, et dans ses yeux il y a presque autant d'espoir que dans ceux de Luca. Soledad est plus difficile à déchiffrer, car elle est de biais et n'offre que son profil. L'idée de quitter ce train qu'ils ont eu tant de mal à prendre hérisse Lydia. Maintenant qu'ils sont enfin en mouvement, elle aimerait y rester jusqu'au bout du voyage, mais d'un autre côté c'est précisément grâce aux deux filles, à leurs conseils, que Luca et elle ont réussi à monter à bord. Elles ont rendu sa voix à son fils. Elles savent des choses.

— D'accord, dit-elle.

Quand le train s'arrête à San Miguel de Allende, juste avant la tombée de la nuit, Lydia et Luca descendent l'échelle derrière Rebeca et Soledad. Ils disent adieu à leurs compagnons qui restent sur le toit et saluent les hommes en train de décharger le fret de l'un des wagons. Puis ils filent sans tarder vers la ville.

San Miguel de Allende, avec ses rues bordées de murets de pierre, ses *plazas* aux arbres et aux fleurs impeccablement soignés, est une ville immaculée. Ils longent une large avenue en pente et passent devant une église rose, encore plus rose au soleil couchant ; des bannières bariolées sont gaiement tendues entre sa façade et la grille du cimetière. Dans ses jambes, Luca sent encore les vibrations du train tandis que ses pieds foulent la solidité nouvellement retrouvée et rassurante du béton. Ils dépassent un magasin de meubles, une pharmacie, un bar, une maison élégante agrémentée de balcons, trois hommes qui flemmardent sous un palmier

– à leur vue, les deux sœurs accélèrent le pas. Suivent des immeubles neufs en stuc et de vieilles maisons en pierre, un supermarché, un terrain de football, une femme qui mendie dans la rue, un autre supermarché, plus chic, finalement un rond-point qui semble marquer la limite du centre-ville.

Les filles marchent selon leur instinct, elles sont devenues bonnes à ce jeu-là, suivant les pancartes et les gens, progressant à travers les parties plus denses de la ville à la recherche de la *plaza central*. Plus les endroits sont propres et peuplés, plus elles se sentent en sécurité. Un hôtel, une quincaillerie, un arrêt de bus, la statue d'un ange ailé attaquant quelqu'un avec une épée, tandis que le crépuscule vire du rose au pourpre. À côté d'un vendeur de fruits, un homme chevauche un cageot, coiffé d'un chapeau de cow-boy blanc. Dans ses mains, son accordéon enfle et se contracte comme un poumon extravagant, toute la rue bouge au son de sa musique. Tout près de lui, une femme fait griller de la viande, à cette odeur l'estomac de Luca se tord de faim, mais le petit groupe continue de marcher dans les rues qui rétrécissent, où les pavés remplacent le macadam. D'un bord à l'autre, des lanternes en papier, fixées aux balcons en fer forgé, flottent au gré de la brise urbaine. La différence avec Acapulco est criante en tous points, sauf un : San Miguel de Allende est une sorte de carte postale sensorielle de ville mexicaine. À l'ouest, le soleil, qui se couche dans leur dos, teinte de rouge toutes les façades.

Luca serre la main de sa mère.

— Mami, j'ai faim.

— Ça tombe bien, *chiquito*, dit Soledad. Nous y sommes.

Elle désigne la Plaza Principal de San Miguel de Allende. Ils s'abritent sous l'arc du porche en pierre d'un immeuble couleur cannelle pour prendre quelques minutes de repos. Luca lâche la main de Mami, appuie son sac à dos contre le mur derrière lui. Sur la place, les gens mangent des *tortas* et boivent du Coca. Ils bavardent et rigolent. Trois orchestres de mariachis qui rivalisent de couleurs – orange, blanc, bleu pastel – se sont mis à suffisamment de distance les uns des autres pour se faire entendre au-dessus du vacarme de leurs rivaux. Ils visitent chaque coin de la place pour charmer les touristes avec leur musique joyeuse. Un bouquet d'arbres singuliers occupe la place, troncs compacts, serrés l'un contre l'autre, branches étalées d'une façon si bizarre que le feuillage forme un plafond épais, vert spongieux. Une profusion de flèches roses surmontées d'une croix dorée émerge de la canopée comme celles d'un palais féerique. C'est la Parroquia de San Miguel Arcángel, silhouette stupéfiante sur fond de ciel crépusculaire.

Rebeca exprime ce qu'ils pensent tous.

— C'est fou.

L'endroit est l'un des plus étranges que Luca ait jamais vus. Et, juste au moment où le dernier rayon de soleil survole en diagonale la *plaza* et effleure les flèches avant de quitter la ville, soudain les lampadaires disposés un peu partout s'embrasent. Les fils lumineux autour des troncs explosent et scintillent. C'est bouleversant de se trouver dans un endroit si beau et si festif. Lydia se sent coupable, s'en veut de succomber à la séduction incongrue, au simple charme d'une jolie place ; elle remarque, sur les traits de Luca, un trouble identique, et lui tend la main. L'esprit du garçon trouve le moyen horrible de lui rappeler qu'il ne doit pas céder à l'enchantement et l'inonde obligeamment de souvenirs : tous les morts de sa famille, le bruit incessant des tirs entrant par la fenêtre de la salle de bains d'Abuela, les hurlements à l'extérieur, les mains de Mami pressées vainement sur ses oreilles, l'unique tache de son propre sang rouge vif sur le carrelage vert de la douche. Tous partis. Luca est parti avec eux pendant quelques instants, si bien qu'il n'entend pas Mami l'appeler. Il ne voit pas les visages inquiets de Soledad et de Rebeca se tourner vers lui, comme si elles étaient ses sœurs. Il n'est pas conscient des sanglots qui le secouent, de la façon dont il a enfoui sa tête dans ses mains. Il ignore combien de temps il est parti, mais quand il revient à lui, il est enfoui dans la courbure du corps de Mami. Elle le berce, ses doigts lui effleurent les cheveux, et le bourdonnement de sa voix est la meilleure des consolations.

— Chuuuut, *amorcito*, tout va bien.

Il acquiesce.

— Je suis désolé, je suis désolé, je vais bien maintenant.

Mais elle ne le lâche pas.

Soledad accroche le regard de Lydia par-dessus la tête de Luca, un sentiment complexe les relie brièvement, qu'elles identifient. Le traumatisme inexprimé que chacune a subi, les raisons qui font qu'elles sont là. C'est aussi subtil et significatif qu'un battement de cœur.

— Rebeca, dit alors Soledad, dépêchons-nous, il faut lui trouver quelque chose à manger. Réfléchir où nous allons dormir.

Lydia concentre sa gratitude en un lent battement de cils.

Les sœurs reviennent très vite avec de la nourriture. Une sorte de tour de magie, se dit Lydia – qui comprend pour la première fois comment elles tirent avantage de leur beauté. C'est ce que Lydia et Luca ont mangé de meilleur depuis la *quinceañera*. Les deux filles ont appris des choses essentielles : ne pas s'embêter à approcher les vendeurs de rue, dont la générosité est limitée parce qu'ils pensent d'abord à nourrir leur propre famille. En revanche, Soledad et Rebeca savent désormais qu'il vaut mieux rechercher un restaurant chic et entamer la conversation avec un jeune homme qui sort fumer une cigarette ou effectuer une livraison ; il sera peut-être séduit par la beauté de ces jeunes filles seules, gravement dans le besoin, si loin de chez elles. Très souvent, les sœurs se sont aperçues que ce jeune homme disparaîtra pour reparaître peu après avec deux récipients débordant de spaghettis encore fumants, inondés d'ail, d'huile et de sel, peut-être aussi agrémentés d'un peu de sauce bolognaise, d'autres légumes, et d'un gros morceau de pain chaud. Le tout accompagné d'un sourire, d'une bénédiction et, parce que la beauté génère de l'empathie (entre autres choses), d'un élan fraternel, ce garçon travailleur imaginant sa petite sœur, sa cousine ou sa fille à la place de ces adolescentes. Il leur souhaite un bon voyage, les conjure de veiller à leur propre sécurité. Parfois, il fournit même des fourchettes. Les filles le remercient toujours avec effusion, appellent la bénédiction de Dieu sur sa tête.

Installés sur les larges marches roses de l'église baroque, Luca, Lydia, Soledad et Rebeca se ruent avec gratitude sur les spaghettis. Ils mangent en silence, se partageant les deux fourchettes, jusqu'à la dernière bouchée. Lydia remercie les filles, même si elle juge ses remerciements totalement insuffisants, parce qu'elle éprouve réellement le besoin de dire que, la nourriture, certes, mais surtout leur gentillesse, leur humanité, bref, leur existence a nourri cette part primordiale d'elle-même qui s'était desséchée. Rebeca et Luca sont allés se laver les mains à la fontaine. Soledad regarde Lydia en face.

— Peut-être qu'on devrait rester tous ensemble pendant quelque temps, dit-elle.

Lydia hoche simplement la tête. Oui.

La nuit ensevelit la ville. Les bars et les restaurants se vident et ferment leurs portes jusqu'au lendemain, finalement même les mariachis qui s'étaient attardés se dispersent pour rentrer chez eux. Tandis que les lumières de San Miguel de Allende vacillent et s'éteignent, les quatre voyageurs transportent leurs corps et leurs sacs jusqu'au centre de la *plaza*. Ils s'allongent sur les bancs municipaux. *Comme des clodos*, pense Luca. C'est la première nuit qu'ils dorment dehors, et ça n'a rien d'une aventure. Lui, ce qu'il veut, c'est sa chambre avec ses piles de livres sur le plancher et sa lampe en forme de ballon de football. L'ombre chaleureuse de Papi sur le mur. Mais il a le ventre plein, sa tête repose sur la partie molle de la cuisse de Mami, et il est épuisé. Son cœur est déjà tiraillé entre la volonté de garder le souvenir et le besoin d'oublier. Dans les mois à venir, Luca regrettera parfois d'avoir, les premiers jours, gaspillé son chagrin, de ne pas s'être laissé davantage abattre. Parce que au fur et à mesure que l'oubli s'ancrera en lui, il aura l'impression de commettre une trahison. Il se reprochera à tort d'avoir, par sa lâcheté, effacé les particularités de Papi – le grain de beauté sous le sourcil gauche, les petites boucles serrées de sa chevelure, le timbre de son rire, la rugosité de sa mâchoire comme du papier de verre contre son front quand ils lisaient ensemble dans son lit. Mais, tout cela, Luca ne le sait pas encore, pas plus qu'il n'a encore appris que, peu importent les efforts qu'il fait maintenant, l'amnésie gagnera peu à peu, qu'elle est inévitable et qu'il n'est pas fautif. Alors, épuisé, il chasse ses souvenirs, les bannit. Il se récite les caractéristiques géographiques de Nairobi, Toronto, Hong Kong. Et très vite, il s'endort en ronflant sur les genoux de sa mère.

Malgré l'énormité de la fatigue qui l'accable, Lydia est la seule à être incapable de dormir. Elle se raidit quand un jeune couple approche, éméché et rigolard. Ils s'adossent en douce à un arbre pour s'embrasser, s'interrompant brusquement à la vue de sa silhouette sombre redressée sur le banc, agrippant son sac à dos devant elle comme un bouclier, à ses côtés trois jeunes corps endormis. Les enfants ne bougent pas, et le couple bat très vite en retraite. L'écho de leurs pas diminue, dominé par les stridulations des criquets.

Lydia envie le chœur de respirations régulières autour d'elle, cette facilité avec laquelle les jeunes glissent dans leur lassitude comme dans un bain chaud. Elle se souvient qu'elle en était capable elle aussi, avant la naissance de Luca. Elle était capable de faire n'importe quoi à cette époque-là, avant que la maternité ne lui fournisse de véritables raisons d'avoir peur. Elle avait été une adolescente insouciante, n'hésitant pas à sauter du haut des falaises de La Quebrada, juste pour le frisson qui la saisissait au moment du plongeon. Elle tressaille en se remémorant ce danger inutile, et se retourne pour contempler les deux filles endormies allongées face à face sur le banc d'à côté.

Quand, enfin, un faible rayon de lumière perce la canopée, annonciateur du jour et de la sécurité qu'il procure, l'esprit de Lydia l'autorise à trouver le sommeil.

16

Il était admis, et c'était depuis toujours un objet de plaisanterie familiale, que Luca et Sebastián ne devaient pas parler à Lydia avant qu'elle n'ait avalé sa deuxième tasse de café matinale. Elle en buvait deux à la maison et la troisième en arrivant à la librairie. Elle avait pris l'habitude de nettoyer les filtres et de remplir la cafetière le soir, afin de ne pas avoir à s'occuper de tout ça au lever, encore à demi endormie. À peine le réveil avait-il sonné, avant même de se rendre dans la salle de bains, elle mettait la cafetière en marche, parcourue d'un joyeux gargouillis d'impatience quand le bouton rouge s'allumait. Les dimanches, où elle disposait de plus de temps, elle faisait chauffer du lait afin d'ajouter de la mousse, ou laissait infuser le café avec du sucre de canne ou de la cannelle pour obtenir un *café de olla*. Maintenant, il n'y a plus du tout de café la plupart des matins, ce qui lui cause immanquablement une migraine tenace, aggravée quand elle est épuisée par le manque de sommeil.

Ils retournent très tôt vers les voies, pour y trouver une bonne dizaine de migrants déjà rassemblés dans l'attente d'un train. Non loin de là, un homme vêtu d'un jean bien coupé et d'une chemise propre avec un col est debout à l'arrière d'une camionnette au hayon relevé, garée à proximité. Le véhicule abrite une énorme cocotte de riz et une glacière remplie de tortillas fumantes. C'est le Padre de l'église voisine, celle qui est surmontée de bannières et, avant de nourrir les migrants, il leur donne la communion et les bénit. Après quoi, il leur tend les tortillas fourrées de riz. Il y a aussi un gros baril orange indiquant « Gatorade », bien qu'il soit rempli de punch aux fruits, dans lequel l'un des migrants plonge des gobelets en papier qu'il fait circuler parmi le groupe pour ceux qui ont soif. Lydia et les filles s'assoient sur l'un des bancs et mangent. C'est Luca qui remarque le premier un détail crucial.

— Pourquoi est-ce qu'ils attendent de ce côté-ci de la voie ? demande-t-il en pointant celle-ci du doigt.

— Hein ? marmonne Lydia, la bouche pleine.

Luca veut dire que les migrants sont rassemblés sur le bord de la voie côté sud. Sa tortilla à la main, Rebeca se dirige vers les hommes qui attendent, leur parle et revient expliquer la situation.

— Nous avons loupé la route du Pacifique.

— Quoi ?

Soledad semble alarmée.

— Pas de beaucoup, rassure-toi. (Rebeca se rassied à côté de sa sœur.) À une heure d'ici, au sud, il y a Celaya.

— Ah, la troisième plus grande ville de l'État du Guanajuato, intervient doucement Luca.

Les deux filles se retournent pour le regarder, bouche bée. L'air embarrassé, il engloutit son punch.

— Donc, poursuit Rebeca, on peut prendre le train qui va vers le sud et changer à Celaya pour attraper la ligne du Pacifique.

— Mais pourquoi ? demande Lydia en se penchant en avant. Cette ligne-là n'est pas plus courte ?

— C'est dangereux, explique Rebeca. Notre cousin nous a dit...

— Tout le monde nous l'a dit, corrige Soledad.

— Ils ont tous dit qu'il faut prendre la route du Pacifique. Toutes les autres sont super-dangereuses à cause des cartels.

La nourriture devient soudain pâteuse dans la bouche de Lydia.

— Tout le monde raconte la même chose, renchérit Soledad. Il n'y a que la route du Pacifique qui soit sûre.

Lydia n'a pas besoin d'être convaincue, mais elle a une question à poser. Les filles semblent en savoir beaucoup plus long qu'elle-même.

— Savez-vous quels cartels contrôlent quelle route ?

Rebeca fait le signe de la croix.

— Non, mais Dieu nous protège. Tout ira bien.

Afin de s'en assurer, les deux sœurs entrent dans l'église pour allumer une bougie en attendant.

Le train traverse San Miguel de Allende en direction du sud sans s'arrêter, mais il roule lentement, et les hommes attroupés y grimpent tous facilement. Luca regarde les deux sœurs trotter le long du convoi. La peur les rend gracieuses et fortes, leurs mouvements sont précis. Les hommes rassemblés en haut de l'échelle leur tendent la main pour les hisser sur le toit. Luca n'a pas l'intention de rester là. Il court, et Mami aussi, et il se sent très courageux jusqu'à ce qu'il attrape l'une des échelles en mouvement, dont la vibration lui traverse la paume de la main et parcourt tous les os de son corps. Cet ébranlement lui rappelle qu'il est tout petit comparé au train colossal et qu'il serait tout à fait mort s'il lâchait prise au mauvais moment. Mami se tient derrière lui, elle le propulse d'un coup et il agrippe un barreau si fort que ses jointures changent de couleur, et bien qu'il ait peur de lâcher une main pour grimper sur le barreau suivant, il sait qu'il doit le faire pour laisser la place à Mami. Alors il grimpe, avec une sorte de boule d'angoisse dans la gorge, mais il y a deux hommes sur le toit, l'un tend la main afin de le saisir par le sac à dos, l'autre par le haut du bras, et le voilà au sommet du train, face à Rebeca qui lui sourit, et voilà Mami qui apparaît. Ils ont réussi.

— *Qué macizo, chiquito !* s'exclame Rebeca, impressionnée de le découvrir si costaud.

Luca sourit de toutes ses dents.

Avant de la connaître, Luca n'a jamais aimé une fille. D'accord, ce n'est pas tout à fait vrai, parce qu'il a aimé cette casse-cou de Pilar, à l'école, qui était vraiment forte en football, et sa cousine Yénifer parce qu'elle était gentille avec lui, quatre-vingt-cinq pour cent du temps, même quand elle était méchante avec son frère, et il a aimé une autre fille, Miranda, qui habitait le même immeuble que lui, parce qu'elle portait des baskets jaune vif et qu'elle savait rouler sa langue en forme de trèfle. Donc il serait peut-être plus exact de dire que Luca n'a jamais été amoureux avant. Sur le toit du train, Luca regarde Rebeca et tâche de se comporter comme s'il ne la regardait pas. Ce qui n'a d'ailleurs aucune importance parce que personne ne le remarque, étant donné qu'ils sont tous trop occupés à admirer Soledad pour s'apercevoir de quoi que ce soit. À l'ombre de l'aura de sa sœur, Rebeca brille comme un soleil caché. Sur le toit du train, elle est allongée sur le dos, à côté de Luca.

— Pourquoi vous êtes partis de chez vous ? lui demande-t-elle.

Luca serre les dents en essayant de formuler très vite une réponse, avant que Rebeca puisse se sentir coupable d'avoir posé la question, mais il ne trouve rien à dire.

— Pour fuir ton papa ? tente-t-elle de deviner.

— Non. Papi était formidable.

Il roule sur le côté afin de pouvoir la regarder, même si en conséquence son bras n'est plus étiré le long du sien.

— Es-tu un espion ? suggère-t-elle. Je ne le dirai à personne, je le jure.

Elle se protège la figure avec un morceau de carton, et les boucles de ses cheveux noirs s'insèrent dans les trous de la grille métallique sur laquelle ils sont étendus.

— Oui, affirme Luca. Je suis un espion. Mon gouvernement a reçu un tuyau disant qu'il y a une ogive nucléaire dans ce train. Et je suis là pour sauver l'univers.

— Merci, mon Dieu, rigole Rebeca. Il était temps. L'univers a bien besoin d'être sauvé.

Sous eux, le train brinquebale. Tout près, Mami bavarde tranquillement avec Soledad.

— Et vous, alors ? questionne Luca. Pourquoi êtes-vous parties de chez vous ?

— Soupir.

Rebeca fronce les sourcils. Elle prononce vraiment le mot de *suspiro* au lieu de soupirer, ce qui est drôle en dépit de la tristesse de son expression.

— Tout allait mal à la fin. Soledad est superjolie, tu as vu ?

Elle s'assied, lève le carton pour protéger le côté de son visage exposé au soleil.

— Ah oui ? J'avais pas remarqué.

Rebeca lui tapote la tête en riant avec son bout de carton.

— *Payaso*[1] ! Bref. Nous venons d'un tout petit endroit, un minuscule village dans les montagnes, pas même un village en fait parce qu'il est tellement étendu, c'est juste une collection de maisons cachées où vivent les gens. Et c'est vraiment une région isolée – les gens de la ville l'appellent forêt nébuleuse, pour nous c'est juste notre pays.

— Pourquoi forêt nébuleuse ?

Rebeca hausse les épaules.

— Probablement à cause de tous ces nuages ?

Ça fait rire Luca.

— Mais tous les endroits ont des nuages.

— Pas comme chez nous. Chez nous, les nuages ne sont pas dans le ciel, ils sont sur le sol. Ils vivent avec nous, dans la cour, parfois même dans la maison.

— Ouah…

Rebeca a un demi-sourire.

— Là-bas, tout est toujours doux, magique. Il n'y a pas de téléphone portable, ni d'électricité dans la maison, ou de trucs comme ça, on vivait là avec notre *mami*, notre *papi* et notre *abuela*, mais c'est quasiment impossible de gagner sa vie parce qu'il n'y a pas de travail, tu comprends ? (Luca opine.) Alors notre *papi* n'était presque jamais là, il vivait tout le temps en ville, à San Pedro Sula.

Mentalement, Luca récite : *San Pedro Sula, deuxième plus grande ville du Honduras, un million et demi d'habitants, capitale mondiale du meurtre.*

— Ah, tu es hondurienne, dit-il tout haut.

— Non. Ch'orti', corrige Rebeca.

1. *Payaso* : « clown ».

Luca fait une grimace interrogatrice.

— Des Indiens, explique-t-elle. Nous sommes des Indiens Ch'orti'.

Luca hoche la tête, même s'il ne comprend pas vraiment la différence.

— Bref, notre *papi* était cuisinier dans un grand hôtel de San Pedro Sula, c'était à presque trois heures de bus de chez nous, alors il revenait nous voir tous les deux mois à peu près. Mais c'était pas grave, parce que pour nous, notre petite forêt nébuleuse, même si notre *papi* nous manquait, c'était le plus bel endroit qu'on avait jamais vu. On ne le savait pas vraiment, à l'époque, parce que c'était le seul qu'on connaissait, à part dans les livres d'images et dans les magazines, mais maintenant que j'en ai vu d'autres, je sais. Je sais comme c'était beau. Et nous l'aimions, même avant de le savoir. Parce que les arbres avaient d'énormes feuilles vert foncé, aussi grandes qu'un lit, qui se balançaient au vent. Et quand il pleuvait, on entendait les grosses gouttes s'écraser sur ces feuilles géantes, et quand on marchait un peu longtemps pour aller chez des amis ou à l'église, n'importe où, on ne voyait du ciel que des taches bleu vif, et quand on traversait une clairière, les énormes feuilles s'écartaient et le soleil te brûlait, jaune doré et poisseux. Et partout il y avait des chutes d'eau avec de grandes piscines rocheuses où on pouvait se baigner, où l'eau était toujours chaude et sentait comme le soleil. Et la nuit, on entendait les grenouilles dans les arbres et la musique de l'eau des chutes, et tous les chants des oiseaux nocturnes, et Mami nous faisait le plus délicieux *chilate*, et Abuela nous chantait des chansons dans l'ancienne langue, et Soledad et moi on récoltait des herbes qu'on faisait sécher et qu'on mettait en gerbes pour que Papi les vende sur les marchés, quand il avait un jour de congé, et c'était comme ça qu'on passait notre vie.

Luca l'imagine. Il se voit là, loin au milieu de la forêt nébuleuse envahie de brume, dans une cabane au sol en terre tassée, il y a une brise fraîche et il voit Rebeca, Soledad, leur *mami* et leur *abuela*, peut-être même leur *papi*, loin en bas de la montagne, dans les rues de cette énorme ville congestionnée, il porte un long tablier et un chapeau de cuisinier, et ses poches sont pleines d'herbes séchées. Luca sent l'odeur du feu de bois, de cacao et de cannelle du *chilate*, et ça lui confirme que Rebeca est magique puisqu'elle peut le transporter à des milliers de kilomètres d'ici, dans son domaine sur les montagnes, rien que par le son de sa voix.

— Les nuages étaient si épais qu'on pouvait se laver les cheveux dedans, dit-elle. Mais un jour, parce que nous étions si isolés là-haut, il s'est produit quelque chose d'horrible. Les *narcos* sont arrivés et, comme tous les hommes du village étaient partis travailler en ville, ces types affreux ont pu faire ce qu'ils voulaient. Ils ont pris les filles qu'ils voulaient et personne n'a pu les en empêcher.

Luca bat furieusement des paupières. Il ne veut pas se transporter dans cette partie-là de l'histoire. Soudain il déteste la magie de Rebeca qui lui permet de voir ces hommes débouler à travers la forêt, trépigner, frapper, piétiner les broussailles et dissoudre les nuages autour d'eux avec la sueur de leurs corps. Mais il ne peut pas s'empêcher de poser la question :

— Ces hommes. Ils vous ont emmenées ?

Rebeca fait une sorte de grimace qui révèle ses dents blanches et régulières, mais ça n'a rien d'un sourire. Rien du tout.

— Non. Nous avons eu de la chance parce que nous

avons entendu crier nos voisines, grâce aux nuages qui canalisaient les sons, même ceux qui venaient de loin. Alors nous avons éteint le feu pour qu'il n'y ait pas de fumée, et nous nous sommes cachées. Ils ne nous ont jamais trouvées.

Luca est soulagé.

— Oh ! Et ensuite ?

— Ensuite, une fois qu'ils ont déguerpi et qu'on a découvert ce qui s'était passé, qu'ils avaient enlevé quatre filles de nos montagnes, notre *mami* a décidé que Soledad et moi nous devions partir, même si nous ne connaissions aucun autre endroit au monde. Nous ne voulions pas nous en aller.

Luca sent son visage s'affaisser par solidarité avec Rebeca, et il essaie de forcer ses traits à prendre une expression réconfortante, et non affligée.

— Alors le lendemain, elle est descendue avec nous et nous a mises dans le bus pour San Pedro Sula, Soledad et moi.

— Attends un peu, quoi ? Tu veux dire qu'elle est pas partie avec vous ?

Rebeca relève les genoux vers elle et s'évente avec son bout de carton. Elle secoue la tête.

— Elle a dit que personne n'embêterait deux vieilles femmes. Alors elle et Abuela sont restées.

Luca avale sa salive. Il a peur de poser la question suivante. Pourtant il la pose :

— Qu'est-ce qu'elles sont devenues ?

— Je n'en sais rien. Je ne les ai pas revues depuis ce jour-là. On est arrivées en ville et on a retrouvé notre *papi* à son hôtel. On s'est installées dans son appartement, c'était juste une chambre. Affreux. Trop de lumière, de chaleur et de bruit tout le temps, à cause des voitures, des radios, des télévisions et des gens, mais

Papi a dit qu'au moins on était plus en sécurité. Il était content de nous avoir avec lui, même si on se voyait peu parce qu'il travaillait tout le temps et qu'il voulait qu'on commence à aller à l'école.

— C'était la même école qu'avant, chez vous ?

— Non, Luca, rien n'était comme avant.

Rebeca sourit tristement et se tourne pour regarder Soledad par-dessus son épaule.

— Mais on a essayé d'en tirer le meilleur parti. De toute façon, nous n'étions jamais beaucoup allées à l'école, ou juste quand nous étions petites, alors ça a été dur de rattraper. Il n'y avait pas beaucoup d'autres *Indios* là-bas, on ne se sentait pas à notre place. On espérait pouvoir rentrer chez nous en bus avec Papi pendant des week-ends pour rendre visite à Mami, à Abuela et à nos amis, pour respirer goulûment les nuages et nous remonter le moral, mais les semaines ont passé, et puis les mois, Papi travaillait et on n'avait pas l'argent pour le bus, et puis Sole a eu un petit ami. Sans le vouloir.

Luca lève la main.

— Attends : comment on fait pour avoir un petit ami sans le vouloir ?

— Chut. Il ne faut pas qu'elle t'entende.

Luca baisse la voix et se rapproche.

— Comment on fait ?

— Eh bien, un jour elle rentrait à pied à la maison, seule, et le garçon l'a remarquée, et il l'a appelée. Comme ça lui arrivait tout le temps partout où elle allait en ville, elle a fait ce qu'elle faisait toujours, elle a continué sans s'arrêter, mais ça n'a pas plu au garçon, alors il lui a couru après, il l'a saisie à la gorge et à d'autres endroits et il lui a dit que maintenant il était son petit ami.

Luca sent que son visage a pris une teinte grisâtre.

— *Ay*, je ne devrais pas te raconter tout ça, s'excuse Rebeca. Je suis désolée.

— Non, t'inquiète, c'est pas grave.

Rebeca tire sur un fil orange rebelle qui sort de la couture de son jean.

— Je n'ai réussi à le raconter à personne depuis que c'est arrivé. Je ne pouvais pas. Et Soledad, elle refuse d'en parler.

Luca acquiesce.

— Je comprends.

— Mais, toi, on dirait que tu es mon ami, n'est-ce pas ? dit Rebeca avec un sourire.

— Oui, dit Luca, qui se sent très fier.

— Tu sembles tellement plus âgé que huit ans. Comme un vieil homme dans ce corps minuscule.

Luca tâche de prendre ça pour un compliment. Il n'est pas minuscule, juste un peu plus petit que la moyenne des garçons de huit ans.

— Moi aussi, j'ai vu de vilaines choses, assure-t-il.

— Je suppose que tu ne serais pas sur le toit de ce train si ce n'était pas le cas.

— *Es un prerrequisito*, répond Luca. Une condition préalable.

Rebeca confirme de la tête.

— Mon *papi* est mort, chuchote-t-il.

Il ne voulait pas le dire tout haut, l'admettre. C'est la première fois, et il sent ces mots franchir sa gorge, comme si quelque chose de pourri s'était brisé en lui et qu'il l'ait craché. À présent, il garde une blessure ouverte à l'endroit où il les retenait.

— Oh non !

Rebeca se penche comme si elle perdait soudainement l'équilibre, mais son front vient s'appuyer à celui de Luca, et tous les deux ferment les yeux.

Le reste de l'histoire des sœurs émerge par petits moments volés durant les jours suivants. Comment le « petit ami » non désiré de Soledad s'était révélé le *palabrero*, la grande gueule de la clique locale d'un gang international. Juste assez violent et puissant pour faire à Soledad ce qui lui plaisait sans crainte de représailles, mais pas assez violent ni puissant pour se la réserver. Comment la vie de Soledad s'était détériorée rapidement à travers une succession d'horribles traumatismes. Elle s'était en partie confiée à Rebeca, mais avait fait des pieds et des mains pour cacher cette situation à leur *papi* parce qu'elle comprenait que, s'il le découvrait, ses efforts pour la protéger le feraient assassiner.

Rebeca sait qu'Iván – c'est le nom du petit ami non désiré – parfois autorisait Soledad à aller à l'école, parfois non. Mais il y a beaucoup de choses qu'elle ignore – qu'il autorisait toujours Soledad à rentrer chez elle le soir parce que, dans son esprit dépravé, il pensait qu'en lui imposant un couvre-feu il préservait sa vertu. Rebeca ne sait pas que la résistance morale de Soledad, son côté convenable, l'horreur évidente qu'elle lui manifestait excitaient encore plus le garçon. Et que, à partir du moment où elle a compris cela, Soledad faisait parfois semblant d'aimer sa compagnie dans l'espoir qu'il finirait par se fatiguer d'elle. Et aussi que, lorsque maintenant Soledad se rappelle ces moments mensongers, elle se sent submergée de honte. Ce subterfuge était un effort inutile, d'ailleurs, parce qu'il ne pesait pas lourd face à sa beauté.

Un jour, Iván a montré à Soledad une photo de l'hôtel où travaillait son père. Il lui a cité le nom de son père, puis il lui a donné un téléphone portable avec ordre de répondre dès qu'il sonnerait ou biperait, quelle que soit son occupation du moment. Il lui a appris à rédiger un texto. « C'est bon d'être vivante, hein, Sole ? » disait-il, et elle reculait de dégoût à l'entendre utiliser ce diminutif, comme l'aurait fait quelqu'un qu'elle aimait.

Durant toutes ces semaines de souffrance, comme Soledad savait que le seul espoir de protéger sa petite sœur, si mince fût-il, était de la tenir à distance, elle n'a presque pas vu Rebeca. Quand Iván appelait, elle interrompait ce qu'elle était en train de faire, selon ses instructions, pour aller le retrouver. Elle laissait son panier de courses au milieu du magasin, sortait de la file des gens qui attendaient le bus, ou se levait de sa chaise au beau milieu d'un cours d'espagnol, et traversait la ville, tel un zombie aimanté.

Par deux fois, elle vit Iván tuer des gens d'une balle dans la nuque. Une autre fois, elle le regarda frapper à coups de pied dans le ventre un gamin de neuf ans, jusqu'à ce qu'il crache du sang : c'était un de leurs moyens de contrôler les nouveaux *chequeos*, les gardiens, dans le gang. Ce jour-là, elle lui demanda ce qui se passerait s'il lui arrivait de ne pas répondre à son appel téléphonique, et il se contenta de la frapper à la bouche d'un revers de main, lui laissant un bleu le long de la mâchoire inférieure et une zébrure sur la lèvre, difficiles à expliquer à Papi.

— Je voulais dire, si par exemple j'étais sous la douche, ou un truc comme ça, expliqua-t-elle à Iván plus tard, ou si mon *papi* était là et que je ne puisse pas répondre.

Sur quoi, Iván leva la main comme s'il voulait la frapper de nouveau, Soledad se recroquevilla avec une grimace, et Iván se mit à rire.

— Réponds juste au téléphone, *puta*.

Ensuite, il se fit payer pour autoriser un de ses gars à passer une heure seul en compagnie de Soledad.

Soledad ne voulait pas sérieusement, réellement mourir. Elle avait eu une enfance heureuse. Elle se souvenait de l'impression que ça faisait d'être heureuse, et, même si elle n'était pas sûre de pouvoir retrouver un jour le bonheur, le seul fait de se le rappeler lui procurait un certain espoir. Néanmoins, durant ces longues semaines avec Iván, l'idée lui vint à de nombreuses reprises de passer une lame de rasoir sur l'entrelacs proéminent des veines de son poignet. Ou de saisir l'arme artisanale sur la table de nuit où Iván la déposait avant de s'occuper d'elle, de la pointer sur lui et de presser la détente. Lui tirer dessus pour éprouver la satisfaction de voir sa cervelle se répandre, éclabousser le plafond ; puis retourner l'arme contre elle avant que les gars d'Iván puissent débouler et la punir. En finir avec ce cauchemar, être libérée de cette torture répétitive. Mais, aussitôt, elle pensait à son *papi*, à la souffrance que cette libération lui infligerait. Aussi à sa *mami*, à son *abuela*, là-bas dans la forêt nébuleuse, quand son père serait obligé de monter jusqu'à leur refuge dans les montagnes pour leur annoncer la nouvelle. Mais par-dessus tout, Soledad pensait à Rebeca. Apeurée, mais encore intacte, dont les autres ignoraient l'existence. Et c'est le miracle inconcevable de ce constat qui retenait Soledad. La possibilité de sauver sa petite sœur.

Et puis, un après-midi, Iván était au lit, en caleçon, fumant une cigarette. Il soufflait la fumée en direction de Soledad, assise légèrement courbée sur elle-même, à l'extrémité du lit, près de ses pieds.

— Alors, il paraît que tu as une sœur ?

Il lui tapotait le bas du dos de ses orteils. Soledad était bien contente de ne pas lui faire face à ce moment-là, parce qu'elle savait que son visage aurait trahi la panique provoquée par cette phrase.

— Comment ça se fait que tu ne m'en aies jamais parlé ?

Soledad, entortillée dans le drap qu'elle avait coincé sous ses aisselles, réussit à produire un sourire approximatif et se retourna vers lui.

— Nous ne sommes pas proches. Elle ne me ressemble absolument pas.

Dehors, on entendait la voix de deux des gars d'Iván en pleine dispute, mais aussi, quelque part, un peu plus loin, les cris perçants d'enfants qui jouaient et se poursuivaient autour du pâté de maisons. Le soleil dardait par la fenêtre ouverte.

— Elle te ressemble pas, hein ? dit-il en se redressant.

D'un coup sec, il tira le drap vers le bas, la dénudant jusqu'à la taille, puis lui souleva un sein pour le voir réagir.

— C'est pas ce qu'on m'a dit.

Il balança son mégot à moitié fumé dans le cendrier à côté du lit et se redressa sur ses genoux.

— Petite salope. Je vais te refaire ta fête.

Soledad serra les dents, et ce qu'elle ressentit fut plus intense, plus terrifiant que sa répulsion habituelle ; quand ce fut fini, qu'il lui ordonna de revenir le lendemain avec sa petite sœur, elle rentra chez elle, fourra ses affaires dans son sac à dos, prit le peu d'argent que Papi gardait dans la boîte à café sur le haut du frigo, s'assit à la table en attendant que Rebeca rentre et écrivit :

Querido Papi :

Je t'aime tant, Papi, et je suis si désolée d'avoir à t'écrire ces mots qui te briseront le cœur. Je suis aussi vraiment désolée de te prendre toutes tes économies, mais je sais que tu travailles dur et que tu épargnes cet argent juste pour nous, et je sais que tu insisterais pour qu'on le prenne et qu'on parte d'ici si tu savais les horribles choses qui m'arrivent. Je ne te l'ai pas dit plus tôt parce que je croyais vous protéger, toi et Rebeca, si je restais tranquille et faisais juste ce qu'ils me disaient de faire, mais il y a des monstres dans cette ville, Papi, et maintenant j'ai si peur, je dois emmener Rebeca loin d'ici avant qu'ils s'en prennent aussi à elle. Donc nous partons aujourd'hui, Papi. Nous sommes déjà parties. Et, s'il te plaît, sois prudent et prends soin de toi. Nous t'emmenons dans nos cœurs et nous t'appellerons quand nous serons arrivées al norte, *Papi. Et nous te ferons venir quand nous aurons trouvé du travail, et tu pourras nous rejoindre et amener Mami et Abuela, et nous serons tous réunis de nouveau, comme il se doit.*

Dieu te bénisse, Papi, jusqu'à ce qu'on se retrouve.
Tout l'amour de ta fille dévouée, pleine de chagrin.
Soledad.

Rebeca ignore à peu près tout du récit de Soledad. Ce qu'elle sait, en revanche, c'est qu'en attendant son retour, sa sœur a envoyé un texto à leur cousin César, dans le Maryland. Et que César n'a posé aucune question parce qu'il connaissait déjà les pires des réponses possibles, et que ce qu'il voulait, c'était les sortir toutes les deux de cet enfer. Elle sait qu'il leur a demandé de patienter quelques jours, le temps qu'il trouve un *coyote* pouvant les conduire du Honduras jusqu'à *el norte*, et que Soledad lui a répondu que c'était impossible, qu'elles partaient le jour même, sur-le-champ. Elle sait que, depuis, César s'est entendu avec un *coyote* fiable, qui les attend à la frontière. Moyennant quatre mille dollars par personne que leur cousin a déjà payés pour leur passage, mais ce détail, Rebeca l'ignore. Même si elle l'avait su, une telle somme ne signifie rien pour elle, c'est du domaine de l'incompréhensible. Il pourrait tout aussi bien s'agir de 4 millions.

En écoutant Rebeca lui révéler ces quelques bribes d'histoires qu'elle connaît, Luca commence à comprendre que, si tous les migrants partagent une chose, c'est la solidarité qui existe entre eux, bien qu'ils viennent de pays différents, que leurs situations sociales soient différentes, qu'ils soient urbains ou ruraux, pauvres ou bourgeois, cultivés ou illettrés. Hondurien, Salvadorien, Guatémaltèque, Mexicain, Indien, chacun apporte ses histoires de souffrance sur le toit du train et jusqu'à *el norte*. Certains, comme Rebeca, sont prêts à les livrer avec une précaution sélective à une oreille compatissante, psalmodiant les mots comme des prières. D'autres ressemblent à des grenades dégoupillées, exposant leurs angoisses à n'importe qui, distribuant leur douleur comme des shrapnels avec l'espoir qu'un jour, au réveil, ils s'apercevront qu'elle est moins lourde à porter. Luca se demande ce qu'on peut ressentir quand on explose de cette façon. Mais, pour le moment, il ne le fait pas, ne lâche rien des horreurs dont il a été témoin. Elles demeurent enfouies au plus profond de lui-même, et la goupille de la grenade reste bien en place.

17

Lydia et les deux sœurs vivent dans un conflit permanent entre l'horrible sentiment d'être poursuivies par quelque chose qui les pousse à fuir, à bouger rapidement, et une hésitation physique, une répugnance à courir en aveugles vers des démons inconnus qui les menacent peut-être sur leur parcours. La Casa del Migrante de Celaya leur offre un bref répit, et pour Lydia, après une nuit sans sommeil à l'extérieur, c'est une bénédiction incomparable.

Il n'est que midi quand ils arrivent. Luca et Rebeca jouent au basket dans la cour, suivant des règles qu'ils ont inventées, si embrouillées que personne ne peut se joindre à eux. Lydia et Soledad les observent, assises sur un banc sans parler. Elles proposent leur aide à la cuisine, écoutent les *noticias* à la télévision, puis Lydia fait la sieste. Quand elle se réveille, elle découvre son fils en train de jouer aux dominos avec Rebeca. Et note la rapidité avec laquelle ces deux jeunes ont comblé leur différence d'âge, respectivement huit ans et quatorze ans – Luca semble avoir grandi et Rebeca adopté sans difficulté un mode simplifié de relations –, si bien qu'ils se retrouvent harmonieusement à mi-chemin. Ils donnent l'impression de se connaître depuis toujours, les deux sœurs semblant être là depuis l'éternité, attendant de devenir partie intégrante de la vie de Lydia et de son fils. Cette nuit-là, Luca demande s'il peut monter dans la couchette de Rebeca et se nicher sous son bras.

— Ce n'est pas convenable, tranche Lydia.

Luca se doutait que la permission était peu probable, mais comme presque toutes les règles qui régissaient sa vie jusqu'à maintenant apparemment n'ont plus cours, il s'était dit que ça valait la peine d'essayer. Sans rechigner, il grimpe dans sa couchette. Lydia hisse son sac à dos sous les draps, à ses pieds, et enroule les bretelles deux fois autour d'une cheville. Ils sombrent tous dans un sommeil profond. Alléluia, alléluia, il y a un verrou à la porte.

Soledad n'a pas soufflé mot à Lydia des souffrances que sa sœur et elle ont supportées, ni d'où elles venaient. Lydia n'a rien raconté de son propre drame familial non plus, mais il existe malgré tout entre elles un lien de compréhension tacite, magique, en partie maternel, totalement féminin. Rien de surprenant donc que, le matin suivant, Soledad, qui porte beaucoup plus que les dix-huit mois qui la séparent de sa sœur, mais se montre en général moins disposée à aborder les sujets concernant son corps, confie à Lydia qu'elle est enceinte. Prenant exemple sur la jeune fille, Lydia s'efforce de répondre calmement et simplement.

— Ton bébé sera citoyen américain, souffle-t-elle par-dessus sa tasse de café.

Elles sont en train de prendre leur petit déjeuner. Soledad secoue la tête et se lève pour débarrasser son assiette.

— Ce bébé n'est pas le mien.

Elle s'étire, bras levés, révélant sous le T-shirt trop grand, qui effleure la ceinture de son jean, un ventre toujours plat.

Ces vingt-quatre heures passées à la Casa de Celaya sont si bénéfiques que, dans les semaines suivantes, lorsque surgira le souvenir de cet endroit merveilleux, elles croiront y être restées beaucoup plus longtemps. Comme tous les prêtres mexicains, le Padre qui dirige la Casa porte des vêtements civils, un polo jaune et un jean taché de goudron sur une jambe. Son seul ornement religieux est une croix de bois pendue à un cordon de cuir autour du cou. Il est mince, avec des cheveux gris et des lunettes. Ils sont une bonne vingtaine de migrants à reprendre leur voyage ce jour-là, et le Padre les réunit dans la cour avant leur départ. Il leur tient un genre de discours d'encouragement raté, parce que, constate Lydia, il ne contient pas un seul mot d'encouragement. Debout sur un cageot renversé, il veut surtout les avertir :

— Si vous pouvez revenir sur vos pas, faites-le maintenant. Si vous pouvez retourner chez vous et vous bâtir une vie là d'où vous venez, sans vous mettre en danger, je vous en implore, faites-le maintenant. S'il existe un endroit quelconque où vous puissiez vous installer, loin de ces trains, loin d'*el norte*, allez-y maintenant.

Luca penche la tête, un bras passé autour de la taille de Rebeca qui, elle, lui entoure l'épaule. Lydia les observe : ils écoutent ces dures paroles sans sourciller. Certains autres migrants s'agitent, déplacent nerveusement leur poids d'une jambe sur l'autre.

— Si c'est juste une meilleure vie que vous recherchez, cherchez-la ailleurs, continue le Padre. Le chemin que vous suivez, il est uniquement pour ceux qui n'ont pas le choix, pas d'autre option, qui n'ont que la misère et la violence derrière eux. À partir d'ici, votre voyage va devenir de plus en plus dangereux. Tout conspire contre vous, fait obstruction. Certains d'entre vous tomberont du train. Beaucoup seront estropiés ou blessés. Beaucoup mourront. Beaucoup, beaucoup d'entre vous seront kidnappés, torturés, victimes de traite ou rançonnés. Certains auront suffisamment de chance pour survivre à tout et gagner les Estados Unidos, rien que pour connaître le privilège de mourir seuls dans le désert sous le soleil, abandonnés par un *coyote* corrompu, ou exécutés par un *narco* à qui leur tête ne revient pas. Chacun d'entre vous se fera dévaliser. Sans exception. Si vous réussissez à atteindre *el norte*, ce sera sans un sou. C'est garanti. Regardez autour de vous, allez – regardez-vous. Seul un sur trois d'entre vous arrivera vivant à destination. Est-ce que ce sera vous ?

Il pointe du doigt un homme dans la cinquantaine, à la barbe bien taillée, en T-shirt propre.

— *Sí, señor*, répond l'homme.

— Ou vous ?

Il désigne une femme de l'âge de Lydia, portant un bambin silencieux sur la hanche.

— *Sí, señor*, répond-elle.

— Ou toi ?

Il s'est adressé à Luca.

Lydia se sent terrassée par une onde de désespoir sauvage, mais Luca lève son petit poing en l'air et hurle sa réponse :

— *Sí, seré yo !*

Le discours se révèle efficace, car il renforce l'énergie des migrants et leur détermination, avec pour conséquence d'augmenter leur agitation et leur impatience de voir arriver le train. Au bout de trois heures d'attente, certains renoncent et se remettent à marcher. Quatre heures, cinq heures : beaucoup d'autres les imitent. Luca, Lydia et les filles se dirigent vers l'extrémité ouest de la ville en quête d'un pont autoroutier, mais le seul existant se révèle beaucoup trop haut. Sauter d'une telle hauteur serait un suicide. Alors ils cherchent plutôt un tournant qui obligerait le train à ralentir. Quand la *Bestia* arrive enfin, on est en milieu d'après-midi, et elle est archipeuplée, plus que jamais : même de loin, Lydia voit les nombreuses silhouettes des migrants sur le toit des wagons. Et le train roule beaucoup plus vite que lorsqu'ils l'ont pris la veille à San Miguel de Allende.

Lydia est sur le point de suggérer qu'ils devraient peut-être attendre, qu'ils ne vont pas y arriver. Mais elle ne s'exprime pas assez rapidement, le train tout proche fait beaucoup trop de raffut, elle en ressent le bruit de tonnerre jusque dans ses os. Ils se mettent tous à courir, elle garde la main de Luca serrée dans son poing. Les hommes sur les toits leur crient des instructions et des encouragements. Rebeca monte la première, suivie de Soledad, qui tend la main à Luca. Il la saisit, et pendant un terrifiant intervalle, il est écartelé entre Soledad, déjà sur la bête hurlante, et Lydia qui le tient toujours par le bras tout en courant. Il ressemble à un morceau de caramel mou, malléable et exposé. Puis Lydia lâche son petit bras et le propulse vers le haut ; Soledad le tient, les hommes l'agrippent et le hissent. Il est en sécurité, il est en sécurité. Lydia court toujours, elle n'est pas encore soulagée, pas tant qu'elle ne l'aura pas rejoint là-haut, elle court toujours, le train reprend de la vitesse, elle n'arrive pas à attraper l'échelle, n'arrive plus à garder le rythme, et soudain un accès de panique se propage dans ses jambes qui se mettent à fonctionner comme des pistons, elle agrippe un barreau métallique, se cramponne, terrifiée, terrifiée à l'idée que ses jambes ne vont pas pouvoir maintenir cette vitesse, qu'elle va tomber sous le train, mais son heure n'est pas encore venue car ses pieds trouvent d'un seul coup l'échelon du bas tandis que ses mains cherchent à tâtons l'échelon suivant, le train accélère encore, elle n'en revient pas d'une telle vitesse ; pourtant son corps, ses quatre membres adhèrent maintenant à la paroi, la voici repliée au bas de l'échelle comme un insecte, et elle s'autorise un sanglot de soulagement avant de se déplier et de se mettre à grimper en poussant sur le barreau du bas. Quand elle émerge au sommet, elle se jette sur Luca, l'attache rapidement à la grille ainsi qu'elle-même avec les ceintures, puis elle l'enlace et laisse enfin couler en silence ses larmes dans les cheveux de son fils jusqu'à ce que son cœur commence à se calmer.

Lydia voudrait garder Luca et les deux filles uniquement pour elle, elle voudrait que leur petit groupe forme une entité à l'écart des autres. Mais les hommes se montrent si amicaux, si désireux d'aider. Trop empressés, s'inquiète Lydia. Il y a très peu de femmes sur le toit de la *Bestia*, encore moins d'enfants, et Lydia sent que chaque homme les observe. Elle est consciente de ce que ses compagnes et elle-même *représentent* pour ces hommes. Le foyer. Ou le salut. Ou une proie. Et pour un *halcón*, peut-être l'argent d'une rançon. Et même si aucune de ces hypothèses n'est exacte, les deux sœurs, en tout cas, font sensation partout où elles passent, il suffit de voir les expressions sur les visages. Lydia est distraite par ses réflexions, elle qui d'habitude reste constamment sur le qui-vive, et elle ne remarque pas immédiatement le garçon qui les observe à l'extrémité du toit de leur wagon.

Luca, lui, l'a remarqué. Et il se souvient. En forçant le souvenir à se préciser, il éprouve un moment de satisfaction incongru, un bref déferlement d'endorphines qu'il n'a encore jamais identifié mais que son cerveau n'a jamais cessé de ressentir durant toute sa vie : un petit plaisir chimique qui le récompense en quelque sorte d'avoir si bien accompli sa tâche, presque parfaitement. Luca a déjà vu ce visage. Il reconnaît le garçon, assis en tailleur à l'autre bout du wagon, avant même d'apercevoir le tatouage de la jambe. Tout lui revient : la faucille sanguinolente émergeant de la chaussette. Les trois gouttes d'encre rouge sang dégoulinant de la lame. Luca frissonne sous le soleil brûlant. Le garçon fixe intensément Mami. Et puis, sous les yeux de Luca, il sort un téléphone portable de sa poche, l'ouvre, navigue un peu à l'intérieur et de nouveau regarde Mami. Après quoi, il referme son téléphone et le range dans sa poche. Luca est paralysé de peur. Un bon moment passe avant qu'il retrouve enfin sa voix.

— Mami, lâche-t-il simplement.

Il espère l'avoir dit calmement, même si son corps, encore attaché au sommet de ce train, lui fait l'effet d'être une pauvre chose paniquée. Mami se penche, mais pas assez près. Il agite la main, pour lui faire comprendre. *Approche. Plus près. Vite.* Lydia obéit.

— Mami, je reconnais quelqu'un.

Ces seuls mots suffisent pour que, dans les veines de Lydia, le sang se fige.

— D'accord, dit-elle en intimant à son esprit de se calmer. D'accord. Qui est-ce ?

Elle a l'impression que ses bras et ses jambes se sont liquéfiés, mais les doigts de sa main restent fermement accrochés à la grille. Son autre main se porte automatiquement à la chaîne autour du cou, elle glisse l'index dans l'alliance de Sebastián.

— Ne regarde pas, dit Luca. Il t'observe. Il nous observe.

Le mantra de Lydia revient héroïquement à la charge

dans sa tête, malgré les violents parasites provoqués par cette information : *Ne pense pas, ne pense pas, ne pense pas*, lui ordonne son cerveau.

— D'accord, répète-t-elle. Qui est-ce ?

Luca se penche de façon que ses lèvres effleurent l'oreille de Lydia.

— Le garçon de la première Casa del Migrante à Huehuetoca.

Lydia respire. D'accord, juste un garçon qu'ils ont croisé sur leur chemin. Elle sent le soulagement se diffuser dans ses épaules, amollies comme de la gelée.

— Oh, Luca, soupire-t-elle.

Un peu plus, elle le réprimanderait de l'avoir tant effrayée, mais comment est-il censé savoir ce qui déclenche ou ne déclenche pas chez elle une crise de panique, étant donné la confusion qui caractérise désormais leur existence dévastée ? Elle a aussi envie de rire, de l'embrasser, de lui dire de ne pas s'inquiéter autant. Elle le serre contre elle.

— Ce n'est rien. Ne t'inquiète pas.

— Tu te rappelles pas, ce garçon vraiment méchant – ce *cholo* qui a été flanqué à la porte de la Casa parce qu'il embêtait une fille ? Il lui avait fait du mal ?

Maintenant, elle s'en souvient. *Oh, merde*. Les femmes à la table du petit déjeuner affirmaient que c'était un *sicario*.

Il y a seulement quelques instants, Lydia osait se sentir soulagée par leurs progrès inespérés ; elle s'était autorisée à envisager la peur nouvelle de dangers anonymes, hasardeux. Et voilà ce *sicario* appartenant à Dieu sait quel cartel qui la dévisage à quelques centaines de mètres d'elle. Elle regarde les autres migrants assis autour de leur petit groupe – chacun d'entre eux peut être un *narco*. Chacun d'entre eux peut être un

Jardinero. Elle s'aplatit sur ses jambes repliées, si bas que son visage touche presque la grille, ou plutôt son corps bouge de lui-même, sans que son cerveau le lui commande. Un instinct qui la pousse à se cacher, à se fondre dans le paysage, à disparaître. Luca l'imite.

— Il y a autre chose, dit-il, parce qu'il sait, même s'il ne comprend pas lui-même comment il le sait ni ce que cela signifie, que ce tatouage a quelque chose de profondément perturbant.

— C'est quoi ?

Lydia est prête à entendre cette information, quelle qu'elle soit. Elle lui ouvre la porte.

— Un tatouage. Il a un tatouage.

Sous la jambe de son pantalon, Lydia sent la machette attachée à son mollet, la pression de l'étui contre sa peau. Elle murmure à l'adresse de Luca :

— Quelle sorte de tatouage ?

— Comme un gros couteau recourbé, Mami. Avec trois gouttes de sang.

La bouche de Lydia se dessèche, ses doigts sont gelés. Elle se met à trembler de tout son corps, un tremblement qui provient du tréfonds de son être. Mais sous le regard de Luca, elle garde un visage calme et impassible.

— Comme une faucille ?

Elle a besoin que ce soit clair, et en même temps le refuse.

— Comme ça ?

Ses doigts tracent la forme de l'objet sur la paume de sa main.

Luca hoche la tête.

— Merci de me l'avoir dit, *mijo*. Tu as fait ce qu'il fallait. C'est bien, lui dit-elle en lui caressant l'oreille pour le rassurer.

Avant qu'elle ait pu envisager un plan, absorber cette

information, et même regarder dans la direction indiquée par Luca pour entrevoir le garçon au tatouage de Jardinero, un hurlement collectif, un terrible vacarme leur parviennent de deux wagons plus loin. Ils se tournent instinctivement vers l'endroit d'où provient la clameur. Tout le monde retient son souffle et presque immédiatement, avec un long coup de sifflet, le train pénètre sous un tunnel, et tout devient noir.

— Mami ! crie Luca.

Lydia cherche la main de son fils à tâtons.

— Je suis là, *mijo*, n'aie pas peur.

— Qu'est-ce qui s'est passé ?

— Je ne sais pas, *mijo*.

— J'ai peur.

— Je sais, *mijo*, mais je suis là.

Elle tend le bras dans le noir pour effleurer le duvet doux sur la nuque de Luca.

Le tunnel se révèle court, bientôt ils émergent de nouveau bruyamment à la lumière du jour. Les deux sœurs qui, avant que le vacarme les réveille, sommeillaient blotties l'une contre l'autre, se redressent et se font un clin d'œil. Une sorte de code morse empreint de lassitude.

— Qu'est-ce qui est arrivé ? demande Soledad.

Les hurlements durent toujours, deux wagons plus loin, et quelques voix plus fortes commencent à surmonter les autres. Un homme se lamente. *Hermano, hermano, hermano !* Et puis il se dresse sur le toit du train, et ses compagnons le retiennent, l'obligent à se baisser ; un instant plus tard, la scène se répète : il semble déterminé à sauter, alors l'histoire se répand le long des toits et parvient jusqu'à la grappe d'hommes assis en face des sœurs.

— Son frère est tombé, explique l'un des plus jeunes.

Soledad, le souffle coupé, fait le signe de croix.

— *Dios mío*, comment ? demande-t-elle.

L'homme se retourne, montre le tunnel sous lequel ils viennent juste de passer.

— Il a pas vu le tunnel. Il était agenouillé, trop grand, et bang. Sa tête a frappé le plafond du tunnel, et il est tombé direct du toit, assommé.

Une compassion mêlée d'horreur déforme les traits de Soledad. Elle se penche par-dessus le jeune homme, parce qu'elle remarque à présent que, derrière lui, le frère éploré vient de se mettre debout pour la troisième fois. Les mots s'échappent de ses lèvres instinctivement, sa main se tend vers lui d'un coup.

— Arrêtez-le ! hurle-t-elle. Attrapez-le !

Mais c'est trop tard. L'homme a sauté. Silhouette déformée de bras et de jambes tordus se détachant sur le fond de ciel jaune brumeux de cette fin de matinée. L'ombre de son corps qui se précipite vers le sol est l'incarnation même du chagrin.

La voix de Soledad semble toujours fonctionner indépendamment de son corps.

— Trop loin, c'est trop loin. Mon Dieu, oh, mon Dieu.

Leur wagon arrive déjà à l'endroit où l'homme a sauté. Son corps dévale à présent le remblai, roule plus loin. Luca compte les bras et les jambes, un, deux, trois, quatre. Recompte pour être sûr. L'homme possède encore ses quatre membres, mais ils ne semblent pas en état de fonctionner. Son corps est bloqué par un fourré, et le train s'éloigne à toute allure sans lui. Et sans son frère.

L'incident laisse Soledad en état de quasi-catalepsie, comme s'il avait percé la croûte fragile de sa souffrance. Elle se rallonge. Rebeca attire la tête de sa sœur sur ses genoux. Elle caresse les longs cheveux noirs en les écartant de son front, et chante doucement une chanson dans une langue que Lydia n'a encore jamais entendue. Soledad reste là, le regard fixe. Bientôt son expression s'adoucit, ses sourcils noirs se relâchent, elle bat des paupières et dérive vers un état proche du sommeil.

Lydia ne regarde pas le garçon à l'autre bout du wagon de marchandises, mais elle est désormais hyperconsciente de l'attention qu'il lui porte. Assis jambes étendues, s'appuyant de tout son poids sur ses mains, il les observe. Lydia le reconnaît maintenant, et pas seulement parce que Luca le lui a signalé. Il porte un short rouge trop grand, un immense T-shirt blanc sous le débardeur rouge et blanc géant de quelque équipe professionnelle de base-ball, et deux grosses boucles d'oreilles en diamant. Les bijoux sont probablement faux, mais ils réussissent à lui donner l'apparence d'une star du hip-hop, ce qui est exactement à quoi il espérait ressembler lorsqu'il a rasé deux fines rayures sur son sourcil droit.

Sans avoir besoin de tourner la tête, avec la vision périphérique d'une chasseresse, Lydia détecte précisément ses mouvements – quand il soulève sa casquette noire de base-ball pour se gratter le crâne, lorsqu'il se penche légèrement par-dessus le bord du toit pour cracher, quand il débouche sa bouteille d'eau pour boire. Et elle se demande s'il peut deviner son anxiété, si sa nonchalance étudiée est biologiquement inefficace, si son corps affolé produit des phéromones auxquelles il est sensible. Une conscience primitive les relie désormais l'un à l'autre. Elle remarque donc aussi la réaction de son propre corps quand, profitant d'un long moment où la voie est rectiligne et dépourvue d'obstacles, il se lève et se dirige vers eux. Lydia sent son cœur battre à tout rompre, ses pupilles se dilater, elle serre Luca plus fort et, effectivement, tous ses muscles paraissent bandés ou contractés, sa peau se hérisse. Ses paumes deviennent moites de transpiration. Elle libère Luca de sa poigne et sa main se dirige à tâtons vers son mollet auquel, sous son pantalon, est attachée la machette.

Tous observent le jeune homme qui se fraie avec précaution un chemin à travers les groupes de migrants rassemblés sur le toit – comme ils se surveillent les uns les autres dès que l'un d'entre eux bouge, guettant le moindre signe d'ivresse ou de conduite erratique, l'éclat métallique d'une lame cachée. Ils sont particulièrement vigilants avec ce garçon, dont l'origine est tellement évidente. Ils s'écartent de lui sur son passage.

— Tu cherches la voiture-bar, *amigo* ? interroge un homme plus âgé coiffé d'un chapeau de paille.

Les gens proches d'eux s'esclaffent, mais c'est un rire soupçonneux. Pourquoi ce garçon est-il seul ? Où croit-il aller ?

— C'est juste pour me dégourdir les jambes, répond-il.

Les migrants ne quittent pas des yeux son tatouage une fois qu'il les a dépassés, leur convivialité de façade est fragile. La plupart d'entre eux comprennent la signification de ces trois gouttes de sang, une par meurtre.

Lydia sort la machette de son étui caché tandis que le garçon approche. Elle presse sur le bouton pour libérer la lame, rassurée de la sentir. Luca l'observe en silence pendant qu'elle la dissimule sous sa manche de chemise. Son instinct, un bref instant, lui conseille d'abandonner l'arme et de guetter l'apparition d'un buisson, un point d'atterrissage qui amortira la chute de son fils lorsqu'elle l'y poussera dès qu'elle aura repéré un endroit où il pourrait survivre à un tel saut. Afin de s'assurer que son corps résiste à cette folle impulsion, elle agrippe la jambe de Luca et presse dessus de tout son poids, apaisée par la force de la sangle qui le maintient attaché. L'ombre du garçon les surplombe. Lydia ne lève pas les yeux.

— Hé ! vous, j'crois bien que je vous connais, dit-il.

Il s'accroupit dans l'espace exigu qui sépare Lydia des deux sœurs. Il s'y installe tant bien que mal, et si les muscles de Lydia pouvaient se tendre encore plus, ils le feraient. Elle sent le regard de Rebeca qui cherche à croiser le sien, mais elle l'évite afin de ne pas entraîner l'adolescente dans cette situation, quelle qu'elle puisse être. Rebeca bouge, fait de la place au nouveau venu, et Lydia, dont le cerveau a été si mobilisé sur sa fuite qu'il n'a pas réussi à élaborer de plan convenable, prononce les premiers mots qui lui viennent à l'esprit.

— Je ne le pensais pas, mais mon fils vous a reconnu, on s'est croisés quelque part sur la route, à la sortie de Mexico.

Elle ne précise pas où – Huehuetoca – pour le cas où le rappel de la façon dont il avait été chassé du refuge provoquerait sa colère. Elle est aussi tendue qu'un pistolet armé.

— Ah oui ?

Il se penche pour sourire à Luca, ce qui trouble Lydia. Elle ne comprend pas comment il peut bavasser ainsi. Si c'est un *sicario*, que fait-il affalé là, à tailler une bavette ? Et où cache-t-il son arme, vêtu comme il l'est ?

— Ça roule, *güey*[1] ? (C'est à Luca qu'il s'adresse.) T'as une super-casquette.

Il tend la main pour toucher le bord de la casquette rouge de Papi, mais Luca recule.

1. *Güey* : « mon pote ».

— Bref. Moi je m'appelle Lorenzo, dit-il.

Lydia n'a jamais été aussi réticente à saisir une main tendue, mais la serre malgré tout avant de retirer la sienne à la hâte pour la reposer sur la machette cachée sous sa manche.

— Et vous, vous vous appelez comment ?

Il n'a sûrement pas plus de dix-huit, vingt ans, pense-t-elle. Comment ose-t-il s'adresser à elle sur ce ton, comme si elle lui devait une réponse ?

— Araceli.

Ce faux nom s'échappe de sa bouche tel un surfeur qui prend une vague mourante.

— Ça m'étonnerait, rétorque Lorenzo en secouant la tête.

Lydia se mord l'intérieur de la joue. Si elle a pu douter de sa capacité à poignarder quelqu'un, ce doute est levé.

— Je vous demande pardon ?

— Vous vous appelez pas Araceli.

Pour toute réponse, elle pousse une sorte de grognement étouffé. Luca se serre contre elle. Quand Lorenzo plonge la main dans sa poche, elle se raidit tellement qu'elle se met à trembler. Elle va lui planter sa lame dans le cou. Mais non, dans la position où elle est, elle n'a pas de prise. Réussirait-elle à le tuer ? Peut-être simplement à le blesser, ce qui l'inciterait à lui faire doublement payer sa violence inutile. Alors, mieux vaudrait sauter, son corps en coquille autour de Luca, afin qu'il survive au moins à la chute d'un train en marche. Mais survivrait-il à ce qui arrivera par la suite, une fois qu'elle ne sera plus là ? Lydia n'aura qu'une seule chance de se sacrifier – et ensuite Luca sera seul pour toujours. Son corps tremble d'indécision. Elle tourne la machette cachée sous sa manche, glacée dans sa paume, mais c'est la main de Lorenzo qui émerge de sa poche, elle ne tient qu'un téléphone portable. Ni pistolet ni couteau. Il ramène l'objet à la vie d'un clic, fait défiler les photos.

Lydia laisse échapper une bouffée d'air frémissante.

— C'est vous, non ?

Il lui tend l'appareil. C'est un selfie que Javier a pris, elle et lui, dans la librairie. Ils sont penchés au-dessus du comptoir, chacun de son côté, leurs tempes se touchent. Lydia regarde droit l'objectif, Javier détourne légèrement son visage, les yeux fixés sur elle. Elle se rappelle le jour où il a pris cette photo, il lui avait raconté qu'il devait à Marta son art consommé du selfie et ils en avaient tellement ri.

— Lydia Quixano Pérez, c'est ça ? assène le garçon à côté d'elle.

Elle serre les lèvres et incline brièvement le cou, mais son geste n'a absolument rien de convaincant. Lorenzo place le téléphone contre le visage de Lydia, de façon à comparer l'image et son modèle.

— Ouais, ouais, des gens très photogéniques. Désolé pour votre famille, ajoute-t-il.

Sa voix semble étrangement sincère.

Ce qui est perçu comme du silence, là-haut sur le toit, c'est le grondement de la locomotive roulant au ralenti, tirant derrière elle avec force halètements un nombre incalculable de tonnes d'acier claquant sur les rails qu'elle laisse dans son sillage. Hurlement des roues contre la voie, gémissement du métal contre le métal, crissement et grincement des jointures des wagons. Plusieurs secondes de ce genre de silence sont nécessaires pour que Lydia retrouve sa voix.

— Que voulez-vous ?

Lorenzo éteint son portable avant de le rempocher.

— Ce que je veux ?

Il se met à siffler.

— Ben, la même chose que tout le monde, j'suppose. Une belle maison, un peu de bling-bling, une jolie copine.

Il se tourne vers Rebeca pour lui sourire. Bien qu'elle soit assise assez près d'eux, elle semble ne pas écouter. Elle ne regarde pas le garçon dans les yeux et Lydia doute qu'elle entende la conversation étant donné le vacarme du train. Allongée sur les genoux de sa sœur, Soledad a toujours les yeux fermés. Lorenzo contemple ses ongles, cherchant lequel il pourrait ronger. Lydia l'observe.

— Qu'est-ce que tu attends de moi, à la fin ? clarifie-t-elle.

Il arrache de ses dents un petit bout d'ongle blanc encore intact, qu'il crache par-dessus bord.

— Rien. Juste des relations de bon voisinage.

Il hausse les épaules.

— Où t'es-tu procuré cette photo ?

Fronçant le nez, Lydia pointe du menton le portable dans la poche de Lorenzo.

— Mami, désolé de vous le dire : tout le monde dans le Guerrero l'a eue.

Lydia inspire un bon coup. Il ne lui apprend rien, en fait, mais confirme ses craintes.

— Dans quel but ?

Elle veut y voir complètement clair. Lorenzo lui décoche un sourire oblique et méprisant.

— Vous êtes sérieuse ?

— Il faut que je sache à quoi nous avons affaire.

Lorenzo reste un moment silencieux, puis hausse de nouveau les épaules.

— L'ordre, c'était de vous ramener.

Lydia est surprise. Peut-être que seuls les gangsters

des films américains disent ce genre de truc : *je le veux mort ou vif*, d'ailleurs c'était ce qu'elle attendait. Elle essaie d'enregistrer l'information dans son disque dur interne, mais ça ne fonctionne pas.

— C'était pas de me tuer ? De nous tuer ?

Lorenzo soupire. La conversation n'était pas censée se dérouler de cette façon. Ce n'est pas elle qui est censée poser les questions.

— J'en ai déjà trop dit, *güey*. J'ai pas envie de me faire tuer, moi aussi.

Lydia change de position, mal à l'aise, le manche de la machette est de plus en plus poisseux de transpiration dans sa main.

— Donc, c'est pour ça que tu es sur ce train ? Pour nous ramener ?

Peut-être Javier veut-il les tuer lui-même ? Les voir souffrir ? Luca et elle ne suivront pas ce garçon. Elle le tuera, sous les yeux de Luca, s'il le faut.

— Non. C'est du passé. J'ai tout laissé dans le Guerrero, dit-il, agitant un bras en direction du sud.

Lydia ne desserre pas sa pression sur le manche de la machette pour autant.

— D'accord.

— *De verdad*. J'ai tourné la page. C'est fini pour moi, ajoute-t-il avec un sourire.

Lydia garde le silence. Elle n'a pas les moyens d'évaluer cette affirmation.

— Et comment vous avez fait pour sortir d'Acapulco ? demande Lorenzo au bout d'un moment. Tout le monde vous cherchait. Vous avez des pouvoirs magiques ou quoi ? Vous êtes une sorte de *santera* ? *Una bruja*[1] ?

1. *Santera* : « dévote » ; *bruja* : « sorcière ».

Lydia laisse échapper un petit rire qui la surprend, même s'il est particulièrement étranglé.

— Je suppose que la peur a des pouvoirs magiques.

Elle n'a jamais su que leur fuite n'a tenu qu'à un fil, que deux des hommes de Javier avaient ouvert la porte de leur chambre à l'hôtel Duquesa Imperial juste au moment où Luca et elle entraient dans le hall de l'hôtel voisin.

— Et maintenant, où vous allez ? questionne Lorenzo.

— Je ne sais pas, ment-elle. Nous n'avons pas encore vraiment décidé.

Le garçon relève les genoux, si bien que son short trop large pendouille dessous. Il entoure ses jambes de ses bras.

— Moi, je vais à L.A. J'ai un cousin là-bas, à Hollywood. Il fait ce qui lui plaît.

— Un endroit pas plus mauvais qu'un autre, dit-elle.

Le silence retombe. Et dans ce calme rugissant, Lydia s'interroge. *Pourquoi ?* Si le garçon est vraiment bien placé chez les Jardineros, s'il gagne assez d'argent pour se payer ces baskets hors de prix et ce portable moderne ? Si ça ne le dérangeait pas d'avoir mérité la première goutte de sang tatouée, puis la deuxième et la troisième, pourquoi a-t-il quitté le Guerrero ? Il existe une infinité de réponses possibles, elle le sait. Peut-être qu'il n'aimait pas tuer. Peut-être que les actes violents qu'il commettait avaient des effets indésirables sur lui. Peut-être qu'il faisait des cauchemars, que les visages des gens qu'il tuait flottaient devant ses yeux, chaque fois qu'il les fermait ? Peut-être était-il hanté, poursuivi par des fantômes, qu'il avait l'âme en vrac ? À moins que ce ne soit exactement l'inverse. Peut-être était-il si totalement dénué de conscience qu'il n'avait même pas pu adopter le prétexte inventé par les Jardineros en guise de code moral ? Peut-être avait-il violé la femme qu'il ne fallait pas ? Volé de l'argent à l'un de ses *jefes* ? Tué avec une telle jubilation que sa perversion était devenue un handicap ? Peut-être qu'il est en fuite lui aussi. À moins que rien de tout cela ne soit vrai, qu'il n'ait jamais quitté les Jardineros, et qu'il soit là uniquement pour elle, à leur demande.

Quoi qu'il en soit, la présence de Lorenzo est insupportable. Lydia a l'impression de se ratatiner. Assis à côté d'elle, il représente un danger, et cette menace lui paraît soudain reprendre de l'urgence. Elle est partout. Elle la respire, et c'est toujours la même : insensée, déroutante, et absolument terrifiante. Elle a l'impression que Javier est aussi proche que le jour où elle l'a mis au pied du mur à la librairie. Le jour des poupées russes. Il avait essayé de lui prendre la main. Elle sent encore ses doigts qui appuient sur les veines de son poignet. Elle entend encore le *sicario* qui urine dans les toilettes d'Abuela, de l'autre côté du mur au carrelage vert.

Lydia a envie que Lorenzo s'en aille et les laisse tranquilles. Après neuf jours et six cent quatre-vingt-dix kilomètres de cavale, ils n'ont en réalité fait aucun progrès.

18

Luca aime bien les lotissements dont toutes les maisons sont alignées comme des soldats portant un uniforme identique : murs de stuc blanc indestructibles, casques de tuiles espagnoles rouges, tous offrant le même pan au soleil. Il aime bien leur anonymat et imagine comme ce serait agréable de vivre avec Mami dans l'une de ces maisons, où personne ne pourrait jamais les trouver. Ce qu'il n'aime pas, c'est quand les rails virent brusquement vers le sud, parce que, bien que sa maison d'Acapulco lui manque, ce qu'il regrette c'est la vie d'avant la *quinceañera*, et il comprend que cet endroit n'existe plus. C'est comme la nostalgie d'un membre fantôme. Alors il est soulagé quand les rails prennent de nouveau la direction de l'ouest et, à proximité d'une petite ville du Jalisco, longent le Río Grande de Santiago et, enfin, virent de nouveau vers le nord.

La ville se révèle peu à peu après plusieurs faux départs, où Luca reconnaît les symptômes familiers d'une métropole urbaine : rôtisseurs ambulants qui s'interrompent pour saluer les migrants, quelques cordes où bat au vent le linge de toutes les couleurs étendu au soleil, un groupe de gamins chahuteurs dans une cour d'école, pressés contre la clôture. Et puis, boum, boum, tout s'estompe, et les champs de maïs succèdent aux champs de maïs. Deux fois, trois fois, quatre fois. Et enfin, impossible de se tromper : Guadalajara.

Deuxième plus grande ville du Mexique. Capitale de l'État de Jalisco. Un million et demi d'habitants.

Partout sur tous les toits des wagons, les migrants se préparent à débarquer. Ils réveillent leurs amis, remballent les vêtements-oreillers roulés en boule, s'aident mutuellement à resserrer les bretelles de leurs sacs à dos. Mami se libère elle-même de la grille, mais laisse Luca attaché. Lorenzo reste assis à la même place, dans la même position, et observe. Luca n'aime pas la façon dont il regarde Rebeca et Soledad.

Le train ralentit assez pour permettre à certains de descendre les barreaux des échelles et de sauter sur le gravier en dessous. Occupée à rouler la ceinture qui l'attachait au toit, Lydia regarde Luca d'un air qui veut dire : *Quoi ?*

— Mami, dit Luca. Je n'ai pas besoin de la sangle.

— Si, tu en as besoin.

— Mami…

« Quoi encore ? » semble afficher cette fois le visage agacé de sa mère.

— Si je suis capable de sauter dans un train en marche, tu crois pas que c'est un peu idiot de m'attacher comme un bébé ? proteste-t-il.

Lydia l'attrape par le menton qu'il pointe vers elle, baisse la tête devant celle de son fils : constater qu'il a gardé la même vigueur de caractère et sa capacité de ronchonner est aussi réconfortant que de prendre un bain chaud.

— Non, ce n'est pas idiot. Nous voyageons sur ces

trains parce que nous n'avons pas le choix, mais ils sont extrêmement dangereux, Luca. Tu n'as donc rien appris quand l'homme est tombé, là-bas ?

— Bon, d'accord, concède-t-il d'un ton irritable. Très bien.

Il essaie de se dégager, mais elle accentue encore sa pression sur son menton. En revanche, Luca maîtrise toujours ses propres yeux. Elle ne peut pas appuyer dessus. Il dévie son regard du visage de Mami vers son oreille gauche.

— Ne m'interromps pas, s'énerve-t-elle. Et regarde-moi quand je te parle.

Il continue à fixer le lobe de l'oreille de Lydia.

— Luca, regarde-moi.

Il fixe brièvement le visage de sa mère, puis se détourne de nouveau.

— Écoute, je sais que tout ça est fou. Irresponsable, délirant. Prendre ces trains, dormir dans des endroits étranges, manger des nourritures étranges. Et je sais aussi que je ne te l'ai pas dit jusqu'à présent : je suis terriblement fière de toi, Luca.

Il la regarde une seconde en face.

— Oui, vraiment. C'est incroyable que tu sois si fort, capable de faire tous ces trucs insensés.

Une pensée inattendue secoue Luca.

— Tu imagines ce que Papi dirait ?

Lydia lui lâche le menton et lui sourit.

— Papi dirait que nous sommes fous, toi et moi.

Les larmes s'accumulent dans les yeux de Luca, mais il n'en veut pas, alors il les fait disparaître.

La voix de Lydia se réduit à un murmure.

— Papi serait très fier de toi. Tu es capable de faire des choses incroyables, et je n'en avais aucune idée, Luca. Vraiment aucune idée, poursuit-elle, cherchant sa main au-dessus de leurs jambes enchevêtrées. Mais tu es toujours mon petit garçon, tu comprends ?

Il hoche la tête.

— *Y por Dios*, si quoi que ce soit t'arrivait, Luca, je ne pourrais pas le supporter. Je sais à quel point tu as grandi ces derniers jours, mais ton corps est toujours celui d'un enfant de huit ans.

— Presque neuf ans, corrige-t-il.

— Presque neuf, d'accord. Mais, s'il te plaît, écoute-moi. Ne sous-estime pas le danger. Ne te crois jamais en sécurité sur ces trains. Personne ne l'est, tu comprends ? Personne.

Elle presse les mains de son fils.

— Ça pourrait te tuer de faire le macho comme tout à l'heure.

Il hoche de nouveau la tête.

Le train a ralenti, le bruit s'est transformé en un ronflement placide, Rebeca et Soledad s'attachent les cheveux en chignon avant de débarquer. Elles ont ajusté leur sac et, dos à Lydia et Luca, elles parlent avec les quatre hommes qui se sont installés devant elles depuis Celaya. L'un de ces hommes a déjà fait le voyage – il a été expulsé deux fois de San Diego, c'est donc la troisième fois qu'il passe par Guadalajara. Il les prévient tandis que Lorenzo écoute leur conversation.

— Vous devez descendre du train avant El Verde, explique l'homme aux deux sœurs. Ensuite, vous marchez le long de la voie.

— Pourquoi ? demande Soledad, qui resserre d'une main le chignon retenant ses cheveux noirs.

— Les gens de cette ville sont gentils avec les migrants. Dieu les bénisse. Vous y trouverez un bon accueil. Mais d'abord, il faut échapper à la *policía*. Ils vident les trains à El Verde, et s'ils t'attrapent…

L'homme se contente de secouer la tête sans terminer sa phrase.

— Donc ne pas se laisser attraper, conclut Soledad, qui la complète pour lui.

— Voilà. Et il faut rester en groupe. Vous pouvez venir avec nous, si vous voulez.

Un par un, ses amis commencent à se diriger vers l'échelle, et il les suit.

Rebeca s'empresse de relayer l'information à Lydia et suggère que tous les quatre, ils se joignent à ces hommes. Lydia hésite. Elle sait à quel point il est dangereux de faire confiance à quiconque sur la *Bestia*. Il y a des bandits, des violeurs, des trafiquants, des voleurs et des *narcos* cachés dans les rangs de la *policía* de chaque ville, mais il n'y a pas que les policiers dont il faut se méfier. N'importe quelle personne qu'ils rencontrent justifie les soupçons : commerçants, vendeurs ambulants, travailleurs humanitaires, enfants, prêtres, même leurs camarades migrants. Surtout ceux-là. Elle fixe les baskets propres et coûteuses de Lorenzo. La tactique est courante de se faire passer pour des migrants, de gagner la confiance des voyageurs peu méfiants afin de les attirer dans un endroit reculé et de pouvoir les soumettre à des actes de violence. Lydia est consciente de la possibilité croissante que cette violence s'exerce contre les deux sœurs. N'importe quel signe de gentillesse, la moindre bribe d'information utile partagée, le moindre pitoyable récit de chagrin d'amour peuvent se révéler des pièges. Un prélude au vol, au viol ou au kidnapping. Le cerveau de Lydia l'oblige à considérer toutes ces possibilités avant de se décider. Mais le temps manque. Le train continue à rouler, et les hommes le quittent. En fait, le train semble se vider entièrement.

Ces quatre hommes ont l'air gentil. Ils parlent avec le fort accent des régions d'Amérique centrale. *Ils viennent sûrement de là, n'est-ce pas ?* Lydia doit prendre une décision. Lorenzo attend lui aussi qu'elle se décide. *Pourquoi reste-t-il là à attendre ?* L'obstination du garçon à s'attarder ainsi la force à se décider. Lydia détache Luca et fourre la sangle dans son sac.

— Allons-y.

Lorenzo les suit.

Pendant les premiers kilomètres, on ne voit que des entrepôts d'un côté de la voie, de l'herbe, de la terre et un vaste ciel de l'autre côté, si bien que Luca a l'impression de marcher à l'extérieur d'un territoire, comme si les entrepôts étaient une sorte de frontière au-delà de laquelle il existe quelque chose de mieux. Ils restent à proximité des rails, précédés et suivis de dizaines de migrants, on dirait une caravane miniature. Lorenzo s'accroche, il ne marche pas exactement avec eux mais quelques pas derrière, adaptant son allure à la leur. La présence du garçon inquiète Luca, mais une odeur caractéristique de chocolat distrait son attention, ajoutant à l'impression que, tout près, il existe quelque chose de beaucoup mieux.

— Tu sens ? demande-t-il à Rebeca.

— *Chocolate ?*

Il fait signe que oui.

— Oublie. Ne respire pas.

Luca s'esclaffe.

— Bien sûr que si.

Ils progressent, passent derrière la fabrique des chocolats Hershey, sans se rendre compte que c'est elle. Luca presse le poing contre son estomac pour l'empêcher de gronder. Ils n'ont rien mangé depuis le petit déjeuner pris à la Casa de Celaya, et c'est la fin de l'après-midi.

— Tu as faim ? s'inquiète Mami.

Il acquiesce.

— Moi aussi.

Des immeubles de brique et de béton succèdent aux entrepôts, et la vue de deux fillettes coiffées de nattes et en uniforme scolaire réjouit la petite caravane. L'une légèrement plus grande que l'autre, l'une avec des fossettes, l'autre avec une croûte au genou. Tout près, leur mère se tient derrière un stand en bois, équipé d'une glacière pour boissons et un gril. Elle vend de la limonade et des épis de maïs grillés encore chauds. À côté d'elle, un gros bébé dort dans une poussette. Un grand panier est posé là, dans lequel les fillettes plongent les bras, et en ressortent des petits sacs de papier blanc ; elles les tendent aux migrants avec des paroles de bienvenue.

— *Bienvenidos a Guadalajara*, et que Dieu bénisse votre voyage, lancent-elles.

La petite au genou écorché fourre un sac dans la main de Luca, un autre dans celle de Rebeca.

— Merci, dit Luca.

La fillette s'esquive en sautillant, et l'ourlet de sa jupe bleue écossaise bat ses mollets bruns. Luca plonge la main dans le sac en le déchirant à moitié.

— Mami, c'est du chocolat !

Le sac contient trois bonbons au chocolat Hershey.

Au fur et à mesure que la ville devient plus dense autour d'eux, les gens vont et viennent, traversent les rails, chargés de boîtes à repas ou de cabas pour les courses. Des enfants harnachés de sacs à dos aux couleurs vives enjambent aussi les voies, tenant la main de leur mère. Beaucoup regardent Luca et Mami droit dans les yeux, ils disent « Dieu vous bénisse » et leur sourient. Luca voudrait bien leur sourire en retour, mais il se sent bizarre. Il n'est pas encore habitué à la pitié.

À El Verde, ils remarquent un banc, le long du mur extérieur d'un jardin bien tenu. Le banc est peint en orange, rose et jaune, et collée au mur, derrière, une affiche annonce : *MIGRANTES PUEDEN DESCANSAR AQUÍ. LES MIGRANTS PEUVENT SE REPOSER ICI.* Un grand homme moustachu est assis sur le banc. Lorsqu'il voit le petit groupe approcher, il se lève, ajuste un chapeau de cow-boy sur son crâne chauve, saisit par terre une machette de la taille d'une batte de base-ball et se dirige vers la voie, la machette encore dans son étui jetée par-dessus son épaule.

— *Amigos, hoy es su día de suerte*, dit-il bien haut pour que tout le monde entende. Aujourd'hui, c'est votre jour de chance. Je vais marcher avec vous.

Les migrants qui précèdent Luca et Mami applaudissent, mais Rebeca et Soledad échangent des regards soucieux. L'homme leur emboîte le pas.

— Vous avez raison d'avoir peur, dit-il. Mais pas de moi.

Sans répondre, Rebeca resserre les pouces sur les bretelles de son sac à dos.

— Vous devez venir de loin, hein ? poursuit l'homme. Honduras ? Guatemala ?

Rebeca est la première à s'adoucir.

— Honduras, admet-elle.

— Votre voyage s'est bien passé jusque-là ?

Rebeca hausse les épaules. Ils avancent un moment en silence, on n'entend que le bruissement de leur jean. Luca tient la main de Mami, mais il se raidit, tire au maximum sur son bras en essayant de s'écarter pour entendre ce que l'homme raconte aux deux sœurs.

— Je veux que vous gardiez un joyeux souvenir de Guadalajara.

Il sourit, surprend le regard de Luca fixé sur lui. Il est si grand que la machette pourrait lui servir de cure-dent. Luca se rapproche vite de Mami, apeuré.

— Je m'appelle Danilo. Quand vous serez arrivées là où vous voulez aller, quand vous aurez un boulot et une maison agréable et que vous rencontrerez un beau garçon, un *gringo*, que vous serez mariées et aurez des enfants, quand vous serez de vieilles dames et que vous borderez vos *nietos*[1] dans leur lit, je veux que vous leur racontiez qu'un jour, il y a bien longtemps, vous avez rencontré à Guadalajara un homme sympa nommé Danilo, qu'il a marché avec vous et qu'il balançait sa machette de gauche à droite pour dissuader les crétins d'avoir de mauvaises idées.

Cette fois, Rebeca ne peut s'empêcher de rire.

— Vous voyez ? Je ne suis pas si mauvais que ça.

Soledad n'est toujours pas rassurée.

— Où se cachent tous ces crétins ?

— Oh, *amiguita*, je crains que vous n'en croisiez bientôt, dit l'homme en plissant le front.

Soledad hausse les sourcils sans répondre.

— Dans cette ville, c'est un peu le Bon, la Brute et le Truand.

— Et les Belles ! ajoute Lorenzo en montrant les deux sœurs.

Lydia a un mouvement de recul. *Pourquoi est-il toujours là ?* À leur coller aux basques en écoutant tout ce qu'ils disent ? La boutade la fait frissonner, elle remarque que les filles se rapprochent instinctivement. Danilo continue, comme si Lorenzo n'avait rien dit.

— C'est une longue marche d'ici jusqu'aux endroits réservés aux migrants. Les dangers sont nombreux.

1. *Nietos* : « petits-enfants ».

— Quel genre de dangers ? demande Lydia.

— Le genre habituel, reprend Danilo. La *policía*, les employés du chemin de fer, les vigiles. Spécialement dangereux pour vous deux, les filles. Il vaut mieux s'éloigner de la voie avant d'arriver à Las Juntas, entrez en ville et dirigez-vous vers les refuges. Ils sont indiqués par des affiches, ou les commerçants vous renseigneront. Ne suivez jamais quelqu'un qui vous propose de vous y emmener. Ne répondez jamais à quelqu'un qui vous adresse la parole en premier. Si vous cherchez votre chemin, demandez-le seulement aux commerçants. Je vous accompagnerai jusqu'à La Piedrera. Quelques kilomètres.

— Pourquoi ? s'enquiert Soledad.

— Pourquoi quoi ?

— Pourquoi nous accompagner ?

— Pourquoi pas ? Je le fais au moins trois fois par semaine, marcher avec les migrants. C'est mon hobby. Et un bon exercice.

— Mais si c'est aussi dangereux que vous le dites, pourquoi le faites-vous ? Qu'est-ce que ça vous rapporte ?

Danilo a cette sorte d'yeux légèrement globuleux, qui saillent sous les paupières, dont il est difficile de cacher l'expression pendant une conversation. Et Luca voit bien que Danilo n'est pas fâché par la question de Soledad. Qu'il apprécie son scepticisme.

— Je vais vous dire la vérité, annonce-t-il. (Il s'interrompt pour lisser sa moustache du pouce et de l'index.) Quand j'étais ado, j'ai volé un camion. Mon père était mort dans un accident de travail et j'étais furieux contre son employeur, alors je lui ai piqué son camion. J'ai cassé toutes les vitres et les phares en me servant du marteau de mon père. Ensuite j'ai crevé les pneus et j'ai foncé avec dans un fossé.

— Je trouve ça raisonnable, dit Rebeca.

— Je me suis saoulé pendant trois mois et mon chagrin m'a fait faire des choses terribles. Mais on ne m'a jamais attrapé, et Dieu m'a quand même donné une bonne vie, malgré mes péchés. Alors c'est ma façon de faire pénitence. Je suis un peu le diable gardien des migrants qui passent dans mon petit secteur. Je les protège.

Soledad le regarde d'un air suspicieux, cherchant sur son visage un indice de tromperie. Elle n'en discerne aucun.

— Bon, d'accord.

Danilo rigole.

— D'accord ?

— Oui, d'accord, confirme Soledad.

Ils se taisent pendant quelques instants.

— Vous avez jamais eu de problèmes ? demande Lorenzo, derrière eux. Vous vous êtes jamais fait agresser, ou quelque chose comme ça ?

Danilo se retourne. La machette toujours sur l'épaule, il le toise.

— Plus jamais.

Lorenzo opine, enfonce ses mains dans ses poches.

— Cool, cool.

Voyant que Luca se met à bavarder avec Danilo et les filles, Lydia recule à la hauteur de Lorenzo. Le garçon lui inspire de la répulsion, mais il l'attire aussi comme source potentielle d'information. Peut-être connaît-il les cartels alliés avec les Jardineros, les routes où elle court le plus grand risque d'être reconnue. Elle ne sait pas comment entamer la conversation parce que, dans son esprit, chaque question équivaut à une accusation. Finalement, elle se lance :

— Pourquoi voyages-tu seul ? Tu n'as pas de famille dans le Guerrero ?

— Non, pas vraiment.

Lorenzo a arraché du milieu des rails un brin d'herbe sèche et coupante, qu'il a coincé entre ses dents, ce qui ne l'empêche pas de parler.

— Ma mère s'est mariée il y a quelques années, et son mari n'aimait pas vraiment me voir dans les parages, alors j'ai filé.

Lydia le dévisage brièvement.

— Quel âge as-tu ?

— Dix-sept ans.

Plus jeune que Lydia ne le pensait.

— Et tu avais quel âge quand tu es parti de chez toi ?

Lorenzo cesse de regarder ses pieds.

— Bof. Sais pas trop. Treize, quatorze. Assez vieux pour m'occuper de moi. (Lydia n'ose pas le contredire, mais il sent ce qu'elle pense.) Tout le monde a pas la chance d'avoir une *mami* comme vous, d'accord ? Y a des mères qui en ont rien à foutre.

Il crache le brin d'herbe.

— Je suis désolée.

— On s'en fout. *No importa*, répond-il en enfonçant ses mains dans les poches de son short trop grand. De toute façon, je faisais la route avec mon pote. On est partis ensemble parce que lui aussi voulait se tirer, mais ensuite on a été séparés à Mexico et depuis j'ai plus entendu parler de lui.

— Tu as un portable ?

— Ouais, mais il est cassé.

— Oh !

Ils marchent en silence. Au bout de quelques minutes, Lorenzo se remet à parler.

— Hé, c'est triste ce qui est arrivé à la fille du *jefe*. Mais, vraiment, ce qu'il a fait à votre famille ? *Eso fue de locos* – ça, c'était du délire.

Lydia fronce les sourcils.

— Quoi ?

— La Lechuza. Ce qu'il a fait à votre famille, c'est trop. Quand j'ai vu la photo dans le journal de cette fille avec sa robe de *quinceañera*…

Cette fille.

— Ma nièce.

— Ouais…

— Ma filleule. Yénifer.

— Ouais. Quand j'ai vu ça dans le journal… C'est vrai que j'pensais déjà à me barrer, mais c'était la goutte d'eau. Ces mecs, y dérapent complètement.

Lydia refuse de discuter du sujet avec lui. Sa famille, ses morts ne sont que des corps sans vie pour ce garçon, des inconnus qu'on voit dans les médias, semblables à ceux qu'il a tués lui-même. *Cette fille avec sa robe de* quinceañera. Soudain une chose qu'il vient de dire lui revient, comme une issue de secours :

— Qu'est-il arrivé à sa fille ?

Lorenzo n'a pas l'air de comprendre, alors Lydia précise.

— La fille de Javier ? La fille de La Lechuza. Tu as dit que c'est triste, ce qui lui est arrivé.

— Ouais. Vous avez pas appris ?

— Appris quoi ? Que s'est-il passé ?

Javier a lu l'article de Sebastián, le matin de sa parution, assis à l'arrière de sa voiture que son chauffeur conduisait lentement dans les rues léthargiques d'Acapulco. Depuis tout petit, Javier détenait la capacité, presque surnaturelle, de prédire les incidents et leurs conséquences. À onze ans, quand on avait diagnostiqué chez son père un cancer du côlon, il avait su que la mort surviendrait vite ; su que sa mère, jusqu'alors dévouée et affectueuse, supporterait très mal l'épreuve, qu'elle soignerait son chagrin dans l'alcool et avec d'autres hommes. Il avait prévu qu'elle l'abandonnerait et avait accepté cette situation, bien avant qu'elle se produise. Une telle aptitude avait fait de Javier un être d'un calme presque immuable. Rien ne le surprenait jamais vraiment.

Qu'il n'ait pas prévu la sortie de l'article ne lui ressemblait donc pas. Il se demandait si son amour pour Lydia l'avait aveuglé au point de ne pas se rendre compte que c'était inévitable, et il en concevait une pointe de ressentiment à son égard. Avant même d'avoir pris connaissance de l'article et malgré l'anonymat de la signature, Javier, qui l'avait néanmoins lu avec son habituelle équanimité, devina que l'auteur en était le mari de Lydia, dont l'expérience journalistique en matière de commerce de la drogue était reconnue. D'abord, il n'éprouva pas le besoin d'élaborer une réponse parce que l'article ne suscita pas en lui de vifs sentiments. En réalité, il y trouvait une peinture plutôt honnête de sa vie. Avec, bien sûr, quelques inexactitudes peu importantes et deux ou trois exagérations. Aussi une condamnation morale plus radicale que Javier n'était prêt à l'accepter, mais il fallait s'y attendre. Dans l'ensemble, Javier trouvait que Sebastián avait réussi à saisir un peu de l'essence des Jardineros à Acapulco. Et puis, son poème était cité dans le texte : Javier en était sidéré et étonnamment heureux. Il supposait que Lydia, d'une façon ou d'une autre, l'avait donné à son mari. L'avait-elle mémorisé ? (Idée flatteuse.) Photographié en secret avec son téléphone portable, dans un moment d'égarement ? Même si ce poème, pensait Javier, révélait quelque chose de son intimité, il illustrait aussi son humanité. Et présageait donc des rapports amicaux qui pourraient se nouer entre lui et la population. Il replia le journal et, ni renfrogné ni souriant, le posa à côté de lui, juste là où un rayon de soleil illuminait son siège de cuir.

Plutôt que d'être négatif, il s'efforça d'anticiper l'impact que l'article pourrait avoir sur son avenir. Il comprit immédiatement qu'il y aurait des développements, que c'en était fini de son relatif anonymat et que sa liberté était à jamais compromise. Il s'y attendait, pas si tôt cependant, mais il s'adapterait. Disons que, au pire, c'était agaçant. Et peut-être même drôle. Quand la presse avait-elle consacré tant d'espace à un cartel aussi jeune que les Jardineros ? C'était la première fois. Il avait fallu des années de travail régulier pour que les populations connaissent le nom d'El Chapo Guzmán ou celui de Pablo Escobar, et beaucoup aimaient encore ces hommes pour leur générosité et pour leur légende, même après leur chute spectaculaire.

La seule chose qui perturbait vraiment Javier, c'était l'idée que Lydia, sa chère Lydia, avait trahi sa confiance en dévoilant ce poème. Une trahison qu'il n'avait pas prévue, et qui faisait battre son cœur dangereusement plus vite dans sa poitrine. Mais, avait-il raisonné ensuite, ce n'était peut-être pas une trahison ? Au contraire, c'était une contribution loyale, un signe de la reconnaissance de ce qu'il était véritablement ? La transmission de ce poème était peut-être un cadeau qu'elle lui faisait.

Lydia connaissait Javier autant, sinon mieux que quiconque. Sa première réaction à la parution du poème était exactement celle qu'elle avait prévue.

Au même moment, à quelques kilomètres de là, à l'extérieur de la ville, dans une *finca* tentaculaire d'où l'on voyait à longueur de journée scintiller la mer turquoise, la femme de Javier lisait elle aussi l'article. Elle n'avait jamais été belle, mais veillait à donner l'apparence d'une femme qui l'avait été. Cheveux blond platine, mascara et rouge à lèvres appliqués avec goût, seins maintenus par l'armature d'une lingerie coûteuse, ongles carrés vernis une teinte légèrement plus rose que la couleur naturelle. Un tourbillon de fumée s'échappait du bout de sa cigarette mentholée tremblotante, elle qui n'en avait pas fumé une seule depuis trois ans. Elle avait un prénom, mais l'entendait rarement prononcer. Plutôt *Mamá*, *Mi Reina* ou *Doña*. À l'âge qu'elle avait atteint, elle s'attendait à ce que chaque jour dévoile en silence un nouveau souci, même si, croyait-elle, il ne restait rien dans sa vie qui pût la surprendre. En serrant les lèvres pour tirer sur sa cigarette, elle creusait les fines nervures en sillons autour de sa bouche. Elle teintait le bout du filtre de sa menthol de rouge corail scintillant et soufflait la fumée par-dessus une épaule. Une domestique nerveuse approcha sans bruit pour reverser du café dans sa tasse à moitié vide. Des mouettes tournoyaient à l'horizon bleu pommelé. Des chants d'oiseaux s'élevaient des bougainvilliers. Mais elle n'entendait pas, relisant pour la troisième fois l'article de Sebastián sans piper mot. Y a-t-il plus perturbant que de voir officialisés noir sur blanc les débats les plus intimes auxquels vous vous livrez sans vous l'avouer au plus profond de votre conscience, imprimés dans le journal que vous avez sous les yeux, à la disposition du monde entier ? Elle n'avait pas encore réussi à se calmer totalement quand, en fin d'après-midi, sa fille Marta téléphona de son internat de Barcelone et la terrassa d'une seule et simple question : *Mamá, c'est vrai ?* Et à cause de son incapacité à rassurer convenablement sa fille sur le moment, elle se reprocherait toute sa vie ce qui s'ensuivit.

Trois jours plus tard, la veille de la *quinceañera* de

Yénifer, le directeur de l'internat de Barcelone appela pour leur apprendre la nouvelle de la mort de Marta, trouvée dans son dortoir pendue au ventilateur du plafond par la paire de collants d'une de ses camarades. Le mot qu'elle avait laissé pour expliquer son suicide ne s'adressait qu'à son père.

« Une mort de plus ne devrait pas avoir beaucoup d'importance. »

19

À la périphérie de Guadalajara, baignée dans les fragrances de chocolat, Lydia s'arrête net. Elle porte brusquement sa main à sa bouche. Lorenzo se tourne vers elle.

— Ouais, je suppose que la fille avait lu l'article de votre mari.

— Oh, Seigneur, souffle-t-elle.

— Vous le saviez pas ?

Lydia reste sans voix.

— Ouais, quelqu'un a dû lui envoyer l'article. Elle a pété les plombs et elle s'est tuée. En laissant un mot à son *papi*. C'était bien trop moche pour elle.

Le cerveau de Lydia essaie frénétiquement d'assembler les pièces du puzzle pendant que le jeune *sicario* continue à parler.

— C'est pour ça qu'il est devenu *cucú*. Il a dit que vous l'aviez trahi, que votre mari était responsable, et que vous alliez tous payer. Il débloquait à fond.

— Attends.

Le cerveau de Lydia se bloque. Il y a trop d'informations à digérer. Marta. Des fragments isolés de souvenirs refont surface dans sa conscience, où ils éclatent l'un après l'autre comme des bulles : Javier dans la librairie.

Conversant par Skype avec Marta à Barcelone, à la veille d'un examen. L'appréhension de la fille, les encouragements du père. Javier racontant en riant à Lydia que Marta lui a acheté un étrange engin, un bâton sauteur, pour son cinquantième anniversaire. Et comment il avait voulu l'essayer pour lui faire plaisir et avait fini le dos en compote. Javier répétant avec insistance que Marta était la seule belle chose qu'il eût faite dans sa vie. *Es mi cielo, mi luna y todas mis estrellas*. Elle est mon ciel, ma lune et toutes mes étoiles.

Lydia ressent un pincement au cœur importun.

— Elle ne savait pas ? Elle ne savait vraiment rien sur son père et le cartel ?

— Faut croire que non.

— Comment pouvait-elle ne pas savoir ?

À l'évidence, c'est très peu probable, mais Lydia reconnaît immédiatement sa propre hypocrisie. Elle non plus ne savait pas. Le premier domino de la chaîne de compréhension vacille et tombe.

Lorenzo hausse les épaules.

— J'en sais rien, continue-t-il. En tout cas, il a tout de suite décidé de lancer une vendetta contre votre famille. C'était pratiquement un communiqué de presse à tous les Jardineros. En général, quand il y a un job, on entend que ce qu'on a besoin d'entendre, et y a que les gens qui doivent faire le job qui savent quelque chose, mais cette fois c'était différent. Tout le monde en ville était au courant, et tout le Guerrero aussi.

Lydia se remet en marche en traînant des pieds, mais son esprit turbine comme un moteur en surchauffe. Elle est interloquée. Tout ce temps, tous ces kilomètres, et le même refrain stupide en continu dans sa tête. *Ce n'était pas censé arriver. Ce n'était pas censé arriver.* Elle s'était trompée sur le compte de Javier. Quelque chose lui avait échappé. Combien de fois ne s'est-elle pas répété sa conversation avec Sebastián la veille de la parution de l'article. Il lui avait demandé s'ils ne devraient pas passer quelques jours à l'hôtel, par précaution.

— Non, je crois que nous sommes en sécurité, avait-elle répondu.

— À cent pour cent ?

— Oui, avait-elle affirmé. À cent pour cent.

Comme cette réponse l'a hantée ! Perturbant son sommeil, nuit après nuit. Lui tordant l'estomac sans répit. Les raisons futiles pour justifier son refus d'aller à l'hôtel : elle détestait déraciner Luca, lui faire manquer l'école, nuire à son commerce. Elle détestait l'idée d'interrompre leur routine. Et elle avait sincèrement cru que Javier ne leur ferait aucun mal. Que ne donnerait-elle pour remonter le temps jusqu'à cette soirée avec Sebastián, pour dire n'importe quoi d'autre. Pour ravaler ces paroles et les oblitérer : *À cent pour cent.* Elle s'était montrée si présomptueuse, si téméraire ! Comme si elle avait la capacité de prendre en compte toutes les éventualités. Pourquoi ne l'avait-elle pas compris plus tôt ? Elle ne pouvait pas prévoir *cela*, mais elle aurait pu prévoir que quelque chose d'imprévisible pouvait survenir. *Pourquoi, pourquoi, pourquoi.* Elle a l'impression que son corps est une vitre fêlée, déjà presque en miettes, ne tenant que par un effet minime de pesanteur. Un faux mouvement, et elle s'effondre.

La mort de Marta a tout changé, bien sûr. Tout bouleversé. Le premier choc passé, Lydia refoule les vagues d'émotions contradictoires que l'information déclenche en elle. *De ninguna manera.* Pas question. Elle ne pleurera pas la mort de la fille de Javier. Non, elle ne prononcera même pas son nom. L'angoisse du père ne la touchera pas. Le petit mot qu'il lui a fait parvenir à l'hôtel Duquesa Imperial. *Je pleure ta douleur et la mienne. Nous sommes liés pour toujours par ce chagrin.*

Non.

Non.

Leur chagrin n'est pas le même. Il n'est pas question pour Lydia d'éprouver la moindre empathie. La rage est en elle, la fureur l'habite, la révolte contre ce deuil insensé que Javier a inventé pour elle. Au lieu de cela, elle marchera, elle fera une croix sur Javier, et ne cessera de répéter les seize noms des membres de sa famille assassinés. Tous innocents. Sebastián spécialement, un homme d'honneur qui n'a fait que son métier.

Elle énumérera leurs noms, les répétera et se souviendra d'eux.

Sebastián, Yemi, Alex, Yénifer, Adrián, Paula, Arturo, Estéfani, Nico, Joaquín, Diana, Vicente, Rafael, Lucía et Rafaelito. Mamá. Et les répétera encore. Son mari, sa sœur, sa nièce et son neveu, sa tante, ses deux cousins, et leurs si beaux enfants. Sa *mamá*. Lydia n'arrêtera pas de prononcer leurs noms.

Lorenzo lui parle, mais elle n'entend pas sa voix, couverte par sa propre récitation. Elle doit s'éloigner de lui. Marcher à côté de Luca, presser les doigts chauds de son fils dans la paume de sa main.

Sa répétition deviendra une prière.

Ils traversent des quartiers plus peuplés, où s'affairent des chiens curieux, des enfants à bicyclette et des femmes avec des poussettes. Luca repère un homme en chapeau de cow-boy blanc monté sur un vieux poney, en train de parler dans son téléphone portable, ce qui le fait rire. Il y a aussi des filles, apparemment du même âge que les deux sœurs, qui se tiennent aux abords de la voie de chemin de fer par groupes de deux ou trois. Elles portent des habits qui ressemblent à des sous-vêtements de Mami, des chaussures à talons hauts ou des bottes. Leurs lèvres sont peintes d'un rouge fluo, et elles interpellent leurs compatriotes avec leur accent d'Amérique centrale. Elles invitent les hommes à boire une bière, à fumer ou à se reposer avec elles, et Luca sait que quelque chose ne va pas dans leur apparence, leurs robes, quelque chose d'inconvenant dans leur attitude – si langoureuse au milieu de l'agitation générale. Mais il ne comprend pas comment ça marche. Il ne comprend pas la différence entre les hommes qui secouent tristement la tête et détournent les yeux, et ceux qui lorgnent et sifflent ces jeunes femmes pomponnées, et disparaissent avec elles dans des embrasures de portes sombres. Quand il tente d'interroger Mami, elle ne répond pas et se contente de lui serrer plus fort la main.

À plusieurs reprises, ils dépassent des groupes d'hommes en uniforme qui sortent de leur torpeur en voyant défiler les migrants, mais chaque fois Danilo soulève la machette de son épaule, toujours dans son étui, et la balance le long de son corps en marchant. Il avance d'un pas traînant, complexe, qui ressemble à une danse, et il chante : *Guadalajara, Guadalajara ! Tienes el alma de provinciana, hueles a limpio, a rosa temprana*[1]. Les hommes en uniforme détournent leur regard et reportent leur intérêt ailleurs, si bien que, lorsqu'ils atteignent La Piedrera, Lydia a l'impression que Danilo leur a sauvé la vie au moins sept fois. Elle lui prend la main et le remercie, mais il hausse les épaules et leur souhaite de continuer leur voyage en toute sécurité. Puis il repart le long des rails, en sens inverse. Ils l'entendent chanter

1. « Tu as une âme de provinciale, tu sens le propre et la rose précoce. »

sur le chemin du retour, *Guadalajara, Guadalajara ! Sabes a pura tierra mojada*[1].

— Si seulement il pouvait nous accompagner tout le temps jusqu'à *el norte*, dit Rebeca à Soledad tandis qu'ils le regardent tous s'éloigner.

— Moi, je peux prendre soin de vous, intervient Lorenzo.

Les deux sœurs se retournent pour le dévisager.

— Non, on a ce qu'il faut, réplique Rebeca. Merci.

Lorenzo hausse les épaules, mais Soledad n'a aucune patience pour ce *cholo*, et de toute façon, la subtilité n'a jamais été son fort. Elle l'apostrophe :

— Qu'est-ce que tu fabriques encore ici ? Est-ce qu'on t'a invité à te joindre à nous ? Moi, je m'en souviens pas.

— Holà, ma grande ! *Cálmate*. On va tous au même endroit, non ?

— Vraiment ?

— Quoi, Guadalajara t'appartient, maintenant ?

Soledad lui tourne le dos.

— Viens, dit-elle à Rebeca.

Les filles avancent, et Luca avec elles. Lydia ne bouge pas. Elle sait que Lorenzo pourrait se servir du portable qu'il a dans la poche pour appeler Javier sur-le-champ. Il pourrait lui briser la nuque, puis prendre une photo et toucher une grosse récompense. En la tuant, il pourrait devenir un héros chez les Jardineros. Mais n'est-il pas possible aussi que, sous son air fanfaron de bébé narco, il soit un garçon apeuré, seul au monde et fuyant pour sauver sa vie ? Et probable que, s'il persiste à ne pas les tuer, il sache des choses sur le cartel qui pourraient les aider ? Il constitue déjà une précieuse

1. « Tu as un goût de terre humide. »

source d'information, et Lydia voudrait avoir l'occasion de le questionner plus longuement, et lui en extorquer davantage. Mais Luca et les filles se retournent vers elle, au moment de disparaître au coin d'une rue. Luca tient Rebeca par la main. Le rythme de leurs vies est devenu à la fois si effréné et si lent ; Lydia manque toujours de temps pour prendre une décision. Elle fonctionne uniquement à l'instinct, et en l'occurrence son instinct est très fort, il lui dicte de s'en aller, de s'éloigner du garçon.

— Est-ce que je peux te poser une question ? lance-t-elle.

Il hausse les épaules.

— Tu crois qu'il continue à nous chercher ?

— *Sin duda alguna.* Sans aucun doute, répond-il.

La confirmation, prévisible, n'en est pas moins déstabilisante. Elle a la sensation d'avoir des semelles de plomb.

— Mais nous sommes plus en sécurité ici, non ?

Lorenzo porte un sac à dos bon marché à fines bretelles. Il regarde autour d'eux, les yeux plissés.

— Je sais pas. J'veux dire, tout est plus sûr qu'Acapulco.

— Il a des alliés dans d'autres *plazas* ?

— *Claro que sí*, il y a plus de coopération entre les cartels qu'avant. Il s'est étendu. En plein dans les territoires de ses rivaux.

— Lesquels ? s'enquiert Lydia.

— J'en sais rien. Pour qui vous me prenez ? Un genre de *maldito* expert ?

En fait oui, pense-t-elle en faisant la grimace.

— J'essaie simplement de déterminer quel est le chemin le plus sûr.

— Y en a pas, à ce que j'en sais. Tout ce que je

peux vous dire, c'est que vous devriez courir comme des dératés.

Elle le fixe. Ce visage jeune. Large avec des paupières lourdes, la lèvre supérieure ourlée de quelques poils clairsemés. Les traces d'une éruption de boutons sur le haut d'une pommette. Un vrai gamin. Qui a assassiné au moins trois personnes.

— Lorenzo, tu ne diras rien à personne, n'est-ce pas ?

Elle essaie de capter son regard, mais il évite le sien.

— Non, j'vous l'ai déjà dit, j'en ai marre de tout ça. J'me tire, conclut-il en enfonçant les poings dans les poches de son short.

Elle secoue la tête d'un air sceptique.

— Merci.

— *Ni modo.* Y a pas de quoi.

Lui tourner le dos représente un grand effort. La peur est toujours là, l'idée d'une lame pénétrant brutalement dans sa chair, tranchant l'épine dorsale. Son corps en tas sur la route en bordure de la voie de chemin de fer.

— Bonne chance, Lorenzo, lance-t-elle en se remettant en marche.

C'est encore plus difficile de ne pas se retourner après qu'elle a rejoint Luca et les filles, mais il pourrait interpréter le moindre regard comme une faiblesse ou une invitation. Alors elle imagine seulement qu'il se laisse distancer. Elle se le représente en train de les suivre, à une certaine distance, mais refuse de vérifier. Elle continue, *adelante*[1], encourage Luca et les filles à faire de même, et ce n'est que des heures plus tard, sur le seuil d'un refuge pour migrants, qu'elle s'autorise à se rassurer brièvement. Juste avant d'entrer, elle se retourne, laisse son regard balayer la route déserte,

1. *Adelante* : « en avant ».

s'appesantir, fouiller chaque ombre, merci, mon Dieu. Il est parti.

À leur arrivée, ils sont épuisés. La ville procure de bons services aux migrants. Cette assistance, l'héroïsme modeste de Danilo, les bonbons Hershey... Luca a du mal à accepter l'authentique bonté de tous ces inconnus. Il semble impossible que des gens bons – tant de gens bons – existent dans le même monde que les hommes qui tuent des familles entières durant des fêtes d'anniversaire, puis mangent leur poulet auprès des cadavres. Le cerveau de Luca est envahi d'un rugissement épuisant, de confusion lorsqu'il tente de mettre ces faits sur le même plan.

Dans le refuge, Rebeca et Soledad montent la garde l'une pour l'autre à la porte de la salle de bains. C'est un luxe de se laver au savon sous un jet d'eau chaude, de débarrasser sa peau de la poussière de la route, de voir la flaque de crasse marronnasse, à ses pieds, s'engouffrer dans la canalisation et disparaître à jamais. Soledad s'amuse à se représenter les molécules d'eau dévaler les tuyaux, se mélanger et se disperser, rejoindre d'autres canalisations sous les rues de la ville, gagner du volume et de la vitesse, et se bousculer à toute allure vers une destination inconnue. Elle aime imaginer toute cette saleté qu'elle évacue de son corps, qui se dilue encore et encore jusqu'à ce que la saleté même n'existe plus.

Soledad possède toujours le téléphone portable que lui a donné Iván, mais elle ne peut s'en servir pour appeler ou envoyer des textos parce que son forfait est épuisé. Et même s'il avait encore du crédit, elle ne s'en servirait pas, pour deux raisons : la première, son *primo* César excepté, personne ne sait qu'elle possède un portable ; la deuxième parce que, comme Lydia, elle craint de mettre

Iván sur sa trace d'une manière ou d'une autre en l'utilisant. L'objet sert donc essentiellement de répertoire de photos et surtout de memento, afin qu'elle n'oublie pas le chemin qu'elle a parcouru et combien la vie sera meilleure quand elle atteindra *el norte*.

Aussi, lorsque le directeur de la *casa* demande aux filles après la douche si elles veulent utiliser la salle des communications pour envoyer des e-mails ou téléphoner, elles sont dans un état de surexcitation presque indescriptible. Elles vont enfin pouvoir appeler Papi. Rebeca n'a jamais utilisé un téléphone fixe, jamais porté un écouteur à son oreille ni entendu de loin la voix familière d'un être cher. Soledad n'a jamais composé un numéro. Pour les deux sœurs, une telle commodité moderne et ordinaire tient encore complètement du miracle.

— Comment fait-on ? demande Rebeca à sa sœur, après que le directeur les a conduites dans la salle où elles seront tranquilles, et dont il a refermé la porte derrière lui.

Soledad fronce les sourcils.

— Va chercher Luca, dit-elle.

La salle est petite, meublée d'un bureau sur lequel est installé un ordinateur à l'écran lumineux, d'une chaise de bureau à roulettes, d'un canapé étroit à motifs floraux. Le combiné trône à côté de l'écran. Rebeca revient très vite avec Luca, qui s'installe devant l'ordinateur, demande aux filles le nom de l'hôtel où travaille leur père, trouve le numéro de téléphone en quelques secondes. Il l'écrit sur l'unique bloc-notes jaune mais, quand il se lève, Soledad le prie de composer aussi le numéro.

— C'est quoi le nom de ton père ? interroge Luca, qui couvre le récepteur d'une main tandis que la sonnerie retentit dans son oreille.

— Elmer. Demande Elmer Abarca Lobo, dans la cuisine principale.

Luca s'exécute et se prépare à passer sans plus tarder le combiné à Soledad, mais la standardiste s'excuse :

— Je suis désolée, mais Elmer ne travaille pas aujourd'hui. Ne quittez pas.

Luca l'entend parler d'une voix étouffée pendant quelques instants, puis elle reprend l'appareil.

— Je peux savoir qui le demande ?

— Je suis avec ses filles. J'ai juste fait le numéro pour elles.

— Je vois.

— Attendez, je vous passe Soledad.

Il tend le combiné à Soledad, qui s'assoit à sa place, le visage éclairé d'une impatience fébrile. Elle espère que Papi ne sera pas fâché contre elles, qu'il comprendra pourquoi elles ont dû partir sans prévenir comme elles l'ont fait, sans lui dire au revoir convenablement. Ces dernières semaines, elle a été hantée par l'image qu'elle a de son père de retour chez lui, seul dans l'appartement sombre, épuisé par ses heures supplémentaires, et trouvant son mot. Elle a essayé de ne pas penser à l'angoisse qu'il a dû ressentir. Elle se mord la lèvre.

— Allô, dit-elle.

— Allô ? (C'est la voix de la standardiste.) Vous appelez pour Elmer ? Vous êtes sa fille ?

— Oui, c'est Soledad. Il est là ? Est-ce qu'on peut lui parler ?

— Je suis désolée, Soledad, Elmer ne travaille pas en ce moment.

Les épaules de Soledad s'affaissent, elle se recroqueville sur sa chaise de bureau.

— Bon, continue-t-elle, mais est-ce qu'on peut lui laisser un message ? C'est un message important et je ne sais pas quand on aura de nouveau l'occasion d'utiliser un téléphone. Je suis avec ma sœur, Rebeca, et nous voulons lui dire que nous allons bien.

— Soledad…, reprend la femme.

Juste ça, son nom, les trois syllabes. *Soledad.* Quelque chose dans la voix de la standardiste, son hésitation, Soledad sent son estomac se nouer. Elle se cale contre le dossier de sa chaise.

— Je crains que votre père ne revienne pas travailler avant longtemps.

Soledad s'agrippe au coin du bureau et se retourne vers sa sœur. Luca a déjà la main sur la poignée de la porte, mais d'un geste Soledad le dissuade de partir. Bien qu'elle ait la bouche ouverte, elle est incapable de poser les questions susceptibles de l'éclairer. Elle ne veut pas savoir.

— Je suis désolée, Soledad, mais votre père a eu un accident. Non, pas un accident. Votre père est… il est à l'hôpital.

Soledad serre les genoux l'un contre l'autre et se lève, envoyant valser la chaise derrière elle ; Rebeca se lève à son tour, Luca se rapproche.

— Et alors, il va comment ? demande tout de même Soledad.

La femme répond à voix basse.

— Je crois qu'il est dans un état stable. Aux dernières nouvelles.

Soledad s'autorise à prendre une inspiration. *Stable.*

— Mais… qu'est-ce qui s'est passé ?

— Il a été attaqué en venant au travail la semaine dernière.

Soledad cherche la chaise pour s'effondrer dessus, mais ne la trouve pas, et manque de tomber. Luca attrape le siège, qu'il fait rouler vers elle. Elle se rassied.

— Il a été poignardé, explique la femme. Je suis vraiment désolée.

— C'est quel hôpital ?

— Le Nacional. Je suis désolée, Soledad, répète-t-elle.

Soledad raccroche. Il faut à Luca moins d'une minute pour trouver le numéro de téléphone de l'Hospital Nacional de San Pedro Sula. De nouveau il compose le numéro pour elles, mais cette fois-ci, il presse le bouton du haut-parleur afin qu'elles puissent entendre. À 2 200 kilomètres de là, dans le service des soins intensifs d'un bâtiment vert et bleu de six étages, une infirmière portant un uniforme blanc et un stéthoscope bleu entre en trombe dans le poste des infirmières et jette une feuille de température sur le bureau encombré. Luca, Rebeca et Soledad l'entendent tous les trois saisir le téléphone et se penchent en avant.

— Je crois que mon père est chez vous, dit Soledad d'une voix qui lui paraît enrouée et ténue. Mon père, Elmer Abarca Lobo. À son travail, on nous a dit qu'il est là depuis une semaine.

Ils entendent des machines cliqueter et biper en arrière-plan. Des conversations. Un enfant qui pleure. L'infirmière ne répond pas immédiatement.

— Allô ? dit Rebeca.

— Je cherche.

Ils l'entendent fouiller dans des papiers, des dossiers et des graphiques, sans doute.

— Une femme à son travail nous a dit qu'il a été poignardé.

— Oh ! (On dirait que l'infirmière a soudain retrouvé la mémoire.) Oui, je vois, Elmer. Il est bien ici. Pas en grande forme, j'en ai peur, mais il est stable. Il a perdu beaucoup de sang.

Rebeca plaque sa main libre sur sa bouche, Soledad

enfonce les doigts dans la peau de son visage, au bas de sa mâchoire.

— Est-ce qu'on peut lui parler ?

— Non, il n'est pas conscient. Pouvez-vous venir ?

Rebeca secoue la tête, et c'est Soledad qui répond.

— Nous ne sommes pas au Honduras, mais au Mexique.

Rebeca, elle, est frappée par autre chose.

— Quand vous racontez qu'il n'est pas conscient, ça veut dire quoi ?

— Ça veut dire qu'on l'a plongé dans le sommeil à cause des dommages au cerveau. Il faut qu'il reste endormi jusqu'à ce qu'on maîtrise l'œdème et le traumatisme.

Soledad plonge vers l'avant, replie son corps sur ses genoux.

— Des dommages au cerveau ? répète Rebeca. Je ne comprends pas.

— Oui, il a été poignardé au visage.

— Oh, Seigneur.

Les deux filles éclatent en sanglots.

Luca transfère son poids d'un pied sur l'autre, de plus en plus vite. Il s'éloigne du téléphone jusqu'à pouvoir s'appuyer au mur derrière lui, près de la porte.

— Plus exactement une fois dans le ventre et deux fois au visage, précise l'infirmière.

Non que le chagrin des deux sœurs lui soit indifférent, mais elle doit fournir l'information, alors autant le faire rapidement, comme quand elle arrache un pansement, de façon qu'elles puissent passer au stade où elles connaissent déjà l'affreuse nouvelle, et commencer à la digérer.

— La blessure qui a fait le plus de dégâts concerne le côté droit de la région infra-orbitale…

— C’est quoi cette blessure ? Infra-orbitale ? S’il vous plaît, parlez plus simplement, la presse Soledad.

Même la plus endurcie des infirmières de la ville la plus violente au monde aurait du mal à transmettre ce détail à la famille.

— Son œil.

— Ils l’ont poignardé dans l’œil ?

— Oui.

— Oh, mon Dieu, répète Rebeca.

— Oui, compatit de nouveau l’infirmière, avant de leur affirmer qu’il se repose tranquillement, qu’il est stable, qu’ils le maintiendront dans ce coma artificiel jusqu’à ce que le médecin pense qu’on peut le réveiller sans danger.

Dans combien de temps, elle l’ignore. Elle les prévient que les blessures de leur père sont extensives et qu’il y aura peut-être des lésions irréversibles au cerveau, puis leur explique qu’on ne peut estimer l’importance des dommages avant la fin du processus initial de repos et de cicatrisation des blessures.

— Les filles, demande calmement l’infirmière (on l’entend fermer une porte, un silence périphérique s’installe), savez-vous qui a fait ça à votre père ?

Soledad ravale un sanglot.

— Oui, je crois que je le sais.

Les yeux sombres de Rebeca s’agrandissent et foncent encore plus. Une tempête ravage ses traits.

— Écoutez-moi, poursuit l’infirmière. Je veux que vous m’écoutiez attentivement.

Les deux filles respirent par saccades, elles tremblent.

— Ne vous avisez pas de revenir ici, n’y pensez même pas. Vous m’entendez ?

Les visages des deux sœurs sont trempés de larmes,

leurs nez gonflés de mucus. Rebeca renifle bruyamment, laisse échapper un petit cri.

— Votre père reçoit les meilleurs soins possibles, compris ? insiste l'infirmière, d'une voix désormais enrouée elle aussi. Nous faisons de notre mieux pour qu'il se rétablisse. Et si vous revenez ici juste pour vous asseoir dans la salle d'attente, vous tordre les mains et pleurer, et pour vous faire poignarder aussi dans l'œil toutes les deux, ça ne lui fera aucun bien, d'accord ?

Elles gardent le silence.

— Quel âge avez-vous, les filles ?

— Quinze ans, dit Soledad.

— Quatorze, dit Rebeca.

— Bon. Votre *papi* veut que vous viviez jusqu'à cent ans, n'est-ce pas ? Vous n'y arriverez pas si vous revenez. Ne vous arrêtez pas, continuez votre voyage.

Là-bas, à San Pedro Sula, à l'Hospital Nacional, on entend l'infirmière se moucher.

— Je m'appelle Angela. Rappelez-moi la prochaine fois que vous aurez un téléphone, et je vous donnerai des nouvelles.

— Merci, dit Rebeca.

L'infirmière s'éclaircit la gorge.

— Je dirai à votre père que vous avez appelé.

Après avoir raccroché, elles restent dans la pièce sans parler. Soledad se lève, se rassoit et se relève au moins dix fois. Rebeca, assise au bord du canapé, déchiquette méthodiquement un mouchoir en papier. Luca ne bouge pas. Il espère que les filles vont oublier qu'il est là. Il espère qu'elles ne vont pas lui parler ni lui demander quoi que ce soit. Il veut sortir de cette pièce, mais ne peut pas bouger. Son *papi* est mort. Il lève la main pour toucher le bord de la casquette rouge de son père mort. Il voit Papi dans le patio à l'arrière de la maison d'Abuela, sans infirmières, sans couvertures ni machines qui font bip-bip et qui pourraient le sauver. Il voit la mare de sang qui se forme par terre en silence. Luca reste là et se fond dans le mur.

Bientôt, on frappe à la porte. Soledad accueille avec soulagement ce bruit qui l'oblige à prêter attention à autre chose qu'à son propre corps. Elle ouvre.

Un conseiller de l'équipe du refuge se tient dans le couloir avec un autre migrant.

— Vous avez fini ? La limite d'utilisation est de quinze minutes quand d'autres gens attendent.

— Oui, désolée. Nous sortons tout de suite.

Luca en profite pour se faufiler dehors juste avant que le conseiller referme la porte.

— Pardonne-moi, Rebeca, chuchote Soledad. C'est ma faute. Pardonne-moi, pardonne-moi.

Rebeca se dépêche d'approcher et entoure Soledad de ses bras, le bracelet arc-en-ciel à son poignet pressé sur les longs cheveux noirs encore humides de sa sœur.

— Chut, dit-elle.

— Tout est ma faute, répète encore et encore Soledad, si bien que Rebeca finit par la repousser et la secouer rudement par les deux épaules.

— Ne sois pas ridicule. C'est seulement la faute de ce *hijo de puta*.

Soledad se recroqueville encore plus dans les bras de sa sœur.

— Mais j'ai dû faire un choix terrible, sanglote-t-elle. C'était toi ou Papi. Je le savais. Je savais que nous le mettions en danger en partant. Iván m'avait prévenue. C'est juste que j'ai simplement pas cru qu'il irait jusqu'au bout. Je pensais que si nous partions, il…

Elle ne se fatigue pas à finir sa phrase, parce que peu

importe ce qu'elle a cru ou non. Elle avait tort. Les deux sœurs prennent chacune tant bien que mal une bouffée d'air et Rebeca essuie les larmes de Soledad avec son pouce.

— Arrête, Sole, arrête. Papi aurait fait le même choix. Quand il ira mieux, il sera très fier de toi, tu verras.

Soledad se mouche et se sèche le visage avec un autre Kleenex.

— Tu as raison.

— Il va guérir, dit Rebeca.

— Tu as raison. Il le faut.

Dans le silence ponctué de bips et de cliquetis de la chambre d'hôpital de leur père à San Pedro Sula, l'infirmière Angela entre d'un pas solennel, chaussée de ses tennis blanches. Elle connaissait le nom du Papi de Soledad et Rebeca, bien sûr, grâce aux papiers d'identité trouvés dans son portefeuille. Mais il n'y avait eu ni visiteurs, ni appels jusqu'à ce jour. Parfois c'est plus facile ainsi – vous pouvez donner au malade les soins requis, traiter sa douleur et son corps brisé sans avoir à supporter le poids supplémentaire du chagrin d'autrui. Angela fait ce métier depuis assez longtemps dans cette ville pour savoir que la douleur des familles éclipse souvent celle du patient.

Ce soir, un calme relatif règne dans le service, aussi, après avoir vérifié les signes vitaux et avoir changé sa poche à déchets, Angela a le temps de s'asseoir près de lui. Dehors, il fait encore jour, elle allume la lampe de chevet néanmoins parce qu'elle apprécie le réconfort de sa lumière tamisée. Elle ferme un instant les yeux avant de parler au malade. Ce que ne font plus ses collègues, qui trouvent cela trop éprouvant. Trop dur. À présent, la violence a submergé cette ville.

Les gangs s'y livrent à une démonstration sanguinaire, à une surenchère effroyable. L'unité de soins intensifs est toujours chargée, mais moins encombrée que la morgue. Les collègues d'Angela font face grâce à un humour irrévérencieux. Elles utilisent un système secret de signalement à base de smileys pour évaluer les chances de survie de leurs patients. Angela ne les juge pas. Elles doivent rentrer s'occuper de leurs enfants à la fin de leur service. Elles ne veulent pas gâcher leur mariage. Elles veulent dîner et boire une bière dans le jardin avec leurs voisins. Mais, même après vingt ans de ce boulot, Angela ne peut toujours pas tout évacuer comme ça. Elle ne le veut même pas.

Elle rapproche sa chaise du lit d'Elmer, prend sa main et, du pouce, la caresse en veillant à ne pas gêner la perfusion.

— Elmer, vos filles ont téléphoné cet après-midi, dit-elle doucement. Soledad et Rebeca ont appelé du Mexique, et elles vont bien. Elmer. Vos filles vont bien, elles sont en route vers *el norte*.

20

Plus tard cette nuit-là, quand le choc initial de cette terrible nouvelle a perdu de son acuité et que les sœurs commencent à retrouver un peu de calme après leur accès de détresse, Lorenzo se présente à la *casa* des migrants. Dans la cuisine, où elle a proposé son aide, Lydia est en train de remuer une platée de haricots dans un énorme faitout sur la plaque de cuisson, quand elle l'aperçoit par la porte ouverte de la grande salle à manger. De cette distance, il semble moins menaçant que dans le train. Il n'est ni si grand ni si corpulent qu'il en donnait l'impression de prime abord. Comme n'importe quel migrant, il a l'air épuisé et soulagé de se retrouver à l'abri, dans cet endroit où l'accueille l'arôme d'un repas chaud. Néanmoins, instinctivement, Lydia se déplace afin de ne plus se trouver dans son champ de vision, lâchant par accident, ce faisant, la longue cuiller en bois dans le faitout de haricots.

— *Carajo !* s'écrie-t-elle.

Elle se mord les lèvres, ferme les yeux un instant. La femme qui supervise la cuisine s'en aperçoit, lui assure que ça n'a pas d'importance et lui tend une pince pour repêcher la cuiller.

Lydia aide aussi à servir le dîner, dans des assiettes

en carton – les gens doivent s'aligner devant le comptoir, comme dans une cafétéria, pour recevoir leur repas. Lorsque Lorenzo se présente devant elle et que Lydia lui verse une grosse louche de haricots, il hoche la tête en évitant son regard et sans mot dire, comportement étrange qui augmente les craintes de Lydia. L'a-t-elle offensé pour provoquer un tel changement d'attitude ? Est-il revenu sur sa décision de ne plus les poursuivre ?

— En veux-tu encore un peu ? lui demande-t-elle, mais il est déjà passé au stand du riz.

Les sœurs et Luca font la queue juste derrière Lorenzo et, pendant cette attente, Soledad sent une main glisser sous son bras et lui tripoter le sein. Rapide, aussi légère qu'un moineau. Son corps en bloc a un mouvement de recul, mais quand elle tourne brusquement la tête pour apostropher le coupable, elle constate qu'ils sont trois, trois migrants debout, face à face. Ils sont si engagés dans leur conversation, apparemment si insensibles à sa présence qu'elle ne parvient pas à trouver le responsable. Leur désintérêt est si convaincant qu'elle se demande si elle n'a pas imaginé l'attouchement inapproprié. *Non*, décide-t-elle, *non, je ne suis pas folle.* Elle serre les dents, replie fermement ses bras contre sa poitrine, voûtée, le corps en alerte.

Après dîner, tout le monde se réunit dans la grande salle pour regarder la télévision, tout le monde sauf Lorenzo. Lydia ne sait pas si son absence l'inquiète ou la soulage. Les deux. Elle veut le tenir à l'œil en même temps qu'elle espère ne plus jamais le revoir, jamais.

Personne ne souhaitant regarder les informations qu'ils ne connaissent que trop, ils optent pour *Les Simpson*. À la maison, Mami n'aimait pas que Luca regarde *Les Simpson* parce qu'elle trouvait Bart vulgaire. Elle ne voulait pas qu'il se mette à employer des expressions déplacées comme *cómete mis calzoncillos*[1]. Mais ce qu'elle ne savait pas, c'est que Papi et Luca les regardaient tout le temps quand elle n'était pas à la maison – Papi s'allongeait sur le canapé, déchaussé et agitant ses doigts de pieds dans ses chaussettes, Luca s'étendait sur son torse comme une couverture et Papi lui caressait le dos pendant tout l'épisode. C'était leur cérémonie secrète. Ils imitaient les voix et Papi gardait la télécommande à portée de main pour que, si Mami rentrait inopinément, ils puissent passer rapidement sur la chaîne *Arte Ninja*. Luca n'aime pas regarder *Les Simpson* ici, dans cette salle carrelée aux lumières fluorescentes, avec tous ces gens assis sur leurs chaises pliantes, bras croisés et chaussures aux pieds. Pour le supporter, il lace et délace ses baskets trois fois de suite. Quand c'est fini, Mami suggère à Soledad et Rebeca qu'ils récitent un chapelet tous ensemble pour que le père des filles retrouve complètement la santé. Et aussi parce que cette pratique, elle le sait, l'aidera à calmer ses nerfs, à réduire son agitation avant d'essayer de dormir. Ils se retirent dans un coin de la salle où se trouvent les tables, et plusieurs autres femmes les rejoignent. Les sœurs sont reconnaissantes. Quant à Luca, c'est la première fois de sa vie que la récitation du chapelet ne lui fait pas l'effet d'une corvée. Il écoute psalmodier les voix du groupe de femmes, d'abord celle de sa mère, qui scande lentement :

Vous êtes bénie entre toutes les femmes.

Et le chœur répond :

Priez pour nous pauvres pécheurs maintenant et à l'heure de notre mort.

Amen.

1. Littéralement : « mange mes shorts », traduit par « va te faire shampooiner » dans la version française.

Encore une fois.

Luca tient dans ses mains le chapelet en perles bleues de son *abuela* et il compte les prières. Il presse les perles si fort entre ses doigts que leur forme se grave momentanément dans sa peau. Il se demande si cela arrivait à Abuela, combien de fois elle a fait défiler les perles entre ses mains vieillies, et au moment où cette pensée lui vient, il entend presque sa voix parmi les autres. *Santa Maria, Madre de Dios*. Il a quelque chose dans la gorge qui l'empêche de parler, de prier tout haut avec les femmes, mais ce n'est pas grave, parce que rien que d'écouter ça sert à manifester sa vénération et, de toute façon, il sent une énergie qui émane des perles et pénètre dans ses doigts, comme une pulsation, un battement de cœur. Le chapelet est une sorte de longe, et s'il s'y cramponne assez fort, il maintiendra ses liens avec Abuela, Adrián et tous les autres. Avec Acapulco et sa petite chambre, sa lampe en forme de ballon de football, et sa couverture imprimée de voitures de course en miniature. La maison. Luca ferme les yeux et écoute se succéder les prières qui le relient à Papi.

Ce faisant, les sœurs ont adopté une nouvelle position, courbées sur elles-mêmes, en une petite boule. Quand Luca ouvre les yeux et émerge de ses pensées, il reconnaît cette posture, elle lui est familière. Mami aussi l'a adoptée depuis peu, et Luca l'appelle la boule du chagrin. Il a sincèrement de la peine pour les deux sœurs et Mami, alors il prie Dieu de soulager leurs souffrances.

Cette nuit-là, Luca dort du meilleur des sommeils : le sommeil sans rêves.

La décision n'a pas été prise délibérément, verbalement, mais ils l'assument d'instinct : ils voyageront ensemble tous les quatre, Lydia, Luca, Rebeca et

Soledad, aussi longtemps que ce sera possible. Tant de choses se sont passées que chaque heure de ce voyage semble valoir une année, mais il y a plus encore. Ce qui les unit, c'est le partage du traumatisme, le partage d'une expérience indescriptible. Quoi qu'il arrive, personne d'autre qu'eux ne comprendra totalement l'épreuve qu'a représentée ce pèlerinage, les individus qu'ils ont rencontrés, la peur qui les accompagne, le chagrin et la fatigue qui les dévorent. Leur détermination collective à continuer vers le nord. Qui les soudent les uns aux autres, si bien qu'ils se sentent presque comme une véritable famille. Il est vrai aussi que, égoïstement, Lydia espère que l'addition de deux personnes à leur groupe de voyageurs sera un camouflage supplémentaire, lui permettant d'échapper plus facilement à ceux qui la soupçonneront au premier regard d'être la veuve en fuite du journaliste. Avant de s'endormir, Lydia referme mentalement le compartiment de sa mémoire qui contient ses souvenirs les plus laids, et se permet d'envisager un avenir aux Estados Unidos. Plutôt que Denver, elle imagine une petite maison blanche dans le désert aux épais murs en pisé. Elle a vu des photos de l'Arizona : cactus et lézards, paysage rouge flamboyant et ciel bleu torride. Elle imagine Luca, sac au dos propre et cheveux courts, montant dans un gros bus scolaire jaune et lui faisant des signes derrière la vitre. Et fait apparaître une troisième chambre dans la maison, pour les sœurs. Le bébé de Soledad, peut-être une fille. L'odeur des couches. Le bain dans l'évier de la cuisine.

Ils sont tous pressés de se débarrasser de Lorenzo – Lydia plus que les autres. Aussi, malgré la fatigue – ils seraient bien restés quelques jours dans cet asile confortable si Lorenzo n'y était pas –, le lendemain matin Lydia, Luca, Rebeca et Soledad se lèvent alors qu'il fait encore nuit et passent devant le dortoir des hommes en s'efforçant de ne faire aucun bruit. Ils seront partis avant l'aurore.

Lydia ressent un besoin particulièrement urgent de quitter Guadalajara, et pas seulement à cause de Lorenzo. Cette ville est une sorte de plante carnivore, avec ses rues bleu indigo de fin de nuit. Un élan pousse les migrants qui vont *al norte* à y affluer, ils y trouvent un accueil, un brin de réconfort, une sécurité relative loin des voies de chemin de fer, aussi s'accordent-ils un ou deux jours pour souffler. Puis trois de plus. Puis cent. Regardez ici, endormis sur un carton dans le coin désaffecté d'un parking, une mère nu-pieds et son tout-petit, en vêtements sales. Là, les yeux vitreux et serrant dans son poing un sac en papier contenant Dieu sait quoi, un adolescent maigre, les bras pleins de bleus, de marques de seringues. Et là, et là ou là, tant de filles très jeunes dont le blanc des yeux scintille dans l'obscurité, vacillant sur des hauts talons dans des endroits sombres. Lydia presse son petit monde de s'éloigner de l'asile et, tandis que le soleil émerge, ils se dirigent vers la voie de chemin de fer.

Rebeca et Soledad, au contraire, éprouvent une répugnance grandissante à se lancer dans cette nouvelle partie du voyage parce qu'une femme du refuge leur a appris la nuit précédente qu'elles vont traverser bientôt l'État de Sinaloa, célèbre parmi les migrants pour deux choses : son aptitude à faire disparaître des jeunes filles et la vigueur de ses cartels. Néanmoins, il est impossible de gagner *el norte* sans passer par ce genre d'endroit, et ils ont choisi la route du Pacifique précisément parce qu'elle était réputée la plus sûre. C'est donc sans doute la partie la plus dangereuse de l'itinéraire le plus sûr, et de toute façon, puisqu'il faut en passer par là, plus vite ils partiront, plus vite ce sera fait. Soledad est animée aussi d'une détermination nouvelle et accrue : ce qui est arrivé à leur Papi ne doit pas avoir eu lieu pour rien. Elle a désormais une envie désespérée de parvenir *al norte*, de s'y forger une vie douce et belle, une vie qui fera honneur aux sacrifices de sa famille. Tenaillé par l'angoisse, le petit groupe longe donc la voie en direction du nord-ouest, guettant sans cesse le bruit qui annoncera le roulement du train dans son dos. Lydia regarde par-dessus son épaule de façon presque obsessionnelle. Quand, finalement, le convoi arrive, ils grimpent sans effort, sans même réfléchir, sans avoir besoin de se parler. Ce qui stupéfie Lydia, après coup.

— Nous n'y avons même pas pensé, dit-elle à Soledad, une fois qu'elle a attaché solidement Luca à la grille.

— Nous devenons des professionnels, constate Soledad.

— Non, nous devenons apathiques, corrige Lydia en secouant la tête.

Soledad plisse le front.

— Mais c'est naturel de s'habituer, non ? Nous nous adaptons.

Lydia caresse une épaisse mèche de cheveux de Luca, qui pointe sous la casquette de base-ball de son père. Ils sont trop longs, ces cheveux. Elle enroule une des mèches noires autour de son doigt, et ce geste de tendresse la ramène un instant dans le jardin de sa mère. Penchée sur le corps sans vie de Sebastián, le manche de la spatule courbé lui rentrant dans le genou. Elle avait caressé le front de son mari, et la rugosité de ses cheveux encore vivaces lui avait chatouillé le poignet. Sebastián utilisait un shampooing au parfum mentholé. Un sanglot solitaire monte des entrailles de Lydia et se perd dans le grondement du train au-dessous. Elle quitte Luca des yeux et porte son regard sur Soledad.

— Désormais, quand nous monterons à bord, chaque fois que nous monterons à bord, je te rappellerai que tu dois être terrifiée, dit-elle. Et tu me le rappelleras aussi : ce comportement n'est pas normal.

— Tu as raison, ce n'est pas normal, approuve Soledad.

Au-dessus d'eux, le ciel commence à s'éclaircir, un ruban orange pâle s'allonge à l'horizon, mais c'est toujours l'aube à l'endroit où les rails rencontrent la terre. Une poignée d'autres migrants sont montés sur le toit du train, beaucoup moins peuplé que celui de la veille ; cela peut probablement s'expliquer par l'heure très matinale, mais Lydia y voit néanmoins la confirmation que Guadalajara en a siphonné un bon nombre. Un sentiment proche du soulagement gonfle sa poitrine au fur et à mesure que le train s'éloigne de la ville. À une demi-heure au nord, sur des kilomètres, des massifs de plantes piquantes occupent le paysage. Ils s'étendent au loin de chaque côté de la voie, leur fronde gris-vert s'agite, on croirait voir saluer des millions de mains, puis le train ralentit légèrement dans les faubourgs d'une ville aux immeubles pittoresques et bien entretenus. Lydia note l'arôme douceâtre et poisseux d'agaves en fermentation : la tequila. Sur le toit du wagon qui précède le leur, deux migrants descendent l'échelle latérale, attendant le bon endroit où sauter. Luca tente de les observer, mais le train prend un tournant et les deux hommes disparaissent de sa vue, sans qu'il ait la preuve qu'ils ont atterri sans mal. Il doit en décider ainsi de par la seule force de sa volonté.

Le train fonce avec fracas vers Tepic, vers Acaponeta, vers El Rosario. Puis, pendant longtemps, ils ne dépassent plus aucune agglomération, mais longent un paysage d'herbe, de terre, d'arbres, de ciel vide. Parfois une vache isolée, une construction. C'est beau, pastoral, l'air matinal est frais. Lydia éprouve le sentiment délicieux, le plaisir traître de se prendre l'espace d'un instant pour des touristes en vacances, admirant quelque paysage exotique. Une joie brève.

Malgré la distance accrue entre elle et Lorenzo, l'irritation que lui causait sa présence subsiste. Il est inquiétant qu'il les ait trouvés si facilement, si accidentellement. Il ne les cherchait pas, mais Javier, lui, oui. Avec ses ressources considérables, avec toutes ses relations. Lydia regarde vers le sud, comme si elle pouvait le distinguer, juché sur le toit du train, c'est ridicule. Comme si, ses lunettes posées en équilibre sur l'arête de son nez, il allait s'approcher d'elle. Les choses ne se passeront pas ainsi, elle le sait. Celui qui viendra les chercher, ce ne sera pas Javier en personne, avec son sourire et son gilet de laine, serrant un volume de poésie contre sa poitrine. Ce sera un assassin sans visage, un garçon en sweat à capuche, artisan froid de la mort. Le *sicario* ne ressentira rien quand il tirera la balle qui tuera Luca. L'exécuteur se trouve peut-être déjà dans ce train, elle le sait, mais elle souhaite malgré tout de toutes ses forces que le convoi accélère, que la distance augmente entre eux et le selfie de Lydia et Javier qui circule de portable en portable et tinte à travers tout le Mexique quand il apparaît sur les écrans. Lydia se recroqueville entre les deux sœurs. Elle glisse un doigt dans l'alliance de Sebastián.

Sans préavis, la *Bestia* dépasse un tout petit village entouré de vergers de manguiers, puis traverse Sinaloa. Soledad est allongée, son sac à dos comme oreiller, ses doigts insérés dans la grille. Le visage ravagé, gris blême.

— Comment te sens-tu ? lui demande Lydia.

Le vocabulaire de sa vie précédente est désormais inadéquat, mais c'est le seul dont elle dispose.

Soledad ouvre la bouche, la referme sans rien dire et secoue la tête.

— Quand j'attendais Luca, poursuit Lydia calmement, les olives m'aidaient à surmonter les nausées.

Mais son esprit lui suggère aussitôt une série de contre-arguments. *Quand j'attendais Luca je n'avais pas quinze ans. Quand j'attendais Luca, je n'étais pas obligée de parcourir des milliers de kilomètres sur le toit d'un train de marchandises. Quand j'attendais Luca, je n'avais pas été violée.*

— Des olives ? grimace Soledad.

Elle cale son menton contre son sac à dos et ferme les yeux, mais rien n'y fait. Après avoir pris deux grandes inspirations, elle se penche brusquement et vomit pardessus le bord du toit.

Rebeca observe la scène, les yeux écarquillés d'inquiétude. Elle tend son sac à Luca et rampe vers sa sœur. Elle lui caresse les reins, elle attend que les vomissements se tarissent.

Des bouffées d'air saumâtre leur parviennent tandis que les rails se rapprochent de l'océan. Les bosquets de manguiers cèdent la place aux palmiers dans un terrain sablonneux. À l'extérieur d'un village, une vingtaine de migrants – des hommes – a monté un vaste camp. Ils poussent des vivats en voyant approcher le train, mais la bête ne ralentit pas, elle roule trop vite pour qu'ils puissent monter à bord, alors ils restent là, découragés, à la regarder passer en trombe. Luca leur fait des signes de la main, quelques-uns lui répondent, la plupart reprennent leur position à l'ombre chiche des arbres, avant d'aller se reposer jusqu'au passage du prochain train. Un homme pourtant décide de tenter le coup. Il court le long de la voie sous le regard des autres, qui poussent des cris pour l'encourager, rivalisant de conseils contradictoires et bruyants. Il réussit à saisir un barreau d'échelle au passage, mais ses jambes ne suivent pas. Son bras s'accroche, ses jambes pendent. Les hurlements des observateurs augmentent, de plus en plus frénétiques.

— Luca !

Mami essaie de détourner l'attention de son fils qui se penche, fasciné, incapable de quitter des yeux ce pantin aux jambes ballantes. Comme tout le monde.

D'après sa position, il est évident qu'il ne réussira pas à se hisser sur le train. Il est toujours entraîné par la vitesse de la *Bestia* qui garde son bras prisonnier. Tous retiennent leur souffle. Le visage de l'homme est incliné vers le haut, si bien que Luca voit son expression, l'instant où il bascule de la détermination à l'acceptation. Il se force à reculer le moment de renoncer, de lâcher prise, et Luca a l'impression qu'il savoure cet instant, ces ultimes secondes de vie encore intacte. Et lorsqu'il finit par céder, lorsqu'il tombe, un mince espoir subsiste qu'il atterrisse un peu à l'écart des rails. Cela arrive parfois. Une conjonction providentielle de la physique et de la biologie. Mais non. L'homme est happé instantanément par les roues de la bête.

Ses hurlements inhumains surmontent le grondement du train. Luca se retourne et voit les migrants se grouper sur les rails, évaluer l'état du blessé. Lydia ne pleure pas pour cet homme, elle prie pour lui. Elle prie pour qu'il ne survive pas à ses mutilations, pour que la mort bienfaisante l'emporte vite. Et aussi, avec encore plus de ferveur, elle prie pour que, quelle que soit l'impression que ce drame ait pu produire dans l'esprit de Luca, il ne lui cause pas encore plus de mal. À coup sûr, son fils va bientôt atteindre les limites de ce qu'un enfant résistant peut endurer sans subir un délabrement interne permanent.

— Rassure-toi, *amorcito*, cet homme va s'en sortir.

Luca proteste :

— Mais il est coupé en deux, Mami.

— Les docteurs sont faits pour ça.

D'un ton léger, elle feint la confiance, comme toutes les mamans, revêtant l'armure invincible du mensonge. Elle n'attend qu'un petit instant avant de changer de sujet et s'adresse à Rebeca :

— Qu'est-ce que vous ferez, les filles, quand on arrivera à la frontière ? Vous avez un plan pour la traverser ?

— Oui, César, notre *primo*, a traversé l'année dernière pour aller en Arizona, ensuite il a pris le bus pour le Maryland. C'est là qu'il vit, et on va aller habiter avec lui. On va prendre le même chemin, le même *coyote*.

— Comment a-t-il trouvé le *coyote* ?

Lydia se voit constamment rappeler que son éducation ne lui sert à rien ici, qu'elle ne possède pas les connaissances qui constituent la véritable valeur durant ce voyage. Chaque migrant en sait plus qu'elle. Comment trouver un *coyote*, s'assurer qu'il est fiable et combien payer son passage, le tout sans se faire arnaquer ?

Dieu merci, Rebeca dispose d'une bonne dose de perspicacité et devine les non-dits.

— Des tas de gens de notre village s'en sont déjà servis. On nous l'a recommandé. On ne peut pas prendre n'importe qui, bien sûr. Souvent ils vous piquent votre argent et ensuite ils vous vendent à un cartel, tu vois !

Lydia n'a jamais rencontré de *coyote*. Il est même possible qu'elle n'ait jamais rencontré quiconque qui ait déjà rencontré un *coyote*.

— Tu devrais utiliser le nôtre, reprend Rebeca. À moins que tu en aies déjà sélectionné un ?

Lydia fait un signe de dénégation.

— Non.

Rebeca sourit.

— Alors on va passer ensemble. César dit que son type est le meilleur. Il leur a fallu seulement deux jours de marche et ensuite quelqu'un les a embarqués dans un camping-car de l'autre côté de la frontière et les a conduits à Phoenix. Il leur a filé des tickets de bus pour aller n'importe où. Ça leur a coûté très cher, mais maintenant ils sont en sécurité.

— Combien ? demande Lydia.

Rebeca interroge Soledad, toujours allongée, la tête reposant sur ses bras croisés, et à qui elle caresse toujours le dos :

— Combien, Sole ?

Soledad répond sans bouger ni rouvrir les yeux.

— Quatre mille chacune.

Lydia est étonnée par ce montant.

— Je pensais que ce serait beaucoup plus, au moins dix mille pesos par personne.

— Dollars, rectifie Soledad, dont la voix est étouffée par la manche de sa chemise. Quatre mille dollars.

Dios Santo. Lydia inspire un bon coup. Comme elle acceptait les dollars dans la librairie, elle est familiarisée avec les taux de change, mais pas avec un tel montant. Elle effectue péniblement un calcul mental, qui lui permet de conclure qu'ils ont assez, plus qu'il n'en faut. Il leur restera même un peu d'argent pour démarrer dans leur vie de l'autre côté. Mais lui revient brusquement en mémoire l'avertissement du prêtre à Celaya. *Chacun d'entre vous se fera dévaliser. Sans exception. Si vous réussissez à atteindre* el norte*, ce sera sans un sou. C'est garanti.*

Il est bon néanmoins d'avoir un plan, de voir plus loin que les besoins immédiats : ce qu'ils vont manger aujourd'hui, où ils vont dormir ce soir. Sans s'y sentir prête, Lydia se prend à considérer la possibilité d'un avenir. Elle est encore moins prête à revenir sur son passé, mais elle espère pouvoir réussir l'un sans devoir faire l'autre.

— Alors, où devez-vous rencontrer le *coyote* ? Il vous attend ?

— Oui, répond Rebeca. Il s'appelle El Chacal…

Évidemment, se dit Lydia. *Pourquoi un* coyote *s'appellerait-il Roberto ou Luis ou José quand il peut se nommer Le Chacal ?*

— Il travaille à partir de Nogales. Quand on y sera, on l'appellera sur son portable. Regarde.

Rebeca desserre l'épais bracelet arc-en-ciel qu'elle porte au poignet gauche et, d'une fente pratiquée à l'intérieur, retire un bout de papier sur lequel est écrit le numéro de téléphone du *coyote.*

— Bien, dit Lydia en approuvant de la tête. OK.

Maintenant, ils ont un plan qui tient la route.

C'est stupéfiant, et pourtant vrai, à quel point voyager sur le toit d'un wagon peut devenir casse-pieds. C'est d'un ennui sidérant. Le halètement de la locomotive et le crissement du métal permanents sont tels que les migrants ne les entendent plus. Dans les villes où le train ralentit ou s'arrête, certains descendent, d'autres montent, et ça repart. Le soleil grimpe haut dans le ciel, puis les mitraille, au point que leur peau est si chaude qu'elle dégage une légère odeur de carbonisé, et l'éclat de la lumière est tel qu'il décolore le paysage.

Ils traversent Mazatlán sans s'arrêter. C'est là que la voie longe l'océan pendant quelque temps, et la vue du sable, de la mer bleue rappelle à Luca sa ville et l'anéantit au lieu de le réjouir. Il est heureux lorsqu'ils laissent la plage derrière eux et regagnent l'intérieur des terres. Mais de nouveau les heures d'ennui se succèdent, dans un mélange de brun, de gris et de vert, aussi accueillent-ils presque comme une heureuse diversion les hurlements qui leur parviennent, à quelques kilomètres de Culiacán. Une voix solitaire braille, inlassablement, comme une sirène, les mots : *la migra, la migra !*

Autour d'eux, les migrants rassemblent rapidement leurs affaires ; certains ne s'en donnent même pas la peine – un seul regard aux traces poussiéreuses creusées par les pneus des camions qui approchent et, par-dessus le bord opposé du toit, ils plongent.

— Vite, Soledad, réveille-toi, dit Rebeca, d'une voix étranglée par la panique. Il faut qu'on se sauve.

Le train ralentit, mais les hommes n'attendent pas qu'il s'arrête. Ils s'éparpillent, filent à toute allure.

— *A la mierda con esto !* jure Soledad, enfilant les bretelles de son sac à dos.

— Qu'est-ce qu'il se passe, Mami ? interroge Luca.

En théorie, la *migra* ne constitue pas une menace pour Lydia et Luca. En leur qualité de ressortissants mexicains, ils ne peuvent pas être renvoyés au Guatemala ou au Salvador, et contrairement à leurs compagnons, ils ne sont pas dans une situation d'illégalité. Ils commettent seulement une infraction mineure en voyageant avec ce train. Peut-être sont-ils juste contaminés par la panique ambiante, peut-être qu'elle est contagieuse, mais non. Lydia *sait*. Elle devine que les policiers de la *migra* en uniforme ne sont pas là pour faire régner la loi et l'ordre. Elle sait du plus profond de sa peur dictée par l'instinct qu'elle ne peut compter sur leur citoyenneté pour les protéger. Ils sont en danger de mort, elle le sent dans les pores de sa peau, dans ses cheveux.

Les camions convergent à la manière d'une meute d'animaux. Les hommes, à l'intérieur, sont masqués et armés. Lydia s'acharne désespérément sur la boucle de la ceinture qui retient Luca à la grille, mais ses mains tremblent tellement qu'elle doit s'y reprendre à trois fois pour le libérer.

— Mami ?

La voix de Luca devient stridente.

La sienne est basse :

— Il faut qu'on s'enfuie.

21

Il y a trois camions, tous les trois noir et blanc, bardés d'énormes arceaux de sécurité, qui filent sur le chemin de terre et le long des voies, projetant du gravier et de la poussière derrière eux. Quatre hommes au moins se tiennent sur le plateau non bâché, et d'autres à l'intérieur, tous harnachés comme s'ils allaient à la guerre. Luca les observe, bouche bée. Ils portent des bottes, des genouillères, des casques à visière noire qui empêchent de voir leurs yeux, de gigantesques gilets pare-balles, des gants, et une cagoule noire dissimule entièrement leur visage. Chacun d'entre eux porte des armes attachées sur tout le corps et un très gros fusil leur pend en travers de la poitrine. Luca n'arrive pas à imaginer à quoi sert une telle artillerie juste pour attraper quelques migrants, et se demande-t-il, comment faire la différence, sous un tel équipement, entre un agent fédéral de l'Instituto Nacional de Migración et un *narcotraficante* déguisé, et d'ailleurs il n'y a peut-être pas de vraie différence parce qu'une arme sera toujours une arme. Luca urine dans son pantalon.

Personne ne le remarque. Les migrants jaillissent du train, se ruent sur les échelles surchargées, certains n'attendent même pas leur tour, ils sautent du toit. Luca grimace en les voyant atterrir. L'un d'eux ne se relève pas de sa chute, il se tord sur le sol, agrippant sa jambe brisée. Une fois à terre, ils trébuchent, halètent, mais ils doivent récupérer tout de suite. Ils repartent en titubant et gagnent de la vitesse. Luca a beaucoup de questions, mais il sait qu'il ne doit pas les poser maintenant, alors il écoute Mami et fait exactement ce qu'elle ordonne. Ils sont les derniers à atteindre le haut de l'échelle, le seul avantage étant qu'elle est libre maintenant – tous les autres sont partis, Luca les voit courir comme des lapins à travers champs, mais ça ne sert à rien. Luca comprend bien que ça ne sert à rien. Parce que la *migra* a planifié le raid à la perfection – le train se trouve en plein milieu de champs, des kilomètres et des kilomètres de champs, moissonnés, plats, bruns et chauves. Ces migrants n'ont nulle part où aller, si rapides, malins ou agiles soient-ils. À peine débarqués, ils sont faits comme des rats. Il n'y a pas la moindre cache possible, ni ville, ni maisons, ni arbres, ni buissons, ni fossés. Et Luca est sur le point d'ouvrir la bouche pour partager cette observation avec sa mère, suggérer qu'ils feraient peut-être mieux de ne pas bouger, mais le train freine brusquement, les projetant en avant, et Rebeca lâche le barreau de l'échelle auquel elle se tenait et Soledad plonge pour la rattraper, loupe sa main, réussit à saisir une mèche qui s'est échappée de la natte dans cette pagaille et, quand elle parvient à ramener sa sœur par les cheveux sur le toit, elles pleurent toutes les deux. Ils ont le cœur au bord des lèvres, alors Luca ne dit rien du tout, tandis que le train s'arrête sur une dernière secousse.

Une fois à terre, ils se mettent à courir, non parce qu'ils ont le moindre espoir de s'échapper, plutôt pour combattre la futilité de l'acte lui-même, parce que la terreur les oblige à courir. Ils courent parce que chacun d'entre eux comprend que, s'ils sont pris, quand ils seront pris, toute l'avance qu'ils ont gagnée de haute lutte sera brutalement réduite à néant, tout ce qu'ils ont souffert pour parcourir tant de chemin n'aura servi à rien. Ils comprennent que le meilleur des scénarios serait qu'ils soient capturés par un homme qui obéit aux diktats de son uniforme, un homme qui les fera prisonniers, puis traitera leur cas avant d'effacer tous les efforts accomplis pour ce voyage en les renvoyant d'où ils viennent. Ça, c'est le meilleur scénario. Mais, ils savent aussi que leur capture pourrait s'effectuer hors de toute bureaucratie. Qu'il n'y a peut-être personne qui attend pour traiter leur cas, prendre leurs empreintes et les renvoyer chez eux. Et que leur prise peut se révéler bien plus abominable : kidnapping, torture, extorsion de fonds, un doigt tranché dont la photographie ornera le texto menaçant que les ravisseurs enverront à la famille, là-bas *al norte*. Une mort lente, atroce si la famille ne paie pas. Les histoires de ce genre sont aussi nombreuses que les pierres dans ce champ. Chaque migrant en connaît plusieurs. Alors, ils courent.

Lydia ne pense à rien, si ce n'est à courir comme les autres, les propulser, elle et Luca, sur ce terrain accidenté aussi vite que leur corps le leur permet. Devant eux, les sœurs commencent à prendre de l'avance. Luca s'active aussi vite que possible, mais il a de si petites jambes. Peu importe. Le train s'arrête en haletant là où il lui a été ordonné de le faire, les camions ont traversé les rails derrière lui, et dans l'un d'eux, un *agente* crie dans un mégaphone.

« Arrêtez de courir. *Hermanos migrantes*, vous ne pouvez aller nulle part. Asseyez-vous et restez où vous êtes. Nous venons vous chercher. Nous vous ramasserons avec ou sans votre coopération. Vous avez le choix soit de nous faire plaisir, soit de nous mettre en colère. *Hermanos migrantes*, nous avons de la nourriture et de l'eau pour vous, asseyez-vous et restez où vous êtes. »

La voix désincarnée provenant du torse puissant d'un homme masqué traversant les champs nus, aux accents criards amplifiés par le mégaphone, est la chose la plus horrifiante que Luca ait entendue. Le message est destiné à les affaiblir, à leur faire admettre leur impuissance, et chez certains ça marche. Parmi les grappes de migrants en fuite, quelques-uns s'arrêtent de courir. Hors d'haleine, ils posent leurs mains sur leurs hanches, leurs genoux ; ils lèvent les yeux au ciel, dans leur regard se lit un mélange de détresse, de rage, d'acceptation impuissante. Ils s'assoient sur la terre desséchée, jambes étendues, tête enfouie dans le creux de leurs mains.

Mais la voix n'affaiblit pas Luca, au contraire, elle le pousse à courir encore plus vite. Elle lui rappelle les fois où, dans la maison de sa grand-mère, Abuela lui demandait de descendre à la cave chercher une bouteille de soda pour la mettre dans le réfrigérateur et qu'il savait devoir le faire, mais la cave lui donnait la chair de poule. Même si on allumait toutes les lumières, même si on se chantait quelque chose à voix haute pendant toute l'expédition, on n'était encore remonté qu'à mi-étage quand on sentait avec une certitude glacée qu'une chose mauvaise vous pourchassait, vous talonnait, qu'elle vous effleurait la nuque, et on était sûr que dans une seconde elle allait vous empoigner la cheville et vous entraîner dans les abîmes. Le mégaphone produit la même impression, en mille fois pire, parce qu'on est dans la réalité.

Luca court, le pantalon mouillé, il tient la main de Mami et dans sa tête flottent toutes les horribles images de la cabine de douche verte chez Abuela. Puis Mami pousse une exclamation, et tout se met à bouger au ralenti : aigu et viscéral, le cri de Mami s'échappe d'elle comme un oiseau en chair et en os, et il s'envole, mais pas elle. Au contraire, elle s'affaisse très bas, de plus en plus bas, elle dégringole, doucement, très doucement. Et parce que Luca a l'habitude de voir des gens tués, qu'il vient d'observer les armes tellement, tellement nombreuses de la *migra*, parce que tout le monde dans sa famille a été tué par une balle, Luca suppose tout naturellement que Mami est morte. Sinon, pourquoi crierait-elle comme ça ? Pourquoi tomberait-elle ? C'est si lent. D'abord les mains, ensuite la tête, puis l'épaule. Comme elle avait pris de la vitesse, elle fait un roulé-boulé. Le dos, les fesses. Les genoux. Elle est à genoux par terre et Luca ne lui tient plus la main. Elle est à quatre pattes. Luca voudrait la prendre par le bras. Il a peur de l'attraper. Il a peur que cette position soit l'effet d'un étrange artifice et que, s'il perturbe la force qui demeure dans ses bras et ses jambes, le corps de Mami s'effondre et ne se ranime jamais plus. Il surmonte cette peur et l'attrape par le bras.

— Allez, Mami. Cours, Mami.

Il remarque qu'il n'y a pas de sang. Pas de sang. *Gracias a Dios*. Il sent qu'il recommence à respirer.

— Je ne peux pas courir, dit Mami. Je ne peux pas. Je suis désolée, Luca. Ma cheville.

Elle se redresse. C'est sa cheville ! Juste sa cheville. Elle essaie de s'appuyer dessus. Une grimace de douleur. Pas trop pénible. Elle boitille en rond. Elle peut marcher, mais elle ne peut pas courir.

— Bon, dit Luca, qui s'aperçoit que sa figure est très mouillée.

Il se retourne, il voit Rebeca et Soledad courir et diminuer avec la distance qui augmente, soudain tout lui semble euphorique en ce terrible instant. Parce que

Mami a toujours sa voix et que les sœurs courent toujours. Il enfouit sa tête dans le ventre de Mami et l'entoure de son bras. *Rien d'autre ne compte*, se dit-il. *Du moment qu'elle est vivante.*

Lydia garde la tête de Luca serrée contre son flanc, comme ça il ne verra pas les larmes couler sur son visage. Elle ignore à quel point ce visage est couvert de saleté, elle ignore que les larmes laissent des traces propres tout du long, qui révéleront qu'elle a pleuré, même une fois qu'elle les aura séchées.

— Ne t'inquiète pas, *mijo*. Nous avons parfaitement le droit d'être ici, de voyager dans notre propre pays. Nous sommes mexicains. Ils ne peuvent rien nous faire. Tout ira bien.

Luca la croit, mais Lydia ne réussit pas à se convaincre elle-même. Les camions se sont déployés en éventail, ils encerclent tout le monde. Le plus avancé a déjà dépassé les sœurs ; il revient en décrivant une courbe, elles sont cernées.

« *Hermanos migrantes*, arrêtez de courir. Asseyez-vous et restez où vous êtes. »

Un policier saute du camion le plus proche et marche vers Luca et Lydia. Il a une main posée sur sa plus grosse arme, et se sert de celle-ci sans élever la voix pour leur indiquer où se diriger.

Lydia était encore adolescente quand son *tío* est mort. Sa tante s'est remariée avec un homme qui possédait un ranch de bétail dans l'État de Jalisco. Il avait fallu deux jours de voiture, avec ses parents et sa sœur, pour aller au mariage en remontant la côte, et Lydia n'avait jamais oublié ce qu'elle avait ressenti en découvrant cette hacienda, le vent qui vous hurlait aux oreilles et les chiens de son nouveau *tío* qui rassemblaient le troupeau effrayé. Des chiens noir et blanc, infatigables, qui couraient en cercle, bondissant pour rabattre les vaches inquiètes. Le bétail trépignait et devenait fou. Lydia se rappelle leur ébahissement à tous à la vue de ces chiens ce jour-là, souriants, haletants, si joyeux de courir en cercle. Si disciplinés ! Le peu d'efforts que cela semblait leur demander. Lydia était la seule à se sentir désolée pour les vaches affolées. Tout le monde paraissait oublier qu'elles aussi étaient des animaux. Ce souvenir ressurgit maintenant à la vue des camions menaçant en arc de cercle les migrants paniqués. Jamais encore, Lydia ne s'est comparée, volontairement ou par quelque métaphore accidentelle, à un animal. Cette réminiscence s'accompagne d'un désespoir écrasant. Ils sont tous des animaux dans ce champ. Elle a la sensation d'être une proie.

La cohorte de migrants ainsi rassemblés par la *migra*, Rebeca et Soledad incluses, les policiers les forcent à marcher en direction de la plus proche route pavée. Ils sont en nage, échevelés, hors d'haleine d'avoir couru. Soledad et Rebeca, en particulier, qui s'étaient le plus éloignées avant que le camion les rattrape et les oblige à rebrousser chemin. Rebeca s'arrête et pose ses mains sur ses genoux pour reprendre son souffle. Soledad crache par terre. Ils sont tous en colère, frustrés et rechignent à obéir, mais les policiers les poussent rudement quand ils n'avancent pas assez vite. Luca compte les gens, ce qui ne fournit aucune information sur les éventuels échappés, puisqu'il ne les avait pas comptés avant qu'ils s'éparpillent, et ne dispose donc pas d'un chiffre de départ. Il pense que ça ne fait rien, parce que, de là où il se trouve, il voit l'horizon dégagé, qui rejoint la légère courbe brune de la terre. Personne n'a pu s'enfuir. À côté de lui, Lydia boite, la douleur dans sa cheville s'est muée en un élancement sourd. Ils sont rassemblés sur le bord de la route, et personne ne leur dit ce qu'ils attendent, ni combien de temps ils vont attendre. Vingt-trois migrants, chez qui le désespoir a voilé les traits, comme une couche de poudre poussiéreuse. Pendant qu'ils patientent, Lydia prend soin de garder son visage caché sous le large bord de son chapeau rose, et observe les policiers, essayant de repérer des indices sur ce que pourrait être leur captivité. L'un des migrants éructe, fou de rage. Il n'a aucune intention de coopérer.

— Qui est en charge, ici ?

Malgré les ordres, l'homme se met debout, et il s'adresse, par-dessus l'épaule de celui qui est affecté à leur garde, à celui qu'ils soupçonnent tous d'être l'officier chef, le policier assis sur la trappe déployée de son pick-up, un pied planté dans la terre et l'autre ballant. Sa posture est décontractée, aussi est-ce étonnant de le voir se lever rapidement et s'approcher de l'homme qui l'a interpellé. Lydia les fixe, respirant à peine, car par cet épisode, ils apprendront peut-être ce qui les attend dans les heures à venir. Elle enfonce, sans s'en rendre compte, ses ongles dans le bras de Luca, qui commence à se tortiller. Elle le lâche, s'excuse et frotte les petites marques qu'elle a laissées sur sa peau par mégarde.

— Vous voulez quoi ?

Le policier se tient très près de l'homme, à le toucher, délibérément devine Lydia, afin de l'effrayer. Cette attitude lui paraît en même temps puérile et efficace.

— Je suis citoyen mexicain, dit le migrant. Vous n'avez pas le droit de me retenir. Je veux savoir qui commande cette unité.

Le policier est suffisamment grand pour que l'autre doive hausser le cou afin de lui parler en face, son menton pointé sur le haut du gilet pare-balles.

— C'est moi le responsable, répond le policier, puis

il tape sur l'épaule du camarade à côté de lui. Et lui aussi. Et tu vois le type là-bas ? Avec le fusil ? Lui aussi est responsable. Tous les mecs en uniforme comme moi, on est responsables. Et on a le droit de retenir qui on veut. Assieds-toi.

Après quelques minutes et une conversation inaudible, la plupart des policiers montent dans deux des trois camions et s'en vont. Il n'en reste que cinq sur le bord de la route avec les migrants. Avec ces camions disparaît leur espoir qu'il s'agisse d'une affaire strictement administrative, dans les règles. Moins d'uniformes signifie moins de témoins. Les captifs échangent des coups d'œil affolés, mais personne ne bouge. Même si les cinq gardiens restants étaient moins lourdement armés et que l'un des migrants se sente l'envie de courir, il n'y a nulle part où aller. Dans ces circonstances, l'apparition des menottes, quand elle survient, semble à la fois gratuite et alarmante. Ce ne sont d'ailleurs pas de vraies menottes, mais des bracelets de serrage en plastique. Au début, Lydia espère que les gardiens se contenteront de menotter les hommes. Ils commencent à un bout, relevant leurs prisonniers un à la fois. Ils les palpent à la recherche d'armes, de téléphones portables, d'argent. Ils leur enlèvent leurs sacs à dos et leur ligotent les poignets dans le dos. Un homme se plaint lorsqu'on lui pique son argent, l'*agente* lui flanque un coup sur le visage avec sa radio. Luca ouvre de grands yeux.

— *Mijo*, regarde, dit Mami qui le tire contre elle en désignant le ciel. Regarde ce nuage.

— On dirait un éléphant.

— Oui, et maintenant tu vois là ? Ce qu'il ramasse dans sa trompe ?

Luca plisse les yeux. Il sait ce qu'elle fait – essayer de le distraire, parce qu'elle veut l'empêcher de voir. Il pourrait lui dire que de toute façon ça n'a pas d'importance, qu'il a déjà vu bien pire que ça, mais il comprend que cette distraction compte autant pour elle que pour lui. Elle a besoin de se prouver qu'elle peut toujours le dorloter, qu'elle est encore capable de le soulager un peu, quelles que soient les horreurs qui se déroulent à dix mètres de lui. Luca entend l'homme pleurer doucement. Luca est capable d'imaginer, sans avoir besoin de ses yeux pour le confirmer, le filet de sang rouge vif qui coule de son nez ou de sa lèvre. Luca se concentre sur le nuage-éléphant parce que c'est quelque chose qu'il peut faire pour Mami.

— Je crois qu'il cueille une fleur.

Mami frotte sa joue contre la sienne.

— Je crois qu'il serre la main d'une petite souris.

Après que tous les hommes sont menottés, dix-neuf en tout compte Luca, les policiers s'en prennent aux sœurs. Ils veulent s'emparer d'abord de Rebeca, mais Soledad se place devant elle.

— Tout le monde veut jouer les héros aujourd'hui ? marmonne l'un des policiers.

Son partenaire s'esclaffe.

Ils obligent Soledad à se retourner et la palpent, longuement, de haut en bas. Beaucoup plus longtemps que les hommes. Luca sent Mami trembler à côté de lui. Ils agitent le bas du T-shirt blanc trop grand, qui se gonfle, puis ils se penchent pour regarder dessous et y fourrent leurs mains.

— Tu crois qu'elle est armée ? demande l'un.

— En tout cas, elle est bien équipée, ça c'est sûr.

Ils la menottent puis tirent sur le dos du T-shirt qui se plaque ainsi sur les contours de son soutien-gorge blanc, rassemblent le tissu libre et l'attachent avec ses poignets grâce au lien en plastique. Le tissu remonte, dévoilant ainsi quelques centimètres de son ventre brun et, en témoignage de solidarité, tous les migrants de sexe masculin baissent les yeux.

— Bon, c'est mieux, dit le policier qui l'a menottée.

Il jette le sac à dos confisqué de Soledad sur la plateforme du camion, à côté des autres, mais quand Soledad veut s'asseoir par terre comme tout le monde, il l'attrape par le coude.

— Tu t'assois plutôt là, dit-il en indiquant le hayon replié du camion.

Soledad ne bronche pas, rien ne transparaît sur son visage. Elle s'assoit où on lui a dit de s'asseoir, se refuse à regarder tandis qu'ils s'occupent de Rebeca, de la même façon. Bientôt, les deux sœurs sont assises côte à côte, épaule contre épaule, et elles se réconfortent mutuellement avec la chaleur de leur corps. Puis c'est le tour de Lydia. Ils l'obligent à tourner le dos à Luca et lui enlèvent son chapeau pour examiner son visage. Elle plisse les yeux à cause du soleil, mais ils lui remettent le chapeau sans commentaires, avant de lui peloter les seins et les fesses. Ils découvrent la machette attachée à sa jambe, et rigolent tout en débouclant l'étui. L'un des hommes le balance aussi sur la plateforme du camion où il tombe avec un bruit mat.

— Ne t'inquiète pas, *mijo*, ça va aller, dit-elle à Luca sans se retourner pour le regarder.

Luca est assis en tailleur, les coudes sur les genoux. Soledad et Rebeca le fixent en silence, comme si elles pouvaient ainsi l'entourer d'une bulle de protection rien qu'avec leurs regards résolus.

Le policier s'adresse à Lydia d'une voix monocorde, sans manifester ni colère ni hostilité, exactement du même ton que Lydia prendrait pour parler au répondeur de sa banque quand elle veut faire un transfert de fonds par téléphone.

— La ferme, lui ordonne-t-il.

Il glisse ses mains entre ses cuisses et de son petit doigt caresse l'entrejambe de son jean. Lydia serre les lèvres et se met à pleurer.

Luca se penche en avant, prêt à se lever, mais Rebeca l'interpelle :

— Quelle est la troisième plus grande ville des États-Unis ?

Luca est déboussolé.

— Quoi ?

Rebeca répète sa question.

— Ben, c'est facile, c'est Chicago. C'est bien plus compliqué dès qu'on passe à la cinquième et la sixième parce que le nombre d'habitants change d'année en année, mais… eh, pourquoi tu me demandes ça ?

Assise sur le hayon du camion, les mains attachées derrière le dos, Rebeca hausse les épaules.

— Juste par curiosité.

Les policiers en ont fini avec Lydia et ils l'envoient se rasseoir sur le sol à côté de Luca.

— À toi, mon petit bonhomme, lui disent-ils.

Luca se lève. Il écarte les bras et les jambes, s'efforce de faire prendre à son corps la forme d'un X. Ils lui enlèvent son sac à dos et le jettent à l'arrière du camion, à côté des autres. Il ne se plaint pas. Ils lui retournent les poches. Il ne se plaint pas. Ils lui ôtent la casquette de base-ball rouge de Papi.

— Belle casquette. Tu es un fan des Yankees ? lui demande l'un des hommes.

— Ça, c'est pas pour vous. Elle appartenait à mon *papi*.

— Ah ouais ? Et où il est, ton *papi*, maintenant ?

— Il est mort.

Luca assène cette vérité comme un couperet.

Le policier reste impassible, mais il acquiesce et lui repose la casquette sur la tête. Luca se tourne et tend ses poignets pour qu'ils puissent le menotter. Les hommes rigolent.

— Non, *chiquito*, on va pas te menotter, annonce le premier. C'est ta *mami* là-bas ? Va te rasseoir à côté d'elle.

Luca ne comprend pas bien pourquoi, mais il se sent humilié de ne pas être menotté. Diminué. Ses joues deviennent rouges et brûlantes, mais il obéit néanmoins et va s'asseoir sur les genoux de Mami, une chose qu'il n'a pas faite depuis au moins deux ans.

Quand les deux véhicules arrivent, les policiers ouvrent la porte arrière et poussent les migrants à l'intérieur. Il n'y a ni sièges ni fenêtres. Ce sont des fourgonnettes banalisées, ce qui pour Lydia signifie qu'ils vont probablement tous mourir. Son cerveau fonctionne à vive allure, et en même temps, elle a un blanc. Elle ne se rappelle plus les détails, les mots, le nombre exact ni les dates de beaucoup de choses, mais elle se souvient des 43 étudiants disparus d'un bus dans l'État de Guerrero en 2014. Du massacre de 193 individus à San Fernando en 2011. Il y a quelques mois, on a découvert 168 crânes humains dans un charnier à Veracruz. Qui remarquera la disparition de Luca et Lydia ? *Nous avons déjà disparu*, pense-t-elle. *Nous n'existons déjà plus*. Lorsqu'elle regarde Luca, elle distingue la forme de son crâne sous sa peau.

On fait monter les hommes en premier dans les véhicules sombres. Ils s'installent gauchement par terre jambes étendues, mains toujours menottées dans le dos, essayant de ne pas basculer les uns sur les autres. Certains pleurent déjà. Le premier véhicule plein, les policiers referment les portes. Lydia et Luca sont les derniers migrants qu'on fait grimper dans le second. Rebeca et Soledad sont toujours assises sur le hayon du pick-up de la *migra*.

— Mes filles, dit Lydia au policier qui l'a pelotée et qui la hisse dans la fourgonnette.

— Tes quoi ?

Du menton, Lydia indique les deux sœurs à l'arrière du camion.

— C'est tes filles ? demande-t-il, même si Lydia et le policier savent très bien que les deux adolescentes d'Amérique centrale avec leur accent du Honduras et leur couleur de peau très différente ne peuvent passer pour les sœurs de Luca.

— Oui, affirme-t-elle. Nous devons rester ensemble.

— Plus de place, dit-il en hissant Luca dans la camionnette à côté d'elle. Voiture pleine.

Il claque la porte de gauche, mais Lydia allonge la jambe pour bloquer de son pied l'autre porte.

— S'il vous plaît, dit-elle en contemplant les deux sœurs silencieuses.

En face, dans le pick-up, Soledad et Rebeca lui renvoient son regard, l'air de deux moineaux attendant la becquée.

— S'il vous plaît, répète-t-elle. Nous devons rester ensemble.

— T'inquiète pas, rétorque l'homme en lui repoussant la jambe à l'intérieur. On les emmènera faire un tour.

Quand la porte claque derrière elle, Lydia est presque heureuse de se trouver dans le noir.

22

La peur la plus immédiate de Lydia est d'être assassinée dans l'obscurité ou, pire, de voir Luca brutalisé d'une quelconque manière, mais ensuite elle redoute aussi que ceux, quels qu'ils soient, pour qui travaillent ces policiers ne découvrent son identité et ne lui infligent une autre sorte de mort. Même s'ils ne la recherchent pas activement, ils pourraient la démasquer par accident, comme Lorenzo. S'ils travaillent pour un cartel, ce qui semble de plus en plus indéniable, et qu'ils la reconnaissent, il n'est pas nécessaire qu'ils soient des alliés des Jardineros pour l'identifier comme une marchandise de valeur. Ils ont différents moyens de se servir d'elle : comme monnaie d'échange, proposition de paix, humiliation exemplaire, démonstration de leur agressivité. Lydia détient toujours sa carte d'électrice dans son portefeuille. Pourquoi ? Pourquoi ne s'en est-elle pas débarrassée ? Si elle survit à cette captivité, elle détruira la carte avant qu'ils n'aillent plus loin. Elle abandonnera son nom. Elle a déjà abandonné tout le reste. Elle pense de nouveau à Marta, se balançant, pendue au ventilateur de ce dortoir à l'autre bout du monde. Elle pense à Javier et à son désespoir. Et, même si elle ne conçoit pas l'idée de lui pardonner ce qu'il a fait, elle se demande, maintenant qu'elle connaît l'histoire de sa fille, si elle aurait été capable de le raisonner au cas où elle en aurait eu l'occasion et d'en appeler au père anéanti, à sa clémence, pour qu'il les épargne, Luca et elle.

À ses côtés, Luca appuie sa tête contre son bras.

— Mami, j'ai peur, dit-il.

— Je sais, *amorcito.*

— Où ont-ils emmené Rebeca ?

— Je l'ignore, *amorcito.*

Elle penche elle aussi la tête vers la sienne puisque c'est tout le réconfort qu'elle peut lui prodiguer, et s'efforce de ne pas penser à ce que Rebeca et Soledad sont en train d'endurer. Son corps frissonne, concentré sur l'effort qu'elle fait pour brider son imagination. À l'intérieur du véhicule, l'air confiné, chaud et humide empeste puissamment la peur, et la sueur dégouline le long de la colonne vertébrale de Lydia. Mais quand Luca lève sa petite main, la glisse dans ses cheveux, et l'attrape par la nuque, la pression de la paume poisseuse de son fils sur sa peau lui fait l'effet d'un coup de fouet. Déclenche une résolution. Ils vont survivre. Il le faut. Elle incline son corps tout entier vers Luca dans le noir.

Finalement quelqu'un ouvre les portes. La lumière est douloureuse après toute cette obscurité. Les prisonniers sont en sueur, désorientés, assoiffés. Le pantalon de Luca n'a pas séché à cause de l'humidité qui régnait à l'intérieur. L'urine qui l'imprègne dégage une odeur piquante, mais personne n'y fait allusion. Peut-être n'est-elle pas due au seul Luca. Les migrants glissent sur les fesses vers les portes, essaient de sauter sans tomber. Sur un sol en ciment. Des lampes fluorescentes répandent une faible lumière au-dessus de leurs têtes. Ils se trouvent à l'intérieur d'un grand entrepôt et leurs gardiens ne sont plus en uniforme. Il faut quelques minutes à Lydia pour prendre conscience de cette situation. Ils ne se trouvent ni dans un commissariat, ni dans une prison ou un centre de détention pour migrants, juste dans un entrepôt miteux et anonyme. *Mierda.*

Il y a un évier en état de marche dans un coin, et ils sont tous autorisés à placer la tête sous le robinet d'eau trouble, et à boire. L'eau a le goût de rouille et d'œufs durs. Luca est trop petit pour y accéder.

— S'il vous plaît, pouvez-vous me détacher pour que je puisse aider mon fils ? demande Lydia à l'un des gardes.

Il ne répond pas, mais soulève Luca, qui peut coller sa bouche au robinet.

— Qu'est-ce qui pue comme ça ? questionne l'homme, et, quand il comprend que c'est Luca, il le lâche. *Qué cochino !*

Luca réussit à ne pas pleurer. Il se tient à côté de sa *mami*. On leur ordonne de s'asseoir par terre, et pendant longtemps, ils ne font rien d'autre, alignés contre un mur, guettant les quelques bruits qui leur parviennent : un filet d'eau dégoulinant régulièrement dans l'évier crasseux, le claquement de rouleaux métalliques non loin de là, le chuchotement furtif occasionnel d'un migrant à un autre, les voix exemptes de peur des gardiens, dont les conversations et les rires résonnent dans une pièce proche. Et qui fument aussi. Luca sent la fumée. Les prisonniers ne posent pas de questions ni ne se plaignent. Personne ne bouge. Certains prient ensemble, à voix basse. Après ce qui semble des heures, un rideau métallique se relève sur un pan de mur, l'intrusion brutale et inattendue de la lumière du jour leur fait tous cligner des yeux. Un pick-up arrive, celui qui transporte les sacs à dos, ainsi que Rebeca et Soledad, assises sur la plateforme, dos à la cabine, poignets toujours ligotés dans le dos. Le rideau redescend aussitôt.

— Mami, elles sont là, dit Luca, qui saute sur ses pieds, mais Mami lui ordonne de se rasseoir.

— Luca, ne les regarde pas et ne leur parle pas pour l'instant, lui demande-telle. Attends une minute. Voyons comment elles sont.

Luca obéit, bien qu'il ne comprenne pas ce que signifie « comment elles sont ». *Elles sont là !* Il avait peur de ne jamais les revoir. Mami se penche vers lui dans la lumière sale ; elle place son visage tout près du sien, ce qui ne laisse pas à l'enfant d'autre choix que de la regarder.

— Luca, ces gens sont très mauvais. Tu comprends ?

Luca presse ses lèvres l'une contre l'autre. Il étudie un fil de caoutchouc qui s'échappe de la semelle d'une de ses chaussures.

— Il faut à tout prix éviter d'attirer l'attention sur nous, d'accord ? Tu dois rester tranquille et ne pas bouger tant que nous n'avons pas une idée de ce qui va se passer.

Luca tire sur le fil, qui finit par se casser.

— D'accord, *mijo* ?

Il ne répond pas.

Lydia est stupéfaite par l'arrivée des filles. Elle aussi s'imaginait qu'ils ne se reverraient jamais. Après en avoir fini avec elles, les hommes auraient eu le choix entre les garder, les vendre ou les tuer, et franchement c'est ce à quoi Lydia s'attendait, pour autant qu'elle se soit autorisée à s'attendre à quelque chose. Et elle avait enterré cette supposition tout au fond d'elle-même, dans un petit coin sans nom, pendant les quelques heures qui viennent de s'écouler. Elle l'avait écartée parce qu'elle n'avait plus de place pour autre chose dans son esprit. Les filles sont en mauvais état.

Soledad a un œil au beurre noir et une égratignure sur la joue du même côté. Les cheveux en bataille et pleins de sable. Rebeca saigne d'une tempe. Juste un mince filet rouge sur la peau. Sa bouche est enflée et à vif. Un garde les tire par les chevilles, l'une après l'autre, vers l'élévateur du camion et les balance sur le sol comme des sacs de riz. Deux corps mous. Elles ne se plaignent pas, pas un son, pas un mouvement du visage. Elles atterrissent à l'extrémité de la rangée des migrants et ne bougent plus de leur place. Rebeca ferme les yeux aussitôt, Soledad garde les siens ouverts. Elle relève le menton, se penche, et son regard parcourt la rangée jusqu'à ce qu'elle repère Luca, qui dépasse légèrement de la masse de migrants. Elle lui fait un signe de tête.

— Soledad, dit Luca, juste assez fort pour qu'elle l'entende.

Parce que, même s'il ne sait pas pourquoi, il comprend qu'entendre prononcer son nom à ce moment précis est le signal dont elle a besoin pour se reprendre.

— Rebeca, dit-il aussi.

Mais Rebeca ferme les yeux encore plus fort. Elle n'est pas prête. Elle relève les genoux devant elle et enfouit son visage dedans.

À présent les cinq hommes descendus du camion avec les deux sœurs déchargent négligemment les sacs à dos. Ils portent des T-shirts blancs par-dessus leur pantalon d'uniforme bleu foncé. Lydia se demande si ce sont de véritables policiers qui travaillent aussi pour un cartel ou si uniformes et camions ne sont que des costumes et des accessoires élaborés. *Qué importa.* Ils se campent sur la plateforme, puis balancent tous les sacs en tas sur le sol. Luca sent que tous les migrants de la file se redressent, soudain attentifs. Il y a de la nervosité dans l'air. Bientôt, d'autres policiers sortent du bureau pour venir les rejoindre, et celui qu'ils appellent *comandante* s'adresse aux migrants.

— Y a-t-il des citoyens mexicains parmi vous ?

— Moi, dit Lydia, et trois ou quatre autres voix se joignent à la sienne.

Le *comandante* se plante devant l'un de ceux qui vient de parler, assis juste à côté de Rebeca. Du bout de sa botte, il tape dans la chaussure usée de l'homme.

— Tu es mexicain ?

— Oui, monsieur.

— Tu ne mens pas ?

— Non, monsieur.

— Tu ne me mentirais pas ?

— Non, monsieur.

— D'où viens-tu ?

— D'Oaxaca.

— La ville d'Oaxaca ?

L'homme hoche la tête.

— Dans quel État se trouve la ville d'Oaxaca ? demande le *comandante*.

L'homme hésite :

— Dans l'État d'Oaxaca ? répond-il, pas très sûr de lui.

— Oui, *amigo*. La ville d'Oaxaca se trouve dans l'État d'Oaxaca. Félicitations. Tu as dû très bien travailler à l'école, à Oaxaca.

L'homme se tortille, évidemment mal à l'aise.

— Et dis-moi, poursuit le *comandante*, qui est le gouverneur d'Oaxaca maintenant ?

— Le gouverneur ?

— Oui, le gouverneur. De l'État d'Oaxaca d'où tu es originaire.

Nouvelle hésitation.

— Euh, on… On a eu des élections récemment.

Le gouverneur, le dernier gouverneur, il s'appelait, euh..., balbutie-t-il en secouant la tête.

— Tu connais sûrement le nom du gouverneur ? ironise le *comandante*.

— Esperanza ?

Le *comandante* se tourne vers l'un des gardiens debout à côté de lui, qui cherche la réponse sur son portable, et fait un signe de dénégation.

— Le gouverneur d'Oaxaca s'appelle Hinojosa.

Le *comandante* reprend son interrogatoire.

— Maintenant, tu vas me redire d'où tu viens ?

L'homme déglutit, et répète d'une petite voix :

— Oaxaca.

Le *comandante* sort son pistolet et tire sur l'homme à bout portant, entre les deux yeux.

Rebeca sursaute de tout son corps ; Lydia pousse un cri, et l'ensemble des migrants l'imite ; Luca se met à sangloter et à hurler. Il se bouche les oreilles de ses mains, ferme les paupières, se balance d'avant en arrière en murmurant, non, non, non. Le *comandante*, irrité, se racle la gorge, un son infime qui pourtant couvre tout le bruit environnant. Les yeux écarquillés, les lèvres craquelées, Rebeca fixe l'homme, son voisin, en tas à côté d'elle. Ses yeux sont encore ouverts quand il s'effondre sur les genoux de la jeune fille. Son sang lui coule sur les jambes. Rebeca ne bouge pas.

— Si quelqu'un d'entre vous avait aussi envie de me mentir sur ses origines, je lui conseille d'y réfléchir à deux fois, dit le *comandante*. Et maintenant, je repose la question : qui, dans cette pièce, est citoyen mexicain ?

Luca secoue la tête frénétiquement, mais Lydia prend une profonde inspiration :

— Moi, dit-elle.

Cette fois-ci, elle est la seule.

Le *comandante* se retourne pour s'approcher d'elle.

— C'est ton fils ?

Elle n'ose plus respirer.

— Nous sommes d'Acapulco, dans l'État de Guerrero. Le gouverneur se nomme Héctor Astudillo Flores, et la capitale de l'État est Chilpancingo.

Avant qu'elle puisse l'arrêter, Luca saute sur ses pieds. Il tremble, mais il se tient droit, la tête renversée en arrière et les yeux clos. La voix claire, il complète ce que sa *mami* vient de dire :

— Bien que le site d'Acapulco ait des influences culturelles remontant aux Olmèques du VIIIe siècle, il n'est devenu un grand port qu'à l'arrivée de Cortés en 1520. La ville compte actuellement une population de plus de six cent mille habitants et possède un climat tropical avec une saison sèche et une saison humide distinctes…

— Il est sérieux, là ? l'interrompt le *comandante*, qui s'adresse à Lydia.

— Oui.

L'homme semble très différent quand il sourit à Luca, comme il le fait maintenant. Il a l'air d'un grand-père. Corpulent. Des sourcils broussailleux. Les tempes grisonnantes. Ce même homme qui vient d'abattre un être humain menotté d'un coup de pistolet entre les deux yeux.

— Le tourisme est la principale écono…

— *Mijo*, arrête, ordonne Lydia.

Luca se tait brusquement et se rassoit sur les genoux de sa mère, de profil, de telle façon qu'il la recouvre presque entièrement de son corps.

Le *comandante* appuie ses mains sur ses genoux.

— Où as-tu appris tout ça ?

Luca hausse les épaules.

— Tu l'as inventé ?
— Non.
— Tu ne me mentirais pas, n'est-ce pas ?
— Non.
Luca ferait à nouveau dans son pantalon s'il n'était pas aussi déshydraté. Il enfouit son visage dans le cou de Mami.
Le *comandante* se redresse.
— Donc, vous venez d'Acapulco ?
Elle hésite, mais c'est trop tard. Elle a déjà dit la vérité parce qu'il n'y avait pas d'autre solution ; elle ne peut plus changer sa réponse, maintenant.
— Oui.
— Et pourquoi avez-vous quitté un endroit si magnifique ?
Le *comandante* scrute attentivement ses traits : rien ne signale à Lydia qu'il l'ait reconnue. Le visage de Sebastián, le journaliste assassiné, a fait la une des journaux nationaux, mais pas le sien. Ni celui de Luca, d'Abuela ou de Yénifer, ou des quinze autres bien-aimés membres de la famille massacrés. Seul ce SMS qui circule pourrait l'identifier. Lydia respire un grand coup. Elle ne va pas mentir, mais dire juste une partie de la vérité.
— La ville est devenue terriblement violente, effrayante. Je n'avais plus les moyens de continuer à gérer mon affaire.
— Donc, tu es partie.
— Oui.
— Pour offrir une meilleure vie à ton remarquable fils.
Il sourit de toutes ses dents au fils en question.
— Oui.
— C'est intelligent.
Lydia ne réplique pas.
— Levez-vous, alors, ordonne-t-il.

Luca se remet maladroitement sur ses pieds comme un bébé faon et aide Lydia, gênée de ne pas pouvoir se servir de ses mains ligotées dans son dos. Elle s'appuie sur Luca et se lève à son tour. Sa cheville la fait toujours souffrir, mais la douleur a diminué. La gêne d'une légère entorse. Si elle était à la maison, elle songerait peut-être à mettre de la glace dessus, à s'en servir comme d'une excuse pour ne pas préparer le dîner ce soir-là. Elle enverrait Sebastián chercher des *tortas*.

— Quelqu'un d'autre a quelque chose à dire ? questionne le *comandante*.

Rebeca fixe toujours l'homme mort sur ses genoux d'un air ébahi. Soledad paraît vouloir parler, mais Lydia lui intime de se taire d'une torsion affolée du cou.

— Libère-la, ordonne le *comandante* à l'un des gardiens, qui s'approche de Lydia avec une lame acérée.

Elle grimace en sentant la pression déplaisante sur sa peau. Mais une seconde plus tard, un bruit sec se fait entendre, et elle se retrouve les bras ballants. Elle tend le poignet auquel est toujours attaché le cordon en plastique, afin que le gardien le coupe et le lui arrache. Devrait-elle le remercier ? Elle reste muette.

— Rassemblez vos affaires, lui intime le *comandante*.

Luca la rejoint, s'avance avec elle, et ensemble ils récupèrent leurs sacs dans la pile. Lydia sait que c'est absurde de chercher la machette et son étui, elle le fait néanmoins. Disparus, évidemment.

— Suivez-moi.

Le *comandante* se dirige vers son bureau, Lydia et Luca lui emboîtent le pas. Une fois à l'intérieur, il leur enjoint de s'asseoir, puis s'assoit lui aussi dans un fauteuil rembourré, derrière une vieille table-bureau en fer. Un carnet est posé sur la table, surmonté d'un stylo en or sur lequel il y a quelque chose de gravé. L'incongruité de ce stylo et de la paperasse à venir qu'il implique, alors que juste de l'autre côté de la porte, gît le corps encore chaud d'un homme, c'est la goutte d'eau qui fait déborder le vase. Lydia sent son cerveau vaciller. C'est certainement le pire moment de sa vie. Sauf que non. Toute leur famille a été assassinée. Rien ne pourra jamais être pire que ça. Et, une fois de plus, Luca et elle semblent sur le point d'échapper à l'horrible destin de tous ceux qui les entourent. Pourquoi la chance leur sourit-elle encore ainsi ? Et quand les quittera-t-elle ? Que va-t-il se passer maintenant ? Va-t-il la reconnaître, afficher sa photo sur son téléphone, lui coller une balle entre les deux yeux de la part de Javier ? Sa respiration lui paraît rapide et laborieuse.

— Maintenant, voyons, dit le *comandante*.

Il ouvre un tiroir du bureau, en sort un téléphone portable. Dans les oreilles de Lydia son cœur bat la chamade.

— Mettez-vous juste là, devant l'affiche bleue.

Il indique un papier bleu punaisé au mur. Lydia le contemple, hésitant à obéir. Hésitant aussi à désobéir. Elle se place devant l'affiche, et le *comandante* la prend en photo.

— À toi, dit-il à Luca.

La photo prise, il se rassoit à côté de sa mère.

— Tu as un papier d'identité ?

— Oui.

— Montre-le-moi, s'il te plaît.

Le coup de feu ayant tué le migrant qui ne venait pas d'Oaxaca résonne encore aux oreilles de Lydia. D'une main tremblante, elle fouille dans son sac, en retire son portefeuille et, à l'intérieur, sa carte d'électrice, preuve qu'elle est mexicaine et aussi la femme que Javier Crespo Fuentes poursuit. La carte lui fait l'effet d'être à la fois un canot de sauvetage et une torpille. Elle la dépose dans la main tendue du *comandante*, prenant soin de ne pas toucher sa peau. Il agite les doigts pour lui signifier de déposer également le portefeuille et l'ensemble de son contenu. Il photographie la carte, la range dans son étui transparent. Puis retire l'argent du portefeuille et le compte : un peu moins de 75 000 pesos, environ 3 900 dollars. Lydia a mûrement réfléchi à la meilleure façon de répartir leur argent, en prévision d'un vol. Un migrant rencontré à la Casa del Migrante de Huehuetoca, leur première escale, lui avait conseillé de répartir son pécule dans plusieurs endroits, pour le cas où ils seraient dévalisés, cas qui se présenterait immanquablement, afin que les voleurs ne trouvent pas la totalité du magot. Elle a donc placé le tiers de leurs avoirs dans le portefeuille, ce qui constitue une somme convenable. La plupart des gens ne s'attendrait pas à ce qu'elle dispose de plus. Elle a divisé le reste en dix parts égales de 15 000 pesos, chacune réparties en divers endroits : une liasse cousue dans la bande de son soutien-gorge, sous l'aisselle gauche, une autre dans sa culotte, près de la hanche droite. Une partie demeure dans l'enveloppe de la banque, dans une poche secrète à la base du sac à dos de Luca, une autre encore, aplatie sous la semelle intérieure des baskets dorées de sa mère. Maintenant elle est à la fois heureuse d'avoir pris ces dispositions, et terrifiée à l'idée de la punition que le *comandante* pourrait lui infliger s'il découvrait une partie de ces réserves. Il ouvre un deuxième tiroir de son bureau, y range le plus gros de leurs 75 000 pesos, puis remet le solde dans le portefeuille.

Lydia n'en croit pas ses yeux. *C'est quoi, ce truc, une sorte de code moral chez ce monstre ? Il nous laisse de l'argent ?* Debout dans un coin, un gardien les observe, celui-là même qui avait cherché le nom du gouverneur d'Oaxaca, un peu plus tôt. Il fixe Lydia avec insistance pendant que son chef note quelque chose dans son carnet – le nom de Lydia et la somme d'argent prélevée. Il fronce les sourcils en lisant le nom qu'il a pourtant écrit de sa main, tapote son stylo, l'air perplexe. Le gardien se racle la gorge.

— Quelque chose ne va pas, Rafa ? demande le chef.

Rafa, qui était appuyé au mur, se redresse en secouant légèrement la tête :

— J'ai l'impression de l'avoir déjà vue. Pas toi ?

Le regard du *comandante* quitte le carnet pour s'appesantir sur Lydia.

— Je ne sais pas. Est-ce qu'on s'est déjà vus ?

La gorge sèche, Lydia explique :

— C'est à cause de mon visage. Le genre banal.

Le *comandante* retourne à sa paperasse, mais Rafa insiste, la fixe encore, et elle devine à son expression ce qui défile dans son esprit, le fichier de ses souvenirs qui essaie de la localiser. Elle le voit à sa bouche et à ses yeux, à sa façon de l'examiner : *Où est-ce que je l'ai vue ?* Lydia tremble de tout son corps, paniquée. Seigneur, quelle que soit cette transaction, faites qu'elle se termine vite, avant que cet homme retrouve la mémoire. Elle bouge sur sa chaise, tâchant de cacher un peu plus son visage. Elle se penche vers Luca, mais elle sent toujours le regard malveillant du gardien qui la cloue sur place. C'en est fini de leur anonymat.

Mais le *comandante* est passé à autre chose. Il s'adresse à Luca.

— Comment t'appelles-tu, mon garçon ?

Luca jette un regard de biais à sa *mami*.

— Dis-lui la vérité.

— Luca Mateo Pérez Quixano.

— Quel âge as-tu ?

— Huit ans.

Sous le nom de Lydia, le *comandante* inscrit avec son joli stylo + 1, et le nom, l'âge de Luca.

— Dans quelle ville souhaitez-vous allez vivre ?

— Nous ne sommes pas encore sûrs. Denver, peut-être.

Il note ça aussi.

— Vous comprenez ce qui se passe ici ? demande le *comandante*.

Lydia ne sait pas quoi répondre. Elle n'a pas envie de dire : « Violence, kidnapping, extorsion de fonds, viols ? » Elle n'a pas envie de dire : « Le mal et la cruauté ? » Elle n'a pas envie de dire : « Ma mort, si nous ne filons pas rapidement ? » Il n'y a pas de réponse acceptable.

— Parfois, ça se termine malencontreusement.

Le *comandante* gesticule vaguement dans la direction du mort dans la pièce voisine, et sourit à Luca, dont les traits sont totalement dénués d'expression.

— Mais cette fin-là, vous vous la rappellerez, reprend-il. Et ce souvenir vous aidera à garder le silence, et donc à sauvegarder votre futur bien-être.

Futur bien-être. Ces mots transpercent le cœur de Lydia comme une flèche. Pourtant, elle ne bronche pas. Le *comandante* rebouche son stylo, referme son carnet, pose les mains à plat dessus et se penche vers Luca.

— La plupart de ces types sont des méchants de toute façon, mon garçon, il faut que tu le comprennes. Ils ne sont pas innocents. Ils sont membres de gangs, ils transportent de la drogue. Ce sont des voleurs, des violeurs ou des assassins, comme le dit le président des *norteños*. De mauvais *hambres*. (Il prononce le mot à la façon du président américain, qui a confondu *hombres* et *hambres* [les hommes et la faim en espagnol], ce qui est devenu un sujet de plaisanterie générale. Mauvaise faim. Le *comandante* fait pareil.) Ils ont dû quitter leur pays parce qu'ils avaient des problèmes, tu comprends. Les gens comme il faut ne s'enfuient pas.

Luca ouvre la bouche, et Lydia voit qu'il envisage de prendre la parole. Elle prie de toutes ses forces pour qu'il garde le silence. Il referme la bouche.

— Pourtant, la plupart d'entre eux s'en sortiront, poursuit le *comandante*. Certains auront les moyens de payer leur rançon. Comme vous. Ceux qui ne peuvent pas ont probablement de la famille dans *el norte* qui les aidera. Ils ne resteront ici qu'un ou deux jours, ils paieront le prix, et voilà, bonne route. Pas de quoi s'inquiéter, tu saisis ? Inutile de te préciser que tu dois garder tout ça pour toi ?

Lydia fait un signe de tête signifiant qu'elle a compris.

— Non, *señor*.

— Pas besoin de t'informer des choses affreuses qui arrivent à ceux qui racontent des bobards à Sinaloa.

Lydia secoue la tête de plus belle. À qui parlerait-elle ?

— Bien, affaire conclue, dit le *comandante*, avant de s'adresser au gardien derrière lui. Rafa ? Fais-les sortir et envoie-moi les suivants.

Rafa se détourne de Lydia, un mouvement qui accentue l'immense espoir de délivrance de la jeune femme. On les renvoie. Elle n'arrive pas à y croire. Elle saisit la main de Luca, puis se lève en tremblant de sa chaise. Rafa va vers une porte métallique, dans un coin de la pièce derrière le bureau, une porte que Lydia n'avait pas remarquée. Il tend la main pour tirer le verrou du haut, fermé à double tour. Il pousse la barre, la porte s'ouvre, un filet de jour s'insinue dans le périmètre. Lydia se dirige vers cette lumière miraculeuse, mais Luca ne bouge pas, pendu à son bras comme un poids mort.

— Luca, viens.

Elle retient mal la pointe d'hystérie dans sa voix. Elle tire plus fort, mais il se dégage de son étreinte.

— Luca, qu'est-ce que tu fais ?

Elle le secoue, si folle de peur qu'elle pourrait le tuer de ses propres mains.

— On peut pas les laisser, dit-il.

Dans la poitrine de Luca, un oiseau bat des ailes, comme celui qui était entré accidentellement par le balcon dans leur appartement et ne trouvait plus le moyen de sortir, alors il se jetait contre la vitre, encore, encore, jusqu'à ce que Papi réussisse à l'attraper avec une serviette et le remette en liberté par la porte. Lucas ressent la même terreur, l'impression que sa cage thoracique est en verre et qu'elle va voler en éclats si son cœur n'est pas d'abord réduit en une bouillie sanglante.

Sa mère le regarde, sidérée. *Qu'est-il en train de faire ?*

— Luca…

— Non, Mami, elles ne peuvent pas payer. Elles n'ont pas l'argent.

La dispute semble amuser le *comandante* qui se rencogne dans sa chaise, et s'y accoude, doigts entrelacés. Luca se retourne pour l'affronter.

— Qu'est-ce qui arrive aux gens qui peuvent pas payer ?

— Jeune homme, ta loyauté est admirable…

— Qu'est-ce qui va leur arriver ?

L'espace d'un instant, l'expression du *comandante* devient terrifiante et, une fois encore, Lydia tend la main vers son fils. Mais l'homme se radoucit.

— Calme-toi, dit-il à Lydia. Je ne lui ferai pas de mal. Je respecte son courage. Asseyez-vous, s'il vous plaît.

Lydia regarde la porte. Par l'ouverture, elle a entrevu

la lumière déclinante du jour, dehors, et elle n'a pas envie de renoncer à cette promesse de liberté juste entrevue. Mais il y a Luca, qui s'est rassis, encore plus effrayé de laisser les deux sœurs que de prolonger ce cauchemar. En dépit de tout ce qu'il a enduré, ou peut-être à cause de cela, l'enfant a préféré l'appel de sa conscience à l'espoir d'être sauvé. *Si nous survivons à ça*, pense Lydia, *je serai très fière de lui*. Lydia se tasse sur la chaise à côté de son fils, et rétrécit de quelques centimètres, le corps complètement recroquevillé, prenant soin de détourner la tête, à l'abri du regard insistant du gardien.

— De qui parle-t-il ? demande le *comandante*.

— Des deux filles, précise Lydia. Celles avec le bracelet arc-en-ciel.

— Ton fils est un garçon très impressionnant.

Comment répondre à un compliment venant d'un tel homme ? C'est très perturbant.

— Les filles n'ont pas de famille pour les aider, dit Lydia.

— Elles n'ont que nous, ajoute Luca.

Le *comandante* pousse un gros soupir, tapote légèrement le bout de son stylo sur son carnet.

— Ces filles vaudraient cher sur le marché. Deux beautés pareilles. (Il siffle, puis regarde de nouveau Luca.) Mais je veux te récompenser pour ton courage et ta fidélité. C'est très impressionnant, poursuit-il en se redressant. Tu as de l'argent ?

La question s'adresse à Lydia. Elle hésite.

— Une femme de ton allure, et qui parle si bien ? Tu as encore de l'argent, hein ?

Lydia ferme les yeux et, dans la pénombre, l'image de Soledad et de Rebeca ressurgit, la première fois qu'elles se sont rencontrées, sur le pont routier, aux abords de Huehuetoca. Jambes ballantes. Voix chantantes. Elle se remémore leur vivacité, leur courage. Et sur cette image se superpose celle de la robe de Yénifer, le jour de la *quinceañera*, la tache de sang sur la dentelle blanche. Elle réfrène le sanglot qui enflait en elle. Rouvre les yeux. Fait signe que oui.

— Rafa, amène les filles, ordonne le *comandante* d'une voix forte, avant d'ajouter à l'intention de Lydia : 75 000 pesos.

Elle le contemple avec stupéfaction.

— Chacune.

La somme représente la quasi-totalité de ce qu'il leur reste. Il exige plus pour chacune des sœurs que pour Luca et Lydia réunis, et Lydia comprend, écœurée, que ce montant est prédéterminé. C'est le prix estimé d'un capital humain. Si Lydia ne paie pas, quelqu'un d'autre achètera les filles. Et, à la même seconde, elle se rend compte du prix astronomique qu'elle-même vaudrait si le Rafa en question était capable de se rappeler pourquoi il pense la reconnaître. Cette éventualité est une vraie bombe à retardement, posée dans cette petite pièce confinée.

Luca fouille son visage du regard et, pour lui, elle n'hésite plus.

— Nous paierons.

23

Tout ce qu'il reste des économies d'une existence entière – celle de Lydia et de Sebastián – est contenu dans le portefeuille que le *comandante* lui rend après avoir prélevé le prix de leur liberté à Luca et à elle : la misérable somme de 4 941 pesos, soit environ 243 dollars. Dans des conditions normales d'existence, c'est un montant non négligeable. Il représenterait des semaines d'achats d'alimentation, le paiement d'un loyer, les honoraires du médecin, le remplissage du réservoir de la Coccinelle. Mais dans les circonstances actuelles, cela paraît négligeable. Ils n'ont rien. Si jamais ils franchissent la frontière, ils devront repartir de zéro. Déjà, ils ont besoin de chaussures neuves : celles de Luca n'ont presque plus de semelles, les baskets lamées d'Abuela se décollent au bout. Et ces 243 dollars diminués du prix de nouvelles chaussures, ce n'est pas suffisant. Lydia se sent misérable. Grâce à Dieu, il y a toujours l'argent de sa mère déposé à la banque. Il permettra de payer le *coyote* qui les aidera à traverser la frontière. Elle ne parvient pas à penser à autre chose pour l'instant.

Quand, finalement, le gardien ouvre la porte de la liberté et qu'ils sortent en titubant, ce n'est pourtant pas à l'argent que pense Lydia. Le visage de cet homme lui reste en tête, l'insistance avec laquelle il la fixait, cherchant désespérément où il l'avait vue ; elle sait qu'il y pense encore : à tout moment, la mémoire peut lui revenir. *Oui, Dios mío*, c'est elle, *celle qui appartient aux Jardineros*.

Ils se mettent à courir. Ils ne savent pas où ils se trouvent, à quelle distance du train ou de la ville. Ils ont émergé d'un gros entrepôt, en pleine campagne, n'entendent aucun bruit, ni ronflement de locomotive, ni grondement de moteur de voiture. Ils courent vers l'ouest, guidés par la faible lueur laissée il y a peu par le soleil couchant, rose virant au pourpre, sur le sol inégal, ils sautent par-dessus des ornières, des fossés et des trous de terriers d'animaux invisibles, butent sur des pierres, des racines et des massifs de plantes serpentines, espérant tomber sur une route montant vers le nord. Lydia ne ressent de douleur dans sa cheville que lorsqu'elle plie le pied, alors elle s'efforce de le maintenir droit. Les deux filles boitent aussi, mais Soledad est une vraie boule de feu, et elle se bat contre la douleur tout en courant. Luca, telle une majorette hors d'haleine, encourage tout le monde au fur et à mesure.

— Allez, Rebeca, tu peux y arriver. Tiens bon. Mami, allez.

Soledad est en tête, elle serait capable de courir jusqu'à *el norte*. Ils croisent une route et font une pause. Pas une voiture en vue, le crépuscule toujours rose. Soledad se poste tout près de Lydia et lui prend la main. Sa voix tremble.

— Merci.

Lydia a honte, elle qui était prête à les abandonner là-bas.

— C'est grâce à Luca, dit-elle.

Soledad attrape Luca par les cheveux et se penche vers lui pour le regarder dans les yeux :

— Tu nous as sauvé la vie. Tu le sais ? Toi et ta Mami, poursuit-elle sans lâcher la main de Lydia.

Luca sourit, et Rebeca se met à pleurer, un son tendu, aigu, qui le surprend. Le visage de la jeune fille est déformé par la détresse, sa respiration s'échappe de sa poitrine en hoquets rauques. Son jean est couvert de sang, des taches du sien mêlées à celui de l'homme assassiné, et comme le bouton de la braguette a été arraché, il lui tombe sur les hanches. Lydia sort une des ceintures de son sac à dos, et la lui enfile dans les passants du pantalon. Rebeca grimace de douleur, tremblante, mais elle se soumet à la gentillesse de Lydia, et boucle elle-même la ceinture. Debout derrière elle, Soledad noue les cheveux noirs de sa sœur en queue-de-cheval, révélant une ecchymose violette sur sa nuque. Soledad caresse la blessure du doigt, Rebeca se retourne en grimaçant, et les deux filles s'enlacent. Rebeca frissonne et pleure, tandis que, rassemblés autour d'elle, les trois autres attendent qu'elle soit de nouveau en état de marcher. Elle avance les bras croisés sur la poitrine parce que son soutien-gorge a disparu.

Ils bifurquent pour suivre la route en direction du nord, la lumière décline – pourpre, puis indigo puis bleue – et, lorsqu'ils atteignent la périphérie d'un village, ils marchent dans l'obscurité. Lydia regarde constamment par-dessus son épaule, guettant l'approche d'un phare, un lointain coup de feu. La peur est plus forte que la fatigue, et elle les entraîne à avancer le plus vite qu'ils le peuvent. Ils sont tous particulièrement assoiffés, leur réserve d'eau est épuisée depuis des heures et, là où ils se trouvent, il n'y a ni boutique, ni rivière, ni ruisseau. S'aventurer dans le petit village leur semble trop dangereux. Ils ne sont pas encore assez loin de l'entrepôt et de ses occupants. Ils ne veulent pas se montrer. Mais ils sont affamés aussi, n'ayant rien mangé de la journée. Malgré l'adrénaline, ils s'affaiblissent de plus en plus. Parfois, les phares d'une voiture approchent, et ils quittent la route pour courir se tapir sans bouger derrière le moindre abri disponible. Ils savent sans avoir besoin de l'exprimer que cette peur nouvelle, cette sensation de ne pas vraiment s'être échappés, de ne pas vraiment être en sécurité, est un fardeau qu'ils vont devoir porter ensemble. N'importe laquelle de ces voitures pourrait transporter les hommes qui les ont kidnappés un peu plus tôt. Ces hommes, avec ou sans l'approbation de leur *comandante*, peuvent décider de les rattraper et de répéter, encore et encore, ce qu'ils ont fait subir à Rebeca et à Soledad à l'arrière du camion. Ils peuvent décider d'empoigner Lydia par les cheveux et de la fourrer dans le coffre d'une voiture, d'arracher Luca de ses bras et de le tuer sur le bord de la route, avant de la conduire, à travers la nuit, vers Acapulco. Où l'attend Javier.

Enfin, ils commencent à percevoir la lueur diffuse d'une agglomération au nord. Ils traversent un croisement, et la circulation se fait plus dense. Il n'est plus question de courir se cacher chaque fois que passe une voiture, elles sont trop nombreuses.

— On va se procurer de l'eau, dit Lydia. On trouvera bientôt un endroit. Quelqu'un nous en donnera.

Rien ne justifie réellement ces affirmations, mais elle doit le dire, parce qu'elle en a besoin, parce que cela suffit pour encourager les autres à accélérer le pas. Le terrain est plat, et bientôt, les lumières de la ville deviennent visibles. Une voiture les dépasse, ralentit et s'arrête sur le bas-côté. Lydia tend le bras devant Luca pour l'empêcher d'avancer, Soledad et Rebeca se figent toutes les deux sur place, serrées l'une contre l'autre. La voiture recule un peu dans leur direction, les filles s'écartent de la route à toute allure, mais elles n'ont nulle part où aller. Lydia, elle, ne bouge pas. Par automatisme, elle se penche pour extraire la machette de son étui – oubliant qu'elle a désormais disparu. Elle jure à voix basse – 243 dollars, moins deux paires de chaussures et une machette neuve. Elle fait passer Luca derrière elle. La porte du conducteur s'ouvre, un homme sort de la voiture. Il porte des bottes de cow-boy, un jean, une chemise à col boutonné. Il reste debout à côté de sa voiture, n'essaie pas de s'approcher.

— Ça va ? demande-t-il à travers les ténèbres.

— Bien, merci, répond Lydia.

— Vous êtes des migrants ?

Lydia se tait.

— Nous voyons beaucoup de migrants sur cette route la nuit, certains en très mauvais état, explique l'homme. Et personne ne sait d'où ils viennent. Cette route est très à l'écart de la piste qu'ils empruntent. Comment êtes-vous arrivés dans ce secteur ?

Lydia reste bouche cousue, mais l'homme ne tient pas compte de sa réticence et continue de parler.

— Je suis médecin. J'ai un dispensaire tout près. Si vous voulez, je peux vous mettre en sécurité.

Soledad ricane, mais Rebeca lui serre le bras :

— Ce n'est pas drôle.

Soledad éclate d'un rire complètement hystérique.

— J'ai dit quelque chose de mal ? interroge l'homme.

— Sécurité !

Soledad hurle de rire.

Luca se presse contre sa *mami*.

— Pourquoi elle rit, Mami ? Qu'est-ce qu'elle a ?

— Chut, lui dit Mami. Elle a traversé tant de choses terribles. Parfois, les gens craquent. Mais ça ne dure pas longtemps, elle va se reprendre, *mijo*.

Ils regardent l'homme s'approcher du coffre de sa voiture et l'ouvrir. Lydia agrippe Luca par la nuque et recule de deux pas, mais l'homme ne fait que sortir un bidon d'eau de quatre litres du coffre. Il le pose par terre.

— Écoutez, je le laisse là pour vous. Je pourrais (il s'interrompt et regarde de nouveau dans son coffre), je croyais avoir aussi des biscuits, mais mon fils a dû les manger. Je vous laisse l'eau. (Il tient ses clés à la main, Luca les entend tinter les unes contre les autres.) Mais si quelqu'un d'entre vous a besoin d'une aide médicale, je peux sans doute vous être utile. Et si vous avez faim, je peux vous procurer de quoi manger.

Lydia observe les deux filles sur le bord de la route, dans la pénombre. Ses yeux se sont habitués à l'obscurité et elle voit leurs visages, mais elle discerne mal leur expression.

— Est-ce qu'on est loin de la ville ? demande Soledad.

— Non, répond le docteur. Trois ou quatre kilomètres. En une demi-heure de marche, vous serez à la périphérie.

— Comment s'appelle la ville ? interroge Luca.

Le mot « ville » l'a rempli d'excitation, car il signifie un lieu plus grand que ce à quoi il s'attendait.

— Navolato. Environ trente-cinq kilomètres à l'ouest de Culiacán.

Luca ferme les yeux pour consulter mentalement la carte de géographie. Il repère Navolato, un petit point proche du grand point de Culiacán, mais il n'a enregistré aucune information sur cette ville. *Trente-cinq kilomètres*, réfléchit Lydia. *Comment ferons-nous pour retourner ensuite attraper le train, au nom du ciel ?* Les deux sœurs ne sont pas en état de marcher davantage.

— Est-ce qu'il y a un accueil pour les migrants à Navolato ? demande-t-elle au docteur.

— Non, je ne crois pas. Mais il y a une église. On y trouve toujours de l'aide.

— Et à Culiacán ? Il y a un accueil pour les migrants là-bas ?

— Peut-être. Je ne suis pas sûr.

Lydia laisse échapper un immense soupir. Le sentiment de gratitude qu'elle a connu lorsqu'ils ont émergé vivants tous les quatre de l'entrepôt n'a pas disparu, mais l'épuisement et la peur qui subsiste en elle sont en train d'en avoir raison.

— Avez-vous faim ? insiste le docteur.

La réponse de Luca fuse.

— Oui.

— Voulez-vous que je vous emmène ?

Lydia consulte encore une fois les deux sœurs du regard.

— Non, répond sèchement Soledad.

La déception qu'éprouve Lydia, son désir de faire confiance à cet homme la surprennent elle-même – mais elle veut trouver une preuve que la bonté existe toujours en ce monde. Elle a besoin d'une lueur d'espoir. Elle ne voit que les contours du corps du médecin, éclairés par la lueur périphérique des phares dirigés dans le sens opposé, derrière lui.

— Merci quand même, dit-elle.

Elle fait quelques pas hésitants vers lui, précédée de Luca, qui trotte. Le bidon d'eau est posé près du pare-chocs arrière, aux pieds du docteur. Luca le débouche et s'apprête à le soulever, mais il est trop lourd et manque de se renverser. Le docteur l'aide, il tient fermement le bidon pendant que Luca boit, boit encore. Le petit garçon détourne la tête pour respirer avant de reprendre une longue goulée. Debout derrière lui, Lydia attend qu'il ait fini. Elle entend les sœurs approcher, mais elles restent dans l'ombre.

— Écoutez, dit le docteur. Je ne veux pas vous presser, mais c'est dangereux pour vous de marcher sur cette route la nuit. Il y a pas mal d'activité dans ce secteur. On raconte des tas d'histoires horribles. Peut-être les connaissez-vous déjà.

Soledad émet un dernier ricanement, isolé, cette fois. Elle ne sait plus ce qu'elle trouvait drôle quelques minutes auparavant. Le visage du docteur est plissé d'inquiétude. Une minuscule lampe de poche pend à la chaîne de son porte-clés, et il l'allume. Il dirige le faisceau vers les jambes des filles, ce qui confirme ce qu'il pensait voir ou sentir dans le noir : elles sont couvertes de sang. Non seulement les jambes du jean de Rebeca, constate Lydia, mais aussi celles de Soledad, et le sang, là, n'est pas sec. Le docteur éteint sa lampe.

— Je vous en prie, dit-il, laissez-moi vous aider.

Soledad croise les bras, Rebeca serre les mâchoires sans répondre. C'est Luca qui dit tout haut :

— Comment on sait que vous êtes un vrai docteur ?

— Ah !

L'homme lève un doigt, puis sort un portefeuille de sa poche arrière, et lui montre une carte d'identité avec sa photo.

— Docteur Ricardo Montañero-Alcán.

Luca souffle dessus pour tester son authenticité avant de la lui rendre.

— Ça ne prouve rien, remarque Soledad. Vous pouvez être un docteur et aussi un *narco*. Vous pouvez être un docteur, un professeur, un prêtre. Vous pouvez être un officier de police fédérale et tuer les gens quand même.

— C'est vrai, admet le docteur, avec un hochement de tête, avant de remettre son portefeuille en place.

— D'ailleurs, pourquoi voulez-vous nous aider ? insiste Soledad.

L'homme touche la croix en or qu'il porte autour du cou.

— « *Parce que j'avais faim et que tu m'as donné à manger, que j'avais soif et que tu m'as donné à boire.* »

Lydia se signe automatiquement.

— « *Un étranger et tu m'as accueilli* », complète-t-elle, citant les Saintes Écritures.

Elle passe le bidon d'eau à Rebeca, qui en boit juste un peu avant de le passer à Soledad.

— Nous devrions aller avec lui, déclare Luca.

Le docteur tend d'abord son téléphone portable à Soledad pour qu'elle en inspecte le contenu : il lui montre sa page Facebook, des photos de sa femme et de ses enfants. Elle est si affamée et épuisée qu'elle se laisse fléchir.

Il voudrait les emmener dans son dispensaire, mais ils refusent, alors il les conduit en ville, jusqu'à un immeuble de deux étages aux murs mal chaulés, une boutique occupe le rez-de-chaussée, les fenêtres du dessus ont des barreaux. Une inscription en grandes lettres rouges annonce qu'il s'agit du Motel Techo-rojo. Un auvent rouge protège la boutique, et derrière le comptoir en plein air deux jeunes femmes en tablier observent d'un air terriblement soupçonneux les clients qui s'approchent. Derrière elles s'alignent des en-cas emballés dans du papier d'aluminium brillant et des bouteilles de soda aux couleurs fluorescentes. Il y a aussi un gril, d'où s'échappe l'arôme d'une viande en train de cuire, comme s'échappent d'une radio bon marché les sons d'une *musica norteña* aux forts accents d'accordéon. Le docteur leur achète de quoi manger et leur paie une chambre.

— Si vous voulez, je peux revenir demain matin et vous conduire à Culiacán.

Il est parti avant même qu'ils aient eu le temps de le remercier.

Après qu'ils ont mangé et se sont enfermés à clé dans la petite chambre, après qu'ils ont réussi à traîner la lourde table de chevet sur le tapis jusqu'à la porte et à la coincer dessous pour plus de sécurité, Lydia ramasse tous les pantalons. La chambre ne comporte pas de salle de bains, juste, bizarrement, un w-c dans un coin, flanqué d'un lavabo jaune. L'eau qui sort du robinet est couleur de sable, mais peu importe cette décoloration, car elle aide Lydia à camoufler les taches qu'elle veut effacer des jeans. Ceux de Soledad, Rebeca et Luca. Avec le morceau de savon craquelé posé dans une coupelle au bord du lavabo, elle frotte, frotte et frotte encore, jusqu'à ce que l'eau qui sort des jeans essorés retrouve sa couleur boueuse naturelle.

Le temps qu'elle finisse, Luca s'est endormi et ronfle doucement sur l'un des deux petits lits, ainsi que les deux sœurs, roulées en boule l'une contre l'autre. Soledad a entouré la tête de Rebeca dans ses bras, et leurs cheveux s'étalent en une vague noire et emmêlée sur l'oreiller qu'elles partagent. Lydia fouille dans son sac à dos à la recherche de sa brosse à dents, étale dessus un minimum de pâte, hésite une seconde à la placer sous l'eau saumâtre du robinet et à l'humecter. À la maison, ses ablutions nocturnes précédant le coucher prenaient parfois vingt bonnes minutes. Crème de nuit, tonique, crème hydratante, fil dentaire, pâte dentifrice, bain de bouche, baume sur les lèvres. Certaines nuits, pince à épiler, ciseaux ou lime à ongles. Et, bien entendu, de temps en temps, le masque exfoliant ou régénérant, la crème pour les mains. Des chaussettes duveteuses en cas de pieds froids. De la chambre, Sebastián l'appelait doucement pour ne pas réveiller Luca avec ses commentaires impatients. « *Madre de Dios*, femme, il a fallu moins longtemps pour construire la tour Eiffel. » Mais quand elle avait fini, il écartait toujours les couvertures pour l'inviter à se blottir contre lui, puis il les rabattait sur eux deux. Son haleine était fraîche quand il l'embrassait.

Lydia évite son image que lui renvoie le miroir oxydé, sous l'impitoyable lumière jaune. Elle crache dans le lavabo et se rince la bouche. S'asperge le visage et le cou d'eau saumâtre, s'essuie avec la chemise qu'elle porte depuis deux jours. Quand, finalement, elle se glisse dans le lit à côté de Luca, avant même de pouvoir invoquer son mantra – *ne pense pas, ne pense pas* – l'épuisement agit comme un anesthésiant, et efface tout. Ils dorment.

Quelques heures plus tard, mais bien avant l'aube, Rebeca réveille Lydia de son sommeil sans rêves.

— C'est Soledad, chuchote-t-elle. Il y a quelque chose qui ne va pas.

Lydia se dégage des bras de Luca, qui claque des lèvres dans son sommeil et se replie en une boule encore plus serrée face au mur. Un flot de lumière pénètre dans la chambre à travers l'unique fenêtre, mal camouflée par un rideau et située juste au-dessous d'un réverbère trop zélé. Lydia s'approche de l'autre lit, où Soledad, assise, se balance d'avant en arrière en se tenant le ventre.

— Soledad ! Est-ce que ça va ?

Elle serre les mâchoires et se balance encore plus fort.

— Juste de mauvaises crampes.

Lydia lève les yeux vers Rebeca, dont le visage est embrumé d'inquiétude.

— Va t'asseoir à côté de Luca, dit Lydia à Rebeca. Surveille qu'il ne se réveille pas.

Rebeca s'installe au pied du lit de Luca.

Lydia poursuit à l'intention de Soledad :

— Peux-tu te lever ?

Soledad rassemble toutes ses forces et se met debout. Une tache sombre souille le matelas à sa place, d'où sort l'odeur minérale du sang. Lydia la prend par le coude et l'aide à contourner le lit, puis à se diriger vers le coin de la pièce où se trouve la cuvette des toilettes. Elle tire le mince rideau et isole Soledad le mieux possible, le temps qu'elle perde son bébé.

Fidèle à sa parole, le docteur revient dans la matinée et les conduit à Culiacán. Les jeans des filles sont encore humides et raides d'avoir été nettoyés par Lydia, mais elles les enfilent malgré tout, et le soleil ne tarde pas à les sécher. Il absorbe la moiteur de leurs vêtements, de leurs cheveux, de leur peau. Rebeca bouge un peu plus facilement et Soledad un peu plus difficilement que la veille. Lydia voudrait acheter un paquet de serviettes hygiéniques pour Soledad, mais elles coûtent cher, aussi, chassant son embarras, elle en parle au docteur qui, en sa qualité de médecin, ne s'étonne pas de la requête et obtempère sans hésitation. Il leur achète aussi de quoi prendre un petit déjeuner, de la crème solaire qu'il les presse d'utiliser et, pour Luca, un album de BD. Quand il les quitte, il le fait brusquement, les dispensant ainsi de lui manifester leur reconnaissance.

Lydia n'a qu'une hâte, c'est de remonter dans le train, de s'éloigner de cet endroit et du souvenir de cette nuit cauchemardesque, de filer vers le nord. En suivant les rails qui traversent la ville, elle est terrifiée à l'idée que quelqu'un les remarque, que le garde de la veille soit en route pour son travail à bord de son véhicule – *est-ce que ces hommes font la navette pour aller travailler ? Si c'est comme ça que ça s'appelle ? Est-ce qu'ils embrassent leurs femmes et leurs enfants le matin, grimpent dans la berline familiale et partent pour une journée de viols et de chantages, puis reviennent le soir, épuisés et affamés, manger leur rôti de bœuf ?* – et l'aperçoive elle, les aperçoive, tous les quatre, qui longent la voie de chemin de fer vers le nord, que l'information qu'il cherchait lui revienne brusquement, le souvenir de son visage et de celui de Javier souriants sur la photo. Elle pousse doucement Luca dans le dos, lui fait adopter un rythme plus rapide. Ils traversent une rivière boueuse sur un pont de chemin de fer squelettique, et découvrent une voie de triage où d'énormes blocs de pierre bordent les rails sur un côté. Quelques petits groupes de migrants attendent là, entourés de débris, de détritus, de boue et d'herbes folles aux coloris sales. Parmi eux, il y a un garçon, un peu plus âgé que Luca, certainement plus jeune que Rebeca. Il se tient debout, tandis que les autres sont assis, épaules voûtées, dos à lui. Il regarde dans le vague, sa posture semblable à un point d'interrogation, les mains pendant devant lui, et il se balance étrangement sur ses jambes arquées.

— Mami, qu'est-ce qu'il a ? demande Luca.

C'est le garçon le plus inquiétant qu'il ait jamais vu. Il semble inconscient de leur présence, inconscient de tout. Mami secoue la tête pour signifier son ignorance, mais Soledad lui fournit une réponse en un seul mot : *drogas*. Ils dépassent vite le garçon et le groupe de migrants autour duquel il semble graviter. Ils sont d'ailleurs quasiment prêts à quitter la gare de triage quand trois jeunes femmes bien vêtues surgissent à un croisement un peu plus loin sur les voies. Elles agitent les bras et crient : *Hermanos ! Tenemos comida !* Nous avons de quoi manger ! Les hommes se lèvent, époussettent leurs jeans, et se rassemblent pour recevoir la nourriture. L'une des femmes lit la Bible d'une voix forte tandis que les deux autres leur tendent des *tamales* et de l'*atole*. Luca n'a pas faim, puisque grâce au docteur ils ont eu un petit déjeuner, mais il a appris à ne pas refuser une offre de calories. Ils mangent en manifestant leur gratitude, puis les femmes emballent leurs récipients et les déchets et s'apprêtent à quitter les lieux. Lydia se dit qu'ils feraient bien d'en faire autant ; elle trouve cet endroit sordide et dangereux, mais la rumeur se propage que l'un des trains garés ici est en cours de chargement, et va bientôt partir vers le nord. Les hommes sont déjà en train de grimper aux échelles et commencent à installer leurs paquetages sur le toit. Sous l'œil des ouvriers du chemin de fer, qui ne font pas un geste pour les en empêcher. L'attitude du gouvernement semble tellement absurde et arbitraire, qui consiste à dépenser des millions de dollars pour construire les clôtures empêchant les migrants d'accéder aux trains dans les États d'Oaxaca, du Chiapas et de Mexico, tout en fermant les yeux ailleurs. En ce moment même, sur le terrain, tout près, est garé un officier de la police municipale, qui surveille l'embarquement des migrants, tout en sirotant un café dans une tasse en papier. On pourrait presque croire à un piège, mais Lydia est trop heureuse de partir pour céder à la suspicion. Les sœurs sont contusionnées et affaiblies, particulièrement Soledad, à cause de sa fausse couche. Cependant, pouvoir embarquer dans un train à l'arrêt est une véritable chance, si bien qu'elles grimpent avec précaution. Lydia, juste derrière Soledad, sent malgré tout une faible odeur de sang. Ils avancent tous les quatre sur les toits des wagons jusqu'à trouver un emplacement suffisant pour y tenir ensemble confortablement. Juste au moment où ils s'installent, où Lydia sort les sangles de son sac, une petite fille pointe la tête par-dessus le rebord du toit. Elle se hisse à leur niveau et s'approche de Soledad sans hésiter. Elle est plus jeune que Luca, six ans peut-être, et elle est seule. Ses cheveux noirs lustrés sont coupés court, elle porte un jean et des bottines de cuir marron. Elle s'accroupit tout contre Soledad, sidérée par l'audace de la gamine, la familiarité de son attitude. La petite se met à parler, très vite, son visage levé tout proche du sien. Soledad a un mouvement de recul.

— Est-ce que tu veux du travail ? lui demande la petite d'un ton précipité. Ma *tía* a un restaurant ici et elle cherche une serveuse. Tu veux ce job ? (Elle pose sa main sur le bras de Soledad et tente de l'entraîner.) Allez, dépêche-toi. Viens avec moi, vite, je te montrerai où c'est.

Elle tire Soledad par le coude, et celle-ci est tellement interloquée qu'elle manque de se lever pour la suivre. Elle sait qu'il ne faut pas, que la fillette est présomptueuse, à la limite de lui forcer la main. Entre son esprit et son corps, le conflit éclate, l'esprit lui disant de ne pas croire cette audacieuse gamine, le corps biologiquement séduit par la joliesse de l'enfant, la magnifique innocence de ce jeune visage. Soledad se sent momentanément écartelée entre ces deux vérités. Le charme cependant est rompu rapidement parce que l'officier de la police municipale, sorti de sa voiture, se tient maintenant au pied du train, sur un carré de terre boueuse. Sa tasse de café toujours à la main, il hurle à l'adresse de la petite fille :

— Ximenita, laisse ces gens tranquilles ! Descends de là.

La gamine tourne brutalement la tête en direction du policier, prête à filer. Elle lâche le bras de Soledad, en un clin d'œil elle bascule le long du wagon de marchandises, dévale l'échelle, puis réapparaît un instant plus tard au loin, zigzaguant entre les rochers et les détritus.

— Dis-le à ton *papi*, crie le policier après elle, pas de victimes pour toi aujourd'hui !

Soledad et les trois autres guettent le chuintement des freins qu'on desserre, le grondement de la locomotive, mais quand le convoi s'ébranle, ils ne ressentent ni soulagement ni joie, juste un certain relâchement minime de la peur qui les oppresse.

Tandis qu'ils roulent, Luca prête attention aux panneaux indicateurs de façon à pouvoir cocher les noms des lieux familiers sur sa carte de géographie mentale, ou en ajouter d'autres qui le sont moins : Guamúchil, Bamoa, Los Mochis : coché, coché, coché. Trois heures à peu près après avoir quitté Culiacán, au milieu de nulle part, ils débouchent sur un endroit où d'autres voies rejoignent celle sur laquelle ils roulent, puis d'autres encore, il y en a une bonne douzaine, et au moment où le train ralentit, Luca repère un grand nombre de migrants qui, visiblement, attendent, mais ni clôture ni police. Personne ne semble se soucier qu'ils soient à l'évidence là pour monter à bord de la *Bestia*. Le train s'arrête, une bonne centaine d'hommes en profite pour grimper et s'installer sur les toits, mais soudain la locomotive stoppe ses machines, les mécaniciens débarquent et se dirigent vers des voitures garées à proximité ; sur le toit, l'ensemble des migrants gémit et jure. La *Bestia* va rester immobilisée pendant trois jours.

24

Des champs cultivés s'étendent de chaque côté de la voie, et Luca observe un agriculteur qui, sur son tracteur ou à pied, circule dans les riches sillons terreux en surveillant ses futures récoltes. Le fermier autorise les migrants immobilisés à remplir leurs gourdes à un long tuyau qui dispense une eau tiède mais propre. Parfois une famille vient vendre de la nourriture et des *refrescos* à l'arrière de son camion, et Luca a très faim. Tous les quatre dépendent de la gentillesse de leurs compagnons migrants, qui partagent leurs faibles provisions. La nuit, il fait froid, et certains allument de joyeux feux de camp. Des hommes dorment entassés dans l'un des wagons de marchandises vide, mais ils sont les uns sur les autres, ça sent mauvais, et même si le vent ne passe pas à l'intérieur, le métal semble conduire le froid jusque dans les os des dormeurs. Alors Luca et Mami restent blottis à côté de l'un des feux, couverts de tous leurs vêtements et enroulés dans leur couverture, comme un *burrito* de toutes les couleurs. Tout le monde est épuisé et à bout de nerfs. Au milieu du deuxième jour dans ce lieu aride et désolé, quelques-uns renoncent à attendre et se remettent en marche. Pour aller où, se demande Luca, parce qu'il n'a pas vu une seule ville pendant des kilomètres avant que le train s'arrête ici, et qu'il n'y en a peut-être pas non plus sur des kilomètres et des kilomètres, loin devant ? Cela l'inquiète, alors il prie pour les migrants qu'il voit partir le long des voies. Quand, le quatrième jour au matin, une équipe d'ouvriers du *ferrocarril* arrive et s'active pour remettre le train en état de marche, des cris de joie éclatent et les migrants commencent à embarquer, mais Luca serre la main de Mami et insiste pour qu'ils attendent.

— Parce que ce train est sur la voie la plus à droite, explique-t-il, qui doit aller vers l'est quand les rails se divisent.

Il pointe le nord, à l'endroit où les dizaines de rails différents commencent à confluer, puis se rejoignent de nouveau. Au-delà d'un pont autoroutier, il n'y a plus que trois voies, et au-delà encore, elles ne sont plus que deux. Lui et Rebeca sont partis en exploration là-bas hier, et ils ont découvert l'endroit où les deux voies finissaient par diverger, l'une vers l'est, l'autre vers l'ouest. Mais Lydia est impatiente. Ils ont tellement attendu que l'idée de ne pas prendre ce train lui est insupportable. Elle secoue la tête, exaspérée.

— Il a raison.

Deux hommes plus vieux que Mami, d'une génération au moins, sont encore assis à l'extrémité d'une voie libre.

— Il y a deux voies, continue l'un d'eux. Elles sont parallèles d'ici jusqu'au village, et là, elles se séparent. Ce train va tout droit jusqu'à Chihuahua.

— Nous on attend le train de la route du Pacifique, ajoute son compagnon.

Ils pourraient être des jumeaux homozygotes. Même visage buriné, même moustache bien taillée, même timbre de voix chaleureux et calme.

— Si vous voulez traverser à Nogales ou à Baja, à partir de ce point vous devez prendre la voie de gauche.

— Merci, dit Lydia.

— Comment le savez-vous ? demande Soledad, désireuse de comprendre la façon d'apprendre ces choses-là.

— Nous faisons ce voyage tous les deux ans. Nous l'avons déjà fait huit fois.

Lydia en reste bouche bée.

— Pourquoi ? demande Soledad.

Les deux hommes haussent les épaules en même temps.

— On va là où il y a du travail, dit l'un.

— On revient voir nos femmes et nos enfants, ajoute l'autre.

— Et puis on recommence.

Ils rient de bon cœur, comme si c'était un sketch qu'ils interprètent depuis des années.

Soledad enlève le sac à dos qu'elle avait pris en prévision de leur départ et le repose violemment au sol.

— Ça fait trois jours qu'on attend. Où est-il, ce train ? Et s'il n'arrivait jamais ?

Difficile de ne pas devenir hystérique au fur et à mesure que les heures passent, que les nuits succèdent aux jours. Les deux sœurs ne sont pas plus loin du Honduras ce jour-là qu'elles ne l'étaient la veille.

— Il va arriver, *mija*, commente l'un des hommes avec un signe de tête encourageant. Et ta patience sera récompensée.

Il fouille dans la poche avant de son sac à dos, en sort un paquet fermé de viande séchée, en donne deux tranches à Soledad, et partage le reste avec les autres.

— Le train va arriver bientôt, leur affirme-t-il, rassurant.

Luca mord avec avidité dans la lanière de viande coriace et salée, la déchire avec ses dents. L'autre homme se penche vers Soledad, à présent assise sur son sac, les coudes sur les genoux, pour s'adresser à elle d'une voix douce.

— Ne t'inquiète pas, *morrita*[1]. Bientôt Sinaloa sera loin derrière toi. Tu survivras. Tu as l'air d'être une survivante-née.

Elle garde la tête baissée pendant un moment, alors Luca s'inquiète. Il pense qu'elle est en train de pleurer, que tout ce qu'elle a souffert finit par peser sur elle, par l'accabler. Mais quand elle relève la tête, ce qu'il voit, c'est tout le contraire : les paroles de l'homme se sont imprimées sur son visage et, c'est vrai, elle ressemble à une guerrière aztèque.

Tandis que l'attente se poursuit, les jumeaux racontent leur histoire, leurs maisons au Yucatán, leurs femmes et leurs enfants, la ferme où ils sont travailleurs saisonniers, *al norte*, leur troisième frère, le plus beau des triplés, comme ils s'accordent tous les deux à le dire, tué il y a six ans quand la moissonneuse-batteuse qu'il conduisait dans une ferme de l'Iowa a heurté une ligne à haute tension aérienne. Il s'appelait Eugenio, disent-ils en se signant. Citer le nom d'un défunt bien-aimé est une sorte de pratique magique pour les migrants, Luca l'a déjà constaté, une sorte de huitième sacrement, il se signe également, avant d'essayer lui aussi, en faisant rouler le nom sur sa langue : Sebastián Pérez Delgado. Mais les syllabes sont encore trop âpres, trop aiguisées, elles inondent sa bouche de chagrin. Alors il est obligé d'enfouir quelques minutes la tête dans ses bras. Obligé de respirer dans le creux

1. *Morrita* : « jolie fille, fiancée », en argot d'Amérique centrale.

sombre de ses coudes. Obligé de remplir son esprit d'autres choses. *La capitale de la Norvège est Oslo. L'archipel japonais compte 6 852 îles.*

La présence des deux frères agit comme un calmant. Du bon pain chaud. Un refuge. Et bientôt, exactement comme ils l'avaient prédit, le train arrive. Il s'arrête brièvement, ce qui leur permet de grimper sans mal. Une fois qu'ils ont aidé Lydia, Luca et les filles à se hisser en haut de l'échelle, les frères se dirigent vers un autre wagon où ils pourront se disperser afin de laisser à Lydia et aux enfants leur propre espace.

— À plus tard dans *el norte*, *manito*[1], disent-ils à Luca. Viens me voir quand tu seras dans l'Iowa. On pourra manger un hamburger ensemble.

Il tape dans la main de Luca avant de faire volte-face pour suivre son frère le long du train.

Rebeca s'assoit là sans chercher à aller plus loin.

— Première classe, plaisante Soledad, tandis que Mami attache Luca à la grille. Je nous ai trouvé une cabine privée, ajoute-t-elle, balayant l'espace d'un mouvement circulaire du bras.

Le train roule, traverse le *río* Fuerte, et le paysage change presque immédiatement, passant du vert au brun. Il longe en haletant des terres ardues à cultiver et, au bout d'une heure et demie, les migrants aperçoivent le panneau indiquant qu'ils viennent d'entrer dans un nouvel État.

Bienvenido a Sonora, lit tout haut Luca.

— *Y vete con viento fresco a Sinaloa*[2], ajoute Rebeca, ravie de pouvoir dire adieu à cet État, mais avoir franchi cette frontière invisible ne soulage guère leur peur constante, qui acquiert une intensité nouvelle.

1. *Manito* : « mon pote ».
2. « Bon vent, Sinaloa. »

Bacabachi, Navojoa, Ciudad Obregón, coché, coché, coché. Le désert s'affirme. Bientôt Luca hume l'odeur de l'océan, mais cette fois-ci elle n'évoque en rien Acapulco, parce qu'il n'y a pas de verdure ici, pas d'arbres, pas de montagnes ni de sol minéral dense. Pas de boîtes de nuit, de bateaux de croisière ou d'*Estadunidenses*. Rien que du sable, de la poussière, de la sécheresse, et les formations rocheuses qui surgissent de terre sont d'une beauté sauvage. Même les arbres ont soif ici, et Mami n'a pas besoin de presser Luca de boire, il porte constamment sa gourde à sa bouche et, sous la casquette de Papi, ses cheveux sont trempés. Pourtant, lorsque le soleil se couche, ils arrivent, c'est presque incroyable, à Hermosillo, l'endroit le plus desséché, le plus brunâtre et le plus étranger que Luca ait jamais vu. Mais cette étrangeté ne l'impressionne pas, tant sa surexcitation augmente.

— Rebeca, on y est presque ! s'écrie-t-il.

Depuis des jours, il essaie d'insuffler de l'oxygène à son amie affaiblie, petit soufflet humain qui essaie de raviver un feu réduit à l'état de braises.

— Presque où ? demande-t-elle.

La lumière quitte peu à peu le ciel, le train ralentit, et sur le toit du wagon voisin, les frères jumeaux se préparent à débarquer.

— Presque *al norte*, jubile Luca.

Le regard sceptique que lui jette Rebeca n'est pas le genre de réponse qu'il attendait. Il remonte la fermeture Éclair de son sweat-shirt à capuche, mais Mami se penche en avant et lui demande de répéter.

— Nous sommes presque *al norte*, dit-il. Nous sommes complètement au sud de Nogales, à même pas cinq cents kilomètres.

— Même pas cinq cents kilomètres, ça veut dire

quoi ? l'interroge Soledad. Combien on a fait depuis le départ ?

— Le départ d'où, du Honduras ?

— Oui.

Il compte dans sa tête, ça lui fait plisser les yeux.

— Je dirais plus de trois mille kilomètres.

Les yeux de Soledad s'agrandissent. Un sourire hésitant flotte sur ses traits, mais elle s'efforce plus ou moins de le combattre et se contente d'acquiescer.

— On a fait plus de trois mille kilomètres ?

— Oui.

— Et il en reste même pas cinq cents ?

— C'est ce que je suis en train de te dire. On approche.

— Combien de temps ça prendra, ces cinq cents kilomètres ? insiste Soledad.

Luca secoue la tête.

— Je ne sais pas. Quelques heures ?

— Quoi, vous voulez rester sur le train ? s'inquiète Rebeca. Il va faire nuit.

— Regardez, dit Mami. On s'arrête.

Les deux frères ont déjà débarqué et parcouru une certaine distance, on pourrait très bien ne pas entendre les cris qu'ils poussent à ce moment-là, si ce n'étaient ceux que Lydia, Luca, Rebeca et Soledad connaissent tous si bien désormais. Des cris qui leur rappellent leurs expériences précédentes et qui hantent leurs cauchemars.

Migra ! La Migra ! Huyan, apúrense ! Viene la migra ! Fuyez, dépêchez-vous !

Cette fois-ci, la terreur n'augmente pas peu à peu, elle leur tombe dessus d'un seul coup. Lydia extirpe la sangle de Luca si violemment qu'elle le fait quasiment pleurer. Les sœurs sont déjà au milieu de l'échelle et elles n'attendent pas pour sauter de se trouver à un endroit convenable. Le souvenir de Sinaloa décuple leur rapidité, et leurs corps abîmés ne sont pas un handicap, mais une motivation supplémentaire. Elles sautent n'importe comment sur le terrain inégal, leurs sacs à dos non bouclés leur battant les reins. Luca suit, puis Lydia, et, grâce à Dieu, ils sont déjà en ville, car ils dévalent le remblai et, immédiatement, ils découvrent des allées, des rues, des murs, des jardins et des maisons, des garages ouverts et une petite fille nu-pieds qui les regarde effarée, un Esquimau dans la bouche, une femme à vélo traînant une carriole remplie de provisions, un chien avec une tache sur l'œil, ils ont des herbes hautes jusqu'aux chevilles, puis courent sur du ciment, les frères ont pris une autre direction, et il y a encore trois ou quatre migrants derrière eux. Ça fait quatre jours que Lydia s'est tordu la cheville et elle constate que la douleur a disparu et qu'elle peut s'appuyer sur son pied sans problème. Elle surveille Rebeca et Soledad, qui ont pris de l'avance, songeant à ce qui se passerait s'ils étaient de nouveau séparés à présent ; et à la façon dont ils pourraient se retrouver, si toutefois c'était possible. Elle leur court après en traînant frénétiquement Luca derrière elle. Ils passent devant un jardin ombragé où un petit garçon fait sauter un ballon de football sur ses genoux, et où une femme en jean délavé et tongs arrose ses pots de fines herbes. En les apercevant, la femme s'interrompt et, sans bouger la tête ni élever la voix, dit simplement *Oye !* si discrètement que Lydia aurait pu ne pas l'entendre. Mais le visage de la femme a attiré son attention et, toujours sans bouger d'un pouce, celle-ci pointe le menton vers l'entrée obscurcie d'une remise, dans un coin au fond de son jardin. *Rápido*, dit-elle, toujours aussi bas.

Lydia n'hésite pas, ne prend pas le temps de considérer les avantages et les inconvénients de la proposition. Elle pose une main sur l'épaule de Luca pour l'empêcher d'aller plus loin, puis appelle les filles.

— Rebeca, viens par ici, lance-t-elle le plus doucement possible.

Les sœurs font une embardée et se retournent pour les regarder : Lydia a déjà poussé Luca par la grille ouverte, il court à l'ombre d'un arbre à la floraison rose épanouie, se baisse à l'entrée obscure de la remise, Lydia est juste derrière lui, maintenant les sœurs aussi, et les voilà tous réunis, serrés dans le petit espace frais à l'odeur de moisi, et leurs respirations hachées leur paraissent affreusement bruyantes, Lydia sent le sang battre dans ses oreilles, une atroce palpitation grossière, elle courbe la tête sur ses genoux, enlace ses doigts sur sa nuque, et Luca lui passe un bras autour de la taille, ils restent tous immobiles et muets, et au bout de quelques minutes ils entendent la maman appeler son petit garçon en disant : « Viens, j'ai cueilli de l'origan pour le dîner, allez, rentre. » Et dans le silence qui suit, toutes les peurs que Lydia n'a pas pris le temps de formuler jusque-là affluent et se bloquent dans sa gorge. *Cette femme nous a piégés ici, elle est allée chercher la* policía *; elle est allée chercher quelqu'un d'autre, bien pire que la* policía, *ce sera la fin pour nous, je n'aurais pas dû la croire, on aurait dû continuer de fuir.* C'est trop tard pour ces peurs-là bien sûr, parce que la décision a été prise, qu'ayant perdu leur avance, ils ne peuvent plus s'aventurer dehors, et maintenant, ils sont coincés là alors que la *migra* ratisse le voisinage. Lydia se reprend de la seule manière dont elle dispose : *ne pense pas, ne pense pas, ne pense pas.* Alors ils entendent une porte claquer, et la femme crier à son enfant : « Ferme bien la grille avant de rentrer ! » Et ils entendent la grille grincer et claquer, l'écho que fait le ballon en rebondissant quand le petit garçon le lâche, et puis le vrombissement d'une voiture ou d'un camion, et le bruit de la portière d'un véhicule qui s'ouvre et se referme à la volée, des bruits de pas, une nouvelle voix qui demande :

— Tu as vu des gens, mon petit ? Des migrants ?

Le cœur de Lydia est une machine qui déraille. Debout face à face dans le noir, Rebeca et Soledad, les mains entrelacées, baissent la tête et prient. La réponse de l'enfant leur échappe, mais de nouveau leur parviennent le son d'une porte qui claque et la voix de la mère :

— Víctor, je t'ai dit de rentrer.

Puis celle d'un homme derrière la grille :

— On lui demande juste s'il a vu des migrants. Certains ont sauté du train, ils étaient au bout de la rue.

— Nous n'avons vu personne, répond la femme. J'étais avec lui il y a encore une minute. Allez, rentre !

De nouveau, la porte claque.

— Une petite fille au bout de la rue les a vus se diriger vers chez vous.

— Ils ont dû tourner avant de pouvoir arriver jusqu'ici. On est restés dans le jardin tout l'après-midi. Vous avez un portable ou j'appelle juste le poste de police si on les voit ?

Le son des voix diminue encore, devient temporairement inaudible. Lydia ouvre très grands les yeux, comme si ça lui permettait de mieux entendre. À l'instant même, elle le sait, la femme est peut-être en train de leur montrer la porte de la remise, peut-être en train d'articuler les mots silencieusement : ils sont quatre là-dedans. Les hommes de la *migra* sont peut-être en train de dégainer leur arme. Tremblant à cette idée, Lydia referme les yeux. Elle glisse un doigt dans l'alliance de Sebastián, dans la chaîne autour de son cou. *Ne pense pas, ne pense pas*. Et soudain, se produit une sorte de miracle, une minuscule distraction : son doigt qui tourne mécaniquement dans le cercle vide de l'anneau déclenche une idée folle, comme si c'était l'anneau magique du Hobbit : si elle enfonce bien son doigt au centre de l'alliance tout en agrippant Luca, ils deviendront tous les deux invisibles. *Seguro*. Elle distingue de nouveau les paroles de la femme, portées par une saute de vent.

— J'ai trop cueilli d'origan pour le dîner, emportez-en un peu si vous voulez.

Ils entendent des bruits de pas qui s'éloignent et un véhicule qui démarre, puis la femme qui ouvre et referme encore une fois la porte de sa maison ; Soledad et Rebeca rejoignent alors Lydia et Luca et s'asseyent avec eux sur le sol. Lentement, leurs battements de cœur à tous retrouvent un rythme normal, lentement ils se mettent à chuchoter entre eux dans la pénombre.

— Est-ce qu'on devrait partir ? demande Soledad.

— Pas encore, répond Lydia. Ils continuent de fouiller le voisinage. Attendons qu'il fasse réellement noir dehors.

Rebeca pleure, la tête sur les genoux. Luca lui touche la main, et elle tressaille, ce qui le vexe. Mais au lieu de se retirer, il persiste, et Rebeca s'adoucit, semble fondre comme un morceau de beurre dans une poêle à son contact, alors il attire sa tête sur son épaule et lui caresse les cheveux.

— Tout va bien, lui dit-il, il n'est rien arrivé de mal. Tout va bien.

— Je ne peux plus faire des choses comme ça, gémit-elle. C'est trop effrayant.

— Arrête, ordonne Soledad.

— Je veux mourir. Je veux que tout ça se termine, continue Rebeca d'une voix totalement dénuée d'inflexion.

— Ce n'est pas à toi de décider ça, Rebeca, lui dit sa sœur.

— Je veux rentrer à la maison.

— Il n'y a plus de maison. Nous allons en construire une nouvelle. Et c'est la seule façon d'y arriver. Donc, on avance. *Adelante*. Arrête de pleurer, maintenant.

Soledad essuie les larmes de sa sœur de ses pouces, sa tendre fermeté est efficace : Rebeca s'assoit, renifle bruyamment, son gros désespoir s'envole.

— Nous sommes presque arrivés, poursuit Soledad. Vous avez entendu ce qu'a dit Luca. Même pas cinq cents kilomètres, n'est-ce pas, *chiquito* ?

— C'est ça, confirme Luca.

— Même pas cinq cents kilomètres, et ça sera fini. Tout ce cauchemar, tout sans exception. Nous serons dans le *norte*, où personne ne pourra plus nous faire de mal. Nous construirons une vie agréable, où nous serons en sécurité, et Papi ira mieux, et on le fera venir, et aussi Mami et Abuela, ensuite. Tout ira mieux, tu verras.

Rebeca n'en croit pas un traître mot. Elle ne comprend même pas comment Soledad peut conserver cette sorte de naïveté après tout ce qu'elles ont traversé. Rebeca a été guérie de l'innocence. Elle sait qu'il n'y a pas d'endroit sûr pour elles dans ce monde, qu'*al norte* ce sera pareil que partout ailleurs. L'espoir ne peut pas survivre à la réalité empoisonnée de ses récentes expériences : le monde est un endroit horrible. San Pedro Sula était horrible, le Mexique est horrible, *el norte* sera horrible. Même les souvenirs festonnés d'or de la forêt nuageuse commencent à pourrir. Quand elle fouille dans sa mémoire, ce n'est plus la voix de sa mère qui lui revient désormais, ou l'odeur des herbes sèches, ou le chœur des grenouilles arboricoles la nuit, ou la fraîcheur humide des nuages sur ses bras et ses cheveux. C'est la pauvreté, qui a chassé son père et tous les hommes vers les villes. C'est la menace grandissante des cartels, le manque de ressources, la faim omniprésente. Aussi est-ce seulement par amour pour sa sœur que Rebeca feint d'approuver.

— Tout ce que nous avons traversé ? reprend Soledad. Ça en aura valu la peine. Nous laisserons tout ça derrière nous, et nous commencerons une nouvelle vie.

Rebeca fixe le sol, mais son regard est vague.

— Comme si ce n'était jamais arrivé, dit-elle.

Ils restent dans la remise pendant que Víctor et sa mère dînent dans la maison, que les voisins rentrent chez eux après le travail embrasser leurs familles, que les nuages glissent au-dessus d'Hermosillo, que le soleil orange plonge à l'horizon. Au-delà du périmètre de la ville, le désert de Sonora et le ciel s'échangent la chaleur. Tandis que le crépuscule rafraîchit la terre et que la ville des hommes se prépare à dormir, le désert éclate et grouille de vie. Lydia et les deux sœurs prévoient de ne pas bouger jusqu'à ce que le quartier soit entièrement paisible, de s'esquiver durant les heures les plus sombres de la nuit. Luca a trop faim pour dormir, aussi se montre-t-il très reconnaissant quand la femme apparaît avec un saladier de haricots froids et une pile de tortillas. Elle pose le tout sur le sol au milieu de leur groupe avant de reculer vers la porte. Luca n'attend pas qu'elle soit partie, il se sert d'une tortilla comme d'une cuiller et dans sa hâte se mord presque les doigts. Il n'y a pas de lumière, et pourtant leurs yeux se sont adaptés au noir.

— Vous pouvez vous reposer ici encore un peu, chuchote la femme. Mais, s'il vous plaît, soyez partis avant le lever du jour.

25

Avant l'aube, Lydia, Luca et les deux sœurs s'enfoncent dans Hermosillo et se dirigent vers la voie de chemin de fer, pour constater que la clôture ici est du travail sérieux, une construction coûteuse. On n'a pas lésiné sur les pesos du contribuable. En fait, ce n'est pas une clôture mais un mur en ciment surmonté de rouleaux menaçants de fil de fer barbelé. Du côté interne du mur, un train défile en grondant, des migrants endormis sur le toit, bras croisés sur la poitrine, chapeau rabattu sur le visage. Du côté externe où se tiennent Lydia et les autres, un petit groupe de cinq hommes pelotonnés autour de leurs sacs, tandis que le sixième fait le guet. Il est nu-pieds et les salue quand ils se rapprochent.

— Où sont passées vos chaussures ? lui demande Lydia.

— Volées, répond-il.

Soledad reconnaît l'accent du Honduras.

— *Ay Catracho*[1], *qué barbaridad !*

L'homme hoche la tête, se gratte le menton.

— Au moins, ils ne m'ont pas volé ma barbe.

L'image de cet homme poursuit Lydia même quand

1. *Catracho* : « Hondurien ».

ils l'ont dépassé depuis longtemps et qu'ils s'enfoncent encore davantage tous les quatre dans la ville où ils doivent trouver de quoi manger et remplir leurs bidons d'eau. Comment a-t-il le cœur de plaisanter, cet homme si démuni à qui on a volé jusqu'à ses chaussures ? Lydia rationne la pâte dentifrice, ses cheveux sont gras, sa peau sèche. Elle ressent cet inconfort au quotidien. Si en plus on lui volait ses chaussures, elle croit qu'elle laisserait tout tomber. Ce serait l'ultime indignité. Elle peut survivre à la mort de seize membres de sa famille, à condition de ne pas devoir affronter le monde nu-pieds.

Ils trouvent un grand parc aux larges allées pavées, où une rangée de toilettes mobiles orange témoigne du concert qui a eu lieu la veille. Luca se penche au bord d'une fontaine et immerge ses bras jusqu'au coude. Lydia a le sentiment croissant que son humanité même est en danger. Contre cette attaque, sa piètre défense consiste à s'autoriser à dépenser dix pesos pour acheter une tasse de café à un vendeur ambulant. La caféine pénètre dans ses veines comme dans le rêve d'une autre vie. Elle la boit lentement, appréciant les spirales de vapeur qui tourbillonnent vers son visage, l'image de l'homme aux pieds nus toujours présente dans son esprit. Cette rencontre lui a remis à l'esprit l'importance cruciale d'être bien chaussé. Elle décide de convertir sans tarder une partie de l'argent qui leur reste en chaussures neuves. Ici, à Hermosillo, aujourd'hui même. Un coup d'œil aux baskets des deux filles lui apprend qu'elles aussi en auraient bien besoin. Elles portent des Converse basses, noires pour Soledad, grises pour Rebeca, usées et défraîchies par le soleil, mais qui ont au moins le mérite d'être confortables et faites à leurs pieds, se convainc Lydia en regrettant de ne pas être plus en fonds. Ils attendent dans le parc l'heure d'ouverture des magasins, et Lydia dépense presque la moitié du liquide qui lui reste en l'achat de deux paires de chaussures de randonnée, pour Luca et elle. Du cuir ordinaire à grosses coutures, d'épaisses semelles de caoutchouc, mais elles ont quelque chose de miraculeux, d'extraordinaire : ce sont des sandales ailées mythologiques. Qui les aideront à franchir le désert, à gagner *el norte*. Quand Lydia tend l'argent au commerçant, elle a malgré tout l'impression qu'on lui creuse un trou dans la poitrine.

À Hermosillo, les migrants sont nombreux à se rassembler en bordure de la voie, et certains campements semblent permanents. À l'abri d'une bâche, un couple de personnes âgées est assis sur un divan écossais, et la femme surveille un feu. Il ne manque qu'une petite table basse. Aux abords immédiats de ce mur coûteux, personne ne semble se soucier de la présence de ces gens qui attendent la *Bestia*. Un portillon ouvert dedans permet de traverser les rails, deux gardiens à l'ombre d'une hutte attendent pour l'ouvrir et le refermer au passage du train. Il est lui aussi surmonté de fil de fer barbelé, mais rien n'empêche les migrants de se glisser dessous, là où un trou de soixante centimètres a été creusé, dans lequel Luca pourrait facilement se glisser. Ou n'importe qui d'autre. Mais les gardiens s'en fichent et d'ailleurs personne n'essaie. Les migrants se bornent à attendre à l'extérieur du mur, où, comme d'autres en informent Lydia, le train va finir par émerger de sa cage, lentement, permettant ainsi à tout le monde de grimper dessus.

Pour Soledad, les heures passées à attendre avec les autres sont les plus longues de sa vie. Depuis que Luca lui a appris à quel point ils sont proches de la frontière, elle s'imagine sentir *el norte* là-bas à l'horizon, un eldorado de McNuggets et de Nike neuves. Elle le voit presque miroiter au loin, tout son corps tremble du désir de l'atteindre. Elle est penchée vers le Nord de tout son être : son épine dorsale, ses yeux, ses poumons. Tandis que les autres dorment sur le sol froid et compact, appuyés au mur en parpaings de jardins bordant la voie, elle arpente les sentiers à la lueur de la lune, torturée par la peur qu'un événement nouveau survienne alors qu'ils sont si près du but, une chose abominable qui fondra sur eux pour anéantir le rêve qu'ils ont presque réalisé. Elle tente de somnoler, mais quand la migraine commence à lui battre les tempes, elle se rend compte qu'elle se retenait de respirer.

Au matin, un résident laisse pendre un tuyau le long du mur de son jardin afin que les migrants puissent se brosser les dents, se mouiller le visage et remplir leurs bidons. Un contingent de vieilles dames patrouille sur les voies, distribuant des sandwichs faits maison et des pickles. Un gardien dans la guérite appelle Luca et lui passe une sucette au raisin à travers le grillage. Lydia est constamment sur ses gardes, guettant Lorenzo ou l'un de ses semblables, quiconque capable de la reconnaître. Chaque fois qu'ils sont retardés de cette manière, elle craint de plus en plus qu'il ne les rattrape et qu'il apparaisse à tout moment, marchant droit sur eux. Ou que quelqu'un d'autre ait eu trop de temps pour réfléchir à son identité, et alors elle entendra un *crac*, suivi d'un *ah ! ah !*. Et ce sera fini. Elle garde son affreux chapeau rose enfoncé le plus bas possible sur son front en permanence.

— Mami, est-ce que je peux mettre mes baskets ? demande Luca.

Il porte depuis hier ses nouvelles chaussures, dont le cuir est raide. Elle voudrait qu'il les garde pour les assouplir, mais il faut qu'il le fasse petit à petit. Ça ne sert à rien de risquer des ampoules avant qu'ils traversent le désert. Ses baskets bleues, attachées ensemble par les lacets, pendent à une bretelle de son sac à dos.

— Vas-y, change-toi.

Une fois qu'il les a enlevées, elle saisit les chaussures de marche et les attache de la même façon. Elle fait pareil avec les siennes.

La matinée touche à sa fin quand la radio, dans la guérite, se met à grésiller. Les migrants se réveillent, sur le qui-vive. Quelques minutes plus tard, les gardiens ouvrent grandes leurs coûteuses barrières pour le train qui apparaît au loin. La cage est libre d'accès, et tout ce que les migrants ont à faire, c'est d'attendre que le convoi s'avance vers eux en haletant. En groupe, ils le prennent d'assaut, les femmes et les enfants d'abord. Les hommes les aident, et les gardiens observent. L'un d'eux jette même son sac à dos tombé du toit à l'un des hommes montés à bord.

Lydia capte le regard de Soledad.

— N'oublie pas d'avoir peur, lui dit-elle.

— Cette situation n'est pas normale, renchérit Soledad.

Mais elles grimpent, vite, sans effort. Et le train ne regagne vraiment de la vitesse que lorsque tout le monde est monté, presque comme si le conducteur veillait à la sécurité des migrants. Voulait leur donner un coup de pouce. Lydia se signe néanmoins et trace une croix sur le front de Luca chaque fois.

Et puis il se passe une chose étrange après qu'ils ont quitté Hermosillo et roulent vers le nord pour s'enfoncer dans le désert de Sonora : ils se mettent à remarquer des gens qui marchent dans la direction opposée. Ils en repèrent d'abord très peu : deux, puis deux autres. D'où peuvent-ils venir, allant ainsi vers le sud et émergeant de ce qui semble des pistes interminables dans ce vaste désert aride ? Une chose est certaine, ce sont des migrants. Lydia n'est pas sûre de savoir comment, mais elle le sait. Pourtant il y a quelque chose de différent en eux, et pas seulement parce qu'ils voyagent dans la mauvaise direction. Soudain, à une dizaine de kilomètres au nord d'Hermosillo à peine, une deuxième voie côtoie la leur. Parce que le réseau des chemins de fer mexicain est en grande majorité à voie unique, ces aires de garage existent par intervalles, de petites rampes de sortie où s'arrête un train pour attendre l'approche de celui qui vient de la direction opposée et lui permettre de passer, les deux trains utilisant tour à tour la même voie pour rejoindre leur destination. C'est sur une aire comme celle-là qu'ils aperçoivent un train en direction du sud, à l'arrêt. Soledad se redresse alors qu'ils s'en approchent, s'abrite les yeux du soleil, croyant qu'ils lui jouent des tours. Mais non, ce qu'elle voit est bien la réalité – le train en direction du sud est bourré de migrants. Qui les saluent au passage, et leur souhaitent bonne chance tandis que leur convoi se met au pas avec force grincements pour passer.

— Où vont-ils ? interroge Rebeca, sans parler à personne en particulier.

Un mètre cinquante environ sépare les deux voies. Sur le toit du train à destination du sud se tient un jeune garçon, à peine plus âgé que Luca. Il semble jauger l'espace, et sa capacité à le franchir d'un bond. Des hommes hurlent et gesticulent sauvagement auprès de lui, alors il dégringole l'échelle la plus proche, saute sur la voie, puis longe en courant le convoi qui se dirige vers le nord. Le train roule très lentement maintenant et Luca, penché par-dessus le toit, regarde stupéfait le garçon qui court en dessous. Lequel lève les yeux, lui sourit, agrippe l'échelle en mouvement du wagon de Luca, et se hisse dessus. Luca recule et attend qu'émerge sur le rebord du toit la tête du gamin, noire et étincelante au soleil du désert. Venant du train à destination du sud à l'arrêt, des applaudissements sonores saluent le transfert réussi du garçon, et celui-ci répond à ses camarades qui lui sourient en lui faisant de grands signes.

— *Vaya con Dios !* leur crie-t-il. *Ya me voy pa'l otro la'o !* Moi j'me tire de l'autre côté.

Nouvelle série de vivats.

— Fais attention à toi et que Dieu te bénisse ! lui hurle un autre migrant.

Puis le train commence à reprendre de la vitesse, aux claquements succèdent les crissements et les grondements, et le gamin se dirige vers Luca et les autres, sans même prendre la peine de s'accroupir, et s'affale négligemment à côté d'eux. Contrairement aux autres migrants, il ne transporte rien, et n'a même pas de chapeau pour protéger des rayons du soleil son visage brun foncé comme un pruneau. De ce fait, sa peau exposée est sèche et burinée, ses lèvres craquelées sont striées de crevasses blanchâtres, mais celles-ci n'enlèvent rien à son sourire rayonnant. Il tend la main pour taper du poing celui de Luca, qui répond illico, comme n'importe quel gamin de huit ans, sans même y penser.

— *Qué onda, güey ?* lui demande le gamin, dans cet argot frontalier significatif des provinces du Nord.

Luca ne sait pas exactement ce que *qué onda, güey* signifie parce qu'il ne connaît personne qui parle comme ça, mais il comprend assez pour savoir que c'est une salutation amicale. Alors, il dit simplement bonjour. Lydia, qui ne se croyait plus capable de s'étonner de quoi que ce soit, est authentiquement décontenancée par l'arrivée du garçon. Elle n'arrive pas à le cerner. De prime abord il donne l'impression d'être sociable, amical, charismatique. D'un autre côté, tout nouveau venu l'inquiète et, bien qu'il paraisse très jeune, elle sait que les garçons de cet âge sont des proies de premier choix pour les recruteurs des gangs. Et pourquoi est-il seul ? Pourquoi cette soudaine amitié pour Luca ? Elle entoure son fils d'un bras défensif. L'enfant a un visage rond, ses yeux, son nez, ses joues, tout est rond. Ses paupières sont bouffies, mais elles abritent des yeux noirs, au regard brillant et intense. Il respire bruyamment et sort sous leurs regards à tous un inhalateur de la poche de son jean, le secoue vigoureusement, le porte à ses lèvres et aspire une bouffée. Puis il inspire à fond et tousse légèrement.

— Il est vide. (Il hausse les épaules et range l'inhalateur dans sa poche.) Mais rien que le souvenir du médicament, ça aide.

Luca sourit, tandis que Lydia fronce les sourcils.

— Tu crois que ça va aller ?

Malgré sa méfiance naturelle vis-à-vis de tous les garçons qui les approchent, elle est d'abord une maman, qui comprend que personne ne peut simuler une respiration sifflante comme celle-ci.

Le garçon tousse de nouveau, une fois, deux fois, puis crache un truc solide par-dessus le rebord du toit.

— Ça va passer dans une minute, affirme-t-il.

Ils l'observent tous, guettant des signes d'urgence médicale, bien que ne sachant pas ce qu'ils pourraient réellement faire si cette crise ne passait pas. Le garçon s'assoit bien droit, jette un coup d'œil au paysage, replie les jambes en forme de bretzel, se concentre pour respirer lentement. Lydia, à son grand soulagement, remarque alors le trou dans la semelle d'une des baskets. Aucun garçon affligé d'un trou dans sa chaussure et d'un inhalateur vide ne peut appartenir à un gang ou à un cartel.

Après qu'il a réussi à retrouver un souffle régulier, le gamin se tourne vers Luca.

— Moi je m'appelle Beto, et toi ?

— Salut, Beto, moi, c'est Luca.

Beto lui fait un signe de tête.

Le train longe un village qui semble avoir surgi brutalement de la voie – un simple groupe de maisons de la même couleur rouille que le paysage et deux *taquerias* concurrentes qui se font face de part et d'autre de l'unique rue.

— Tu te sens mieux, maintenant ? demande Luca.

— Ouais, c'est bon, répond Beto. Ça arrive chaque fois que je cours trop vite, mais t'apprends à rester calme jusqu'à ce que ça passe, parce que, si tu paniques, c'est encore pire. (Luca opine.) C'est chouette de te rencontrer. Y a pas beaucoup de jeunes comme nous sur ce train. Tu as quel âge ?

— Huit ans.

— Moi dix, presque onze en fait.

Il s'exprime comme un vieux monsieur très sage.

Luca aurait des milliers de questions à poser à Beto, mais elles se pressent tellement dans son esprit qu'aucune ne réussit à se détacher des autres et à sortir. Lydia profite de l'opportunité que lui offre le silence de Luca.

— Beto, est-ce que tu voyages seul ?

Luca perçoit que sa *mami* essaie de ne pas sembler porter de jugement, mais l'effort ne lui paraît pas tout à fait convaincant. Beto, lui, apparemment s'en fiche, ou ne le remarque même pas.

— Ouais, rien que moi.

Il sourit, révélant l'absence de deux dents du bas, une canine et une molaire côte à côte, si bien que le trou est doublement large. Beto y fourre sa langue.

C'est au tour de Soledad de le questionner.

— Tu allais vers le sud ?

— Oui. Temporairement. Et maintenant je vais vers le nord, annonce-t-il sans ironie.

Soledad ne sait pas trop comment répondre, mais Beto lui sauve la mise en changeant de sujet.

— Ouah, t'es vachement jolie.

Soledad grimace mais ne répond pas.

— Ça doit être chiant, non ?

Elle rit.

Beto s'adresse de nouveau à Luca.

— Et vous, d'où vous venez tous ?

Luca interroge Mami du regard, qui se contente de secouer légèrement la tête en guise de réponse.

— Mami et moi, on vient de… Puebla, décide-t-il. Et les filles, elles sont équatoriennes.

Beto acquiesce. Ce mensonge n'a aucune importance pour lui : Luca aurait très bien pu citer des endroits comme l'Antarctique ou Mars, il s'en fiche.

— Et toi ? interroge Luca. Tu viens d'où ?

— Moi, c'est Tijuana, dit Beto. Nous, on dit juste TJ. Je suis né là, dans le *dompe*.

Quelle information bizarre ! Si bizarre que Luca n'est pas sûr de comprendre. C'est vrai que *dompe* est un drôle de mot. Luca consulte de nouveau Mami du regard pour qu'elle traduise, mais elle en semble incapable.

— C'est quoi un *dompe* ? demande-t-il.

Beto sourit d'un air narquois.

— Eh ben, tu sais bien, un *dompe* c'est là où les gens jettent leurs ordures. Le camion vient les ramasser. Un *dompe*, quoi.

— Tu veux dire un *vertedero* ? reprend Luca, qui utilise le mot espagnol pour décharge[1].

1. *Dump* : « décharge » (anglais) ; *dompe* en est une adaptation en espagnol.

— Ouais, c'est ça, un *vertedero*.

Lydia, dont l'anglais est un peu plus sophistiqué que celui de son fils, commence à mieux comprendre le langage du garçon – un mélange d'un espagnol pas exactement mexicain et d'un anglais pas exactement américain, une sorte d'hybride sémantique de la région frontalière. Ce qui toutefois ne clarifie pas vraiment ce qu'il veut dire en affirmant être né *dans* un *dompe*. Luca se gratte littéralement la tête – un geste qu'elle ne lui a plus vu faire, elle s'en rend compte maintenant, depuis la décimation de leur famille. Et elle découvre aussi, confondue, que ce geste – un pouce sur le haut de l'oreille et trois doigts ratissant le cuir chevelu – exprime la curiosité intellectuelle de Luca. Un tic qui ne survient que lorsqu'il est intrigué par quelque chose ou qu'une chose lui paraît intéressante. Et dans le fait qu'il réapparaisse maintenant, Lydia voit la preuve que son fils pourrait survivre, qu'il est peut-être capable, après deux semaines et deux mille cinq cents kilomètres d'errance, de s'oublier brièvement lui-même, de céder à un instant de pure curiosité. Et ce sentiment qui bat sourdement dans le cœur de Lydia porte un nom. *L'espoir.*

— Alors tu es né dans un dépôt d'ordures ? demande prudemment Luca, essayant de ne pas se montrer grossier.

Ce qu'il ne comprend pas, c'est qu'il n'y a rien d'impoli dans sa question parce que Beto n'a pas plus honte de son origine qu'il n'est conscient que les conditions de cette origine pourraient susciter chez d'autres que lui des sentiments de gêne. Il est né là où il est né, un point c'est tout, et il raconte son histoire sans évaluer le moins du monde l'effet qu'elle pourrait avoir sur son auditoire.

— Eh ben, dit-il en riant, je suis pas né dans la décharge, quand même. Juste à côté. Dans la Colonia Fausto González. Tu as entendu parler ?

Luca fait signe que non.

— C'est vachement célèbre, ajoute fièrement Beto.

Lydia connaît un peu l'histoire des *colonias* de Tijuana parce qu'elle a lu les livres de Luis Alberto Urrea, l'un de ses écrivains favoris, à qui l'on doit des récits sur les dépotoirs, sur les enfants qui y vivent, comme Beto. À cause de ce souvenir éclair, elle a l'impression de connaître déjà le garçon, du moins un peu, encore que cette impression soit plutôt creuse, une ombre chinoise plutôt que la réalité. Parce que connaître les circonstances qui ont entouré la naissance du garçon ne veut pas dire le connaître, *lui*. Néanmoins cette sensation de familiarité a pour conséquence de faire fondre la part de dureté que, sinon, elle aurait conservée à son égard.

Et voilà que Beto se met à leur raconter toute l'histoire de sa vie, d'un trait, sans s'arrêter, sans même prendre vraiment le temps de respirer – qu'il ne se rappelle pas son père, parti pour *el norte* quand il n'était qu'un bébé, mais qu'il se rappelle sa *mami*, qui était une ramasseuse d'ordures dans le *dompe* avant qu'on ferme le dépôt. Et il se rappelle son grand frère, Ignacio, qui est toujours dans le *dompe*, enterré sous une croix peinte à la main en bleu ciel qui porte son nom, Ignacio, et les mots MIJO, 10 AÑOS.

Beto redit à Luca qu'il a dix ans, et lui raconte que son frère Ignacio avait cet âge-là quand il a été écrasé par la roue arrière d'une benne à ordures tandis qu'il attrapait l'impeccable objet rond qu'il avait repéré par miracle au milieu des déchets : un ballon de football. Un trésor extraordinaire. Beto, qui avait alors huit ans, se tenait à côté de lui et avait été si paralysé par ses cris qu'il n'avait pas pensé à conserver le ballon pour son frère mourant (c'est un autre gosse avec plein de boutons sur la figure, nommé Omar, qui l'avait piqué).

Parce que le sol était mou, explique encore Beto, les pneus de la benne n'avaient pas complètement aplati Ignacio, ils l'avaient plutôt compressé dans les ordures au-dessous de lui – juste assez pour qu'il survive pendant trois jours horribles. Après ça et la construction de la croix bleu ciel, il n'a pas fallu longtemps à sa *mami* pour disparaître elle aussi, d'abord dans la torpeur de l'alcool, ensuite dans des vapeurs nouvelles beaucoup plus rances, et enfin dans le ciel.

Beto a peur d'atteindre ses onze ans parce qu'il a l'impression de trahir son frère.

— Mais je suppose que ce serait encore pire si je n'y arrivais pas, hein ?

Ça le fait rire. Lydia et les sœurs essaient d'en faire autant.

Luca ne rit pas, mais se sent obligé de donner quelque chose en retour à Beto pour son histoire. Il ouvre la poche de côté de son sac à dos, calé sur ses genoux, en extrait son tube de pommade pour les lèvres au parfum *Orange Mango Blast*. Il le tend à Beto, qui le prend sans un mot, enlève le capuchon, s'en barbouille les lèvres, et pousse un grand *aaah* de soulagement. Il le rend à Luca sans dire merci, mais Luca sait qu'il a exprimé sa gratitude avec ce *aaah*.

— Une minute, dit Soledad en tournant enfin tout son corps vers lui, et plus seulement la tête. Tijuana, c'est pas juste à la frontière ?

— Ouais, répond Luca, qui la regarde d'un air approbateur.

Elle s'en aperçoit.

— Eh, tu n'es pas le seul ici à savoir lire une carte, rétorque-t-elle avant de poursuivre sa conversation avec le nouveau venu. Alors, Beto, qu'est-ce que tu fais là puisque tu vivais déjà juste à la frontière ? Pourquoi allais-tu vers le sud ? Et tous les autres migrants, pourquoi allaient-ils vers le sud ?

— Ces types, ce sont tous des *deportados*.

Soledad a un mouvement de recul.

— Des expulsés ? Tous ?

— Ben oui, confirme Beto avec un haussement d'épaules. Tijuana est plein de *deportados*. Et à Tijuna, il y a plus de gens qui vont vers le sud que vers le nord. On les distingue des autres migrants à cause de leur uniforme.

— Un uniforme ? répète Luca.

— Ouais, les migrants portent tous le même uniforme, non ? Des jeans sales, des chaussures bousillées et des casquettes de base-ball.

— Toi, tu n'as pas de casquette.

Beto hausse de nouveau les épaules.

— Je suis pas un vrai migrant. Juste un frimeur.

— Alors, reprend Soledad, désireuse de le ramener sur le sujet, quelle différence il y a chez les *deportados* ?

— Ils sont hantés par les cris de leurs enfants restés là-bas dans *el norte*.

Ils le regardent tous, sidérés.

— Je déconne. C'est juste qu'ils ont pas de sac à dos.

Lydia claque des doigts.

— Voilà ! s'exclame-t-elle. C'est ça qui manquait. Ils n'avaient pas de sac à dos.

— Pourquoi ils n'en ont pas ? intervient Luca.

— Parce que ce sont des *deportados*. Ils vivent aux US, *güey*. Depuis toujours, en tout cas dix ans peut-être. Depuis qu'ils étaient bébés, peut-être. Et puis un matin, ils partent travailler, ou un jour ils rentrent de l'école, ou ils jouent au football dans le parc, ou ils font des courses au supermarché pour acheter de nouveaux trucs qui leur font plaisir et BANG ! On les ramasse et on les expulse avec ce qu'ils ont sur eux au moment de l'arrestation. Alors à moins d'avoir porté un sac à dos quand la *migra* les a chopés, ils arrivent généralement ici les mains vides. Parfois les femmes ont leur sac à main ou leur porte-monnaie. Pas le droit de rentrer chez eux et d'emballer leurs affaires. Mais en général ils ont de chouettes vêtements, au moins. Des chaussures propres.

Lydia serre son sac à dos contre elle. Elle ne veut pas en entendre davantage. Le rêve de parvenir aux Estados Unidos est la seule chose qui les soutient encore. Elle n'est pas prête à envisager tous les événements horribles qui pourraient leur arriver ensuite, s'ils ont suffisamment de chance pour atteindre ce premier objectif fondamental.

Soledad s'installe plus confortablement et mâchouille sa lèvre.

— Et alors, veut-elle savoir, quand ils sont expulsés et renvoyés au pays, ils baissent les bras et rentrent simplement chez eux. Pourquoi ils n'essaient pas de retraverser ?

— Ben, certains essaient, explique Beto. Mais on peut plus traverser à Tijuana maintenant. Sauf si tu as des tonnes d'argent ou que tu travailles pour un des cartels. Ils avaient creusé des tunnels. C'était facile il y a quelques années. J'ai même connu des gars du *dompe* qui se faisaient de l'argent de poche en aidant les migrants à passer. La clôture était pleine de trous, il y avait des échelles, des bateaux, plein d'autres moyens de traverser.

— Et maintenant ?

— Maintenant, c'est comme une zone de guerre, il y a des drones et des caméras et la police, la *migra* qui attend, comme des gardiens de but surpayés. En plus, les *deportados*, ils ont de l'argent, ils sont tous riches d'avoir travaillé dans *el norte*. Alors ils peuvent se payer des vacances avant de retourner là-bas. Ils rentrent chez eux en visite.

Soledad se mord les lèvres, nerveusement cette fois.

— Mais t'inquiète pas, dit Beto. Nogales, il paraît que c'est mieux. J'veux dire, il paraît que c'est plus facile parce que personne veut traverser le désert et tout ça, alors il y a pas trop de patrouilles de police. C'est pour ça que je retourne pas à Tijuana. Je vais à Nogales pour passer de l'autre côté.

Beto presse ses lèvres l'une contre l'autre, et Luca est content de humer le parfum de baume à l'orange et à la mangue.

— C'est là qu'il va le train, hein, à Nogales ? vérifie Beto, qui se détend et étire ses jambes devant lui.

— C'est ce qu'on espère, répond Luca.

— Il y a encore un grand embranchement, plus loin, à Benjamín Hill, ajoute Beto. La voie se divise en deux. Vers le nord et Nogales, ou l'ouest vers Baja. C'est là que je devais changer de train, quand je suis descendu, mais on s'est pas arrêtés, alors j'ai continué à rouler vers le sud, jusqu'à ce qu'on arrive à la voie de garage. J'espère qu'on va pas se retrouver à Tijuana. Imagine un peu que j'aie fait tout ce tour sur la *Bestia* juste pour voir du paysage et me retrouver dans le *dompe* ?

— Donc tu veux dire qu'on va peut-être encore devoir changer ? gémit Soledad. Si près du but ?

— On verra bien.

Beto fouille dans une poche et en sort une poignée de graines de tournesol. Il les mâche et crache les écorces par-dessus le rebord du train sans se redresser. Il en propose aux autres, mais ses mains sont moites et personne ne profite de sa généreuse offre.

— Ça fait combien de temps que tu voyages ? lui demande Soledad.

— Oh, juste quelques jours, trois ou quatre, je dirais. Elle, c'est ta sœur ?

Il pointe le menton vers Rebeca. Elle leur tourne à demi le dos, regardant défiler l'impossible paysage : broussaille, herbes rabougries émergeant de la terre poudreuse sous la voûte bleue et brûlante du ciel au-dessus de leurs têtes, les dentelures marron des montagnes lointaines, la silhouette de plus en plus rare d'un véhicule sur l'autoroute parallèle.

— Oui, c'est Rebeca. Et moi, je m'appelle Soledad.

— Pourquoi elle dit jamais rien ? Elle parle pas ?

— Avant je parlais, répond Rebeca, visage tourné vers lui, mais les yeux ailleurs. Plus maintenant.

Beto s'assoit et balaie le sel et la poussière des graines de tournesol de ses doigts.

— C'est pas plus mal, dit-il.

Deux heures plus tard, quand le train ralentit mais traverse sans s'arrêter la petite ville de Benjamín Hill, Luca se félicite de constater que l'enchevêtrement des rails n'est plus qu'une voie unique suivant la route la plus à l'est qui continue droit vers le nord, vers Nogales.

Santa Ana. Los Janos. Bambuto. Coché, coché, coché. En début d'après-midi, Luca aperçoit un avion bas dans le ciel, qui grossit et vole encore plus bas, donnant l'impression qu'il va entrer en collision avec leur train. Ils l'évitent en s'aplatissant tous sur le toit, tandis qu'ils dépassent la piste de l'aéroport international de Nogales.

26

Nogales. Ils se sentent presque déjà arrivés aux États-Unis. Le train réduit considérablement sa vitesse et traverse en haletant le centre de la ville. Des rues plus larges que Luca n'en a jamais vu, des voitures plus grosses. Une canette géante de Coca-Cola perchée au sommet d'un immeuble et des antennes radio innombrables qui s'étirent vers le ciel. Et puis. Ils le voient tous en même temps. Un gigantesque panneau vert d'autoroute avec des lettres blanches et une flèche. Juste trois lettres sur ce panneau : USA.

Soledad se met à pleurer. Elle n'essaie même pas de s'en empêcher – elle laisse les larmes dévaler ses joues, la morve lui remplir les narines et déborder, qu'elle essuie du revers du poignet. Rebeca lui passe un bras autour des épaules, ce qui fait redoubler ses pleurs.

— Nous avons réussi, chuchote-t-elle à sa petite sœur.

Beto se dresse sur le toit du train (un comportement qui rend Lydia quasi instantanément hystérique) et remarque, sans une intention délibérée de cruauté :

— Pas encore, c'est pas fait.

Luca lui pince l'arrière du mollet.

— Aïe, gémit Beto. Je veux dire, tu vas y arriver, tu y arriveras.

— Tu n'imagines pas tout le chemin qu'on a fait, dit Soledad. Même si c'est rien que pour voir ces lettres.

Le train ralentit encore, puis c'est l'embardée à laquelle ils sont tous désormais habitués, qui fait chanceler Beto – deux pas en arrière un demi-pas en avant – sur quoi Lydia ne peut pas en supporter davantage et lui crie :

— Pour l'amour du ciel, vas-tu t'asseoir avant de te faire tuer – tu n'es pas en caoutchouc !

Elle est consciente de la rudesse involontaire de son emportement, mais Beto obéit sans protester et lui sourit.

— Merci, dit-elle en serrant les bras sur sa poitrine.

Ils attendent l'arrêt complet du train avant de sauter sur la chaussée. Il n'y a pas de véritable gare, juste un feu rouge, et ils sont suffisamment proches de la frontière pour ne pas avoir à marcher des kilomètres, et assez loin cependant pour éviter un accrochage avec la *migra*.

Dès qu'elle pose le pied sur l'asphalte, Lydia est prise d'un tremblement d'excitation qui parcourt tout son corps. Brusquement, l'épuisement du voyage cesse de peser sur ses épaules, et avec lui le chagrin, la culpabilité, l'horreur, balayés par toutes ces possibilités nouvelles. Elle se retourne vers l'échelle et soulève Luca par les aisselles.

— Mami, arrête, je peux le faire tout seul.

Lydia se rend compte qu'avec la présence de Beto, son fils a retrouvé encore un autre de ses comportements caractéristiques, temporairement disparu : la gêne face aux parents. Et elle en est heureuse.

— Désolée, dit-elle.

— Hé, questionne Beto, vous avez pas faim ? Moi

j'ai la dalle. Je vais essayer de trouver un *lonche*. Vous voulez venir ?

— *Lonche* ? demande Luca.

— *Almuerzo*, traduit Mami. Le déjeuner.

— Ouais, dit Luca, je prendrais bien un *lonche*.

— Moi aussi, un *lonche*, ça me tente, renchérit Soledad.

Lydia pense à l'argent liquide qui leur reste, à peine plus de cent dollars. Ils ont besoin de manger, mais cet argent ne durera pas éternellement.

Beto devine son hésitation.

— C'est moi qui paie, dit-il.

Ils marchent le long de l'avenue principale, vers le nord, et quand Beto aperçoit une *birriería*, ils s'arrêtent et commandent cinq portions de *birria*, du ragoût épicé. Il ouvre sa poche pour en sortir l'argent, une ouverture suffisante qui permet à Lydia de voir la grosse liasse de billets nichée dedans. Immédiatement sa peur revient. Ils ont été idiots de faire confiance à ce gamin si facilement, au prétexte du trou dans les semelles, de l'inhalateur vide. Aucun gamin ordinaire de dix ans ne devrait se trimballer à Nogales avec autant d'argent dans ses poches. Il n'existe qu'une source potentielle de revenu pour un garçon de ce genre, Lydia le sait. Elle se raidit, mais le vendeur lui tend un bol d'où la vapeur s'échappe en volutes odorantes, et elle ne résiste pas à la tentation de se jeter dessus. La dernière fois qu'ils ont fait un bon repas, c'était à Culiacán. La vérification de ses soupçons attendra la fin du *lonche*.

— *Ay*, merci, dit Soledad, la bouche pleine.

Beto hoche la tête.

— Allons le voir, je veux le voir de près, ajoute-t-elle.

— T'as qu'à regarder, lui conseille Beto, qui gesticule avec sa cuiller.

Soledad suit la direction de la cuiller, et elle la voit, à trois cents mètres de l'endroit où ils se tiennent, la pointe des pieds tournée vers le nord, claquant sous le soleil brûlant, la bannière aux rayures rouges et blanches, le champ stellaire du drapeau américain.

— C'est vraiment là ? s'inquiète-t-elle, oubliant momentanément son repas. Tu es sûr que c'est ça ?

— Sûr.

— Mais ça a l'air si…

Soledad ne trouve pas le mot adéquat pour finir sa phrase.

La rue est une impasse qui aboutit à une cuvette de béton : une rangée de boutiques à droite, d'énormes bâtiments gouvernementaux lourdingues sur la gauche et, directement en face, un mur, surmonté d'un deuxième mur, lui-même surmonté d'un troisième mur coiffé de fil de fer barbelé et de caméras. C'est derrière ce mur que, haut dans le ciel, et animé par la légère brise, s'agite avec raideur le drapeau américain. Ainsi que, quelques mètres plus loin seulement, de leur côté de la clôture, un drapeau mexicain qui flotte aussi.

Beto montre le drapeau mexicain.

— Tu vois ? C'est bien ça le problème, hein ? Regarde ce drapeau américain, là-bas – brillant et tout, on dirait qu'il est tout neuf. Et regarde le nôtre, il est complètement fichu et déchiré, le rouge est même plus rouge. Plutôt rose.

Luca et les sœurs se dirigent vers le drapeau mexicain, le dépassent et s'approchent du mur à l'endroit où il est transparent, ce qui permet de voir l'autre côté. Lydia reste en arrière avec Beto, qui a déjà vu tout ça.

Elle veut profiter de cette minute seule avec lui pour l'interroger sur l'origine de l'argent.

— C'est comme si on avait pas d'orgueil et qu'on s'en fichait carrément, monologue Beto. Pourquoi leur drapeau doit-il être tellement plus haut dans le ciel que le nôtre ? Il suffirait d'un mât plus grand, ce serait pas très dur, non ?

Lydia lève la tête et doit admettre qu'il a raison. À cet endroit-là, le drapeau mexicain est une loque brûlée par le soleil, comparé à l'américain, dont les couleurs, rouge, blanc et bleu, sont impeccables, comme s'il venait d'être changé le matin même.

— Je ne sais pas, dit-elle. Imagine, si on devait remplacer le drapeau chaque semaine, combien ça coûterait ? Et puis quelle importance ?

Beto jette sa cuiller dans un bac à plantes et incline le bol en polystyrène vers sa bouche pour aspirer bruyamment un peu de ragoût.

— Ça ressemble à du chauvinisme, si tu veux mon avis.

— Du quoi ?

— De l'argent gâché.

— Sûrement, dit Beto avec un haussement d'épaules. Enfin, quoi, ces *Estadounidenses* sont obsédés par leur drapeau, martèle-t-il en avalant le reste de ragoût avant de balancer le bol dans le bac à plantes après la cuiller.

— À propos d'argent, je peux te demander quelque chose ? reprend Lydia.

— Sûr.

Mais la question à l'évidence l'embarrasse. Il saute d'un pied sur l'autre. Lydia se racle la gorge.

— Je n'ai pas pu ne pas remarquer que tu en as un paquet sur toi.

Beto porte instinctivement la main à sa poche.

Lydia garde un œil sur Luca et les sœurs tout en se baissant pour ramasser le bol et la cuiller que Beto a laissés tomber, pose son propre bol à moitié plein sur le rebord du bac à fleurs, et va jeter celui de Beto dans une poubelle non loin de là. Quand elle revient, il est assis sur le rebord du bac derrière la *birriería*. Elle reprend son bol et s'assoit à côté de lui en avalant une bouchée.

— C'est mon argent, dit-il. Je l'ai pas volé.

— Non. Je ne t'accuse pas de ça.

— Et j'ai rien fait d'autre de mal pour l'avoir.

Lydia continue à manger.

— D'accord, ça ne me regarde pas, poursuit-elle entre deux bouchées, mais bien sûr je suis curieuse. L'argent, parfois, c'est un problème. Surtout ici. Surtout quand un jeune garçon en a plein et qu'il ne travaille pas. Ou qu'il n'a pas une famille riche.

Beto contemple un crachat de chewing-gum à ses pieds.

— J'pourrais avoir un oncle riche.

Lydia fronce les sourcils.

— Écoute, tu as l'air d'un brave garçon, mais nous avons déjà eu assez d'ennuis comme ça. Nous ne pouvons pas prendre le risque d'en avoir d'autres.

Beto redresse le torse et répond, sur la défensive :

— Je l'ai gagné en vendant des trucs.

Lydia pose sa cuiller dans son bol vide et attend la suite pendant quelques secondes. Va-t-il continuer ? Voyant que rien ne vient, elle insiste.

— Quel genre de trucs ?

Beto se penche pour appuyer ses coudes sur ses genoux, ce qui n'est pas facile parce que ses pieds ne touchent pas le sol.

— J'ai trouvé une arme.

Du coin de l'œil, il guette sa réaction. Comme elle ne paraît pas inquiète, il continue.

— Et de la drogue.

Lydia acquiesce.

— OK.

— Et j'ai même pas vendu les trucs, je les ai juste rendus au type dans le *dompe*, je me doutais qu'ils lui appartenaient.

— Donc l'argent, c'était un genre de récompense ?

— Ouais, je suppose. Il m'a demandé si je voulais travailler pour lui, et j'ai dit que ce que je voulais vraiment, c'était sortir du *dompe* et aller au nord, alors il m'a donné l'argent.

— Mais tant que ça ?

Beto hausse les épaules.

— Je crois qu'il se sentait mal pour moi à cause d'Ignacio et tout ça. Tout le monde dans le *dompe* était triste pour moi après ça et après que ma *mami* avait disparu.

Lydia ne bronche pas.

— Il a même pas compté l'argent. Il a juste ouvert son coffre, a pris un gros paquet de billets et me l'a filé. Il m'a dit d'aller à Nogales si je voulais passer au nord pour de bon.

— Il ne l'a pas compté ?

— Bah non.

Lydia ne pense pas qu'il se donnerait la peine de mentir. Il semble si candide, et de toute façon, il ne lui doit aucune explication. En même temps, ça paraît tellement tiré par les cheveux. Pourquoi quelqu'un donnerait-il autant d'argent à un gamin ? Comme rien ne semble pouvoir offenser Beto, elle poursuit son enquête.

— Tu es sûr que tu n'as pas pris l'argent pendant qu'il dormait, par exemple ?

Il rit.

— *Güey*, faudrait que j'aie des gros *huevazos* pour faire un truc comme ça ! Ou que j'aie envie de mourir. Et ça non. J'aime bien vivre, explique-t-il en secouant la tête.

— D'accord.

— J'ai pas envie de mourir, précise-t-il. J'aime la vie.

— Tant mieux, approuve Lydia.

— Malgré tout.

Sans le vouloir, Lydia écrase du poing son bol en polystyrène, un filet de sauce lui coule dans la main, qu'elle essuie sur son jean. Elle observe Beto, son visage rond. Ce garçon est un philosophe, songe-t-elle. Il est fruste, mais il dit ce qu'il pense, et sa franchise est une provocation. *Il aime vivre, malgré tout.* Ce qui n'est peut-être pas certain en ce qui la concerne. De toute façon la question est vide de sens. Pour une mère, la survie est affaire d'instinct plutôt que de désir.

— Si tu veux la vérité, avoue soudain Beto, je crois qu'il m'a donné plus que ce qu'il voulait. Il était complètement défoncé.

— Ah !

Maintenant elle comprend mieux.

— Je lui ai dit que je le rembourserais quand j'aurais un job *en el otro lado*, mais il m'a dit : quand tu seras de l'autre côté, continue de marcher. Ne reviens jamais sur tes pas.

Lydia hoche de nouveau la tête.

— Et c'est tout ?

— Ouais, c'est tout, et je suis là !

— Et tu es là.

Luca regarde dans leur direction, petit boomerang rassurant – vérifiant seulement qu'ils sont toujours au même endroit. Après quoi, il recommence à scruter le nord.

— Et personne ne t'a suivi, alors ?

— J'espère pas. J'ai payé mes impôts, je suis pas allé en prison, j'ai toujours payé la pension alimentaire de mes gosses.

Il se racle la gorge, crache sur le trottoir et plisse les yeux en direction du mur, puis ajoute :

— Je suis un homme libre.

Lydia rit.

— Tu es un sacré phénomène.

— C'est le mot qu'ils emploient tout le temps. Phénomène.

Elle jette à son tour son bol dans la poubelle.

— Apparemment, la chance t'avait un peu oublié, en tout cas.

— Ouais, c'est mon tour. *Darle la vuelta a la tortilla.* Faut renverser la tendance, comme ils disent.

— Comment vas-tu traverser, alors ? Tu as un plan ?

Beto se redresse un peu plus et examine la *línea* : de là où ils sont, elle semble aussi impénétrable que vue de TJ.

— Parfois, les gosses ils marchent jusqu'à la guérite et ils se rendent. Certains d'Amérique centrale peuvent obtenir l'asile. Tu savais ça ?

— Bien sûr, j'ai entendu parler des caravanes.

La connaissance qu'avait Lydia des caravanes de migrants venant du Guatemala et du Honduras s'apparentait à la vague idée que les gens qui mènent une vie stable et confortable se font de l'indigence. Elle entendait ces histoires à la radio tout en préparant le dîner dans sa cuisine. Les mères traînant les enfants dans leur poussette pendant des milliers de kilomètres, les petits dans leurs Crocs en plastique rose aux semelles trouées, des centaines de familles regroupées pour plus de sécurité, augmentant en nombre au fur et à mesure qu'elles progressent vers le nord, prises en stop à l'arrière de camions bienveillants dès qu'elles le pouvaient, grimpées sur la *Bestia* dès qu'elles le pouvaient, dormant dans des stades de foot ou dans des églises, tant de milliers de kilomètres pour venir quémander l'asile d'*el norte*. Et Lydia qui hachait des oignons et de la coriandre en écoutant ces histoires. La fuite de la violence et de la pauvreté, les gangs plus puissants que leurs gouvernements. Elle écoutait raconter leur peur et leur détermination, tout résignés qu'ils étaient à atteindre les Estados Unidos ou à mourir en route sous l'effort, parce que demeurer dans leur pays signifiait que leurs chances de survie étaient encore plus minces. À la radio, Lydia entendait ces mères chanter pour leurs enfants tout en marchant, et un élan d'émotion envers elles l'étreignait. Elle jetait les herbes hachées dans l'huile bouillante, et la casserole grésillait. Beaucoup d'émotions se mélangeaient : colère contre l'injustice, inquiétude, compassion, impuissance. Mais, en vérité, c'était un sentiment modéré, et quand elle se rendait compte qu'elle n'avait plus d'ail, l'irritation ménagère qui la saisissait anéantissait ce pincement au cœur. Le dîner serait fade. Sebastián ne se plaindrait pas, mais elle lirait une légère déception sur ses traits, et, se sentant provoquée, s'efforcerait de ne pas déclencher une dispute.

Beto continue de parler à côté d'elle.

— Ils disent que, si ta vie est en danger dans le pays d'où tu viens, ils n'ont pas le droit de te renvoyer là-bas.

Pour Lydia, c'est de la mythologie, mais elle ne peut s'empêcher de demander malgré tout :

— Il faut venir d'Amérique centrale ? Pour demander l'asile ?

Beto hausse les épaules.

— Pourquoi ça t'intéresse ? Ta vie est en danger ?

Lydia soupire.

— Comme celle de tout le monde, non ?

27

Les sœurs appellent le *coyote* depuis une cabine téléphonique. Désormais, elles ont l'impression d'être des professionnelles des télécommunications, qui n'ont plus besoin de l'assistance de Luca. Soledad dit au *coyote* qu'elles viennent d'arriver à Nogales et que trois autres personnes se sont jointes à elles pour faire la traversée.

— Elles sont capables de marcher ? demande-t-il. Ici, c'est service minimum. Il faut qu'elles soient en bonne forme.

— Ouais, assure Soledad. Elles sont OK.

— Où êtes-vous en ce moment ?

Soledad appuie plus fort le combiné sur son oreille et jette un coup d'œil alentour.

— Je sais pas très bien, juste à la frontière, répond-elle. Au bord de la voie de chemin de fer.

— Est-ce que vous voyez le drapeau américain, en haut du grand bâtiment blanc ?

— Oui.

— Bon, je sais où vous êtes.

Le *coyote* lui dit de le retrouver sur une *plaza* à cinq cents mètres de là. Il y sera dans moins d'une heure. Soledad raccroche, très excitée, et transmet la nouvelle à Lydia et aux garçons.

Elles veulent appeler Papi d'abord. Elles essaient trois fois de suite, mais c'est un appel international et elles ne comprennent pas tous les codes, finalement, elles doivent demander à Luca de les aider. Il s'avère que, de toute façon, elles n'ont pas assez d'argent, alors elles se rabattent sur une prière.

— Il va se remettre, martèle Rebeca.

Ce qui se réalisera peut-être, si elle répète la prière suffisamment de fois.

Sur la Plaza Niños Héroes, il y a des bancs décorés couleur jaune d'or vif, mais tous ceux qui sont à l'ombre sont déjà occupés, alors Luca et Beto se juchent sur le rebord d'un autre bac à fleurs et Lydia sur une petite marche non loin de là. Les sœurs arpentent en silence la place, bras fermement croisés sur la poitrine, tête penchée l'une vers l'autre. Sous le regard des gens, note Lydia, à qui n'échappent ni leur remarquable beauté ni leur épuisement manifeste.

Lydia a tant d'inquiétudes qu'elle ne sait pas quoi gérer en premier. Elle a peur de se retrouver ainsi exposée, peur qu'on la reconnaisse. Chaque fois que quelqu'un la regarde, puis consulte son propre téléphone portable, une décharge d'adrénaline la secoue des pieds à la tête. Elle la sent surtout au niveau du ventre et des articulations. Elle reste assise près du mur où, s'imagine-t-elle, elle passe le plus inaperçue, son sac à dos à ses pieds. Le seul bénéfice que procure l'état de migrant, d'avoir adopté aussi complètement ce déguisement, c'est une quasi-invisibilité. Personne ne les regarde, en fait les gens s'emploient à ne pas les regarder. Elle espère que cette indifférence s'applique également aux *halcones*, si Javier en emploie, ici, à Nogales. Elle s'inquiète aussi de l'argent. Combien va coûter le *coyote*, comment va-t-elle accéder au compte en banque de sa mère et, si elle y parvient, quelle maigre somme leur restera-t-il après le franchissement de la frontière ? Elle s'inquiète aussi au sujet du *coyote*. L'argent d'Abuela est leur dernier espoir et l'idée même de le retirer pour le remettre à cet étranger est dingue. Quelles questions va-t-elle devoir lui poser pour juger s'il est fiable ou non ? Une fois touché son dû, quelle raison aurait-il de les conduire en sécurité de l'autre côté ? Qu'est-ce qui l'empêcherait de les abandonner tous en plein désert, promis à une mort certaine ? Et enfin, ultime question : a-t-elle un autre choix ?

Luca et Beto bavardent à voix basse, juchés sur le rebord du grand bac à plantes, frappant le mur au-dessous avec leurs talons. Beto érafle le bac tout du long avec une brindille comme si c'était un crayon. Luca arrache deux feuilles d'un arbuste et entrelace leurs tiges, qu'il enroule autour de ses doigts. Et bien que Lydia s'inquiète à propos de toutes ces choses, elle saisit mieux la futilité de cette inquiétude. Le pire se passera ou ne se passera pas, et aucune inquiétude que ce soit n'y changera rien, dans un sens ou dans l'autre. *Ne pense pas*. Elle appuie les coudes sur ses genoux.

À son arrivée, El Chacal n'a aucun mal à trouver les deux sœurs.

— *Dios mío*, dit-il en guise d'introduction en faisant la moue.

Soledad sent qu'il les évalue sous toutes les coutures, considère le problème que constitue leur beauté. Elle perçoit son hésitation, contente que leur physique en soit la cause plutôt qu'autre chose. Soulagée, elle s'aperçoit qu'il décide finalement de passer outre. Il leur adresse un petit signe du menton.

— Soledad ? dit-il.

— C'est moi. Et elle, c'est ma sœur Rebeca, répond-elle en pinçant le coude de sa sœur, qui répond à son salut.

C'est un homme de petite taille, à peine plus grand que les sœurs. Il a un beau visage, aux pommettes anguleuses, rasé de près, les joues légèrement plus roses que le reste lui donnent un air plus joyeux qu'il ne doit avoir au naturel. Maigre, élancé, il porte un jean Levi's propre et un T-shirt Gap rouge. Il pourrait passer pour un migrant lui-même, sauf que ses Adidas ont l'air flambant neuves.

— Où sont les autres ? demande-t-il.

— Assis, là-bas, répond Soledad en marchant vers eux, suivie du *coyote*.

— *Ay*, fait-il en les apercevant. Une dame et deux gamins ?

Il secoue la tête.

Les garçons sont déjà à portée de voix, et ils sautent tous les deux de leur perchoir.

— Moi, je suis pas un problème, dit Beto. J'ai vingt-trois ans. J'ai simplement un trouble de la croissance.

Beto connaît l'expression « trouble de la croissance » parce qu'un copain qu'il a connu dans le *dompe* en souffrait ; bien qu'ils aient le même âge, il a cessé de grandir à six ans, alors que Beto, lui, a continué, jusqu'à atteindre le double de sa taille. C'est un des prêtres itinérants de San Diego qui leur a parlé de la maladie. De toute façon, c'était sans importance, parce que connaître l'expression n'a pas aidé son copain à recommencer à grandir. Beto sourit au *coyote*.

— Vingt-trois ans ? *De verdad ?* l'interroge El Chacal.

— En plus, j'ai une voix d'ange, annonce Beto, avant de placer la main sur son cœur et de se mettre à chanter.

Très fort, et pas totalement faux, interprétant une chanson pop que Luca a déjà entendue mais dont il ne connaît pas le titre. Quand Beto aborde la partie rap, El Chacal lui fait signe de se taire.

— Impressionnant, quand même, non ? On m'appelait le J. Balvin du *dompe*.

Imperturbable, le *coyote* dévisage Beto, et celui-ci se met à faire des claquettes spontanément, comme ça, en plein milieu de la place.

El Chacal n'aime pas attirer l'attention et lui demande de se rasseoir.

— OK, OK, *siéntate*.

Beto se hisse de nouveau sur le rebord du bac à côté de Luca.

— Mon fils et moi, dit Lydia en se levant, nous avons fait tout le chemin depuis le Guerrero. Nous avons pris la *Bestia*. Nous sommes forts. Nous ne vous ralentirons pas.

C'est au tour de Rebeca d'intervenir.

— Vous n'imaginez pas ce que ce petit mec est capable d'accomplir. Il marcherait une semaine dans le désert s'il le fallait.

Le *coyote* se tourne vers Soledad d'un air soucieux.

— Ton cousin t'a dit que j'ai un bon taux de réussite, n'est-ce pas ?

— Oui.

— Et tu sais pourquoi j'ai un bon taux de réussite ?

Elle fait signe qu'elle l'ignore.

— Parce que je n'emmène pas de gosses. Je n'aime pas laisser les gens derrière moi. Je n'aime pas que les gens meurent dans le désert. Alors je choisis des gens qui ne mourront pas.

Luca se cramponne à la main de sa mère.

— Je n'ai pas l'intention de mourir, dit-il.

El Chacal focalise son attention sur le petit garçon.

— Personne n'a l'intention de mourir, rétorque-t-il.

— Oui, d'accord, concède Luca. Mais moi j'ai l'intention de *ne pas* mourir.

Lydia retient son souffle. À l'évidence, le *coyote* est impressionné.

— Ça fait une différence, ajoute Luca.

— Oh ?

Le *coyote* se penche en arrière pour mieux voir son visage sous la visière de la casquette de Papi.

— C'est vrai, je l'ai envisagé.

— Tu l'as envisagé ! Tu as envisagé de pouvoir mourir ? s'esclaffe El Chacal.

— Sûr.

— Et alors ?

— Ça ne m'intéresse pas pour le moment.

Le *coyote* acquiesce.

— Je vois.

— Donc je vais rester vivant.

— D'accord.

— Avec ou sans votre aide, annonce Luca.

Lydia lui pince légèrement la nuque.

— Mais évidemment, votre aide serait un avantage significatif.

Du coup, le *coyote* rit encore plus fort.

— *Órale*[1] *!* dit-il en levant les mains devant lui pour montrer qu'il accepte. D'accord, d'accord.

Beto quitte le rebord du bac d'un bond. Ce gamin sait se taire quand il faut : il ne dit pas un mot.

— D'accord, répète le *coyote*, avant d'ajouter à l'intention de Lydia : Vous avez de quoi payer ?

Elle s'efforce de rester impassible, de parler d'une voix neutre.

1. *Órale !* : « Allez ! »

— C'est combien ?

— Cinq mille pour vous. Six pour chaque gosse.

— Dollars ?

— *Claro.*

Les sœurs n'ont payé que quatre mille chacune.

— Mais je croyais…

Le *coyote* coupe court à ses protestations.

— Ce n'est pas une négociation. Je manque pas de *pollitos*[1]. Je n'ai pas besoin de votre argent. Si vous voulez venir, c'est le prix.

Lydia se tait. Elle n'a pas assez. Combien lui manque-t-il ? Elle ne le sait pas très bien, mais elle n'a pas assez. Son estomac est noué et, pour la première fois depuis des jours, elle a envie de pleurer. Les narines qui palpitent, le liquide qui afflue dans les sinus – c'est presque un soulagement. Elle n'était pas sûre d'en être encore capable.

— Ça fait combien en pesos ?

Beto a sorti la liasse de billets de sa poche et est en train de compter.

Le *coyote* lui tape sur la main pour qu'il la mette à l'abri des regards.

— Range ça, tu veux te faire tuer ou juste dévaliser ?

Beto fourre l'argent dans sa poche pendant que le *coyote* regarde aux alentours si quelqu'un les observe.

— Écoute, si on doit se lancer dans la traversée, la première des choses c'est de ne pas se comporter comme un imbécile, tu piges ?

Beto a l'air sincèrement penaud, il cesse de faire le pitre.

— D'accord, dit-il d'un ton plein de remords. Je m'excuse.

1. En argot mexicain, ce terme désigne les migrants qui paient pour passer illégalement la frontière.

Le *coyote* acquiesce.

— Tu ne fais rien sans que je te le dise, compris ? (Beto acquiesce à son tour.) Tu ne pisses pas ou tu n'éternues même pas sans ma permission. Et pour l'amour du ciel, tu la ramènes pas avec tes billets en plein milieu de la rue en te mettant à les compter.

— D'accord.

El Chacal reporte son attention sur Soledad.

— On va être à l'étroit dans l'appartement avec ces gens en plus, mais c'est seulement une affaire de deux jours.

— L'appartement ? demande-t-elle.

Elle a enlevé son sac à dos pour boire un peu d'eau à sa bouteille. Luca et Beto ramassent leurs affaires.

— Oui, l'endroit qui me sert à tout organiser. Vous y resterez un jour ou deux, le temps que les autres arrivent.

Il se met en marche, et Lydia attrape son sac, puis règle son pas sur le sien.

— J'ai besoin d'aller dans une banque, d'abord, annonce-t-elle.

Il pivote pour la regarder, sourcils levés, comme si elle lui avait demandé de s'arrêter un moment sur la lune.

— Une banque ?

— Oui. Pour pouvoir vous payer.

— Une banque ? répète El Chacal. J'aurais peut-être dû augmenter la facture.

Il dit ça en riant et, bien que revigorée par cette affabilité inattendue, ces rires soudains, Lydia ne parvient pas à l'imiter.

À son grand soulagement, ils tombent sur une succursale de la banque d'Abuela, non loin de là. Lydia laisse Luca dehors avec les deux sœurs. L'immeuble a un air pimpant, fraîchement blanchi, ce qui lui fait prendre conscience de son apparence – dépenaillée, sale. Elle s'arrête pour détailler son reflet dans la vitrine. Ça fait trois jours qu'elle porte la même chemise bleu pastel à boutons, ses aisselles sont moites, ses cheveux une catastrophe. Elle espère ne pas sentir mauvais ; elle ne se rend plus compte de son odeur. Elle ne se maquillait jamais dans sa jeunesse, mais depuis qu'elle a dépassé la trentaine, elle se permet généralement une fine couche de poudre le matin afin de couvrir les rides du front. Pour aller travailler, elle se maquillait légèrement les cils au mascara et discrètement les lèvres avec un gloss transparent. Elle se lavait les cheveux tous les deux jours, les portait en général en queue-de-cheval quand elle rangeait les livres sur les étagères. La femme qui lui fait face dans la vitrine ne ressemble guère à cette Lydia d'il n'y a pas si longtemps. Elle est plus maigre, le teint plus foncé, les muscles noués sur le cou et sur les bras. Cette femme mal lavée a des cernes sombres sous les yeux et le visage sinistre. Elle soupire après l'armure que lui offrait sa petite trousse de maquillage pendue par sa cordelette à un crochet de bois dans la salle de bains familiale, mais sa perplexité devant son reflet est presque réconfortante : peut-être qu'en fin de compte personne ne l'identifierait à la femme de la photo prise avec Javier. Elle souhaiterait enlever ce chapeau de soleil informe parce qu'elle se sent ridicule, un peu comme si elle se rendait à l'église en maillot de bain, mais, malgré le changement d'apparence, elle se sentirait trop exposée sans lui. *Il faut que j'arrête de souhaiter des choses irréalisables*. Fixée au mur au-dessus d'elle, il y a une caméra de surveillance, et Lydia ne veut pas figurer sur l'image. Elle baisse la tête, pousse la porte de la banque et entre.

Dans le hall climatisé, à l'éclairage fluorescent, les bras de Lydia se hérissent immédiatement de chair de poule. Son corps a perdu l'habitude du confort électrique. Elle se frotte les bras pour se réchauffer, sort la carte de paiement du sac à main de sa mère et revérifie le montant du compte au distributeur automatique. Il n'a pas changé : 212 871 pesos. Lydia laisse échapper une bouffée d'air à travers ses lèvres entrouvertes. Le retrait autorisé est de 6 000 pesos par jour. Lydia a reculé le moment de retirer de l'argent pour de nombreuses raisons, notamment parce qu'elle redoute qu'on ne lui remette pas la somme sans les papiers nécessaires. Elle savait aussi que l'argent serait beaucoup plus en sécurité à la banque pendant le voyage. Mais il est vrai qu'il était plus facile pour Lydia de repousser le moment du retrait dans la mesure où cet acte l'obligera à admettre l'horrible vérité : sa mère a véritablement disparu. Elle sait qu'elle aura un peu la sensation de lui voler son argent. Et elle veut qu'il en soit ainsi. Parce que Lydia n'a pas pu faire son deuil, et que d'une certaine manière, c'est encore comme si Luca et elle étaient les seuls à être partis, et que le reste des membres de leur famille soient toujours heureux, sains et saufs, poursuivant le cours de leur existence à Acapulco, comme d'habitude. Elle se représente Sebastián effleurant au passage sa pochette de maquillage dans la salle de bains chaque matin, trempé après la douche, son corps nu enveloppé dans la serviette bleue. Elle aimerait attendre un peu avant de mettre un terme à cet artifice.

Mais l'existence de cet argent électronique est un miracle. Un parachute à usage unique. Elle écrit le nom de sa mère dans un classeur posé sur le comptoir et attend dans un fauteuil que le directeur de l'agence la fasse appeler. Elle est introduite dans un box privé, s'assoit et pose son sac à dos sur la chaise voisine. C'est une femme qui lui fait face – une certaine chance, estime Lydia. La femme porte un blazer bleu marine, elle a un visage aimable, une seule mèche grise dans sa chevelure. Lydia étudie ce visage pendant quelques instants et prend une décision soudaine. Elle va tout lui raconter. Tout. Se mettre à la merci de cette étrangère à l'aimable visage.

Ce n'est que la troisième fois que Lydia raconte son histoire. La première, c'était à Carlos, dans son bureau au-dessus de l'église de Chilpancingo, la seconde à la religieuse, Hermana Cecilia, de la Casa del Migrante de Huehuetoca. Chaque fois qu'elle a fait ce récit, elle a payé un lourd tribut psychologique, mais a reçu en échange en ces deux occasions quelque chose qui pourrait s'apparenter au « salut ».

— Qu'est-ce que je peux faire pour vous ? demande la directrice.

Elle reste droite, les mains posées à plat sur le bureau, ne jette pas de regards suspicieux sur le sac à dos. Elle est affable, et d'après son badge carré marron, elle s'appelle Paola.

— Je…

Lydia s'interrompt, ses narines se gonflent, et les mots se coincent dans sa gorge. Elle ferme lentement les yeux et recommence :

— … j'ai besoin de clôturer le compte de ma mère.

— D'accord, répond Paola. Je peux vous aider. Est-ce que votre mère… peut-elle venir avec vous pour le faire, ou…

— Elle est décédée.

— Oh, je suis terriblement désolée.

Paola dit ça gentiment, mais mécaniquement, parce que c'est ce qu'on dit en pareille occasion.

Ce formalisme, cette froideur, ce n'est pas du tout ainsi que Lydia voulait commencer. Elle secoue la tête, rapproche légèrement sa chaise du bureau. Paola ne recule pas.

— J'ai besoin de votre aide, annonce Lydia.

— Bien sûr.

Paola tapote la main de Lydia avant de croiser de nouveau les siennes sur la table.

— Tout ce qu'il nous faut, dans ce cas, c'est son certificat de décès et une copie de son testament, si vous les avez…

Lydia interrompt Paola d'un raclement de gorge. Elle évite de regarder son visage, fixant à la place ses mains nouées sur la table qui les sépare, et l'alliance en or toute simple qui brille au doigt de la femme. Et parle sans lever les yeux.

— Ma mère a été assassinée. Toute ma famille a été assassinée par le cartel à Acapulco. Mon mari. Ma sœur. Seize membres de ma famille.

Elle parle très bas maintenant, penchée vers Paola, et se rend compte que la respiration de celle-ci a changé – ou plutôt non, qu'elle s'est arrêtée. En levant les yeux vers elle, elle s'aperçoit que ses traits aussi sont figés, une paralysie née de l'empathie. Alors Lydia se dépêche de déballer le reste, avant que ses nerfs ne la lâchent, ou de perdre le fil, avant de se mettre à pleurer.

— Mon fils et moi, nous nous sommes échappés. Il est là, dehors. Nous avions de l'argent, mais nous avons été kidnappés à Sinaloa, et il n'y en a plus. Et nous avons besoin de l'argent de ma mère pour payer le *coyote* maintenant. Pour traverser. Je suis le seul enfant de ma mère qui a survécu.

Il reste une seule main sur le bureau, celle qui porte l'alliance, l'autre, Paola l'a portée à son visage, à sa bouche, où elle l'empêchera peut-être de laisser échapper certaines réactions spontanées.

— Oh, Seigneur ! dit-elle. (Que pourrait-elle dire d'autre ? Elle ouvre un tiroir du bureau, en retire une boîte de mouchoirs en papier, qu'elle pose sur la table.) Ce massacre d'anniversaire à Acapulco, j'ai lu des choses. Sur vous, sur votre famille. Oh, mon Dieu, je suis tellement désolée.

— Merci, répond Lydia. C'était pour la *quinceañera* de ma nièce, Yénifer.

Paola froisse un mouchoir et le porte à son nez. Lydia en prend un, elle aussi. Puis elles se regardent dans les yeux. Lydia chuchote :

— Avez-vous des enfants ?

Paola acquiesce.

— Oui. Trois.

— Cet argent, c'est le seul moyen de sauver mon fils. Sinon, j'ai peur que nous soyons en danger de mort.

Paola repousse son fauteuil à roulettes et se lève.

— Attendez-moi ici.

Son absence dure, semble-t-il, une éternité. Quand elle revient, elle porte un classeur bourré de documents. Elle se rassoit, Lydia se redresse sur sa chaise. Paola ouvre le classeur, met son ordinateur en marche à l'aide de la souris.

— Avez-vous un papier d'identité, n'importe lequel ?

— Oui.

Lydia fouille dans son sac, trouve sa carte d'électrice. Elle la tend à Paola, qui l'étudie un instant, scrute le visage de Lydia et pose la carte sur le classeur.

— Une carte bancaire ?

— Oui.

Lydia la lui tend également.

— Êtes-vous dépositaire du compte de votre mère ?

— Non.

— Et vous n'avez pas de certificat de décès, n'est-ce pas ? s'enquiert Paola.

— Non.

— Ou une copie de son testament ?

— Non.

Lydia s'efforce de ne pas paniquer. Cette femme va essayer de l'aider, c'est sûr. Elle comprend, elle sait que Lydia ne possède aucun de ces documents, qu'elle n'a aucun moyen de se les procurer sauf à retourner dans le Guerrero et se faire tuer. Mais si c'était tout simplement impossible, si Paola essayait en vain de l'aider à trouver une échappatoire, et qu'en réalité elle ne puisse que confirmer l'inévitable mauvaise nouvelle, à savoir que Lydia n'a aucun droit sur cet argent ?

— Quel travail exercez-vous ?

— Je possède une librairie à Acapulco. Je possédais. Enfin je suppose que c'est toujours le cas.

Paola tape sur son ordinateur.

— Nom du magasin ?

— Palabras y Páginas. Les Mots et les Pages.

Elle tape encore quelque chose puis tourne l'écran de façon que Lydia puisse voir. Elle se rend compte que Paola n'est pas en train de remplir des formulaires. Elle a trouvé Lydia sur Google, et vérifie son histoire. Pour être sûre que ce n'est pas une escroquerie.

— C'est bien vous ?

Paola a ouvert le site web que Lydia voulait mettre à jour. Sur la page « contact », il y a sa photo. Elle porte des leggings noirs et un pull surdimensionné, une tenue qu'elle ne portera plus jamais, qu'elle a laissée dans le panier de linge sale à Acapulco. Souffle coupé, Lydia laisse échapper un sanglot involontaire à la vue de cette image et du bonheur paisible qui s'en dégage. Elle voudrait que les murs de ce box s'allongent jusqu'au plafond. Ses yeux, sa bouche ne sont plus qu'une fente. Elle secoue la tête affirmativement, Paola lui prend les mains dans les siennes, puis se lève, fait le tour de son bureau, débarrasse le sac à dos de Lydia de la chaise voisine et s'assoit à sa place.

— Mon neveu a disparu en août dernier, chuchote Paola. Il a disparu pendant trois jours. Et quand on l'a retrouvé, sa tête… (Elle s'arrête un long moment, Lydia pense qu'elle ne va pas continuer, mais Paola ne fait que rassembler ses forces.) Sa tête était séparée de son corps.

Sa main tremble dans celle de Lydia. Les deux femmes les gardent serrées l'une dans l'autre.

— C'était un si beau garçon.

À présent, c'est à Lydia de ressentir les effets paralysants de l'empathie. La profondeur de ses sentiments la surprend – comment peut-elle avoir conservé une quelconque capacité de souffrir pour les autres, pour le neveu assassiné de Paola ? Et pourtant, elle existe – une angoisse qui la prend aux tripes, un désespoir pour ce beau garçon qu'elle n'a pas connu. Pour les innombrables garçons enlevés, le désespoir qui s'étend d'une famille à l'autre, un point reliant l'autre comme dans le jeu de Luca. Une douleur si énorme qu'elle en est exponentielle. Chaque mort violente s'amplifiant des centaines, des milliers de fois. Chacun dans cette banque connaît une plus ou moins grande part de cette douleur. Tout le monde à Nogales. Chaque habitant d'un lieu découpé en *plazas*, morcelé et placé sous l'autorité d'hommes comme Javier. *Tout ça pour quoi ?*

Lydia s'abandonne. Le torrent d'émotions qu'elle a jugulées pendant des semaines cherche à se déverser d'un seul coup. Roulée en boule sur sa chaise en bois, elle sanglote silencieusement, son corps est un nœud de douleur, et Paola n'est qu'une étrangère, mais les mains qu'elle pose sur le dos de Lydia sont les mains de Dieu. Les mains de Sebastián, de Yemi et de Yénifer. Les mains de sa mère. Lydia pleure, blottie dans le giron de Paola, et Paola pleure avec elle. Elles pleurent pour elles-mêmes et l'une pour l'autre. Et quand elles ont fini, elles se sèchent avec la seule aide des Kleenex abandonnés sur le bureau par Paola.

Paola frotte avec brusquerie le genou de Lydia, se mouche bruyamment, puis jette le Kleenex d'une main sûre dans la corbeille à papier au coin du box exigu. Ensuite, elle reprend :

— Je pourrais perdre mon boulot. Mais je vais te fournir ton argent.

Lydia a un mal de tête lancinant. Elle ferme les yeux, incrédule, et si reconnaissante. Après ce torrent d'émotions, c'est comme si un marteau-piqueur pourfendait ses sinus.

Quelques minutes suffisent, et une enveloppe débordante de billets apparaît bientôt sur la table ; Paola sort son portefeuille d'un tiroir fermé à clé du bas du bureau et tend à Lydia un billet de cinq cents pesos supplémentaire.

— Pour ton fils, explique-t-elle.

Lydia l'enlace, sans un mot. Elle n'en connaît pas qui puissent exprimer sa gratitude. C'est impossible.

28

L'appartement est bizarrement plaisant, bien qu'impersonnel et pauvrement meublé. Au niveau le plus bas d'une maison construite à flanc de colline, soit une volée de marches au-dessous de la rue. Il comprend quatre grandes pièces : un living (avec deux divans de cuir noir, un téléviseur à écran plat et quelques posters sinistres), une cuisine (dont le réfrigérateur ne contient qu'un pot de mayonnaise et deux œufs) et deux chambres à coucher (entièrement vides à l'exception d'un cintre en fil de fer tombé sur le carrelage pour l'une, et d'une bombe aérosol de Raid rangée sur le rebord de la fenêtre pour l'autre). Lydia pose l'argent dans la cuisine, sur le comptoir brillant. Le prix exigé par El Chacal était de 11 000 dollars. Elle lui remet, à moitié en pesos, à moitié en dollars parce que la banque ne possédait pas assez de liquide dans une seule monnaie, les deux piles de billets qui comprennent l'intégralité de l'argent du compte en banque d'Abuela, le billet de cinq cents pesos de Paola, et tout ce que contenait son portefeuille. À cause du taux de change pitoyable, elle ne possède en réalité que 10 628 dollars US. Il lui en manque 372. Le *coyote* compte l'argent, vérifie le taux de change sur son portable, constate le déficit, et repousse les billets vers Lydia.

— *No es suficiente.*

— Mais il ne manque pas grand-chose. Je pourrai peut-être vous payer le reste quand nous serons de l'autre côté, quand j'aurai trouvé du boulot.

— C'est pas comme ça que ça marche.

Il est inconcevable qu'ils soient sur le point d'échouer pour si peu. Pour 372 dollars.

— Nous avions plus, mais on s'est fait voler en route.

Lydia entend son propre désespoir dans sa voix.

— Tout le monde se fait voler en route, rétorque-t-il sans s'émouvoir.

— Non, intervient Soledad, elle a payé notre rançon.

— Elle nous a sauvé la vie avec cet argent, ajoute Rebeca. On peut demander à César, dit-elle à sa sœur. Il le faut.

L'idée de demander encore plus d'argent à leur cousin semble perturber Soledad, mais elle fait signe que oui. Tous les occupants de la pièce semblent en proie à une certaine hystérie, qui passe de visage en visage. Seul le *coyote* semble y échapper.

— On partira pas d'ici avant un jour ou deux, dit-il. Vous pouvez rester ici avec votre fils. Si vous trouvez le cash d'ici là, vous pourrez venir.

Deux jours, pense Lydia. Ils ont vécu frugalement à Acapulco, ne touchant jamais à leurs économies, emmenant presque tous les jours leur gamelle pour déjeuner au travail, n'achetant des vêtements neufs que lorsque les vieux ne pouvaient plus être réparés. Quelques rares dîners au restaurant, un cinéma parfois. Voilà comment ils faisaient des excès. À l'occasion de leur anniversaire de mariage l'année dernière, Sebastián lui a offert un flacon d'huile de lavande, pour qu'elle en verse une goutte sur son oreiller chaque nuit avant de se coucher. C'était un tel luxe ! Mais quand elle songe à leur petit appartement ensoleillé, avec ses deux chambres à coucher, des chaussures et des livres qui traînaient partout en prenant la poussière, le garde-manger de la cuisine débordant de réserves : maïs, haricots secs, céréales, l'égouttoir à côté de l'évier où séchaient les deux verres à vin – des verres ballons –, le placard de l'entrée et ses étagères de linge soigneusement plié, tout cela maintenant s'apparente à une indécente prodigalité. Elle n'a plus rien. Comment va-t-elle se procurer près de 400 dollars en deux jours ? Qu'a-t-elle à vendre ? Elle se creuse la tête pour trouver à qui elle pourrait emprunter de l'argent. *Morts. Ils sont tous morts.* Si seulement elle avait le numéro de son oncle à Denver, elle pourrait l'appeler. L'idée folle et honteuse la traverse : son corps. Combien une passe lui rapporterait-elle ? Idée obscène, dégoûtante, qu'elle réussit à écarter sans l'analyser davantage. Elle va inventer un moyen.

Beto et Luca, assis sur l'un des canapés de cuir noir derrière eux, s'amusent, se posent des colles sur les voitures, mais ils sentent l'étrange agitation qui règne dans la pièce, et elle finit par les gagner. Comme attirés par un aimant, ils se dressent de chaque côté de Lydia.

— Qu'est-ce qu'il y a, Mami ?

— Rien, *amorcito, no te preocupes.*

Mais Beto, habitué à devoir comprendre ce qui se passe sans que les gens le lui expliquent, observe le tas d'argent sur le comptoir, puis scrute le visage de Lydia, et celui d'El Chacal.

— Combien il lui manque ? demande-t-il.

El Chacal attrape son portable sur le comptoir et lit la somme qui s'affiche sur l'écran : « 372 dollars », annonce-t-il avant de reposer le téléphone.

— Combien ça fait en pesos ? interroge Beto.

Le *coyote* fait le calcul sur son portable :

— Environ 7 500.

Beto sort la liasse de sa poche sous le regard de Lydia. Il a déjà payé pour sa traversée et il lui reste encore de quoi flamber. *Nous ne connaissons ce gamin que depuis ce matin*, pense-t-elle. *Il ne comprend même pas ce que cet argent représente.* Elle se débarrasse de ses scrupules sur l'instant. Beto paie la différence. Elle l'attire vers elle et le serre dans ses bras.

— Merci.

El Chacal leur dit qu'ils ne traverseront que lorsque les autres *pollitos* seront arrivés, et leur conseille de se reposer en attendant. Il les quitte sans plus d'instructions, Lydia se demande s'il reviendra jamais. Ils lui ont donné tout ce qu'ils possédaient, leur ultime chance de s'échapper *al norte*. Il n'a pas l'air d'un voleur, mais qui sait ? *S'il se faisait renverser par un bus ?* Elle serre les poings et se sermonne intérieurement. *Ne pense pas*.

À peine le *coyote* hors de vue, ils enlèvent tous leurs chaussures : c'est incroyable le plaisir qu'on éprouve à être pieds nus. À agiter ses orteils librement. *Con un olor a queso*[1]. Luca et Beto n'arrêtent pas de courir dans le couloir entre la cuisine et les chambres, goûtant la fraîcheur du carrelage sous leurs plantes de pied poisseuses, laissant de petites empreintes éphémères de condensation par terre. Soledad rentre son T-shirt dans son pantalon et leur fait une belle démonstration de poirier le long du mur. Les garçons applaudissent. Ils veulent regarder la télé mais constatent que l'écran plat ne marche pas. Lydia découvre un livre de poche

1. « Avec une odeur de fromage. »

écorné dans un tiroir de la cuisine et se met à lire pendant que les garçons et les deux sœurs font la sieste. C'est un vieux roman de Stephen King qu'elle a lu il y a des années, et se plonger dedans la ramène brièvement dans le passé, à la personne qu'elle était alors. Un acte de communion qu'elle veut croire de bon augure, voire sacré. Quand les autres se réveillent, elle abandonne le livre à regret, à plat sur le canapé, ouvert à la page 73. Ils ont tous hâte de prendre une douche – et sont déçus de constater qu'il n'y a pas d'eau chaude. Il n'y a pas non plus de quoi manger, pas de casseroles, juste une poêle à frire dans la cuisine. Lydia s'en sert pour faire chauffer tant bien que mal un peu d'eau afin d'éponger la poussière et la sueur sur leur peau. Ils ne mangent rien, se contentant du souvenir relativement récent de la *birria*, et s'endorment à la tombée de la nuit.

Très tôt le lendemain matin, alors qu'ils discutent de ce qu'ils pourraient manger et de la façon de se le procurer, la porte s'ouvre sur El Chacal, suivi de deux hommes et d'une femme plus âgée. Ainsi, il est toujours là. Il ne les a pas abandonnés. Mais le soulagement qu'éprouve Lydia ne dure pas. La peur revient : qui sont ces gens ? Elle les observe à la recherche d'indices, d'un éventuel souvenir. Les deux hommes semblent se connaître. Ils sont jeunes, portent leur casquette de baseball bas sur le front, ils se parlent tout bas sans s'occuper des autres. De longues manches et le jean dissimulent d'éventuels tatouages. Lydia sent monter un accès de nausée, que la faim supplante malgré tout.

— Ne vous éloignez pas, leur dit El Chacal. Si vous n'êtes pas là quand il sera temps de partir, nous ne vous attendrons pas.

La tension règne dans l'appartement après le départ du *coyote*. Les sœurs et Luca se retirent dans la chambre qu'ils ont partagée la nuit dernière, et la nouvelle venue s'enferme dans la salle de bains. Lydia souhaite obtenir le maximum de renseignements sur ces gens, mais elle veut aussi conserver ses distances, rester dans le vague, insaisissable. Par ailleurs, elle est affamée. Luca est affamé.

— Avez-vous faim ? demande-t-elle aux deux jeunes gens qui viennent d'arriver, assis sur le canapé.

Ils confirment.

— Je peux cuisiner, si vous avez de l'argent pour acheter les produits.

Elle fera des omelettes. Un peu de nourriture chaude familière à Luca. Les hommes lui donnent quelques pesos, elle sort avec Luca chercher une épicerie.

— Mets tes nouvelles chaussures, lui dit-elle. Il faut qu'elles se fassent.

Ils sont à deux cents mètres de l'appartement quand ils entendent quelqu'un les héler.

— *Holà ! Perdón, señora ! Disculpe !*

Lydia se retourne avec appréhension pour découvrir que c'est la femme, la nouvelle venue à l'appartement, qui leur court après.

— Je me suis dit que je pourrais venir avec vous si vous n'y voyez pas d'inconvénient, annonce-t-elle. J'ai moi-même quelques petites choses à acheter.

Elle porte un sac à main violet et s'est habillée comme pour aller dans un bon restaurant : pantalon noir, longue chemise, sandales à semelles compensées. Elle est mince, la peau foncée, des cheveux coupés court, noirs avec des fils d'argent. Un bracelet d'or au poignet, trop discret pour être faux. Elle n'a absolument pas l'air d'une migrante, se dit Lydia, qui aussitôt se corrige : elle non plus. Du moins au début, quand ils ont entamé ce voyage.

— Je m'appelle Marisol.

Le bracelet se balance quand elle tend la main à Lydia.

— Et moi, Lydia.

— *Mucho gusto.*

— Et voici mon fils, Luca.

— Bonjour, Luca !

Au coin de la rue, un vieil homme est assis sur le pas de sa porte. Lydia lui demande où trouver l'épicerie la plus proche, et il la leur indique.

— J'ai besoin d'acheter des fruits, dit Marisol, tout en marchant. J'ai l'habitude de manger chaque jour des salades, et mon ventre est chamboulé depuis que je suis revenue.

— Revenue ? s'étonne Lydia.

— De Californie.

— Oh, vous étiez en Californie, avant ?

— Oui, depuis seize ans, répond Marisol. Je suis presque une *gabacha* maintenant.

Elles rient toutes les deux.

— Alors pourquoi êtes-vous revenue ?

— Je ne l'ai pas choisi.

Lydia fait la grimace.

— Mes filles sont toujours là-bas, à San Diego.

D'une poche latérale de son sac, elle sort un iPhone à la coque brillante, le déverrouille du pouce et fait défiler des photos jusqu'à celle de deux belles jeunes filles, approximativement de l'âge de Rebeca et de Soledad. Elle les montre fièrement à Lydia. La plus jeune porte une robe de *quinceañera*.

— C'est ma Daisy. Elle voulait porter une robe du Chiapas pour son anniversaire, bien qu'elle soit née à San Diego. Elle ne parle même pas l'espagnol. (Elle referme son portable et le range dans son sac.) Et mon aînée, América, elle est à l'université maintenant, et elle essaie de prendre soin de sa petite sœur, de prendre soin de la maison.

La voix de Marisol paraît enrouée et fatiguée.

— Ça fait combien de temps que vous avez quitté la Californie ?

— Presque trois semaines. Mais avant ça, je suis restée dans un centre de détention pendant plus de deux mois.

Marisol hoche la tête, serre les lèvres, une mimique que Lydia reconnaît : c'est celle qu'on adopte quand on est résolu à garder son sang-froid alors même que votre voix tremble et que le chagrin vous déchire la poitrine. Luca semble ne pas écouter, mais Lydia sait qu'il n'en est rien. Il est toujours attentif ces temps-ci, même s'il marche quelques mètres devant elles en observant les allées et venues des voitures.

— Que s'est-il passé ? demande-t-elle.

Marisol prend une grande inspiration avant de répondre.

— Nous étions entrés légalement, alors qu'América n'avait que quatre ans. Mon mari était ingénieur. Il avait trouvé du travail, nous avons donc obtenu nos visas. Ensuite Daisy est née, et les années ont passé, on ne se rend même pas compte à quel point ça file vite.

Lydia s'aperçoit qu'elle se rapproche instinctivement de Marisol tandis qu'elles montent et descendent les petites rues ensoleillées, tournent pour traverser des carrefours paisibles. Luca les précède d'un pas lourd à grandes enjambées avec ses chaussures neuves.

— Et puis, il y a cinq ans, Rogelio a été tué, mon mari a été tué.

Marisol se signe, et Lydia laisse échapper un petit cri étouffé.

— Je suis vraiment désolée, dit-elle.

Marisol accepte ses condoléances d'un signe de tête.

— C'est arrivé soudainement. Un accident de voiture quand il rentrait du travail.

Un sentiment perfide, sournois s'insinue en Lydia – qui s'apparente à de la jalousie. Elle est presque jalouse de cet état de veuvage-là. Survenu à la suite d'une mort naturelle, dénuée d'horreur. Puis elle se reprend : Rogelio n'est pas moins mort que Sebastián. Le temps qu'elle se résolve à serrer le bras de Marisol, sa compassion est redevenue sincère.

— Avec la mort de Rogelio, nos visas ont expiré. Nous étions censées retourner chez nous, à Oaxaca. Seule Daisy avait l'autorisation de rester parce qu'elle est citoyenne américaine de naissance.

— Mais c'est absurde. Elle a quel âge ?

— Quinze ans.

— *Ay !*

Lydia connaît ces histoires, bien sûr. Mais c'est différent quand on les entend racontées par une mère qui est en train de les vivre. Elle ne s'imagine pas être séparée de Luca, en plus de tous ses malheurs. Il est là, marchant toujours quelques mètres devant elles, et elle doit résister à l'envie de se jeter sur lui et de le presser contre sa poitrine.

Lydia a toujours été une mère dévouée, mais elle n'a jamais été du genre dépendant, comme ces femmes à qui leur enfant manque dès qu'il n'est plus là, que ce soit pour aller à l'école ou dormir dans son lit. Elle a toujours chéri ces moments pour soi, seule avec ses pensées, qui permettent de prendre une pause vis-à-vis des exigences émotionnelles incessantes de la maternité. Il lui est même arrivé, à Acapulco, d'en vouloir à Luca de cette façon qu'il avait de faire irruption dans son esprit et dans son cœur dès qu'il était là, de supplanter par son énergie tout ce qui n'était pas lui dans la pièce où il se trouvait. Dieu sait qu'elle aime son enfant de tout son cœur, mais certains jours elle ne respirait pleinement que lorsqu'elle l'avait laissé à la porte de l'école. À présent, c'est fini : elle l'agraferait à elle, le coudrait à sa peau, le fixerait définitivement à son corps si elle le pouvait. Elle implanterait ses cheveux dans son crâne, deviendrait sa mère siamoise. Elle renoncerait à la moindre pensée personnelle pour le restant de ses jours, si cela servait à le protéger. Luca les attend au coin d'une rue, et Lydia regarde au-delà de lui, de l'autre côté de la chaussée, le mur d'un immeuble peint de graffitis. Un gigantesque point d'interrogation. Non, non, ce n'est pas un point d'interrogation. Lydia se fige, tend la main vers Luca.

— *Mijo ?*

— Ça ne va pas ? s'inquiète Marisol.

Ce n'est pas un point d'interrogation. C'est une faucille. Et sous la faucille, en lettres noires fraîchement peintes, l'avertissement en lettres inclinées : VIENEN LOS JARDINEROS. Perchée sur la lame courbe, il y a une chouette. La Lechuza. Et puis une chose qu'elle n'a encore jamais vue : le dessin parfait et anonyme des lunettes si particulières de Javier. La forme exacte, destinée à faire surgir dans sa mémoire l'homme lui-même. À l'emplacement des verres, quelqu'un a griffonné : AÚN TE ESTÁ BUSCANDO. Il te cherche toujours.

Moi. Il me cherche, moi. Madre de Dios. Lydia tourne les talons et crie :

— Luca, viens !

— Mais, Mami…

— Viens ! ordonne-t-elle d'une voix cinglante comme un fouet.

Marisol trotte derrière elle pour rester à sa hauteur.

— Ça ne va pas ? répète-t-elle.

Après dix-sept jours et deux mille six cents kilomètres. Ici, au seuil d'*el norte, los pinche Jardineros*. De quel trait sans défaut l'artiste a dessiné les lunettes de Javier ! Comme s'il était un de ses proches. Comme s'il l'avait vu en personne, ici, à Nogales. Lydia va tomber, en pleine rue. Ses genoux vont lâcher. Le vent traverse son corps comme s'il n'était constitué que de trous, et elle déjà un fantôme. Marisol se précipite pour la soutenir.

— Nous ne pouvons aller par là, dit Lydia, qui maintenant marche vite, mais pas trop, pas assez vite en tout cas pour attirer l'attention des trois garçons appuyés au mur de la bodega.

Ses bras lui semblent sur le point de se désarticuler, ses genoux sont liquéfiés de panique.

— Je suis là, je suis là.

Marisol lui passe un bras autour des épaules, et elles avancent, les pas de Lydia s'accordant par la force des choses à ceux de son aînée. Et puis il y a Luca, qui la soutient sous l'autre bras. Ils sont déjà cinq cents mètres plus loin, dans l'autre direction, ils tournent dans une rue plus ombragée, cette direction est-elle plus sûre que l'autre, la précédente, Lydia l'ignore, et Marisol, sait-elle où ils vont ? Les emmène-t-elle quelque part ? D'une secousse, Lydia se libère du bras qui l'encercle.

— Merci, je vais bien maintenant, dit-elle. Je vais très bien. Nous allons très bien. (Elle attrape Luca par la main.) Je viens de me rappeler de quelque chose que nous devons faire. On se revoit plus tard à l'appartement ? ajoute-t-elle.

Marisol s'arrête, décontenancée.

— Oh !

— Nous allons revenir très vite, annonce Lydia, avant d'entraîner Luca pour lui faire traverser une autre rue, laissant Marisol debout toute seule en plein milieu de la chaussée.

Ils doivent s'éloigner, échapper aux regards de quiconque pourrait les reconnaître. Les Jardineros sont ici, à Nogales. Peut-être comme associés. Peut-être pour tester un marché ou pour une guerre de territoire. Peut-être seulement pour la traquer, la trouver et la ramener à Javier, afin qu'il puisse achever l'éradication de toute la famille de Sebastián, en contrepartie de la mort de Marta. Lydia se représente la scène comme si elle y était, dans cette chambre de pensionnat à Barcelone : un craquement au-dessus de sa tête. Les pieds de Marta, enserrés dans le collant bleu marine, qui se balancent légèrement, une grosse chaussure noire encore accrochée à l'extrémité du gauche, la droite tombée sur le sol. Lydia décide de chasser catégoriquement cette image de sa tête, tout comme cette certitude que Javier est prêt à la poursuivre indéfiniment, et qu'il le fera, à travers n'importe quel territoire, jusqu'à ce qu'il la retrouve. Seul *el norte* limitera son pouvoir. Dans le Nord, il n'y a pas d'impunité pour les hommes violents. *Du moins les hommes violents tels que lui.*

Les trottoirs n'existent pas à Nogales ; les grilles de jardin et les magasins ouvrent directement sur la chaussée. Les voitures doivent zigzaguer au milieu des piétons. Il n'y a aucun endroit où se cacher. Lydia et Luca tournent au coin de la rue suivante et rebroussent chemin. Elle ne porte pas son chapeau. Pourquoi ne l'a-t-elle pas mis ? Elle déteste cette chose rose aux bords mous, et l'idée de s'en libérer juste le temps de faire des courses comme n'importe qui et de prétendre être comme tout le monde pendant une heure lui avait plu. Jusqu'à ce graffiti, c'était presque une promenade de santé. Tout s'était bien passé hier à la banque. L'appartement était confortable. Ils étaient si proches du but ! Et elle avait baissé sa garde. *Estúpida !*

Une vieille femme, appuyée à l'encadrement de sa porte, les hèle au passage : *fruta, pan, leche, huevos ?*

Ce n'est pas le supermarché que Lydia cherchait, mais ça vaut peut-être mieux : une femme vendant les produits basiques dans une boutique de fortune, la pièce obscure du devant de sa maison. Ils s'engouffrent à l'intérieur, Lydia surveille du coin de l'œil la rue par la porte ouverte. Ils achètent des œufs, des tortillas, des oignons, un avocat, quelques fruits.

— Est-ce que vous auriez un chapeau ? demande-t-elle.

— Un chapeau ?

La femme fait non de la tête.

— Ou une écharpe ? N'importe quoi pour couvrir mes cheveux.

— Non, *lo siento*.

— Tant pis. Merci quand même.

— Attendez.

La femme claque des doigts et trottine vers sa cuisine. Elle revient avec un torchon bleu élimé décoré de fleurs et de colibris. Elle le présente à Lydia comme s'il s'agissait d'une bouteille de vin fin et mime comment s'en servir de fichu.

— C'est combien ?

— *Cien pesos*.

Lydia se couvre du torchon comme elle le ferait d'un mouchoir.

— Et pour lui ? (La femme pointe Luca du menton.) Est-ce que vous traversez ?

Cette fois, c'est le nord qu'elle pointe du menton. *La frontera*.

Lydia hésite un instant puis confesse :

— Oui, nous traversons.

— Il a besoin d'un manteau, dit la femme. Il peut faire très froid.

— Il a un sweat-shirt et une veste chaude.

— Attendez.

La femme disparaît de nouveau dans sa cuisine, Lydia et Luca l'entendent claquer des portes de placard, remuer des choses, traîner une caisse sur le sol. Luca glousse pendant un intervalle silencieux, mais Lydia est trop énervée pour l'imiter. Elle surveille toujours les deux portes, l'extérieure et l'intérieure. La femme réapparaît portant un tas de tricots bleus qu'elle étale sur le comptoir : Lydia reconnaît un chapeau et une écharpe. Peut-être un peu trop grands pour Luca, mais ils sont faits d'une matière épaisse et chaude. Lydia touche la laine douce du bout des doigts et acquiesce.

— Combien ? demande Lydia.

La vieille femme désigne Luca.

— *Un regalito*... Un petit cadeau pour lui – *Para la suerte.*

Ils marchent à travers les rues aussi vite et prudemment qu'ils le peuvent. Chaque fenêtre, chaque porte devant lesquelles ils passent pourrait se révéler un piège. Elle compte leurs pas pour essayer de rester calme. Luca porte les œufs et les tortillas, Lydia le sac avec le reste. Durant le trajet, elle pense à Marisol, à sa gentillesse et à son chagrin apparents. Au-delà de sa peur, Lydia est peut-être encore capable de se sentir mal à l'aise de la manière abrupte dont elle l'a plantée là, seule dans la rue. Le fait que Marisol ne les ait pas suivis, n'ait pas insisté ni tenté de les faire changer de direction écarte plus ou moins le soupçon de malfaisance. Elle est probablement ce qu'elle affirme : une mère expulsée, cherchant désespérément à retrouver ses filles en Californie. Lorsqu'elle s'aperçoit qu'ils approchent de la maison où se trouve l'appartement, Lydia retient son souffle. Elle regarde derrière elle. Il y a juste une voiture, qui approche lentement, et qui les dépasse – le couple âgé à l'intérieur agite gentiment la main en direction de Luca.

— Merci, mon Dieu, dit-elle tout haut quand ils poussent la porte et la referment derrière eux.

Elle s'appuie dessus une seconde pour s'autoriser à respirer un peu, puis Luca et elle descendent tous les deux les quelques marches qui mènent à l'appartement. On entend des voix et des rires, et il fait plus chaud à l'intérieur que dehors – la pièce est humide de condensation humaine. Lydia entre et, arrivée en bas des marches, lâche le sac de provisions par terre.

— Surprise !

Lorenzo est assis sur le canapé de cuir noir.

Lydia reste muette, incapable de répondre tout de suite. Un avocat s'échappe du sac renversé. La terreur l'empêche de parler. Elle la surmonte, récupère sa voix.

— Qu'est-ce que tu fais ici ?

— La même chose que vous. Je vais *al norte.*

Elle ramasse l'avocat. Dans sa main, elle a l'impression d'avoir une nature morte.

— Mais comment nous as-tu trouvés ?

— Eh, tu te flattes, *puta*. C'est pas vous que j'ai trouvés, c'est El Chacal. Et j'ai juste eu une bonne surprise quand je suis entré et que j'ai vu que les deux beautés jumelles étaient là.

Marisol est dans la cuisine, un verre d'eau à la main, et les deux hommes à la casquette bas sur le front sont assis devant le comptoir avec un paquet de cartes.

Lydia se poste derrière le canapé face à celui sur lequel Lorenzo s'étale de tout son long.

— En plus, ce type, c'est le meilleur *coyote* de Nogales, dit-il. Tu croyais que vous étiez les seuls à le savoir ?

— Tu n'es pas…

Elle n'ose pas aller au bout de sa question, alors celle-ci reste en suspens, à moitié formulée.

Il porte un short noir maintenant, et sa peau a foncé d'une teinte ou deux sous l'effet du soleil, mais le reste n'a pas changé : boucles en diamants aux oreilles, casquette de base-ball à bord plat, légèrement décolorée par la lumière, mais propre. Chaussettes étonnamment blanches pour un migrant, mais les chaussures chics commencent à avoir l'air usées. Il se redresse sur le canapé, balançant ses pieds devant lui pour les poser par terre.

— Écoutez, je sais que j'vous mets mal à l'aise, et je m'en fous, c'est pas mon problème. Mais je vous jure que je vous ai pas suivis. Je vous cherchais pas. Comme je vous ai dit, j'en ai ma claque de cette merde de Jardineros. Je me tire.

Lydia l'observe attentivement pendant quelques instants. D'ailleurs, elle ne peut rien faire contre tout cela, les graffitis annonçant la présence de Javier, la profonde méfiance que lui inspire n'importe qui : Marisol, qui émerge de la cuisine pour déballer le sac de provisions, les hommes qui jouent aux cartes dans cette même cuisine, Lorenzo assis sur le canapé avec son sourire narquois, et dont la seule proximité la rend malade. N'importe lequel d'entre eux pourrait être malintentionné. N'importe lequel d'entre eux pourrait tuer Luca dans son sommeil. Elle se frotte les cuisses à travers son jean. Peut-être que tout cela n'est que coïncidence : la présence de Lorenzo. Les graffitis.

— D'accord, dit-elle enfin.

— *Así que tranquila*[1].

Elle le dévisage encore un peu.

— Mais si c'est vrai, si tu t'es vraiment tiré… (Elle marque une pause pour se concentrer, bien peser ses mots.) Alors il y a une chose que tu dois savoir.

— Ouais, quoi ?

— Les Jardineros sont ici.

Une révélation calculée. En partageant cette information avec lui, elle peut en tirer des bénéfices divers.

— À Nogales ?

Elle hoche la tête. Peut-être va-t-il se sentir redevable ? En tout cas, voilà l'occasion d'observer sa façon de réagir. Et il réagit. Il blêmit. Finis le sourire, la posture arrogante. Il se redresse d'un coup en position assise, se racle la gorge, ses épaules s'affaissent, ce qui permet à Lydia de constater que c'est vrai : Lorenzo a bel et bien peur.

— Comment vous savez ?

— J'ai vu leurs graffitis.

Elle se pose sur le bras du canapé opposé, consciente que les deux hommes à côté écoutent en continuant leur partie de cartes.

— Près d'ici ?

— À cinq cents ou six cents mètres. (Elle se tourne vers Luca.) Pourquoi ne vas-tu pas voir ce que font les filles ? Et Beto.

Luca fonce dans le couloir vers la chambre où ils ont tous dormi, et elle ajoute à l'intention de Lorenzo :

— Tu veux une omelette ?

Pendant que les deux femmes font la cuisine, Soledad s'échappe de l'appartement. Ce qui semblait spacieux

1. « Ne vous inquiétez donc pas. »

pour cinq est devenu surpeuplé à neuf, surtout depuis que cet horrible *naco*[1] de Lorenzo est réapparu.

Ils sont à l'extrême ouest de la ville, à quelques pas de la frontière. Soledad arpente la rue en pente, surveillant le vide de l'autre côté. La frontière, artificielle, n'est qu'une ligne arbitraire qui fend le désert, repoussant vers le sud la ville en pleine croissance. Soledad ne voit quasiment rien au nord de cette ligne – mais peut-être n'y a-t-il vraiment rien à voir, ou bien peut-être que, s'il y a quelque chose, ça se cache derrière les circonvolutions du paysage. La troisième fois qu'elle descend la rue, elle pousse un peu plus loin et découvre un endroit singulier où le paysage se replie sur lui-même. Une plaque de terre rase au bord de la route, où a été construit une sorte d'accotement qui ressemble à une rampe ; cette rampe surplombe la clôture à cause d'une déclivité significative qui fait que la frontière se trouve en contrebas de la route. Soledad se tient sur la rampe, et son cœur s'envole de l'autre côté, comme un oiseau. Elle pourrait presque courir et s'élancer, elle arriverait peut-être à sauter jusque-là. Elle dégringole les quelques mètres du remblai caillouteux jusqu'à l'endroit où la clôture couleur rouille s'enfonce dans la terre, noue ses doigts autour de deux des pieux rouges, appuie le front contre les barreaux, et perçoit clairement alors que la clôture n'est qu'une barrière psychologique, que le véritable obstacle, c'est la technologie de ceux qui vivent de l'autre côté. Là-bas, une route de terre longe le paysage accidenté, aboutissant on ne sait où. Elle est aplanie, usée par le passage régulier des pneus des véhicules de la patrouille frontalière des États-Unis. Soledad ne les voit pas, mais elle les sent, tout près.

1. Naco : « plouc », en argot mexicain.

Elle en veut pour preuve le ronronnement des appareils électroniques installés au sommet des hauts poteaux qui parsèment les collines en pointillé. Elle ignore ce que ces dispositifs peuvent bien être, mais quels qu'ils soient – caméras, détecteurs, projecteurs – elle devine qu'ils sont conscients de sa présence. Elle plonge la main dans la clôture et agite les doigts de l'autre côté. Ses doigts sont *al norte*. Elle crache à travers la clôture, juste pour laisser une parcelle d'elle-même dans la terre américaine – *American dirt*.

29

Lydia emprunte une machette à l'un des hommes pour couper les oignons et l'avocat, parce qu'il n'y a même pas un couteau dans la cuisine. Elle découvre des assiettes en carton dans un tiroir, mais pas de fourchettes, si bien qu'ils mangent les tortillas fourrées aux œufs. Lorenzo semble préoccupé.

— Tu dois manger plus que ça, lui dit-elle quand il repose sur le comptoir son assiette à demi pleine. Si tu veux traverser le désert à pied, tu as besoin de beaucoup de calories.

Debout devant elle, une main pendant sur le côté, il la fixe, l'air perdu. Elle prend l'assiette, ajoute un peu d'avocat et une cuillerée d'œufs dans sa tortilla.

— Voilà, dit-elle en poussant l'assiette vers lui. Tu veux une banane ?

Les coudes sur le comptoir, il tripote un coin de sa tortilla, finit par mordre dedans.

— Pourquoi vous êtes si gentille ? demande-t-il, la bouche pleine.

Elle rassemble les assiettes vides laissées par les autres, puis se choisit une banane, entaille la peau et commence à la peler.

— Je sais ce que c'est de fuir ces gens, répond-elle simplement. Je sais ce que c'est d'avoir peur.

Le repas terminé, ils passent le reste de la journée dans un état d'impatience atroce. Lydia essaie d'engager la conversation avec les deux hommes, mais ils sont maussades et se cantonnent à leurs jeux de cartes la majeure partie du temps. Quand il leur arrive de dire un mot, elle s'efforce de reconnaître leur accent, puis finit par y renoncer. Là aussi, à quoi bon ? S'ils sont violents, qu'ils l'ont reconnue ou savent qui elle est et décident de troquer sa vie contre une petite fortune, elle découvrira bien assez tôt d'où ils viennent.

Tout le monde va se coucher de bonne heure pour faire provision du maximum de repos possible. Lydia, les sœurs et les deux garçons partagent la même chambre que la nuit précédente. Marisol les y rejoint, et ils empilent leurs sacs à dos contre la porte close. Ils se recroquevillent dans un coin, ou s'allongent en transformant leurs jeans en oreillers de fortune. Rebeca a passé un bras autour de Luca comme si c'était son ours en peluche, tous les deux ronflent doucement à l'unisson. Beto dort étalé sur le dos, en forme de X, la bouche grande ouverte. Les deux hommes taciturnes partagent l'autre chambre, Lorenzo occupe un canapé.

Luca rêve d'un puits profond en pierre. Au fond se trouvent les seize corps criblés de balles de sa famille. Il le sait non parce qu'il regarde dans le puits – il prend bien soin de passer à distance respectueuse quand il marche alentour dans la journée – mais parce qu'il les entend parler, tout en bas. Il entend les échos de leurs rires et de leurs conversations. Il entend Papi raconter des blagues à Yénifer et à *tía* Yemi. Il entend *tío* Alex jouer aux combats de monstres avec Adrián, et son cousin glousser quand son père le chatouille. Luca entend même Abuela les gronder gentiment, non qu'elle désapprouve réellement ce qu'ils font, Luca s'en rend compte, mais une réprimande de temps en temps, c'est sa façon à elle de participer, et c'est ce qui permet à Luca de comprendre pour de bon que ce rêve, c'est la réalité. C'est nouveau pour lui, il n'avait jamais saisi ce trait de caractère du vivant d'Abuela. Donc ils sont encore là, au fond du puits, il le sait. Et il veut les rejoindre. Être avec eux. Il sait que l'eau au fond de ce puits signifie la vie, qu'elle est essentielle, qu'elle satisfera tous ses besoins, qu'elle les a tous ranimés. Alors il se dirige vers le puits, sans peur, sans hésitation. Mais comme il s'approche, les voix et les rires cessent. Il n'entend que le *floc*, l'écho de gouttes invisibles qui tombent dans les profondeurs noires. Alors Luca tire sur la corde, il a l'idée de hisser le seau, puis il pourra le chevaucher et descendre au fond. Ils seront tous réunis. Mais il devine à l'odeur que quelque chose ne va pas. Il s'en rend compte avant même que le seau soit complètement visible. Une odeur de pourri. Il amène le seau à la lumière et a une vision éclair sanguinolente. Des doigts, des globes oculaires, des dents, l'oreille de Papi, une mèche de cheveux de Yénifer… flottent dans le sang putride du seau.

Luca se réveille de son cauchemar le cœur battant, mais il n'a pas peur. Ou peut-être serait-il plus juste de dire qu'il n'est pas plus effrayé que d'habitude, désormais. L'émotion qui prédomine dans son esprit est l'irritation parce que Beto, qui dort à côté de lui, pète. Un autre pet lui échappe, alors même que Luca cligne des yeux et inhale la puanteur. Son rêve était si beau, jusqu'à ce que l'odeur le transforme. *Papi*. Luca dit le mot tout haut, dans le noir. Il roule sur lui-même et se couvre le nez de sa manche.

À l'aube, ils se réveillent tous au bruit d'une clé dans la serrure et des pas lourds de pieds chaussés de bottes sur les marches de l'escalier en bois. El Chacal est arrivé avec cinq migrants supplémentaires – parmi lesquels deux frères de Veracruz nommés Choncho et Slim, avec leurs deux fils adolescents, David et Ricardín. Les hommes sont grands et forts, même les garçons sont grands et forts, et il est impossible de dire qui est le fils de qui tellement ils se ressemblent tous. Ils ont de grosses voix, des avant-bras épais et le cou massif. Ils portent tous des jeans, des chemises écossaises et d'énormes godillots. Au bas de l'escalier, ils doivent courber la tête pour entrer. Avec eux, l'appartement déborde. D'autant qu'il y a le cinquième, dénommé Nicolás, d'une taille moyenne qui semble minuscule à côté des autres. Avec des sourcils incroyables, si effilés qu'on les croirait dessinés au marqueur, pense Luca. Comme Marisol, c'est un *deportado*. Il porte des lunettes à l'épaisse monture et un T-shirt des Wildcats, l'équipe de basket de l'université d'Arizona, où il préparait un doctorat qu'il a interrompu.

El Chacal leur recommande à tous de dormir durant la journée, de se reposer un maximum et de s'hydrater.

— Assurez-vous que vous avez ce qu'il faut. Une veste chaude pour la nuit, de bonnes chaussures de marche. Pas de couleurs vives. Seulement des choses qui se fondront dans le paysage du désert, du camouflage. Si vous n'avez pas le bon équipement, vous ne ferez pas le voyage.

Lydia n'avait pas pensé aux couleurs. Elle effectue un rapide inventaire mental de leurs vêtements. Ça devrait aller, pense-t-elle.

— Je fournirai l'eau, conclut le *coyote*. Nous partirons avant le coucher du soleil.

On suffoque à présent dans l'appartement, sous l'effet des corps entassés et de l'appréhension. Dans la chambre, Lydia et Marisol, à genoux, déballent et remballent leurs affaires en prévision du voyage.

— Je ne sais pas pourquoi j'ai demandé à mes filles de m'envoyer tous ces vêtements, dit Marisol, qui fouille dans une petite valise noire. Je vais finir par tout laisser. Je serai obligée de m'en procurer d'autres à San Diego.

Marisol semble avoir oublié le comportement étrange de Lydia dans la rue, ou du moins ne montre pas qu'elle en ait été affectée.

— Je suis désolée pour hier. (Lydia voudrait s'expliquer, mais il y a si peu de choses qu'elle puisse dire sans se dévoiler.) J'ai eu peur. J'ai vu, nous avons vu tant d'atrocités que parfois je ne sais plus ce qui est réel ou pas. À qui faire confiance…

Marisol l'interrompt.

— S'il te plaît, ne t'excuse pas. Je suis sûre que tu as raison d'être méfiante.

Lydia prend une profonde inspiration.

— Il faut l'être si on veut rester en vie.

Marisol s'arrête de plier un T-shirt qu'elle s'apprêtait à mettre dans sa valise et regarde Lydia sans mot dire. Elle hoche simplement la tête.

Cette fois-ci, Marisol se rend seule à l'épicerie. À son retour, elle stocke la moitié des produits dans le frigo, pour plus tard, puis Lydia et elle font la cuisine ensemble, une énorme quantité de nourriture, leur semble-t-il. Il y a encore des œufs, du riz, des haricots et des tortillas, davantage d'avocats, plus des bananes plantains, et même un petit morceau de fromage, des noix, des yaourts, des produits coûteux mais riches en protéines dont leur corps a besoin pour le voyage. Les gigantesques frères et leurs fils sont ravis de ce repas, mais s'assurent généreusement que chacun a de quoi manger, et puis, quand ils constatent que les autres ont fini et qu'il en reste, ils avalent jusqu'à la dernière miette. Soledad et Beto rangent et nettoient pendant que leurs compagnons discutent, installés sur les canapés et des tabourets.

Lucas, assis par terre entre les jambes de sa mère, écoute les adultes échanger leurs histoires. Dans cette maison pleine de gens étrangers les uns aux autres règne néanmoins une atmosphère de soirée entre amis, qui rend Luca particulièrement silencieux et vigilant. Les frères de Veracruz sont très sociables. Ils racontent des anecdotes, chantent des chansons, d'une voix tonitruante qui remplit la pièce même s'ils n'ont pas l'intention de parler fort. C'est une démonstration, à l'intention de leurs fils, de la façon adéquate de se conduire dans le monde – comment remplir encore plus d'espace que leur masse corporelle ne l'exige, comment ne pas laisser de place au malentendu et mettre les gens autour de soi à l'aise malgré leur taille inhabituelle. Ils décrivent leurs années de travail dans *el norte*, coupeurs de maïs et ramasseurs de choux-fleurs dans l'Indiana, emballeurs de bouteilles dans une laiterie industrielle du Vermont, envoyant chacune de leurs paies à Veracruz. Ricardín, le fils de Slim, prend son *armónica* dans sa poche de chemise et se met à en jouer, tandis que son père se tape en rythme sur la cuisse ; attiré hors de la cuisine par la musique, Beto repousse la petite table basse du centre de la pièce afin de se livrer à une séance de break dance. Rebeca se retire dans la chambre pour se reposer, les deux hommes taciturnes arrivés en premier disparaissent également, mais les autres restent là à parler et à siroter du café instantané dans les gobelets en carton. Luca penche plutôt pour Ricardín, son sourire rapide et son *armónica*. Remarquant que le petit garçon l'observe, Ricardín brandit l'instrument.

— Tu veux essayer ?

Luca opine et se lève. Il regarde Mami pour s'assurer qu'elle lui donne l'autorisation, puis, voyant qu'elle l'encourage, s'approche de Ricardín, désireux de comprendre comment il s'y prend pour jouer de ce truc, pour faire de la musique comme par magie. Même assis sur le canapé, Ricardín dépasse Luca, qui doit lever la tête pour voir sa figure. La main de Ricardín est si grande qu'elle fait disparaître l'instrument en le portant à sa bouche, comme s'il était caché sous un gant de baseball. Ses doigts bougent verticalement, de haut en bas, révélant par endroits les aplats du métal. Luca observe attentivement, puis Ricardín lui tend l'*armónica*.

— Vas-y, lui propose-t-il. Essaie.

Luca prend l'instrument, le porte à sa bouche. Il souffle. Et, stupéfait, s'aperçoit qu'il en tire tout de suite un joli son.

— Eh ! (Ricardín lui sourit et refuse l'*armónica* que Luca, souriant en retour, veut lui rendre.) Vas-y. Continue !

Il applaudit de ses mains géantes tandis que Luca déplace l'instrument verticalement sur ses lèvres, essaie différents sons possibles, c'est facile.

— *Chido*[1], *güey*, dit Beto. Je peux essayer ?

Luca lui tend l'*armónica*. Tandis que les garçons se passent et se repassent l'instrument, Choncho interroge Marisol sur sa famille en Californie. Elle leur raconte

1. *Chido* : « super ».

qu'elle a été arrêtée à l'occasion d'une vérification de routine de l'Immigration, il y a presque trois mois.

— Minute, intervient Nicolás, l'étudiant en doctorat. Vous y allez vraiment, à ces contrôles ?

— Évidemment ! dit Marisol. Je respecte les règles.

— C'est quoi ? demande Lydia.

— Une vérification de routine de l'Immigration ?

— Oui.

— C'est un rendez-vous, généralement une fois par an. Avec un agent du CID, explique Marisol. Pour réexaminer ma situation.

— Pour quoi faire ? Pour obtenir un titre de séjour ?

— Non, juste pour me garder à l'œil.

Lydia est un peu perdue.

— Le CID, c'est quoi ?

— Agence de contrôle de l'immigration et des douanes, précise Nicolás. Moi, je ne me suis jamais rendu à un seul de mes contrôles.

— Je suppose que ça n'a plus d'importance, dit Marisol. Nous avons fini tous les deux dans le même bateau. Quand on pense à tout ce gâchis de tickets de bus.

— Mais je ne comprends pas, insiste Lydia. L'agence a toujours su que tu étais là ?

— Bien sûr, depuis des années. Quand mon mari est mort, je ne suis pas partie avant la date butoir qu'ils m'avaient fixée, et j'ai reçu un avis me demandant de passer pour un contrôle. J'y suis allée chaque année. Je n'en ai pas manqué un seul.

— Et on ne t'a pas expulsée ? Alors que tu n'avais pas de papiers ?

— Pas jusqu'à maintenant. (Marisol hausse les épaules.) Je n'ai jamais commis d'infraction. J'ai une fille citoyenne américaine…

— Les agents de l'administration n'en font qu'à

leur tête, explique Nicolás. Ils ont le pouvoir de décider qui part, alors ils usent de leurs ressources comme ils veulent. Pour expulser les sales types : les criminels, les membres de gangs.

— Et puis, brusquement, ils expulsent les gens qui respectent juste leurs contrôles, proteste Marisol.

— Et c'est ce qui t'est arrivé ? demande Lydia.

Marisol confirme. Elle avait mis sa blouse rouge, dans l'intention de se rendre directement à son travail de technicienne de dialyses après le rendez-vous. C'était un mardi matin, ses deux filles étaient à l'école. Bien sûr, elles s'inquiétaient depuis des mois des futurs contrôles. Tout le monde s'inquiétait, à présent. Les rendez-vous, avant, c'était juste une question de procédure, un moyen facile pour l'administration d'exercer une certaine surveillance sur un système surchargé, et une occasion pour le migrant d'améliorer son statut en prouvant sa volonté de coopérer. Maintenant, les recrudescences d'arrestations affolaient les gens qui, du coup, n'allaient plus aux rendez-vous du tout. Mais pas Marisol. Elle ne voulait pas que ses filles se retrouvent réduites à une vie clandestine. Elles ne connaissaient pas d'autre foyer que San Diego. Marisol n'imaginait pas qu'on puisse expulser une femme comme elle, issue de la petite bourgeoisie, parlant parfaitement l'anglais, entrée dans le pays sans se cacher, qui possédait sa maison et exerçait une profession médicale. Trois mois se sont écoulés et elle n'y croit toujours pas. Ricardín conclut son histoire par un riff de blues sur son *armónica*, ce qui rend la chose drôle plutôt que tragique, et tout le monde rit.

— Donc vous êtes restée en détention pendant deux mois ? demande Nicolás.

Marisol hoche la tête.

— Comment c'était ?

Marisol marque une pause pour réfléchir à sa réponse, puis se met à grimacer.

— Eh bien… (Elle cherche des mots susceptibles de résumer ses souvenirs, sans parvenir à en trouver d'assez éloquents.) Horrible ? Comme on peut s'y attendre, je suppose. Je dormais sur un matelas dans une cellule glaciale. Il faisait tout le temps froid, *como una hielera*[1]. Pas de couvertures, pas d'oreillers, juste ces trucs de survie en aluminium. Je me réveillais tous les matins raide, avec des douleurs partout et un torticolis. On ne m'a pas changé la solution pour les lentilles de contact, comme ça, quand j'ai été à court, au moins je n'avais pas besoin d'essayer de voir ces murs oppressants.

— J'aurais pas tenu le coup, dit Nicolás avec une moue horrifiée. Je suis claustrophobe.

— Oui, c'était totalement déshumanisant, reconnaît Marisol. Mais mon avocat pensait que j'avais une chance de m'en sortir, alors je me raisonnais : je devais être forte, ça en valait la peine.

— C'est bien que vous ayez pu dépasser cette épreuve, poursuit Nicolás. Moi je suis parti au bout de deux jours. On allait me transférer à El Paso, alors j'ai opté pour le départ volontaire. Je savais que je préférerais traverser le désert à pied que passer deux jours de plus dans cet endroit.

— Tout ce temps perdu ! soupire Marisol. Deux mois assise dans cette cellule sans mes filles. (Elle appuie sur ses paupières pour les fermer, puis rouvre grands les yeux.) Il y avait tant de mères sans leurs filles, sans leurs enfants. (Son regard se fixe au sol et sa voix se réduit à un murmure, mais ils l'entendent tous dans la pièce silencieuse.) La plupart d'entre elles avaient été séparées de

1. « Comme dans une glacière. »

leurs enfants à la frontière, quand elles se sont fait prendre en essayant d'entrer. Certaines, on leur a arraché leurs petits des bras. J'ai cru qu'elles allaient devenir folles. Elles ne savaient pas où ils se trouvaient – certains étaient trop jeunes pour parler, pour savoir leur nom.

Lydia se penche vers Luca, assis entre ses jambes, pince son T-shirt entre le pouce et l'index. C'est trop. Instinctivement, tout le monde la regarde. Qu'elle n'aille surtout pas penser à ce qu'ils sont eux-mêmes en train de penser. Ils détournent très vite les yeux. Marisol essaie de changer de sujet et s'adresse de nouveau à Nicolás.

— Vous n'étiez pas en mesure d'obtenir un visa d'étudiant, puisque vous prépariez un doctorat ?

— J'ai pris un congé sabbatique pour un trimestre. Je n'avais pas compris qu'il me fallait remplir d'autres formulaires pour ça.

— Alors c'est tout ? s'indigne Marisol. Vous avez été expulsé pour une histoire de paperasse ?

— Ouais.

Il hoche la tête, redresse le dos, étend les mains, paumes en l'air, comme s'il était le produit d'un tour de magie. Son expulsion est un exploit ridicule.

Lydia refuse de penser à tout ça. Notamment à ces familles séparées à la frontière. Aux enfants enlevés directement des bras de leur mère. Elle le refuse absolument. C'est impossible. Elle n'a pas fait tout ce trajet pour perdre son fils. Elle passe ses mains dans les cheveux de Luca, dispose ses doigts comme une paire de ciseaux et imagine la façon dont elle coupera sa tignasse quand ils seront installés en Arizona. C'est tout ce à quoi son cerveau peut s'accrocher.

À la mi-journée, ils décident de faire une sieste. Ils vont dormir tout l'après-midi jusqu'à l'heure de se lever pour prendre un dernier repas au Mexique, avant le voyage de nuit. Ils s'allongent, étirent leurs corps dans les espaces qu'ils se sont répartis. Choncho et Slim rejoignent les deux autres hommes dans la chambre du fond, leurs fils David et Ricardín s'arrangent du couloir et du sol de la cuisine. Lorenzo et Nicolás occupent les canapés en cuir. Seule Soledad ne parvient pas à se reposer. Elle retourne arpenter la rue, cependant que Lorenzo, planté à la fenêtre alors que tout le monde dort, la surveille.

Quand elle regagne l'appartement surchauffé, elle le découvre, surprise, qui l'observe, assis sur le canapé. Il a enlevé ses chaussures, mais il ne semble pas avoir dormi. Elle passe rapidement devant lui, entre dans la cuisine, remplit sa bouteille d'eau au robinet et boit de longues gorgées. Elle sent le regard de Lorenzo dans son dos, mais ne se retourne pas, soucieuse de ne pas le croiser. Elle remplit encore une fois sa bouteille, pivote en direction de la chambre où dorment sa sœur et les autres.

— Eh, pourquoi t'es si pressée ?

Lorenzo parle tout bas pour ne pas éveiller Nicolás, qui respire régulièrement sur le canapé d'en face. Bien que le ton qu'il emploie se veuille charmeur, il paraît plutôt menaçant.

Soledad, pourtant, n'a pas peur. Il y a une dizaine d'autres personnes dans cet appartement : il ne peut rien lui faire. Et puis, après tout ce qu'elle a traversé ces derniers mois, elle se sent dure comme de la pierre. Presque plus rien ne peut l'effrayer. Elle se retourne pour lui faire face, ses yeux ne sont qu'une fente.

— Je suis pressée d'aller me reposer, lui dit-elle d'une voix volontairement neutre. Et tu devrais en faire autant.

Lorenzo change de position, s'étire le haut du corps avant de reposer sa tête sur les coussins.

— Ouais. Si tu le dis, lâche-t-il.

Soledad se rend alors compte qu'il tient un portable à la main. Il se penche et le jette en direction de l'accoudoir au bout du canapé, à ses pieds. Elle se fige, lui tourne de nouveau le dos, esquisse un pas vers la chambre avant de changer d'avis et de faire volte-face.

— Il marche, ce téléphone ?

Lorenzo relève la tête.

— Ben ouais, évidemment. Tu crois que c'est juste pour frimer ?

Soledad fait deux pas de plus vers le living, pose sa bouteille d'eau sur le comptoir, et reste là, à hésiter quelques instants. Elle ne veut pas devoir quoi que ce soit à ce genre de type, mais il se passera peut-être des jours avant qu'une autre occasion se présente.

— Tu permets que j'appelle ?

Il lui décoche un petit sourire suffisant.

— Tu me donnes quoi en échange ?

Dans la bouche de Soledad, un flot d'amertume s'accumule. Sans répondre, elle prétend goûter la plaisanterie, lui sourit, un sourire feint et creux, mais dont elle constate l'effet immédiat sur lui – il fond, on le devine un peu gaga et plein d'espoir – il la voit déjà nue. *Quelle ordure !* pense-t-elle.

Il lui tend le téléphone.

— Vas-y.

Elle l'attrape du bout des doigts, sans se rapprocher. Dit :

— Merci.

La porte de la chambre est restée ouverte pour permettre à l'air de circuler, les lumières sont éteintes. Rebeca et Luca dorment tout près de la porte, enlacés, parce que l'objection initiale de Lydia à cette proximité est si loin maintenant que plus personne ne s'en souvient. En deux enjambées, Sole s'accroupit à côté de sa sœur.

— Rebeca, chuchote-t-elle en lui touchant légèrement le bras.

Luca ouvre les yeux brutalement, tandis que Rebeca continue de dormir.

— Je suis désolée, s'excuse Soledad, mais Luca s'est rendormi sur-le-champ. Rebeca, répète-t-elle en la secouant plus fort.

Sa sœur pousse un grand soupir, mais ne bouge pas. Alors Soledad se lève, traverse l'appartement sur la pointe des pieds, monte l'escalier et se retrouve dans la rue.

D'une de ses poches, elle sort le minuscule bout de papier plié en quatre sur lequel est écrit le numéro de téléphone de l'hôpital. Elle tape les chiffres. Après deux tentatives, elle réussit et obtient l'Hospital Nacional de San Pedro Sula.

— Allô ?

Après plusieurs transferts, elle entend la voix familière de l'infirmière Angela. Elle sent l'adrénaline affluer dans ses épaules, son cou. Lorsqu'elle se remémorera cet instant, tout au long de sa vie, lorsqu'elle le revivra, elle finira par être convaincue qu'elle savait déjà ce qu'Angela allait lui dire, elle le savait bien avant que les mots ne sortent de sa bouche pour voyager le long de la ligne, ne traversent les relais cellulaires et ne bondissent vers les satellites pour être répercutés dans ce portable d'emprunt, là, à la frontière des États-Unis, et retomber dans son oreille attentive. Elle finira par être convaincue qu'elle le savait dès l'instant où Lorenzo lui avait tendu l'appareil, d'avant même, du moment où à

Nogales elle avait entouré de ses doigts les barreaux qui marquaient la frontière des Estados Unidos, du moment où elle s'était assise sur le siège sale et froid des toilettes à Navolato, tandis que ce bébé non désiré mais pourtant aimé s'arrachait d'elle, depuis le premier jour où elle avait senti dans ses tripes le grondement sourd de la *Bestia*, depuis la première fois où Iván l'avait violée, depuis bien avant ça même, avant qu'elle ait jamais posé les yeux sur la ville de San Pedro Sula, depuis les jours où son père la hissait sur ses épaules et qu'elle nouait ses petits bras de bébé autour de son front en sueur, tandis qu'il leur frayait un chemin à travers la forêt nébuleuse avec sa machette. Elle finira par être convaincue qu'elle connaissait la vérité depuis le jour de sa naissance où son père l'avait tenue dans ses bras et avait regardé son beau visage avec amour, tant et tant d'amour.

— Je suis désolée, dit Angela.

Seule dans la rue, Soledad se plie en deux, presse très fort les paumes de ses mains sur ses genoux. Elle ne pleure pas, mais elle tremble, n'en finit pas de trembler. Elle va et vient, ne sait pas où aller pour échapper à sa panique. Elle proteste, dit « non » plus de cent fois, même si ce mot peine à sortir de l'étau de sa gorge paralysée. Elle agite frénétiquement les mains pour essayer d'évacuer toute cette adrénaline, mais la douleur s'est emparée d'elle comme une bête démoniaque, et elle comprend sur-le-champ qu'elle doit porter le fardeau de ce chagrin toute seule. Rebeca doit survivre au désert, et peut-être ne le pourrait-elle pas si ce faisant elle doit transporter ce monstre sur son dos. Elle ne lui dira rien. *C'est ma faute.* Et elle tombe à genoux, là, dans la rue, sur les cailloux dont elle sent les arêtes à travers son jean. Elle prie, elle prie Dieu, qu'il ait emmené Papi au paradis, que son père lui pardonne comme il le pourra d'avoir causé sa mort.

— Je suis si désolée, Papi. Pardonne-moi, Papi, s'il te plaît, répète-t-elle à l'infini.

Ses jambes tremblent, alors elle s'assoit sur le bord du trottoir, réfléchissant vaguement à la façon dont l'information atteindra la montagne, puis le village. Est-ce que Mami et Abuela sont déjà au courant ? Les reverra-t-elle un jour, entendra-t-elle seulement encore leur voix ? Parce que Papi était le seul lien entre elles toutes, et que maintenant, il est parti. Elle se dit que l'un des autres hommes de la montagne qui travaille à la ville sera mis au courant ; il prendra le car et il portera tristement cette nouvelle maudite, trois heures de montée par la route étroite qui s'évanouit dans les nuages. Il l'apportera à Mami et à Abuela. Soledad ferme les yeux à cette pensée. Elle veut la chasser parce qu'elle a vécu suffisamment de choses pour savoir qu'elle a atteint ses limites, qu'elle ne peut s'enfoncer davantage dans cette angoisse sans disparaître à tout jamais. L'unique chose qui compte désormais, c'est Rebeca. Elle peut encore sauver Rebeca.

La Soledad qui se lève de ce trottoir est déjà le fantôme d'elle-même. Peut-être tout au fond d'elle-même la mèche de ce qui fut jadis la flamme de sa personne fume-t-elle encore, en tout cas elle ne sent rien. Elle ouvre la porte et descend dans l'appartement.

30

Lorsque El Chacal revient, le soleil commence à décliner à l'horizon, ils ont empaqueté toutes leurs affaires, préparé et mangé la nourriture restante, et sont en train de boire du café instantané. Beto n'a rien à empaqueter. Marisol a abandonné ses sandales à semelles compensées en faveur de chaussures de randonnée Adidas noires. Personne ne parle tandis qu'ils montent les marches vers la sortie de l'appartement pour la dernière fois. Deux pick-up à plateforme sont garés devant la maison, sur l'une des plateformes on a entassé des dizaines de bonbonnes d'eau en plastique peintes en noir. Lorenzo se dirige vers le pick-up blanc, si bien que Lydia pousse Luca vers le bleu. Beto, Marisol et les sœurs grimpent tous derrière eux, se casent au milieu des bonbonnes. Nicolás les suit. Il s'installe à côté de Marisol.

— Alors, tu as une petite amie à l'université ? demande Marisol.

Nicolás fait non de la tête.

— Tu sais, ma fille est en fac à San Diego. En sociologie. Et toi, c'est quoi ton domaine ?

Les sourcils de Nicolás s'animent comme d'eux-mêmes, dirait-on.

— J'étudie la biologie de l'évolution et la biodiversité des déserts.

— Oh !

Marisol est incapable d'imaginer d'autres questions appropriées pour poursuivre la conversation.

— C'est quoi, ce truc ? demande Beto.

Nicolás s'esclaffe.

— Ça veut dire que j'étudie la façon dont les organismes évoluent, les facteurs environnementaux qui influent sur cette évolution, et vice versa.

Beto le regarde avec perplexité.

— Plus précisément, j'étudie les modes migratoires de certains papillons de désert, et les effets des changements de ces modes sur certains arbustes à fleurs.

— Des papillons de désert ? répète Beto, soupçonneux.

— Oui.

— Tu veux savoir où ils vont, c'est ça ?

— Oui.

— Et c'est ça, ton boulot ? C'est tout ce que tu fais ?

Nicolás lui sourit.

— Bon sang, je veux aller à l'université ! s'exclame le garçon.

El Chacal s'assure que le hayon de l'autre pick-up est bien fermé, puis s'approche du leur. Il les examine un par un, vérifie l'équipement de chacun. Lui-même porte de solides et légères chaussures de randonnée, suffisamment poussiéreuses pour qu'elles puissent appartenir à un migrant quelconque, qui néanmoins possède les moyens de s'acheter ce genre d'équipement en prévision du voyage. Ses vêtements sont similaires à ceux qu'il avait le jour de leur première rencontre sur la place – jean ajusté, accompagné aujourd'hui d'un T-shirt Under Armour gris. Sur le siège passager, son sac à dos est petit. Il a aussi une veste en Gore-Tex imperméable, suffisamment légère pour qu'il la noue autour de sa taille svelte. Dans son visage brun clair, la teinte rose de ses joues lui donne comme d'habitude un air enjoué. Tout son corps semble constitué pour affronter le désert. Mince, une musculature compacte, chaque pas mesuré, efficace, alors qu'il passe d'un migrant à l'autre, évaluant la manière dont ils sont chaussés, leur humeur apparente, le poids de leur paquetage. Il ne laisse rien passer : celui qui renifle ou éternue ne sera pas du voyage. Il s'arrête devant Beto.

— Où est ton sac ?

— J'en ai pas besoin, *güey*. Tout ce qu'il me faut est là-dedans.

Il se tapote la tempe d'un doigt.

— C'est ton cerveau fêlé qui va te tenir chaud cette nuit ?

— De quoi tu parles ? proteste Beto. *No manches*[1], *güey*. On est en pleine vague de chaleur. Il fait des millions de degrés dehors.

En ce mois d'avril, il fait une chaleur inhabituelle dans le désert de Sonora : 36 degrés au plus fort de la journée, la veille.

— Donc, tu n'as pas de blouson, pas de manteau, pas de pull, rien ?

— Ça ira très bien !

— Tu sors de ce camion.

El Chacal abaisse le hayon.

— *Órale, güey*. Pour de vrai, ça va aller. J'ai pas besoin d'un blouson.

— Dehors, répète El Chacal. J'ai été très clair. J'avais bien précisé ce qu'il vous fallait, et je vous avais avertis

1. *No manches* : « tu délires », en argot mexicain.

de ce qui se passerait si vous n'étiez pas préparés comme il faut.

— Mais…

— Et tu crois que tu trouveras un *coyote* qui acceptera de te faire traverser sans le bon équipement ? Si tu le trouves, va surtout pas le payer. Parce qu'il en a rien à foutre de toi, et tu mourras. Compris ? Et maintenant, descends. Allez, ouste.

— Mais je vais en trouver un, je vais trouver un blouson.

La panique monte désespérément dans la voix de Beto.

— Trop tard, tranche le *coyote*, qui frappe avec impatience la carrosserie du plat de la main. Tu te trouves un blouson et je t'emmènerai la prochaine fois.

Beto se lève et se met lentement à avancer vers l'extrémité de la plateforme, chaque cellule de son corps semble y répugner. Luca tire sur la manche de Mami, mais elle ne réagit pas. Elle aurait dû vérifier. Il a beau paraître des milliers d'années plus âgé, il n'a que dix ans, et il les a sauvés : il a payé leur passage. Alors aurait-ce été si difficile de lui demander : *Hé, Beto, tu as un bon vêtement chaud, pas vrai ?* Sauf qu'elle ne lui a pas posé la question. Et maintenant, c'est trop tard. Elle ne peut rien faire. Elle serre très fort la main de Luca, bien maigre excuse pour son manque de prévoyance, son absence d'héroïsme. Les autres regardent Beto, impuissants, mais Nicolás ouvre la fermeture Éclair de son sac à dos pendant que le garçon s'assied avec un bruit sourd au bord du hayon, les jambes se balançant dans le vide. Il essaie de gagner du temps avant de sauter, se creuse la tête pour trouver un argument ou une prière susceptible de convaincre le *coyote*.

— Attrape.

Nicolás jette un lourd sweat-shirt à capuche zippé à doublure polaire sur les genoux du garçon.

Le visage de Beto s'illumine d'un coup, Lydia pousse un énorme soupir de soulagement, Luca sourit de toutes ses dents. Beto saisit le chaud vêtement marron, puis se remet sur ses pieds d'un bond. Il noue le sweat autour de sa taille pendant que Nicolás referme son paquetage.

El Chacal dévisage le jeune étudiant en doctorat.

— Tu en as un autre pour toi ?

— Plus un blouson matelassé et un poncho imperméable.

Le *coyote* opine et referme le hayon d'un coup sec, mais il fait le tour du pick-up et chuchote à l'oreille de Beto, qui est retourné s'installer à sa place à côté de Luca. Il appuie ses mains sur le rebord du hayon, et Beto se contorsionne pour lui faire face, un genou replié sous l'autre.

— Tu as de la chance que Nicolás t'ait aidé, lui dit le *coyote*. C'est pour ça que j'emmène jamais de gosses. J'essaie pas de jouer les baby-sitters et je veux pas que les gens meurent d'imbécillité. Ne me fais pas regretter de t'avoir emmené.

Beto force son visage à rester d'une immobilité inhabituelle, et la sincérité de son expression manque de compromettre la réserve que Lydia s'emploie à maintenir.

— Quand je dis que quelque chose est important, tu m'écoutes, compris ? poursuit le *coyote* à l'intention de Beto, qui approuve gravement d'un signe de tête. Parce que quand je dis *important*, ça signifie que si tu n'obéis pas, tu meurs. Ce voyage, c'est pas de la blague. Si je dis sautez, tu sautes. Si je dis *cállate*, tu la boucles. Si je dis que tu as besoin d'un blouson, tu as besoin d'un *pinche* de blouson.

Le *coyote* s'écarte d'un pas et se retourne, de façon à voir les passagers des deux pick-up. Il élève la voix pour que tous l'entendent.

— Je vous le dis à tous. Vous comprenez ? C'est un voyage très pénible. Deux jours et demi de crapahutage acharné, et je suis votre unique filet de sécurité. Si ça vous pose le moindre problème, ou si vous pensez que vous ne pourrez pas tenir, c'est votre dernière chance de vous manifester.

Durant ces traversées, le *coyote* porte un pistolet sur lui, pour mieux convaincre les migrants récalcitrants de la nature absolue de son autorité. Et pour être bien sûr qu'ils sachent qu'il en a un, il le porte tout à fait ouvertement, l'étui en bandoulière bas sur la cuisse. C'est avant tout un accessoire dissuasif utile, et il a très rarement besoin de s'en servir. L'arme n'impressionne pas Beto, qui l'avait déjà remarquée lorsque le *coyote* était debout à côté de l'autre pick-up, mais la subtile intensité de son discours le frappe. Il sait reconnaître la vérité quand il l'entend.

— *Oye*, dit-il, je m'excuse.

Le visage rond et illuminé de Beto tourné vers le *coyote* telle une lune, quelque chose dans le désir ardent qu'il exprime, suscite en Lydia le souvenir de Sebastián avec la brutalité d'un coup de règle sur une main tendue. Combien de temps le souvenir de son père soutiendra-t-il son propre fils ? Combien de temps devra-t-il s'écouler avant qu'il regarde un étranger de cette façon ? Lydia ferme les yeux, attend que s'évacue le flot d'adrénaline dont le chagrin a inondé son corps.

El Chacal hoche la tête, ouvre la portière et grimpe dans le véhicule.

Ils roulent vers le sud-ouest au crépuscule. Il n'y a rien d'exceptionnel à voir deux pick-up pleins de migrants quitter Nogales en direction du désert. Personne n'essaiera de les arrêter, tous ceux qui les voient savent ce qu'ils tentent de faire, mais ici, tout le monde s'en fiche. Lydia est la seule à ressentir la nécessité de se cacher. Elle se replie sur elle-même à l'intérieur de la plateforme et camoufle son visage sous son chapeau mou quand d'autres véhicules les approchent ou les dépassent.

— Pourquoi on va vers le sud ? lui demande Luca quand ils tournent à gauche à la sortie de la ville, mais elle n'en sait rien.

Elle commence à se sentir soulagée quand, après des rues mal pavées, ils finissent par suivre des rues non pavées puis des chemins qu'on ne pourrait guère appeler des routes, pleins de trous et d'ornières, au gravier instable sous les roues. Ils sont seuls dans le désert désormais, sans aucune autre voiture à des kilomètres à la ronde, les migrants se retiennent aux montants des plateaux de leur véhicule, désagréablement secoués, vibrant des pieds à la tête quand ils plongent dans une déclivité inattendue. Lydia maintient Luca à ras du sol pour l'empêcher de s'envoler, mais ils avancent lentement et prudemment.

Quand, ensuite, les pick-up se dirigent vers l'ouest puis le nord-ouest, Luca s'efforce de comprendre s'ils roulent perpendiculairement à la frontière, cette ligne où la clôture disparaît, la seule chose qui définit un pays par rapport à son voisin et qu'un type quelconque a dessinée sur une carte il y a des années et des années de ça. Ils n'ont pas vu d'autre véhicule depuis une bonne heure, alors, pour passer le temps, Nicolás énumère certaines espèces d'animaux qui vivent dans ce désert et qu'ils pourraient rencontrer : ocelots, coatis, lynx roux, pécaris, lézards ou geckos, cougars, coyotes, serpents à sonnette.

— Des serpents à sonnette ? s'inquiète Marisol.
— Lapins, cailles, daims, colibris, jaguars.
— Des jaguars ! s'exclame Beto.
— Rares, mais pas encore totalement disparus dans ce désert, c'est vrai. Renards, mouffettes, dit Nicolás. Et ne me lancez pas sur le chapitre des papillons !

Luca songe à tous ces animaux qui courent au hasard, vont et viennent à travers la frontière sans passeport. Une pensée réconfortante. Rebeca n'écoute qu'à moitié. Elle n'a pas vraiment envie d'imaginer la vie de ces animaux sauvages qu'ils peuvent croiser. De toute façon, ça ne l'intéresse pas. Elle se rappelle sa région, lointaine et sauvage elle aussi, pleine de ses propres créatures bruyantes aux yeux écarquillés. Il lui semble presque impossible que la forêt nébuleuse existe encore. Elle voudrait fermer les paupières et retourner là-bas. Sentir la douceur fraîche des nuages sur ses joues et ses cils. Entendre se répercuter le bruit des gouttes de pluie qui éclaboussent les feuilles là-bas au loin. Le souvenir de ce lieu limpide, radieux, éthéré est en train de lui échapper. Désormais, lorsqu'elle ferme les yeux, elle ne se rappelle plus la voix de son *abuela* qui chantait ni l'odeur du *chilate* qu'elle leur donnait à boire. Ces souvenirs ont tous été oblitérés de sa mémoire, et le chagrin de cet oubli est comme un poids mort qui pèse sur chacun de ses membres. Maintenant, quand elle respire dans cet endroit désert, l'air qui passe dans ses narines est desséché et le soleil écorche son cuir chevelu au niveau de la raie.

Rebeca appuie la tête contre l'épaule de sa sœur et observe les changements de couleurs du paysage. Le soleil plonge juste en face d'eux et teinte la terre sableuse en orange et rose. Le ciel aussi se remplit de couleurs délirantes, rose, pourpre, bleu et jaune, qui mettent du temps à s'assombrir avant de se diluer dans le noir, mais quand elles se fondent enfin complètement dans l'obscurité, Luca se dit qu'il n'a jamais vu un noir aussi profond, aussi immense. Il ne distingue même pas ses genoux relevés devant lui. Ni ses propres doigts qui gigotent devant ses yeux. Il tâtonne pour trouver la main de Mami, qui l'attire alors tout contre elle et replie son aile autour de lui. Après que le soleil a disparu, personne ne dit grand-chose. Chacun écarquille les yeux, à la recherche de la moindre parcelle de lumière. Chacun reste perdu dans ses pensées, à envisager les heures suivantes.

Lydia se rappelle un programme télé de son enfance, non pas un de ces dessins animés, doucereux et interchangeables que Luca regarde, retransmis dans le monde entier, avec leurs monstres aux gros yeux et à la voix grinçante et insolente. Non, une émission mémorable, à petit budget, avec des marionnettes fabriquées à la main et un vrai dépotoir magique. Elle se rappelle le thème du générique, quand tous les personnages tournaient à toute allure autour de la terre dans la benne à ordures vrombissante, sauf qu'elle devenait un chariot, à condition que tous les amis soient dedans, parce que si l'un d'eux manquait ce n'était plus qu'une vieille benne, entourée de mouches et de flaques fétides. Mais quand tous les amis étaient à bord, elle étincelait et s'élançait dans le ciel, puis des étoiles jaillissaient de ses pots d'échappement, et ne demandez pas à Lydia pourquoi une benne à ordures avait des pots d'échappement, elle n'avait que six ans à l'époque, mais *Dios mío*, c'était quelque chose !

Elle se demande pourquoi le souvenir de ce programme lui revient maintenant – elle n'y a plus pensé depuis des années, et ce pick-up bleu n'a rien à voir avec une benne à ordures magique. Mais le fait est qu'elle éprouve la même impression de bondir et de plonger en piqué que lorsqu'elle voyait jaillir ces étoiles de ferraille, et les amis agripper de leurs doigts le rebord du vaisseau afin de rester bien en sécurité à l'intérieur, peu importait les lois de la pesanteur, de la physique, ou la réalité torride de l'atmosphère planétaire. Tout était possible.

— Tu te rappelles ce programme de télé quand on était gosses ? demande-t-elle à Marisol dans l'obscurité. Celui des bennes à ordures volantes ?

Marisol s'en souvient.

Voilà près de deux heures qu'ils roulent quand ils aperçoivent une lueur devant eux sur la piste, les véhicules ralentissent pour s'arrêter à un checkpoint. La lumière est juste assez forte pour que Soledad reconnaisse l'uniforme de la police fédérale du INM, l'Institut national des migrations. Immédiatement Rebeca se met à pleurer. Elle racle le sol du pick-up de ses talons, se recroqueville dans les bras de sa sœur. Soledad lui enfouit le visage dans le creux de son cou, lui dit de fermer les yeux et l'apaise en chantonnant dans leur dialecte rassurant.

— Bientôt tout ça sera fini. Bientôt nous serons en sécurité. Ferme les yeux, *hermanita*.

Rebeca respire profondément, ses larmes mouillent en silence la douce courbe de la peau brune de sa sœur. El Chacal sort du véhicule, s'avance en direction des deux gardes équipés de torches électriques et de fusils d'assaut, qui l'accueillent familièrement. Il leur tend une enveloppe. Ils discutent environ deux ou trois minutes, puis le *coyote* revient vers les pick-up, suivi des policiers qui s'approchent et braquent leur torche sur chacun des occupants, l'un après l'autre. Le faisceau effleure la peau de Rebeca qui ne relève pas la tête et la garde nichée dans l'épaule de Soledad. En revanche, celle-ci serre la mâchoire, grince des dents et soutient sans broncher le faisceau de lumière. Ses yeux se remplissent d'humidité, mais elle ne cille pas.

— *Oye jefe*, on va peut-être garder celle-là, dit l'un des policiers à El Chacal, dont la vitre côté conducteur est entièrement baissée.

Le *coyote* se penche au-dehors, mais avant qu'il ait le temps de répondre, Luca bondit sur ses pieds, prenant Lydia par surprise.

— Vous ne pouvez pas la garder ! hurle-t-il. Vous ne l'aurez pas. Personne n'a le droit de l'avoir. Elle n'appartient qu'à elle et elle vient avec nous !

La torche oscille vers lui et le faisceau lumineux l'encercle. Ses yeux noirs scintillent et ses petits poings sont serrés en deux balles compactes.

— *Mira, el jefecito !*

— Luca, assieds-toi !

Lydia l'agrippe et l'attire de force dans son giron.

Mais le policier ne fait que rire. Il se penche sur le plateau du pick-up, tandis que Soledad resserre son étreinte autour de Rebeca.

— N'aie pas peur, petit bonhomme, dit-il à Luca. C'était qu'une plaisanterie.

Il braque de nouveau la torche sur Soledad.

— Vous avez de la chance d'avoir un garde du corps si redoutable, *señorita*.

— Oui, répond mécaniquement Soledad.

L'homme s'adresse de nouveau à Luca.

— Et toi, petit bonhomme, continue à te battre. C'est le genre de courage dont tu auras besoin là-bas, *al norte*.

Lydia s'autorise à respirer de nouveau, sans toutefois relâcher son étreinte autour de Luca. Quand c'est son tour de supporter le faisceau lumineux qui s'attarde sur son visage, elle retient son souffle, garde les yeux ouverts, mais les paupières légèrement baissées, et prie pour que ces hommes n'appartiennent pas au cartel de Javier, pour que ses traits ne figurent pas dans un texto reçu sur l'un de leurs portables. La lumière s'attarde un moment, puis s'envole vers Marisol. Lydia aspire une bouffée d'air.

— Bonne chance et bon vent ! crie l'*agente* en s'écartant du pick-up.

— *Nos vemos pronto !* répond El Chacal.

Il fait un geste d'adieu aux hommes avant de reprendre la route.

Plus de trois heures après avoir quitté l'appartement de Nogales, les deux pick-up, tous phares éteints désormais et couverts d'une épaisse couche de poussière du désert, s'arrêtent. Sans même la faible lueur du tableau de bord et des feux arrière, les migrants se trouvent dans le noir absolu. Ils sont à huit cents mètres à pied des Estados Unidos. El Chacal les fait s'aligner devant les véhicules et leur dit qu'il leur suffit d'être attentifs à la personne qui les précède et à celle qui les suit. Dans ce noir on ne le voit pas, mais sa voix est si chaleureuse et animée qu'elle en devient presque visible, un trait de couleur dans l'obscurité nocturne. Il est l'homme de la sécurité, de l'autorité responsable, à l'énergie totalement contagieuse. Avec lui comme guide, ils croient tous qu'ils vont y arriver. Ils ne connaissent même pas son véritable nom, mais ils lui confient leur vie. Ils vont marcher vite, leur dit-il, et il est primordial de ne jamais se laisser distancer. Il faut à tout prix rester groupé.

— Si vous entendez ce bruit (il émet un sifflement bref, très bas), vous vous figez. Si je fais ce bruit, ça signifie que vous devez rester absolument immobiles et silencieux jusqu'à ce que je vous indique qu'il est temps de repartir. Vous entendrez alors ce signal-là. (Il exécute un double clic de la langue, étonnamment audible.) Si nous sommes pris… vous m'écoutez tous ? C'est très important. Si nous sommes pris, ne dites pas lequel d'entre nous est le *coyote*. Compris ?

— Pourquoi ? questionne Lorenzo.

— Vous n'avez pas besoin de le savoir, mais je vais quand même vous le dire, pour que vous ne vous fassiez pas des idées stupides, répond El Chacal. Si nous sommes pris et qu'ils découvrent que je suis le *coyote*, vous serez tous expulsés sans moi, n'est-ce pas ? Ils m'arrêteront et ils vous renverront chez vous. Si les cartels découvrent qui a balancé le *coyote* et interrompu leur source régulière de revenu, ils vous le feront payer un max. Vous avez assez de problèmes comme ça avec les cartels, non ?

Lorenzo émet un son qui peut passer pour un assentiment.

— Donc vous la bouclez. Si on est pris, ils nous expulsent tous ensemble, et on recommencera. Ça vous fera trois essais pour le prix d'un. D'accord ?

Ils sont tous d'accord. El Chacal allume alors une lampe de poche et s'accorde quelques minutes de préparation. Il débouche un flacon d'ail haché et demande à tout le monde de s'en frotter les chaussures, ça chasse les serpents à sonnette. Cette odeur rappelle à Lydia sa cuisine, chez elle, mais sa peur des serpents est plus forte que la nostalgie, alors elle badigeonne généreusement ses chaussures et celles de Luca. Ensuite le *coyote* équipe chacun de la quantité d'eau qu'il devra porter. Les bidons sont lourds et gênants, sans que ce soit critique. Lydia passe l'une de ses ceintures de toile sous leur poignée puis à travers les courroies au bas de son sac à dos. Luca n'en transporte qu'une, il peut à peine en supporter le poids. Les hommes portent quatre litres chacun, Nicolás dispose en plus d'un sac à dos de randonnée sophistiqué rempli d'eau qu'il peut boire grâce à un long tube qui passe par-dessus une épaule. Ils s'efforcent tous de ne pas penser à la chaleur du désert, à la distance qu'ils doivent parcourir pour être en sécurité après le franchissement de la frontière, et à la quantité d'eau qu'ils transportent.

Les migrants progressent en respectant la place qui leur est assignée : en tête El Chacal, suivi de Choncho et de Slim, puis Beto et Luca, puis Lydia, les sœurs et Marisol, les autres hommes ferment la marche. Ils avancent vers le nord à un pas rapide, presque inquiétant, et Lydia essaie de ne pas perdre de vue la silhouette quasi invisible de Luca devant elle. L'air frais procure une sensation de froid en traversant les poumons et, après ces jours agités passés dans l'appartement, marcher à la lumière des étoiles vers le nord les rend euphoriques. Ils ne parlent pas, mais la résonance de leurs pas sur le terrain inégal, le petit bruit des efforts qu'ils imposent à leur corps pour avancer présentent tous les attributs de la conversation. Chacun veille à ne pas tomber, à ne pas trébucher, à ne pas heurter la personne qui le précède. Ils ont conscience d'un danger bien réel : celui de se fouler une cheville. Ils ne réussissent pas en revanche malgré leurs efforts à évacuer la peur de l'invisible et omniprésente patrouille frontalière.

Il n'y a pas de clôture sur ce bout de désert parce que ce n'est pas nécessaire. Ils sont à une trentaine de kilomètres à l'est de Sasabe et à l'ouest de Nogales, là où les Pajarito Mountains tiennent lieu de frontière naturelle. Il fait froid. Luca a revêtu tous les vêtements qu'ils ont achetés au Walmart de Diamante avant de quitter

Acapulco : jean, T-shirt, sweat-shirt à capuche, blouson chaud et chaussettes épaisses. Il a lacé ses chaussures neuves bien serré. À la place de la casquette de base-ball de Papi, rangée avec soin dans la poche extérieure de son sac à dos, il porte le bonnet de laine et l'écharpe chaude que lui a donnés la vieille femme à Nogales, mais même avec tout cela, et malgré la sueur qui lui coule le long du dos, son nez et ses doigts sont gelés. Il regrette qu'ils n'aient pas pensé à acheter des gants aussi. Parfois El Chacal donne le petit coup de sifflet dont il a parlé et ils s'immobilisent dans un silence absolu, jusqu'à ce que, par le fameux double clic, il ordonne de se remettre en marche. À un endroit, Luca entend le bourdonnement électronique d'une machine invisible. Choncho se porte à sa hauteur et lui montre une lumière rouge clignotante au sommet d'un poteau, non loin de là. Ils sont quasiment dessous. La lumière tourne. Lorsque l'œil clignotant se braque ailleurs, ils entendent le double clic d'El Chacal et ils repartent très vite, ils courent presque à travers les ténèbres pour finir par gagner le sommet d'une petite crête qu'ils franchissent, avant de se retrouver hors d'atteinte du rayon pivotant de l'œil mécanique.

— Félicitations, chuchote assez peu discrètement Choncho à Luca. Tu viens de tromper ta première caméra de surveillance de la patrouille frontalière des États-Unis.

Luca sourit dans le noir, mais Lydia sent son estomac se nouer, une douleur passagère à l'idée de ce que cela signifie.

— Nous sommes déjà aux États-Unis ? murmure-t-elle.

— Oui, confirme Choncho.

Lydia avait espéré que ce passage serait un moment

capital, qu'en l'espace d'un instant, en un seul pas, elle quitterait le Mexique pour entrer aux États-Unis ; elle s'était attendue à faire alors une pause afin de pouvoir jeter un regard rétrospectif, physiquement et métaphoriquement, sur ce qu'elle laissait derrière elle : la terreur omniprésente de Javier et de ses hommes de main. Après dix-huit jours et deux mille six cents kilomètres d'endurance, elle veut savourer la certitude d'avoir échappé à son emprise. Mais elle veut aussi revenir plus loin en arrière, revoir sa vie avant le massacre, sa jeunesse heureuse à Acapulco. Le maillot de bain orange qu'elle a porté chaque jour, durant tout l'été de son sixième anniversaire. Quand, adolescente, elle plongeait du haut des falaises de La Quebrada. Quand elle était encore assez jeune pour marcher sur le boulevard Barra Vieja en tenant la main de son père sans que ça l'embarrasse. Les millions de doléances touchantes de sa mère. L'université, Sebastián, la librairie. Tenir pour la première fois Luca sorti de son corps. Lydia avait escompté le moment où le flot de ces pensées la traverserait d'un coup, comme une petite mort. Un portail. Elle avait espéré, à l'instar de ces serpents à sonnette du désert, se dépouiller de son angoisse comme d'une vieille peau et l'abandonner dans la terre poussiéreuse du Mexique. Mais l'instant du passage est arrivé, et elle ne s'en est même pas rendu compte. Elle n'a pas regardé en arrière une seconde, n'a pas accompli le moindre petit rituel pouvant l'aider à se lancer dans sa nouvelle vie de l'autre côté. Ce qui est fait ne peut être défait. *Adelante*.

Le ciel est clair et plein d'étoiles, mais la lune est à son premier quartier et, par conséquent, même quand elle se lève, elle n'éclaire guère leur chemin. Conditions idéales pour traverser, leur assure le *coyote*, tandis qu'ils trébuchent dans le noir. Ils se traînent pendant une heure dans le désert sans parler. À 11 heures, ils s'abritent sous un affleurement rocheux parce que, explique le *coyote*, c'est l'heure de pointe pour les rondes de la patrouille frontalière, et la *migra* est très présente dans ce secteur. Il leur dit de se reposer, mais aucun d'entre eux n'en est capable. Assis, apeurés, ils clignent des yeux comme des lampes en mauvais état. Ils restent ainsi trois heures, écoutant les bruits étrangers du désert autour d'eux. C'est terrifiant d'entendre grogner, nasiller, cliqueter, hurler, parfois dans le lointain, parfois assez près, et de ne pas être capable de voir quelles créatures font tout ce raffut. On se sent bizarre, vulnérable à se trouver ainsi sans protection au milieu d'animaux nocturnes, sachant qu'ils vous voient, vous sentent et savent que vous êtes là. Sachant que vous serez aveugle à leur présence, pour peu qu'ils choisissent d'approcher. Alors chacun des migrants se met à prier. Même Lorenzo se rappelle qu'il a jadis cru en Dieu.

31

Peu avant 2 heures du matin, El Chacal leur ordonne de se remettre en marche. Il veut bivouaquer avant les prémices du lever du soleil. Il a déjà fait ce trajet des dizaines de fois, il sait exactement où ils vont et combien de temps il faut pour y arriver. Et qu'ils peuvent se débrouiller avec beaucoup moins d'eau à condition d'éviter de marcher sous la chaleur du jour. Mais maintenant qu'on est à la fin du printemps et que les nuits sont de plus en plus courtes, il sait aussi qu'il reste peu de temps de réserve avant les premiers rayons. Il oblige le groupe à forcer l'allure au maximum. Ils se trouvent probablement à cinq kilomètres au nord de la frontière mais à des heures encore de la ville la plus proche, synonyme de sécurité, quand retentit le coup de sifflet du *coyote*. Cette fois-ci, Beto qui dort à moitié debout, trébuche sur Slim juste devant lui et ils s'écroulent en tas sur le sol du désert. Beto glousse et s'excuse, mais El Chacal le rembarre et lui fait signe de se taire, un doigt posé sur la bouche. Slim lui plaque une main charnue sur les lèvres afin d'être sûr qu'il garde le silence.

Un peu plus tard, ils sont presque à mi-descente d'une colline quand Luca discerne le faible tracé blanc d'une route qui serpente à travers le paysage. Ils avancent sous la protection d'un bosquet d'arbres maigrelets, mais en bas il n'y a quasiment aucun abri possible jusqu'à la route lointaine. À quelques centaines de mètres sur leur droite, quatre pick-up sont garés ensemble.

— *Carajo*, jure El Chacal.

Jusqu'à présent, Luca a plutôt apprécié l'avantage d'avoir vu sa vie antérieure annihilée ; il accède brusquement à un monde où les adultes jurent parfois tout haut. Il a même fait rouler certains de ces mots sur sa langue, mais dans ce cas précis, entendre El Chacal s'écrier *carajo* à la vue de ces pick-up le perturbe profondément.

— Qu'est-ce qu'ils font ici à cette heure de la nuit ? demande Choncho à voix basse.

— J'en sais rien, répond le *coyote* en secouant la tête. Il y a un départ de sentier par là. (Il indique le bord opposé de la route.) Parfois on le prend dans la journée quand il n'y a personne. Il n'est pas très fréquenté. Mais ceux-là (il crache dans la poussière à ses pieds), ce sont pas des randonneurs de jour.

El Chacal porte des jumelles qui pendent à un cordon noué autour de son cou. Il les saisit, puis regarde dedans en plissant les yeux. Comme il fait trop sombre pour y voir grand-chose, il ne distingue que les contours des pick-up et la lumière du plafonnier de la cabine d'un des véhicules que quelqu'un a oublié d'éteindre. Il fait encore nuit, mais le noir commence à se dissoudre en une série de gris perceptibles à l'œil nu, et bientôt le jour sera là. Il demande à ses migrants de quitter la file et se regrouper afin de pouvoir s'adresser à tous en même temps.

— Voilà, leur dit-il, il y a quatre pick-up garés au bord du sentier là-bas. C'est une piste isolée. Je n'ai jamais vu personne garé là. Donc à mon avis, soit c'est des types d'un cartel qui attendent une livraison, et dans ce cas, surveillez vos arrières, parce que quelqu'un pourrait s'amener par là. (Le corps de Lydia devient rigide d'angoisse, elle tend la main vers Luca dans l'obscurité, l'attire contre elle.) Soit, plus probablement, c'est un de ces groupes timbrés d'autodéfense qui jouent les Power Rangers, poursuit le *coyote*, et dans ce cas surveillez vos avants, parce que ces *hijos de puta* aimeraient rien de mieux que de fixer une tête de migrant empaillée au-dessus de leur cheminée.

Luca fait la grimace, même s'il trouve presque drôle l'idée d'avoir sa tête empaillée sur un socle en bois brillant fixé au mur d'une baraque yankee quelque part.

Rien de tout cela n'amuse Lydia. Elle n'était pas assez naïve pour croire qu'ils étaient déjà hors de danger, mais elle s'imaginait que la menace la plus pressante aurait changé de nature à présent. Qu'ici, *al norte*, elle devrait redouter plus la patrouille frontalière et la possibilité qu'on lui enlève Luca, et moins des hommes armés lambda appliquant leurs propres règles. Elle évite de classer ces éventualités en termes de violence potentielle. Peu importe leur uniforme, leur accent, leur visage, *no importa*. Elle sait que, quelle que soit la personne qu'ils rencontreront dans cet endroit sauvage et désolé, elle signifierait leur mort.

— Qu'est-ce qu'on va faire ? s'inquiète Marisol.

El Chacal est déjà en train d'enlever son sac à dos.

— Nous allons attendre ici. C'est notre seul abri. D'ailleurs, ces camions sont plutôt du genre autodéfense que *carteleros*.

— Qu'est-ce qui vous fait dire ça ? demande Choncho.

Le *coyote* lui tend ses jumelles tout en les gardant autour du cou. L'imposant migrant les utilise pour observer les camions.

— Ils sont pas assez chicos pour appartenir à des *narcos*, commente El Chacal. Et si c'est un groupe de miliciens, comme je le crois, ils sont probablement en train de chasser le migrant sur le sentier, loin de l'autre côté. Nous attendons ici. Ils finiront par revenir à leurs bagnoles et nous passerons une fois qu'ils seront partis.

— Et si c'étaient vraiment des *narcos* ? insiste Marisol. (Lydia frissonne involontairement, se frotte le visage, et remonte sa capuche d'une secousse.) On serait pas une cible facile alors, juste entre eux et la cargaison qu'ils attendent ?

— *Mira*, j'ai déjà payé le droit de passage, explique El Chacal. Je respecte les règles établies.

— Mais les règles de qui ?

Lydia ne peut plus garder cette question pour elle plus longtemps. Il faut qu'elle sache quel cartel s'est autodésigné propriétaire de ce bout de désert.

— Les Jardineros ? hasarde Lorenzo.

Le *coyote* ne répond pas et, dans le silence qui s'ensuit, Lorenzo croise le regard de Lydia. Il fait les cent pas comme un animal en cage. Cette terrible hypothèse s'impose finalement dans l'esprit de Lydia. Serait-il pire d'être capturé par des *Estadounidenses*, qui ensuite lui enlèveraient son fils, ou par des *Mexicanos* qui les rendraient tous les deux à Javier ? Elle réussit péniblement à museler ses craintes. Eh bien, non. Ni l'une ni l'autre de ces hypothèses ne se réalisera. Il faut qu'ils réussissent. Elle frappe ses cuisses avec ses poings, puis elle étire ses jambes saisies de crampes.

Choncho rend ses jumelles au *coyote* et s'emploie à se débarrasser de son sac à dos. Slim et leurs fils en font autant, posent sans un mot leurs bidons d'eau par terre, et tous s'allongent, dos au sac.

El Chacal boit une parcimonieuse gorgée d'eau.

— Essayez de vous mettre à l'abri, au cas où le soleil se montrerait avant qu'on puisse bouger.

Les arbres maigrelets ne protègent pas de grand-chose, mais il y a un fourré tout près où se glissent Rebeca, Soledad et Lydia, visage tourné vers le chemin qu'ils viennent de suivre jusqu'au milieu de la colline, attendant que les formes cauchemardesques émergent de l'obscurité. Assis dos à dos avec Mami, Luca a tout le temps de réfléchir à cette situation étrange qui fait qu'un *migrante* passe plus de temps à l'arrêt qu'à marcher. Leurs vies sont devenues un cycle erratique de mouvement et de paralysie. Beto s'endort. Nicolás s'endort. Marisol voudrait bien s'endormir. Ils sont tous épuisés. La lumière augmente dans le ciel à l'est et, lorsque la dizaine d'hommes approche des quatre camions garés sur la route en contrebas, se frayant un chemin sur la piste de la colline opposée, il fait assez jour pour qu'El Chacal les voie distinctement grâce à ses jumelles.

— Milice d'autodéfense, confirme-t-il.

Les hommes, en tenue complète de camouflage et arborant leurs armes si ouvertement qu'une personne peu avertie les confondrait avec d'authentiques militaires, prennent leur temps une fois revenus aux camions. Ils ouvrent des glacières, en sortent boissons et nourriture. Se rassemblent à l'arrière d'un des véhicules pour se passer une Thermos de café. Ils sont désormais suffisamment proches pour que, lorsque le vent change de direction, les migrants puissent capter un éclat de rire par-ci, un bout de phrase par-là. Ces variations acoustiques sont terrifiantes, parce que les sons doivent aussi voyager en sens inverse. Les migrants sont soudain tous conscients de leur anatomie. Interdiction d'éternuer ou de péter. Ils prient pour que ces hommes s'en aillent.

Le petit déjeuner s'éternise et, enfin, juste au moment où ces hommes ont l'air de remballer et semblent prêts à partir, l'un d'eux découvre le plafonnier resté allumé dans la cabine d'un pick-up. La batterie est morte.

Et quand, le temps qu'ils localisent les câbles de démarrage, mettent les véhicules en position, branchent les câbles, rechargent la batterie, passent cinq à dix minutes à se congratuler de leur réussite, et enfin, enfin, paradent triomphalement sur la route et disparaissent à la vue, il fait plein jour dans le désert.

Les migrants sont encore à presque un kilomètre et demi de marche de l'endroit où El Chacal a l'intention de monter le camp pour la journée, et maintenant ils doivent aussi compter avec le danger que représente la lumière éclatante du soleil. Il secoue Beto et Nicolás pour les réveiller.

— On part, dit-il. Et que ça saute.

Luca a les membres raides d'être resté si longtemps à frissonner sur le sol froid, il est tout content de pouvoir recommencer à les bouger, et ravi de sentir la chaleur revenir peu à peu dans ses jambes. La route qu'ils vont suivre ne ressemble en rien aux voies qu'il imaginait rencontrer aux USA. Dans son idée, elles étaient toutes aussi larges que des boulevards, pavées à la perfection et bordées de vitrines fluorescentes. Celle-ci rappelle les routes mexicaines les plus merdiques qu'il ait jamais vues. De la terre, de la terre, et encore de la terre.

Vers le nord-ouest se dresse un amas de collines plus hautes que celles qu'ils ont rencontrées jusqu'à présent et, après avoir traversé la route, El Chacal entreprend l'ascension de la plus proche. La pente est raide, chacun mobilise son énergie pour faire bouger son corps efficacement et grimper.

— Pourquoi on fait pas le tour ? geint Lorenzo.

— Parce qu'on suit mon itinéraire, lui répond El Chacal.

— Mais par là, ça semble plus facile.

Lorenzo indique le nord.

— *Vete entonces*. Eh ben, t'as qu'à y aller.

El Chacal n'aime pas Lorenzo. La tension entre ces deux-là s'explique, comprend Luca, parce que Lorenzo crée lui-même de la tension avec toutes les personnes qu'il rencontre. La plupart des gens, à cause des convenances, essaient de camoufler ce conflit, mais le *coyote* s'en fiche, et Luca trouve ça bien. Quand Lorenzo parle, El Chacal, au lieu de lever les yeux au ciel, prend une mine qui exprime juste le contraire, son visage ne bouge pas d'un poil, il ferme à demi les paupières et regarde ailleurs en attendant que les mots s'envolent. Au bout d'un instant, il reprend vie et continue.

Quand ils atteignent le sommet de la colline et contemplent la vue de l'autre côté, une impression inconfortable d'excitation mêlée de peur secoue Luca de frissons des pieds à la tête. C'est si prononcé que, du coin de l'œil, Mami remarque le tremblement de ses membres et tourne la tête vers lui. Il veille à ne pas croiser son regard. En tout cas, le panorama qui est la cause de cette impression le plonge dans l'enchantement. Et ses compagnons aussi.

Au loin, derrière cette colline, se dresse une centaine d'autres collines, et probablement encore une centaine derrière elles, qu'ils ne voient pas parce qu'elles s'étagent, de plus en plus hautes, de plus en plus aiguisées et redoutables. Le soleil les fend d'éclairs d'une luminosité folle. Les pentes sont couvertes d'herbes dorées couchées par le vent, de plantes épineuses et d'arbres rabougris. Il y a partout d'énormes rochers, rivés aux failles, perchés sur des saillies branlantes, rassemblés dans des creux comme des familles inflexibles. Certains rochers sont si gigantesques qu'ils font paraître naines les collines qu'ils dominent. Au-dessus d'eux, le ciel impitoyable véhicule des nuages qui modifient la lumière, s'amusent à jouer des tours, rendant impossible de jauger les distances mais ne recouvrant jamais le globe brûlant et implacable du soleil. Luca s'arrête pour arracher le bonnet de laine et le fourrer dans sa poche. Il est subitement trempé de sueur. Il enlève tour à tour l'écharpe et le blouson, les met dans son sac à dos, récupère la casquette de Papi, la porte à son nez et en respire une bouffée avant de la mettre et de recaler le sac à dos sur ses épaules, mais le *coyote* lui jette un coup d'œil et secoue la tête :

— Tu ne peux pas porter cette casquette. Le rouge se repère à des kilomètres à la ronde.

Luca regarde Mami, mécontent, mais elle acquiesce, et il enlève tristement le couvre-chef pour le lui donner. Lydia essaie de le faire entrer dans le sac de son fils.

— Tu peux porter le mien, dit-elle en enlevant son chapeau pour le lui tendre.

— Mais il est rose, proteste-t-il.

— À peine.

— Moi je le prends ! s'exclame Beto.

Ce qui fait rire Lydia.

— J'aimerais en avoir un de plus pour toi, dit-elle.

Elle pose sans ménagement le chapeau sur la tête de Luca, puis s'active de nouveau sur la fermeture Éclair du sac à dos de son fils pour y ranger la casquette. Le sac est bourré. Elle en sort un T-shirt blanc et le passe à Beto.

— Tiens, sers-toi de ça.

Il enroule le T-shirt autour de sa tête, laissant pendre le tissu sur sa nuque pour la protéger du soleil, et sourit à Lydia.

— Merci.

Ils se sont tous arrêtés en même temps, soudain conscients de la chaleur de plus en plus forte. Ils enlèvent leurs vêtements couche après couche et se réorganisent. Slim et Choncho boivent au même bidon d'eau. On comprend pourquoi cet endroit est totalement dépeuplé, pourquoi on peut encore traverser ici sans se faire prendre. Il paraît impossible qu'une créature, quelle qu'elle soit, survive dans cette nature.

— Ça n'a même pas l'air vrai, dit Mami.

Derrière Luca, Lorenzo lui aussi enlève sa casquette et s'éponge le front. Cette casquette était impeccable la première fois que Luca l'a remarquée, dans l'asile pour migrants de Huehuetoca. Maintenant la visière est toujours plate, mais sous l'effet de la lumière, le noir est devenu gris. Ce changement stupéfie Luca. Il n'est pas habitué à la vigueur du soleil du désert de Sonora, à la rapidité avec laquelle il corrode tout ce qui se trouve sous ses rayons. Il ôte le chapeau de Mami pour mieux l'examiner et constate que le rose n'est plus rose, mais un souvenir délavé de rose, couleur sable crasseux. C'est ce que Mami voulait dire par *à peine rose*. Lorenzo appuie ses coudes sur ses genoux et contemple le paysage désespérant.

— *Ay, no manches, cabrón*[1], jure-t-il. C'est une blague ou quoi ?

— Je crois que c'est ce qu'il a voulu dire par « épuisant ».

Beto respire bruyamment et sort l'inhalateur vide de sa poche.

— Ça va pas ? s'inquiète Luca en désignant l'objet.

Beto hausse les épaules, essaie de réguler sa respiration, clignant des yeux sous la violente lumière du soleil.

1. « Tu déconnes, connard ! »

— Pourquoi ? T'as de la Ventoline dans ton sac ? demande-t-il à Luca en tapotant son paquetage. Parce que, si oui, je te la piquerais bien.

Les deux garçons rient, mais à entendre Beto on croirait un ballon en train de se dégonfler.

— *Venga, mijo*, dit Lydia, poussant Luca devant elle. Toi aussi, Beto. Ça va, tu peux marcher ?

Il se tait, il doit économiser son souffle, mais il fait signe que oui et il avance.

Chaque colline donne le sentiment qu'il faudra une demi-journée pour la gravir et une demi-journée pour la redescendre. Pour celle-ci, les migrants la descendent à la queue leu leu derrière El Chacal. Silencieux, luttant pour maintenir leur résolution face à l'énormité de ce qu'ils entreprennent. Le vent balaie furieusement la vallée et soulève les cheveux de Rebeca en un tourbillon noir. Ils écrasent sous leurs pieds l'herbe jaune aux allures maléfiques, une terrible surexcitation envahit Luca. Ils sont aux États-Unis maintenant, et on se croirait déjà sur un tournage de film, mais qui aurait lieu dans un vrai désert avec de vrais animaux qui peuvent vous tuer, comme les scorpions, les serpents à sonnette et les cougars. Luca est saisi d'un accès de confusion qui lui donne des picotements et la nausée, mélange d'euphorie et d'angoisse.

— Luca !

Mami est juste derrière lui. Parfois on dirait qu'elle entend ce qu'il pense.

— Tu te sens bien ?

Il hoche la tête.

— Je suis fière de toi, *mijo*, chuchote-t-elle. (Elle gonfle le bras et ajoute :) *Eres bien fuerte*. Papi serait fier.

El Chacal sait où trouver un poste d'eau potable, un endroit où les travailleurs humanitaires laissent de l'eau à l'intention des migrants qui passent par là. Il leur a néanmoins fortement recommandé de ne pas gaspiller leurs propres réserves, parce que parfois il n'y a plus d'eau dans ces endroits – parfois la patrouille des frontières ou les milices d'autodéfense les trouvent les premiers et les détruisent. Mais aujourd'hui le poste existe, signalé par un drapeau bleu flottant au sommet d'un poteau – trois énormes bonbonnes posées sur une palette protégée par une bâche. L'eau est tiède, mais c'est la meilleure que Lydia ait jamais goûtée. Elle commençait à souffrir de martèlements dans la tête parce qu'elle voulait économiser leurs réserves, mais maintenant qu'elle peut boire tout son saoul, la douleur diminue aussitôt. Le seul fait de se désaltérer lui paraît miraculeux.

Elle remplit son bidon et boit encore. Luca se retient d'en faire autant.

— Bois le plus que tu peux, *amorcito*.

— Mais je vais avoir une crampe. Il faut marcher si vite.

— Les crampes, on vit avec, insiste-t-elle. Bois.

Ils se reposent une dizaine de minutes près du poste d'eau, boivent, remplissent leurs bidons, boivent et boivent encore avant de les remplir une dernière fois et de s'enfoncer plus avant dans la vallée. El Chacal leur a ordonné de garder le silence, de guetter le moindre bruit de moteur, mais le vent est trop fort. Beto commence à bavarder avec Choncho.

— D'où vous venez, les gars ? demande-t-il.

Choncho prend son temps pour répondre, non qu'il rechigne, mais parce qu'il est lent, c'est sa manière.

— Veracruz, dit-il enfin.

— C'est au Mexique ?

Nouvelle pause.

— Oui.

— Je savais pas qu'on fabriquait des Mexicains aussi grands que vous.

Le rire de Choncho se propage comme une vague à tout le groupe.

Le regard de Beto va de Choncho à son frère Slim et à leurs deux fils.

— Tout le monde à Veracruz est aussi grand que vous ?

— Non, répond lentement Choncho. Beaucoup plus grand.

Beto entreprend de faire la liste des personnes les plus grandes qu'il a connues au *dompe* quand résonne le discret coup de sifflet d'avertissement d'El Chacal. Marisol en repère la cause en même temps et, par mégarde, pousse un cri. Elle montre une crête de l'autre côté de la vallée où une traînée de poussière fauve et poudreuse s'élève du feuillage. El Chacal siffle à nouveau et leur ordonne de se baisser, ils obéissent instantanément. Ils se laissent tomber comme si on venait de leur tirer dessus, tous les quinze en même temps, pile là où ils se trouvent.

— Mettez-vous à l'ombre, si vous pouvez, leur conseille le *coyote*.

La lumière est intense ici. Rester dessous revient à être découvert, en sortir permet de se cacher. Quand le soleil du désert irradie le moindre fragment de couleur en mouvement, cette couleur rayonne comme une balise. Mami et Luca se blottissent tous les deux à l'ombre d'un rocher, à côté d'un arbre à soie. Des chatons pendent à ses branches en un rideau de fleurs vert pâle qui s'accrochent aux cheveux de Mami. À l'abri de cette sombre alcôve et recroquevillés derrière leurs sacs à dos, ils sont invisibles de la crête où la traînée poussiéreuse enfle régulièrement le long de la colline pour se transformer en un panache vacillant. Autour d'eux, leurs compagnons rampent pour se mettre à l'abri, tâchant de se dissimuler dans les herbes desséchées, se tordant pour se glisser dans l'ombre épineuse des yuccas, fusionner avec la silhouette d'un cyprès. Ils se tiennent tous parfaitement immobiles et restent silencieux, même Beto, allongé à plat sur le dos au milieu des tiges blondes, les doigts de pied pointés vers le ciel. Au bout de trois minutes, ils finissent par entendre le vague ronflement d'un moteur crachotant dans le vent et, encore une bonne minute après, le véhicule apparaît sur la pente de la colline voisine, pas très loin au-dessus d'eux. C'est la Chevy blanc et vert caractéristique de la patrouille des frontières américaine.

Le visage d'El Chacal ne trahit rien.

— Personne ne bouge, dit-il d'une voix étouffée.

Il est bien caché entre Marisol et Nicolás, à l'ombre d'un gros rocher. Conscient qu'il va peut-être s'écouler un peu de temps avant qu'ils ne puissent repartir, il s'efforce toujours d'adopter une position confortable. Assis sur les fesses, les genoux dressés, il dirige ses jumelles sur le siège passager de la Chevy, d'où un agent de la patrouille frontalière dirige ses propres jumelles militaires sur les migrants.

Nous sommes invisibles, se persuade Luca, et il ferme fort ses paupières. *Nous sommes des plantes du désert. Nous sommes des rochers*. Il respire profondément et lentement, veillant à maîtriser les mouvements de sa poitrine. Cette immobilité est une forme de méditation que tous les migrants doivent savoir pratiquer. *Nous sommes des rochers. Nous sommes des rochers. Somos piedras*. La peau de Luca se durcit en une carapace insensible, ses bras se figent, ses jambes se fixent dans une position permanente, son postérieur et ses plantes de pieds fusionnent avec le sol sous lui. Il s'enfonce dans la terre. Aucune partie de son corps ne le démange ou ne se contracte, parce que son corps n'est plus un corps, mais un bloc de pierre originel. Il occupe cet endroit depuis des millénaires. L'arbre à soie est issu de sa colonne vertébrale, les plantes indigènes ont fleuri et dépéri autour de ses chevilles, les moineaux et les sturnelles ont niché dans ses cheveux, les pluies, les vents et le soleil ont cogné sur la surface rigide de ses épaules, et Luca n'a jamais bougé. *Nous sommes des rochers*. À la longue, la Chevy bruyante et indiscrète achève sa traversée de la crête et disparaît par-dessus un rebord pour descendre dans la vallée suivante.

El Chacal ne perd pas de temps en bavardages. Le soleil a grimpé encore plus haut dans l'écrin chaud et lumineux du ciel et ils auraient dû installer leur camp il y a une heure. Faire des efforts sous les rayons brûlants est dangereux. Ils vont s'affaiblir.

— *Vámonos*, dit-il. *Apúrense !*

Aussi vite qu'ils se sont laissés tomber, tous se relèvent, rassemblent leurs affaires et se mettent en branle. Les voilà repartis.

En fin de matinée, alors que le soleil aspire les dernières gouttes de sueur de leurs corps épuisés, que Rebeca est sur le point d'abandonner, au détour d'une colline ils débouchent sur une étendue ombragée où un bouquet d'arbres constitue un bon emplacement pour leur camp. Sumacs et acajous groupés sous la corniche en saillie les protègent totalement des regards. Ils fournissent l'ombre profonde tant espérée, et c'est un soulagement immense de pouvoir s'abriter du soleil. Tout autour de la clairière, des objets témoignent de campements antérieurs : des bouteilles d'eau en plastique abandonnées, un T-shirt noir déchiré constellé de taches de sel, une basket rose usée, d'une taille beaucoup plus petite que celles de

Luca. El Chacal se dirige tout droit vers une parcelle sablonneuse totalement déblayée de cailloux, sous un arbre, jette son sac à dos à côté du tronc, s'installe immédiatement et s'endort. Les autres en font autant. C'est facile pour les hommes qui semblent y parvenir là où ils s'écroulent, à n'importe quel endroit. Marisol s'étale à plat ventre, la tête posée sur ses bras écartés et s'endort instantanément, elle aussi. Les sœurs sont très agitées, bougent beaucoup avant de trouver une position confortable.

Bien que totalement épuisée, Lydia s'attend à avoir des problèmes de sommeil. Elle déploie néanmoins leur couverture et s'effondre dessus, Luca aussi. Le soleil est si brillant que même ici, à l'ombre, Lydia s'aperçoit qu'elle doit plisser les paupières afin de s'en préserver. Quand elle ouvre les yeux pour regarder autour d'elle, le paysage au-delà de cette poche d'ombre n'est qu'une vaste étendue couleur sépia, fracturée en bruns décolorés par le globe solaire inflexible. Choncho remarque son état d'insomnie et lui fait un signe de tête sombre, que Lydia interprète comme une promesse de veiller sur elle et sur son enfant endormi. *Tu te reposes. Je m'assurerai que rien ne vous arrive*, tel est le sens qu'elle choisit de donner à ce signe. Et c'est sur cette promesse imaginaire de protection qu'elle sombre dans le sommeil.

32

Ils n'attendent pas la nuit pour se mettre en route. Dès que le soleil plonge derrière la crête à l'extrémité ouest de la vallée, que leurs ombres s'allongent en hachures noires qui ondulent sur le sol du désert, El Chacal leur dit de se tenir prêts.

— Ce soir, c'est difficile, leur explique le *coyote*. Douze kilomètres, un terrain rude. Vous devez suivre le rythme. Si vous êtes à la traîne, on ne pourra pas vous attendre. Je ne mettrai pas tout le groupe en danger pour un seul individu. Alors écoutez-moi bien, *esto es importante* : c'est la vie ou la mort. (Il se racle la gorge pour s'assurer de l'attention de ses ouailles.) À l'ouest d'ici, la route que nous avons traversée tôt ce matin oblique au nord et devient parallèle à celle que nous prenons maintenant, compris ?

Ils font tous signe que oui.

— Si vous vous trouvez séparés du groupe, si vous tombez, si vous vous foulez la cheville, si vous voulez vous arrêter pour pisser ou vous gratter, ou pour n'importe quelle raison, vous allez sur cette route. C'est la Ruby Road. Les gars des patrouilles frontalières et les gens du coin l'empruntent régulièrement. Vous ne mourrez pas si vous arrivez jusqu'à cette route. Quelques heures après, quelqu'un vous trouvera.

C'est une sombre histoire que cette Ruby Road, et aucun d'entre eux ne peut encore s'en faire une idée, du moins tant que les choses vont bien. Pour l'instant, ils doivent l'éviter à tout prix, elle est au centre de toutes leurs peurs. Les migrants sont incapables d'imaginer le désespoir qui pourrait, dans quelques heures seulement, les inciter à y chercher une délivrance.

— Nous marchons dans cette direction (El Chacal gesticule du tranchant de la main), le nord. Donc dans quel sens va la route ? Je veux que tout le monde le sache. Lorenzo ! Dans quel sens va la route ?

Lorenzo ne répond pas.

— Vers l'ouest, répète El Chacal exaspéré. Et où est l'ouest ?

Lorenzo veut consulter son portable, mais il n'y a pas de signal dans le désert.

Luca indique l'ouest :

— C'est par là.

— *Claro que sí*. (Le *coyote* ébouriffe les cheveux de Luca.) Ce gamin ne mourra pas dans le désert.

Ils mangent des noix et des morceaux de bœuf séché tout en marchant. Nicolás, l'étudiant en doctorat, avale des portions individuelles d'une sorte de pâte protéinée contenue dans des tubes d'alu. Ça a l'air dégoûtant et ça sent mauvais, mais c'est bourré de nutriments et, en effet, l'énergie dont il fait preuve est impressionnante. Il s'est placé juste derrière Lydia ce soir et ils dialoguent en sourdine. Elle se demande s'il y a de la caféine dans ces tubes protéinés.

— Quoi que vous fassiez, n'allez pas à Arivaca, lui dit-il. Si vous mourez de soif, ces gens s'installeront sur une chaise longue et siroteront de la limonade en vous regardant.

— Non, ils ne sont pas si affreux, proteste El Chacal,

quelques mètres devant. Il y a aussi des gens sympas à Arivaca. La vie est compliquée pour eux, si proches de la frontière.

Nicolás hausse ses remarquables sourcils. Bien qu'Arivaca soit une petite bourgade d'à peine sept cents personnes, à quarante-cinq minutes de voiture sur des routes désertes de sa voisine la plus proche, Nicolás, comme la plupart des citoyens du sud de l'Arizona, connaît sa réputation d'avant-poste misérable et impitoyable, un endroit où des types de la milice d'autodéfense ont tué, il y a des années de cela, une fillette de neuf ans et son père, espérant faire porter la responsabilité à des migrants illégaux. Les miliciens voulaient alimenter la peur de la communauté et entretenir la violence en faisant passer les migrants pour un groupe d'épouvantails meurtriers, alors ils ont fait irruption dans la maison familiale des Flores et tué la petite Brisenia d'une balle en pleine tête. Sur le canapé du living où elle était allongée, roulée en boule, avec son pantalon de pyjama turquoise et ses mains aux ongles vernis rouges. Mais parce que Nicolás est un jeune homme de gauche politisé, qui ne s'est jamais rendu à Arivaca, il n'a pas vu à quel point la honte de ce meurtre pèse encore sur la communauté. Il n'a jamais connu de près une tragédie si barbare, n'a jamais vécu un choc si sauvage qui aurait ébranlé le socle de ses croyances les plus profondes. En bref, Nicolás n'a jamais fondamentalement changé d'avis. Il ne connaît donc pas la répercussion que la troisième loi de Newton peut avoir dans un endroit comme celui-ci : pour chaque atrocité, il existe une possibilité opposée et du même ordre de rédemption. De toute façon le débat est totalement stérile. Lydia n'a pas la moindre intention d'aller à Arivaca, un lieu où la seule issue est de se rendre pour demander de l'aide. Luca et elle réussiront à rejoindre Tucson, et à se mettre en sécurité.

Ils crapahutent pendant environ cinq kilomètres sans incidents, observant avec ébahissement les couleurs renaître après la décoloration que leur a infligée le jour. Pendant un instant, remarque Lydia, non, plus qu'un instant – un petit quart d'heure au crépuscule –, le désert devient le lieu le plus parfait qui existe au monde. La température, la lumière, les couleurs restent suspendues au bord de quelque précipice, comme des voitures de montagnes russes oscillant très lentement au sommet de la courbe avant le plongeon. La lumière décline de plus en plus dans le ciel et Lydia sent l'odeur que dégage la chaleur du jour en délaissant sa peau. Le sac à dos de Luca danse devant elle. Pour la première fois depuis qu'elle s'est levée de sa chaise dans le patio de sa mère à Acapulco, en laissant sa *paloma* glacée tiédir sur la table, Lydia a le sentiment qu'ils vont peut-être survivre. Un sentiment bizarre qui ressemble à de l'euphorie. Et puis, soudainement, il fait très noir et très froid. Plus froid que la nuit précédente, à moins qu'elle ne l'imagine, ce qui a pour effet de les obliger à marcher plus vite tous les quinze. Le terrain est irrégulier, parsemé de roches, il s'élève et redescend sans qu'on s'y attende, grêlé de terriers d'animaux invisibles. Pourvu que personne ne tombe, prie Lydia intérieurement. Elle a remarqué que les deux sœurs sont inhabituellement calmes et s'inquiète de leur capacité d'endurance, si peu de temps après que leur corps a subi tant de traumatismes. Et prie également Dieu que leurs pieds soient capables de résister, ceux de Luca dans ses nouvelles chaussures de randonnée, ceux de Soledad et Rebeca dans leurs Converse, et les siens aussi. *S'il vous plaît, Dieu, protégez-les des cloques et des blessures, permettez-leur de ne marcher que là où des pieds humains sont censés se poser.*

El Chacal avance à une allure folle. Le point de rendez-vous se trouve à une vingtaine de kilomètres au nord de la frontière à vol d'oiseau, mais cette distance couvre l'un des terrains les plus rudes d'Amérique du Nord, avec des dénivelés qui peuvent friser les deux mille mètres. Deux jours et demi d'un parcours qui sinue entre les pires passages et les canalise vers des abreuvoirs pour le cas où ils manqueraient désespérément d'eau, tout en les maintenant aussi loin que possible des pistes de randonnée les plus fréquentées et des routes répertoriées utilisées par les patrouilles de la *migra*. Quand ils s'arrêteront de marcher cette nuit, à l'approche de l'aube, pour installer leur camp dans une sorte de grotte naturelle, quelques kilomètres à l'ouest de Tumacácori-Carmen, Arizona, ils seront presque définitivement tirés d'affaire. Ils ne le savent pas encore, ne connaissent aucun détail, parce que El Chacal n'aime pas trop révéler ses ficelles. S'il y a le moindre problème, si l'un des migrants s'égare, ou se laisse distancer et se fait ramasser par la patrouille frontalière, il ne veut pas que la personne en question lui confesse tout. Donc tout ce qu'ils ont besoin de savoir, c'est qu'ils doivent suivre El Chacal. Et que le groupe doit faire ce qu'il lui dit de faire. Si tous l'écoutent, s'ils lui obéissent et qu'ils persévèrent, il fera en sorte qu'ils survivent à ce voyage. Demain soir, la brièveté de leur marche les surprendra agréablement. Il entendra leurs cris de joie à l'approche du lieu où deux camping-cars les attendent pour les conduire sur la piste cahotante, en terre, qui les mènera ensuite vers le genre de voie rapide et lisse dont ils rêvaient : l'asphalte plat de la large Route 19 les attend. À cet endroit-là, le poste de contrôle de la patrouille frontalière est fermé un nombre d'heures fixe chaque semaine. Et, grâce à un troc régulier, argent contre information, le *coyote* sait quand.

De là où ils se trouveront, il faut quarante-cinq minutes en voiture pour atteindre Tucson et l'Arizona urbain, qui leur garantira avec un peu de chance l'anonymat. C'est si près. Le groupe ne sait même pas à quel point. Mais maintenant, alors qu'ils marchent depuis cinq heures au pas de course et que le gravier noir de la pente qu'ils sont en train de descendre dans un canyon sans nom glisse dangereusement sous leurs pieds, alors que leur esprit reflète de plus en plus la fatigue de leur corps, un énorme craquement déchire le ciel, suivi d'une pluie torrentielle. Tous sont abasourdis. Même Nicolás et El Chacal, pourvus l'un et l'autre de l'équipement nécessaire, sont trempés avant d'avoir eu le temps d'enfiler leur poncho imperméable. Instinctivement, leurs corps les poussent à chercher un abri, et il leur faut quelques minutes pour réprimer cet instinct et reprendre leur rythme, avancer péniblement sous ces rideaux de pluie.

Trempé, le jean de Luca est très lourd, la toile mouillée irrite un point derrière la hanche gauche, frotte entre les cuisses, ce qui l'oblige à marcher les jambes écartées. Heureusement qu'il a des boots neuves, et que Mami l'a obligé à les porter dans l'appartement pendant deux jours avant le départ de Nogales afin de les assouplir. Heureusement qu'il ne s'est pas plaint et qu'il n'a pas discuté, alors qu'il en avait envie. Malgré cet entraînement supplémentaire, il est néanmoins de plus en plus conscient à chaque pas d'une gêne, une tête d'épingle, un point minuscule de la largeur d'un fil, à l'arrière de son talon gauche, et qui commence à le déranger. D'abord il le traite par le mépris. Puis il l'interpelle, l'informe que ce n'est pas cette petite douleur insignifiante qui l'empêchera d'arriver à destination. Il lui dit qu'il en supporterait des centaines de cette sorte, des milliers sans même sourciller. Il est Luca ! Toute sa famille a été assassinée ! Rien ne peut l'arrêter.

— Mami.

La douleur s'entend dans sa voix, toute retournée.

— Qu'y a-t-il, *mijo* ?

— J'ai une ampoule, confesse-t-il.

C'est insupportable. Il ne peut plus continuer.

Mami serre les lèvres et l'attire à l'écart de la piste, hors de la file de migrants. Les autres ne s'arrêtent pas ni même ne ralentissent. Ils continuent à vive allure, et le temps que Lydia se mette à genoux, qu'elle ait retroussé la jambe du pantalon de Luca et baissé sa chaussette, le groupe les a dépassés. Il est difficile d'y voir dans le noir et sous cette pluie, mais El Chacal ayant interdit l'usage de lampes de poche, Lydia rapproche son visage du talon de Luca pour comprendre de quoi il retourne. Ses chaussettes sont trempées, elle touche l'arrière du talon et sent une très grosse ampoule en cours de formation. Étant donné l'humidité de la peau, l'humidité du jean, l'humidité générale, il n'y a rien qu'elle puisse faire pour lui, les pansements ne tiendraient pas. Mais il faut qu'elle essaie quand même. Elle se défait des sangles de son sac à dos, sort un paquet de pansements qu'elle a stockés dans une poche zippée sur le côté avant leur départ. Ils sont humides évidemment, mais elle en prend un, le plus sec, au milieu du paquet, ouvre son manteau dont elle essaie de faire un parapluie, et se penche sur la cheville de Luca.

— Enlève ta chaussure, lui dit-elle.

— Mais, Mami, les autres avancent, proteste-t-il. On n'a pas le temps.

— Obéis, vite ! ordonne-t-elle d'un ton brusque.

Luca obtempère, dénoue les lacets, arrache la chaussure, qui roule par terre.

— Assieds-toi là. (Elle indique son propre sac à dos. Luca s'assoit.) Et maintenant, la chaussette, ajoute-t-elle.

Elle jette un coup d'œil à travers le rideau de pluie et croit voir disparaître les derniers membres du groupe dans l'obscurité. Tandis qu'elle garde le pansement encore emballé entre ses dents, Luca enlève sa chaussette d'un coup, Lydia la fourre dans sa poche, tire un pan de sa chemise sous le sweat à capuche et s'en sert pour sécher le pied de son fils du mieux possible. Ses petits orteils sont recroquevillés. Elle enfouit le pied dans le pli chaud de son aisselle, puis se penche par-dessus l'épaule de Luca pour ouvrir le sac qu'il porte toujours sur son dos. Elle sait qu'il y a deux paires de chaussettes à l'intérieur, près du fond, du côté droit. Elle redoute que son affolement la rende maladroite, qu'à force de tâtonner à l'aveuglette dans le sac de cette façon, elle les trouve et les laisse tomber, et que, ainsi trempées, elles ne deviennent inutiles ; elle redoute qu'ils se soient séparés du groupe pour rien et qu'ils doivent mourir ici, non pas mitraillés par le cartel lors d'une fête comme sa famille, mais seuls dans le désert. Ils mourront tous les deux à cause d'une ampoule. À cause de la pluie. Mais non. Ses doigts effleurent le doux coton des chaussettes roulées en boule, encore sèches. *Gracias a Dios*. Elle les extrait de la poche et les fourre sous son aisselle à côté du pied de Luca, referme le sac à dos. Les autres migrants sont partis à présent. Elle ne peut plus ni les voir ni les entendre, mais tous ses sens s'y appliquent, et elle tente de suivre en pensée la direction qu'ils ont prise. *Mon Dieu, faites que nous les retrouvions*, prie-t-elle. Elle déchire l'emballage du pansement avec les dents, le crache par terre, essuie de nouveau le pied avec le pan de sa chemise, souffle dessus avec sa pauvre respiration hachée pour le sécher, et presse enfin le pansement adhésif contre la peau bombée. *S'il Vous plaît, mon Dieu, faites que ça colle.* Elle déplie les chaussettes sèches, en enfile une sur le pied blessé, ça semble prendre des heures, passer le pied tout au fond du tube de la chaussette, positionner la couture au bon endroit sur l'orteil, s'assurer que le coton sec s'ajuste bien sur le talon blessé. Elle se demande si elle ne devrait pas lui mettre l'autre aussi, une couche protectrice supplémentaire entre la peau et la chaussure. Est-ce que ce serait mieux ou moins bien pour l'ampoule ? Rembourrage extra, mais pied peut-être trop serré. Le facteur temps décide pour elle. Elle cale l'autre chaussette sèche sous la bretelle de son soutien-gorge, récupère la boot renversée, desserre les lacets, tire la languette, essuie avec le pan de sa chemise l'intérieur de la chaussure. Luca enfonce enfin son pied dedans. Elle tire sur les lacets.

— Je vais le faire, Mami.

Elle le recouvre de son manteau pendant qu'il s'active, laçant sa chaussure avec une rapidité impressionnante avant d'annoncer :

— Je suis bien, Mami. Ça va. Merci.

Il quitte le sac à dos de Lydia qui lui servait de siège, fait quelques pas pour tester la réparation.

— Beaucoup mieux, déclare-t-il.

Lydia, qui a remonté la fermeture Éclair de son paquetage, marche déjà derrière lui, trotte en réalité tout en hissant à la hâte son sac à dos sur ses épaules. En dessous, les bidons d'eau se cognent et débordent à moitié.

— Allez, *mijo*, vite, il faut les rattraper.

L'un dans l'autre, ce retard n'a probablement pas

dépassé deux minutes et demie, peut-être trois, mais c'est suffisant pour avoir tout à fait perdu le groupe. Les migrants sont largement hors de portée de voix parce que tout ce qu'on entend, c'est le tumulte des trombes d'eau qui s'abattent tout autour d'eux. Paniquée, Lydia sent toutes ses peurs se compresser en une petite boule logée dans sa poitrine. *C'est comme ça que ça arrive*, se dit-elle. D'une voix de plus en plus affolée, elle exhorte Luca à marcher plus vite, mais lui aussi se rappelle le jour où, dans les faubourgs de Culiacán, la *migra* les pourchassait, où Mami s'était tordu la cheville et était tombée. Ils ne peuvent se permettre une entorse en plus du reste, pense-t-il, et cette inquiétude l'incite à ralentir et à avancer trop prudemment. Peut-être vont-ils plutôt mourir d'un excès de prudence, en fin de compte.

— *Apúrate, mijo*, s'il te plaît, répète Lydia, réprimant le cri qui monte dans sa gorge, soudain prise d'un nouveau doute.

Et s'ils se précipitaient dans la mauvaise direction, bifurquaient juste légèrement à l'embranchement, chaque pas les éloignant un peu plus de leurs compagnons ? *C'est par-là qu'ils sont allés, non ?* Sous cette pluie, dans cette obscurité, il est impossible de les suivre à la trace. Ils n'ont pas d'autre choix que de continuer, d'avancer. D'avancer encore. Totalement désespérée, elle rompt la sacro-sainte règle du silence et les appelle, fort. Pas de réponse. Alors ils continuent, avancent, trébuchent dans le noir, et toutes les deux ou trois minutes, elle enfreint de nouveau la règle, et appelle, de plus en plus fort et de plus en plus désespérément chaque fois qu'elle essaie un nom puis l'autre.

Soledad.

Rebeca.

Beto.

À l'aide.
Nicolás.
Choncho.
Où êtes-vous ?

Maintenant Luca n'est plus devant ni derrière, mais à sa hauteur, à côté d'elle, il lui tient la main et, en plongeant de temps en temps son regard dans les yeux noirs de son fils, elle constate qu'il est calme. Il ne partage pas sa peur panique.

— Tout va bien, Mami, finit-il par dire. On est sur le bon chemin.

Elle le croit parce qu'elle doit le croire. D'ailleurs, il connaît ces questions-là, n'est-ce pas ?

Chacal.
Marisol.
Slim.
Hou hou ?

Pour seule réponse, ils n'obtiennent que le bruit des grosses rafales de pluie qui fouettent leurs épaules, des gouttes épaisses qui crépitent sur leurs capuches. Elle continue à avancer dans la pénombre, et dans un recoin détaché de son esprit, où les choses fonctionnent encore normalement, elle plaisante, se moque d'elle-même, errant perdue dans le désert pendant quarante jours, pendant quarante millénaires. Sa vision catholique de l'enfer est complètement fausse : il n'y a pas de feu, on n'y brûle pas dans d'atroces souffrances. L'enfer, c'est l'eau, le froid, le noir, l'errance. On dirait que son cerveau fait des claquettes et se contracte, et soudain. Soudain. Une ombre. Elle aperçoit une ombre mouvante dans l'obscurité. Un mouvement à peine perceptible, une lointaine tache noire, d'un ton légèrement plus noir que toutes les taches noires fixes autour d'elle. Elle pousse un cri, sent un élan d'espoir lui déchirer le sternum, presse la main de Luca, et l'entraîne à un rythme encore plus rapide, ils poursuivent ce point noir qui bouge au milieu de ce paysage invisible, ce n'est pas le fruit de leur imagination, ce n'est pas un mirage. La tache continue sur sa lancée en cahotant, boum, boum. Elle avance, et les yeux fixés sur la chose Lydia la suit, tirant Luca derrière elle, elle court, sans se soucier des traîtrises du sol sous ses pieds, jusqu'à ce que la forme grandisse, se rapproche, c'est un sac à dos. Le sac à dos de Ricardín. Et elle appelle encore une fois :

— Ricardín.

« David.

Et la forme s'arrête. Se tourne vers eux. Ils sont sauvés.

Salvación. Salvación. Lydia pleure.

Ricardín la fait rentrer dans la file, devant lui, devant son *primo* David. Et puis voilà les sœurs, Rebeca. Soledad. Lydia veut bien croire que les filles n'ont peut-être pas remarqué leur absence. Il fait tellement noir, et la pluie est si intense qu'il est difficile d'observer quoi que ce soit au-delà du bord de sa propre capuche, de ses mains tendues, de ses pieds qui s'activent. Lydia ne veut pas savoir si les deux sœurs ont remarqué leur absence, si elles l'ont mentionnée à El Chacal ou l'ont prié de s'arrêter et d'attendre. Ne pas savoir lui évite de se demander ce qu'elle aurait fait à leur place. De toute façon, maintenant, ça n'a plus d'importance. *Ça va !* Lydia se signe dans le noir, respire en détendant ses épaules, inhale cette pluie qui semble ne vouloir jamais cesser.

33

Le déluge s'arrête. Aussi abruptement qu'il a commencé. Et Luca entend maintenant un concert de sons déplaisants tout autour d'eux. Le bruit de succion de leurs chaussures sous leurs pas. Le murmure de leurs jeans raides et trempés lorsque leurs cuisses frottent l'une contre l'autre. Ses dents claquent, il est un bloc de froid, au point qu'il croit entendre son cerveau frissonner dans son crâne. Il en vient à se demander si être trempé et grelottant après la pluie n'est sans doute pas pire que la pluie elle-même, de la même façon que ton corps, une fois qu'il s'est adapté à l'eau froide du Pacifique dans la baie d'Acapulco, aspire à s'engloutir de nouveau dans cette eau après que tu as émergé sur le sable sec et brûlant de Playa Condesa. Ton corps est capable de tout mélanger, il ne fait plus la différence entre le chaud et le froid, mais voilà qu'il recommence à pleuvoir et Luca comprend que son hypothèse était merdique. La nuit se déroule dans la détresse, entre chutes de pluie torrentielles et périodes de répit intermittentes. Lydia s'efforce de s'accrocher à son sentiment de soulagement, la quasi-certitude qu'ils sont sauvés. Mais le frottement de leurs jeans et de leurs sacs à dos irrite leur peau, et soudain il se remet à pleuvoir. Chacun d'entre eux connaît au moins un ou deux accès de désespoir. La seule chose qui les soutient, c'est l'idée que chaque moment de souffrance est un moment pénible de moins qu'il leur reste encore à endurer.

— La pluie est pourtant une bénédiction, dit El Chacal, tandis qu'ils zigzaguent à travers un canyon. Tout le monde déteste ça.

Lydia et Luca ont retrouvé leur place presque en tête de file, derrière Choncho, Slim et Beto. Rebeca et Soledad suivent juste après, puis Marisol, Nicolás, Lorenzo, David et Ricardín. Et pour finir, les deux hommes taciturnes qui n'ont toujours pas révélé leur nom. Dans cette section des collines, les rochers sur lesquels ils marchent sont larges, lisses et glissants à cause de l'eau ; Luca constate qu'il commence à discerner leur forme dans le noir. Ils atteignent un endroit où ces amas de roches constituent une sorte d'escalier naturel qu'ils descendent, après quoi ils avancent entre les parois abruptes du canyon, longeant le fond d'un ravin où ils pataugent jusqu'aux chevilles dans un torrent d'eau de pluie. El Chacal les guide le long du bord gauche du ravin, là où le sentier est le plus sec, et où des saillies irrégulières dépassent de la paroi. C'est exactement le genre de décor que cette casse-cou de Pilar, sa copine d'école, aimerait escalader, pense Luca. Et lui aussi pourrait l'escalader, il le sait, maintenant. Il peut désormais faire des choses que Pilar n'a jamais imaginées. Les premiers rayons d'un jour gris sombre lèchent progressivement les parois de la gorge, tandis que le *coyote* continue de parler.

— Quand il pleut, les *narcos* restent dans leurs bagnoles. Et les agents de la *migra* ne quittent pas leur tanière. On passe en douce pendant qu'ils sont bien à l'abri.

— Il y a que les migrants qui s'aventurent sous cette pluie, dit Choncho.

— Que les cinglés, corrige Slim.

Mais, dans le désert, la pluie est capricieuse et, alors que le couvercle de la nuit se soulève lentement, Luca regarde les nuages oppressants circuler comme les roues de la *Bestia* à travers le ciel encore sombre. Ces nuages se rassemblent, écrasent et détruisent, et après leur passage ils laissent un néant vide et gris derrière eux. Bientôt le soleil se lèvera et remplira ce vide de couleurs chaudes. Bientôt la *migra* reviendra.

Ils accélèrent le pas.

— C'est encore loin ? demande Beto, parce que personne ne parle depuis longtemps et que, plus qu'une réponse, il veut entendre le son rassurant d'une autre voix humaine.

— À une heure de marche, peut-être moins, répond le *coyote*.

La plupart des gens qui font la connaissance d'El Chacal à ce stade de sa vie supposent qu'il doit ce surnom à son travail de *coyote*, sauf qu'en réalité il avait douze ans quand sa famille l'a baptisé ainsi. Depuis que le gamin de Tamaulipas, Juan Pedro comme on l'appelait alors, a trouvé un jour un jeune animal, un petit chiot sur le bord de la route. La mère avait été renversée et tuée par une voiture. Le reste de la portée avait disparu, s'était égaillé, et quand Juan Pedro est arrivé, il a trouvé le petit, seul et désolé à côté du corps froid de sa mère. Il l'a ramené chez lui, et malgré les soins méticuleux et l'affection qu'il lui a prodigués, l'animal est devenu en grandissant une chose sauvage et longiligne. Les gens du village la baptisèrent « le chacal », ce qui ne déplaisait pas à Juan Pedro, séduit par la sauvagerie de l'animal.

Mais ils se mirent ensuite aussi à l'appeler « mère du chacal », ce qui lui plaisait beaucoup moins. Il supporta ce sobriquet un certain temps et fut heureux quand les gens cessèrent totalement de mentionner le chien et raccourcirent son surnom en « El Chacal ».

En dépit de ce surnom, El Chacal n'avait pas l'intention de devenir un *coyote*. Peu de gens ont une telle intention. Il avait traversé une fois longtemps auparavant, quand il était encore un jeune homme cherchant du travail, et qu'il n'avait aucune intention de recommencer. C'était beaucoup plus facile à l'époque, quoique pas une partie de plaisir – en tout cas pas dans l'Arizona. Les autres migrants avec lesquels il avait traversé cette première fois trouvaient le voyage exténuant et difficile. Mais El Chacal découvrit qu'il aimait ces déserts d'altitude. Il s'aperçut qu'ils lui convenaient, lui dilataient les poumons et augmentaient sa chaleur corporelle. Il passa plusieurs mois à faire la plonge dans un restau de Phoenix et, dès qu'il avait du temps libre, il le consacrait à randonner dans les canyons. Il ne tarda pas à retourner chez lui à Tamaulipas. La traversée suivante, il la fit seul, sans guide. C'était de la folie, mais il réussit, sans difficulté. Il s'aida d'une carte et d'une boussole et, qui plus est, y prit le même plaisir que certains à suivre l'entraînement des camps militaires ou à courir un marathon. Il aima la tension que cette expérience exerçait sur ses muscles et son esprit. Il aima le courant sous-jacent de survivalisme et de danger qu'elle produisait. Alors, il répéta l'opération. Plusieurs autres fois sans personne, et chaque fois qu'il franchissait la frontière, il devenait plus fort et plus malin, il rectifiait son parcours, perfectionnait son allure. Ensuite il emmena un groupe d'amis de Tamaulipas. Qui furent si impressionnés par sa connaissance du territoire, l'apparente aisance avec laquelle il se déplaçait sur ce terrain difficile, qu'ils l'engagèrent pour faire passer leurs petites amies, leurs enfants, leurs cousins, leurs parents. Tout à fait accidentellement, El Chacal s'était retrouvé à la tête d'un business florissant de contrebande humaine.

C'était formidable pour lui de se découvrir bon à quelque chose après des années de médiocrité à Tamaulipas. Sa réputation s'accrut et, à mesure que les renforcements de contrôle à la frontière l'obligèrent à modifier ses routes, devenues impraticables, et qu'il dut s'enfoncer de plus en plus dans le désert, emprunter des pistes de plus en plus ardues et périlleuses, il constata qu'il pouvait exiger beaucoup d'argent en échange de ses services. Sur quoi les cartels entrèrent dans la danse.

En conséquence, il ne gagne plus autant d'argent qu'avant et, qui plus est, le boulot lui plaît beaucoup moins qu'autrefois. Avant, il se prenait pour un héros, mineur certes, un guide détenant le pouvoir de conduire le peuple en Terre promise. Maintenant, il paie à la fois la *migra* et les cartels pour avoir le privilège de traverser cette parcelle de terre poussiéreuse binationale. Ils lui bouffent ses bénéfices et sa liberté. Quand ils exigent qu'il leur fasse une faveur, il ne peut pas refuser. Parfois ils lui demandent de transporter des choses qu'il ne veut pas transporter. Et parfois ils lui disent de passer des gens qu'il ne veut pas passer. Bientôt El Chacal prendra sa retraite. Il a suffisamment d'économies et, à presque trente-neuf ans, ces voyages répétitifs commencent à éroder son sens enfantin de l'aventure. Il retournera s'installer à Tamaulipas. Et épouser Pamela, qu'il aime depuis l'adolescence. Elle finira peut-être par dire oui. Qui sait ? D'ici là, il s'efforce à la sévérité avec les migrants. Il s'efforce aussi au détachement, parce que l'attachement peut se révéler fatal. Il doit rester libre de prendre les décisions pour le bien du groupe, et s'il s'attache trop à l'un de ses *pollitos*, il a beaucoup plus de mal à prendre une décision difficile en un clin d'œil, à abandonner quelqu'un par exemple, s'il comprend que la personne en question n'aura pas la force de continuer jusqu'au bout. Mais, ces derniers temps, il n'arrive plus à discerner s'il joue toujours un rôle en agissant avec une telle dureté. Il porte un chapelet autour du cou afin d'invalider l'inquiétude que lui cause l'état déliquescent de son âme. Sur son avant-bras droit il s'est fait tatouer les mots JESÚS ANDA CONMIGO – Jésus marche avec moi – et, en gros, il y croit encore. Il veut que ce soit vrai.

Quand ils entendent le grondement derrière eux, les migrants se baissent instinctivement. El Chacal, lui, resté debout, se tourne vers l'endroit d'où provient le son. Par-dessus la tête de ses ouailles il voit, approchant et se mouvant aussi vite qu'un cauchemar à travers le canyon couleur charbon, une masse d'eau noire. Elle dévale l'escalier rocheux derrière eux.

— Debout ! hurle-t-il. *Arriba !*

Sa voix cogne les parois du canyon qui la répercutent. Abandonnant toute intention de discrétion, et il leur hurle encore une fois :

— Debout ! Debout !

El Chacal avance en sautant de rocher en rocher jusqu'à ce qu'il atteigne une large saillie un peu plus haute que lui et réussisse à s'y hisser. Les migrants suivent, et il tend le bras pour les aider à monter, d'abord Luca et Beto, puis les sœurs et Lydia, maintenant Lorenzo aussi. « Aide-les ! » lui crie El Chacal, alors Lorenzo se penche, tend la main à Marisol et la hisse, et ainsi de suite, un par un ils grimpent pour échapper à la muraille d'eau qui les poursuit, et ceux qui sont à l'avant essaient de grimper encore, pour faire de la place aux suivants, et ils repèrent une autre saillie, un peu plus haut, alors ils grimpent encore de saillie en saillie le long de la paroi, les voilà presque hors de la gorge et, de là, il paraît évident, étant donné la vitesse à laquelle l'eau monte et la découverte du nouveau chemin en hauteur qu'ils viennent de prendre, entièrement constitué de ces saillies, que ce qu'il y a sous eux, c'est un ancien lit de rivière. *Jesucristo*.

Alors qu'ils se trouvaient en tête de file, Choncho, Slim et leurs fils ne sont pas encore sortis du ravin parce qu'ils sont restés à aider les autres. Les premiers migrants postés sur la saillie reculent pour accueillir les retardataires. Ils s'échelonnent, pressés de grimper de saillie en saillie, d'atteindre le point le plus élevé. Maintenant Slim a pris pied sur la première des saillies en contrebas et leurs avant-bras épais se cognent tandis qu'il attrape son neveu David par les poignets et le hisse, puis c'est au tour de Choncho de monter et Ricardín, le fils de Slim, vient en dernier. Mais l'eau dévale si rapidement et atteint une telle hauteur qu'au lieu de noyer d'abord ses chevilles, puis progressivement ses jambes, elle frappe directement tout l'arrière de son corps et le projette en avant, puis l'entraîne dans sa gueule comme une poupée de chiffon ; les autres hurlent, glapissent, El Chacal et les deux frères sautent de saillie en saillie et courent après lui, ou plutôt après son sac à dos parce que c'est la seule chose qu'ils peuvent voir en réalité, ce gros sac à dos qui flotte, ce même sac auquel Lydia a dû sa délivrance cette nuit, dans le noir, puis les bras de Ricardín jaillissent, battent l'air, il réussit miraculeusement à se retourner, mais l'eau entraîne aussitôt son sac, l'arrache à son corps, glisse d'un seul coup de ses épaules et dérive, Ricardín fait un ultime effort de principe pour le rattraper, mais comprend à la seconde que le sac n'est pas sa priorité, il reporte toute son attention sur son corps, cette carcasse démesurée dont la force ne lui avait jamais fait défaut jusqu'à présent mais qui pourtant faiblit. Son *papi* et son *tío* sont là-haut sur la rive, et le *coyote* aussi, et tous sont stupéfaits de la vitesse et de la force avec laquelle cette eau a déferlé, venue de nulle part, pour monter si haut. Tous hurlent en lui tendant la main, Ricardín les entend, entend la voix de son père, mais il ne peut rien faire parce que ses bras sont comme cloués, ses jambes s'agitent en vain et il n'arrête pas de cracher de l'eau, dès qu'il a craché sa bouche se remplit de nouveau, et pas seulement d'eau, de sable, de débris, de brindilles, et il va se noyer là-dedans. Ricardín sait qu'il va se noyer, l'idée le traverse que ce serait plutôt rigolo de se noyer en plein désert dans un torrent subitement en crue, mais à ce moment-là, il se rend compte qu'il ne veut pas d'une mort rigolote, ou même vaguement drôle, alors il concentre toute son énergie sur ses muscles abdominaux pour réussir à se plier en deux de sorte que la partie supérieure de son corps émerge de l'eau, une fois, deux fois il échoue à saisir la main que son père lui tend, et puis – vlan ! – sa tête va frapper un rocher, un coup, puis un autre tout de suite après, et il sent le goût du sang, sa dent – celle du devant plus acérée que d'habitude – et sa lèvre saigne. Mais il ne va pas mourir ici, il refuse de mourir ici, d'une façon si indigne, si stupide, lui qui dispose d'un corps si fort pour le sauver, alors il lève les yeux vers son père, sur la saillie, et réussit à pivoter suffisamment pour que le rocher suivant ce soient ses pieds qui le frappent d'abord, puis un autre, puis encore un autre, si bien qu'il rebondit presque de lui-même d'un rocher à l'autre, et le rocher d'après, il l'utilise en plus de la force de l'eau pour se catapulter vers la corniche du dessus, de nouveau il rate la main tendue de son *tío*, mais les hommes continuent de l'encourager de leurs cris, suivent sa progression rapide en se marchant dessus ; il sait que son plan est le bon et que s'il arrive à recommencer, il réussira, alors de nouveau il se tord dans l'eau, sauf que cette fois-ci, quand le rocher suivant approche et qu'il projette sa jambe, elle reste coincée là, dans une crevasse submergée, et l'eau pousse toujours le reste de son corps plus loin mais retient sa jambe au fond, il sent l'os craquer et hurle de douleur, mais maintenant son père et son *tío* sont là juste au-dessus de lui, la douleur est terrible, mais ils l'attrapent, son *papi* par le bras et son *tío* par la capuche de son sweat-shirt, et ils le tirent à contre-courant, vers sa jambe qui est dans le mauvais sens. Il ne ressent aucun soulagement quand le *coyote* arrive à la rescousse, quand les six mains puissantes agrippent le haut de son corps, et que tous ensemble ils le soulèvent et l'allongent sur la corniche terreuse. Son corps est bizarrement tordu, mais au moins il a une prise maintenant, ils le tiennent. Il ne mourra pas noyé. L'eau s'écoule de lui et trempe la terre d'une couleur plus foncée, ses doigts grattent le sol. La partie inférieure de son corps, elle, est toujours dans le flot, coincée.

Il ne ressent aucun soulagement, parce qu'il sait.

— Ma jambe est cassée, dit Ricardín sans pleurer. Définitivement cassée. Je me suis cassé la jambe.

Et mieux vaut que les autres migrants ne se soient pas aventurés si loin dans le torrent, car qui voudrait voir ou entendre cette chose abominable – l'extraction de la jambe du garçon de la crevasse qui la retient prisonnière en contrebas.

La seule question qui se pose est de décider qui restera auprès de lui. Slim et Choncho ont tous les deux fait ce voyage un assez grand de nombre de fois pour savoir comment ça se passe et accepter le terrible destin sans se plaindre. Ils ne supplient pas El Chacal ni les autres migrants, ne réclament pas de l'aide ni ne leur demandent de rester. Ce serait sans doute une réaction compréhensible dans ce genre de circonstances, mais eux refusent de céder à l'hystérie en pensant qu'ils vont se retrouver seuls, immobilisés dans le désert. C'est Choncho qui prend finalement la décision.

— Parce que je suis l'aîné, dit-il.

Slim acquiesce.

— Je reste avec mon filleul, reprend Choncho. Nous vous donnons de l'avance, et quand il se sentira en état, je le transporterai sur la Ruby Road. Toi, Slim, tu emmènes David et vous trouvez du travail pour nos deux familles.

Les frères s'étreignent – la tape dans le dos des travailleurs, brève, bourrue. Puis Slim serre contre lui la tête mouillée de son fils.

— Je suis désolé, Papi, s'excuse Ricardín.

Slim lui fait signe qu'il ne faut pas.

— Tu as la vie sauve, *gracias a Dios*, c'est tout ce qui compte.

Ricardín et David prient avec leurs pères avant que le quatuor se sépare.

— Appelle Teresa quand tu auras accès à un téléphone, quand on vous aura ramassés, dit Slim à son frère. Et moi je la rappellerai quand on sera arrivés à Tucson pour m'assurer que vous êtes sains et saufs.

Choncho hoche la tête.

— Et prends ça.

Slim pose l'un de ses bidons d'eau à côté de son fils.

— Papi…

— Prends-le, Ricky.

Il s'accroupit, fixe son fils dans les yeux, puis lui presse l'épaule et se relève, casquette rabattue sur le front. Il détourne le visage, très vite.

Derrière lui, Choncho enlace son fils, sa grosse paluche sur la nuque de David. Ils mesurent tous les deux près de deux mètres. Choncho l'embrasse sur le haut du crâne, puis le pousse vers son oncle.

— Pas de bêtises, hein ?

— Gardez le soleil levant dans le dos, leur dit El Chacal. La Ruby Road est à moins d'un kilomètre et demi d'ici.

Un kilomètre et demi, pense Luca. *Avec une jambe cassée.*

Le *coyote* rassemble son groupe et les ramène vers la piste. Quand ils émergent du canyon dans l'aube rose et chaude, seul Luca se retourne pour regarder dans la brèche Ricardín et son oncle assis sur la corniche en dessous. Les autres continuent de marcher, Luca sent la volonté uniforme qui les pousse à avancer comme les rouages d'une machine ou d'un escalator. Ils ne peuvent ni arrêter ni même ralentir le moteur. Il tourne malgré un nouvel élément : le délabrement de l'esprit collectif. Même l'énergie du *coyote* semble faiblir. Pourtant ils avancent, ils avancent.

Le groupe de migrants dépasse d'un pas traînant Luca, qui piétine, hésitant à quitter la brèche. Choncho rabat d'un cran sa casquette de base-ball sur son front, le visage humide de Ricardín est tordu de douleur. *Comment vont-ils grimper pour sortir du trou alors qu'il ne peut pas marcher ?* s'interroge toujours Luca. *Comment iront-ils jusqu'à la route ?* Puis il refoule ces idées et à la place se met à prier. *S'il vous plaît, faites qu'ils arrivent jusqu'à la route.*

— Luca, *ven*, dit Mami.

Il s'arrache à sa contemplation et se dépêche de rattraper les autres.

34

Ils finissent par atteindre la grotte, tiède et sèche, alors que le soleil levant teinte la paroi du fond d'orange, de rose et de jaune. Ce n'est pas la caverne encaissée derrière un trou noir en guise d'ouverture à laquelle Luca s'attendait lorsqu'il avait entendu le mot *cueva*, on dirait plutôt une énorme motte de gazon évidée avec une cuiller à glace, amollie et nettoyée ensuite par les éléments. Plusieurs clous en cuivre ont été enfoncés dans la partie supérieure de l'ouverture. El Chacal sort une bâche de son sac à dos, zébrée de traînées ocre exactement assorties au paysage, et l'accroche aux clous, plongeant les migrants dans une légère pénombre.

Dans cette lumière matinale, ils n'ont pas le même aspect que la veille. Certains savaient déjà qu'ils étaient capables de laisser un blessé, d'abandonner un homme dans le désert aux fins de sauver leur propre vie. Marisol, par exemple, est persuadée qu'elle pourrait faire n'importe quoi, si méprisable que ce soit, pour retrouver ses filles. Lorenzo piétinerait un bébé s'il le fallait pour gagner *el norte*. Pour d'autres, se découvrir prêts à tant de docilité est une désagréable surprise. Ils sont conscients de leur chance que ce soit Ricardín le blessé, et pas eux, et, du fait même de cette prise de conscience, ils se sentent damnés, condamnés. Indéfendables.

— Les hommes vont dehors en premier, ordonne le *coyote* après avoir fixé la bâche.

Lorenzo grogne, mais les autres se courbent et sortent sans rouspéter.

Rebeca est trempée, une odeur de moisi émane de sa nuque, à l'endroit où la capuche de son sweat-shirt a recueilli le sébum dégoulinant de ses cheveux. Ses orteils sont gelés, ses pieds à vif dans ses chaussures, mais l'idée d'enlever ses vêtements la terrifie.

— C'est la seule façon de se sécher.

Soledad s'affale sur ses fesses et retire péniblement ses baskets détrempées. Ses orteils la picotent.

— Je me sens déjà mieux, déclare-t-elle.

Ils se déshabillent tous. Sans se regarder. Beto reste en slip, il n'a rien d'autre à se mettre, alors Lydia repêche le T-shirt qu'il portait la veille en guise de casquette et le lui tend. La pluie n'a pas arrangé ses poumons, il râle, on entend le sifflement de sa respiration quand il lève les bras pour enfiler le T-shirt par-dessus sa tête. Lydia découvre que ses vêtements de rechange, roulés dans un sac de plastique dans son sac à dos, sont passablement secs. Ceux de Luca aussi. Soledad se relève et enlève son pull qu'elle tend devant sa sœur, comme un rideau, afin que Rebeca puisse se changer. Ils arrachent tous leurs vêtements de leurs corps humides. Enfilent de vastes T-shirts, des sous-vêtements propres. Ils vont devoir étaler leurs jeans sur les rochers à l'extérieur pour les faire sécher.

Bien que l'absence de Choncho et de Ricardín crée entre eux une sorte de raideur, de solennité, le réconfort que leur apporte cet endroit sur le moment est extraordinaire. Avoir traversé la terrible épreuve de la pluie permet à Lydia d'apprécier le bonheur d'être au sec beaucoup plus qu'elle ne l'aurait jamais imaginé. Tandis que les hommes se déshabillent et se changent à leur tour dans la grotte, Luca et elle restent assis à l'extérieur, devant la bâche, jambes nues étendues au soleil. Il est encore très tôt dans la matinée du désert, mais la chaleur augmente rapidement. La roche est tiède et sèche sous leurs fesses, le soleil calme les irritations là où leur peau est sensibilisée. Luca voudrait bien demander à Mami ce qu'ils feront une fois *al norte*, mais il craint qu'elle n'ait pas de réponse et, en outre, il ne veut pas risquer de leur porter la guigne, si près de la ligne d'arrivée. Une question cependant le taraude :

— Rebeca et Soledad, tu crois qu'elles vont vraiment aller dans le Maryland ? demande-t-il à Mami.

Lydia cligne des yeux sous la luminosité croissante du jour, attire les pieds de Luca sur ses genoux afin d'examiner l'état de son ampoule. Le pansement de la veille colle toujours étonnamment bien au talon, elle n'y touche donc pas. Elle sent la tiédeur de l'alliance de Sebastián dans le creux de son cou, la douceur de la brise chaude sur ses genoux bronzés et nus. Luca remue ses orteils.

— C'est leur plan, depuis le début, répond prudemment Lydia.

— Mais tu crois qu'elles pourraient pas en changer ? Si on leur demandait ?

Le ciel, fraîchement lavé par la pluie, est d'un bleu pur, et toute trace de cette eau s'est déjà évaporée du sol autour d'eux. Comme si ce déluge n'était qu'un rêve. *Un phénomène cyclique*, se dit-elle. Tous les jours une horreur nouvelle et, quand c'est fini, une impression de détachement irréel. D'incrédulité. Viennent-ils vraiment de supporter cela ? L'esprit humain est magique. Les êtres humains sont magiques.

— Tout est possible, Luca, assure-t-elle.

Son regard balaie le paysage rougeoyant derrière ses doigts de pied. D'ailleurs, il se peut que les deux sœurs changent réellement leurs plans. Elle songe à quel point les migrants doivent faire preuve de capacité d'adaptation. Ils sont obligés de changer d'avis chaque jour, chaque heure. Et de ne s'entêter que pour une seule chose : survivre.

La lune s'est levée telle une fragile coquille d'œuf blanche sur le fond bleu du ciel diurne.

— Elles ne pourraient pas rester avec nous ? insiste Luca. Elles ne pourraient pas vivre avec nous ?

— Si, lui dit-elle simplement. Il suffit qu'elles le veuillent.

Lydia ne s'imagine pas disant adieu à Soledad et à Rebeca maintenant. Une nouvelle séparation.

— Et peut-être Beto aussi ?

— Oh, Seigneur ! (Lydia rit.) Nous verrons.

Luca ne lui demande pas si elle croit que Choncho a réussi à mener Ricardín jusqu'à la Ruby Road. Il ne lui demande pas si elle croit que quelqu'un les a trouvés, qu'ils sont sauvés maintenant. Il a déjà fourbi dans sa tête les réponses à ces questions : et ces réponses sont celles qu'il veut qu'elles soient.

Leurs réserves d'eau potable commencent à diminuer, ce qui paraît ridicule après tout ce qui est tombé. Le *coyote* leur recommande de boire selon leurs besoins, mais de garder autant d'eau qu'ils le peuvent. Dans la vaste caverne, ils dorment toute la matinée, et, à leur réveil au milieu de l'après-midi, ils sont assoiffés, en sueur et affamés, et le relatif confort du lieu a fondu sous la chaleur oppressante de la journée. Ils s'efforcent de continuer à dormir malgré leur malaise. Ils savent que cette nuit sera la dernière et ils sont tous impatients de partir d'ici, de rejoindre la destination qu'ils se sont fixée, de quitter ce no man's land sans air, sans eau et sans couleur, et d'atteindre la route en contrebas, de la suivre jusqu'où la vie les attend.

On commence à étouffer dans la grotte parce que la bâche tendue qui sert de camouflage, à présent alourdie de pierres dans le bas afin d'empêcher le vent de la gonfler, empêche aussi l'air de circuler. Se reposer devient difficile, Rebeca a chaud, elle se sent frustrée quand elle se redresse pour découvrir que dans la grotte tout le monde dort. Autour d'elle, les autres respirent fortement, signe de mauvais sommeil. Beto est le plus bruyant, chaque inspiration s'accompagne d'un sifflement impressionnant, mais il ne bouge pas. Son bras en guise d'oreiller, il dort la bouche ouverte, essayant d'absorber l'oxygène de l'air. Rebeca enfonce ses pieds nus dans ses baskets et l'enjambe. Les chaussures sont rêches et déformées par l'excès d'eau puis de sécheresse, elle n'essaie même pas de les lacer. Ce qu'elle recherche, c'est un coin où uriner. Lorenzo entrouvre les yeux, la regarde zigzaguer au milieu des dormeurs, détaille d'un coup d'œil ascendant la peau brune des jambes qui passent devant lui, et trouve sa récompense dans la vision du soutien-gorge de coton jaune sous le T-shirt ample et blanc. Elle se courbe, passe sous la bâche qui pend, fait un pas dehors. En silence, Lorenzo se lève de sa place et, pieds nus, la suit.

Rebeca contourne la caverne, laisse derrière elle la douceur des dalles de roche pour s'engager dans les broussailles maigres et enchevêtrées et trouver l'endroit où soulager sa vessie. Blottie sous des arbres rabougris, elle abaisse sa petite culotte de coton et s'accroupit. Elle entend Lorenzo avant de le voir, parce qu'il grogne, la plante des pieds endolorie par le tranchant des herbes et des pierres. Rebeca se relève immédiatement, un filet d'urine dégoulinant le long d'une jambe, remonte sa culotte sur ses hanches, tire son T-shirt par-dessus.

Lorenzo lui décoche un sourire en coin, tentative de charme.

— J'aurais dû enfiler mes godasses, dit-il en sautillant péniblement dans sa direction. On dirait que j'suis pas aussi futé que toi.

Rebeca fait deux pas en arrière. Il faut qu'elle s'éloigne de lui. Elle tend une main qui effleure l'écorce rugueuse du bois de rose qu'elle vient d'arroser. Les branches basses de l'arbuste frôlent sa tête, un rameau s'est emmêlé dans ses cheveux.

— Je viens juste pisser, dit-il. Exactement comme toi.

Il ne porte pas de chemise, seulement un boxer-short retenu à la taille par un élastique, sur lequel il tire d'un coup sec, exhibant son pénis gonflé sous le nez de Rebeca. Elle ne veut pas voir ça. Elle regarde, plus loin, le sentier qu'elle a suivi et qu'elle ne peut pas reprendre sans passer devant lui et son dégoûtant pénis en érection. Elle pleure déjà quand elle se courbe sous la branche d'arbre derrière elle, s'arrachant ce faisant une mèche de cheveux. Lorenzo est rapide, beaucoup plus rapide qu'elle ne l'en aurait cru capable sans ses chaussures, et avant qu'elle ait réussi à aller très loin, il est déjà sur elle, il lui tord d'abord le poignet d'une violente saccade, après quoi ses lèvres chaudes et humides se posent partout, sur ses joues, son cou, son oreille. Rebeca se débat, mais il lui saisit aussi l'autre bras, celui qui est libre, maintenant elle est prise au piège, ses deux poignets encerclés par les mains puissantes de Lorenzo qui pèse sur elle de tout son poids. Il la cloue contre la surface rugueuse de la roche, elle sent sur son ventre la pression du membre dur. Elle sait que son visage est inondé de larmes, tout en se sentant totalement incapable de réagir. Pourtant, elle essaie de se dégager, mais en voulant relever un genou, elle se rend compte que ses jambes aussi sont immobilisées sous la masse de Lorenzo, alors elle frappe avec la seule chose qui lui reste : sa tête. Un coup, deux coups de tête, dont le seul résultat est de le faire rire, il aime l'amour vache, dit-il. Elle se débat et pleure, tente de dégager ses mains, de l'écarter avec ses bras, ses coudes pour le repousser, de mordre, mais elle ne crie pas, elle retient ses cris parce qu'ils sont aux États-Unis maintenant : si elle crie, avec un peu de chance ce seront Slim ou David qui l'entendront, mais si elle n'a pas de chance, ce sera la *migra*. A-t-elle jamais eu de la chance ? Sa tête devient toute molle. Son cou devient tout mou. Elle fixe, au-dessus de la menace du visage tendu et grimaçant de Lorenzo, le ciel bleu et vide, et elle attend que le pire advienne. Qu'on en finisse.

Mais rien n'arrive. Le pire n'advient pas. Parce que, au moment où les mains de Lorenzo s'affairent avec brutalité sur son corps rigide, où il va tirer sur sa culotte, une autre voix s'élève.

— *Oye naco*, tu la lâches ou je fais sauter ta *pinche* de cervelle.

Sur-le-champ, la violence cède. La pression cède. Libérée du poids cruel du corps de son agresseur, Rebeca glisse le long du rocher et s'affaisse.

Debout, Lorenzo se rajuste.

— *Chingada, güey*. On s'amusait juste un peu, hein ! *Relájate*[1], *hermano*.

1. *Relájate* : « du calme ».

Rebeca, qui tremble de tout son corps, se déplie, désireuse d'échapper aussi vite qu'elle le peut à l'ombre du garçon au-dessus d'elle. Les tremblements qui ébranlent ses membres sont épouvantables, elle a l'impression d'être un squelette qu'on secoue, agité de mouvements saccadés et de frissons, ses jambes ne vont sûrement pas la porter, pourtant elle s'écarte et bientôt elle est debout à côté d'El Chacal qui pointe son pistolet sur Lorenzo. Soledad est là, elle aussi, et Rebeca tend les bras en pleurant, mais sa sœur passe devant elle. Sous la lumière brutale du désert, les yeux noirs de Soledad sont durs. Ils luisent, posés sur le boxer-short pendouillant de Lorenzo. Ils observent sa haute silhouette musclée, le petit sourire satisfait qui lui tord les lèvres, ses pieds nus. Le tatouage, la faucille avec trois gouttes de sang, visible seulement parce qu'il se tient de profil, une main encore appuyée à la roche. Le membre en érection sous le tissu du caleçon. Et, délibérément, elle saisit le bras du *coyote*.

El Chacal n'a jamais lu de théories académiques sur le traumatisme psychique, mais il en a constaté les milliers de variantes dans le désert. Il est, sur le plan pratique, un expert en la matière. Il n'est pas question de laisser Soledad s'emparer de son arme. Mais, par ailleurs, le *coyote* n'éprouve que du dégoût pour Lorenzo. Après dix-sept ans à convoyer des gens dans le désert, il a appris à différencier le bon du mauvais, même dans les circonstances difficiles. Il a admis que, de temps en temps, une personne ne mérite pas d'être sauvée. Alors, peut-être ce qui se produit n'est-il pas tout à fait accidentel, peut-être prend-il délibérément le geste de Soledad pour un autre. Quand elle tend la main pour la poser sur le pistolet, il la laisse faire et baisse l'arme. Il veut se convaincre que c'est une tactique féminine, un moyen de parvenir à la désescalade. Le *coyote* réagit à peine quand elle la lui prend.

Et la suite est si rapide. Elle avance brusquement d'un pas, brandit l'arme, vise celui qui a failli violer sa sœur. *Carajo*. Non, ce n'est pas exactement à cela qu'El Chacal s'attendait. Il s'approche, veut lui reprendre le pistolet qu'elle tient à deux mains.

— Soledad !

Elle braque l'arme sur lui une fraction de seconde, mais c'est suffisant pour qu'il se fige sur place. Et elle retourne rapidement le pistolet vers Lorenzo. Dont le sourire narquois a disparu, et qui lève les mains en l'air.

— Hé, je…, commence-t-il.

Peut-être allait-il dire « je suis désolé ».

35

Soledad presse la détente, et Rebeca regarde, sans aucune réaction. Ni tressaillement, ni sursaut, ni halètement. Elle ne détourne pas les yeux. Soledad aimerait continuer à tirer sur Lorenzo encore et encore. Elle imagine les trous des balles dans les corps de tous les policiers de Sinaloa, imagine le cerveau d'Iván éclaboussant le plafond, elle voudrait tirer sur Lorenzo éternellement. Elle n'éprouve même plus le besoin de quitter le désert désormais, rester là et continuer de tirer, c'est la seule satisfaction qui vaille jusqu'à la fin de sa vie. Le temps semble tourner en boucle, comme si des heures, des années passaient, pendant qu'elle reste là, debout, l'arme à la main. Et que, lentement, s'impose l'idée qu'elle pourrait utiliser l'une de ces balles à son propre profit et, ainsi, rejoindre Papi, mais ensuite elle se demande si c'est encore faisable, si elle peut vraiment le retrouver là où il repose paisiblement. Elle regarde le pistolet que tient sa main, à bout de bras, à une distance qui semble infinie, et dans l'intervalle, l'arme se tourne vers elle au ralenti, si bien que le trou par où sortent les balles lui fait presque face. Mais voilà que d'autres mains recouvrent la sienne, fortes et douces, et ensemble, les quatre mains pointent le pistolet vers le sol. El Chacal desserre l'étreinte des doigts de Soledad et lui arrache le bloc de métal encore chaud.

Quand, finalement, le regard de Soledad quitte ses mains pour se poser sur sa sœur, ce qu'elle voit sur le visage de Rebeca est le reflet exact de ce qu'elle ressent au plus profond d'elle-même. Le néant. Le vide. Aussi dénué de signification que la bâche peinte qui s'agite librement dans le vent chaud du désert. Il n'y a ni joie, ni soulagement, ni regret, ni incrédulité. Les deux sœurs se prennent par la main et reviennent vers la grotte, avançant prudemment parmi les pierres et les plantes épineuses, les yeux grands ouverts.

El Chacal contemple le corps à ses pieds. Le coupable, c'est lui. Ce n'est pas la première fois que l'un de ses *pollitos* meurt dans le désert. Bon Dieu, il a même failli y en avoir un autre aujourd'hui. Mais, cette mort-ci, il aurait pu l'empêcher. Il sait qu'il est responsable. Il fait le signe de croix sur le corps, mais c'est à Dieu qu'il s'adresse. « *Perdóname, Señor.* »

Ils doivent lever le camp rapidement, au cas où quelqu'un qui se serait trouvé dans le secteur aurait entendu les coups de feu. Lorsque le *coyote* retourne dans la grotte, les migrants sont déjà en train de s'habiller, revêtant leurs vêtements raides et secs. Ils sont bouleversés, particulièrement les deux garçons. Beto secoue son inhalateur vide, prend une profonde inspiration pour rien, mais tous voient la peau aspirée au creux de ses clavicules. Il se penche en avant et pose ses mains sur ses genoux. Il ferme les yeux pour mieux se concentrer, respirer lentement et profondément. Marisol lui frotte le dos.

— Est-ce qu'il est en état de marcher ? demande El Chacal. Nous devons partir.

Marisol se penche sur Beto, la manche de son corsage constitue une sorte de rideau comparable à celui qu'une infirmière pourrait tirer autour de son lit s'il se trouvait dans le service d'urgence d'une clinique de Tucson. Beto ne dit rien, mais hoche la tête en signe d'assentiment, les yeux toujours fermés. Marisol lève le pouce à destination d'El Chacal.

— Ça va, dit-elle.

La respiration de Beto ressemble au sifflement d'un serpent à sonnette.

Les deux sœurs s'habillent, refont leur paquetage, avec des mouvements mécaniques. Leurs expressions sont impassibles. Marisol et Nicolás se mettent à les aider, ferment leurs sacs à dos, relacent leurs chaussures. Les deux hommes taciturnes se tiennent à l'écart, dehors. Slim et David ont l'air sinistre, le teint cireux. La mort avérée de l'un d'entre eux les oblige à prendre en compte l'idée qu'ils avaient réussi à ne pas envisager trop précisément jusque-là : que leur frère et fils, leur oncle et père, puissent avoir trouvé une fin semblable à présent. Non, pas semblable, en fait. Une fin bien pire.

Ils ont probablement réussi à sortir du canyon. Ricardín a lancé son bras autour du cou puissant de son *tío*. Ils ont peut-être même fabriqué une attelle, permettant à Ricardín de vaciller d'une saillie à l'autre et de grimper hors de la gorge. Peut-être aussi que Ricardín a pu miraculeusement supporter la douleur de la marche pendant un kilomètre ou deux sur sa jambe cassée et ratatinée. Mais ils ont sûrement épuisé leurs réserves d'eau durant ce trajet, quel que soit le temps qu'ils ont mis à avancer, dans la chaleur brûlante du désert. Peut-être sont-ils parvenus à en garder quelques gorgées pour la fin. S'ils ont réussi à atteindre la Ruby Road, combien de temps ont-ils pu tenir là-bas sur cette route poussiéreuse sans ombre, le soleil ayant absorbé la moindre goutte de leur sueur, avant que quelqu'un ne les trouve ? Combien de temps faut-il à une personne pour se déshydrater et mourir dans le désert de Sonora ? Que se passe-t-il quand le corps finit par avoir tellement soif qu'il ne répond plus aux ordres les plus basiques comme *Avance, agite les bras, appelle à l'aide. Ne ferme pas les yeux. Réveille-toi. Réveille-toi !* Comprend-on que son compagnon vient de s'écrouler dans la poussière et que son corps le lâche ? Sent-on ses reins se bloquer, son foie cesser de fonctionner, sa peau se ratatiner sur ses os ? Sent-on son esprit bouillir à l'intérieur de son cerveau ? Ou perd-on conscience avant que tout cela se produise ?

Pitié.

Le *coyote* presse tout le monde de partir. Il décroche la bâche de ses clous et la roule en boule. Il sait qu'il ne reviendra jamais plus ici.

Lydia n'est pas désolée de la mort de Lorenzo. Ni ne déplore que ce soit Soledad qui l'ait tué, en dépit des éventuelles retombées émotionnelles que cette réalité pourrait entraîner un jour chez la jeune fille qu'elle s'est prise à tant aimer. Elle s'inquiète en revanche que quelque chose de vital se soit brisé en elle-même parce que, si Luca est bouleversé comme il convient, il semble que chez elle la capacité d'être secouée par la mort – même une mort soudaine et violente – ait disparu. Cette crainte, c'est comme une ecchymose sur laquelle elle doit appuyer pour apprécier sa sensibilité. Les deux talons de Luca sont pansés, il a mis des chaussettes propres, ses chaussures de randonnée épousent parfaitement ses pieds. Il tient Rebeca par la main. L'enchantement qui lie ces deux-là tourbillonne au-dessus d'eux et les enveloppe comme un champ de force. La présence de Luca ranime Rebeca, chasse le vide qui l'a envahie, lui redonne un soupçon de couleur. Une énergie qui, en retour, calme Luca et le rend à lui-même.

— Je n'en aurai que pour une seconde, dit Lydia à El Chacal, qui range la bâche zébrée de couleurs fauves dans son sac à dos. J'ai besoin de le voir.

— Attendez.

Il se penche vers le sol à l'endroit où Lorenzo dormait. Il y a laissé son T-shirt, son short et ses chaussures. De l'une des poches du short El Chacal extrait un portefeuille en toile noire décoré de personnages du jeu Minecraft, il ouvre la fermeture en Velcro avec un petit *scritch*, mais n'y trouve pas de pièce d'identité. Il espérait pouvoir laisser quelque chose auprès du corps, parce que ce geste d'identification est l'acte de bonté minimum qu'il puisse se permettre d'accomplir. Néanmoins, peut-être quelqu'un reconnaîtra-t-il le portefeuille, qui demeurera intact longtemps après que la peau aura disparu, que la chair sera entièrement décomposée ou dévorée par les charognards. Les corps disparaissent à une vitesse stupéfiante dans le désert. Laisser un objet personnel auprès des os blanchis est une aide appréciable. El Chacal tend le portefeuille à Lydia.

— Laissez-le simplement près de lui, lui enjoint-il.

Tandis qu'El Chacal termine son paquetage, Lydia remarque le téléphone portable, fourré dans l'une des baskets de luxe de Lorenzo. Elle le prend. Luca la regarde, mais il est toujours avec Rebeca, et il s'est calmé. Lydia lui fait un signe de tête, puis sort de la grotte et se dirige vers l'endroit où repose le corps encore chaud de Lorenzo, dans la poussière. Ça fait un sale effet de le voir ainsi, non seulement mort, mais dénudé. C'est gênant de découvrir la vulnérabilité de ces pieds nus. Il a les yeux ouverts, et Lydia envisage de les lui fermer, mais elle ne lui doit pas cela. Elle ne veut pas le toucher, pourtant de ses orteils elle donne tout de même un léger coup à un pied, regarde la jambe réagir : elle tremble un peu, puis se stabilise. Il est vraiment mort. Lydia se tient au-dessus de lui de façon que son ombre lui couvre le visage, et récite un « Je vous salue Marie ». Elle essaie de dire la prière de Fatima.

Ô Jésus, pardonne-nous nos péchés, sauve-nous des flammes de l'enfer, et conduis nos âmes au paradis, spécialement celles qui ont le plus besoin de ta miséricorde. Amen.

Ce n'est pas assez.

Elle ne prie pas pour Lorenzo. Elle presse ses lèvres si fort l'une contre l'autre que ses dents s'enfoncent dans la chair. Elle prie pour elle-même, pour qu'il lui accorde la grâce. Pour tout ce qu'elle a perdu. Pour toutes les fautes qu'elle a commises. Parce qu'elle ne sera plus jamais en mesure de présenter ses excuses à Sebastián. Parce qu'elle s'est totalement trompée sur Javier. Sur tout. Parce qu'elle survit quand tous les autres sont morts. Parce qu'elle est si glacée. Si hébétée. Elle prie pour son fils et leurs vies anéanties.

Un vent soudain fait crisser le bois de rose voisin et voler les cheveux de Lydia. Elle s'accroupit à côté de Lorenzo, et un violent flashback la transporte dans cette position, dans le patio d'Abuela. Un flot de sensations déferle sur elle, puis gagne immédiatement tout son corps. Une tendresse qui la transperce de douleur. Les demi-lunes des ongles roses de Sebastián. L'amour. Il y avait de l'amour. Elle avait une famille, et ils ont tous disparu. Tous en même temps, leurs corps étalés dans des positions grotesques à travers le patio. La robe blanche de Yénifer, toute rouge. Ses beaux cheveux. Le ballon de foot d'Adrián abandonné dans l'herbe, à ses pieds.

Mamá.

Il est donc bien là. Le réservoir de chagrin qui se remplit, intense et profond sous la meurtrissure, la preuve que son humanité est toujours présente, intacte. Il faut qu'elle l'enterre de nouveau. C'est trop tôt pour lui permettre de s'exprimer. Elle imagine un trou dans le sol du désert et toute sa douleur à l'intérieur. Elle s'imagine le recouvrir de terre, qu'elle tasse de ses mains souillées. Lydia glisse le portefeuille de toile sous l'un des bras minces étendus de Lorenzo. Elle remarque, mieux souligné par la poitrine nue, le petit gabarit des épaules, ce qu'il dissimulait sous cette coquille pénible. Ce n'est qu'un gamin. Debout à présent, elle contemple le jeune corps saccagé au-dessous d'elle. Et le moment est arrivé.

Le moment de faire sa traversée. Ici, devant une grotte quelque part dans les monts de Tumacacori, Lydia se débarrasse de tous les violents événements qui lui sont arrivés, se dépouille de cette ancienne peau, qui glisse du sommet de son crâne au socle de ses épaules jusqu'aux pieds. Elle l'exhale, l'expulse. Le crache dans la poussière. Javier. Marta. Tout ce qui s'est passé. Sa vie entière avant l'instant présent. Chaque être qu'elle a aimé et qui n'est plus. Son regret incommensurable. Elle va tout laisser ici.

Elle se détourne de Lorenzo.

— Je te pardonne, dit-elle.

Elle est déjà presque repartie quand elle se rappelle le portable. Elle se penche de nouveau afin de le laisser à un endroit où quelqu'un pourrait le trouver. Dans sa main ouverte, elle observe l'innocent objet de plastique noir et de métal qui scintille. Elle referme les doigts autour du téléphone, se relève, presse le bouton qui permet de l'allumer. Elle sait comment ça fonctionne parce que c'est le même que le sien, en version plus récente, celui qu'elle a éteint et dont elle a ôté la carte Sim, avant de le ranger à l'intérieur d'une paire de chaussettes au fond de son sac à dos. Personne ne peut la localiser. Mais Lorenzo ? S'est-il inquiété de la trace qu'il pouvait laisser, du signal renvoyé par les tours de relais cellulaires ? L'objet prend vie en luisant dans sa main, il n'est pas verrouillé, il n'y a pas de code, il s'ouvre tout seul et Lydia doit abriter l'écran de l'éclatante lumière du soleil pour y voir quelque chose. Elle se réfugie à l'ombre du bois de rose. Elle découvre plusieurs textos, sept en tout. Non lus. Elle hésite, le pouce suspendu au-dessus de l'écran. Puis elle relève brutalement la tête et scrute les alentours par-dessus son épaule. Ils sont à des kilomètres de n'importe quelle localité. Seuls. De quoi a-t-elle peur ? Pourtant, elle balaie l'écran de son pouce, et les messages s'ouvrent en cascade. Ils proviennent d'une personne nommée *El Él. Le Lui.* Lydia se courbe sur le téléphone, et comprend instantanément. Quelques secondes lui suffisent pour lire tous les messages, pour savoir.

El Él.

L. L.

La Lechuza.

Elle a soudain le cœur au bord des lèvres. Il n'a pas arrêté de la poursuivre.

Dix-neuf jours. Deux mille six cents kilomètres.

Il y a quelques secondes, elle se sentait libérée. Libérée de lui, de sa peur de lui. Il ne peut pas la suivre là où elle va. Non.

— Non ! s'écrie-t-elle tout haut.

Elle se retient de jeter le téléphone. De frapper à coups de pied les côtes du cadavre, pour punir Lorenzo de l'avoir trahie si facilement, de l'avoir trompée, d'avoir été ce qu'il était. Elle voudrait lui fracasser la tête contre le rocher, le tuer de nouveau, mon Dieu. Ce qui ne serait d'aucune aide. Aucune action quelle qu'elle soit ne serait de nature à apaiser la violence qui la secoue désormais tout entière. Aucun juron ne sera assez fort pour évacuer comme par magie un peu de cette violence hors d'elle. Elle est une tornade, une éruption volcanique. Elle est un *huracán*.

Elle relit les textos. Les fait défiler, encore et encore. Guadalajara, il y a onze jours. Lorenzo les avait vendus, il avait proclamé en avoir définitivement fini avec les Jardineros, affirmé que ces derniers textos constituaient un cadeau de départ pour le *jefe*, un gage de bonne foi. Et il lui avait envoyé une photo prise en douce sur le toit de la *Bestia*, Lydia de profil, enroulée autour du corps de son fils, tous deux clignant des yeux au soleil. *Tus amigos están en Guadalajara, Patrón*, disait le message.

Javier se trouvait dans le bureau du médecin légiste à Barcelone quand il avait reçu le texto, et sa femme lui avait violemment reproché de s'intéresser à son téléphone tandis qu'ils étaient là pour identifier le corps de leur fille, pour remplir les formulaires qui leur permettraient de ramener Marta au Mexique. Le mépris que Javier éprouva pour sa femme à cet instant était un sentiment entièrement nouveau, il ne se donna même pas la peine de répondre à sa remarque cinglante.

Il la regarda avec un léger dégoût avant de se concentrer de nouveau sur l'écran.

Tu n'es pas libre tant que je ne le suis pas, avait-il tapé en retour. Ramène-la-moi.

— *Ay, no !* enrage-t-elle tout haut sous le bois de rose. Non.

La batterie du téléphone est presque complètement chargée, mais comme il indique un mauvais signal, une seule barre, Lydia le brandit au-dessus de sa tête d'un mouvement circulaire. Elle quitte l'ombre de l'arbre, enjambe le corps de Lorenzo et escalade le gros rocher derrière lui, brandissant toujours le téléphone. Deux barres. Trois barres. Avant de pouvoir changer d'avis, elle cherche El Él dans les contacts et clique sur le bouton d'appel vidéo. Ça sonne déjà. Elle reconnaît la sonnerie. Pavarotti chantant « Nessun Dorma ». Ridicule. Prétentieux. Convenu. Il se prenait pour un aristocrate parce qu'il écrivait de la poésie merdique et écoutait de l'opéra. C'est un meurtrier. Une ordure. Un bourgeois. Mais elle le connaît, maintenant. Elle sait. Elle est au sommet d'une grotte en plein désert de Sonora. Surplombant le cadavre de l'assassin qu'il croyait lui appartenir, et maintenant, elle a repris la main, et il ne la suivra pas dans la vie qui s'ouvre devant elle. Il ne la hantera plus et, non, elle n'aura plus peur. Elle et Luca seront libres. L'histoire s'achève ici.

Elle entend sa voix avant de le voir.

— *Dime*, ordonne-t-il, impatient d'avoir des nouvelles de sa mort.

— Te dire quoi ? Que je suis morte ? Que mon fils est mort ?

— *Dios mío*, Lydia.

Il dit son prénom, *Lydia*, et il sonne de la même façon que toutes les autres fois où il l'a prononcé. *Lydia.*

— Je suis désolée de te décevoir, mais nous sommes vivants. *Estamos vivos.*

— Lydia, répète-t-il.

Et c'est si troublant. Parce que la haine qu'elle lui

voue est énorme. Le sentiment le plus fort qu'elle ait jamais éprouvé. Plus fort même que son amour pour Sebastián, le jour où ils s'étaient tenu les mains et où il l'avait embrassée devant l'autel de la cathédrale de Nuestra Señora de la Soledad. Plus profond que l'émotion colossale, innommable qu'elle a ressentie le jour où elle a expulsé Luca de son corps pour lui offrir le monde. Plus sombre que le gouffre laissé derrière lui par son *papi* lorsqu'il est mort sans dire adieu. Sa haine est une diablesse, suffisamment mauvaise et puissante pour déployer ses ailes, s'envoler de son cœur, traverser les milliers de kilomètres qui la séparent de cet homme, engloutir Acapulco tout entier, pour obscurcir la pièce où il se tient, projeter son ombre sur lui et le dominer, se glisser dans sa bouche et l'étouffer de l'intérieur. Elle le hait tant qu'elle peut le tuer à des milliers de kilomètres de distance, juste parce qu'elle le désire. Mais il prononce son prénom. « Lydia. »

Il a le visage hagard. Squelettique.

— Je n'ai jamais voulu ta mort, dit-il. Tu le sais sûrement, Lydia. Si je l'avais voulue, tu serais morte.

Elle cligne des yeux. S'éloigne de la caméra. Elle pince les lèvres, observe le paysage désertique alentour. Et, brusquement, elle sait que ce qu'il est en train de dire est l'exacte vérité. Tout ce qu'elle a planifié depuis le début, toute sa stratégie, son autocongratulation, tout cela était illusoire.

— Je ne pourrais jamais te faire de mal, Lydia.

Elle ouvre la bouche pour pousser un petit cri incrédule :

— Du mal ! Tu ne pourrais jamais me faire de mal ? Mais tu m'as fait mal, *señor*. Tu m'as torturée. Tu as détruit mon univers, tout ce qui constituait mon univers.

— Non, Lydia. Je n'ai jamais eu l'intention…

— *Cállate la boca !* Ferme-la ! hurle-t-elle. Tu crois

que tes intentions m'intéressent ? Ou la façon dont tu justifies tes monstruosités ? Je t'appelle seulement pour te dire que c'est fini. Tu comprends ? Terminé.

Au bout du fil, Javier soupire délicatement. Elle le voit faire. Une sorte de maniérisme familier, qu'elle aimait autrefois. Et qui la rend folle.

— Mais ça ne pourra jamais être terminé, Lydia, dit-il avec tristesse. Nous avons tout perdu, toi et moi.

Non.

— Ce ne sont que des conneries, Javier. Tu n'as perdu qu'une chose. Une seule !

Il se tait, levant vers elle ses yeux humides.

— La seule chose, souffle-t-il.

Lydia sent les battements désordonnés de son cœur, pourtant elle baisse le ton.

— La chose la plus importante, concède-t-elle. Mais ça ne te donnait aucun droit ! Aucun !

Il est à Acapulco, le foyer de Lydia, sous un agréable rayon de soleil. Une tasse de café à portée de main. Et elle, crasseuse, sans un sou, sans foyer, sans mari, orpheline dans le désert. Il cale son téléphone devant lui si bien que son image se stabilise. Il ôte ses lunettes, nettoie les verres. Il tord la bouche, un froncement impossible.

— Je ne sais pas. Je ne sais pas, répète-t-il en clignant rapidement des paupières.

— Je survivrai, lui dit-elle. Parce que j'ai toujours Luca. J'ai Luca.

La bouche de Javier n'est qu'une estafilade.

— Il faut que ça se termine maintenant, dit-elle.

Javier remet ses lunettes, les remonte sur son nez.

— J'ai tué le *sicario* que tu m'as envoyé.

— Tu as fait quoi ?

— Oui. Il est mort. Regarde.

Lydia avance jusqu'au bord de la petite crête et pointe son téléphone sur Lorenzo, en dessous. Plus tard, elle se sentira peut-être coupable de ce procédé, d'avoir utilisé ce corps à ses propres desseins, de s'être réjouie de la mort de Lorenzo, ou du moins d'avoir fait semblant. Plus tard, elle se demandera peut-être pourquoi les sept derniers textos de Javier sont restés sans réponse, sans même être lus. Elle se demandera peut-être même si Lorenzo n'était pas sur le chemin de la rédemption, et si elle n'a pas tué cette rédemption potentielle dans l'œuf. Mais pas maintenant. Pour l'instant, elle dirige de nouveau son téléphone vers son visage.

— Donc, on s'arrête là, d'accord ? Ou doit-on continuer à tuer des gens ?

Javier émet un bruit, moitié sanglot, moitié rire. Il veut plaider non coupable pour cause de deuil. Lydia sait que cette douleur-là est une sorte de folie. Elle le sait.

Au sommet de sa crête, elle se dresse tel un phare.

Dans sa bouche, la répulsion a un goût de bile.

— Adieu, Javier.

Elle ne prend même pas la peine de raccrocher. Elle jette le téléphone dans la poussière et la caméra reste ouverte sur le ciel vide.

Devant la grotte, au plus chaud de l'après-midi du désert, trois heures avant que le temps soit venu de se mettre en marche sans danger au coucher du soleil, le groupe s'est réuni. Tous descendent rapidement la pente et s'engagent dans la vallée. Luca et Rebeca l'attendent. Lydia prend son fils par la main.

36

Ce n'est pas loin. El Chacal n'arrête pas de le leur répéter : ce n'est pas loin. Une fois en bas, c'est quasiment du plat, leur dit-il. Trois kilomètres environ. Sans doute moins.

— Allez, vous pouvez le faire. Nous y sommes presque.

Mais le problème n'est pas le terrain ou la distance. C'est la chaleur. Voilà pourquoi dans le désert les migrants se déplacent en majeure partie la nuit, aux heures de moindre chaleur, et non pour chercher la protection de l'obscurité. Car la *migra*, ici, *al norte*, dispose d'hélicoptères, de caméras de détection des mouvements, de projecteurs – tout l'équipement de nuit nécessaire. Elle dispose même de lunettes de vision nocturne, enfin ! Non, le problème, c'est le soleil meurtrier. Il ne peut être question de rationner l'eau davantage, parce que leur corps en a besoin et qu'il ne pourra pas continuer sans. Ils boivent leurs réserves, qui ne suffisent pas. L'eau sort d'eux par tous leurs pores. Elle trempe les vêtements, les nuques, les cuirs chevelus. Beto s'arrête constamment pour se pencher, respirer. Ces gestes lui demandent de plus en plus d'efforts, c'est de plus en plus difficile. Il est pris de vertiges et il commence à tousser. El Chacal jure à voix basse. Il ne reste que trois kilomètres. Ils sont venus de si loin, ils y sont presque. *Carajo*. Ils progressent trop lentement. Le cauchemar.

C'est la pire traversée que le *coyote* ait faite depuis toutes ces années. Il savait qu'il n'aurait pas dû accepter un gosse. Deux gosses. Quatre femmes. Il savait qu'il y aurait des problèmes. Mais, il faut bien l'admettre, ces six-là ont survécu jusqu'à présent. Ils sont plus forts qu'il ne le supposait, même l'asthmatique. Bon sang, El Chacal n'aurait jamais accepté d'emmener ce gamin s'il avait su pour son asthme. Ce petit sournois de *pendejito*. Celui-là, s'il le pouvait, il lui tordrait le cou. Mais, d'abord, il faut les conduire à l'ombre, à une source d'eau.

— Allez, on accélère ! s'énerve-t-il. Il n'y a pas de temps à perdre.

Beto essaie, vraiment, mais il ne peut pas bouger. Il ne peut pas « accélérer ». À genoux, il tousse, crache, secoue la tête, et le soleil tape sur l'arrière de son crâne. Ses cheveux noirs absorbent la chaleur du soleil, sa tête, son cou sont brûlants. Malgré tout, il cherche une plaisanterie. Il essaie d'en trouver une qu'il pourrait faire sans mots, sans dépenser son précieux souffle. Il a mal. C'est tellement effrayant. Une énorme pression sur sa poitrine, *gigante*. Un éléphant, un hippopotame, l'un de ces poids lourds aux pneus gigantesques qui écrasaient les ordures dans le *dompe*. Il écrase ses poumons. Une avalanche de détritus. Il ne peut pas respirer. *Je ne peux pas respirer*. Il n'y aura pas de plaisanterie.

Marisol lui frotte le dos et lui chuchote à l'oreille, parce qu'elle a déjà connu cette situation. Sa fille Daisy avait de l'asthme quand elle était plus jeune. Pas si grave, mais quand même. Une toux croupale de nourrisson, et vers l'âge de deux ans, Marisol et Rogelio l'avaient soumise à des tests d'allergie. Chiens, chats, pollen. Il fallait la surveiller en permanence parce que, quand quelque chose déclenchait une crise, elle souffrait pendant des jours. Il fallait l'emmener aux urgences pour lui faire inhaler de la Ventoline. Un jour elle avait eu une crise en jouant chez une camarade, c'était terrifiant parce que Marisol était dans la cuisine en train de boire du thé avec la mère de la petite fille, et Daisy n'était venue la voir qu'une fois la crise déclenchée. Elle était déjà dans la zone rouge. Marisol avait fouillé frénétiquement dans son sac, en vain. L'inhalateur se trouvait sur une étagère de la salle de bains, à la maison. Elles avaient filé si vite que Marisol n'avait même pas pris le temps d'attacher sa ceinture de sécurité. En reculant, elle avait embouti le pare-chocs d'une voiture garée à l'extrémité de l'allée et ne s'était même pas arrêtée pour laisser un mot. À la maison, elle avait ouvert le robinet d'eau chaude de la douche pour embuer la salle de bains et fait inhaler trois doses à Daisy. Puis une quatrième. Daisy était assise sur le couvercle des toilettes, tandis que Marisol, debout dans ce bain de vapeur, agrippait son téléphone, prête à appeler le 911. La situation était tendue, terrifiante, mais au bout de quelques minutes, les bruits de succion avaient cessé dans la petite poitrine de Daisy. Le sifflement avait diminué. Elle respirait.

L'état de Beto empire. Disparue la toux grasse et étranglée qui l'a secoué durant toute la semaine ; disparue la respiration sifflante d'auparavant. Il tousse sans arrêt maintenant, une toux sèche et dure.

Marisol élève la voix, pour surmonter les bruits de détresse qu'il émet.

— Reste calme. Respire lentement.

Mais son propre cœur bat aussi vite que celui d'un lapin.

Aucune ombre ici. El Chacal arpente le terrain, décrit des cercles, ratisse le secteur à la recherche d'un coin plus propice, un tant soit peu abrité du soleil. S'ils doivent faire une pause, autant qu'ils la fassent à l'ombre. Chaque minute passée sous ces rayons assèche toujours plus les réserves d'eau de leur corps. Mais El Chacal ne repère aucun abri à proximité, et le garçon ne peut plus bouger.

— Essaie de te redresser, lui dit Marisol.

Il essaie, il tente de se déplier. Mais il tousse encore en expirant et cette fois ne parvient plus à inspirer. Les yeux arrondis de panique, il porte les mains à sa gorge, où la peau de son cou est comme engloutie. Et puis il émet un minuscule couinement sifflant, tousse encore, et ne trouve pas l'air. Ses lèvres bleuissent, ses ongles bleuissent. Tout se passe si vite. Ses mains volent vers son cou.

Marisol lui arrache l'inhalateur, le secoue, le lui insère dans la bouche, presse, presse, mais il est aussi vide que le ciel. Beto tombe à la renverse, sur les fesses, et la scène est presque comique, parce que le garçon est un vrai *payaso*, c'est lui qui fait toujours rire les autres, il tombe sur les fesses comme un bébé en couches, les jambes étendues, mais maintenant ce n'est pas drôle du tout parce qu'il est pris de convulsions, même la toux desséchante a cessé. Ils sont tous rassemblés autour de lui à présent, terrifiés, retenant leur souffle, tellement impuissants, alors même qu'à une dizaine de kilomètres de là à vol d'oiseau, dans la petite localité de Río Rico, Arizona, il y a un bâtiment orange vif : une pharmacie. Et, que derrière le comptoir de cette pharmacie, il y a un bac contenant quatre inhalateurs flambant neufs pleins de Ventoline. Et aussi, bien sûr, des solutions médicamenteuses sans ordonnance, ainsi que des corticoïdes en cas de symptômes aigus. Quand Beto s'évanouit, Nicolás entreprend une série de compressions thoraciques. Il ignore si c'est ce qu'il convient de faire, mais il ne peut pas rester les bras croisés, et Marisol joint ses efforts aux siens, elle incline la tête de Beto en arrière, lui pince le nez et lui insuffle de l'air dans la bouche. Elle souffle de toutes ses forces, mais ne réussit pas à amener la petite poitrine à se soulever.

Les migrants, tous à genoux dans le désert, prient, tandis que Marisol et Nicolás s'affairent sur Beto. Ils insistent longtemps, beaucoup plus longtemps qu'il n'est raisonnable d'espérer pour que ces efforts portent leurs fruits. Aucun d'entre eux ne veut reconnaître le passage du temps. Aucun d'entre eux ne veut nommer la chose, pas même El Chacal. Avec l'idée que celui qui admettrait la mort de Beto ferait courir un terrible danger à son âme immortelle. Soledad et Rebeca pleurent toutes les deux, Lydia pleure, Luca pleure. Des pleurs sans larmes. Il ne reste plus assez d'eau dans leur corps pour en produire. Enfin, El Chacal pose la main sur l'épaule de Nicolás.

— *Basta*, dit-il.

Nicolás interrompt ses compressions, et empêche ensuite Marisol de s'incliner de nouveau sur Beto pour essayer une fois encore d'insuffler de l'air dans sa bouche. Ils se penchent l'un vers l'autre, par-dessus le garçon, lui font une tente de leurs corps.

— Non, dit Marisol.

Elle pose les mains sur lui, sur son front, sur son cœur silencieux. Elle prend ses mains et les joint sur le devant, elles sont encore souples.

Il est si petit.

Les autres morts. Toutes les autres pertes. Elles étaient atroces.

Mais elles étaient… rationnelles. Elles reflétaient une sorte d'honnêteté : il y avait eu une prise de risque ; et les risques sont parfois injustement récompensés.

Mais celle-ci. Seigneur Jésus.

Marisol s'effondre sur le gamin. Tous les souffles qu'il n'a pas pu aspirer, elle les inspire goulûment, les serre dans ses poings. *Papá Dios*. Elle sanglote au-dessus de lui, jusqu'à ce que, enfin, El Chacal la tire à l'écart.

Un par un, il les éloigne, puis s'intercale entre eux et le corps de Beto. Il leur touche la main ou les épaules avant de les lâcher. Slim et David se tiennent à côté du *coyote* à la mine sinistre, la main de l'un sur l'épaule de l'autre.

— Nous le porterons, dit Slim.

El Chacal lève les yeux vers lui, considère la position du soleil, leur manque d'eau, l'état des deux hommes, leurs corps épuisés.

— Non.

Il secoue la tête, extrait de son sac la bâche peinte et dit à Slim :

— Aide-moi à l'envelopper.

Puis El Chacal sort son portable de son paquetage, l'allume, et marque l'emplacement sur Google Maps.

— Je reviendrai le chercher.

Ils le fixent tous, mais aucun d'entre eux ne bouge.

— Je le promets, dit-il. Et maintenant, il faut partir.

Cette fois-ci, Luca ne se retourne pas pour regarder en arrière.

Dans un campement isolé, au bout d'une route sans nom que traversent assez fréquemment les camions vert et blanc de la patrouille frontalière américaine, deux camping-cars attendent. Ils sont garés là depuis deux jours, chacun prolongé par une bâche tendue sur des piquets, à proximité de glacières pleines de bière et de nourriture. Des chaises longues sont disposées autour d'un feu de camp, un poste de radio vieillot à antenne rétractable et bouton latéral diffuse de la musique country. Les hommes qui s'installent là quotidiennement veillent à saluer aimablement les agents de la patrouille frontalière quand ils passent. Les hommes assis dans ces chaises longues ont d'abord pour tâche agréable de se rendre familiers sans en avoir l'air, eux et leurs véhicules. Ils ont parlé un jour pendant une dizaine de minutes avec les agents de la patrouille qui s'étaient arrêtés, ils les ont autorisés à regarder à l'intérieur des camping-cars, ils n'avaient rien à cacher.

Quand El Chacal et ses dix migrants restants sont entrés dans le camp, avec deux heures et demie d'avance, les hommes n'étaient pas prêts à les accueillir. Le poste de check-point de la patrouille sur la Route 19 est encore ouvert. Ils doivent patienter trois heures au moins avant de pouvoir repartir. Que se passerait-il si quelqu'un arrivait entre-temps ? Où vont-ils cacher onze personnes au milieu de nulle part ? Il fait trop chaud pour rester à l'intérieur des camping-cars et la réserve d'essence ne permettra pas de faire fonctionner les climatiseurs pendant si longtemps.

El Chacal hausse les épaules.

— Nous n'avions pas le choix, se contente-t-il de dire.

Le petit camp est confortable, à l'écart, relativement protégé du bruit du vent incessant. Pour plus de sûreté, ils éteignent la radio et restent assis sans parler, espérant pouvoir entendre le bruit du moteur d'un véhicule avant son apparition. Il n'en surgit aucun. Sous l'ombre des bâches, les migrants boivent de l'eau, encore, encore, c'est une bénédiction. Et aussi du soda. Marisol pleure abondamment, sans ciller, dès que son corps est suffisamment hydraté pour produire des larmes. Non qu'elle le veuille, mais elles viennent malgré tout. Les larmes coulent toutes seules, elles dévalent son visage tels des affluents, s'accumulent en flaques luisantes sur ses mains. Luca et Lydia gardent yeux et bouches fermés.

Personne ne parle.

À 17 h 15, les deux hommes commencent à ranger pour lever le camp, et poussent les migrants à l'intérieur des véhicules. Marisol et les deux sœurs montent d'abord. Lydia voudrait dire quelque chose au Chacal. Quelque chose pour lui manifester sa gratitude et alléger le poids qui doit peser sur sa conscience blessée. Rien ne vient. Elle lui pose brièvement la main sur le bras, il garde les yeux rivés au sol, sous les pneus. Il hoche la tête une seule fois, absorbé dans la contemplation des touffes d'herbes sauvages, des cailloux scintillants sur la terre poussiéreuse. Lydia grimpe à son tour. Luca la suit, mais sur la marche du bas, il s'arrête pour parler à El Chacal.

— Il mérite une croix bleu ciel, dit-il.

Le *coyote* approuve d'un signe de tête, il y a des larmes dans les yeux. Les premières du genre.

— Une croix bleu ciel, répète-t-il.

Luca acquiesce.

— Je vais m'en occuper, *mijo*, promet le *coyote*.

Alors Luca se penche vers lui et lui chuchote quelque chose à l'oreille. L'homme prend Luca dans ses bras, et Luca se blottit contre le cou du *coyote*, ils s'enlacent longuement, puis ils se séparent très vite et Luca monte les marches. Lydia observe à travers la vitre El Chacal qui soulève son sac posé sur une des chaises longues, hisse sur son dos les bidons remplis de nouvelles réserves d'eau, et s'apprête à reprendre son chemin à travers le désert.

— Que lui as-tu dit ? demande Lydia quand Luca s'assoit sur la banquette à côté d'elle.

Luca hausse les épaules.

— Juste que c'est un type bien de nous avoir menés jusqu'ici.

Sous les banquettes et les couchettes existent des compartiments creux. Les deux hommes les leur montrent, puis indiquent aux migrants qu'ils doivent s'y glisser et s'y blottir. Soledad a entendu des histoires de *coyotes* obligeant les gens à se dépouiller de leurs vêtements à cette étape du voyage, pour être sûrs qu'ils ne feront pas d'histoires. Confisquer les vêtements est une sorte de police d'assurance : personne n'essaiera de s'échapper avant que les *coyotes* les rendent. On raconte aussi que parfois des *coyotes* obligent les gens ainsi dénudés à mettre des couches, de façon qu'ils puissent rester dans le noir pendant des heures. Soledad se frotte les mains sur les cuisses, appréciant son armure en jean. Dans l'autre camping-car, le chauffeur examine soigneusement Slim et David.

— Vous croyez pas que vous êtes trop grands pour vous fourrer là-dedans ?

— On va se débrouiller, dit Slim avec un signe de tête.

— C'est juste pour trois quarts d'heure, non ? interroge David.

— Environ, confirme le chauffeur.

David sort la phrase yankee qu'il garde en réserve : C'est du gâteau.

Ils entendent le moteur démarrer, ressentent le grondement de la machine qui vibre. Le chauffeur tire le rideau derrière lui et tourne le volant.

— Prochain arrêt, Tucson, dit-il d'une voix forte.

Il conduit lentement. Trop lentement au goût des passagers. La route dangereuse, pleine de gros nids-de-poule, de tournants brusques, ne peut être empruntée que par un véhicule à la fois, si bien que lorsqu'un autre arrive en sens inverse, le chauffeur doit s'arrêter et attendre qu'il passe. Au bout d'un moment, ils débouchent sur une route un peu plus large, et le chauffeur annonce à mi-voix : « Patrouille frontalière. Personne ne bouge. » Il salue de la main les policiers dans leur voiture, qui reconnaissent en lui l'un des hommes qui campaient dans la nature, au sud du lac-réservoir Lobo Tank, ces jours derniers. Les agents s'appellent Ramirez et Castro, ils envisagent un instant d'obliger le camping-car à s'arrêter pour le fouiller au cas où il transporte des *wetbacks*[1]. Mais le chauffeur est un Blanc avec un chapeau de cow-boy et une moustache qui doit orner son visage depuis bien avant que ce soit la mode. Par ailleurs, ils ont bientôt fini leur tournée. Personne n'a envie de remplir de la paperasse à l'heure de l'apéro. Ils saluent le chauffeur et démarrent, frôlant le camping-car, à deux doigts de l'érafler. Dans leur cachette, les migrants retiennent leur souffle, ils écoutent le crissement des pneus juste derrière la vitre, puis le *clic-clic* du volant que le chauffeur tourne pour reprendre la route. Et maintenant, ils roulent.

— Tout va bien, claironne-t-il.

Luca se blottit dans son coin sombre à côté de Mami, pelotonné, bien qu'il y ait assez de place, collé à Mami comme si sa vie dépendait de cette proximité, parce que maintenant qu'ils sont là, si près, à quelques minutes

1. *Wetbacks* : « dos mouillés », surnom anglais donné aux émigrés mexicains clandestins, faisant allusion à la traversée à la nage du Río Grande.

de commencer une nouvelle vie, il n'en veut pas. Une forme de conscience primitive lui dit qu'une fois la sécurité assurée les monstres qu'il avait réussi à repousser jusqu'à présent reviendront en force, et d'autres monstres avec eux. Une horde. Il sent leurs griffes derrière la porte. Mais ce moment n'est pas encore venu.

Il s'écrase contre Mami. Elle l'entoure de son bras, place la main sous ses fesses, l'installe dans ce cocon protecteur, et dans cette position devient une fois encore son bouclier. Dans le noir, elle attire sa petite main vers la sienne et lui déplie les doigts. Elle fait glisser le halo doré de l'anneau de Papi autour du petit doigt tendu de Luca, et elle ferme les yeux. Sous eux, la route monte et descend. Avec un grondement effrayant, ils traversent une barrière à bestiaux et Luca enfouit sa tête dans la poitrine de sa mère. Un ultime cahot du camping-car encombrant et, sous les roues, ils sentent la chaussée en asphalte qui promet enfin d'être plate.

Le poste de contrôle de la patrouille est fermé, comme prévu. Les deux camping-cars jumeaux le franchissent sans s'arrêter et prennent de la vitesse – dans le crépuscule qui tombe, ils foncent vers le nord. Non loin de Lydia et Luca, Soledad et Rebeca penchent la tête l'une vers l'autre, enlacent leurs doigts, retiennent leur souffle. À la fois immobiles et animées. Chacune détient ses propres secrets à présent. Pourtant, malgré tout ce qu'elles ont souffert, à cet instant partagé, elles débordent de quelque chose de plus grand que l'espoir.

Lydia ne peut pas le voir de l'endroit sombre où elle se trouve, mais elle le sent. Elle sait qu'il s'agit de ce moment parfait de la journée que connaît le désert. Elle imagine le spectacle qu'offrent les couleurs, le gris étincelant de la chaussée, le rouge douloureux de la terre.

Les flamboyances qui rayent le ciel. Quand elle ferme les yeux, elle le voit, le tableau du firmament. Éblouissant. Pourpre, jaune, orange, rose et bleu. Elle les voit, ces couleurs parfaites, chaudes et brillantes. Sous sa coiffe emplumée, le paysage s'offre à elle.

ÉPILOGUE

À cinquante-trois jours et 4 260 kilomètres du lieu du massacre.

Ce n'est pas la petite maison en pisé au milieu du désert que Lydia imaginait. Mais il y a bien le bus scolaire jaune que Luca prend tous les matins avec un sac à dos propre et une paire de baskets neuves. Il ne met plus la casquette de Papi parce qu'elle est trop importante pour lui. Elle a désormais la qualité d'un objet de musée. Elle trône sur le haut de sa commode bleue avec ses autres trésors : le chapelet d'Abuela et une gomme en forme de dragon que Rebeca lui a offerte. Il porte désormais les cheveux coupés bien court et le shampooing leur confère l'odeur de Papi, une faible senteur de menthe. Le bus s'arrête à l'extrémité de leur rue bordée d'arbres, et Luca le prend en compagnie de deux enfants honduriens, d'une petite fille équatorienne, d'un garçon somalien et de trois *estadounidenses*. Chaque matin quand le bus s'éloigne, Lydia caresse l'intérieur de l'alliance de Sebastián. *Aujourd'hui ne sera pas le dernier jour où je verrai notre enfant.*

Elle travaille comme femme de ménage. Elle dont la maison n'était jamais assez propre. Quel comble de l'ironie, aurait pensé sa mère. Ça ne rapporte pas beaucoup, mais c'est un début. Ils vivent chez le cousin des filles, César, et sa petite amie. La *tía* de la petite amie vit aussi avec eux, et chacun contribue aux dépenses comme il le peut. Ils font les courses et la cuisine chacun leur tour.

La connaissance de l'anglais de Lydia les aide beaucoup, mais il y a tant de langages différents *al norte*. Des codes que Lydia n'a pas encore appris à déchiffrer, de subtiles différences entre les mots, qui signifient presque, mais pas tout à fait, la même chose. *Migrants, immigrants, étrangers en situation irrégulière.* Elle apprend que les gens brandissent des drapeaux ici, à titre d'accueil ou de mise en garde selon le cas. Elle apprend peu à peu. Les librairies demeurent un lieu de refuge. Il y en a une dans la ville où ils habitent, et la première fois que Lydia s'y aventure, elle a le souffle coupé. Elle est obligée de s'appuyer à un rayonnage. L'odeur de café, de papier et d'encre. Rien à voir avec sa petite librairie d'antan à Acapulco. Celle-ci propose surtout des livres religieux, et au lieu de calendriers et de jouets, on y trouve des chapelets, des statuettes de Bouddha et des kippas. Les livres, alignés verticalement sur les étagères, n'en constituent pas moins le socle. Il y a une section poésie internationale. Hafiz. Heaney. Neruda. Lydia feuillette les vingt poèmes d'amour du recueil de Neruda et lit « La chanson désespérée ». Elle lit, goulûment, désespérément, courbée sur le volume dans la travée silencieuse du magasin. Elle dévore les mots tandis que ses doigts préparent la page suivante. Ce livre, c'est de l'eau dans le désert. Il coûte douze dollars, mais elle l'achète néanmoins. Elle l'enfonce dans la ceinture de son pantalon afin de le sentir contre sa peau.

Lydia s'efforce de ne pas être jalouse quand, à

leur réveil, Luca lui dit, les yeux encore collés par le sommeil, que Papi lui a de nouveau rendu visite dans ses rêves la nuit dernière. Elle s'enroule autour de son fils comme pour s'imprégner de cette visite.

— Qu'a-t-il dit ? demande-t-elle.

— Il ne dit jamais rien. Il s'assoit seulement avec moi. Ou nous marchons tous les deux.

Le corps de Lydia vibre d'envie.

— C'est bien, *mijo*.

Il y a un bon kilomètre de chez eux à la bibliothèque, et ils s'y rendent à pied le samedi matin. À leur troisième visite, la bibliothécaire les invite à réclamer des cartes d'accès et, comme Lydia décline l'invitation, la femme passe à l'espagnol et lui affirme qu'il n'y a aucun danger, qu'ils ont droit à ces cartes malgré leur statut d'immigrants. Lydia a des doutes au début, mais si on ne peut pas faire confiance à une bibliothécaire, à qui se fier ? Luca et elle obtiennent chacun une carte, et c'est miraculeux, c'est stimulant, ça change la vie. Rebeca vient parfois avec eux, Soledad, jamais.

Les deux sœurs sont inscrites à l'école, elles aussi, et leur scolarité se révèle difficile. Non en raison de leur niveau d'anglais minimal, ni même parce que l'enseignement dans leur pays était rudimentaire. Elles sont toutes les deux intelligentes, elles apprennent vite. Mais elles ont connu une vie si débordante, de tels traumatismes d'adultes. Et maintenant elles doivent garder tous les jours le nez dans leurs classeurs, elles sont censées accrocher leur manteau dans des vestiaires, et flirter avec des garçons dans les couloirs. Elles sont supposées régresser dans des formes qui ne leur ont jamais été familières. Elles ne comprennent pas les attentes de ces adolescents d'*el norte*.

Un jour que Lydia rentre en bus du travail, un garçon assis en face d'elle se lève pour tirer le cordon d'arrêt. Comme il tend le bras, son poignet émerge légèrement de sa manche et Lydia remarque la présence d'un tatouage en forme de X : une faucille et une bêche. Il tire le signal qui tinte, le bus ralentit. Lydia tremble sur son siège. Tandis que le bus repart et accélère, elle observe par la vitre le garçon qui rabat sa capuche sur son visage. Presque chaque jour, Lydia se bat contre elle-même, s'oblige à accepter l'existence marginale qui est désormais la sienne ; aujourd'hui elle se félicite de se sentir invisible. Impossible du coup de ne pas penser à Javier, bien que, en général, elle se bloque, empêche l'image de pénétrer dans son esprit. Toutefois, il y a des moments où elle arrive à s'y faufiler malgré tout par un trou de souris. Regrette-t-il ce qu'il lui a fait ? Trouve-t-il des raisons de se justifier ? Elle se demande s'il ressent quoi que ce soit désormais, ou s'il a tout refoulé et si, la mort de Marta étant trop dure à supporter, il n'a pas trouvé une échappatoire, un moyen de s'évader de l'humanité. Mais elle, Lydia, est plus forte que lui, ses pertes, leurs plus infimes parcelles, sont ancrées en elle, et elle les supporte. Elle ne s'est pas diluée, mais amplifiée. Son amour pour Luca est plus intense, plus vigoureux. Lydia déborde de vie.

Lydia va rencontrer la directrice de l'école de Luca, qui veut lui parler de l'aptitude du garçon pour la géographie.

— Nous organisons un concours annuel de géographie, lui avait dit la femme au téléphone. Je crois que vous devriez l'inscrire.

Lydia se prépare à remplir les formulaires. Elle s'assoit sur une chaise confortable de l'autre côté du bureau, face à la directrice, une femme d'environ son âge. Elle entend une cloche sonner au loin, et soudain le paysage derrière la vitre grouille d'enfants. Ils hurlent, courent, grimpent, se balancent, et tout ce bruit plaisant, joyeux, constitue un substrat étrange à ce que la directrice est en train de dire.

— Je n'avais pas saisi que votre fils était sans papiers.

La femme fait tourner sa chaise, les mots ont peine à sortir, à l'évidence elle est mal à l'aise.

— Je suis désolée, reprend-elle, mais il ne pourra pas prétendre concourir pour le prix.

C'est absurde, reconnaît Lydia, de se sentir anéantie pour une histoire de concours de géographie. Cet incident devrait paraître totalement insignifiant comparé aux récents traumatismes autrement plus sérieux qu'ils viennent de subir. Elle contemple les enfants qui poussent des cris aigus dans la cour. La directrice se perd un instant avec elle dans sa rêverie, puis elle s'exprime calmement, franchissant une limite qu'elle n'est pas censée franchir. Et qu'elle a déjà franchie à de nombreuses reprises.

— Mes parents étaient des immigrants sans papiers, ils venaient des Philippines, dit-elle à Lydia. Quand ils m'ont amenée ici, j'étais plus jeune que Luca.

Lydia ne sait pas quoi répondre. Est-ce une forme de solidarité ? Devrait-elle se sentir encouragée ? Au lieu de quoi, elle se sent épuisée. La peau irritée. Les mains gercées.

— Je connais de bons avocats qui s'occupent d'immigration, si vous avez besoin d'aide.

Dans le jardin clôturé de leur petite maison, dans la rue bordée d'arbres, ils enterrent dix-huit pierres peintes. Celle de Beto est bleu ciel. Celle d'Adrián est un ballon de football. Luca va voir la pierre de Papi chaque jour après l'école. Il raconte à cette pierre sa nouvelle vie dans le Maryland, comme il est content de partager une chambre avec Mami. Il lui dit qu'il aime mieux Rebeca que Soledad, que parfois il s'en veut à cause de ça, mais pas trop, parce que le reste du monde aime Soledad. Soledad a moins besoin de son amour que Rebeca. Il parle aussi à Papi de sa maîtresse et des jeux auxquels il joue avec son nouvel ami, Eric, à la récréation. Le kickball. Les quatre coins. Luca pleure souvent. Mais il parle aussi, il rit, il lit. Il vit. Soledad et Rebeca se rendent sur la pierre de leur père moins fréquemment que Luca, mais elles commencent peu à peu à y passer plus de temps. La semaine dernière, en arrachant les mauvaises herbes, Lydia a trouvé une carte à jouer, le roi de cœur, appuyée au socle de la croix sur la pierre de leur père. De temps en temps, quand Lydia fait la vaisselle, elle observe par la fenêtre de la cuisine l'une des filles, assise dans l'herbe, en silence. Parfois, elles bougent les lèvres comme si elles priaient.

Ils dorment toujours la lumière allumée, du moins Luca. Lydia ne dort presque pas. Elle reste assise dans le lit à côté de lui, qui occupe la place de Sebastián, jadis. Elle caresse les cheveux de Luca d'une main et espère qu'il rêve de nouveau de son *papi*. Elle espère qu'une nuit, bientôt, Sebastián se glissera des rêves de leur fils dans les siens, comme s'il était une présence physique dans la pièce et que ses atomes et particules soient capables de migrer du cerveau de Luca vers le sien, d'oreille à oreille. *Una frontera santificada*. Elle lit tard dans la nuit, et la lumière de la lampe enserre dans un doux halo ses genoux pliés, les chaudes couvertures, la poitrine d'où s'échappe le souffle de Luca. À l'abri dans leur nouveau foyer, Lydia relit Márquez, *L'Amour aux temps du choléra*, d'abord en espagnol, puis de nouveau en anglais. Personne ne peut le lui enlever. Ce livre est pour elle, elle seule.

NOTE DE L'AUTEURE

En 2017, un migrant mourait toutes les vingt et une heures environ le long de la frontière Mexique-États-Unis. Ce chiffre n'inclut pas les nombreux autres qui disparaissent simplement chaque année. À l'échelle mondiale, en 2017, alors que j'achevais ce roman, un migrant mourait toutes les quatre-vingt-dix minutes, en Méditerranée, en Amérique centrale, dans la Corne de l'Afrique. Chaque heure et demie. Soit seize morts par nuit qui me voit mettre mes enfants au lit. Quand j'ai commencé mes recherches en 2013, on ne trouvait pas de telles estimations, parce que personne n'assurait le suivi. Aujourd'hui encore, l'Organisation internationale pour les migrations prévient que les statistiques disponibles « ne représentent probablement qu'une fraction du nombre réel de morts », puisque nombreux sont les migrants qui disparaissent et dont on ne tient tout bonnement pas compte. Alors peut-être devrais-je compter deux cents morts par pleine charge de linge dans chaque machine que je fais tourner. Le nombre de personnes déclarées disparues au Mexique s'élève actuellement à quarante mille, et les enquêteurs de police découvrent régulièrement des fosses communes contenant des dizaines, parfois des centaines, de corps.

Il est vrai également qu'en 2017 le Mexique s'est révélé le pays du monde le plus meurtrier pour les journalistes. Avec un taux d'homicides à l'échelle nationale le plus haut jamais enregistré, en écrasante majorité non résolus, que les victimes fussent des migrants, des prêtres, des reporters, des enfants, des maires ou des activistes. Les cartels opèrent en toute impunité. Sans recours possible pour les victimes de violences.

Je suis citoyenne américaine. Comme beaucoup d'habitants de ce pays, je suis issue d'une famille de cultures et d'ethnies mixtes. En 2005, j'ai épousé un immigrant sans papiers. Nous avons été fiancés pendant cinq ans avant de nous marier, l'une des raisons de cette cour prolongée étant qu'il voulait d'abord obtenir sa carte verte, et ensuite faire sa demande. Mon mari est l'une des personnes les plus intelligentes, travailleuses et dotées de principes que je connaisse. Diplômé de l'université, il possède une entreprise prospère, paie ses impôts et dépense une fortune en assurance maladie. Pourtant, après des années de tentatives, nous avons compris qu'il n'existait pas de voie légale lui permettant d'obtenir cette carte verte, tant que nous n'étions pas mariés. Pendant tout ce temps, nous avons vécu dans la crainte de le voir expulsé sans avertissement. Une fois, sur la Route 70, dans la banlieue de Baltimore, un policier nous a ordonné de nous ranger sur le côté, car nous roulions avec un feu arrière cassé. Les minutes qui suivirent, tandis que nous attendions que l'agent revienne nous annoncer sa décision, ont été les plus atroces de ma vie. Nous nous tenions la main, dans le noir, à l'avant de la voiture. Je pensais que j'allais le perdre.

Donc, vous me direz que je suis directement impliquée dans cette histoire.

Mais mon intérêt personnel est en vérité plus complexe.

Deux autres facteurs que le statut d'immigrant de mon mari m'ont probablement encore davantage poussée à travailler sur ce sujet. Le premier est celui-ci : quand j'avais seize ans, deux de mes cousines ont été brutalisées et violées par quatre hommes, à Saint-Louis, Missouri, avant d'être jetées d'un pont. Mon frère a connu le même sort : matraqué et jeté du même pont. J'ai raconté cet horrible crime dans mon premier ouvrage, un récit autobiographique, *A Rip in Heaven.* Le crime, puis l'écriture du livre ont constitué des expériences formatrices, qui ont fait de moi une personne s'intéressant toujours automatiquement aux victimes plutôt qu'aux coupables. Je m'intéresse aux personnages qui traversent des souffrances inconcevables, aux gens qui réussissent à surmonter d'extraordinaires traumatismes. Des personnages comme Lydia et Soledad. Les récits violents de machos, de gangsters et de forces de l'ordre m'attirent moins. De toute façon, je crois que le monde ne manque pas de récits de ce genre. Certains romans ayant pour cadre l'univers des cartels et des narcotrafiquants sont fascinants et importants – j'en ai beaucoup lu au début de mes recherches. Ils permettent aux lecteurs de comprendre les origines d'une partie de la violence inhérente à nos pays du Sud. Mais la description de cette violence peut nourrir les pires stéréotypes concernant le Mexique. J'ai donc estimé qu'il y avait de la place pour un roman qui explorerait davantage l'intimité de ces histoires, s'attacherait aux gens qui évoluent sur l'autre face de ce récit dominant. Des gens ordinaires, comme moi. Comment réagirais-je si je vivais dans un endroit où tout s'effondrerait autour de moi ? Si mes enfants étaient en danger, jusqu'où serais-je prête à aller pour les sauver ? Je voulais écrire sur les femmes, dont les histoires sont souvent négligées.

Ce qui m'amène au facteur principal, le plus significatif, qui a influencé ma décision de traiter ce sujet. Il m'a fallu quatre ans pour mener mes recherches puis écrire ce roman ; j'ai donc commencé en 2013, longtemps avant que la question des caravanes de migrants et celle de la construction d'un mur ne soient d'actualité dans notre pays. Mais déjà à cette époque, j'étais frustrée par la teneur du discours ambiant sur l'immigration aux États-Unis. La conversation ne semblait porter que sur des questions politiques, excluant tous soucis moraux ou humanitaires. Même il y a cinq ans, j'étais atterrée par la façon dont le discours public caractérisait les migrants latinos – et ça n'a fait que croître de façon exponentielle depuis. Au pire, nous les tenons pour une populace d'envahisseurs criminels venant pomper nos ressources, et au mieux, comme une masse brunâtre et anonyme de gens pauvres et impuissants, mendiant à grands cris notre aide à nos portes. Nous voyons rarement en eux des êtres humains, nos égaux. Des gens capables de prendre leurs propres décisions, des gens capables de contribuer à l'établissement de leur propre avenir radieux, et du nôtre, comme tant de générations de migrants souvent honnis l'ont fait avant eux.

Née à Porto Rico, ma grand-mère est arrivée aux États-Unis dans les années 1940 – une jeune femme belle et séduisante, issue d'une riche famille de la capitale, tout juste mariée à un fringant officier de marine. Elle s'attendait à être accueillie comme telle. Au lieu de cela, elle constata l'idée très réductrice que les Américains se faisaient des Portoricains, des Latinos en général. Tout en elle déconcertait ses nouveaux voisins : la couleur de sa peau, ses cheveux, son accent, ses opinions. Elle ne correspondait pas à ce que, selon eux, devait être une *Boricua* – une Portoricaine.

Ma grand-mère a passé l'essentiel de sa vie d'adulte aux États-Unis, mais ne s'y est pas sentie vraiment la bienvenue. Elle éprouvait du ressentiment pour ces *gringos* et l'idée erronée qu'ils se faisaient d'elle en permanence. Elle n'a jamais surmonté ce ressentiment, et, encore aujourd'hui, l'écho de son indignation est bizarrement perceptible dans ma famille. Notamment chez moi. J'enrage contre le moindre affront que je crois percevoir, je ne cesse de me battre contre l'ignorance générale du commun des mortels au sujet de la culture, de l'ethnicité. J'ai profondément conscience que les gens qui affluent à notre frontière sud ne sont pas une populace anonyme brunâtre, mais des individus à part entière qui ont chacun une histoire, des origines et une raison personnelle de venir ici. Cette conscience aiguë est viscérale, elle fait partie de mon ADN.

J'ai donc souhaité raconter l'une de ces histoires personnelles et uniques – sous forme de fiction – afin d'honorer les centaines de milliers d'autres que nous ne connaîtrons probablement jamais. Ce faisant, j'espère marquer un temps d'arrêt et permettre au lecteur d'entendre les particularités de ces personnes : que, lorsque les médias nous montrent des migrants, nous puissions nous souvenir que ce sont des personnes comme nous.

Telles étaient donc mes raisons. Et pourtant, quand j'ai décidé d'écrire ce livre, j'ai eu peur que ma situation privilégiée n'occulte certaines vérités, que je ne commette des erreurs, comme j'ai d'ailleurs très bien pu le faire. Moi qui ne suis ni migrante ni mexicaine, avais-je le droit de raconter une histoire qui se situe presque entièrement au Mexique et qui mette exclusivement en scène des migrants ? Il eût été préférable qu'une personne au teint légèrement plus brun que le mien s'en charge. Puis je me suis dit : *Si tu possèdes la capacité de jeter un pont entre les gens, alors sois ce pont.* Et j'ai commencé.

Au tout début de mes recherches, avant de m'être pleinement convaincue que je devais raconter cette histoire, je me suis entretenue avec une femme remarquable et très généreuse, une universitaire qui dirige le Chicano Studies Department à l'Université d'État de San Diego : Norma Iglesias-Prieto. Je lui ai fait part de mes doutes, lui ai avoué me sentir à la fois obligée d'écrire ce livre et non qualifiée pour le faire. « Jeanine, m'a-t-elle dit, nous avons besoin d'un maximum de voix pour raconter ces histoires. » Ses encouragements m'ont soutenue pendant les quatre années suivantes.

J'ai mené ces recherches avec minutie et circonspection. J'ai fait de nombreux voyages des deux côtés de la frontière, apprenant le plus possible sur le Mexique et les migrants, sur les gens qui vivent dans les régions frontalières. Les statistiques que je donne dans ce livre sont toutes exactes et, si j'ai changé des noms, la plupart des endroits dont il est question existent eux aussi. Les personnages, en revanche, bien que représentatifs des gens que j'ai rencontrés au cours de mes divers périples, sont fictifs. Il n'y a pas de cartel appelé les Jardineros, ni de cartel spécifique m'ayant inspiré cette organisation fictive qui, néanmoins, reflète la nature et la composition générale des organisations criminelles que j'ai croisées pendant ces recherches. La Lechuza n'existe pas.

L'une des choses que j'ai dû apprendre en effectuant mes recherches pour ce livre fut de manier avec pertinence le mot *American*. Partout ailleurs dans l'hémisphère occidental, on croit, non sans une certaine exaspération, que les États-Unis ont récupéré ce terme, alors que le continent américain possède en fait une multitude de peuples et de cultures qui se considèrent comme américains, sans le détournement des connotations culturelles. Dans mes conversations avec des Mexicains, je les ai rarement entendus utiliser le mot *Américains* pour qualifier les citoyens de ce pays – ils préféraient utiliser un terme qui n'existe pas en anglais, ils les appelaient *Estadounidenses* : les « États-Uniens ». Au fil de mes voyages et de mes recherches, je me suis rendu compte qu'ils ne s'identifiaient même pas au concept de « rêve américain ». J'ai découvert un merveilleux graffiti sur le mur-frontière à Tijuana, qui est devenu le moteur de toute mon entreprise. Je l'ai photographié et en ai fait le fond d'écran de mon ordinateur. Chaque fois que je faiblissais ou me sentais découragée, je cliquais sur l'écran d'accueil et lisais : « *También de este lado hay sueños* ».

De ce côté aussi, il y a des rêves.

REMERCIEMENTS

Je suis reconnaissante à tant de personnes qui m'ont aidée à faire en sorte que cette histoire devienne un livre.

À celles qui ont lu les premières versions de ce roman et ont eu l'honnêteté de reconnaître à quel point elles étaient mauvaises : Carolyn Turgeon, Mary Beth Keane, Mary McMyne. Et ceux qui ont lu les versions suivantes et m'ont encouragée à poursuivre dans la bonne direction : Pedro Ríos, Bryant Tenorio, Reynaldo Frías, Alma Ruiz. Ainsi que ceux qui ont lu les versions quasi définitives et partagé leur inestimable expérience avec moi : Bob Belmont, Jenifer A. Santiago, Alejandro Duarte.

Ceux qui m'ont laissée observer leur travail important, et qui m'ont patiemment enseigné des choses à propos du Mexique et de l'immigration que je n'aurais jamais comprises sans leur sagacité : Pedro Ríos (encore, mille fois plutôt qu'une) de l'American Friends Service Committee, Laura Hunter de Water Station, Elizabeth Camarena de la Casa Cornelia, Robert Vivar des Unified US Deported Veterans, Norma Iglesias-Prieto de la San Diego State University et du Colegio de la Frontera Norte, Sœur Adelia Contini de la Casa de la Madre Assunta, Esmeralda Siu Márquez de la Coalición Pro Defensa del Migrante, Joanne Macri du New York State

Office of Indigent Legal Services, Enrique Morones de Border Angels, Cesar Uribe de Rancho el Milagro, le père Óscar Torres de l'organisation Desayunador Salesiano Padre Chava, Misael Moreles Quezada du Rancho San Juan Bosco, le père Pat Murphy, Andrew Blakely, Kate Kissling Blakely, ainsi que l'ensemble du personnel de la Casa del Migrante de Tijuana, le père Dermot Rodgers et ses amis de Dieu. Merci à Gilberto Martínez de m'avoir fait visiter Tijuana et de m'avoir donné un aperçu de la culture locale. Merci à Alex Renteria de la patrouille frontalière américaine d'avoir répondu à mes questions. Merci à tous les hommes et toutes les femmes, ces courageux que j'ai rencontrés à divers stades de mes voyages, pour m'avoir parlé de leurs expériences.

Je suis reconnaissante envers les auteurs suivants, dont vous devriez lire le travail si vous voulez en apprendre davantage à propos du Mexique et des réalités de la migration forcée : Luis Alberto Urrea, Óscar Martínez, Sonia Nazario, Jennifer Clement, Aída Silva Hernández, Rafael Alarcón, Valeria Luiselli et Reyna Grande.

Mille mercis également à mon agent, Doug Stewart, pour son amitié, son enthousiasme et son oreille absolue. Je suis aussi redevable à Amy Einhorn d'avoir aimé ce roman, et de ne pas s'être accommodée d'une version passable. Merci à Mary-Anne Harrington d'avoir été aussi absolument dévouée à ce livre. Merci à l'équipe qui s'occupe de mes droits étrangers, Szilvia Molnar et Danielle Bukowski. Merci à Caspian Dennis et Abner Stein. Merci à toute l'équipe de Flatiron pour sa passion et son intelligence, en particulier Nancy Trypuc, Marlena Bittner, Conor Mintzer et Bob Miller. Merci pour le soutien international de l'équipe de Tinder Press et de Hachette Australie. Ainsi qu'à toutes les personnes du milieu de l'édition qui n'ont pas travaillé sur ce livre, mais qui ont cru en lui, et l'ont soutenu alors que ce n'était pas leur fonction : Megan Lynch, Sonya Cheuse, Libby Burton, Carole Baron, Emily Griffin, Asya Muchnick. Merci également à Rich Green du Gotham Group et à Bradley Thomas d'Imperative Entertainment.

Je remercie aussi ma première famille, Maman, Tom, et Kathy, pour leur amour et leur soutien sans faille. Joe, merci de ne pas avoir insisté pour que j'aille travailler dans une banque ; merci de t'inquiéter pour moi et de me soutenir malgré tout. Aoife et Clodagh, je ne pourrais pas être plus fière de ce que vous êtes en train de devenir, si pleines de compassion et de courage. Pour vous, il n'est pas question de déplacer des montagnes, mais plutôt des planètes, les filles. *Mi querido hermano, Padre Reynaldo, por la resucitación de mi fe rota durante el peor momento de mi vida*[1]. Et à mon père, qui est mort une semaine avant que notre quarante-cinquième président soit élu, et dont la soudaine absence dans ma vie a creusé le cratère de chagrin qui est devenu ce livre.

1. « À mon cher frère, père Reynaldo, pour la résurrection de ma foi, auparavant brisée, au pire moment de ma vie. »

FSC
www.fsc.org
MIXTE
Papier issu de
sources responsables
FSC® C003309

L'éditeur de cet ouvrage s'engage dans une démarche de certification FSC® qui contribue à la préservation des forêts pour les générations futures.

Pour en savoir plus :
www.editis.com/engagement-rse/

10/18 – 92 avenue de France, 75013 PARIS

Imprimé en France par CPI

N° d'impression : 3045085
X07471/01